acabus

Carsten Zehm

Operation Romulus

Das Geheimnis der verschwundenen Nazi-Elite

Thriller

acabus

Zehm, Carsten: Operation Romulus. Das Geheimnis der verschwundenen Nazi-Elite. Hamburg, acabus Verlag 2021

8. Auflage
ISBN: 978-3-86282-497-7

Dieses Buch ist auch als eBook erhältlich und kann über den Handel oder den Verlag bezogen werden.
ePub-eBook: ISBN 978-3-86282-499-1
PDF-eBook: ISBN 978-3-86282-498-4

Lektorat: Eva-Maria Bergerbusch, Theresa Saretz, acabus Verlag
Cover: © Marta Czerwinski, acabus Verlag
Covermotiv: Flugzeug: https://pixabay.com/de/messerschmitt-me-262-düsenflugzeug-1588121/; Ordner: Datei: #48795054 | Urheber: elnavegante; Polaroid: Datei: #107313178 | Urheber: jakkapan; Hintergrund Karte: #95262076 | Urheber: memorystockphoto

Bibliografische Information der Deutschen Nationalbibliothek:
Die Deutsche Nationalbibliothek verzeichnet diese Publikation in der Deutschen Nationalbibliografie; detaillierte bibliografische Daten sind im Internet über http://dnb.d-nb.de abrufbar.

Der acabus Verlag ist ein Imprint der Bedey und Thoms Media GmbH, Hermannstal 119k, 22119 Hamburg.

---

http://www.acabus-verlag.de
Gedruckt in Deutschland

Das Erste, das in einem Krieg stirbt, ist die Wahrheit,
egal, ob auf Seiten der Angreifer oder der Angegriffenen.

Das Letzte, was nach einem Krieg wiederhergestellt wird,
ist ebenfalls die Wahrheit …

… wenn überhaupt.

03. September 1943, Kapuzinerkloster Saint Antoine, in der Nähe von Bastia, Korsika

Die Explosion riss dem Posten die Beine ab. Aus Sicht des Obersturmbannführers sah es aus, als wäre der Posten in einem aufsteigenden Geysir aus Erde und Gestein verschwunden. Erst dann drang der Krach der Detonation in sein Bewusstsein. Eben noch hatte Obersturmbannführer Rauff sich darüber aufgeregt, dass die Posten wohl eher Gedanken an die korsischen Mädchen am Strand verschwendeten, als sich auf ihre Aufgabe zu konzentrieren und jetzt polterte der Stahlhelm eines der Posten auf die enge Straße, die sich am Kloster vorbei den Berg nach oben wand. Die zweite Explosion ereignete sich zwischen dem Klostergebäude und dem ersten LKW. Dann erst nahm Rauff das Jaulen der Triebwerke wahr.

»Tiefflieger!«, kam die Warnung eines Postens, als die erste Maschine bereits über das Kloster hinweggebraust war. Erst jetzt begannen die Flaks über Bastia und oben auf dem Berg zu bellen. Die zweite Maschine feuerte aus den Bordgeschützen. Ihre Schüsse fetzten faustgroße Löcher in die Körper zweier SS-Angehöriger, die die verschweißten Kisten aus den Klostergebäuden zu den wartenden LKWs schleppten. Einem der SS-Männer riss ein Geschoss den halben Schädel weg. Wie die Träger krachte auch ihre Kiste zu Boden. Durch den Aufschlag auf den steinigen Boden öffnete sich die Schweißnaht an der Kiste. Goldene Münzen und ein paar Ketten, offensichtlich sehr wertvoll, glitten aus dem Schlitz und blieben im Staub vor den Mauern liegen.

»Verdammte Scheiße!«, brüllte Rauff, sprang aus dem Horch 901 und rannte ungeachtet der Gefahr gestikulierend quer über die von Bastia nach Saint-Florent führende Straße zu den LKWs. »Fahrt die Wagen hier weg!«

Das Krachen weiterer Explosionen übertönte seine Stimme. »Zwischen die Bäume! Verdammt, fahrt die Wagen zwischen die Bäume!« Er duckte sich, als könne er sich damit gegen die niedergehenden Bomben schützen. Auch unten in Bastia dröhnten Explosionen. Vielleicht waren die deutschen Schiffe im Hafen das eigentliche Angriffsziel?

Einer der SS-Männer, der eben noch mit seinen Kameraden ziellos auf der Suche nach einer Deckung herumgerannt war, sprang in das Führerhaus des vorderen LKWs, ließ den Motor aufjaulen und raste mit dem Wagen vom Kloster weg, preschte von der Straße herunter, einen engen, steilen Seitenweg entlang und suchte Schutz in einem kleinen Hain Olivenbäume. Rauff selbst sprang in den zweiten Wagen, startete den Motor und jagte die Straße hinunter nach Bastia. Die Ladeklappe des LKWs war noch herabgeklappt und die aufgeladenen Kisten drohten herunterzufallen. Nur wenige Meter über den Gebäuden des Klosters tauchte plötzlich eine der englischen Einmotorigen auf. Die Bordkanonen bellten über das Heulen des Propellers hinweg. Gleich einer Perlenschnur jagten die Einschläge hinter dem Wagen her, der eine der vielen Straßenkurven benutzte, um aus der Feuerlinie des Engländers zu kommen. Rauff hämmerte den nächsten Gang hinein und riss das Lenkrad herum. Der Wagen krachte zwischen zwei eng beieinander stehenden Gebäuden hindurch, verlor beide Seitenspiegel und blieb stehen. Die Geschosse des Jägers fetzten hinter dem LKW auf dessen ursprünglichen Kurs weiter, zerschossen einen stehen gebliebenen Eselskarren und zwei Zypressen, bevor die Bordkanonen verstummten.

»Gottverdammte Scheiße!«, wiederholte Rauff. Dann kehrte Ruhe ein. Waren die Jäger verschwunden? Kehrten sie in wenigen Minuten zurück? Mit Verstärkung?

Auch die Flaks verstummten, zuerst die in Bastia am Hafen, dann die oberhalb von ihnen auf dem Berg.

Auf jeden Fall konnten sie mit der Beladung der LKWs nicht so weitermachen wie bisher. Rauff sprang aus dem Führerhaus und rannte zur Straße. Er blieb an der Hausecke stehen. Von seinem Kommando war niemand zu sehen, sah man von den beiden Toten ab, die neben der aufgeplatzten Kiste lagen, und den über eine größere Fläche verteilten Resten des Postens, der von der Fliegerbombe getroffen worden war.

»Meldung!«, brüllte er.

»Zwei Spitfire, Herr Obersturmbannführer«, kam eine Meldung aus den oberen Fenstern des Klosters. »Sie haben Richtung Nordosten abgedreht und sind über dem Meer.«

»Und warum haben Sie sie nicht gesehen, als sie im Anflug waren?«

Schweigen.

»Verluste?«

»Müller und Weinrich«, kam die Meldung seines Stellvertreters. SS-Hauptsturmführer Rosslar trat aus der Tür hervor, aus der die beiden jetzt toten Träger der Metallkiste gekommen waren. »Und Lesener.« Das war der Posten, den die erste Bombe erwischt hatte.

»Lassen Sie die restlichen Kisten zu den LKWs bringen. Die Wagen bleiben im Sichtschutz.« Rauff verließ den Schatten des Hauses. »Ich will, dass zwei weitere Leute oben in der Kirche Ausschau halten, egal was die Mönche sagen. Kümmern Sie sich um die Toten. Zwei Mann sollen den Schmuck wieder einsammeln und die beschädigte Kiste reinbringen. Pesendorf soll sie reparieren. Und die Posten rund um das Kloster ziehen sich unter die Bäume und zwischen die Häuser zurück. Los! Los! Los!«

Und während Rosslars Befehle vor dem Kloster erschallten und die schwarzuniformierten SS-Leute des Rauffschen Kommandos in Bewegung kamen, drehte sich der Obersturmbannführer wieder dem Horch zu. Der stand unbeschädigt noch immer seitlich unter den weit ausladenden Ästen der Pinie am Haupteingang des Klosters. Rauff riss die Tür auf. »Zeigen Sie her!«

Der andere Mann im Wagen hatte für die bevorstehende Aktion seine SS-Uniform gegen einen zivilen Anzug getauscht. Blass und mit großen Augen starrte er den Obersturmbannführer an, noch immer den Schreck über den kurzen, aber heftigen Angriff der beiden englischen Jagdflieger in den Gliedern. Rauff setzte sich, ohne die Tür zu schließen, in den Wagen und streckte fordernd die Hand aus. Der zivil Gekleidete reichte dem Obersturmbannführer ein Blatt Millimeterpapier. Dieser nahm es und betrachtete Zeichnung und Ziffern darauf. In einer Mappe auf den Knien des ersten Mannes wusste der Obersturmbannführer weitere, gleiche Papiere mit ähnlichen Zeichnungen.

Auch Rauffs Atmung ging noch immer heftig. »Gut. Wiederholen Sie noch einmal Ihre Mission, Körner.«

Draußen wirbelte die SS-Mannschaft, schleppte im versuchten Laufschritt weitere Metallkisten zu den wartenden LKWs. Sie fluchten und schwitzten in der Sonne. Das Wetter bescherte ihnen hohe Temperaturen, die eher zum Baden denn zum Schuften einluden. Die Posten, die sich zurückgezogen hatten, waren nicht zu sehen. Sie achteten auf auftauchende Widerstandskämpfer. Die Korsen waren berühmt für ihr Streben nach Unabhängigkeit. Aber da war niemand. Jetzt konnte die SS ungestört die Kisten verladen.

Der Rest des Einsatzkommandos wartete entweder am Hafen von Porto Vecchio oder war in mehreren Fahrzeugen über die gesamte Strecke dorthin verteilt. Staub lag in der Luft, von den

Bomben, dem Gewehrfeuer der Spitfires und den rennenden Männern aufgewirbelt. Es hatte zu lange nicht geregnet.

Körner sammelte sich. »Wir haben sieben dieser Karten angefertigt«, er wies auf die Zeichnung, die Rauff in den Händen hielt. »Sie zeigen den scheinbaren Platz, an dem das Schiff mit dem Schatz gesunken sein soll, Obersturmbannführer. Die Karten werden in den nächsten Monaten hier, doch vor allem in Nordafrika vorsichtig unter dem angeblichen Mantel der Geheimhaltung verteilt. Das Schiff mit dem Gold jedoch wird von Porto Vecchio aus …«

Obersturmbannführer Rauff hob die Hand. »Sie sollen nicht quatschen, Hauptscharführer!«

Hauptscharführer Körner zuckte wegen des scharfen Tons zusammen. Er diente schon seit mehreren Jahren unter dem SS-Obersturmbannführer, sowohl im Reichssicherheitshauptamt als auch an der Ostfront und zuletzt im Sonderkommando als Beuteeinheit während Rommels Afrika-Feldzug.

Der Zynismus und die Kaltherzigkeit, mit denen Rauff dabei vorging, richtete sich auch schnell gegen seine Untergebenen, wenn diese seiner Meinung nach nicht exakt und schnell genug seinen Befehlen nachkamen. Seit dem letzten Sommer arbeitete ihr Einsatzkommando im Geheimauftrag in Nordafrika. Sehr zum Leidwesen des Obersturmbannführers hatten sie dort keine Gelegenheit gehabt, Gas-Wagen gegen die Juden einzusetzen, mit denen sie in der Sowjetunion so »gute Erfahrungen« gemacht hatten.

Sie waren in den von Rommel eroberten Gebieten auf Beutefang gegangen, eine Beute, die sich jetzt in den Kisten befand, die nur wenige Meter von ihnen entfernt verladen wurden. Beute, die noch wenige Monate zuvor geweihte Stätten und Haushalte afrikanischer Juden geschmückt hatte. Nach den beiden verlorenen Schlachten von el-Alamein wurde die Luft dünner für das deutsche Afrika-Corps und natürlich damit auch für das Rauffsche Einsatzkommando. Um die eroberte Beute zu schützen, hatten sie diese weisungsgemäß nach Korsika gebracht. Und hier verlud die SS jetzt den Schatz im Gesamtgewicht von fast vier Tonnen.

»Im Gegensatz zu Ihnen kenne ich die Bestimmung der Kisten, Hauptscharführer.« Rauff sprach den Dienstgrad in einem Ton aus, der dem Angesprochenen den Abstand zu seinem Vorgesetzten deutlich machte. »Und ich weiß, was wir vorhaben. Ich will überprüfen, ob *Sie* alle Einzelheiten Ihrer Mission kennen.«

Der Hauptscharführer schluckte. »Ich begebe mich getarnt als französischer Zivilist nach Algier. Dort warte ich. Sobald ich irgendwelche Gerüchte über den Schatz höre, werde ich aktiv und verteile unsere vorbereiteten Informationen und die falschen Karten. Sparsam mit den Karten umgehen, es dürfen nicht zu viele kursieren. Ebenso mit den Informationen und Gerüchten. Erst auf direkten Befehl von Ihnen oder einem glaubwürdigen Vertreter werde ich die konspirative Tätigkeit beenden.«

»Richtig. Und wenn es Jahre dauern wird. Selbst wenn wir, was der Führer verhindern möge, diesen Krieg verlieren sollten.« Seit Stalingrad war Rauff sich nicht mehr so sicher, was den Endsieg anging, noch dazu, wo die Alliierten vor kurzem in Sizilien und jetzt sogar in Italien gelandet waren. Die Räumung Korsikas stand bevor und von den versprochenen Wunderwaffen war weit und breit nichts zu sehen.

Rauff beobachtete die Männer seines Kommandos beim Verladen. Seine Gedanken aber weilten bei der allgemeinen Lage. Es wurde Zeit, dass sich das Kriegsglück wieder zugunsten der Deutschen wendete. So richtig aber glaubte Rauff nicht mehr daran.

Im Westen über Frankreich ging die Sonne unter und südöstlich von Korsika, auf Sizilien, trafen sich zur selben Zeit die Alliierten mit Vertretern der italienischen Regierung, um einen Waffenstillstand zu unterzeichnen. Deutschland würde Italien als Verbündeten verlieren.

Nur wenige Stunden nach dem Gespräch zwischen Rauff und seinem Untergebenen befand sich die Beute auf einem Schiff, das Kurs auf die Meerenge von Gibraltar nahm und von dort seinen Bug nach Süden drehte.

Auch andere, weit über Rauff stehende Personen im Staatsapparat des Deutschen Reiches zweifelten mittlerweile am Endsieg. Und deshalb hatten sie die Hände nach dem Schatz ausgestreckt, den Rauff zusammengeraubt hatte und der als sogenannter Rommel-Schatz in die Geschichte eingehen sollte.

Dieses *Hände-Ausstrecken* jedoch erfolgte nicht, um sich persönlich zu bereichern. *Operation Romulus* war angelaufen.

Von dieser Operation aber wusste auch SS-Obersturmbannführer Walter Rauff nichts.

Teil Eins: Deutschland

01

02. Februar 1945, Heinkel-Werke, Oranienburg bei Berlin

Die Bombe klebte an der Unterseite des Flugzeuges. Der Zünder in seiner rechten Hand zitterte. Dann die Stimme. »Herr Hauptmann!« Er drehte den Kopf. Hinter ihm standen zwei Soldaten.

»Raus hier!« Das war seine eigene Stimme. »Eine Bombe!«

Die Soldaten rannten. Einer ließ sein Gewehr fallen. Auf dem Boden der Halle erzeugte die Waffe ein unnatürlich lautes Geräusch. Das Echo dieser Töne hallte in seinem Kopf wider wie in einem riesigen, leeren Kirchenschiff. Er richtete sich auf. In diesem Moment explodierte der Zünder in seiner Hand. Der Schlag schleuderte ihn gegen den Flugzeugrumpf …

… und Hauptmann Johann Göbbs erwachte aus dem Traum, der ihn seit Monaten quälte. Der Wagen, in dem er saß, hatte eine plötzliche Bremsung gemacht.

»Passen Sie doch auf, Pfeiffer!« Generalmajor Nadler, der neben Göbbs auf den hinteren Sitzen des Wagens saß, fluchte auf den Fahrer. Aus der aufgeschlagenen Akte auf seinem Schoß waren mehrere Blätter gerutscht und hatten sich auf dem Wagenboden verteilt.

Göbbs rieb sich die in einem Lederhandschuh steckende Hand. Die Narben waren empfindlich und manchmal hatte er das Gefühl, als wäre alles noch da, wo es hingehörte, und schmerzte. Die Ärzte hatten gesagt, das würde noch lange so bleiben. Zwei Finger fehlten an der rechten Hand, ein Andenken an den missglückten Anschlag auf die Flugzeuge in Norwegen. Eines von mehreren Andenken. Dieser Zünder hätte ihm auch beinahe das Augenlicht gekostet. Das zweite Andenken: die eingeschränkte Sehfunktion seines linken Auges. Das dritte war das feine Narbengewebe, das sich schräg über die linke Gesichtshälfte vom Nasenflügel über das Auge hinweg bis zum schon weiter nach hinten gewanderten Haaransatz zog. Das linke Ohr fehlte fast völlig – Nummer vier – und statt Geräusche wahrzunehmen, hörte Göbbs seit der Explosion auf dieser Seite ein stetiges Klingeln – fünftens. Der Anschlag hatte ihm zwar einen Orden eingebracht, da er augenscheinlich die Sprengung der Flugzeuge verhindert hatte, jedoch auch ein von den Ärzten ausgesprochenes Flugverbot. Seine geminderte Sehkraft, das Ohrgeräusch und die Verletzung der Hand wurden als Begründung ins Feld geführt. Stattdessen hatte man ihn in das Reichsluftfahrtministerium nach Berlin versetzt.

Er schnaubte bei diesem Gedankengang. Dabei wussten die Ärzte noch gar nichts von Andenken Nummer sechs.

›Ach, bin ich jetzt ein Andenken? Das fasse ich mal als Beförderung auf. Vor einigen Wochen noch hast du versucht, mich zu ignorieren. Dann war ich Problem Nummer sechs. Jetzt schon ein Andenken.‹

Es stimmte. Er hatte versucht, die Stimme in seinem Kopf zu ignorieren. Wusste er doch nicht, wie er diese einzuordnen hatte. War sie sein schlechtes Gewissen? Seine bessere Hälfte? Oder war sie wirklich das, was sie schien? Denn die Stimme ähnelte in Klang, Ton und Aussprache sowie in der Wortwahl der seines Großvaters. So jedenfalls nahm er sie wahr. Der aber war vor einigen Jahren gestorben. Die Stimme selbst hatte das weder bestätigt, noch verneint. So funktionierte das auch nicht. Göbbs konnte der Stimme keine Fragen stellen … besser, die Stimme antwortete nicht auf seine Fragen. Sie kam mit Anmerkungen, mit Ideen, mit Ratschlägen und mit Gedanken, die er sich nicht zu denken traute. Vielleicht war es auch die Stimme seines Unterbewusstseins, die sich in dieser Form seit dem Unfall artikulierte – auch wenn sie ihn duzte.

Ja, lieber das als die Selbstdiagnose Schizophrenie.

»Wie lange soll das denn dauern?«, stöhnte der Generalmajor mit Blick auf das Hindernis, das sich vor ihrem Wagen aufbaute, und riss den Hauptmann damit aus seinen Grübeleien.

Der Fahrer verstand das falsch. »Soll ich rausgehen und fragen, wann es weitergeht?«

Sie befanden sich auf dem Weg zu den Heinkel-Flugzeugwerken nahe Oranienburg nördlich der Reichshauptstadt und waren kurz vor ihrem Ziel. Der Wagen fuhr unter einer kleinen Eisenbahnbrücke durch, passierte eine Kurve und musste kurz danach überraschend an einer Kreuzung halten. Ein Konvoi verstopfte die Querstraße und einige Wagen stauten sich bis in die Seitenstraßen. Die Fahrzeuge waren offensichtlich auf dem Weg an die Front, an die viel zu nahe Ostfront.

›Die armen Schweine‹, merkte die Großvater-Stimme an.

Links neben ihrem Wagen erstreckte sich ein Komplex aus mehreren kleinen und einem großen Gebäude, militärisch genutzt, aber eher als Schulungs- denn als Kasernenobjekt. Zwei Hitlerjungen in Uniform standen am Tor. Trutzige Steinsäulen hielten einen eisernen Zaun. Direkt auf der Kreuzung musste ein Opel Blitz halten. Die Plane wurde von innen zurückgeschlagen und Männer sprangen auf die Straße: Uniformierte, Hitlerjungen und Zivilisten mit Armbinden des Volkssturms. Sie drängten sich zusammen und zündeten Zigaretten an. In der Kälte zogen sie ihre Schultern hoch, als erhofften sie sich dadurch etwas Wärme. Der Konvoi bestand aus den unterschiedlichsten Typen von LKWs, denen man die bisherige zivile Nutzung zum größten Teil noch ansah. Auf dem einzigen Militär-LKW in Sichtweite war eine Flak provisorisch befestigt.

Die beiden Männer auf der Rückbank des wartenden Wagens musterten die am Konvoi stehenden Soldaten.

»Alte Männer und Kinder. Volkssturm und HJ«, murmelte Hauptmann Göbbs.

›Arme Schweine. Kanonenfutter‹, wiederholte die Großvater-Stimme.

Generalmajor Reinhold Nadler, Abteilungsleiter im Reichsluftfahrtministerium, sah kurz zu den Soldaten. »Kanonenfutter. Arme Schweine. Es wird Zeit für den Einsatz der Wunderwaffe. Nun, vielleicht erleben wir ja heute ihre Geburt.« Dann sortierte er weiter seine Zettel.

›Das wird die dort auch nicht mehr retten!‹

Göbbs schwieg, schaute nach links aus dem Wagenfenster und betrachtete den Komplex hinter dem Zaun, musterte die frierenden Hitlerjungen am Tor, die ihrerseits den Konvoi beobachteten. Ob sie froh waren, nicht mit dabei zu sein?

›Na klar!‹ Die Stimme hatte es sich neben ungebetenen Ratschlägen zur Gewohnheit gemacht, die Fragen zu beantworten, die Göbbs selbst im Geiste stellte, sich aber nicht zu beantworten wagte.

Generalmajor Nadler hatte die herausgerutschten Blätter wieder einsortiert und schloss die Akte, in der er seit ihrer Abfahrt aus dem Reichsluftfahrtministerium gelesen hatte. Man wusste im Ministerium, dass er als einer der Günstlinge Görings durch dessen besondere Fürsprache schon vor Jahren ins Reichsluftfahrtministerium gelangt war. Wie durch ein Wunder hatte Nadler auch die Reorganisationen und Straffungen des Ministeriums überstanden, die Albert Speer durchgeführt hatte, als ihm im Juni des Vorjahres die Luftrüstung übertragen worden war.

Mit einer Geste, als würde er den Inhalt des Ordners schützen wollen, legte Nadler seine Hand auf den Deckel und sah seinen Nachbarn an.

»Gut geschlafen?« Sein Ton war freundlich.

»Eher nicht, Herr Generalmajor.« Göbbs hasste Leute, die sich nach außen beständig freundlich gaben. Und Nadler hatte er noch nie anders als freundlich erlebt. Meist waren diese Menschen kreuzgefährlich. Vor allem, wenn sie Abteilungsleiter im Reichsluftfahrtministerium waren. Göbbs hatte persönlich bisher noch nicht viel mit Nadler zu tun gehabt und ermahnte sich, vorsichtig zu sein, so vorsichtig, wie auch sonst immer – mindestens.

›Noch vorsichtiger, mein Junge!‹

Na gut, also noch vorsichtiger.

»Wir sind noch gar nicht dazu gekommen, uns zu unterhalten, Herr Hauptmann.«

Der Angesprochene drehte seinem Vorgesetzten das Gesicht zu. »Sie haben gelesen, Herr Generalmajor.«

»Und Sie geschlafen. Kommen Sie, Göbbs. Ich meine überhaupt und insgesamt. Wie lange sind Sie jetzt bei uns? Drei Wochen? Vier?«

»Drei.«

»Nun seien Sie doch nicht so einsilbig.« Nadler wies auf die rechte Hand seines Gesprächspartners, an der der kleine und der Ringfinger fehlten. »Ostfront?«

›Der hat garantiert deine Akte gelesen!‹

Das denke ich auch, antwortete Göbbs in Gedanken. Er hatte sich angewöhnt, ab und an auf diese innere Stimme zu reagieren, auch wenn ein Irrenarzt ihn wahrscheinlich in eine geschlossene Anstalt eingewiesen hätte. So aber gab die Stimme eher Ruhe, nervte ihn nicht und lenkte ihn auch nicht ab.

Göbbs war sich sicher, dass Nadler seine Akte gelesen hatte. Warum stellte er ihm diese Fragen? Was beabsichtigte Nadler damit? Suchte er einen Gesprächsanfang, einen Anknüpfungspunkt? Dieser Generalmajor machte zwar den Eindruck, als könne er sehr gut damit leben, den Krieg nur vom Schreibtisch aus zu erleben, aber Göbbs hütete sich davor, ihn zu unterschätzen. Das war eine der Lektionen, die er von seinem Großvater gelernt hatte. »In unserer Zeit, Junge«, hatte der alte Mann einmal gesagt,

»ist es wichtig – überlebenswichtig – niemandem zu trauen. Egal, für wen du arbeitest. Egal, wovon du überzeugt bist. Und erst recht egal, wer dir Hilfe und Unterstützung geschworen hat. Du darfst niemandem trauen, hörst du? Niemandem! Nur dir.« Dann hatte er gekichert, ihm zugezwinkert und ergänzt: »Und mir.«

Nur wenige Monate nach diesen Worten waren in Deutschland die Nazis an die Macht gekommen. Göbbs hatte sich die fast schon paranoid zu nennende Einstellung seines Großvaters all die Jahre hindurch bewahrt.

Er hob die Hand mit den fehlenden Fingern, zog den Handschuh aus und registrierte insgeheim belustigt, dass der Generalmajor vor der Verstümmelung zurückzuckte. Er sah seinen Vorgesetzten an.

»Nicht alle Verletzungen werden deutschen Soldaten an der Ostfront zugefügt, Herr Generalmajor. Norwegen.« Göbbs zog den Handschuh wieder über, als wolle er die Verletzung auch vor sich selbst verbergen.

»Sie sind ein Zyniker, Herr Hauptmann.«

›Wieder einer, der den Unterschied zwischen Zynismus und Ironie nicht begriffen hat.‹ Die Großvater-Stimme war schneller mit ihren Bemerkungen als Göbbs mit seinen Gedanken. Aber vielleicht waren diese Bemerkungen ja auch seine Gedanken. Es war zum Verrücktwerden – wenn er das nicht schon war.

»Und die anderen Verletzungen?« Nadler blickte in das Gesicht seines Gesprächspartners. Die Narbe war nicht zu übersehen.

»Ebenfalls. Bis auf diese hier.« Göbbs zeigte auf eine helle, kaum zu erkennende, gerade einmal zwei Zentimeter lange Narbe rechts auf der Stirn. »Die habe ich meinem Rennwagen zu verdanken, bei dem die Bremsen versagt haben.«

»Sie sind Rennen gefahren?«

»Ja, bei uns im Taunus gibt es eine lange Tradition der Autorennen. Aber als der Unfall sich ereignete, war ich ein Kind und fuhr die Rennen in selbstgebauten Kinderautomobilen. Mein Vater und mein Großvater waren begeistert von den Autorennen und haben mir so eines gebaut.«

›Immer wieder die alte Geschichte?‹ Die Großvater-Stimme klang jetzt beleidigt und Göbbs hoffte, sie würde nun eine Weile schweigen.

Nadler war irritiert. Göbbs sah seinem Gesicht an, dass er nicht wusste, ob der Hauptmann ihn auf den Arm nehmen wollte oder nicht. Mittlerweile war sich Göbbs hundertprozentig sicher, dass Nadler seine Akte gelesen hatte. Wollte er testen, wie Göbbs auf seine Versetzung in das Reichsluftfahrtministerium, das RLM, reagierte? Oder auf das von den Ärzten ausgesprochene Flugverbot? Dann würde er gleich auf das Fliegen kommen.

Ein fast nicht zu sehendes Lächeln umspielte Göbbs' Lippen. »Die richtigen Rennwagen mit funktionierenden Bremsen fuhr ich später, als ich es mir leisten konnte.« Göbbs ließ ab und an ganz gerne durchblicken, dass seine Familie vermögend war, nicht nur mit Worten, sondern auch mit Anschaffungen und Ausgaben.

Nadler schluckte, sammelte sich. »Mensch Göbbs, ich meine den Unfall, dem Sie diese große Narbe im Gesicht zu verdanken haben. Nun kommen Sie schon«, Nadlers Stimme klang wieder freundlich, doch zugleich hatte sich eine leichte Schärfe eingeschlichen. »Lassen Sie sich doch nicht alles aus der Nase ziehen! Die haben Sie ja immerhin noch.« Er lachte über seinen eigenen Witz, scheinbar ohne zu merken, dass Hauptmann Johann Göbbs nicht lachte. »Ein Kampfeinsatz gegen die Briten? Oder gegen Widerstandskämpfer? Die sollen ja in Norwegen recht aktiv sein.«

»Ein Anschlag auf unsere Flugzeuge, Herr Generalmajor, wohl vom Widerstand. Ich war zur falschen Zeit am falschen Ort, wie man so schön sagt.«

»Da haben Sie aber Glück gehabt.«

»Ich habe neun Leben, Herr Generalmajor. Wie eine Katze.« Es war ein Spruch, den Göbbs gerne brachte.

»Waren es nicht sieben?« Wieder war der Generalmajor irritiert.

»Mark Twain hat gesagt, dass der Unterschied zwischen einer Lüge und einer Katze darin besteht, dass die Katze nur neun Leben hat.«

»Twain? Der Amerikaner? Ich wusste gar nicht, dass der noch gelesen wird.«

›… dass der noch gelesen werden darf, wolltest du wohl sagen.‹

»Doch, er steht nicht auf der Liste der verbotenen Autoren.« Göbbs rechter Mundwinkel zog sich eine Winzigkeit nach oben.

»Wie auch immer, jetzt jedenfalls haben Sie eines weniger, Göbbs.« Nadler lachte erneut.

»Eigentlich zwei, Herr Generalmajor.«

Jetzt war Nadler einmal mehr verwirrt und sein Lachen erstarb für einen Augenblick, doch Göbbs wies schnell auf die Stirnnarbe. »Ich verfehlte einen Pfeiler nur um wenige Zentimeter.«

»Dann sind wir ja doch bei sieben Leben.« Nadlers Bauch hüpfte, als er lachte, und Göbbs hatte Angst, dass die Uniformknöpfe an der straff gespannten Jacke reißen und wie Geschosse durch den Wagen sausen könnten. »Sehen Sie, Göbbs. Ein deutscher Generalmajor hat immer Recht, wenn er mit Untergebenen redet.«

Dann beruhigte er sich und sah Göbbs von der Seite an. »Was sind Sie geflogen? Aufklärer oder Jagdflieger?«

Und schon waren sie beim Thema. Göbbs trug seit der Entlassung aus dem Krankenhaus und dem Beginn seiner Tätigkeit im Reichsluftfahrtministerium wieder seine Fliegeruniform. »Es steht doch alles in meiner Akte, Herr Generalmajor. Transportflugzeuge bin ich in Norwegen geflogen, die Tante Ju und den großen Dessauer.«

Nadler nickte. »Junkers. Die Ju 52 und die Ju 90.« Es klang, als wolle er sein Wissen beweisen. Göbbs bezweifelte, dass Nadler auch nur eine der Maschinen würde fliegen können.

»Keine Kampfeinsätze?«

»Im Polenfeldzug und am Anfang in Frankreich. Aber wahrscheinlich war ich nicht effektiv genug. Nach dem Frankreichfeldzug zog man mich nach Norwegen ab.«

»Vielleicht weil Sie Norwegisch können?«

Na also, Nadler hatte doch seine Akte gelesen. »Mein Großvater war ein Norweger, der bereits als junger Erwachsener nach Deutschland gekommen ist.«

»In Bad Soden im Taunus. Und trotzdem hat man Sie nach Norwegen geschickt?«

»Wohl eher genau deshalb, meiner Sprachkenntnisse wegen. Englisch und Norwegisch. Ich selbst bin nie vorher dort gewesen.« *Jedenfalls steht nichts darüber in den Akten der Gestapo*, fügte er in Gedanken hinzu.

»Sie haben nie das Land ihrer Väter besucht?«

Göbbs verschränkte die Arme vor der Brust und sah nach draußen zu den frierenden Hitlerjungen vor dem Eisentor. »Das Land meines Großvaters. Und er hatte es schon vor der Geburt meines Vaters verlassen. Ich hatte keinerlei Beziehungen zu Norwegen und bin erst nach der Kapitulation Frankreichs nach Norwegen versetzt worden. Da war das Unternehmen Weserübung schon lange vorbei.«

Die Bitterkeit in seiner Stimme konnte er nur mit Mühe unterdrücken. *Unternehmen Weserübung*, der Überfall Deutschlands auf Dänemark und Norwegen. Bei den Kriegshandlungen war das Gestüt seines Großvaters, das er noch immer in Norwegen besessen hatte, fast völlig zerstört worden. Göbbs' Großvater hatte daraufhin seinen ersten Herzinfarkt erlitten, von dem er sich nie wieder richtig erholt hatte. Den zweiten nach dem Überfall auf die Sowjetunion. Im Juli 1941 hatten sie seinen Großvater beerdigt. Göbbs hatte keinen Heimaturlaub dafür bekommen und konnte das Grab des großen alten Mannes, der für ihn immer das unbesiegbare Vorbild gewesen war, erst acht Monate später besuchen.

Nadler hob beschwichtigend die Hände. »Schon gut, Göbbs. Ich wollte Ihnen nicht zu nahe treten. Sie sind erst einige Wochen aus dem Krankenhaus raus und müssen sich an den Dienst im Ministerium gewöhnen.«

Göbbs' Blick wanderte an Nadlers voluminösen Körper vorbei wieder aus dem Autofenster zum neben der Straße liegenden Schulkomplex mit den Hitlerjungen. Dabei machte er den Eindruck, als würde er durch die Mauern hindurch irgendwo weit in die Ferne sehen. »Es ist nicht einfach, wenn man gesagt bekommt, dass man nie wieder fliegen darf und einem der Flugzeugführerschein entzogen wird.« Er ließ ein wenig Mutlosigkeit in seiner Stimme mitschwingen. Es war wohl die richtige Zeit, diese Bemerkung zu machen. Sollte Nadler ihn ruhig für weich in dieser Beziehung halten. Das würde vielleicht einiges einfacher machen.

»Das kann ich verstehen, Göbbs. Aber machen Sie sich nichts draus. Das wird schon wieder.«

Das wird schon wieder. Nur mühsam unterdrückte Göbbs jetzt doch ein Schnauben. So wie dieser Krieg mit seinem noch immer propagierten Endsieg, an den nur noch die Verbohrten und Unverbesserlichen glaubten? So wie der Einsatz der Wunderwaffe? Was sollte *schon wieder* werden? Seine Verletzungen? Dieses Deutschland? Europa? Die ganze Welt?

Nadler riss Göbbs aus der Schleife der Gedanken. Er beugte sich über ihn und wies auf den Komplex neben den Fahrzeugen. »Dort haben wir für Sie ein Zimmer vorbereiten lassen, während Sie in den Heinkel-Werken sind. Die ehemalige Flieger-Technische Vorschule. Bis zum vorigen Jahr haben wir hier ausgebildet, unseren Nachwuchs für das technische Unteroffizierskorps der Fliegertruppen. Die Schule ist seit Oktober unter Verwaltung der Reichsjugendführung. Im Vertrauen«, Nadler senkte die Stimme, »man sagt, auch das wird nicht mehr lange so bleiben. Die Jungen sollen wohl in Bälde in den Volkssturm eingegliedert werden.« Dann setzte er sich wieder gerade hin und tippte dem Fahrer auf die Schulter. »Pfeiffer, gehen Sie doch mal rüber und fragen Sie, wie lange die hier die Straße noch blockieren wollen. Wir müssen weiter.«

Der Gefreite murmelte ein schwäbisch gefärbtes »Jawohl, Herr Generalmajor«, knöpfte sich die Jacke bis zum Kragen zu und verließ das Fahrzeug. Er gesellte sich zu dem Trupp am LKW und bot Zigaretten an.

»Der soll nicht rauchen, der soll machen, dass die weiterfahren!«

In diesem Moment setzte sich der Konvoi wieder in Bewegung. Hitlerjungen und Volkssturm-Männer sprangen in ihren LKW. Der Fahrer schmiss seine Zigarettenkippe in den Straßengraben und rannte zurück zu ihrem Fahrzeug. Mit ihm kam ein Schwall kalter, nach Zigarettenrauch riechender Luft in das Auto.

»Pfeiffer!«, donnerte Nadler los. »Sie sollten keine Zigarettenpause einlegen.«

»'tschuldigung, Herr Generalmajor« Pfeiffer senkte zerknirscht seinen Kopf. »Die gehen an die Oder«, sagte er dann, »nach nur drei Wochen Ausbildung.«

Nadler und Göbbs schwiegen. Was gab es dazu auch zu sagen?

Kurz darauf hatte das letzte Fahrzeug des zusammengewürfelten Konvois die Kreuzung passiert. Pfeiffer ließ den Motor an, bog an der Kreuzung nach links ab und folgte dem Konvoi auf der Chaussee mehrere hundert Meter. Nadler wies auf den Wald links der Straße.

»Hinter den Bäumen liegt Werk Eins«, erklärte Nadler. »Das Oberwerk. Hier wird produziert … wurde produziert. Werk Zwei sehen Sie dort unten.« Er wies nach rechts. Vor ihnen querte eine Brücke die Straße. Folgte man der mit den Augen, führte eine Straße vorbei an bewachten Baracken. In zirka einem Kilometer konnte man auf dem leicht abschüssigen Gelände Häuser und zwei riesige Hallen erkennen. »Der Flugplatz am Unterwerk.« Nadlers Stimme war Stolz anzuhören. »Dort werden wir in zwei bis drei Stunden sehen, was der Führer für eine Waffe für uns konstruiert hat.«

›Die der Führer konstruiert hat? Dass ich nicht lache!‹, kicherte die Großvater-Stimme.

In Göbbs' Geist tauchte die Gestalt Adolf Hitlers auf, wie er, mit einem Bleistift hinter dem Ohr, an einem Reißbrett stand, an den Lippen Farbe von Kopierstiften, und wie ein Wahnsinniger an einigen Linien herumradierte. Jetzt musste er sich ein Grinsen verkneifen. *Der Führer als Konstrukteur!* Das einzige, was dieser Mann konstruiert hatte, war der größte Zusammenbruch in der deutschen Geschichte.

»Auf dem Flugfeld ist seit Anfang des Jahres das Jagdgeschwader 7 stationiert. Deren Messerschmitt Me 262 hat sich als äußerst erfolgreiches Flugzeug mit Strahltriebwerk erwiesen.« Nadler wies mit seiner Hand weiter nach Süden. »Hinter dem Flugfeld befindet sich die Versuchsstelle für Höhenflüge. Streng geheim, Göbbs. Ich sage Ihnen das nur, weil eines der Projekte, das sie begleiten werden, in direkter Regie der Versuchsstelle und in Zusammenarbeit mit den Heinkel-Werken ablaufen wird.«

Er winkte weiter mit der Hand, die er die ganze Zeit ausgestreckt gehalten hatte. »Der Ort dort hinten heißt Leegebruch. Ein Großteil der Arbeiter der Heinkel-Werke kam bisher von dort. Jetzt sind die meisten Männer an der Front und wir beschäftigen Frauen, Fremdarbeiter und KZler. Aber wem sage ich das?« Nadler schnaubte unzufrieden.

Göbbs kam sich bei den Worten Nadlers vor wie bei einer Stadtführung, die er als Junge bei einer Urlaubsreise mit seinem Großvater einmal mitgemacht hatte.

Er hörte kaum den Worten Nadlers zu, hatte er sich doch schon im Vorfeld mit den Unterlagen zu den Heinkel-Werken vertraut gemacht. Seine Augen hingen am Oberwerk. Etwas zu lesen oder aber den vollständigen Komplex vor sich zu sehen, waren zwei grundverschiedene Dinge. Er hatte sich die Flugzeugwerke nicht so groß vorgestellt. Es gelang ihm nicht, sich im Vorbeifahren einen Überblick zu verschaffen. Der Wagen bog nach links von der Straße ab, beschrieb eine Kurve und hielt vor dem Tor. Ein Wachposten trat heran, salutierte, kontrollierte die Papiere und winkte das Fahrzeug durch. Göbbs konnte bei der Einfahrt erkennen, dass ein großer Teil des Werkes innerhalb des Geländes noch einmal von Stacheldrahtzaun und Wachtürmen umgeben war. Das KZ-Werk, hier mussten die Häftlinge aus dem KZ Sachsenhausen arbeiten.

Der Wagen hielt hinter der Werkseinfahrt links vor einem Gebäude, dessen Grundriss doppelt T-förmig war. Das Haus des Werkschutzes hinter ihnen nahm Göbbs die Sicht auf den mit Stacheldraht umsäumten Teil des Werkes.

»Die Werksleitung«, kommentierte Nadler. Direkt vor ihnen ragten sechs kantige Säulen zwei Etagen hoch, um auf dem Vordach von einem Adler mit ausgebreiteten Schwingen gekrönt zu werden. Sie traten zwischen die Säulen und wurden durch das Vordach vor dem gerade aufkommenden Eisregen geschützt. Eine vom Erdboden bis zum Dach reichende Fensterfront gewährte Einblick in das Innere. Rechts und links des Säulenvordaches erstreckte sich das Gebäude, geklinkert und zweigeschossig mit großen Fenstern.

Ein Major trat durch den Ausgang, riss den Arm hoch und grüßte mit ausgestrecktem Arm. »Heil Hitler!«

»Heil Hitler!«, erwiderte Nadler eher nachlässig. Göbbs hob den Arm, schwieg aber.

»Major Schneidereit«, tönte Nadler. »Alles vorbereitet für den Testflug heute?«

Schneidereit lachte. »Selbstverständlich, Herr Generalmajor. Wir brauchen noch etwa eine Stunde und etwas besseres Wetter. Aber«, sein Blick wanderte zum Himmel, »zur Not verschieben wir den Testflug um eine Stunde. Mein Wetterfrosch hat Besserung gelobt.« Sein Blick kehrte zu Generalmajor Nadler zurück. »Die Horten-Brüder werden heute nicht da sein, haben aber ihren Oberingenieur Steinbauer geschickt. Wenn Sie uns die Ehre auf eine Tasse Kaffee geben würden. Herr Eichler und Oberst Voigt warten bereits auf Sie.«

»Gut, gut. Wer wird fliegen? Hauptmann Uhse oder eine andere Ihrer hübschen Fliegerinnen? Oder verstecken Sie die charmanten Damen wieder vor uns und haben Sie sie mit der Überführung von Flugzeugen an die Front betraut?«

»Leutnant Ziller fliegt, wie mit dem Ministerium abgesprochen. Er hat sich schon lange vorbereitet und ist auch die Segelvariante geflogen. Ziller hat Ende Dezember, Anfang Januar in Lärz auf einer Messerschmitt 262 trainiert, um sich an die Strahltriebwerke zu gewöhnen, da er bisher nur Erfahrungen mit Propellermaschinen und Lastenseglern hatte. Er ist einer unserer besten Männer.«

»Schon gut, Schneidereit, schon gut!« Erneut leutselig wirkend, winkte Nadler mit der Hand ab. Die Einzelheiten schienen ihn nicht zu interessieren. »Ich hatte nur auf ein wenig Weiblichkeit in dieser harten Zeit gehofft. Gut, dann eben Kaffee, wenn Sie welchen haben. Warum nicht. Hier draußen ist es lausig kalt, wie in Sibirien. Kein Wunder, dass der Russe so nah ist.« Er lachte wieder als einziger über seinen Witz.

»Göbbs, Sie verschaffen sich einen kleinen Überblick. Ich denke, Sie werden von …« Er sah hilfesuchend zu Major Schneidereit.

»… Hauptmann Langner …«, assistierte dieser.

»… von Hauptmann Langner begleitet. Er wird Ihnen alles Wichtige zeigen und sagen. Seien Sie in einer halben Stunde …?« Erneut wandte er sich fragend zu Schneidereit. Der nickte und Nadler fuhr fort: »… in einer halben Stunde auf der Startbahn am Unterwerk.«

»Langner ist in einer Minute da«, bemerkte Schneidereit noch. Damit ließen sie Göbbs vor dem Eingang stehen und verschwanden hinter der gläsernen Tür.

Nur kurz darauf öffnete sich diese wieder, um einen Hauptmann auszuspucken.

›Oh, Hauptmann Langner. Da stimmt das alte lateinische Sprichwort Nomen est omen *aber nicht!‹* Die Großvater-Stimme klang deutlich amüsiert und Göbbs verkniff sich ein Grinsen. Der Körperumfang dieses Mannes machte seinem Namen wirklich keine Ehre. Er schien, was seine Ausdehnungen in Länge, Breite und Höhe angingen, in alle Richtungen dasselbe Maß zu haben. Rote Äderchen an den feisten Wangen und eine fast schon blaurot verfärbte Nase zeigten deutlich, wo seine Vorlieben lagen.

»Sie sind also der Neue, der mich hier ablösen wird?« Langner gab Göbbs die Hand und musterte ihn von oben bis unten. Dabei schnaufte er, als habe er die Etagen des hinter ihm liegenden Gebäudes im Laufschritt absolvieren müssen. Göbbs trat unwillkürlich einen halben Schritt zurück, um sich vor dem Mundgeruch des Hauptmanns zu schützen. Langner war ihm auf Anhieb unsympathisch.

»Wir haben drei Tage, um Sie einzuarbeiten, dann bekomme ich meinen Marschbefehl. Hat man mir versprochen.« Bei dem »man« verdrehte er die Augen nach oben, als wolle er auf imaginäre Vorgesetzte verweisen, die irgendwo über ihm saßen.

»Marschbefehl?« Göbbs sah sein Gegenüber an.

»Ja klar. Heutzutage wird jeder Etappenhengst an die Front geschickt, solange er zwei gesunde Arme, Beine und Augen hat. Ich hatte nicht das Glück einer Verletzung.«

»Das Glück einer Verletzung?« Göbbs riss sich erneut den Handschuh herunter und hielt dem Hauptmann seine verstümmelte Hand vor die Nase. »Wollen wir tauschen? Dann darf ich wenigstens wieder fliegen.«

Langner taumelte einen Schritt zurück und starrte auf die drei Finger, die Göbbs von seiner Hand geblieben waren. Er hüstelte, strich sich über den stramm sitzenden Uniformmantel, sah sich um, als suche er etwas und blickte danach wieder Göbbs an. Dieser registrierte, dass Langner ihm nicht in die Augen sah. Sein Blick schien auf einen Punkt leicht rechts von Göbbs' Nase gerichtet zu sein, als hätte dieser dort eine Warze.

›Arschloch!‹, sagte die Großvater-Stimme.

Göbbs hatte dieser Bemerkung nichts hinzuzufügen. Aber er ärgerte sich über sich selbst. Warum nur rutschte er nach dem Unfall immer wieder in diese aggressive Stimmung ab? Er musste sich unter Kontrolle bekommen. Betont langsam zog er sich den Handschuh wieder über. »Schon gut. Es hat nicht jeder das Glück eines wachen Verstandes.« Er zwinkerte Langner zu, um der Bemerkung scheinbar etwas von seiner Schärfe zu nehmen. »Wissen Sie, wo es hingeht?«

»Wohin schon. Alles, was laufen kann, wird dem Russen entgegengeworfen. Würde mich nicht wundern, wenn sogar Sie in ein paar Wochen ihren Marschbefehl bekämen.«

Er atmete noch einige Male tief durch, bevor er die nächste Frage stellte: »Sie kennen Ihre Aufgabe, Hauptmann …«

»Göbbs. Und ja, ich kenne meine Aufgabe. Als Verbindungsoffizier zwischen dem Reichsluftfahrtministerium und den Heinkel-Werken werde ich als eine Art Wachhund fungieren. Ich habe über die Einhaltung der Richtlinien des RLM zu wachen und dem RLM alles mitzuteilen, was hier im Werk vor sich geht. Dazu bin ich berechtigt, in Vorgänge bis zur Geheimhaltungsstufe *›Geheime Kommandosache‹* eingewiesen zu werden.«

»Oh« Langners Augen öffneten sich weit zwischen den Fettwülsten. »Ich habe nur die Freigabe bis *›Geheim‹*, mit einer Ausnahme. Und die zeige ich Ihnen nachher.«

›Wahrscheinlich muss er deshalb an die Ostfront.‹ Die Großvater-Stimme klang trocken.

Langner drehte sich zum Werk. »Kommen Sie, ich zeige Ihnen Ihre neue Wirkungsstätte. Als Verbindungsoffizier zum RLM werden Sie es nicht leicht haben, das sage ich Ihnen schon vorweg. Der Betriebsleiter Hans Eichler bekommt die Anweisungen von Heinkel persönlich. Natürlich sind die mit dem RLM abgesprochen. Deshalb wundere ich mich, dass es uns als Verbindungsoffiziere überhaupt gibt. Andererseits bekommen wir Weisungen und Informationen vom RLM, die die hier im Werk gar nicht umsetzen können. Gleichzeitig sollen wir natürlich alles, was hier geschieht, ans Ministerium melden, wie Sie schon sagten. Die freuen sich hier *total* über uns.« Jetzt klang Langner sarkastisch. »Haben ja noch nicht genug Aufpasser, seit die KZler aus Sachsenhausen hier arbeiten und die SS eine Produktionshalle nach der anderen hinter Stacheldraht verschwinden lässt.« Langner kratzte sich an der Stirn und schob dabei seine Uniformmütze nach hinten. Langsam, als wolle er dem Satz besondere Bedeutung beimessen, sagte er: »So wie die deutschen Arbeiter an die Front verschwunden waren, wurden sie durch Frauen, Fremdarbeiter und später durch KZler ersetzt.«

Göbbs nickte, den Satz hatte er vor wenigen Minuten schon fast wortgleich von Nadler gehört.

Langner griff nach dem Oberarm von Göbbs und ließ ihn in der folgenden halben Stunde kaum los. Göbbs wurde durch das

Oberwerk geführt und Langner zeigte ihm Hallen, Werksstraßen, Stacheldrahtzäune und sogar ein Schwimmbecken, bevor sie vor einem PKW stehen blieben. Der kleine, dicke Hauptmann betrachtete den Himmel. Schon vor einer ganzen Weile hatte der Eisregen aufgehört und der Himmel begann aufzuklären. Ein leichter Wind schob die Wolkenfetzen gemächlich vom Himmel. »Hatte doch der Wetterfrosch von Major Schneidereit tatsächlich Recht. Wir werden fliegen können. Kommen Sie. Lassen Sie uns runterfahren zu Werk Zwei. Ich will Ihnen unser Baby zeigen.«

Ungläubig legte Hauptmann Göbbs seine Hand auf die Tragfläche. Dann sah er Langner an. Der nickte. »Es besteht zum größten Teil aus Holz.«

»Aus Holz?«

»Ja, mit einer Schicht aus Leim und Kohlenstaub. Dadurch wird es auf den Radarschirmen unserer Feinde nahezu unsichtbar. Nur die Lufteinlässe der Düsentriebwerke sind aus geschweißtem Stahl, die Tanks in den Tragflächen aus Aluminium. Und das Cockpitdach natürlich aus Plexiglas.«

»Und es fliegt?«

»Besser als die Messerschmitt 262.« Er blickte die ungewöhnliche Konstruktion fast schon liebevoll an. »Unser Projekt Dreitausend.«

Göbbs verstand nicht, was man auch seinem Gesicht ansah.

»Tausend Kilometer Reichweite«, erklärte Langner. »Tausend Kilometer pro Stunde schnell und das alles mit einer Eintausend-Kilogramm-Bombenlast an Bord. Damit werden wir die Lufthoheit zurückerlangen. Das gibt dem Krieg die Wende, auf die wir alle warten.«

Nicht alle, dachte Göbbs.

›Bei Odins Zehennägeln, so etwas habe ich noch nie gesehen!‹ Die Großvater-Stimme klang fassungslos.

Ich auch nicht, antwortete Göbbs.

Vor ihm stand auf dem Flugfeld die ungewöhnlichste Konstruktion, die Göbbs je unter dem Begriff »Flugzeug« gesehen hatte. Ein Nur-Flügler mit einer sich flach aus dem Rumpf erhebenden Plexiglashaube, unter der sich der Platz für den Piloten befand, einem Bugrad und jeweils einem weiteren Rad unter den Flügeln. Das fehlende Heck gab dem Flieger ein Aussehen, als wäre er nicht aus dieser Zeit, fand Göbbs. Die Maschine hatte eine Spannweite von knapp achtzehn und eine Länge von fast acht Metern. War der Hauptmann sonst aus Misstrauen Fremden gegenüber eher einsilbig, so fand er dieses Mal kaum Worte, weil er von dieser Maschine begeistert war.

Sie standen unweit einer Startbahn. Hinter ihnen öffnete sich die Zufahrt zum Werk. Auf dem Gelände befanden sich neben mehreren kleineren Gebäuden zwei riesige Hallen, von denen Langner die nähere als Endmontagehalle bezeichnet hatte. Die mehr als einhundert Meter lange Front der anderen, der Einfliegehalle, säumten gewaltige Stahltore. Sie waren in mehreren Flügeln zusammengeschoben und ließen einen Blick in das Innere der Halle zu. Göbbs hatte zwei Focke-Wulf 190 und eine Messerschnitt Me 262 bemerkt, bevor sich seine Aufmerksamkeit auf das Fluggerät konzentrierte, das von einem kleinen Traktor auf das Flugfeld gezogen worden war.

»Das ist … das bei Weitem bemerkenswerteste Flugzeug, das ich je gesehen habe. Und es fliegt?« Er musste die Frage einfach wiederholen.

»Ziller – das ist der Hauptmann, der den Bomber fliegt – hat auf der Messerschmidt geübt und ist von unserer *Horten IX* hier«, Langner legte die Hand auf die Tragfläche, »schwer begeistert. Bisher ist er die Segelvariante geflogen. Die wurde im Schlepp einer zweimotorigen Maschine auf Höhe gebracht. Heute ist der offizielle Jungfernflug mit den Strahltriebwerken.«

Göbbs umrundete die Horten IX. »Tausend Kilometer pro Stunde?«

»Ist berechnet«, antwortete Langner. »Wir machen heute einen ersten Test. Stellen Sie sich das vor, Herr Hauptmann: ein normaler Bomber hat neunzehn Minuten nach der ersten Ortung, bevor er Englands Küste erreicht. Die sehen uns schon, wenn wir noch über dem Festland sind. Mit der Horten reduziert sich die Vorwarnzeit der Engländer um mehr als die Hälfte. Bei einem Niedrigflugeinsatz in fünfzehn Metern Höhe vielleicht sogar auf zwei bis drei Minuten! Ihre Tarnfähigkeit und die Geschwindigkeit bringen die Wende, Sie werden es sehen.«

Göbbs legte ebenfalls eine Hand an die Tragfläche, dort, wo das Triebwerk war. Erstaunt zog er die Augenbrauen hoch. »Es ist warm.«

»Der Triebwerksspezialist von Junkers, die die Triebwerke hergestellt haben, hat die Turbinen warm laufen lassen.« Langner fühlte sich sichtlich wohl, als er mit seinem Fachwissen glänzen konnte.

»He!« Ein Ruf unterbrach ihr Gespräch und Göbbs' Staunen. »Was machen Sie da?« Hinter ihnen kam ein Zivilist näher. Langner verdrehte die Augen.

»Georg Steinbauer«, flüsterte er Göbbs zu. »Es heißt, er ist eine absolute Koryphäe auf dem Gebiet des Flugzeugbaus. Arbeitet seit einigen Jahren bei den Horten-Brüdern in Gotha und tut, als ob die Horten IX einzig und allein sein Baby ist. Angeblich hat er auch bei der V1 und der V2 mitgewirkt, bis Wernher von Braun ihn abgelöst hat. Für zwei Genies ist der Platz auf einer Baustelle grundsätzlich zu eng.«

Dann drehte er sich zu dem näher gekommenen Zivilisten um. Georg Steinbauer war ein hagerer Mann über fünfzig, mit einer winzigen Brille und dünnem, grauen Haar, das seinen Kopf in einem Kranz umgab. Trotz der Kälte trug er keine

Kopfbedeckung. Ein langer, brauner Mantel flatterte um seine Glieder und konnte nicht verbergen, dass Arme und Beine eher schlaksig an ihm wirkten, ganz so, als sei ein Vierzehnjähriger in seiner Wachstumsphase einfach nur gealtert, ohne dass sich sein Körper weiterentwickelt hatte.

»Ingenieur Steinbauer«, Langner streckte ihm die Hand hin, so dass Steinbauer gar nicht anders konnte, als sie zu ergreifen. »Das ist Hauptmann Göbbs vom Reichsluftfahrtministerium. Er wird meine Stelle übernehmen, wenn ich das Reich an der Ostfront verteidige.«

»Ach, der neue Wachhund vom RLM«, knurrte Steinbauer und schob sich wie unbeabsichtigt zwischen Göbbs und die Horten IX. »Können Sie uns nicht einfach unsere Arbeit machen lassen? Wenn ich richtig informiert bin, sind Sie für das Oberwerk zuständig, nicht für mein Flugzeug. Niemand hat hier Zutritt! Das ist ein streng geheimes Projekt, Herr Hauptmann.« Göbbs trat einen Schritt zurück, um sich nicht den Nacken zu verrenken, wenn er zu dem deutlich größeren Steinbauer aufsah. Er hasste Situationen, in denen er während einer Konfrontation zu seinem Gesprächspartner aufschauen musste. »Ich bin für den Gesamtkontakt zuständig, Herr Steinbauer, und meine Einführung beginnt heute, weil in Bälde der Testflug Ihres Flugzeuges ansteht, wie ich informiert worden bin. Und in diesem Zusammenhang bin ich *sehr wohl* berechtigt, mir vorweg ein Bild von der Maschine zu machen. Oder wollen Sie dem Reichsluftfahrtministerium in der Situation, in der sich das Reich gerade befindet, Steine in den Weg legen?« Steinbauer wurde bei den Worten des Hauptmanns rot vor Wut. Bevor er noch etwas entgegnen konnte, setzte Göbbs nach: »Ich bin sicher, im Ministerium wird man an der Art und Weise Ihrer Zusammenarbeit mit mir sehr interessiert sein.« Jetzt ersetzte Blässe das Rot. Dann schnappte Steinbauer nach Luft und trat einen Schritt zur Seite.

»Dann bitte«, presste er zwischen den Zähnen hindurch hervor.

›Gratuliere‹, meldete sich die Großvater-Stimme wie selbstverständlich. *›Du kannst ja richtig einen auf Offiziersschwein machen! Ich bin zutiefst zufrieden mit dir, Junge.‹*

Göbbs wandte seine Aufmerksamkeit wieder der Maschine zu, strich mit der Hand über die Außenhaut, musterte das Fahrwerk, die Triebwerke und begann, dem Ingenieur Fragen zu stellen. Nach anfänglichem Unmut beantwortete Steinbauer die Fragen Göbbs' zunehmend bereitwilliger, vor allem, als er mitbekam, dass der Hauptmann Flieger war und dessen Fragen von Sachkenntnis zeugten. Steinbauer erzählte von der Entwicklungszeit, der Bauzeit, den Testflügen, von Flugeigenschaften und Reichweiteberechnungen und vor allem ohne zu zögern auch von Entwicklungsschwierigkeiten, Serienfertigung, Produktionsorten und geplanten Stückzahlen.

»Göring hat uns volle Unterstützung zugesichert. Wenn die Testflüge hier in Oranienburg alle glatt über die Bühne gehen, bekommen wir einen ersten Auftrag über vierzig Flugzeuge.«

›Vierzig?!‹ Die Großvater-Stimme klang entsetzt.

»Vierzig dieser Babys«, murmelte Langner hinter Göbbs verzückt. »Wissen Sie, was das für die Front bedeutet? Wir können weit im Hinterland des Feindes dessen Nachschublinien und Industrie angreifen. Welch' eine Entlastung für die Front.«

Steinbauer starrte verzückt den Flieger an. »Göring und die Brüder Horten reden schon über das nächste Projekt, einen Großjäger, der den Atlantik überqueren kann. Wir haben die ersten Studien bereits angefertigt. Er ist machbar. Drei Triebwerke auf jeder Seite, vierzig Meter Flügelspannweite und wir können New York erreichen. Wenn alles glatt läuft, beginnen wir im April mit der Montage.«

»Wir tragen den Krieg bis auf den amerikanischen Kontinent.« Langners Stimme war vor Euphorie kaum zu verstehen.

»Gibt es …«, Göbbs musste sich räuspern, denn seine Stimme klang belegt bei den Vorstellungen, die seine beiden Gesprächspartner hier entwickelten. »Gibt es weitere Prototypen?«

»Wir hatten drei Prototypen hier in Oranienburg, unter anderem die Segelvariante. Jetzt aber nicht mehr. In Gotha gab es einen weiteren Prototyp, der ist aber weggeschafft zu den vierzig fast einsatzbereiten Maschinen in einem Stollen im Thüringer Wald bei Friedrichroda. Dort haben wir eine geheime Basis mit Start- und Landebahn, Werkstätten und Personal, aber das wissen Sie ja sicher bereits.«

Göbbs nickte, als wüsste er es, jedoch war diese Information neu für ihn: vierzig Maschinen und eine komplette Fluganlage, irgendwo in den Thüringer Bergen … Er würde auf einer Landkarte nach Friedrichroda suchen müssen.

»Wir warten jeden Tag auf die Triebwerke von BMW, um sie einzubauen. Leider ist BMW mit der Entwicklung der Triebwerke nicht so schnell, wie wir hofften. Deshalb mussten wir bei unserer Maschine hier auf die Triebwerke von Junkers zurückgreifen, auch wenn die in den letzten Jahren immer unzureichender geworden sind. Kriegsproduktion halt.« Steinbauer hatte sich in einen Rausch geredet. Göbbs spürte in ihm den Wissenschaftler, den Ingenieur, der sich nicht um die Folgen seiner Arbeit kümmerte. Es ging Steinbauer einzig und allein um das Konstruieren, das Herstellen eines wundervollen Flugzeuges, das Erproben neuer Techniken, um sein Flugzeug schneller zu machen, mit einer immer größeren Reichweite und höheren Tragkraft. Langner dagegen dachte nur an den Einsatz der Horten als Waffe und die militärischen Auswirkungen, die dieser Einsatz haben würde. Göbbs' Gedanken wurden unterbrochen, als ein Wagen vorfuhr, aus dem Generalmajor Nadler und Major Schneidereit in Begleitung eines Zivilisten und eines weiteren Offiziers ausstiegen.

»Der Betriebsleiter, Hans Eichler«, erklärte Langner und meinte den Zivilisten. »Das andere ist Oberst Voigt von der Versuchsstelle für Höhenflüge. Er hat sozusagen die Oberhoheit über die Flugversuche. Alles streng geheim hier. Normalerweise tummeln sich hier dreimal so viel Leute wie heute.«

Zeitgleich betraten mehrere Personen von der Einfliegehalle her kommend das Flugfeld.

»Ziller.« Langner wies auf den Vordersten, der in seiner Montur unschwer als Flieger zu erkennen war. Der Hauptmann hatte ein sympathisches Gesicht und ein offenes Lächeln.

»Bewundern Sie meine Lady?«, fragte er, als er nahe genug heran war und Langner und Göbbs mit Handschlag begrüßt hatte.

»Ich beneide Sie gerade«, sagte Göbbs und stellte sich vor.

»Wir werden sicher noch Gelegenheit haben, miteinander zu reden.« Ziller nickte ihm zu. »Aber nun entschuldigen Sie mich sicherlich. Ich habe ein Flugzeug zu fliegen.« Seine Gedanken waren ganz auf den bevorstehenden Testflug gerichtet.

Langner griff Göbbs wieder an den Arm und zog ihn zur Seite. »Lassen Sie uns etwas aus der Schusslinie gehen und die hohen Herren dort ihre Gespräche ungestört führen.«

Sie zogen sich einige Meter zurück, während Nadler, Schneidereit, Voigt und Eichler um die Maschine kreisten wie Geier um ein sterbendes Wild. Ingenieur Steinbauer begleitete sie und machte dabei den Eindruck eines Museumswärters, der ignorante Primaner durch sein heiliges Reich geleiten musste.

Langner beugte sich vertrauensvoll zu Göbbs. »Habe ich Ihnen schon erzählt, dass das gar nicht der eigentliche Jungfernflug ist?«

Erstaunt drehte sich Göbbs ihm zu und zog dabei wie unbeabsichtigt seinen Arm aus dessen Griff. Die aufdringliche Nähe seines Gesprächspartners war ihm unangenehm. Langner roch aus dem Mund, als habe er etwas Schlechtes gegessen. Gleichzeitig verbreitete er eine leichte Wolke aus Alkoholdunst um sich. Und dauernd musste er Göbbs am Oberarm berühren.

»Kurz vor Weihnachten sollte Ziller die Triebwerke testen, gab aber zu viel Schub und musste starten. Er drehte zwei Runden über dem Flugfeld und landete wieder problemlos.«

Rund um das Flugzeug brach jetzt Aktivität aus. Ein Fotograf lief herum und machte Aufnahmen. Die Bodenmannschaft half Ziller in die Kanzel, letzte Handgriffe überprüften innen und außen verschiedene Funktionen. Nadler rief Befehle, auf die niemand hörte, und zum Schluss kam ein »Also los!« aus der Kanzel, die daraufhin mit der Plexiglashaube geschlossen wurde. Der Fotograf hatte den Fotoapparat mit einer Filmkamera getauscht. Männer der Bodenmannschaft drehten die Maschine mit dem Bug in Richtung Startbahn und schoben sie langsam in die Startposition.

Langner ließ sich von einem Soldaten zwei Ferngläser bringen. Auch Nadler, Schneidereit, Voigt, Eichler und der bei ihnen stehende Ingenieur Steinbauer hoben Gläser an die Augen.

Ziller hatte die Triebwerke gestartet und das Röhren des Strahlantriebes donnerte über das Flugfeld. Die Maschine kam in Bewegung, zuerst langsam, aber rasch schneller werdend. Und dann hob sie ab. Johann Göbbs war jetzt nicht mehr Hauptmann der deutschen Luftwaffe, er war auch kein Angehöriger des Reichsluftfahrtministeriums mehr und auch sonst nichts anderes. Nicht mal mehr Agent des britischen Auslandsgeheimdienstes Secret Intelligence Service, des SIS. Johann Göbbs, mit den Augen am Fernglas, hier auf einem Flugfeld nördlich von Berlin, in der Nähe einer Stadt, von der er bis vor drei Wochen kaum etwas gehört hatte, war nur noch Flieger. Er sah dieses Flugzeug und wünschte sich wie nichts sonst auf der Welt, dort unter der Plexiglashaube zu sitzen, das Röhren der Triebwerke mit dem ganzen Körper wahrzunehmen und mit aufjaulenden

Motoren über die Startbahn zu jagen, um dann diesen Moment zu spüren, in dem sich die Räder von der Erde lösen.

Der Flug dauerte knapp dreißig Minuten und Ziller brachte die Maschine auf über fünfhundert Kilometer pro Stunde. Johann Göbbs stand die ganze Zeit auf ein und derselben Stelle. Er merkte nicht, wie ihm die Füße kalt wurden, die Beine. Er hielt das Fernglas mit klammen Fingern an die Augen gepresst und beobachtete das fliegende Dreieck, das, mal näher mal weiter entfernt, seine Runden zog. Mal war die Horten kaum zu erkennen über den westlich liegenden Wäldern, dann wieder donnerte sie nur hundert Meter über ihnen dahin. Sie zog Kreise über Oranienburg, Schleifen über den Heinkel-Werken, verschwand in den tiefliegenden Wolken, tauchte an anderer Stelle wieder auf. In Göbbs' Nähe hatte sich eine Gruppe Techniker versammelt, die aufgeregt jedes einzelne Flugmanöver, jede Reaktion des Flugzeuges kommentierten. Göbbs selbst brauchte die Kommentare nicht. Er war lange genug geflogen, um zu sehen, dass einerseits Ziller ein ausgezeichneter Pilot war, der das Flugzeug beherrschte, und dass andererseits die Maschine ein Potential hatte, das weit über das der Maschinen hinausging, die zurzeit im Einsatz waren, egal ob auf deutscher Seite, auf Seite der Russen oder der Alliierten. Sollte es gelingen, diese Maschinen in Serie zu fertigen, würde das unvermeidliche Ende des Krieges noch weiter hinausgezögert werden. Allein die vierzig bereitstehenden Flugzeuge waren eine nicht zu unterschätzende Gefahr. Im Gegensatz zu Langner glaubte er nicht, dass diese Flugzeuge eine Wende im Krieg herbeiführen würden. Aber eine Verlängerung des Krieges. Und das hieße: noch mehr Opfer, noch mehr Leid und Sterben und noch größere Verwüstungen und Zerstörungen.

Göbbs wusste, was er wahrscheinlich tun müsste.

Und die ganze Zeit schwieg die Großvater-Stimme.

02

10. Februar 1945, Waidmannsluster Damm, Berlin-Reinickendorf

Ein wenig versteckt hinter hohen Tannen und Gebüsch, vom Gehweg aus kaum zu sehen – was den anständigen Bürgern dieses Stadtviertels recht war –, stand ein Haus, dessen Bewohnerinnen zumindest unter den Frauen der Gegend einen äußerst zwielichtigen Ruf hatten. Es war ein unauffälliges Haus und trotzdem herrschte hier an manchen Abenden ein reger Verkehr – in des Wortes doppelter Bedeutung.

Das Bordell war Ziel von Herren des gehobenen Standes, im Militär wie auch im zivilen Bereich. In Friedenszeiten hatten hier sogar Diplomaten verkehrt. Einen Hauptmann wie Johann Göbbs sah man hier eher selten. Hier gehörten Majore zu den unteren Diensträngen. Nichtsdestotrotz schien Göbbs hier bekannt zu sein, denn Maria, die füllige und »im Dienst« gealterte Hausdame begrüßte ihn mit einem dicken Schmatz auf beide Wangen. »Liebster Johann. Ich bin so froh, dass Sie mal wieder in der Stadt sind. Ihre Verletzungen sind hoffentlich so weit ausgeheilt, dass Sie voll einsatzbereit sind.« Sie zwinkerte ihm dabei zweideutig zu.

Göbbs zwinkerte ebenfalls. »Deshalb bin ich hier, Maria.«

»Wollen Sie erst etwas trinken?« Sie wies einladend in den Salon, in dem sich eine Handvoll Uniformierter mit Gläsern in den Händen tummelten.

Göbbs, der früher gern einige Zeit in Zivil zwischen den Gästen gestanden und sich mit ihnen unterhalten hatte, schüttelte den Kopf. »Heute nicht, Maria.«

Und das nicht nur, weil er in Uniform war. Heute war er nicht auf der Suche nach Informationen, die er angetrunkenen, euphorisierten und in mehrerlei Hinsicht erleichterten Bordellgästen entlocken konnte. Die, die hierherkamen, wussten bisher nicht, dass er ein einfacher Flieger gewesen war. Die Gefahr, jetzt hier Mitarbeiter des Reichsluftfahrtministeriums zu treffen, bestand durchaus. Zwar war sein letzter Besuch mehrere Monate her, doch bestand mit seinen Narben und seiner Versetzung nach dem »Unfall« an das Ministerium mittlerweile eine erhöhte Gefahr, dass ihn jemand erkennen könnte. Er wollte in diesen Kreisen nicht mehr gesehen werden. Im Ministerium brauchte niemand zu wissen, dass er hier »verkehrte«. Die Gäste, mit denen er früher gesprochen hatte, wussten nichts von ihm, nicht, dass er Flieger war, nicht, dass er jetzt im RLM tätig war und dort an einem streng geheimen Projekt mitarbeitete, und erst recht nicht, dass er viele Jahre lang für den norwegischen Geheimdienst gearbeitet hatte und nach der Annektierung Norwegens vom britischen SIS übernommen worden war.

Maria nickte, als wüsste sie um die Geheimnisse des Hauptmanns. Göbbs hoffte, dass dem nicht so war. Er zog die Augenbrauen nach oben und schaute zur Decke. »Ist sie frei?«

»Giulietta?« Maria sprach den Namen mit einer leichten italienischen Betonung aus. Göbbs wusste aber, dass die Thüringerin Julia Meyer hieß, in Erfurt geboren worden und von der Abstammung her arischer als so manch ein Mitglied der herrschenden Partei war. Und dass sie – wie er – für den SIS arbeitete.

»Ja.« Maria nickte ihm zu. »Gehen Sie ruhig, Johann.«

Göbbs lächelte und stieg durch das weitläufige Treppenhaus nach oben.

›Giulietta?‹, fragte die Großvater-Stimme.

Lass mich, antwortete Göbbs. *Das war vor deiner Zeit.*

›Julia?‹ Die Stimme ließ nicht locker.

Du sollst mich in Ruhe lassen!

›*Du wirst gefühlsduselig, Junge!*‹, warnte ihn die Großvater-Stimme.

Mach mir das nicht kaputt, entgegnete er. *Das ist einerseits mein Job und andererseits genau das, was ich jetzt möchte. Herrgott nochmal! Ein bisschen Freude in dieser kaputten Zeit. Ist das so verwerflich? Und jetzt verzieh dich bitte. Das hier gehört nicht dir!*

Und die Stimme verstummte.

Landschaftsbilder in Öl hingen an den Wänden. In der ersten Etage folgte er dem langen Flur, ging an den Zimmern Eins bis Sechs vorbei, hinter deren noblen Türen diverse Herren aus Industrie und Militär erleichtert wurden. Die verschnörkelten Zimmernummern aus Messing glänzten im Licht der dezenten Flurbeleuchtung. Das wegen der Luftangriffe nach außen verdunkelte Zimmer Sieben betrat er, ohne anzuklopfen. Einige Kerzen brannten im Raum verteilt. Ein riesiges Himmelbett, rot mit weinroten, halbdurchsichtigen Vorhängen, betonte die linke Seite des Raumes. Mehrere Spiegel an den Wänden, eine kleine Kommode, ein winziger Tisch mit zwei Stühlen und eine halboffene Tür, die in ein von einer einzigen Kerze beleuchtetes Badezimmer führte.

Eine zierliche Gestalt rauschte aus der Dämmerung heran und sprang ihn an. Göbbs, überrascht, verlor das Gleichgewicht und krachte auf den Rücken, die Gestalt auf seinem Brustkorb. Der Schlag presste ihm die Luft aus der Lunge und er war sekundenlang nicht in der Lage, zu reagieren. Die junge Frau nutzte die Situation, indem sie ihn mit den Beinen umklammerte, ihre Arme unter seinen Achselhöhlen hindurch auf den Rücken schob und ihre Lippen auf seine presste.

»Nur einer betritt mein Zimmer, ohne zu klopfen«, keuchte sie zwischen zwei Atemzügen – ein Privileg übrigens, dessen Göbbs noch immer nicht ungestört frönen konnte. Verzweifelt versuchte er, seine malträtierten Lungen wieder dazu zu bekommen, gleichmäßig zu atmen. Er japste auch noch, als die Lippen der Frau begannen, über sein Gesicht zu wandern, während ihre Hände ungerührt seine Jacke aufknöpften.

»Ich hatte so eine Angst um dich«, hauchte sie in sein gesundes Ohr und fuhr mit der Zunge über die Augen. Sie presste mit ihrem Oberkörper seinen wieder auf den Boden, da er halbherzig versuchte, sich aufzurichten, platzierte ihre Knie rechts und links neben seine Hüfte und setzte sich schließlich auf, die Hände auf seinen Brustkorb gestützt.

»Das war beim letzten Mal noch nicht da.« Ihre Finger spielten kurz mit dem Eisernen Kreuz, bevor sie die Jacke komplett geöffnet hatte und sich erneut mit ihren Händen auf seiner Brust abstützte.

»Ich …«, krächzte Göbbs, der langsam wieder Luft bekam. »Ich muss dir … was erzählen.«

Sie verschloss seinen Mund mit ihrer kleinen Hand und presste den Unterkörper in seinen Schoß. Er merkte, wie er sofort auf die Berührung reagierte.

»Du bist seit deinem Unfall nicht hier gewesen. Nur ein einziger Brief aus dem Lazarett, den dieser Soldat hier abgab.« Ihre Stimme klang vorwurfsvoll.

»Ich war vorsichtig«, verteidigte er sich und war froh, wieder in ganzen Sätzen reden zu können. »Ich hab ihm eine wirre Geschichte erzählt, von der Tochter eines Grafen, dem eifersüchtigen Vater, der sein einziges Kind ins Bordell getrieben hat und meiner unerwiderten Liebe … Er hatte wohl früher zu viele Groschenromane gelesen.«

»Der arme Junge war völlig verwirrt«, schnurrte sie. Dann wurde ihre Stimme plötzlich samtweich. »Erzählen kannst du später. Jetzt ist erstmal privat.« Mit ihrer freien Hand öffnete sie ihren Bademantel, griff nach seiner Hand, führte sie an ihre Hüfte, unter das dünne Hemdchen und nach oben bis zu ihrer

Brust. Göbbs, solcherart deutlich eingeladen, griff zu. Er hielt diesen wunderbaren Teil ihres Körpers fest, der seine Hand ausfüllte und sich warm, weich und fest zugleich anfühlte, und er merkte plötzlich, wie sehr er das alles in den letzten Monaten vermisst hatte. Mit Griffen, die so schnell und hektisch waren wie ihre Lust groß, rissen sie sich die Kleidung vom Leib und fielen übereinander her, direkt auf den Dielen an der Tür, heftig, laut keuchend, schwitzend, bis Julia schließlich schluchzend auf ihm zusammenbrach und auf seinem Brustkorb liegen blieb. Sie vergrub das Gesicht an seiner Schulter und schlang ihre Arme erneut um ihn.

»Dieses ganze verdammte Reich bricht zusammen und du kommst nicht zu mir, meldest dich nicht.«

Seine Hände lagen noch immer auf ihrem Gesäß, das sich jetzt aber nicht mehr bewegte. »Ich konnte dir keinen Brief schreiben. Du selbst hast mir die Richtlinien zur Kontaktaufnahme eingebläut.«

»Oh verdammt, Hauptmann Göbbs!« Sie hieb mit ihren Fäusten auf seine Brust. »Verdammt! Verdammt! Verdammt!«

Nur wenige Minuten später lagen sie auf dem Bett, die vom Schweiß glänzenden Körper mit einem Laken bedeckt, um nicht auszukühlen.

»Warum ist dir der Zünder in der Hand explodiert? Was ist schief gegangen?« Julia hielt seine verstümmelte Hand, strich wie selbstverständlich über die Narben an der Stelle, an der einmal Finger gewesen waren. Es kitzelte, die Haut war überempfindlich. Sie streichelte den Rest seines Ohres und fuhr ihm mit den Fingern zart über das geschlossene Auge, den Verlauf der Narbe folgend.

Er schluckte. »Zwei Dinge gingen daneben. Ich war noch nicht fertig. Als ich die Bomben anbrachte und den Zünder noch in der Hand hielt, erschienen die Soldaten. Ich wollte nicht, dass sie bei dem Anschlag ums Leben kamen. Und dann ging der Zündsatz hoch. Wahrscheinlich war er fehlerhaft. Wäre der Zünder schon im Sprengstoff gewesen, hätten meine Reste sich mit denen der Flugzeuge vermischt und sie hätten wohl das ein oder andere Zahnrad mit in meinen Sarg gelegt.«

Sie legte eine Hand auf seinen Mund. »Das ist nicht witzig.« Dann schluckte sie und gab seine Lippen wieder frei. »Und jetzt bist du der große Held?«

»Jetzt bin ich der große Held«, bestätigte er. »Man dachte, ich hätte den Sprengsatz entdeckt und wäre beim Entschärfen gewesen. Sie haben mir das Eiserne Kreuz verliehen und mich nach dem Krankenhaus ins Ministerium versetzt.«

»Du hättest sterben können!«

»Wir sind im Krieg. Ich kann jederzeit sterben. Du auch, wenn die Alliierten eine Bombe genau über diesem Tempel der Freude abwerfen.«

»Wir haben einen Keller hier«, wehrte sie ab. »Du aber hast dein Leben riskiert, um deutsche Soldaten zu retten.«

»Ich habe neun Leben, wie eine Katze.«

»Neun Leben? Ich dachte, eine Katze hätte sieben?«

»Die alten ägyptischen Pharaonen haben ihre Katzen alle neun Gänge ihres Gerichtes vorkosten lassen. Neun Gänge, neun Leben.«

»Nach der Aktion in Norwegen hast du nur noch acht Leben.«

»Sieben, habe ich vor einigen Tagen meinem neuen Vorgesetzten, Generalmajor Nadler, vorgerechnet.«

»Sieben nur noch? Dann wird es langsam knapp, mein Lieber.« Sie richtete sich auf, setze sich an die Rückenlehne des Bettes und zog sich die Decke über die Brust. »Generalmajor Nadler also. Den kenne ich. Der war schon öfter hier Gast.« Sie sah seinen Blick und fügte schnell ein »… aber nicht bei mir!« hinzu, hüstelte und ihr Ton wurde eine winzige Nuance dienstlicher. »Dann können wir jetzt offiziell werden, Paul Joseph.« Sie redete ihn mit dem Codenamen an, den die Engländer ihm gegeben hatten, nachdem sie ihn in den SIS integriert hatten. Dass das nun gerade die Vornamen des Reichsministers für Volksaufklärung und Propaganda waren, schien dem verqueren Humor eines Londoner SIS-Beamten entsprungen zu sein, der in Johann Göbbs' Nachnamen eine eventuelle Ähnlichkeit zu Goebbels gefunden hatte.

Vielleicht war es aber auch die Rache dafür, dass Göbbs auf die Bezahlung eines bestimmten Betrages für seine Dienste bestand, einzuzahlen auf das Konto einer Schweizer Bank. Dem bereits beträchtlich angewachsenen Betrag würde Göbbs sich nach dem Krieg widmen. Vielleicht zusammen mit Julia.

»Gut, Anna.« Es war das immer gleiche Spiel zwischen ihnen. Sobald sie sich »dienstlich« unterhielten, läuteten sie das mit der Nennung ihrer Codenamen ein, wenn sie sich sicher waren, dass sie nicht abgehört wurden. Und das waren sie hier in diesen Räumen, wie Julia von einem ihrer »Kunden« bei der Abwehr erfahren hatte.

»Ich bin nach Oranienburg abkommandiert, in die Heinkel-Werke«, nahm Göbbs den Faden auf und versuchte, das Gefühl zu verdrängen, das sich bei der Erwähnung Nadlers in ihm geöffnet hatte. Julia machte ihren Job, er seinen.

»Das Werk war schon Ziel mehrerer Angriffe, also müssten die Briten und Amerikaner darüber Bescheid wissen.«

»Davon gehe ich aus.«

»Es unterteilt sich in ein Oberwerk, oberhalb einer Landstraße, nur einen oder zwei Kilometer westlich von Oranienburg, und ein Unterwerk, direkt an der Stadtgrenze. Das Oberwerk hat bis vor kurzem Flugzeugkomponenten gebaut. Das Unterwerk mit zugehörigem Flugplatz war für den Zusammenbau der Komponenten in der Endmontagehalle, das Einschießen der Bordbewaffnung und die Erprobung der Flugzeuge zuständig. Mit zunehmender Rohstoffknappheit verlegte man sich bei Heinkel auf das Jägernotprogramm und die Reparatur beschädigter Flugzeuge. Du musst unbedingt weiterleiten, dass beinahe das gesamte Oberwerk von KZ-Häftlingen am Laufen gehalten wird. Die SS hat große Teile eingezäunt und nutzt die Häftlinge für die Arbeit im Werk. Das Werk darf auf keinen Fall bombardiert werden. Für die Häftlinge gibt es keinen ausreichenden Schutz bei Fliegerangriffen. Die haben ein paar Splitterschutzgräben, aber keinen Zugang zu den Luftschutzbunkern auf dem Gelände. Außerdem sind Teile der Produktion ausgelagert. In einem Klinkerwerk in der Nähe des KZ Sachsenhausen werden in mindestens vier Lagerhallen Flugzeugteile und Flugzeugausrüstung produziert.«

Göbbs schwieg einen Moment, sortierte seine Gedanken. »Ich habe darüber hinaus erfahren, dass seit dem letzten Sommer nach einem Platz zur Dezentralisierung der Flugzeugproduktion gesucht wird. Wenige Kilometer östlich von Oranienburg liegt ein kleiner Ort, Schmachtenhagen. Dort sollen wohl Hallen errichtet werden, oder bereits errichtet worden sein, die eine Auslagerung der Produktion ermöglichen. Näheres weiß ich noch nicht.«

Julia nickte. »Wie gesagt, ich gehe davon aus, dass zumindest die Informationen zur Produktion bereits bekannt sind. Deine Einschätzung zu den Häftlingen und die anderen Informationen leite ich weiter. Aber du hast noch mehr?«

Göbbs nickte, schob das Laken von ihrem Oberkörper beiseite und legte eine Hand auf ihre Brust. »Die haben ein neuartiges Flugzeug in Oranienburg. Sie nennen es Horten IX. Es wurde in Gotha produziert und steht im Unterwerk. Verantwortlich ist die neben dem Flugfeld liegende geheime Versuchsstelle für Höhenflüge. Trotzdem sitzt der zuständige Ingenieur im Oberwerk. Bei ihm gibt es auch einige interessante Baupläne zu der Maschine. Das Ganze erscheint ein wenig kompliziert.« Göbbs schüttelte den Kopf, als wolle er noch immer versuchen, dieses Durcheinander zu begreifen. »Obwohl die Versuchsstelle für Höhenflüge, die VfH, Träger der Flugversuche ist, hat man den verantwortlichen Ingenieur in die Heinkel-Werke einquartiert. Er heißt Steinbauer, Georg Steinbauer. Wie ich von meinem Vorgänger, der an die Ostfront versetzt worden ist, erfahren habe, muss er eine absolute Koryphäe im Flugzeugbau sein. Er kommt wohl aus der Raketenforschung um Wernher von Braun und ist bei den Horten-Brüdern maßgeblich an der Konstruktion dieses neuen Flugzeuges beteiligt. Sie haben die Maschine im Unterwerk getestet.« Seine Hand wanderte von der Brust über den Bauchnabel abwärts und schob das Laken dabei noch weiter zur Seite. »Und ich war dabei. Ein völlig neuer Typ von Flugzeug, mit Flugeigenschaften, die den Alliierten wirklich gefährlich werden können.«

Er fasste zusammen, was er von Nadler, Langner und Steinbauer über die Horten IX erfahren hatte. Dann fuhr er fort: »Ziller, der Flieger, hat am Tag nach dem ersten noch einen zweiten Testflug unternommen, die Bremsfallschirme aber etwas zu früh ausgelöst, was zu einer harten Landung führte. Ziller blieb unverletzt, die Maschine wurde gering beschädigt. Im Moment wird sie repariert. Das Ministerium macht Druck, weil sich die Russen schon hinter der Oder sammeln und man jeden Tag mit dem Start der Offensive Richtung Berlin rechnet. Im Ministerium will man mit einem dritten Testflug die Geschwindigkeit austesten. Die Serienproduktion soll wohl durch Göring bereits in Auftrag gegeben worden sein. Angeblich gibt es in Gotha einen zweiten Prototyp und vierzig bereits gefertigte Maschinen in einem geheimen Stollen in Thüringen. Nach Steinbauers Worten warten die nur noch auf die Triebwerke von BMW. Wenn diese einsatzbereit werden, haben die Alliierten ein großes Problem. Die Bomber können sämtliche Nachschubbasen in Europa erreichen, ohne dass ihnen nennenswert etwas entgegengesetzt werden kann.«

Julia griff nach seiner Hand, drückte sie in den Schoß, den sie ihm entgegenpresste.

»Und was kann man dagegen tun?« Ihre Stimme klang rauchiger als noch wenige Minuten zuvor.

»Übermorgen soll ein Vergleichsfliegen mit einer Messerschmitt stattfinden, die auch ein Strahltriebwerk hat. Und in acht Tagen der Geschwindigkeitstestflug.«

Göbbs dachte nach. Seine Hand begann, langsam zu reiben, die Finger zwischen dem dichten Haarkleid auf Erkundung zu gehen. »Ich müsste die Maschine manipulieren. Aber ich will nicht, dass Ziller bei einem der Testflüge etwas passiert.«

Julias Stimme wurde leise, als sie antwortete. »Und genau das ist dein Problem, Hauptmann Johann Göbbs. Du willst nie, dass irgendwem irgendetwas passiert. Du warst Jagdflieger und triffst keine gegnerischen Flüchtlingstrecks, also wirst du abkommandiert. Du arbeitest für den norwegischen Widerstand und kannst keine deutschen Soldaten in die Luft jagen, während diese das Land deines Großvaters besetzt halten. Ein Flugzeug wird getestet, das hunderten alliierten Soldaten den Tod bringen kann, das den Krieg verlängern und damit noch mehr zivile Opfer fordern wird und du hast Angst um einen einzigen deutschen Flieger? Du lässt dich bezahlen und verweigerst die Ausführung?«

Göbbs schwieg einen Moment, bevor er antwortete. »Ziller ist ein sympathischer Mensch.«

»Warten wir ab, was die Zentrale sagt.« Sie glitt auf ihn. »Ich denke, du wirst in drei bis vier Tagen wiederkommen müssen. Da habe ich die Antwort aus London. Und jetzt«, sie schob ihren Körper auf seinem nach unten, »wirst du auch gleich noch einmal kommen müssen.«

Eine halbe Stunde später stand Göbbs angezogen an der Kommode, während Julia ins Bad verschwinden wollte.

»Es wird alles zusammenbrechen, Julia.«

Sie blieb stehen, schaute ihn an. »Sieh zu, dass du überlebst.«

»Sieh du zu, dass du Berlin verlassen kannst«, entgegnete er leise.

Sie lachte bitter auf. »Erstens kann ich das nicht, weil unsere Agenten ihre Anlaufstelle brauchen, und zweitens hat Goebbels die Stadt zur Festung erklären lassen, wie du weißt. Er wurde von Hitler mit der Verteidigung der Reichshauptstadt beauftragt. Die lassen niemanden mehr raus. Wer Berlin verlässt, muss einen guten Grund dafür haben, einen verdammt guten und weit nach oben reichende Beziehungen. Selbst der Führer harrt hier aus, das große Vorbild. Und mit ihm sein ganzer gottverlassener Stab.«

»Wenn die Russen hier genauso wüten, wie in den eroberten Gebieten im Osten, dann musst du dich verstecken. Keine Frau ist vor denen sicher.«

»Und kein Wehrmachtsoffizier. Die interessiert nicht, ob du für den norwegischen Geheimdienst oder den britischen SIS gearbeitet hast.«

»Ich glaube, es ist zwecklos, mit dir diskutieren zu wollen. Wie können wir Kontakt aufnehmen, wenn ich nicht mehr hierherkommen kann?«

Sie zuckte mit den Schultern. »Chaos macht sich breit. Ich weiß es nicht.«

»Ich werde dich zu finden wissen … nach dem Ende.«

»Und ich dich.« Sie trat auf ihn zu, berührte mit dem rechten Zeigefinger seine Nasenspitze. »Ich hätte mir eine bessere Zeit für uns gewünscht, ohne Krieg, ohne Geheimdienst …«

»Dann hätten wir uns nicht kennen gelernt.« Er legte ihr die Hände auf die Schulter. »Und ich hätte mir eine andere Tätigkeit für dich gewünscht.«

Sie grinste schief. »Dann hätten wir uns nicht kennen gelernt«, wiederholte sie seine Worte. »Bleib heil.«

»Dito.« Er griff in seine Tasche und holte eine Geldbörse hervor.

»Ich will nicht, dass du mich bezahlst!«, sagte sie und ihr Gesicht verfinsterte sich.

Er hielt in seiner Bewegung inne. »Und wie machst du das mit Maria aus?«

»Die bekommt ihren Anteil von mir.«

Schweigend legte Göbbs das Geld in die Schale auf der Kommode, sah sie an und antwortete dann doch: »Auf die Art würdest ja du mich bezahlen, und das will *ich* nicht.«

Die Tür fiel hinter ihm ins Schloss. Julia sah die geschlossene Tür an und eine Träne schlich sich in ihr Auge. Energisch, als sei ihr dies sich selbst gegenüber peinlich, wischte sie diese weg. »Mehr Professionalität!«, wies sie sich zurecht, drehte sich um und rauschte in das Badezimmer, um sich auf den nächsten Kunden vorzubereiten.

03

18. Februar 1945, Heinkel-Werke, Oranienburg bei Berlin

Langner hatte Göbbs eingearbeitet, war mittlerweile aber bereits seit über zwei Wochen an die Ostfront verschwunden und so stand Göbbs an diesem Tag allein auf dem Flugfeld. Das Wetter war nicht optimal zum Fliegen. Die Wolken hingen tief, ein feiner Nieselregen ging nieder und die Nässe durchdrang nach und nach den Uniformmantel des Hauptmanns. Er hatte sich in die grundlegenden Abläufe in den Flugzeugwerken eingearbeitet, war mit Hitlerjungen, einigen Zivilbeschäftigten – von den wenigen, die übrig geblieben waren –, mit Fliegern, Bodenpersonal, Wehrmachts- und Luftwaffenangehörigen sowie der Betriebsleitung in Kontakt gekommen und hatte sogar ein paar Gespräche mit SS-Männern gehabt, die den KZ-Teil des Werkes bewachten. Alle Informationen aus seinen Gesprächen mit Steinbauer, die die Horten betrafen, hatte er an Julia weitergegeben. Ein leichter Schauer zog seinen Rücken hinauf und verebbte zwischen den Schulterblättern, als er an die beiden letzten Besuche bei ihr dachte.

An Pläne für das Flugzeug war er bisher nicht gekommen, Fotos von der Maschine hatte er keine machen können und er hatte auch noch keine Gelegenheit gehabt, sich ihr unbemerkt zu nähern. Beständig wuselte eine Anzahl von Technikern um die Maschine, Steinbauer immer mittendrin. Das Beste, was ihm gelungen war, war an einem Abend nach einem Testflug ein Gespräch mit Ziller direkt an der Maschine. Der hatte begeistert von der Horten berichtet und Göbbs durfte sich sogar für einige

Minuten in das Cockpit setzen. Ziller hatte Start und Landung beschrieben, von den Flugeigenschaften gesprochen und ausführlich die Unterschiede des Fliegens mit einem herkömmlichen Flugzeug erläutert.

Göbbs hatte sich in diesem Moment nichts mehr gewünscht, als den Knopf der Zündung zu drücken und abheben zu können.

Julia hatte ihn darüber informiert, dass man beim SIS höchst interessiert an den Plänen der Horten sei und man von ihm erwarte, das in Oranienburg stationierte Exemplar zu sabotieren. Weder das Eine noch das Andere war ihm bisher gelungen. Steinbauer schien in seinem Büro in der obersten Etage des Verwaltungsgebäudes zu wohnen und die Maschine wurde permanent bewacht. Er hatte keinen Grund und keine Gelegenheit, Steinbauers Büro zu betreten und konnte sich der Horten nicht nähern, ohne sich verdächtig zu machen. Steinbauer selbst war ein höchst interessanter Mann für den SIS. Der Geheimdienst hatte Julia über ihn in Kenntnis gesetzt. Der Ingenieur sei seit seinem Weggang aus dem Raketenprogramm nicht nur einer der führenden Flugzeugkonstrukteure des Dritten Reiches, er sei für die Alliierten *die Flugzeug-Koryphäe* schlechthin. Göbbs musste den SIS über alles informieren, was den Ingenieur anging. Selbstredend auch über das, was er über das Werk in Gotha und den Standort des Stollens in Thüringen erfuhr, in dem die anderen Horten IX stehen sollten. Aber auch in dieser Beziehung war Göbbs bisher nicht erfolgreich gewesen. Steinbauer hatte fast nichts erzählt, so oft – und so behutsam – Göbbs auch das Gespräch auf diese Punkte zu lenken versuchte.

Für heute war ein Flug angesetzt worden – der dritte nach der Beinahe-Bruchlandung – und Göbbs hatte mitbekommen, dass es auf der Führungsebene Streit deswegen gab. Nadler, der wieder extra aus Berlin gekommen war, hatte ihn über die Hintergründe nicht informiert. Vielleicht würde er jedoch mehr von Steinbauer erfahren. Der Ingenieur näherte sich gerade, wie immer mit wehenden Mantelschößen.

›Der sieht aus, als könne er ein ganzes Bataillon Russen allein in die Flucht schlagen.‹ Die Großvater-Stimme hatte einen mürrischen Unterton.

Göbbs musste sich ein Grinsen verkneifen.

Auf der Startbahn wurde die Horten IX zum Start fertig gemacht.

»Was hat Ihnen denn die nahrhafte Kohlsuppe aus unserer Kantine verhagelt?«

Steinbauer begann sofort zu fluchen. »Die sollten das nicht tun, verdammte Scheiße. Das ist kein Flugwetter und die Maschine ist nicht hundert Prozent einsatzbereit. Es ist immer dasselbe. Die fahren alles an die Wand. Diese Eile und der Druck haben uns an den Rand der Katastrophe gebracht. Kein Wunder, dass der Russe vor der Tür steht.« Die Bemerkung zeigte, dass Steinbauer bis zu einem gewissen Grad Vertrauen zu Göbbs gefasst hatte. Göbbs selbst hatte natürlich seine eigenen Ansichten darüber, weshalb *»der Russe vor der Tür stand«*, hütete sich aber, diese vor Steinbauer auszubreiten.

»Diese Militärs!« Steinbauer schüttelte resigniert den Kopf. »Ich war dagegen, aber Ihr Generalmajor drängte auf den Flug.«

Göbbs zog die Augenbrauen nach oben. »*Mein* Generalmajor?«

»Nadler!«, erklärte Steinbauer, ohne zu realisieren, dass Göbbs sehr wohl wusste, wen Steinbauer meinte. »Es gibt die ausdrückliche Anweisung, dass ohne einen der Horten-Brüder keine Testflüge mehr gemacht werden sollen. Aber Nadler …«

»Generalmajor Nadler!«, korrigierte Göbbs.

»… *Generalmajor* Nadler«, wiederholte Steinbauer genervt, »redet dauernd davon, dass die Russen an der Oder stehen …«

»Aber sie stehen an der Oder.« Göbbs hatte einen Tonfall angeschlagen, mit dem er einem geistig nicht ganz so fitten

Untergebenen erklärt hätte, wo sich die Oder befindet, an der die russische Armee stand.

»... und dass der Schlag gegen Berlin bevorstehe ...«

»Und er steht bevor. Die Russen sollen riesige Mengen an Mensch und Material hinter der Oder zusammenziehen.«

»Es interessiert mich nicht!«, brüllte Steinbauer. »Diese verdammte Front ist mir scheißegal! Ihr Generalmajor wird mein Flugzeug kaputt machen, wenn es fliegt. Bei einem Misserfolg will ich, dass Sie Ihrem Ministerium melden, dass der Flug gegen meine ausdrückliche Empfehlung, gegen meinen Willen durchgeführt wurde. Ist das klar?«

»Keine Angst.« Ein feines Lächeln spielte um die Lippen des Hauptmanns. »Sie waren laut genug. Ich habe alles verstanden.«

›*Das macht dir Spaß, nicht wahr?*‹, flüsterte die Großvater-Stimme.

Die zwei Männer starrten, nebeneinander stehend, zur Maschine, wortlos.

Der Start war für zehn Uhr geplant gewesen, aber das Wetter hatte ihnen mit Graupel- und Regenschauern einen Strich durch die Rechnung gemacht. Ziller hatte daraufhin in Absprache mit der Wetterstelle den Start der Horten auf den Nachmittag verschoben. Gegen elf hatte sich dann das Wetter gebessert. Mit vier Grad Celsius herrschte eine akzeptable Temperatur und die Wolkenuntergrenze hatte sich auf »fünfhundert Meter Höhe über Grund« angehoben, wie die Wetterstelle verkündete.

Die Maschine war betankt, die Triebwerke hatte der Triebwerkspezialist warm laufen lassen. Sie hatten die Horten an das östliche Ende der Startbahn schleppen lassen und mit der Nase in Startrichtung nach Westen gedreht.

»BMW hat endlich die Triebwerke für die Maschinen geliefert«, unterbrach Steinbauer schließlich das Schweigen. »Unsere Techniker sind beim Einbau. Dieser Test hier ist eigentlich schon fast überflüssig. Das Flugzeug sollte nach Göttingen, damit wir die Triebwerke umrüsten können, und nach dem Test zu den anderen Maschinen. In drei Wochen können wir mit den richtigen Flugzeugen fliegen, mit den besseren Triebwerken. Die hier sind absoluter Mist, minderwertige Kriegsproduktion!« Er war wieder ruhiger geworden, schüttelte den Kopf. »Wir haben nur achthundert Kilometer pro Stunde erreicht, obwohl eintausend geplant waren. Und das rechte Triebwerk spinnt. Diese Maschine dürfte gar nicht mehr starten. Aber solange Gerede von denen, die was zu sagen haben, mehr gilt als die Aussage von Sachverständigen, solange die Ebenen, auf denen entschieden wird, nicht mit den Ebenen kommunizieren, auf denen gedacht wird, solange wird alles schief gehen hier in Deutschland.«

Verbittert schnaubte der Ingenieur. Er hatte während der letzten Tage und Nächte kaum geschlafen. Wenn er nicht mit den Technikern zusammen in der Einfliegehalle an der Maschine arbeitete, brütete er über den Plänen in seinem Büro. Telefonate mit Thüringen – immer dann, wenn eine Verbindung verfügbar – wechselten sich mit Anrufen in den Zulieferbetrieben ab. Und meist raufte er sich die Haare, dass er hier oben festsaß, während unten an den Maschinen gebaut wurde.

»Ich muss unbedingt nach Göttingen, nach Gotha und in den Stollen bei Friedrichroda«, knurrte er, die Hände tief in den Taschen seines Mantels vergraben. »Die schrauben an den neuen Maschinen und mir wächst hier oben Moos zwischen den Zehen.«

Es war das erste Mal, dass Göbbs bei dem Ingenieur so etwas Ähnliches wie Humor feststellte, und deshalb hätte er auch beinahe die Information überhört, die Steinbauer ihm unbeabsichtigt übermittelt hatte. *Die schrauben an den Maschinen*, dachte er.

›Das heißt, dass die Flugzeuge bald einsatzbereit sein könnten.‹ Manchmal schien die Großvater-Stimme einfach nur wiederholen zu wollen, was glasklar vor Göbbs stand. Das nervte.

»Kommt man denn nicht ohne Sie aus, dort unten in Thüringen?«

»Eben nicht!« Es war, als würde eine Dampfturbine kurz vor Auslösung des Sicherheitsventiles stehen. »Die letzten Flüge haben mir, gerade was die Triebwerke angeht, eine ganze Reihe an Erkenntnissen vermittelt. Ich werde dort gebraucht. Die Maschine wird dort gebraucht. Meine Unterlagen werden dort gebraucht.«

›Du hast vorerst genug erfahren. Lass ihn etwas zur Ruhe kommen, sonst platzt der noch.‹

Göbbs nickte wie selbstvergessen und sah von Steinbauer zur Horten.

»Friedrichroda«, flüsterte er so leise, dass es niemand hörte.

Halb desinteressiert fragte er, mehr in die kalte Luft als an Steinbauer gewandt: »Es interessiert Sie also nicht, dass die Russen eventuell die Reichshauptstadt erobern werden?«

»Werden sie nicht. Unsere Flugzeuge sind in wenigen Tagen einsatzbereit und damit schlagen wir die Russen zurück.«

»Und wenn nicht?«

Jetzt wurde Steinbauer ganz ruhig. »Diese Worte von Ihnen, Herr Hauptmann? Ich hatte bisher den Eindruck, Sie seien ein Hundertfünfzigprozentiger? Einer, den nichts und niemand vom Glauben an den Endsieg abbringen kann?«

»Ich frage nur. Haben Sie keine Angst?« Auch Göbbs blieb ruhig, ohne den Blick von dem Gewusel um die Horten zu nehmen.

»Ich habe keine Angst.« Und in der Stimme des Ingenieurs schwang eine Sicherheit mit, die Göbbs erstaunlich fand. »Und Sie brauchen auch keine Angst um mich zu haben, Hauptmann. Selbst im schlimmsten Fall nicht. Es wurden Vorkehrungen getroffen, die führenden Köpfe – Wissenschaftler, Politiker, Militärs – zu retten, sollte es hier zum Äußersten kommen. Eine

Niederlage Deutschlands in Deutschland heißt noch lange nicht, dass Deutschland von der Weltkarte verschwinden wird, auch wenn es in Europa so nicht mehr existieren sollte.« Er hatte sich in Schwung geredet, stockte plötzlich, als hätte er zu viel verraten und brummte schnell eine belanglose Bemerkung zum Thema Triebwerke.

Auch Göbbs lenkte ab. Jetzt hatte er wirklich genug Stoff zum Nachdenken. Was meinte Steinbauer mit einem Deutschland außerhalb Europas? Vielleicht eine Enklave in einem anderen Land? Aber welches Land würde sich für so etwas hergeben?

›*Das ist ja mal interessant, findest du nicht auch?*‹ Auch die Großvater-Stimme wirkte nachdenklich.

Ja, fand er. Auch wenn er sich keinen wirklichen Reim auf das Gerede Steinbauers machen konnte. Die einzige Enklave, die er sich vorstellen konnte, war die in den letzten Wochen viel beschworene Alpen-Festung. Er rechnete eigentlich jederzeit damit, dass die Reichshauptstadt aufgegeben und der gesamte Führungsstab in die Alpen verlegt werden würde.

Um Steinbauer nicht zu zeigen, dass er über dessen Worte nachdachte, wies er auf die Maschine, um die die Techniker wirbelten. »Haben Sie das Hauptfahrwerk wieder hinbekommen?« Das Fahrwerk hatte bei dem letzten Testflug noch einmal Probleme gemacht, obwohl es nach der harten Landung Zillers repariert worden war.

»Da ist alles in Ordnung. Viel größeres Kopfzerbrechen bereitet mir das Triebwerk«, wiederholte Steinbauer grantig. Er ließ seinen Blick zum Himmel wandern. »Auch nicht optimal.« Noch immer nieselte es und der Wind war böig. Tief zogen einige Regenwolken unterhalb einer bedeutend höheren, aber geschlossenen Wolkendecke dahin. Der Boden war gefroren und die Luft eiskalt.

»Das haben wir alles nur dieser beschissenen Situation zu verdanken.« Steinbauer wies mit dem Kopf nach hinten, Richtung

Oranienburg. Er meinte aber nicht die Stadt, sondern die Front in der Ferne, deren Ruhe momentan eher beängstigend als beruhigend war. Noch vor ein paar Wochen war das Grummeln jenseits der Oder vom Ostwind herangetragen worden. Geräusche, die mehr und mehr Menschen mit immer mehr Sorge beachteten, allen Parolen zum Trotz.

Beinahe unbemerkt war auch das Dreiergespann der Leitung eingetroffen, Nadler aus dem RLM, der Betriebsleiter Eichler und Oberst Voigt von der Versuchsstelle für Höhenflüge. Sie standen etwa dreißig Meter von ihnen entfernt und hatten Ferngläser in den Händen.

Brüllende Triebwerke von der Startbahn unterbrachen das Gejammer des Ingenieurs. Ziller startete die Triebwerke der Horten nacheinander. Göbbs konnte erkennen, wie Ziller aus der Kabine heraus mit hochgerecktem Daumen das Startklar-Zeichen zur Flugfreigabe gab. Die drei Radbremsklötze wurden entfernt, der Startleiter der Flugleitung hob die Startflagge, die Turbinen jaulten auf und die Horten setzte sich in Bewegung, zuerst langsam, nahm rasch Fahrt auf und hob ab. Ziller jagte die Horten IX in einer steilen Kurve nach oben. Das Fahrwerk wurde eingezogen und die Maschine verschwand durch ein Wolkenloch hindurch.

Es waren laut Erprobungsprogramm Fluggeschwindigkeitsmessungen südlich des Flugfeldes in Höhen bis viertausend Metern geplant.

Donnernd schoss die Maschine in großer Höhe aus den Wolken hervor, um gleich darauf in den nächsten Wolkenformationen wieder zu verschwinden. Das Orgeln der Triebwerke verklang in der Ferne. Steinbauer und Göbbs ließen die Ferngläser nicht von den Augen, suchten zwischen den Wolken.

»Dort!«, rief Göbbs dann, als das Jaulen einige Minuten später wieder lauter wurde. »Auf neun Uhr.«

»Was?« Steinbauers Stimme verriet Unverständnis. Er ließ das Fernglas sinken und sah Göbbs an.

»Über Berlin«, sagte Göbbs, der mitbekam, dass Steinbauer mit der Richtungsangabe »neun Uhr« nichts anfangen konnte.

Ziller raste mit der Maschine im geraden Flug, vielleicht zweitausendfünfhundert Meter über dem Boden dahin, überflog den Flugplatz und verschwand im Norden.

»Das waren nie im Leben eintausend Kilometer pro Stunde«, sagte Göbbs zu Steinbauer. Der schüttelte den Kopf, ohne zu beachten, dass die Augen des Hauptmanns am Fernglas festgeklebt zu sein schienen und er keinen Blick für seine Umgebung hatte.

»Vielleicht siebenhundert.« Seine Stimme hatte noch immer den Unterton eines hungrigen Wolfes. »Maximal acht. Wir müssen die Geschwindigkeitsmessung abwarten.«

Wieder raste die Horten IX über das Flugfeld, beschrieb dabei einen riesigen Bogen nach Osten.

»Der soll bloß aufpassen, dass er sich der Front nicht zu sehr nähert und die Russen aufmerksam macht.« Göbbs wusste aus den letzten Meldungen, dass die russischen Streitkräfte wohl angeblich die Oder an einigen Stellen bereits überschritten hatten. Für die Strecke dorthin würde die Horten IX kaum zehn Minuten brauchen. Doch schon kündete Grummeln wie von einem langgezogenen Donner von der Rückkehr der Maschine.

Ziller war seit über einer halben Stunde in der Luft. Wieder und wieder kam er aus den verschiedensten Richtungen, raste in unterschiedlichen Höhen südlich des Oranienburger Flugfeldes auf der vorgegebenen Strecke entlang, jagte die Maschine durch die Wolken, um schließlich in großer Höhe zu verschwinden.

»Da stimmt etwas nicht«, sagte Steinbauer schließlich. Auch Göbbs hatte es gehört. In das Röhren des Triebwerkes hatte sich ein neuer Ton gemischt, eine Dissonanz. Ziller kam aus etwa achthundert Metern Höhe und zog die Horten IX steil herunter.

»Da ist ein Triebwerk ausgefallen!«, rief Steinbauer. Er hatte Recht, erkannte Göbbs sofort. Das Geräusch der Triebwerke hatte sich jetzt deutlich verändert. Ziller zog die Maschine wieder hoch und ging erneut in den steilen Sinkflug über. Mehrmals wiederholte Ziller das Manöver, wohl in der Hoffnung, das Triebwerk wieder in Gang zu bringen.

»Spring!«, flüsterte Göbbs. Er wusste, dass die Maschine über einen Schleudersitz verfügte.

»Der soll die Maschine einfach landen!« Steinbauer riss wütend das Fernglas runter, um es gleich darauf wieder an die Augen zu heben. Erneut raste die Maschine herunter, näherte sich dem Flugfeld von Nordwesten. Es sah fast so aus, als hätte Ziller sich entschlossen, die Maschine zu landen. Dann wurde sie auf etwa fünfhundert Metern Höhe langsamer und flog die Platzrunde ein.

In mehr als einem Kilometer Entfernung zog die Horten nach rechts in Richtung Süd zum Landefeld. Göbbs registrierte überrascht, dass Ziller bereits an dieser Stelle das Fahrwerk ausfuhr.

»Spring, verdammt!« Göbbs rief es mit einer Stimme, die einen Befehl an einen untergebenen Soldaten hätte geben können. Er hatte ein ganz mieses Gefühl.

»Was reden Sie, Mann?«, fauchte Steinbauer. »Der soll die Maschine landen und nicht versuchen, das ausgefallene Triebwerk wieder in Gang zu kriegen.«

›Spinnkopf!‹, meldete sich die Großvater-Stimme.

Ohne die Augen vom Fernglas zu nehmen, schnaubte Göbbs. »Ist Ihnen die Maschine wichtiger als Ihr Pilot?« Er klang grantig.

Steinbauer reagierte nicht.

Das Flugzeug wurde langsamer, die Turbinen heulten auf, dann kurvte es auf den Kopf stehend mit Schräglage nach rechts in einen Vollkreis. »Spring!«, brüllte Göbbs jetzt, als könne Ziller ihn hören. Das Flugzeug hatte den Kreis vollendet und ging in die zweite Runde. Zum Röhren des Triebwerkes gesellte sich das

Jaulen der von der Maschine zerschnittenen Luft. Göbbs stöhnte auf. Warum sprang Ziller nicht? Die Maschine war nicht mehr zu retten. Mit jedem Kreis schraubte sie sich tiefer.

›Sie wird aufschlagen!‹ Manchmal hasste Göbbs die Stimme dafür, dass sie mit gnadenloser Präzision Dinge voraussagte, von denen Göbbs nicht wollte, dass sie eintraten.

»Kommen Sie«, rief Göbbs dem Ingenieur zu und rannte los.

»Wohin?« Steinbauer blieb ratlos stehen. Sein Blick huschte zwischen der abstürzenden Maschine und Göbbs hin und her.

»Zum Auto! Na los!«

Im selben Moment schlug die Horten außerhalb des Flugplatzes auf den gefrorenen Rasen auf. Die Aufschlagstelle war von ihrem Platz aus hinter einer Bodenwelle und Sträuchern verdeckt. Göbbs und Steinbauer hörten den Lärm des Aufschlages, sahen Flugzeugtrümmer durch die Luft fliegen, konnten aber keine Explosion erkennen. Laute Rufe und Schreie ertönten vom Flugfeld und vor der Halle.

Erst als Göbbs erneut ein energisches »Steinbauer!« rief, bewegte sich der Ingenieur. Innerhalb von Sekunden saßen sie im Wagen des Hauptmanns und rasten über das Flugfeld auf die Absturzstelle zu.

»Meine Maschine!«, murmelte er dabei unentwegt. »Meine Maschine!«

Göbbs trat auf das Gaspedal, als wolle er durch das Bodenblech treten, die Vorderräder wühlten Sand und Grasbatzen auf, bevor sie erneut griffen. Der Wagen schleuderte, als er von der Zufahrt auf die Straße einbog, aber Göbbs hatte ihn sofort wieder unter Kontrolle, überholte einen Lastwagen und raste in Richtung Absturzstelle, die unweit der Straße lag. Sie waren die ersten, die das Wrack erreichten.

»Oh mein Gott!«, rief Steinbauer, während er mit zitternden Knien aus dem Wagen stieg und sich einen Moment am Dach festhalten musste, bevor er so viel Kraft hatte, allein zu gehen. Sie näherten sich der aufgeschlagenen Maschine. »Mein Flugzeug!«

Göbbs hätte ihn für diese Worte die Zähne einschlagen können. Es schien, als hätte eine riesige Faust versucht, die Maschine in die Erde zu hämmern. Sie konnten das linke Triebwerk erkennen, das sich noch drehte, während das rechte stumm war. Der Körper des Flugzeugs war in der Mitte aufgerissen, die Plexiglaskuppel lag etwa dreißig Meter vor dem Rumpf. Ziller hatte es herausgeschleudert. Seltsam verdreht und unnatürlich abgewinkelt lag sein Körper am Stamm eines Obstbaumes. Göbbs sah sofort, dass der Flieger tot war.

Weitere Fahrzeuge trafen ein. Während Nadler, Voigt, Steinbauer und Eichler sich um die Maschine scharten und ihr Gerede wie das Geschnatter von Gänsen von fern an Göbbs' Ohr drang, kniete er sich neben Ziller. Er legte Mittel- und Zeigefinger an die Halsschlagader des Piloten, wartete einen Moment und zog die Hand wieder zurück.

Ein Gefreiter des Bodenpersonals hockte sich neben ihn. »Ist er tot, Herr Hauptmann?«

Göbbs nickte. Seine Hand fuhr über das Gesicht des Fliegers und schloss ihm die Augen.

›Das wird den Alliierten gefallen.‹ Mit einem Anflug von Bitterkeit musste Göbbs der Großvater-Stimme in seinem Kopf Recht geben.

»Er war einer von den Guten, wenn Sie wissen, was ich meine.« Der Gefreite sprach nur halblaut.

»Das kann ich nicht beurteilen, Gefreiter. Aber ich denke, dass ich weiß, was Sie meinen«, murmelte Göbbs. Er hatte Ziller nur kurz kennen gelernt.

Sie vermuteten hinterher, dass Ziller durch verkokendes Öl ohnmächtig geworden war und deshalb die Plexiglashaube nicht abwarf, um sich mit Schleudersitz und Fallschirm in Sicherheit zu bringen. Vielleicht hatte er aber auch zu lange versucht, die Maschine zu retten.

Die Geschäftigkeit, die in den folgenden Stunden und Tagen anbrach, hatte fast etwas von der Planmäßigkeit bei einem ungeplanten Ereignis. Die Trümmer wurden verladen und weggebracht. »Nach Göttingen«, hieß es, als Göbbs nachfragte. Steinbauer verschwand noch am selben Tag in Richtung Berlin, zusammen mit Generalmajor Nadler.

Die Alliierten hätten allergrößtes Interesse an den Plänen der Horten und der Person Steinbauers, hatte Julia ihm mitgeteilt. Bei der höchstwahrscheinlich bevorstehenden Niederlage Deutschlands hatte Göbbs den Auftrag, möglichst detailliert über Aufenthaltsort Steinbauers und Aufbewahrungsort der Pläne zu informieren. Bisher konnte er allerdings nicht mehr als Göttingen, die Waggonfabrik Gotha und deren Zweigwerk in Friedrichroda erwähnen. Mittlerweile hatte er erfahren, dass Friedrichroda vor einigen Tagen Ziel eines amerikanischen Luftangriffes geworden war. Steinbauer hatte ihm jedoch gesagt, dass das Zweigwerk auf Grund seiner Lage – wieder war der Begriff *Stollen* gefallen – nicht betroffen sei. Eine unterirdische Anlage in Friedrichroda also, zur Serienfertigung. Mehrere vorsichtige Versuche, Nadler einige Tage später auf diese anzusprechen, blieben erfolglos.

»Kümmern Sie sich um Ihre Aufgaben hier, Göbbs. Steinbauer und die Horten sind weg von Oranienburg.«

Das war deutlich gewesen.

In den folgenden Wochen nahmen die ihm übertragenen Aufgaben Göbbs voll in Anspruch. Mit dem Näherrücken der Ostfront auf der einen und den Alliierten auf der anderen Seite erhöhte sich der Druck auf die Flugzeugwerke. Leistungen sollten erbracht werden, für die kaum mehr Grundlagen da waren. Es fehlte an Material, Ersatzteilen, Brenn- und Treibstoff, kurz: an allem. Die Zahlen der im Jägernotprogramm aufgelegten Focke-Wulf Fw 190-Reparaturen sanken von Monat zu Monat. Die Produktionsvorbereitung der Dornier Do 335, des *Ameisenbärs*, wie die Maschine genannt wurde, stagnierte. Dem Reichsluftfahrtministerium gefiel das gar nicht und machte Göbbs beständig Druck, den dieser an den Betriebsleiter weiterzugeben hatte. Die Produktionszahlen sollten erhöht werden. »*Wie*?«, wurde ihm von Eichler entgegengehalten. Ihr sowieso angespanntes Verhältnis verschlechterte sich weiter.

Das Grummeln aus dem Osten wurde täglich spürbar stärker. Die Alliierten zogen fast unbehelligt mit ihren Bombern, Pulk für Pulk, nach Berlin. Flüchtlingstrecks, die sich vor der nahenden Front in Sicherheit bringen wollten, durchquerten Oranienburg.

Im März wurden die Auerwerke in der Stadt das Ziel einer gewaltigen Bombardierung. Göbbs selbst saß während des Angriffes im Bunker des Oberwerkes und außer dem Bellen der nahen Flak hörte er nur das Grummeln der niedergehenden Bomben und spürte die Explosionen im Zittern des Bunkerbodens. Man sagte ihm hinterher, dass es wohl weit mehr als fünfhundert B-17-Bomber gewesen sein müssen, die ihre Last über die kleine Stadt ausgeschüttet hatten. Göbbs stieg nach Ende des Angriffes auf einen Wachturm am Rande des Werkes und sah mit dem Fernglas nach Oranienburg. Rauch umwölkte die Silhouette der Stadt und verbarg die Schäden des Bombardements.

»Die müssen die Auerwerke im Auge gehabt haben, Herr Hauptmann«, sagte der Wachsoldat neben ihm mit gramzerfurchtem Gesicht, »oder den Verschiebe-Bahnhof.«

Göbbs sah ihn an. »Haben Sie Verwandtschaft in der Stadt?« Er selbst hatte noch keine Gelegenheit gehabt, nähere Bekanntschaft mit Oranienburg und seinen Bewohnern zu machen.

»Nein, ich habe ein Mädchen dort, Herr Hauptmann. Aber sie wohnt nicht direkt in der Stadt, sondern gleich hier vorn in der Genossenschaft in der Nähe des Flugplatzes. Sie ist Vegetarierin, genau wie der Führer.« Jetzt schwang Stolz in der Stimme des Wachsoldaten mit.

»Na prima«, sagte Göbbs. »Da wird der Führer ja sein schützendes vegetarisches Händchen über Ihre Vegetarierin gehalten haben.« Der Sarkasmus war nicht zu überhören, aber Göbbs konnte im Angesicht der zerstörten Stadt nicht an sich halten. »Wollen Sie rübergehen und nachsehen? Aber gehen Sie durch Oranienburg dabei. Vielleicht finden Sie ja den ein oder anderen Toten!«

Er schüttelte den Kopf, nahm den Feldstecher hoch und betrachtete das Trümmerfeld. »Wenn heute die Auerwerke und der Bahnhof dran waren, dann sind morgen wir dran.«

04

10. April 1945, Heinkel-Werke, Oranienburg bei Berlin

Das von Göbbs befürchtete »Morgen« kam kaum drei Wochen später. In der Zwischenzeit glaubten nur noch die eingefleischtesten Fanatiker an den Endsieg. In Mitteldeutschland rückten die Alliierten vor und aus dem Osten kommend lieferten sich Marschall Schukow und General Tschuikow scheinbar ein Wettrennen nach Berlin, angetrieben vom unbarmherzigen Stalin in Moskau. Göbbs war seit dem Bombenangriff auf Oranienburg nicht mehr bei Julia in Berlin gewesen. Dafür hatte er Oranienburg einen Besuch abgestattet. Sie waren mit Männern und Hilfsgütern, die sie entbehren konnten, in die Stadt gefahren und er war entsetzt gewesen über das Ausmaß der Zerstörung. Ihm blieben nur Bilder, Fragmente im Gedächtnis und schon Tage später war er sich über die Reihenfolge des Gesehenen nicht mehr im Klaren gewesen. Da waren zerstörte Straßen gewesen. Bereits kurz nach der Stadtgrenze hatten sie von der unpassierbaren Hauptstraße abbiegen müssen. Der Wachsoldat, der Göbbs von seiner Freundin erzählt hatte, hatte sie durch eine gartenähnliche Siedlung rechts der Straße geleitet. Die Freundin des Wachsoldaten war angerannt gekommen, hatte sich aber unter dem strengen Blick eines Unteroffiziers wieder verzogen. Sie hatten auf einer wie durch ein Wunder heil gebliebenen Brücke einen Kanal überquert und das Zentrum der Zerstörung betreten. Den Bomben war nichts heilig gewesen: Wohnhäuser, Schulen, die Kirche … An der Havel hatte eine Bombe einen Kohlenkahn aus dem Wasser geschleudert und dessen Ladung auf das Ufer verteilt. Göbbs hatte Menschen bemerkt, die in der allgemeinen Zerstörung Kohlen in Eimern davongeschleppt hatten. Keiner hatte sich augenscheinlich daran gestört. An anderen Stellen wieder hatten Alt und Jung, Männer und Frauen gemeinsam angefasst, um Trümmer zu entfernen, Wege freizuräumen und immer wieder Opfer unter Ruinen zu bergen. Und überall der scheinbar allgegenwärtige Rauch.

»Das ist eure Schuld«, hatte eine Frau ihn angefaucht, als er Soldaten beaufsichtigt hatte, die frisches Wasser verteilt hatten. »Macht endlich Schluss mit diesem unseligen Krieg!«

»Halt die Klappe, Weib!«, hatte Göbbs zurückgefaucht. »Wenn die Feldjäger dich hören, hängst du am nächsten Baum!«

»Dann bin ich wenigstens bei meinen Kindern«, hatte sie geschluchzt, aber trotzdem den mit Wasser gefüllten Kochtopf entgegengenommen.

»Ist doch wahr«, hatte die Frau dann doch noch halblaut gemurrt, den Wassertopf in der Hand. »Bald sind die Russen hier. Und dann wird es einigen Leuten hier in Oranienburg sehr leidtun, was sie getan und gesagt haben. Sehr leid, das sage ich euch.«

Ein alter, erdbraun gekleideter Mann mit nur einem Bein, in der Schlange für das Wasser ein paar Plätze weiter hinten stehend, hatte die Frau daraufhin angefahren: »Halt die Klappe, Hilde. Wenn die Russen hier einmarschieren, wird es dir leidtun, dir und allen anderen Frauen. Die machen keine Unterschiede bei euch. Denen ist egal, ob ihr Kommunisten seid oder nicht. Hauptsache ihr hebt euern Rock. Höre einfach den Flüchtlingen zu, dann weißt du, was ich meine.« Die Frau war schnell im Gedränge um den Wasserwagen verschwunden.

Andere wiederum hatten sich bei Göbbs beschwert, dass die Armee niemanden geschickt hatte, der die Hunderte von

Blindgängern entschärfte, die in ganz Oranienburg eingeschlagen waren. Natürlich konnte man sie nicht sehen, da sie beim Einschlag in Erdlöchern verschwanden und mit langen Stangen ertastet werden mussten. Häftlinge hatten einige der Blindgänger freigelegt und dann waren diese auch entschärft worden. Aber viele hätten noch irgendwo gelegen und immer wieder seien die chemischen Langzeitzünder explodiert und hätten Opfer gefordert.

»Wenn sich da niemand weiter drum kümmert«, hatte eine alte Frau geklagt, »werden noch unsere Enkel und Urenkel Zeitbomben unter ihren Häusern haben. Mein Bruder hat auf seinem Feld schon über zwei Blindgänger drüber gepflügt, weil sie ihn bei der Frühjahrssaat stören. Er hat sie gemeldet, doch niemand kommt.«

Göbbs konnte sich nicht vorstellen, dass sich nach dem Krieg niemand um die Bomben kümmern würde. Wenn dieser Krieg wirklich zu Ende war, würde sich eine nachfolgende Verwaltung mit Sicherheit dieser Gefahr annehmen.

Irgendwann waren sie irgendwie zurückgekehrt und Göbbs wurde das Gefühl nicht los, dass diese Aktion eher umsonst gewesen war – nicht einmal ein Tropfen auf einem heißen Stein.

›Wohl eher ein winziger Klecks Honig in einem Fass voll Teer.‹ Wie es die Großvater-Stimme nur immer wieder schaffte, bestimmte Dinge auf den Punkt zu bringen.

Der Tag, an dem die Ereignisse Geschwindigkeit aufnahmen, der 10. April, begann morgens mit einer langen und äußerst unangenehmen Auseinandersetzung zwischen Göbbs und Eichler. Göbbs hatte am Tag zuvor ein Gespräch mitbekommen, bei dem der Betriebsleiter mit einem Sturmbannführer des Konzentrationslagers redete. Beide hatten von einer eventuellen Evakuierung des KZ Sachsenhausen gesprochen und über Modalitäten des

Abzugs der im Heinkel-Werk arbeitenden KZler und deren Wachmannschaften diskutiert. Göbbs, der auf einer Flucht Richtung Westen ein gnadenloses Antreiben der KZ-Häftlinge mit vielen Toten befürchtete, versuchte nun am frühen Morgen, Eichler als Fürsprecher eines weiteren Einsatzes der Häftlinge im Werk zu gewinnen. Es gäbe noch Möglichkeiten, den Einsatz sogar auszuweiten, argumentierte Göbbs. Man bräuchte die Fachleute unter den Häftlingen dringend für kriegswichtige Tätigkeiten bei der Reparatur und der Produktion der Fw 190. Der Betriebsleiter ließ ihn gar nicht ausreden. Von Amtsanmaßung war die Rede. Göbbs wurde als Spion des Reichsluftfahrtministeriums bezeichnet, der wichtige Arbeitsabläufe mit unsinnigen Forderungen torpediere. Er, Eichler, hätte schon lange vorgehabt, diesen Drückeberger von einem Luftwaffenhauptmann über seine Verbindungen an die Ostfront zu delegieren. Bestimmt zehn Minuten lang ließ sich Eichler darüber aus, wie er über Göbbs und dessen Rolle hier im Werk dachte. Und das waren keine lobenden Auslassungen. Dann entließ er ihn mit der Bemerkung, er solle sich um seine Angelegenheiten und die des Reichsluftfahrtministeriums kümmern. Göbbs konnte sich die Feststellung: »Eine Reduzierung der Arbeitskräfte im Werk ist Sache des RLM.« nicht verkneifen.

»Raus!«, brüllte Eichler. »Das ist nicht Ihre Entscheidung!«

›Der ist einfach nur hilflos und frustriert. Nimm es nicht persönlich, Junge.‹

»Der schickt die Häftlinge in den sicheren Tod, wenn er sie mit der SS abmarschieren lässt.« Göbbs antwortete der Großvater-Stimme laut, so verbittert war er.

Als Göbbs dann kurz nach Mittag erneut zum Betriebsleiter gerufen wurde, dachte er an die nächste halbstündige Standpauke oder seine bereits durchgesetzte Versetzung an die Ostfront. Umso erstaunter war er, dort Generalmajor Nadler und Ingenieur

Steinbauer anzutreffen. Steinbauer wirkte ungewohnt deplatziert, weil er einen Fliegerschutzanzug ohne Rangabzeichen trug.

›*Oh. Was machen die denn hier?*‹ Die Großvater-Stimme klang ehrlich verwundert. Und Göbbs war das auch.

Dass deren Erscheinen nichts mit dem morgendlichen Streit zu tun hatte, wusste Göbbs sofort. Dazu hätte es des verkniffenen Gesichtes Eichlers nicht bedurft.

»Ich habe Sie rufen lassen, Hauptmann, weil ich einen Befehl für Sie habe, eine außerordentlich wichtige Mission. Sie sind der einzig greifbare Angehörige des Ministeriums mit Flugerfahrung.«

»Es gibt die Angehörigen des Flugzeugüberführungsgeschwaders, Herr Generalmajor.«

»Man hat … *ich* habe zu Ihnen Vertrauen, Hauptmann Göbbs, nicht zu irgendwelchen frontuntauglichen Flugzeugführern. Sie haben in Norwegen Nerven bewiesen und wir brauchen einen Flugzeugführer mit Nerven für das, was wir durchführen müssen.«

»Der Flugzeugführerschein wurde mir nach dem Unfall entzogen, Herr Generalmajor, und meine Flugerlaubnis nicht verlängert. Das wissen Sie. Die Ärzte …«

»Papperlapapp! Ärzte! Blödsinn!« Er griff in die Brusttasche seiner Uniform und holte einen blauen Ausweis hervor. »Wissen Sie, was das ist, Göbbs?«

Göbbs konnte die Worte *Luftwaffen-Flugzeugführerschein* lesen und erkannte den fliegenden Adler mit dem Hakenkreuz in seinen Klauen.

»Ein Flugzeugführerschein, Herr Generalmajor.«

»*Ihr* Flugzeugführerschein, Hauptmann Göbbs.« Er öffnete ihn und sah auf der ersten Seite das Bild des Hauptmanns. »Luftkriegsschule 3«, sagte er, als würde er zum ersten Mal den Stempel lesen, der auf der Seite neben dem Bild des Hauptmanns prangte. »Aha, Sie waren also in Werder bei Oberst Grohmann.«

Göbbs nickte. Was sollte dieses Theater? Nadler kannte doch seine Akte.

Der jedoch schien den Augenblick zu genießen, gerade so, als wolle er einem kleinen Kind eine Freude machen und den Moment der Geschenkübergabe hinauszögern.

»Fähnrich 1940, Oberfähnrich 1941, Leutnant 1942, Oberleutnant 1943 und seit 1944 Hauptmann. Beeindruckend, Göbbs.«

Er blätterte um. Auf den Seiten vier und fünf waren die einzelnen Gültigkeitsdauern vermerkt. Die letzte galt bis Februar 1945 und war nicht verlängert worden. Nadler legte das Dokument auf den Tisch, griff nach einem bereitstehenden Stempel, rammte diesen erst auf ein geöffnetes Stempelkissen und dann in das entsprechende Feld des Ausweises, nahm einen neben dem Stempelkissen liegenden Federhalter, den er umständlich aufschraubte, um mit schwarzer Tinte hinter dem Feld »Gültigkeitsdauer bis:« das Datum 31.12.1945 einzusetzen und dann mit Name und Dienstgrad zu unterzeichnen.

»Ich weiß gar nicht, was Sie wollen, Göbbs. Sie haben einen gültigen Flugzeugführerschein und dürfen fliegen.« Dabei zog er ein Gesicht, von dem er wohl glaubte, der Weihnachtsmann würde ein solches Gesicht bei der Bescherung zur Schau tragen. Göbbs hoffte, dass nie ein Kind einem Weihnachtsmann mit diesem Gesichtsausdruck begegnen müsste. Er nahm den Ausweis von Nadler entgegen und konnte nicht verhindern, dass seine Finger ein wenig zitterten.

»Und jetzt ziehen Sie den Fliegerschutzanzug an, den ich Ihnen mitgebracht habe.« Nadler zeigte auf einen Stuhl an der Wand, den Göbbs noch nicht bemerkt hatte. Dort lag eine komplette Fliegerkombination bereit. Erstaunt bemerkte Göbbs, dass seine Knie etwas weich waren, als er zu dem Stuhl trat. Er würde wieder fliegen dürfen. Und wenn Nadler ein solches Theater aufführte, würde er wohl auch wieder fliegen müssen.

›Ob das allerdings gut ist, mein Junge, bleibt abzuwarten.‹ Warum nur musste die Großvater-Stimme immer alles, wirklich alles so negativ sehen?

Während Göbbs sich anzog, wandte sich Nadler an den Betriebsleiter. »Ich denke, jetzt kommen wir hier alleine klar. Ich danke Ihnen.« Und als dieser bewegungslos stehen blieb und sein wütender Blick zwischen Nadler und Göbbs hin und her wanderte, wies der Generalmajor mit geöffneter Hand zur Tür. »Haben Sie nicht einen Betrieb zu leiten?« Da war plötzlich etwas wie Stahl in der Stimme des Generalmajors, ein Ton, den Göbbs so bisher noch nicht bemerkt hatte. Gedanklich gab er sich im Nachhinein Recht – sich und der Großvater-Stimme – bei Nadler vorsichtig gewesen zu sein und ihn nicht unterschätzt zu haben.

Schnaufend stapfte Eichler nach draußen. Selbst aus dem Geräusch der zuschlagenden Tür war der Protest herauszuhören.

Göbbs hatte inzwischen die Fliegerkombi angelegt. Er sah Nadler an.

»Und?«, wagte er eine Frage.

»Natürlich, Sie schlauer Fuchs.« Nadler grinste, als mache es ihm unwahrscheinlich viel Spaß, die Katze aus dem Sack zu lassen. »Das habe ich nicht getan, weil Sie nur noch ein Ohr haben. Schießen können Sie nicht besonders gut, hören vielleicht auch nicht, aber fliegen, wie man mir versicherte.« Dann wurde er plötzlich ernst. »Sie sind der Einzige im unmittelbaren Einflussbereich des Ministeriums mit Flugerfahrungen, wie ich sie brauche, mit einem Hintergrund, den wir akzeptieren. Jedenfalls der Einzige, außerhalb der Führerreserve.«

Göbbs zog die Augenbrauen hoch. »Der Einzige, den Sie entbehren können.«

»Erzählen Sie doch sowas nicht, Hauptmann Göbbs. Wir betrauen Sie mit einer außerordentlich wichtigen Aufgabe. Kriegswichtig, sozusagen. Kommt von ganz oben, von ganz

ganz oben. Und Sie haben unser vollstes Vertrauen nach Ihrer Aktion in Norwegen. Wie ich schon sagte. Verstehen Sie?«

Göbbs nickte vorsichtig, schweigend und wartete.

»Steinbauer hier …«, sagte Nadler und mit der ihm eigenen Leutseligkeit ließ er seine Pranke auf die Schulter des schlaksigen Ingenieurs krachen. Der taumelte überrascht einen Schritt nach vorn. Der Generalmajor tat, als hätte er nichts bemerkt, und begann noch einmal. »Steinbauer also muss schnell nach Thüringen, in einen kleinen Ort namens Friedrichroda. Wird Ihnen nicht viel sagen, Göbbs. Liegt irgendwo in der Nähe von Gotha, Erfurt und Eisenach. Wir haben hier die Karten für Sie.« Seine Hand wedelte über einen Stapel Landkarten auf dem Tisch. »Steinbauer und«, er wies auf eine Tasche mit breitem Trageriemen, »diese Dokumente hier, die wir eben aus Berlin mitgebracht haben. Und wenn ich sage schnell, dann meine ich schnell. Und jetzt dürfen Sie dreimal raten, weshalb Sie Ihren Flugzeugführerschein wiederbekommen haben?«

»Ich soll Steinbauer dorthin bringen.«

»Sehen Sie«, jetzt wandte sich Nadler an den Ingenieur. »Ich habe Ihnen doch gesagt, dass der Göbbs unser Mann ist. Hochintelligent. Hat sofort gewusst, worum es geht.«

Göbbs wusste noch immer nicht, wie er diesen Generalmajor einschätzen sollte. In manchen Augenblicken hielt er ihn für geistig beschränkt. Aber kurz danach schimmerte unter dessen naiver Oberfläche etwas wie Granit, so wie eben und kurz zuvor bei dem Gespräch mit dem Betriebsleiter. Granit, an dem man sich leicht die Zähne ausbeißen konnte, sollte man es wagen, ihn in die Wade zu beißen.

»Und womit sollen wir fliegen?« Er trat auf den Tisch zu und nahm eine der Karten in die Hand.

»Mit der Maschine, die im Werk Zwei in der Einfliegehalle steht. Sie wird gerade aufgetankt und flugfertig gemacht.«

Göbbs sah auf. »Welche Maschine?«

Nadler grinste breit. »Ich habe eine Do 335 kommen lassen.«

»Einen Ameisenbär? Ist die nicht an der Front besser aufgehoben?«

»Jetzt nicht. Neue Befehle. Und es kann durchaus sein, dass Sie der Front näher kommen, als Ihnen lieb ist.«

»Wann geht es los?«

»Sobald Steinbauer noch ein paar Zettelchen aus dem Tresor in seinem Büro geholt hat.« Das schien das Signal für den bisher schweigenden Ingenieur gewesen zu sein, der nicht zugehört, sondern in einem Notizbuch geblättert hatte.

»Was?«, fragte er.

»Die Unterlagen«, entgegnete Nadler. »Jetzt!«

Mit einem Gesicht, als hätte ihn die Aussicht, in ein Flugzeug zu steigen, um Jahre altern lassen, schulterte Steinbauer die Dokumententasche und ging zur Tür.

»Fünf Minuten, höchstens«, murmelte er als Hinweis darauf, wie lange er brauchen würde. Dann schloss sich die Tür hinter ihm und im selben Augenblick verschwand das Lächeln von Nadlers Gesicht.

»Schon mal eine Do 335 geflogen, Göbbs?«

»Während der Ausbildung. Und dann nochmal eine Überführung im vorigen Jahr. Kurz vor meinem Unfall.«

»Gut.« Nadler kratzte sich am Kinn. Göbbs sah deutlich, dass die eben gestellte Frage nicht das war, was Nadler ihm tatsächlich hatte sagen wollen. Und wirklich, nachdem Nadler einmal tief durchgeatmet hatte, fuhr er fort: »Was ich Ihnen jetzt sage, Göbbs, ist höchst vertraulich. Sozusagen geheimer als ›Geheime Kommandosache‹. Ich kann Ihnen gar nicht sagen, *wie* wichtig Ihre Mission ist. Und ich kann Ihnen auch nicht sagen, worum es geht. Da sind Dinge am Laufen, die weit über mir entschieden werden, im Olymp sozusagen. Und wohl auch an anderen

Stellen. Zumindest sind Generalfeldmarschall Milch und Albert Speer involviert. Wenn nicht der Führer persönlich seine Hände im Spiel hat. Steinbauer muss auf jeden Fall nach Friedrichroda. *Auf jeden Fall*, verstehen Sie? Er hat kriegswichtige Dokumente dabei, die wir eben aus der Versuchsstelle für Höhenflüge geholt haben, und seine Pläne oben aus dem Büro. Es gibt keine Alternative für ihn als Friedrichroda. Selbst wenn sie dort ankommen und auf dem Boden schon der Ami rumlaufen sollte. Sollten sich die Dinge aber so entwickeln, wie geplant, dann haben Sie noch ein paar Tage, bevor der Ami in Friedrichroda einmarschiert. Sie bleiben bei Steinbauer, die ganze Zeit, weichen ihm nicht einen einzigen Schritt vom Leibe. Sie essen mit ihm, Sie scheißen mit ihm und, wenn es sein muss, schlafen Sie mit … neben ihm. Sie sind verantwortlich dafür, dass weder Steinbauer noch die Dokumente dem Ami in die Hände fallen. Klar soweit? Er wird seine Dokumententasche in Friedrichroda um ein paar äußerst wichtige Pläne ergänzen und Sie werden bei ihm bleiben. Läuft alles, wie wir es jetzt planen, werden Sie von Oberst Back in Friedrichroda neue Befehle erhalten. Und wenn Steinbauer dieses kleine Thüringer Nest wieder verlässt, begleiten Sie ihn, bis er auf sicherem Territorium ist. Er sagt, wo es lang und hin geht. Verstanden?«

»Sicheres Territorium?« Göbbs brauchte sein Erstaunen nicht zu spielen.

›Sicheres Territorium?‹ Dieses Mal war sogar die Großvater-Stimme langsamer gewesen als Göbbs.

Schon wieder ging es um »sicheres Territorium«. Wo zum Teufel sollte es auf dieser Welt für Deutsche noch sicher sein, nach diesem Krieg? Erneut fiel Göbbs nur die »Alpen-Festung« ein, dieser propagierte uneinnehmbare Raum in den Alpen, besetzt mit Elitetruppen, ausgestattet mit riesigen Vorratslagern in bombensicheren unterirdischen Magazinen, versorgt von Fabriken in den Felsen und verteidigt von uneinnehmbaren Stellungen aus.

»Seien Sie froh, Mann«, jetzt schlug Nadler wieder seinen jovialen Ton an. »Wenn Sie Glück haben, drehen Sie diesem verdammt schiefgelaufenen Krieg erstmal den Rücken zu, für das große Luftholen sozusagen.«

Und was kam nach dem Luftholen? Durchatmen und zurückschlagen? Womit?

›Und vor allem: von wo?‹

In diesem Moment ertönten die Sirenen. Auf und ab jaulend. Zweimal. Insgesamt nicht länger als acht Sekunden. Fliegeralarm.

»Akute Luftgefahr«, murmelte Nadler und schaute nach oben, als könne er durch die Decke am Himmel die Bomberverbände sehen.

»Wir haben schon den ganzen Tag Voralarm, Herr Generalmajor. Eigentlich sogar fast jeden Tag in den letzten Wochen.«

»Diese verdammten Flieger tummeln sich im deutschen Luftraum, als sei es ihr eigener!«

Im selben Moment riss Steinbauer die Tür auf und stürmte herein, Panik im Blick. »Wir müssen in den Bunker!«, keuchte er.

»Sie müssen in den Flieger, Steinbauer! So lautet der Befehl, das wissen Sie genau. Und Sie werden mit Göbbs hier starten. Selbst wenn der Feind mit seinen Bombern die Landebahn angreift.«

Nadler eilte zur Tür. »Los, ich bringe Sie persönlich zum Unterwerk. Ich will sehen, dass Sie in der Luft sind. Damit ich keine Lügen erzählen muss, wenn ich der Zentrale Bericht erstatte.«

Er hat »der Zentrale« gesagt, schoss es Göbbs durch den Kopf. *Er hat nicht Berlin oder RLM gesagt, sondern Zentrale.* Göbbs hatte noch nie jemanden von *der Zentrale* reden hören, wenn über das Führerhauptquartier, das RLM oder das OKW, das Oberkommando der Wehrmacht, gesprochen wurde. Er hatte den Begriff *Zentrale* überhaupt noch nicht gehört, wenn es um dienstliche Belange ging.

Sie liefen dem Generalmajor hinterher, drängten sich auf dem Treppenhaus durch die in den Luftschutzkeller Eilenden nach draußen. Dort stand der Opel Olympia Nadlers, mit dem auch Göbbs vor einigen Wochen hier angekommen war.

»Pfeiffer!«, rief Nadler. »Verflucht, wo steckt der Kerl?«

»Der wird beim Alarm in den Luftschutzkeller gegangen sein, Herr Generalmajor«, antwortete Göbbs.

»Gegangen? Der wird wohl eher gerannt sein. Den lass ich an die Wand stellen.«

Göbbs schob sich an Nadler vorbei. »Ich fahre!« Nur Sekunden später bog der Wagen mit quietschenden Rädern aus dem Tor kommend auf die Zufahrtsstraße ein, die zum Unterwerk führte. Zeitgleich zogen über ihnen die ersten Schatten dahin.

»Scheiße«, entfuhr es Nadler und Göbbs zugleich.

»Warum?« fragte Steinbauer. Rote Flecken breiteten sich auf seinem Gesicht und Hals aus.

»Weil«, antwortete Nadler, »die Amis sich unser Unterwerk als Ziel ausgesucht haben. Und dort sowohl das Jagdflugzeug steht, mit dem Sie fliegen sollen, als auch die Startbahn ist, auf dem unser lieber Göbbs hier Ihren Arsch in den Himmel heben soll.«

»Scheiße«, sagte Steinbauer. »Ich wusste, dass ich die Antwort auf meine Frage gar nicht hören wollte.«

»Dann fragen Sie nicht«, grunzte Nadler. »Und lassen Sie uns machen.«

Göbbs versuchte, sich auf das Fahren zu konzentrieren. Ihnen kam ein Trupp Fremdarbeiter entgegengerannt, von SS-Wachleuten angetrieben, die versuchten, einen möglichst großen Abstand zum Unterwerk zu gewinnen. Flak-Stellungen am Oberwerk begannen zu bellen.

»Können wir bei einem Bombardement überhaupt starten? Was, wenn wir getroffen werden? Wenn das Flugzeug getroffen wird? Was für eine Maschine haben Sie überhaupt dort stehen? Ich sehe keine.« Steinbauers Nervosität brach sich in einer Flut von Fragen Bahn.

»Eine Dornier 335«, beantwortete Nadler nur die letzte Frage des Ingenieurs. Im Stillen bewunderte Göbbs Nadlers scheinbare Abgebrühtheit, der inmitten des beginnenden Bombenangriffes der Amerikaner zwar angespannt, aber ruhig antwortete.

»Der *Pfeil*? Aber das ist doch ein Einsitzer!«

»Wir haben den *Ameisenbär*, die Nachtjäger-Variante, die A-6.« Dieser Typ bot hinter dem Piloten in einer zweiten, separaten Kanzel Platz für einen Beobachter und Kopiloten. »Die Maschine steht noch in der Einfliegehalle«, entgegnete Göbbs. »Wir werden von dort aus auf das Flugfeld fahren müssen.«

Zwischen den Bäumen am Rande des Flugfeldes stiegen die ersten Erdfontänen auf. Explosionen krachten. Das Bombardement hatte begonnen. Die Straße war inzwischen menschenleer.

»Das ist Ihr Plan?«

Göbbs nickte, Nadler sagte: »Ja!«

»Haben Sie einen Reserveplan?« Die Stimme Steinbauers drohte zu kippen.

»Das ist bereits der Reserveplan.« Nadlers Stimme klang deutlich genervt. »Wenn alles nach Plan gelaufen wäre, säßen wir jetzt in Moskau, London und Paris. Seit Stalingrad gibt es nur noch Reservepläne im Deutschen Reich.«

›*Und Reservepläne der Reservepläne. Plan A hat nicht funktioniert. Die Pläne B, C und D gingen in die Hose. Jetzt wird an Plan E, F und G gewerkelt.*‹, knurrte die Großvater-Stimme.

Sei still fuhr Göbbs in Gedanken die Großvater-Stimme an, *ich muss mich aufs Fahren konzentrieren. Es reicht, wenn der Ingenieur panisch wird.*

›*Ist doch wahr*‹, maulte die Stimme, schwieg dann aber.

»Warum steht die Maschine nicht schon startbereit auf dem Flugfeld?« Steinbauer schien den winzigen Moment Offenheit des Generalmajors gar nicht mitbekommen zu haben.

Nadler atmete tief durch, um Ruhe bemüht. »Sehen Sie dort oben die kleinen Flugzeuge? Nicht die Bomber, sondern die, die wie Mücken umherschwärmen. Das sind Jagdflieger. Geleitschutz für die Bomber. Hätten wir dort eine Maschine stehen gehabt, wäre sie das ideale Ziel für die gewesen. Dafür, dass Sie Flugzeuge konstruieren, wissen Sie recht wenig über den Luftkrieg.«

»Ich bin nur Wissenschaftler. Ich baue bloß Maschinen. Ich fliege sie nicht.«

Ich bin nur Wissenschaftler. Göbbs schüttelte den Kopf. Hoffentlich wurden diese Wissenschaftler nach dem Krieg vernünftiger und übernahmen Verantwortung für ihre Produkte.

Hinter ihnen riss die Explosion einer Fliegerbombe die Straße auf. Der Wagen machte einen Satz nach vorn, wurde dabei am Heck angehoben und krachte auf die Straße zurück, dass es den Insassen die Zähne aufeinanderschlug. Göbbs gab Gas und der Wagen schoss vorwärts, weg vom Ort der Explosion. Ein Bombensplitter schrammte über das Dach des Wagens und riss es von hinten bis vorn auf. Steinbauer schrie. Zwei weitere Bomben krachten links der Straße auf das Feld. Während eine in der Erde stecken blieb, explodierte die zweite und riss einen Krater von vier Metern Durchmesser auf. Steine, Erde und Grasbatzen flogen gegen die Seitenscheiben. Sie zerbarsten und überschütteten die Insassen mit einem Regen aus Splittern und Dreck. Der Wagen kam ins Schleudern, doch Göbbs brachte ihn wieder unter Kontrolle. Jetzt explodierten mehrere Bomben hinter der Einfliegehalle in Richtung Kanal. Ein kleines Nebengebäude ging in Flammen auf.

»Alles in Ordnung?«, schrie Göbbs gegen das Donnern der Explosionen an und drehte sich kurz zu den hinten Sitzenden um. Nadler blutete aus einer Wunde an der Stirn. Steinbauer starrte kreidebleich nach vorn und nickte wie eine an Fäden hängende Puppe.

›Nein‹, sagte die Großvater-Stimme. *›Nichts ist in Ordnung! Wir werden bombardiert!‹*

»Fahren Sie!«, rief der Generalmajor, zerrte ein Taschentuch vor und presste es auf die Wunde. »Wenn Sie so gut fliegen können, wie Sie fahren, habe ich wirklich die richtige Wahl getroffen.«

Göbbs bog von der Hauptstraße ab, durchfuhr das offene Tor zum Unterwerk und raste auf die Einfliegehalle zu. Er lenkte den Wagen direkt in die Halle, da die großen Stahltore offenstanden. Die Bremsen quietschten und das Heck brach kurz aus, als er in der Nähe des Flugzeuges zum Stehen kam. Göbbs machte sich nicht die Mühe, den Motor abzustellen, sprang aus dem Wagen und rannte zum Flugzeug. Die Dornier 335 war eine ungewöhnliche Flugmaschine. Beide Antriebsmaschinen des zweimotorigen Flugzeuges waren hintereinander im Rumpf angeordnet. Der Zugpropeller der einen Maschine war am Bug angebracht, der Schubpropeller der zweiten Antriebsmaschine wurde über eine mehr als drei Meter lange Fernwelle gesteuert und saß am Heck. Durch den Wegfall der Motoren unter dem Flügel hatte die zweimotorige Do 335 den Luftwiderstand eines einmotorigen Flugzeuges. Das führte zu der enormen Geschwindigkeit von weit über siebenhundert Kilometern pro Stunde. Sie war eines der schnellsten Flugzeuge mit Kolbenantrieb, die zurzeit den Himmel über Deutschland beflogen. Materialmangel und Wegfall von Fertigungswerken hatten eine Großserie verhindert.

»Mein Gott. Wir haben so tolle Flugzeuge …« Eine Serie von Explosionen hinter der Halle unterbrach das Lamentieren Steinbauers. Die Fenster im oberen Bereich der Hallenrückwand zerbarsten zu Millionen Scherben und regneten in das Halleninnere. Steinbauer und Nadler gingen hinter dem Wagen in Deckung. Göbbs warf sich auf die Erde und legte zum Schutz die Unterarme über den Kopf. Eine weitere Serie von Explosionen dröhnte etwas weiter entfernt. Nadler richtete sich auf. »Jetzt hören Sie auf zu jammern, Steinbauer! Wenn Sie jetzt nicht starten, wird es in einer halben Stunde keine Startbahn mehr geben. Und wohl auch keine Halle und kein Flugzeug mehr.«

Steinbauer zuckte wie unter einem erneuten Bombardement zusammen, schwieg aber. Im Stillen zollte Göbbs dem Generalmajor Respekt, während er sich erhob. Ein solch kaltblütiges Verhalten in dieser Situation hätte er ihm nie zugetraut.

Am Fuße einer zu den Kabinen führenden Leiter blieben sie kurz stehen.

»Schon mal gesprungen, Steinbauer?«, fragte Nadler, während draußen die nächste Serie an Fliegerbomben explodierte. »Ich frage nur, falls Sie abgeschossen werden.« Jetzt grinste er breit. Ein typischer Nadler-Witz, über den keiner lachen konnte. Bei der Do 335 musste man das Heck sowie den Heckpropeller vor dem Absprung erst mit einer eingebauten Sprengvorrichtung vom Flugzeugrumpf absprengen, damit die abgesprungenen Flugzeugführer nicht von demselben getroffen wurden.

Steinbauer schüttelte den Kopf, die Lippen zusammengekniffen. Hätte er noch blasser werden können, er wäre es geworden. Schweigend folgte er Göbbs die Leiter hoch, um in die hintere Kabine zu klettern, während Göbbs sich in die vordere begab, die Füße auf die Seitensteuerpedale setzte und den Steuerschwenkgriff umfasste. Für Bruchteile von Sekunden verschwand die Welt, als Göbbs wieder ein Flugzeug spürte, das er fliegen würde – endlich.

Ohne viele Worte half Nadler Steinbauer sich anzuschnallen und die Kabinendächer zu schließen, hob den Daumen, kletterte von der Leiter runter und zog sie von der Maschine weg. Dann entfernte er die Bremsklötze an den Rädern. Er winkte den beiden zu und ging zurück zum Wagen. Göbbs schaltete den Bordfunk ein, der über ihre aufgesetzten Fliegerhauben lief.

»Alles klar, Steinbauer?«

Als dieser nicht antwortete, sah Göbbs nach hinten. Steinbauer saß etwas erhöht über ihm in einer separaten Kanzel und nickte.

»Sie müssen reden. Ich kann mich während des Fluges nicht umdrehen, wenn ich etwas von Ihnen will. Klar?«

»Ja«, erklang es gepresst aus den Kopfhörern.

Göbbs kontrollierte die Anzeigen und startete zuerst das vordere, dann das hintere Triebwerk. Das Dröhnen der Motoren übertönte den Bombenlärm. Dass die Halle noch nicht getroffen worden war, grenzte an ein Wunder.

»Was kann jetzt alles schiefgehen?«, ertönte Steinbauers Stimme.

»So ziemlich alles«, sagte Göbbs, während er verschiedene Schalter betätigte und sich die Maschine langsam in Bewegung setzte. »Das Ungefährlichste ist, dass wir über einen Bombensplitter rollen und uns einen Platten zuziehen. Dann können wir nämlich nicht starten.«

»Und das Gefährlichste?« Sie rollten aus der Halle. Die Welt dort draußen wurde von Rauchsäulen und Explosionen beherrscht. Oben dröhnten Schatten durch die Luft und warfen neue Todeslast ab.

»Dass uns eine Fliegerbombe trifft.« Er lenkte die Maschine zur Startbahn. »Halten Sie Ihre Finger von dem Steuerschwenkgriff und die Füße von den Pedalen fern, die Sie vor sich sehen. Ich fliege. Klar?«

»Ja.«

»Festhalten jetzt, ich starte.«

Die Maschine bog auf die Landebahn ein und Göbbs gab sofort Vollgas. Er wollte so schnell wie möglich hoch, noch bevor die Begleitjäger ihn entdecken und attackieren konnten.

Rauchschwaden wehten über die Startbahn, aber so weit er sehen konnte, war sie noch unbeschädigt. Rechts von ihnen explodierte eine weitere Reihe abgeworfener Bomben. Die Detonationen dröhnten und die Dornier zitterte. Splitter orgelten vorbei und irgendwo im Flugzeugrumpf krachte es. Die Maschine war getroffen. Göbbs konnte nur hoffen, dass es keine lebenswichtigen Teile erwischt hatte. Sie waren schon zu schnell, um den Start jetzt noch abzubrechen. Schon hob die Maschine ihre Nase, dann lösten sich auch die hinteren Räder des Fahrwerkes vom Boden. Göbbs betätigte den Hebel zum Einfahren der Fahrwerke und gab nochmals Gas. Nur weg hier. Zwei Jäger schwenkten aus dem Verband aus und hielten auf die Dornier zu. Mündungsfeuer blitzte auf.

»Viel zu weit weg«, flüsterte er und fügte in Gedanken hinzu: *Verdammt, ich bin doch auf eurer Seite!*

›Das wissen die doch nicht.‹ Manchmal platzte die Großvater-Stimme auch mit allgemein Bekanntem dazwischen. Gerade so, als hätte sie sich zu lange nicht gemeldet und wollte einfach mal etwas sagen.

»Schießen die auf uns?« Jetzt kippte Steinbauers Stimme tatsächlich.

»Natürlich, die halten uns für einen Jäger, der ihre Bomber angreifen will.«

»Dann feuern Sie zurück!«

»Wir sind vollgetankt, haben aber keine Munition.« Göbbs zog die Dornier nach links, donnerte über das Oberwerk hinweg und hatte den Bereich des Bombardements verlassen. Hinter ihm verschwand das Flugfeld in einer Orgie aus Bombenqualm und in die Luft geschleuderter Erde. Von der Startbahn würde wohl keiner mehr starten können.

Höhen- und Seitenruder reagierten problemlos. Der Treffer mit dem Bombensplitter eben hatte diese Teile zumindest nicht beschädigt. Göbbs hielt die Maschine tief, nur kurz über den Baumwipfeln, und drehte nach Südwest. Er wollte Berlin auf der Westseite umfliegen, um nicht zum Ziel der deutschen Flak zu werden. Zwar war ein Flak-Treffer beim Tiefstflug eher unwahrscheinlich, aber auch die noch so geringe Möglichkeit eines Zufallstreffers wollte er ausschließen. Er hatte sich vorgenommen, der Autobahn zu folgen. So viel er wusste, waren weder die Amerikaner noch die Russen bereits in den Raum Halle-Leipzig vorgerückt. Wenn er also diese Strecke nahm und dann in einer weiten Schleife Richtung Erfurt und Eisenach abbog, könnte er ohne Feindkontakt bis nach Friedrichroda kommen.

Feindkontakt. Wieder schnaufte er. *Wer war hier der Feind?*

Und dann kam ihm der Gedanke, jetzt gleich zu den Amerikanern oder Briten überzulaufen. Er hatte Steinbauer und die Pläne. Was, verdammt, sollte ihn davon abhalten, diesen verwünschten Krieg Krieg sein zu lassen und die Front zu überqueren?

›Deren verdammte Flak, mein Junge, und höre auf zu fluchen. Ihre Flak und ihre Jagdflieger. Meinst du wirklich, die sehen, wer in der Maschine sitzt? Glaubst du, die würden mit dir reden? Die sehen nur ein deutsches Flugzeug, ein sehr schnelles und gutes deutsches Flugzeug, das sich ihren Linien nähert. Und außerdem soll Steinbauer noch ein paar sehr wichtige Dokumente holen. Warte, bis seine Tasche richtig voll ist. Und dann warte auf eine gute Gelegenheit. Keine Angst, sie wird kommen.‹

War ja nur so eine Idee, dachte Göbbs. Aber die Großvater-Stimme schwieg jetzt.

Trotzdem, Idee hin oder her. Jetzt die Linien überqueren und er hatte diesen ganzen Scheiß-Krieg hinter sich. Gefangen nehmen lassen, klären, dass man norwegisch-britischer Agent war, und den Rest des Krieges in London der Zentrale gute Ratschläge geben. Oder gleich in die Schweiz, das Konto leer räumen und abwarten, bis Hitler an irgendeinem Strick baumelt, neben Goebbels, Himmler, Dönitz … die Liste ließe sich problemlos fortsetzen.

›Aber die fehlenden Dokumente‹, meldete sich die Großvater-Stimme wieder zu Wort. *›Und die Informationen über den Stollen*

bei Friedrichroda. Je mehr du hast, desto mehr kannst du den Briten anbieten. Und desto mehr kannst du von ihnen für die weitere Hilfe verlangen.‹

Das schien nachvollziehbar. Göbbs konzentrierte sich auf das Fliegen, drosselte die Maschine auf etwa fünfhundert Kilometer pro Stunde, verstellte die Luftschrauben und trimmte die Maschine aus. Sie reagierte wie ein gut erzogener Hund auf jeden seiner Befehle. Plötzlich überflutete ihn dieses Gefühl, wieder in der Luft zu sein, wieder zu fliegen, losgelöst von der Schwere und den Bürden des Erdbodens …

Von den Bürden? Das wäre zu schön. Er konzentrierte sich, jedoch nicht ohne dieses wunderbare Gefühl in einem Winkel seines Selbst zu hegen und zu pflegen. Fliegen!

»Sehen Sie rechts neben sich den Griff, Steinbauer?«

Der Ingenieur schwieg einen Moment, orientierte sich wohl, bevor er antwortete: »Ja.«

»Das ist die Auslösung des Schleudersitzes. Sollten wir getroffen werden und ich das Gefühl haben, dass ich die Maschine nicht retten kann, versuche ich sie nach oben zu ziehen. Dann müssen wir raus. Ein Fallschirm ist in den Sitz eingebaut. Sie müssen den Hebel ziehen, aber vorher die Haube abwerfen. Dazu müssen Sie links mit dem Hebel … haben Sie ihn?«

»Ja.«

»… die Führerhaube öffnen und sie danach rechts mit dem anderen Hebel …«

»Ich sehe ihn.«

»… wegsprengen. Erst dann sollten Sie den Schleudersitz betätigen. Aber warten Sie damit, bis ich den Heckpropeller abgesprengt habe. Der macht sonst nämlich Geschnetzeltes aus Ihnen und verstreut Sie als roten Regen über die Sichtscheiben der uns verfolgenden Briten und Amerikaner.«

»Das ist aber kompliziert!«

»Sagen Sie das den Konstrukteuren. Also Ihren Kollegen!« Göbbs zog die Maschine nach Süden, fand die geplante und die fertige Trasse des Autobahnringes und kontrollierte die Anzeigen. Dann klopfte er auf die Scheibe des Kompasses und fluchte.

»Was?«, fragte Steinbauer.

»Ich habe das Gefühl, der Kompass funktioniert nicht. Genau wie in der Maschine, die ich damals überführt habe.«

»Das haben meine *Kollegen* zu verantworten. Ich habe neulich etwas darüber gelesen. Der Mutterkompass musste in der linken Tragfläche untergebracht werden. Im Rumpf wäre er zu sehr von den beiden Maschinen abgelenkt worden. Dort wird er aber durch die Beschleunigung abgefälscht. Deshalb haben Sie am Kompass auf dem Gerätebrett eine falsche Anzeige.« Göbbs merkte der Stimme des Ingenieurs an, dass dieser wieder ruhiger wurde. Ob es daran lag, dass er mit seinem Fachwissen glänzen konnte, oder daran, dass sie den Bereich des Bombardements verlassen und die amerikanischen Jäger die Verfolgung der schnelleren Maschine eingestellt hatten, war dem Flieger in diesem Moment egal. Wichtig war, dass der Ingenieur hinter ihm nicht in Panik ausbrach und anfing, an irgendwelchen Hebeln zu ziehen und auf Knöpfe zu drücken.

»Na gut. Vielleicht ist der Kompass kein Problem. Bis Erfurt kann ich uns problemlos bringen.« Göbbs behielt die Autobahn im Auge, während er redete. Irgendwo vor Potsdam bemerkte er Gestalten, die ins Gebüsch sprangen, als sie vorbeidonnerten. »Von dort an müssen wir nach Karte fliegen. Ich weiß nicht, wo Friedrichroda liegt.«

Er verließ die Autobahn und zog die Dornier ein wenig nach Südost. Auch Potsdam wollte er nicht überfliegen.

»Ich kann Sie leiten, wenn wir bei Tag ankommen.« Steinbauer wurde zunehmend ruhiger. »Ich kenne mich dort aus.«

»Wenn wir bei Tag ankommen? Machen Sie Witze? Wir fliegen mit knapp über fünfhundert Kilometern pro Stunde. In etwas mehr als einer halben Stunde sollten wir da sein.«

Steinbauer schwieg einen Moment. »So schnell.«

›Ist der Typ eigentlich je hinter seinem Schreibtisch hervorgekommen?‹

»Wir könnten noch schneller, aber ich habe Angst, dass ich bei der geringen Höhe einige wichtige Orientierungspunkte übersehe.« Die Havel und den Wannsee zur Orientierung benutzend, flogen sie zwischen Berlin und Potsdam hindurch und drehten, als sie erneut den Berliner Ring erreichten, leicht südwestwärts, bis die nach Leipzig führende Autobahn unter ihnen lag, auf deren Kurs sie einschwenkten.

Inzwischen hatte er eine Frage Steinbauers überhört. »Was haben Sie gesagt?«

»Ich habe gefragt, weshalb Sie dann nicht höher fliegen?«

»Je höher wir sind, desto eher werden wir von Freund oder Feind gesehen und natürlich auch von deren Waffen getroffen. Und desto mehr Zeit hätte ein Jäger der Amerikaner oder Briten, uns in der Luft den Weg zu verlegen.«

»Auch wenn wir schneller fliegen?«

»Auch wenn wir schneller fliegen.«

Steinbauer schwieg einige Minuten. »Erzählen Sie mir was von Friedrichroda«, nahm Göbbs das Gespräch wieder auf. Unter ihnen huschte die Elbe kurz dahin und Regen benetzte die Scheibe. Göbbs konnte mehrere Schiffe auf dem Wasser erkennen.

»Ich darf Ihnen nichts zu Friedrichroda erzählen. Das ist Geheime Kommandosache.« Da war der überhebliche Ton Steinbauers wieder, mit dem Göbbs ihn an der Tragfläche der Horten kennengelernt hatte.

»Ich will keine Staatsgeheimnisse wissen, Steinbauer. Aber ich muss dort landen. Und außerdem habe ich die Freigabe für diese Geheimhaltungsstufe.«

Sie sausten zwischen Halle und Leipzig hindurch. Auf der Autobahn quälte sich ein Flüchtlingskonvoi entlang. Wieder sprangen Menschen rechts und links in den Straßengraben.

»Sind Sie schon mal in einen Tunnel gelandet?«

»Landen in einem Tunnel?«

»Nein, *in einen Tunnel hinein* landen. Wir haben einen Eisenbahntunnel als geheime Start- und Landebahn ausgebaut. Das heißt, die Schienen gehen bis an den Tunnel heran, die Landebahn beginnt einen Meter hinter dem Eingang.«

Na prima. »Wie breit ist der Tunnel?«

»Ausreichend für die Maschine.«

»Was heißt ausreichend? Antworten Sie möglichst in Metern, Herr Ingenieur.« Göbbs' Tonfall war etwas schärfer geworden.

»Der Tunnel ist in vier Metern Höhe etwa zwanzig Meter breit, verjüngt sich dann aber schnell nach oben. Insgesamt ist er wohl fünfzehn Meter hoch. Ich habe einige Landungen dort beobachtet. Die Flieger setzten immer sofort nach Beginn der Landebahn auf.«

»Aber die hatten Erfahrung, die sind auch dort gestartet, oder?«

Steinbauer schwieg, das war Göbbs Antwort genug.

»Wie lang ist die Landebahn?«

»Sechshundert Meter.«

Theoretisch völlig ausreichend. Das Problem war, dass er wohl keinen zweiten Anlauf hatte, wenn er die Landung nicht schaffen sollte.

›Tunnel heißt auch, dass darüber Berg ist, mein Junge.‹ Die Großvater-Stimme hatte einen altklugen Ton angenommen. *›Die Chance, an einem Berg vorbeizukommen, wenn man die Landung im Tunnel versiebt hatte und die Maschine hochziehen musste, ist relativ gering. Eigentlich gleich null.‹* Die Stimme schwieg einen Moment, um dann mit einem Unterton, als würde es ihr Freude machen, nachzusetzen: *›Vielleicht sogar ein bisschen kleiner als null.‹*

»Danke«, knurrte Göbbs als Antwort auf die Stimme in seinem Kopf.

»Gern geschehen«, antwortete Steinbauer, der dachte, er wäre gemeint gewesen. »Die Flieger haben gesagt, sie orientierten sich an den Schienen. Die wären genau mittig, wenn es in den Tunnel geht. Falls Ihnen das hilft, Herr Hauptmann.«

»Danke«, knurrte Göbbs erneut. Dieses Mal hatte er Steinbauer gemeint. *Im Tunnel landen.* Das hätte Nadler ruhig vorher sagen können.

Und wenn er es gesagt hätte? Hätte das irgendetwas geändert?

›Hadere nicht mit Dingen, die du nicht ändern kannst.‹ Das hatte sein Großvater früher auch schon immer gesagt, wenn der junge Johann Göbbs sich über irgendetwas ärgerte. *›Sieh zu, dass du das Beste daraus machst.‹*

»Du hast gut reden, Opa«, flüsterte Göbbs lautlos. »Du musstest nie in einem Tunnel landen, der nur zwei Meter breiter ist als dein eigenes Flugzeug.«

»Haben Sie was gesagt?«, meldete sich Steinbauer.

»Nein«, entgegnete Göbbs. »Ich habe nur halblaut einige Berechnungen angestellt. Wir müssen jetzt Richtung Erfurt abbiegen. Ich folge der Reichsautobahn 80, aber Sie müssen mir sagen, wann ich von ihr abbiegen muss.«

Göbbs drosselte die Geschwindigkeit noch etwas.

»Friedrichroda liegt links der Autobahn.« Steinbauers Stimme nach reckte er gerade den Hals, um aus dem Fenster zu sehen.

»Wir haben noch ein paar Minuten.« Göbbs wies auf die Gebäude rechts von ihnen. »Das dort vorn ist Jena. Dort hinten«, er wies auf eine Erhebung auf derselben Seite, »ist der Ettersberg bei Weimar. Dann kommt noch Erfurt auf derselben Seite. Erst dann müssen wir uns nach links orientieren. Gibt es eine Funkfrequenz, auf der ich die Bodenbesatzung in Friedrichroda anfunken kann?«

Steinbauer nannte ihm die Frequenz, die Göbbs am Funkgerät einstellte. Er versuchte Kontakt aufzunehmen, doch Friedrichroda schwieg. Wieder und wieder funkte er die Mannschaft an, bekam jedoch keine Entgegnung.

»Wie ist die Bewaffnung dort?«

»Zwei Maschinengewehre am Stolleneingang und zwei Flak-Stellungen im Wald oberhalb der Eisenbahnlinie.«

»Dann wollen wir mal hoffen, dass die uns nicht als Amis ansehen. Laut genug war ich ja jetzt über Funk.« Göbbs ließ das Funkgerät eingeschaltet, falls doch jemand Kontakt zu ihnen aufnehmen wollte, und drosselte die Geschwindigkeit noch weiter. Er zog die Maschine etwas in die Höhe.

»Dort vorn!« Steinbauer brüllte fast, so aufgeregt war er. »Sehen Sie die drei Berge mit den drei Burgen? Das sind die Drei Gleichen.«

Göbbs konnte deutlich drei einzeln stehende Berge sehen, zwei mit Burgruinen und den dritten mit einer gut erhaltenen Festung. Jetzt durfte er nicht mehr zu weit fliegen. Rauchwolken und Flugzeuge in einigen Kilometern Entfernung kündeten von der nahen Front.

»Sie müssen gleich dahinter nach links. Dort müssten wir die Burg Ohrdruf sehen. Da dann nach rechts und wir haben Friedrichroda direkt vor uns.«

›Das hört sich an wie die Wegbeschreibung deiner Großmutter zur nächsten Drogerie.‹

Göbbs zog hinter dem Burgenensemble die Maschine südwärts und konnte relativ schnell einen kleinen Ort mit einer weiteren Burg ausmachen. »Hat denn in Thüringen jeder Ort seine eigene Burg?«

Steinbauer antwortete nicht auf die rhetorische Frage des Fliegers. Die Großvater-Stimme jedoch konnte sich ein *›Natürlich, es ist Thüringen!‹* nicht verkneifen. Über Ohrdruf zog Göbbs die Dornier wieder in westliche Richtung. Zwischen sanft geschwungenen

Bergen tauchte der Luftkurort Friedrichroda auf. Man konnte die Kirche, das Schloss, Villen und eine ganze Anzahl an Häusern erkennen.

»Wohin?«

»Links sehen Sie die Eisenbahnschiene. Der folgen Sie bis zum Tunnel. Und dort können Sie landen.«

»Kann ich?«, knurrte Göbbs.

›*Kannst du*‹, sagte die Großvater-Stimme.

»Können Sie nicht?« Eine unterschwellige Panik schwang in der Stimme des Ingenieurs mit.

»Wir werden sehen.«

Die Dornier raste über den beschaulichen Luftkurort dahin, schwenkte über die Eisenbahnschienen ein und verlor an Geschwindigkeit. Göbbs lenkte sie im ersten Anflug so, dass er sich ein Bild von der Landebahn machen konnte. Die Maschinengewehre und die Flak-Stellungen schwiegen. Das zumindest war erst mal beruhigend. Waren da unten noch die Deutschen oder sollten die Amerikaner in einem Stoßtrupp schon den Ort genommen haben? Er wusste nicht, was ihm lieber war. Doch: Amerikaner – wenn er in ihre Gefangenschaft kam, hätte er den Krieg wenigstens hinter sich. Und er glaubte, Steinbauer und die Unterlagen dann in die richtigen Hände gegeben zu haben. War die Wehrmacht noch dort unten, würde wenigstens niemand schießen … hoffte er jedenfalls. Dann stand der Sprung über die Front noch bevor.

Die Gleise unter ihm führten schnurstracks auf einen dieser sanften Berge zu und verschwanden in einem dunklen Loch. Einige Wehrmacht-LKWs standen in der Nähe des Tunneleingangs. Die Anflugschneise war frei, der Tunnel dunkel. Göbbs konnte nichts erkennen. »Sind wir hier richtig?«

»Ja«, antwortete Steinbauer.

»Und uns wird kein Zug entgegenkommen, wenn ich jetzt dahinein fliege?«

»Das wäre mir neu.«

War da etwa eine winzige Spur von Humor in der Stimme des Ingenieurs gewesen?

Göbbs drehte zwei Runden, bevor er zur Landung ansetzte. Er fuhr das Fahrwerk aus und registrierte beruhigt sowohl die leichten Schläge, die das Einrasten der Fahrzeugbeine begleiteten, als auch die dazugehörigen drei im ermutigenden Grün leuchtenden Anzeigen. In einer großen Schleife setzte er die Dornier über die Schienen, reduzierte ihre Geschwindigkeit weiter und hielt auf den Tunneleingang zu. Als er noch knapp einhundert Meter vor der Dunkelheit des Tunnels war, flammten in diesem plötzlich Lichter auf. Die Landebahn wurde von weißen seitlichen Leitfeuern begrenzt. Auch die Mittellinie war weiß befeuert. An der Decke des Tunnels markierten gelbe Lampen im Abstand von mehreren Metern die Höhe, an den Wänden rote die Breite. Göbbs atmete tief auf, korrigierte die Lage der Maschine geringfügig und raste mit knapp zweihundert Stundenkilometern in den Tunnel. Gleich zu Beginn der Landebahn setzte er die Maschine auf, der Stoß rüttelte sie ordentlich durch, aber Göbbs hielt die Dornier auf Kurs. Er sah Leuchtfeuer, Seitengänge und Gesichter vorbeihuschen, wurde langsamer und rollte dann aus.

»Und Sie hat man nicht mehr fliegen lassen?«, flüsterte Steinbauer. Es hörte sich an, als hätte er bis zu diesem Moment die Luft angehalten.

Das Licht im Tunnel erlosch bis auf wenige Lampen wieder. Am Ende der Landebahn wurden sie von einer Eskorte aus zehn Soldaten erwartet, die ihre Gewehre auf das Flugzeug richteten – Wehrmacht.

Die Maschine wippte noch einmal und stand. Göbbs schaltete die Triebwerke aus.

Hinter den Soldaten schimmerten im Dämmerlicht des Tunnels die Umrisse einer Horten IX.

05

10. April 1945, Friedrichroda, Thüringen

»Steigen Sie aus und stellen Sie sich mit erhobenen Händen vor die Maschine!«, schnarrte es aus einem Lautsprecher. Der Stimme nach hätte es Hitler persönlich sein können, der die Worte gesprochen hatte. Von außen wurde eine Treppe herangeschoben. Göbbs schnallte sich ab, öffnete die Führerhaube, stieg langsam aus und drehte sich zu Steinbauer. Sofort hörte er hinter sich das typische Geräusch von Karabinern, die durchgeladen wurden. Göbbs riss die Hände hoch und verlor beinahe das Gleichgewicht. »Ganz ruhig!« Er hielt sich mit der linken Hand an der Kanzel fest, um nicht herunterzufallen, und hob die rechte umso höher. »Ich will nur meinem Passagier beim Aussteigen helfen.«

»Schön langsam!«, kam eine Stimme von unten. Göbbs half Steinbauer beim Öffnen der Haube, beim Abschnallen und Aussteigen, bevor er selbst nach unten stieg, jede hastige Bewegung vermeidend. Während des Abstieges entdeckte er den Bombensplitter, dessen Einschlag er beim Start in Oranienburg wahrgenommen hatte. Direkt in Höhe der Füße des Piloten steckte ein fingergroßes, scharfkantiges Stück im Metall des Rumpfes. *Wenn der durchgeschlagen hätte, dann wäre zumindest ein Fuß weg gewesen,* dachte Göbbs.

›Dann hättest du wirklich nicht mehr fliegen können, mein Junge. Aber welche Nummer hättest du diesem Problem gegeben?‹

Unten wurde er von einem Gefreiten durchsucht und ihm wurde die Pistole abgenommen. Der Gefreite kontrollierte seinen Ausweis und wandte sich dann Steinbauers Tasche zu.

»Das ist Geheime Kommandosache, Gefreiter«, schnauzte der Ingenieur. »Wenn Sie da reinschauen, muss der Hauptmann Sie hinterher erschießen. Ihr diensthabender Offizier ist Oberst Back?«

Der Gefreite nickte erschrocken.

»Gut. Führen Sie mich zu ihm. Aber schnell!«

Aus der Dunkelheit hinter der Soldatenreihe näherte sich eine weitere Gestalt, ein Zivilist. »Steinbauer?«

»Meuselhuber?«

»San Sie de Idiotn g´wesen, de oan Funklärm g´macht hobn, da olle Alliiertn von Frankn bis Magdeburg auf unsa Spur g´loggt hod?«

Steinbauer zog entschuldigend die Schultern hoch. »Mein Flieger ist bisher hier noch nicht gelandet. Er war unsicher.«

Die Großvater-Stimme im Kopf kicherte. *›Unsicher!‹*

»Danke«, knurrte Göbbs und meinte sowohl Steinbauer als auch die Stimme. Er kannte nicht viele Flieger, denen eine Landung unter diesen Bedingungen sofort gelungen wäre.

Als hätte er die Entgegnung des Fliegers nicht gehört, wies Steinbauer mit großer Geste in den Tunnel. »Wo sind die Flugzeuge, Meuselhuber?«

»Weg. Aba des wird Ihna Oberst Back sicherli erklärn könna.«

Der Zivilist wandte sich ihm zu und warf die rechte Hand lässig zum Gruß über die Schulter. »Heil Hitler, Herr Hauptmann.«

»Heil Hitler«, antwortete Göbbs und legte die rechte Hand, den militärischen Gruß fast nur andeutend, an die Stirn.

Der Zivilist nahm Göbbs' Ausweis und den Flugzeugführerschein aus den Händen des Gefreiten entgegen und blätterte sie kurz durch. »Hauptmann Johann Göbbs oiso. Aus am RLM.« Dann sah er auf. »Direkt Speer oda am Generalfeldmarschall Milch unterstellt?«

»Ich habe meine Befehle von Generalmajor Nadler erhalten, Herr …?«

»Meuselhuber.«

»Meuselhuber gehört zur Abwehr, Abteilung III, Luftwaffe«, sagte Steinbauer an Göbbs gewandt.

»Zefix, Steinbauer.« Meuselhuber verzog das Gesicht. »Quatschn Sie doch no mehr. Hängn Sie doch glei a Buidl vo ma draußn in Friedrichroda auf, mid meim Lebenslauf. Hoffentli foin Sie nie am Feind in de Händ, mid Ihra Redelust!«

Abwehr? Wenn sie jemand vom Nachrichtendienst empfing, nur wenige Kilometer von der Front entfernt, dann hieß das, dass hier wirklich geheime Dinge am Laufen waren. Göbbs' Blick huschte zur Horten IX und ihm fiel der Satz Steinbauers von den vierzig Horten ein, die in einem Stollen im Thüringer Wald stehen sollten. Allerdings sah er nur eine.

»Gut.« Meuselhuber gab Göbbs die Papiere zurück und auf einen Wink hin reichte der Gefreite dem Hauptmann seine Pistole. Göbbs verstaute sie wieder in der Tasche an seinem Gürtel.

»Mia hom Sie erwartet, Steinbauer. Scho vor a poor Tog. Hätt aber ned g´dacht, doss Sie hier mit so aam Paukenschlog ohkemma. Folg´n Sie mir halt.« Meuselhuber drehte sich um und eilte davon. Göbbs folgte Steinbauer, der schneller hinter Meuselhuber hereilte, als er ihm zugetraut hätte. Die Soldaten blieben zurück. Sie ließen den Landebereich hinter sich, durchschritten eine kleine Tür an der Seite, die Meuselhuber hinter ihnen wieder sorgfältig abschloss trotz des bewaffneten Wachpostens direkt daneben, und folgten einem langen, gerade in den Fels gehauenem Gang. In regelmäßigen Abständen beleuchteten Glühbirnen die feuchten Wände. An zwei Stahltüren gingen sie vorbei, bevor Meuselhuber die dritte öffnete. Er ließ ihnen Vortritt und verschloss auch diese wieder hinter ihnen. Sie betraten einen in der Ferne verschwindenden, aber deutlich breiteren Tunnel als zuvor. So breit, dass Schienen auf dem Boden lagen. Direkt vor ihnen stand eine kleine Lore mit einigen Sitzen. Meuselhuber bat sie, Platz zu nehmen. »Mia müssn a Stück fohrn, meine Herrn.« Er startete den Elektromotor und rumpelte eine Viertelstunde mit ihnen durch verschiedene Gänge. Ab und an hielt er an einer Abzweigung an, verstellte eine Weiche und fuhr dann weiter.

Auch diese Stollen waren in regelmäßigen Abständen beleuchtet. Dutzende Kabel führten an der Decke entlang, dick wie Unterarme. Einmal kam ihnen ein Trupp Häftlinge entgegen. Wohl KZ-Insassen, vermutete Göbbs ihrem Aussehen nach. Vielleicht aus einem Außenlager von Buchenwald.

Meuselhuber bremste, die Gleise bogen nach rechts ab und der Abwehrmann hielt die Lore an. Während er und Steinbauer ausstiegen, blieb Göbbs sitzen, gebannt von dem Anblick, der sich ihm bot. Der Lärm einer Industriehalle brandete über ihn hinweg. Eine riesige Kaverne war aus dem Berg geschlagen worden, mit Felssäulen in der Mitte, die die Decke stützten. An hunderten Arbeitsplätzen standen Häftlinge, die feilten, frästen, schweißten, zimmerten ... Schienen führten an der Decke entlang, an denen Laufkatzen liefen, die Maschinenteile transportierten. Auf Gestellen waren Flugzeugrümpfe aufgebockt, um die Häftlinge wuselten und arbeiteten. Schienen führten zwischen den Arbeitsplätzen hindurch, auf denen Loren fuhren, die in Seitenstollen verschwanden oder aus ihnen hervorkamen.

»Wenn mia den Voamarsch der Amerikana ned stoppn könna«, unterbrach Meuselhuber das Staunen des Hauptmanns, »müssn mia in a boh Tog hier olle Zelte obbrechn. Aba mia hoffa, bis dahin no a boh Maschina fertig g´stell z´ hobn.«

Göbbs wusste, dass die Bayern im Normalfall auch Hochdeutsch sprechen konnten. Wieso Meuselhuber es nicht tat, war ihm ein Rätsel und er musste sich sehr anstrengen, um ihn zu verstehen. Sich mit einer Hand am Rand der Lore festhaltend stieg Göbbs aus. Als er das erste Mal Steinbauer von dem Stollen im Thüringer Wald hatte reden hören, war ihm das Bild eines langen, geraden Schachtes in den Kopf gekommen, in dem hintereinander gedrängt vierzig Horten standen, nass vom von der Decke tropfenden Kalkwasser. Das hier jedoch war eine Industrieanlage auf hohem Standard, wie er sie im April 1945 eigentlich nirgendwo mehr in Deutschland vermutet hätte. Unbehelligt von Fliegerbomben und anrückenden Alliierten.

»Kommen Sie, Göbbs«, knurrte Steinbauer. »Uns läuft die Zeit davon.«

Göbbs fiel erst jetzt auf, wie angespannt, ja verärgert der Ingenieur wirkte. Er wusste noch immer nicht, was genau hier lief. Waren die Horten überführt worden, ohne dass Steinbauer etwas davon wusste? Das zumindest schien nach dessen Äußerungen so.

›*Sieh ihn dir doch mal an*‹, flüsterte die Großvater-Stimme. ›*Der macht ein Gesicht wie ein Kind, dem man das Lieblingsspielzeug weggenommen hat. Die Flieger sind fort, mein Lieber. Fragt sich nur, wohin.*‹

Genau diese Frage bewegte auch Göbbs. Er konnte sich nicht vorstellen, dass vierzig dieser Flugzeuge in irgendeinem Seitenstollen dieser weit verzweigten Anlage versteckt waren, wenn Steinbauer in dieser Art reagierte. Und sicher hätte der Bayer ihn in diesem Fall mit seinem unnachahmlichen Dialekt beruhigt.

Göbbs schwang sich aus der Lore und folgte Steinbauer und Meuselhuber. Sie schlängelten sich zwischen Werkbänken hindurch und steuerten auf eine kleine Tür zu, die Eintritt in einen mit Holzwänden abgetrennten Bereich gewährte. Den staunenden Augen Göbbs' eröffnete sich als erstes ein Vorzimmer, in dem eine junge Frau an einer Schreibmaschine saß und fleißig tippte. Die Tür hinter ihr stand offen, wurde jedoch vollständig durch einen äußerst fetten Oberst ausgefüllt, der an einer Zigarre zog, die er verkrampft zwischen Zeige- und Mittelfinger hielt.

»Steinbauer! Verdammt, waren Sie das in dem Flieger? Seit wann fliegen Sie? Kommen Sie aus Berlin? Wie steht es um das Führerhauptquartier? Wie in der Zentrale? Haben Sie …«

»Wo sind die Maschinen, Oberst Back?«, fauchte der Ingenieur und machte drei schnelle Schritte auf den Schreibtisch zu. Die Sekretärin zuckte zusammen, das Klappern der Tasten brach ab und sie duckte sich, als erwarte sie im nächsten Moment einen Angriff Steinbauers.

»Die sind alle schon losgeflogen, bis auf den flugunfähigen Prototyp, den sie stehen gelassen haben. Wir mussten den Abtransport nach Plan B vorziehen.« Oberst Back keuchte wie nach einem Sprint.

»Plan B? Wer hat Plan B genehmigt?« Steinbauer schien fassungslos.

»Die Anordnung kam heute Morgen aus der Zentrale. Der Start erfolgte um 10:00 Uhr. Die sind jetzt schon irgendwo über …«

»Meine Herren«, unterbrach Meuselhuber. »I mog ned unhöfli sein, aber dorf i Sie frogn«, er wandte sich an Göbbs, »welche Geheimhoitungsstufe Sie hom und inwieweit Sie in de *Operation Romulus* eingeweiht san?«

»Göbbs ist mein Flieger.« Steinbauer atmete tief durch, versuchte sich zu beruhigen. »Sicherlich ein verdienter Luftwaffenoffizier, aber er ist nirgends eingeweiht.«

»Dann würd i Sie bittn, Herr Steinbauer, Oberst Back, des G´spräch in deutli verringata Lautstärk hinta verschlossane Türn weida z´führn. Hauptmann Göbbs, mia würdn Sie so lang der reizenden G´sellschoft vo dem Fräulein Zimma übalassn.«

Göbbs, der keine Chance hatte, etwas zu erwidern, nickte. Back, Steinbauer und Meuselhuber verschwanden hinter der Tür, die Back bis dahin ausgefüllt hatte.

»Kaffee?«, fragte Fräulein Zimmer.

»Kaffee?« Göbbs zog die Augenbrauen hoch. »Wenn Sie haben.«

»Eine der wenigen Annehmlichkeiten eines Geheimprojektes.« Die Sekretärin schien froh, dass die drohende Konfrontation sich hinter die jetzt geschlossene Tür verzogen hatte. Von dort drang nur undeutliches Gemurmel der Männerstimmen herüber. Neben der Tür hingen zwei Bilder, ein Porträt Hitlers und ein Foto von ihm auf der Bühne des Reichsparteitages in Nürnberg. Auf der anderen Seite stand ein kleiner Tisch, flankiert von zwei Spinden. An der Wand über dem Tisch waren mehrere Postkarten angepinnt. Göbbs erkannte Salzburg, Garmischpartenkirchen und das Führerhauptquartier auf dem Obersalzberg. Aus der Kanne auf dem Tisch schenkte die Sekretärin Kaffee in eine Porzellantasse und reichte sie dem Flieger. Die Frage nach Zucker und Milch verneinte Göbbs. Er setzte sich auf einen freien Stuhl, trank den Kaffee, der lauwarm und dünn war, schwieg und versuchte, etwas von dem zu verstehen, das durch die dünne Holztür drang. Gleichzeitig aber hatte er genug Stoff zum Nachdenken. Wieder war *die Zentrale* erwähnt worden. Eine Zentrale, die über die vierzig modernsten Flugzeuge des Kontinentes, vielleicht sogar der Welt befehlen konnte, wohin auch immer die verschwunden waren. Auch über die Frage des Zusammenhangs zwischen dem Führerhauptquartier und der Zentrale, von der der Befehl zum Start gekommen war, lohnte es sich, Gedanken zu machen. Aus den Andeutungen im Gespräch hatte er entnommen, dass diese ominöse *Zentrale* nicht mit dem Führerhauptquartier identisch zu sein schien und wohl auch nicht in Berlin lag, denn dort war Steinbauer heute Morgen um Zehn noch gewesen, als der Befehl zum Start für die Horten gekommen war. Und was zum Teufel war jetzt *Operation Romulus*?

Das Telefon auf dem Tisch von Fräulein Zimmer klingelte. Wortlos legte sie den Hörer ans Ohr, sagte kurz ja, drückte die Gabel, wählte eine zweistellige Nummer, verlangte einen Leutnant, dessen Namen Göbbs gleich wieder vergaß, denn sie gab ihm den Befehl von Oberst Back weiter, die Dornier aufzutanken und startbereit zu machen. Dabei klang ihre Stimme befehlsgewohnt und nicht so freundlich wie gerade eben noch, als sie ihm den Kaffee angeboten hatte.

Göbbs stellte die leere Tasse auf die Untertasse, erhob sich und fragte nach einer Toilette. Fräulein Zimmer nahm ihm die Tasse ab. »Die Tür raus, rechts etwa fünfzig Meter. Genau hinter dem Stollenplan an der Wand ist der Abort für die Offiziere und die Ingenieure des Werkes.«

Göbbs bedankte sich, verließ den Raum, wandte sich nach rechts und ging langsam an der steinernen Wand der Kaverne entlang. Er zählte vier fast fertige Flugzeuge. Eines war eine Horten IX, den Rest identifizierte er als den Jäger Focke-Wulf Ta 152.

In der gesamten Halle schien eine unterschwellige Nervosität zu herrschen, die Göbbs bei der Nähe der Front nicht wirklich verwunderte. Bewaffnete Soldaten und SS-Männer standen herum und bewachten die Häftlinge. Zwei Uniformierte kamen an Göbbs vorbei und trugen eine Holzkiste zwischen sich – TNT. Der Rechte hatte eine Kabelrolle in der freien Hand, der Linke eine Werkzeugtasche. Sie bogen in einen Seitengang ab, blieben aber gleich am Eingang stehen, stellten alles ab und begannen, Sprengstoff aus der Kiste in vorbereitete Bohrlöcher zu positionieren.

›De Zelte obbrechn …‹ in der Sprache Meuselhubers und der Abwehr hieß also Sprengung.

Rechts neben sich sah er den Plan der Stollenanlage an der Wand. Göbbs konnte den Eisenbahntunnel erkennen, in dem er gelandet war. Er folgte dem Tunnel, durch den sie die Produktionshallen erreicht hatten, und sah den kleinen Verwaltungsbereich, sogar die eingezeichneten Toiletten. Es gab noch einen zweiten Zugang, Unterkünfte für Wachmannschaften und Häftlinge bis hin zu einer Verbindung in einen natürlich aussehenden Bereich, der Marienglashöhle genannt wurde – wohl eine natürliche Höhle. Laut Plan waren auch darin Produktionsanlagen.

»Hobn Sie si verlaffa?« Meuselhubers Stimme ertönte direkt neben seinem Ohr. Göbbs zuckte zusammen.

»Ich habe den Abort gesucht.«

Mit einem leichten Grinsen hob Meuselhuber die Hand und wies auf die Tür direkt neben dem Plan. »Hot Ihna des Fräulein Zimma ned den Weg z´Ihra Erleichterun erklärt?«

»Doch.« Mit der behandschuhten Rechten wies Göbbs auf den Plan. »Eine beeindruckende Anlage haben Sie hier ausgebaut, fast so groß wie unsere Heinkel-Werke, wenn man alle Hallen zusammennimmt.«

»Ja.« In den Augen des Abwehr-Mannes glänzte es wie Stolz und Trauer zugleich. »Und i werd ois doa, damit mia des ned am Ami überlassn müssn.« Dann verschränkte er die Hände hinter dem Rücken und wippte auf den Zehenspitzen. Hatte er sich diese Geste von Hitler oder Goebbels abgesehen? »Jetzt gehn Sie und erleichtern Sie si, Herr Hauptmann. Es gibt z´doa.«

Göbbs verschwand hinter der Tür zum Abort und stand keine zwei Minuten später wieder draußen. Er folgte Meuselhuber zurück zum Büro.

Steinbauer, dessen Dokumententasche deutlich an Umfang zugenommen hatte, wartete bereits. Oberst Back stand neben seinem Schreibtisch und Meuselhuber schloss die Tür hinter Göbbs.

»Wo waren Sie denn, Göbbs?«

»Pieseln«, antwortete an seiner Stelle Meuselhuber und erfreute sich daran, dass Fräulein Zimmer, die jetzt an einer Schreibmaschine in Oberst Backs Büro saß, dem Hauptmann einen schnellen Blick zuwarf, um sich mit einem Hauch von Röte auf den Wangen einer Schreibarbeit zu widmen, die sie im leichten Stakkato auf ihrer Maschine zauberte.

»Welchen Befehl haben Sie in Berlin erhalten, Herr Hauptmann?« Oberst Back steckte sich eine neu angezündete Zigarre in den Mund, um sich in Rauchwolken zu hüllen, die jedem amerikanischen Bombenangriff Ehre gemacht hätten. Göbbs stellte ihn sich sekundenlang als Nebelmaschine vor, die angreifende Flieger verwirren und Erdziele verdecken sollte.

»Göbbs!«, schnarrte Back. »Welche Befehle haben Sie von Nadler erhalten?«

»Ich sollte Herrn Steinbauer hierherbringen, selbst wenn die Amis hier schon rumgelaufen wären. Und wenn Herr Steinbauer weiter muss, soll ich bei ihm bleiben bis …« Gewollt, als wäre er nicht sicher wie hoch die Geheimhaltungsstufe seiner Gesprächspartner wäre, stockte er und sah von Oberst Back zu Meuselhuber und zurück.

»… bis Steinbauer sicheres Territorium erreicht«, ergänzte Meuselhuber. »De Befehle wurdn vo da Zentrale bestätigt, Hauptmann Göbbs. Des hot *oierhöchste* Priorität.« Er hob den Zeigefinger wie ein Lehrer vor Drittklässlern. »Sie hobn scho vui fia Deitschland getan. Jetzt könna Sie no amoi wos fir des Reich doa. Da Ingenieur und de Dokumente müssn nach Augsburg. So schnell wia mögli. Fliagn Sie ned direkt sondern üba Prag. Da Ami is in Mitteldeitschland scho verflucht weit voagruggt. Sie hobn no etwa zwoa Stund Helligkeit, des soit reichn.« Er griff nach einem Stapel auf dem Tisch. »Braucha Sie Kartn?«

Mit zwei Schritten war Göbbs am Tisch und sah den Stapel durch. Zwei Karten sortierte er sich heraus. »Wo in etwa verläuft die Front?«

»De Front?« Meuselhuber lachte böse auf. »Eigentli konn ma kaum von no oana Front redn, wenn ma de Bemerkung erlaubt is. Wenn da Vormarsch de Amis, Britten und Franmänna im Westn so weidergeht, werdn mia in a unendliche Zahl an Verteidigungskämpfa verwickelt, ohne z´wissen, ob hinta uns ned scho da Feind operiert.

Seit gestern dringn de Amis boi Suhl Richtung Osten voa. Nördli vo uns hobn sie am fünftn April Langensalza gnomma un stehn irgendwo zwischn doat und Erfurt. Da Ogriff auf Friedrichsroda wird unmittelbar bevoastehn. De Verbände komma vo Frankfurt. Vo doat aus drängn de Amis aa Richtung Augsburg. Mia vermutn, sie woin zusamma mid den Franzmännern Minga in de Zange nehma. Des Sicherste wird sei, Sie fliagn ostwärts Richtung Dresdn, setzn si üba die Elbe, folgn ihr bis Prag, um dort in am ned oizu weidn Bogn Richtung Südwestn obzubiegn.«

»Mit einem nicht funktionierenden Kompass.«

»Sie san a guada Fliega, Göbbs. A schlechta Schütze, wia de Zentrale uns mitteilte, aba a guada Fliega.«

»Ich wusste gar nicht, dass die Abwehrzentrale in Berlin Akten über mich hat.« Göbbs sah Meuselhuber in die Augen. Seine Frage zielte nicht auf die Akten ab, sondern auf die bereits mehrfach erwähnte *Zentrale*.

»Wer spricht hia vo Berlin? Unsa Zentrale hot mid da Obwehr nix z´doa. Sie hält Sie jedenfois fia vertrauenswürdig, drotz Ihra norwegischn Familie. Es hoaßt, Sie sprechn aa Englisch wia Ihre Muttersprach?«

»Und Norwegisch.«

Oberst Back mischte sich ein. »Ein Sprachtalent?«

»Mein Vater war Englischlehrer, Herr Oberst. Er hatte zuvor viele Jahre an der deutschen Botschaft in London gearbeitet. Im Prinzip bin ich dreisprachig aufgewachsen.«

Meuselhuber nickte. »Sie sind ab sofort da Begleitschutz fia unsern Ingenieur. Ihr Ziel in Augsburg kennt Steinbauer. Landn werdn Sie auf am Gelände da Messerschmitt-Werk. Fois da Flugplatz des noch de Ogriffa no hergibt. Ansonstn müssn Sie seng, wo Sie runterkomma könna.«

»Was, wenn wir in Augsburg Kettenhunden …«, Göbbs hüstelte, »… Feldgendarmen in die Hände fallen? Nicht dass die uns als Fahnenflüchtige an eine Augsburger Laterne knüpfen.«

»Fia diesn Foi is vorgsorgt. Herr Steinbauer führt entsprechend Dokumente mid si. Oberste Priorität hod, dass nix und niemand in amerikanische Händ foin derf. Verstehn Sie?«

Steinbauer zog aus seiner Aktentasche ein Dokument und reichte es Göbbs. Der las erstaunt. Das Papier wies ihn als Geheimnisträger und im geheimen Auftrag unterwegs aus. Als der Hauptmann die Unterschrift unter dem Dokument mit seinem Namen las, zog er die Augenbrauen hoch. »Bormann?« Die Unterschrift des nach Hitler mächtigsten Mannes im Deutschen Reich, des Leiters der Partei-Kanzlei, des ehemaligen Stabs des Stellvertreters des Führers, Reichsminister Martin Bormann.

»Des Unternehma is ganz obn ogebundn, Göbbs. Ganz obn. Enttäuschn Sie Deitschland ned!«

›Kleiner geht's nicht‹, murmelte die Großvater-Stimme mit einem ironischen Unterton.

Eine halbe Stunde später saßen Göbbs und Steinbauer wieder in der Dornier. Sie war aufgetankt und Richtung Ausgang gedreht worden. Das Loch vor ihnen schien unendlich weit entfernt. Noch war die Tunnelbeleuchtung nicht eingeschaltet.

»Ist Augsburg das Ende unserer Reise, Steinbauer?«

»Nur eine Station. Wir müssen weiter in den Süden.«

Also doch die Alpen-Festung, dachte Göbbs und begann mit den Startvorbereitungen.

»Und dort kommen Sie raus?« Der Stimme Steinbauers im Kopfhörer war die Unsicherheit anzuhören, die ihn angesichts der Startbahn befallen hatte.

Göbbs grinste, obwohl Steinbauer das nicht sehen konnte.

»Klar. Reinkommen ist viel schwieriger, als rauskommen.«

»Sind Sie sicher, dass das klappt?«

Göbbs nickte, ohne etwas zu sagen.

»Woher wollen Sie das wissen?«

»Ich habe neun Leben, wie eine Katze.«

»Neun? Ich dachte, Katzen hätten sieben Leben?«

Göbbs kontrollierte die Anzeigen, legte zwei Schalter um und drückte auf einen Knopf. »Im Mittelalter konnte sich eine Hexe neunmal in eine Katze verwandeln. Neun Verwandlungen, neun Leben!«

Der vordere Motor begann zu röhren, kurz danach der hintere.

»Und wenn alle Stricke reißen?«

»Dann hänge ich mich auf! Und jetzt lassen Sie mich fliegen.«

»Beängstigend!«

»Was?«

»Dass Sie nie Angst haben!«

»Ist das so?« Göbbs hatte noch nie darüber nachgedacht. Hatte er wirklich keine Angst? Waren ihm deshalb die Rennwagen nie schnell genug gewesen?

»Wo müssen wir hin in Augsburg?« Göbbs setzte doch noch eine Frage an die Unterhaltung dran, während er einige Knöpfe drückte.

»In die Christus-Erlöser-Kirche, zum Pfarrer. Aber das erkläre ich Ihnen, wenn wir unterwegs sind.«

Das Licht im Tunnel ging an, die Motoren erreichten Betriebstemperatur und die für den Start notwendige Drehzahl. Wehrmachtssoldaten zogen die Bremsklötze von den Rädern. Vor ihnen winkte einer mit einer Flagge und trat zur Seite in eine dafür vorgesehene Nische. Göbbs fasste nach dem Steuerschwenkgriff.

Die Maschine raste problemlos durch den Stollen. Draußen zog Göbbs die Dornier sofort hoch, drehte eine Runde über Friedrichroda und lenkte die Propellernase der Maschine nach Osten. Dresden, dachte er noch und dann sah er über dem Horizont eine dunkle Wolke von Flugzeugen auf sich zukommen. Bomber. Es mussten mehr als vierhundert sein.

»Sind das unsere?« Steinbauer musste die Maschinen im selben Moment gesehen haben.

»Ich glaube nicht, dass die Luftwaffe noch so viele Bomber hat.« Göbbs zog den Steuerschwenkgriff nach links, die Maschine bog nach Norden ab, fast neunzig Grad. Aus der Höhe stießen plötzlich ungefähr drei Dutzend Jäger herab. Leuchtspurgeschosse zogen an ihm vorbei.

»Verdammt!«

»Schießen die auf uns?«, kreischte Steinbauer hinter ihm.

»Was denn sonst? Das sind Amerikaner!«

Sie schossen viel zu früh, waren noch zu weit weg. Göbbs ließ die Maschine absinken und gab Vollgas. Als hätten sie sich versteckt und auf ihn gewartet, tauchten weitere Maschinen links vor ihm auf. Er drehte direkt nordwärts, sauste förmlich in Flügellänge am Pulk der Thunderbolts vorbei. Es klackte zweimal, wie von Treffern, aber die Dornier reagierte nicht darauf. Göbbs vertraute auf sein Glück, raste über zwei kleine Städte hinweg und ließ die Amerikaner hinter sich.

»Ist es vorbei?« Die Stimme des Ingenieurs klang leise, fast fiepsend.

Göbbs nickte, ohne ein Wort zu sagen. Dann räusperte er sich. »Ja. Aber wir sind auf dem falschen Kurs. Wir müssen nach Osten abdrehen.«

»Jetzt haben Sie nur noch acht Leben.«

»Sechs. Zwei hatte ich schon vorher verspielt.«

In diesem Moment traf die Salve auf den Flugzeugrumpf.

Göbbs sah die Maschine erst, als die Geschosse in die Dornier einschlugen. Die Thunderbolt war hinter einem Hügel aufgetaucht und bevor Göbbs mit der Dornier Abstand gewinnen konnte, hatte der amerikanische Pilot geschossen. Kleine Metallkrater explodierten in den Tragflächen, Treibstoff lief aus den Tanks aus. Ein oder zwei Geschosse fetzten das Kabinendach weg. Göbbs wurde von irgendetwas am Kopf getroffen. Er riss den Steuerschwenkgriff zu sich, die Dornier zog nach oben, dann hustete der vordere Motor und erstarb. Göbbs Blickfeld trübte sich rot ein. Blut?

Er sprengte den hinteren Propeller ab, wusste aber nicht, wie hoch er war.

»Raus!«, krächzte er ins Mikrofon, in der Hoffnung, Steinbauer würde aussteigen. Hinter ihm krachte etwas. Steinbauers Schleudersitz? Schwindel erfasste Göbbs und die Dinge um ihn herum wurden für einen Moment unsichtbar, bevor sie wieder auftauchten, unscharf jetzt, mit wabernden Konturen. Den Griff für die Öffnung des Kabinendaches fand er … eigentlich war es nur ein Rest des Kabinendaches, das er absprengte. Dann der Schleudersitz. Der Schlag hämmerte ihn in den Sitz, bevor das Gefühl des Fallens einsetzte. In einem winzigen Moment der Klarheit sah er irgendwo in der Ferne einen Fallschirm. Steinbauer? Dann riss ihn der Ruck seines eigenen, sich öffnenden Fallschirms nach oben. Alles wurde rot, dann schwarz und dunkel.

06

12. April 1945, in der Nähe von Langensalza, Thüringen

Die Helligkeit sickerte allmählich in sein Bewusstsein, genau wie die Gewissheit, dass sich das unangenehme Gefühl – der Schmerz, um ehrlich zu sein – in seinem Kopf zentralisierte. Als er realisierte, dass er überhaupt etwas wahrnahm, waren Helligkeit und Schmerz schon eine Weile präsent. Er merkte, dass er auf etwas Hartem lag. Wasser tröpfelte auf seine Lippen. Es rann ihm in den Hals. Er verschluckte sich, musste husten und richtete sich halb auf, öffnete dabei die Augen. Gleißende Helligkeit stach durch seine Augäpfel hindurch bis auf die Hinterseite seines Schädels. Stöhnend schloss er die Augen wieder und ließ sich zurückfallen. Sein Schädel krachte auf das blanke Holz der Pritsche, auf der er lag, und der Schlag barst zu einer Explosion von noch mehr Helligkeit und Schmerz in seinem Kopf, um wie die Schwingungen einer Glocke nach vorn zu wabern und die Augen zum Vibrieren zu bringen.

»Langsam, Herr Hauptmann!« Die Stimme war ihm unbekannt, sprach mit Ruhe, Gelassenheit und leichtem thüringischen Akzent auf ihn ein. »Ich denke, Sie haben eine Gehirnerschütterung, aber keine weiteren ernsthaften Verletzungen.«

Langsam öffnete Göbbs erneut die Augen. Vor ihm saß ein Sanitäter. Sonne stach durch ein kleines Fenster in den Raum, in dem sich noch etwa zwanzig Betten befanden, alle belegt.

»Gefreiter Wentzlaff«, stellte sich der Sanitäter vor. Er war lang und dünn, trug eine zerschlissene Uniformjacke zu einer zivilen Hose und hielt eine Blechtasse in der Hand. »Was wissen Sie noch, Herr Hauptmann?«

»Ich saß im Flugzeug«, flüsterte Göbbs. »Wasser bitte.«

Der Sanitäter reichte ihm die Blechtasse, aus der er ihm wohl eben etwas Wasser auf die Lippen getröpfelt hatte.

Die Finger zitterten, als Göbbs sich, von Wentzlaff gestützt, aufrichtete, zugriff und die Tasse an die Lippen führte. Danach sah er sich um. Sie schienen sich in einer Art Baracke zu befinden. »Wo ist Steinbauer?«

»Wer?« Wentzlaff sah ihn irritiert an.

»Mein … Mitreisender, ein Zivilist.«

»Sie waren allein, Herr Hauptmann.« Der Gefreite schüttelte den Kopf. »Und Sie hatten Glück. Irgendetwas hat Sie am Kopf gestreift, aber wohl nicht voll getroffen. Man hat Ihr Flugzeug abgeschossen.«

»Die Haube meines Flugzeuges wurde mir weggeschossen.« Göbbs nickte vorsichtig. Kein Schwindelanfall. Das war erst einmal gut. Aber der Schmerz lauerte im Hintergrund, sandte ab und an eine Welle nach vorn zu den Augen, um zu signalisieren, dass er jederzeit wieder zuschlagen konnte.

»Ich bin mit dem Schleudersitz raus.«

»Dann hatten Sie *enormes* Glück.«

»Ich habe neun Leben, wie eine Katze.« Ein weiterer Schluck Wasser.

»Neun? Ich habe bisher nur von sieben Leben gehört.«

Das kannte er schon.

»Im alten Ägypten war die Neun eine heilige Zahl. Und die Katze genoss göttlichen Status.« Göbbs drehte sich und ließ die Beine von der Pritsche auf den Boden hängen. Es ging ihm von Minute zu Minute besser. Behutsam griff er sich an die Stirn. Er fühlte einen Verband, kaum Schwindel und keine Übelkeit. »Deshalb ging man auch von neun Leben aus.«

Der Schmerz zog sich zu einem kleinen, aber präsenten Knoten irgendwo im Inneren seines Schädels zurück, meldete sich aber immer wieder mit einigen Wellen, die er wie zum Test durch das Gehirn schickte.

»Nun, dann haben Sie jetzt wohl eines weniger. Sie haben einen bemerkenswerten Dickschädel, Herr Hauptmann. Kommen Sie aus Pommern?«

Jetzt musste Göbbs über den leichten Humor des Gefreiten lächeln. »Nein, aus dem Taunus. Ich bin kein pommerscher Dickschädel. Auch wenn man mir den so manches Mal nachsagte.« Er sah sich um. »Wo sind wir?«

»Das hier«, der Sanitäter breitete die Arme aus, »ist die Luxusabteilung des Sanitätsbereiches der deutschen Kriegsgefangenen hinter den amerikanischen Linien. Man hat Sie nach ihrem Abschuss gefangen genommen. Unser Lager befindet sich in einem kleinen Dorf in der Nähe von Langensalza.« Er sah wieder Göbbs an. »Sie haben durchgeschlafen, seit die Amerikaner Sie herbrachten. Hunger?«

Göbbs nickte vorsichtig. »Und wie!«

»Erwarten Sie keinen Festtagsschmaus. Die Amis haben Schwierigkeiten, die Massen an Gefangenen zu versorgen, auch wenn für Offiziere und Verletzte Sonderregelungen gelten – zumindest hier im Lager.« Erneut wedelte er mit einem seiner langen, dünnen Arme. »Hier in der Baracke geht es allen noch recht gut. Der Rest der Gefangenen lebt in Zelten, unter Decken oder auf der blanken Erde. Täglich kommen neue und andere werden Richtung Westen abtransportiert. Wir sind hier so etwas wie ein Auffang- und Durchgangslager. Die Meisten sind froh, erstens diesen Krieg hinter sich zu haben und zweitens in amerikanischer und nicht in russischer Gefangenschaft gelandet zu sein.« Er drehte sich um, ging zur Tür, blieb stehen und sah noch einmal zu Göbbs zurück. »Ich habe die Order zu melden, wenn Sie vernehmungsfähig sind. Die wollen mit Ihnen reden. Fühlen Sie sich stark genug dazu?«

»Vielleicht. Nach dem Essen.«

Dieses bestand aus einer dünnen Suppe, einem Brotkanten und einem Becher Wasser. Trotz der eher kargen Mahlzeit, weckte die Energiezufuhr Göbbs' Lebensgeister weiter. Danach versuchte Göbbs ein paar Schritte. Es ging besser als erwartet. In einer halbblinden Spiegelscherbe an der Wand betrachtete er sein Gesicht. Das linke Auge war blutunterlaufen, die Stirn verschwand unter einem schmutzigen Verband, der Kragen seiner Uniform war schwarz von geronnenem Blut. Das würde wohl eine weitere Narbe geben. So langsam sah sein Gesicht aus, wie er sich dieses Monster vorstellte, das von einem verrückten Wissenschaftler aus Leichenteilen zusammengesetzt worden war. Ihm fiel der Titel des Romans nicht mehr ein, er wusste nur noch, dass es eines der vielen Bücher war, die er von seinem Großvater zu lesen bekommen hatte – lange bevor dieser einen Großteil dieser Bücher verstecken musste, damit sie nicht auf dem Scheiterhaufen der »entarteten Kunst« landeten.

Er erwartete an dieser Stelle seiner Gedanken einen Kommentar der Großvater-Stimme, die aber schwieg.

Schweigen? Auch mal gut, dachte Göbbs und strich sich über den Kragen. Man hatte ihm die Fliegerkombi ausgezogen, aber seine Luftwaffenuniform gelassen. Sämtliche Papiere fehlten, alle Taschen waren leer. Langsam legte er sich wieder auf seine Pritsche und dämmerte weg. Erst mehr als zwei Stunden später wurde er von Wentzlaff geweckt. Der Sanitäter führte ihn aus der Baracke durch einen Wald von Zelten und hunderten, teilnahmslos auf der Erde hockenden Soldaten hindurch zu einem Stacheldrahtzaun, der von bewaffneten Amerikanern bewacht wurde. Während des ganzen Weges stand das Mundwerk des Gefreiten nicht still. Er sprach von Gefangenen, die sich bei den Amerikanern anbiederten, als wäre die Besetzung Deutschlands durch die Amerikaner schon immer der Wunsch deutscher Soldaten gewesen, von anderen, die sich ihrer »Heldentaten« rühmten, die von Vergewaltigungen und »Judenschießen« sprachen, als kämen sie von einem Jagdausflug zurück, und er erzählte von zerbrochenen, weinenden Männern, mit denen nichts anzufangen war, weil sie irgendwann in den letzten Monaten durch ihre persönliche Hölle gegangen waren.

Am Tor angekommen hob Wentzlaff die Hand. »Hey.« Er nickte den drei amerikanischen Soldaten auf der anderen Seite zu, als kenne er sie schon länger. »Hir is se peilott. Se Cäptn will tu spiik wis him.« Wenn er Englisch sprach, kam sein Thüringer Dialekt noch deutlicher zum Tragen.

»Wait«, knurrte einer der Wachposten. Göbbs hatte das Gefühl, dieser spräche mit einer halben Kartoffel im Mund, ohne sie zerkauen zu wollen. Sein Stahlhelm hing schief auf dem Kopf, die Riemen baumelten lose am Helm herab. Er schien nicht älter als Wentzlaff zu sein. Zu seinem Partner gewandt sagte er einige halblaute Worte, dann verschwand er hinter einer nahe gelegenen Baracke. Sie mussten etwa zehn Minuten warten. Ein leichter, kalter Nieselregen hatte eingesetzt und Göbbs setzte sich auf einen Feldstein in der Nähe des Tores. Sie schienen sich auf dem Gelände eines alten Betriebes zu befinden. Eine Werkhalle außerhalb der Umzäunung, ein Verwaltungsgebäude, ein paar Baracken. Dort draußen liefen Männer in Häftlingskleidung herum. »Ehemalige Fremdarbeiter und KZler aus dem Außenlager Buchenwald. Ja, jetzt sitzen *wir* auf der anderen Seite des Stacheldrahtes.«

»Und wie kommen Sie hierher?«, fragte Göbbs. Er wollte den Redefluss des Gefreiten nicht abreißen lassen. Informationen waren immer wichtig. Wentzlaff spuckte aus. »Die haben mich aus dem Knast geholt, damit ich an die Front kann. Hatte noch

Glück, zuerst hieß es Ostfront. Aber irgendwo ist irgendetwas schiefgegangen und bevor wir auch nur einen Schuss abgeben konnten, kam ich mit meiner Einheit in Gefangenschaft.«

»Was haben Sie getan, um in den Knast zu kommen?«

»Was muss man denn tun, um in ein deutsches Gefängnis zu kommen? Ich habe getrickst, im Krankenhaus in Erfurt, in dem ich arbeitete. Habe meine Akte frisiert. Herzfehler, Nierenfunktionsstörungen, Leberfehlfunktion, Blutwerte, was halt so anfällt. Hatte keine Lust auf diesen Scheißkrieg und hab eben ein bisschen an meinem Schicksal gedreht.«

Die Art, wie der Gefreite darüber sprach, führte dazu, dass Göbbs lächeln musste. Das erste Mal nach wie langer Zeit? Zuletzt hatte Julia ihn so richtig zum Lächeln gebracht. »Wie sind Sie aufgeflogen?«

Jetzt grinste auch Wentzlaff. »Ich hätte das mit der Hodentorsion nicht auch noch mit in die Akte schmuggeln sollen. Das fiel dann der leitenden Ärztin auf, nachdem ich mit ihr … also nachdem wir … Sie wissen schon. Und bei dem, was sie mit mir angestellt hat, wäre ihr eine Hodentorsion wohl aufgefallen. Jedenfalls hat sie also meine Akte und danach mich auf Herz und Nieren getestet. Und dabei bin ich aufgeflogen.« Er kratzte sich am Hinterkopf. »Sie war eine Hundertprozentige.« Dann stockte er erschrocken und sah den Hauptmann an.

Göbbs grinste ehrlich. »Keine Angst. Ich werde Sie nicht verpfeifen. An wen denn auch?«

Wentzlaff atmete durch und grinste erneut verschwörerisch. »Die hätte wohl auch mit Hitler geschlafen, nur um einen kleinen Hitler zu bekommen. Also ab mit mir in den Knast mit Aussicht auf ein KZ. Aber auch damit hatte ich wohl Glück. Zwei Tage nach meiner Verhaftung ist Erfurt bombardiert worden und es hat dabei das Krankenhaus getroffen, während ich da schon im Knast saß. Bis vorige Woche die Kettenhunde durch die Zellen gingen und fronttaugliche Knackis aussortiert haben – Heldenklau. Wir haben irgendwelche Uniformteile oder Zivilklamotten bekommen, jeder zweite ein ausrangiertes Gewehr von 1920 und ab in einen Viehwaggon. Dann standen wir einige Stunden sinnlos auf dem Erfurter Bahnhof rum, bevor wir an einen Zug angehängt wurden. Das blanke Chaos, sag ich Ihnen. Es weiß wirklich keiner mehr, wie was getan werden sollte. Und als unser Zug in Langensalza ankam, waren die Amis schon da. Die waren genauso darüber erstaunt, dass ein deutscher Zug im Bahnhof einlief, wie wir, dass der Bahnhof voller Amis war. So ähnlich muss es in Russland im Juni '41 gewesen sein. Aussteigen, Waffen abgeben, Kriegsgefangenschaft. Das Beste, was mir passieren konnte. Jetzt pflege ich die, die sich wirklich verletzt haben. Und meine paar Brocken Englisch helfen mir dabei. Manchmal muss ich auch dolmetschen.«

Der Wachsoldat kam zurück und brachte einen Sergeant mit.

»This is the pilot?«, fragte dieser den Sanitäter. Der Sergeant hatte ein Kreuz, hinter dem sich Göbbs sicherlich zweimal verstecken konnte. Stiernackig und mit Fäusten, die leicht das Tor hätten einschlagen können, starrte er auf den deutlich kleineren Wentzlaff herab, der beim Nähern der beiden Amerikaner aufgestanden und an das Tor getreten war. Auf die Frage des Amerikaners nickte er.

Göbbs erhob sich ebenfalls, trat näher und sprach den Amerikaner auf Englisch an. »Ich spreche Ihre Sprache sehr gut, Sergeant. Ein Dolmetscher wird nicht nötig sein.«

Der Sergeant zog die Augenbrauen hoch. »Okay«, kam langgezogen und überlegend. Dann sagte er zu Wentzlaff, dass dieser im Lager bleiben könne, und befahl den Posten, die Tür zu öffnen und Göbbs herauszulassen. In Begleitung eines der Wachsoldaten, der aufmerksam den Riemen seines über der Schulter hängenden Gewehres hielt, durchquerten sie das Betriebsgelände.

Ein Mann im Häftlingsanzug, der zwei Eimer Wasser trug, blieb stehen, als die kleine Gruppe an ihm vorbeikam. Er stellte die Eimer ab, drückte den Rücken durch und spuckte Göbbs ins Gesicht.

»Nazischwein«, zischte er mit französischem Akzent. »Isch töte eusch alle.«

Der Sergeant ging ohne Reaktion weiter. Göbbs folgte und wischte sich mit dem Ärmel die Spucke des Franzosen aus dem Gesicht.

»NAZI!«, rief der Franzose noch einmal und Göbbs rechnete damit, jederzeit einen Stein in den Rücken zu bekommen. Er zog die Schultern hoch, aber es geschah nichts. Sie verließen das Betriebsgelände, gingen zwischen einigen Häusern hindurch und näherten sich einer Art kleinem Schloss, dessen Mauern aus Travertinstein errichtet worden waren. Die Ortschaft zeigte keinerlei Beschädigung durch den Krieg, wahrscheinlich war sie kampflos übergeben worden. Göbbs wurde in ein Seitengebäude der Burg geführt und musste vor einer Zimmertür erneut warten. Während der Sergeant das Zimmer betrat, aus dem Göbbs einen lauten Stimmwechsel vernahm, wartete der Wachsoldat mit ihm zusammen. Göbbs setzte sich auf einen der bereit stehenden Holzstühle. Der Flur war lang und kahl. Helle Stellen an den Wänden zeugten von kurz zuvor abgenommenen Bildern. Ab und an gingen Uniformierte vorbei, finstere Blicke auf den sitzenden Hauptmann werfend.

Nach einer halben Stunde öffnete sich die Tür, zwei alte Zivilisten, die leise auf Deutsch vor sich hin grummelten, verließen den Raum. Die Tür wurde von innen geschlossen und erneut musste Göbbs warten. Nicht lange allerdings, dann trat der Sergeant aus dem Zimmer und forderte ihn und seinen Bewacher mit einer Geste zum Eintreten auf. Hinter einem Schreibtisch saß ein Captain, neben den sich der Sergeant stellte, die Hände hinter dem Rücken. Vor ihm auf dem Tisch lagen Göbbs' Papiere, das Schreiben Bormanns, zusammengefaltet in seinem Wehrpass, da wo er es platziert hatte, sowie die Flugkarten aus der Dornier. Der Posten bedeutete Göbbs, etwa drei Meter vor dem Tisch stehen zu bleiben.

»Diese Deutschen«, knurrte der Captain und bezog sich wohl auf die beiden Zivilisten, die gerade den Raum verlassen hatten. Dabei blätterte er wie selbstvergessen in Göbbs' Flugzeugführerschein und musterte die Einträge, als könne er sie lesen. »Kaum haben wir ihre Stadt eingenommen, verlangen sie von uns, dass wir ihre eigenen Landsleute, die vor den Russen aus dem Osten geflohen sind, aus ihrem schönen Städtchen schmeißen und zum Weiterziehen auffordern.« Er schüttelte den Kopf. Göbbs schwieg. Was hätte er auch dazu sagen sollen?

»Sie sprechen Englisch?«, erkundigte sich der Captain, sah jedoch immer noch nicht auf.

»Ja«, antwortete Göbbs.

»Wie gut?«

»Wie meine Muttersprache.«

Jetzt sah der Captain doch auf. »Warum?«

»Mein Vater hat lange Zeit an der deutschen Botschaft in London gearbeitet und später als Englischlehrer an einer Schule im Taunus. Mein Großvater war Norweger.«

»Dann sprechen Sie auch Norwegisch?«

»Fließend.«

»Und trotzdem kämpfen Sie auf Seiten der Deutschen.« Im langgezogenen Gesicht des Amerikaners wanderten die Augenbrauen verächtlich nach oben. Göbbs schwieg einen Moment, als er jedoch bemerkte, dass der Amerikaner ebenfalls schwieg und seine Aussage von eben als Frage begriff, schluckte er kurz, um dann zu sagen: »Ich würde gern unter vier Augen mit Ihnen reden, Sir.«

Captain und Sergeant wechselten einen schnellen Blick. Der Wachposten hinter Göbbs schnaubte und die weiteren Geräusche verrieten dem Hauptmann, dass der Soldat sein Gewehr von der Schulter genommen hatte. Hielt er es griffbereit mit der Mündung auf seinen Rücken gerichtet? Musste Göbbs jetzt erwarten, erschossen zu werden? Oder bekam er gleich den Kolben zwischen die Schulterblätter?

Vor ihm lehnte sich der Captain auf seinem Stuhl zurück und verschränkte die Arme vor der Brust. Sein Blick huschte kurz zu dem Wachposten hinter Göbbs, seine Miene jedoch änderte sich nicht. »Was veranlasst Sie zu der Annahme, ich könnte so unvorsichtig sein und mit einem deutschen Hauptmann, den ich nicht kenne, allein in diesem Zimmer bleiben?«

Nicht gut, dachte Göbbs. Aber er wollte nicht alle Informationen, über die er verfügte, vor aller Ohren herausposaunen. Glaubten ihm die Amerikaner nicht und redete einer der Wachposten am Tor mit den deutschen Kriegsgefangenen darüber, hätte Göbbs im Gefangenenlager ganz schlechte Karten. Ganz, ganz schlechte.

Wo bist du, wenn ich einen Ratschlag brauche?, fragte er die Großvater-Stimme, die jedoch noch immer schwieg. Hatte das mit seiner Kopfverletzung zu tun? War die Stimme jetzt endgültig weg?

»Weil ich Informationen habe«, sagte er zu dem Captain.

»Die können Sie mir auch so sagen.«

»Nach der Haager Landkriegsordnung und den Genfer Konventionen bin ich nur verpflichtet, Ihnen meinen Namen, das Geburtsdatum, meinen Dienstgrad und die Personenkennziffer zu nennen. Mehr nicht.«

»Das alles weiß ich schon von Ihnen, Hauptmann Gebbs.« Der Captain wies auf die vor ihm liegenden Papiere. Dabei sprach er den Namen des Hauptmanns so aus, dass es eher nach Gäbbs klang, weil er Schwierigkeiten mit dem deutschen ö hatte.

»Das alles und noch viel mehr.« Mit dem Fingernagel polkte er das Schreiben Bormanns aus dem Wehrpass des Hauptmanns, ohne es zu öffnen. »Ihr Deutschen könnt euch wunderbar auf internationales Recht berufen, wenn es um euch selbst geht. Bei euren eigenen Gefangenen vergesst ihr aber doch ganz gerne, dass es Städte wie Den Haag und Genf gibt.«

Er änderte seine Position nicht, schwieg. Der Sergeant stand auch weiterhin unbeweglich wie eine steinerne Statue neben dem Stuhl des Captains, machte aber den Eindruck jederzeit explodieren zu können und Göbbs damit außergewöhnlich gefährlich zu werden, sollte dieser sich zu einer falschen Bewegung hinreißen lassen. Göbbs schwieg ebenfalls. Wie zäher Sirup schien sich die Zeit zu dehnen. Keiner im Zimmer rührte sich. Dann musste der Sergeant hüsteln und der Captain griff nach dem Flugzeugführerschein.

»Wenn ich mir den so ansehe, haben Sie erst vor äußerst kurzer Zeit eine Verlängerung ihrer Flugerlaubnis bekommen. Stempel und Unterschrift sind so neu, dass die Tinte ja fast noch feucht ist. Und, mit Verlaub, Hauptmann, Sie sehen nicht aus wie jemand, der ununterbrochen geflogen ist.« Er wies mit einer Geste auf Göbbs' Gesicht und die Hand mit den fehlenden Fingern. »Wir schießen Sie hinter den feindlichen Linien, also über unseren Stellungen ab. Und was fliegen Sie? Eine Focke-Wulf? Eine Heinkel oder eine Messerschmitt? Nein, Sie sind mit der schnellsten Jagdmaschine der Deutschen unterwegs. Und das ohne Munition.« Er machte eine Kunstpause. »Und mit einem Zettel, der eine ganz wichtige Unterschrift trägt.« Tief bohrte sich sein Blick in Göbbs' Augen. »Wohin, Hauptmann Gebbs? Warum? Und wer war Ihr Co-Pilot? Wo ist der jetzt?«

Göbbs' Gedanken schlugen Kapriolen. Wie viel von dem, was er wusste, konnte er sagen, ohne sich selbst in Gefahr zu bringen? Eines war klar: Steinbauer und die verschwundenen Horten mussten gefunden werden. Das ging aber nur mit den Amerikanern. Oder den Briten. Auf diese Weise hätte Göbbs auch den Auftrag aus London erledigt, den Julia ihm in Berlin übermittelt hatte. Wie hatte sie es bei ihrem vorletzten Treffen formuliert? *»Die Alliierten haben ein ausgesprochen großes Interesse an Steinbauer und den Plänen zur Horten IX. Sollte irgendeine Möglichkeit bestehen, eines von beiden den Alliierten zukommen zu lassen, dann solltest du entsprechend handeln.«*

War das jetzt die Situation, in der er handeln konnte? Handeln musste?

Steinbauer wollte nach Augsburg. Augsburg aber war groß. Wie sollte er in einem Augsburg, das von Alliierten bedroht wurde oder bereits erobert war, einen einzelnen Mann finden? Göbbs atmete tief durch.

»Ich möchte mit einem Mitarbeiter des OSS sprechen.« Vielleicht war das ja der richtige Weg. Das Office of Strategic Services, das Amt für strategische Dienste, unterstand dem US-Kriegsministerium und war unter anderem verantwortlich für die Beschaffung von Informationen. Göbbs hoffte, dass er nicht in ein Kompetenzgerangel mit einem anderen amerikanischen Nachrichtendienst geriet, wenn er einen OSS-Agenten verlangte. Und er hoffte, dass das OSS mit dem britischen SIS zusammenarbeitete. Er hoffte allerdings zu allererst, dass er überhaupt etwas verlangen könnte.

Erneut verschränkte der Captain seine Arme vor der Brust. Hinter seiner Stirn schienen die Gedanken zu rasen, das war förmlich zu sehen. Erneut tauschte er einen Blick mit der Sergeant-Statue. Dann wandte er sich an den Soldaten hinter Göbbs. »Private Thompson. Gehen Sie vor die Tür und warten Sie dort. Sollten Sie irgendwelche ungewöhnlichen Geräusche hier drinnen hören, kommen Sie herein und erschießen den deutschen Hauptmann.«

Protestierend tief durchatmend schulterte Thompson sein Gewehr wieder, salutierte und verließ den Raum. Das Schließen der Tür hörte sich bei viel gutem Willen vielleicht etwas zu laut an, aber der Captain schien das zu akzeptieren. Der Sergeant hingegen runzelte die Stirn in Richtung Tür, legte aber zeitgleich seine Hand auf die Pistolentasche am Gürtel.

»Mehr bekommen Sie nicht, Hauptmann Gebbs. Sie haben drei Minuten, mich davon zu überzeugen, dass Ihre Bitte gerechtfertigt ist.«

»Ich kenne die unterirdische Anlage zur Flugzeugproduktion in Friedrichroda. Und ich kann Ihnen viel über den Prototyp eines neuen Fliegers sagen, der flugunfähig in dieser Anlage steht.«

»Weshalb sollten Sie das tun?«

Er musste den Amerikanern jetzt etwas bieten. »Weil ich Agent des SIS bin. Mein Auftrag war die Sicherstellung der Pläne dieses Flugzeuges und, wenn möglich, des dazugehörigen Konstrukteurs, eines Ingenieurs mit Namen Georg Steinbauer. Wir sind am 10. April im Bombenhagel eines Angriffes der US Air Force auf dem Flugplatz der Heinkel-Werke, nördlich von Berlin, gestartet. Steinbauer war mein Co-Pilot, eher mein Passagier. Er führte eine Tasche voller Dokumente mit sich. Wir landeten auf dem unterirdischen Flugplatz von Friedrichroda. Dort füllte Steinbauer seine Dokumententasche weiter auf. Dort erfuhren wir auch, dass vierzig neuartige Flugzeuge der Luftwaffe an einen geheimen Ort gebracht worden sind. Glauben Sie mir, Captain, wenn Sie von denen angegriffen werden, dann haben Sie keine Chance hier.«

Göbbs atmete durch. »Nach unserem Start von dort holten Ihre Maschinen uns vom Himmel.«

Der Captain atmete tief durch, dachte nach und sortierte die Karten auf dem Tisch hin und her. »Friedrichroda?«

Göbbs machte einen Schritt auf den Tisch zu, um den Ort auf der Karte zu zeigen, verharrte jedoch schlagartig bewegungslos und starrte in die Mündung der Pistole, die der Sergeant ihm vor das Gesicht hielt. Nach einem Moment der Bewegungslosigkeit hob er ganz langsam die Hände. »Darf ich Ihnen den Ort zeigen, Sir?«

Der Captain blickte von Göbbs zu seinem Sergeant und wieder zurück.

»Sergeant, lassen Sie den Hauptmann an den Tisch, aber behalten Sie die Waffe schussbereit.« Der Sergeant trat einen Schritt zur Seite, hielt die Pistole aber weiterhin auf den Kopf des Hauptmanns gerichtet. Göbbs zweifelte nicht eine Sekunde daran, dass sein Kopf in einer Wolke aus Gehirnmasse und Schädelsplittern explodieren würde, sollte der Sergeant auch nur einen einzigen Augenblick an einer seiner Bewegungen zweifeln.

Ganz vorsichtig beugte sich Göbbs leicht über den Tisch, zog die richtige Karte hervor und zeigte dem Captain Friedrichroda.

»Wo sind die Luftabwehrstellungen?«

Göbbs zögerte.

»Was ist, Hauptmann?«

»Wenn ich Ihnen diese Stellungen zeige, verurteile ich einen Teil der dort stationierten Soldaten zum Tode.«

»Und wenn Sie es nicht tun, verurteilen Sie einen Teil unserer Männer zum Tode. Und die deutschen Soldaten dort werden trotzdem sterben. Es sei denn, sie ergeben sich. Zeigen Sie mir die Stellungen, so werden insgesamt weniger Menschen sterben. Hey, falls Sie es noch nicht mitbekommen haben, wir haben Krieg. Da schießt man aufeinander und manchmal stirbt jemand. Morgen vielleicht ich. Übermorgen Sie. Oder mein Sergeant. Solange ihr Deutschen nicht kapituliert, wird das so weitergehen. Ob Ihnen das gefällt oder nicht.«

Göbbs starrte dem Captain in die Augen, dieser starrte zurück.

»Wo?«, fragte der Captain, ohne Göbbs aus seinem Blick frei zu geben. Und Göbbs senkte den Kopf und zeigte auf der Karte die Stellungen, die er erkannt hatte. Der Captain zückte einen Bleistift und markierte die Punkte.

»Noch etwas Wichtiges?«

Göbbs wies auf die Eisenbahnlinie. »Das hier ist ein totes Gleis. Es führt in einen Tunnel, der als Start- und Landebahn für Flugzeuge genutzt wird.« Auch dieser Punkt wurde markiert.

»Gut.«

Ohne einen Befehl sicherte der Sergeant die Waffe und ließ sie beinahe lautlos in das Holster an seinem Gürtel gleiten.

Erst jetzt atmete Göbbs aus.

Den Stuhl zurückschiebend stand der Captain auf und entließ Göbbs. »Ich muss mit meinen Vorgesetzten sprechen, Hauptmann. Sie hören von mir.«

Eine Viertelstunde später lag Göbbs wieder auf seiner Pritsche in der »Luxusunterkunft« der Offiziere und Schwerverletzten unter der Obhut des Gefreiten Wentzlaff. Dieser löcherte ihn mit Fragen, aber Göbbs täuschte Übelkeit vor, starrte an die Decke und dachte an die Soldaten, deren Stellungen er verraten hatte. An deren Frauen, Kinder, Mütter und Väter. Und dann dachte er an seine eigenen Eltern, denen er letzte Woche noch einen Brief nach Bad Soden geschrieben hatte, obwohl er wusste, dass die Stadt Ende März bereits von den Amerikanern erobert worden war. Ein letztes Lebenszeichen von Ihnen hatte er Anfang Januar erhalten. Sie hatten von einem nächtlichen Bombenangriff geschrieben, aber keine weiteren Einzelheiten berichtet. Nur die Information, dass sie erwägen würden, beim Näherrücken der Front eventuell zu Tante Käthe nach Oberems zu fahren, da sie hofften, in einem kleineren Ort nicht so schwere Kämpfe zu erleben.

Mit diesen Gedanken schlief er ein und träumte davon, dass der Gefreite Wentzlaff mit einer Posttasche und einem Fahrrad quer durch Deutschland unterwegs war, um seinen Eltern diesen einen Brief zu bringen. Er kurvte zwischen deutschen und amerikanischen Panzern hin und her, die sich gegenseitig beschossen, während am Himmel Dutzende Horten entlang donnerten.

Drei Tage wartete Göbbs im Lager, bevor sich etwas tat. In dieser Zeit hatte er außer sitzen, essen und trinken, schlafen und vor sich hin starren nichts weiter zu tun.

Gedanken an seine Eltern wechselten sich ab mit Sorgen, die er sich um Julia machte. Der Krieg ging zu Ende und hatte sich für ihn einerseits als recht lukrativ erwiesen. Mit dem Geld auf seinem Schweizer Konto konnte er sich irgendwo weitab von den hiesigen Kriegsschauplätzen ein nicht gerade ausschweifendes, aber bescheidenes und vor allem ruhiges Leben gönnen. Ohne Geheimdienste, ohne Nazis, ohne Schießereien, aber mit Julia, so sie denn wollte. Geäußert hatte sie sich dazu noch nicht. Nun gut, vielleicht hätte er sie auch einmal fragen sollen, ob sie sich das vorstellen könnte. Jetzt jedoch war sie in Berlin, das sich im Zangengriff der Sowjets befand. Und das war die andere Seite, die ihm Sorgen bereitete. Dieser Krieg war furchtbarer als alles, was er sich hätte vorstellen können. Er kämpfte auf Seiten derer, die sich in ganz Europa und darüber hinaus furchtbarster Verbrechen schuldig gemacht hatten. Und da waren nicht nur diejenigen mit der Waffe in der Hand gemeint. Gut, er persönlich war bisher ganz gut durch diesen Krieg gekommen …

›*Ganz gut?*‹ Die Großvater-Stimme klang empört. ›*Spinnst du? Dir fehlen ein Ohr und ein paar Finger, dein Gesicht sieht aus, als hätte das ein Dorfchirurg aus Einzelteilen zusammengesetzt … Soll ich weitermachen?*‹

Da war sie ja wieder. Wäre auch zu schön gewesen, wenn die Stimme weggeblieben wäre. Aber natürlich hatte sie Recht – wieder einmal.

Er hatte unglaubliches Glück gehabt, bisher. Neun Leben eben. Und ein paar waren noch übrig. Die Ruhe jetzt tat zumindest seinem Körper gut. Übelkeit und Kopfschmerzen ließen nach. Die Gedanken aber kreisten immer schneller und immer um denselben Punkt. Was konnte er tun, um Julia aus Berlin zu bekommen?

Und die Antwort lautete lapidar: nichts. Überhaupt nichts. Gar nichts … Es gab noch mehr Worte, das zu beschreiben. Aber keines der Worte änderte etwas an dieser unumstößlichen Tatsache. Und das machte ihn krank. Er saß hier in der relativen Sicherheit eines Kriegsgefangenenlagers – Sicherheit jedenfalls so lange, wie er seinen Mitgefangenen nichts von seiner Agententätigkeit erzählte – und Julia musste den Kopf einziehen, dort oben in Berlin. Mächtig tief einziehen. Amerikanische und britische Flugzeuge mit ihren Bombenlasten, in wenigen Tagen mit allergrößter Wahrscheinlichkeit die Russen – und die Gefahr einer Entdeckung war auch nicht auszuschließen.

Ja, er hätte sich eine bessere Zeit für sie beide gewünscht. Aber man konnte sich die Zeiten nicht aussuchen, in denen man lebte. Übelkeit stieg in ihm auf, sein Herz raste und sein Magen verkrampfte sich. Was konnte er tun?

Was verdammt nochmal konnte er nur tun?

Die Amerikaner transportierten täglich mehrere hundert Gefangene ab, aber permanent kam Nachschub. Einer der Offiziere im Raum hatte irgendwann gesagt: »Ich wusste gar nicht, dass wir noch so viele Soldaten haben.« Die Offiziere jedoch und die Verletzten blieben unter der Obhut des Sanitäters zurück. Göbbs hatte sich von den anderen Offizieren fern gehalten, kaum geredet und lag meist auf seiner Pritsche. Diese akzeptierten Göbbs' selbstgewählte Isolation. Da sie alle Wehrmachtsoffiziere waren, wurde ein Hauptmann der Luftwaffe sowieso misstrauisch beäugt. Bemerkungen über *»die Luftwaffe, die das Heer im Stich gelassen hatte«* und ähnliche Spitzen wiederum ignorierte Göbbs. Nur mit Wentzlaff unterhielt er sich, sobald dieser ein wenig Zeit erübrigen konnte, was nicht oft war, denn der Zustand der Gefangenen war übel. Schlechte Verpflegung schon vor ihrer Gefangenschaft, klägliche Ausrüstung, mit der sie sich einem gut gerüsteten Heer wie dem der Amerikaner stellen mussten, und natürlich die Verletzungen bei den Kampfhandlungen sorgten dafür, dass Wentzlaff und, seit zwei Tagen ein zweiter Sanitäter, alle Hände voll zu tun hatten. Göbbs registrierte, dass in den letzten beiden Tagen kaum mehr reguläre Soldaten gefangen genommen worden waren. Entweder kamen hunderte alte Männer mit Volkssturmbinden oder Kinder in Uniformen der Hitlerjugend oder zu großen Wehrmachtsuniformen. Das letzte Aufgebot, das den Feind aus Deutschland hinwegfegen soll. Wie erbärmlich.

An dem Tag, an dem er abgeholt wurde, saß Göbbs wieder in der Nähe des Tores, betrachtete auf der anderen Seite des Stacheldrahtes die Wachsoldaten, die in ihrer Anzahl stetig abnehmenden Männer und Frauen in Häftlingskleidung und manchmal auch kommende und gehende Einheiten, motorisiert und zu Fuß. Flugzeuge rasten in geringer Höhe über das Lager hinweg – meist Jäger, oder zogen weit oben irgendeinem Ziel entgegen – Bomber. Panzer rasselten vorbei, LKWs, deren sperriger Inhalt mit Planen abgedeckt war oder die vollgeladen mit Soldaten waren. Es schien, dass alles Richtung Osten zog – mit Ausnahme der Gefangenen. Er selbst aber konnte seine Gedanken nicht von Julia lösen. Und wenn doch, dann drehte sich sein Gedankenkarussell um Friedrichroda. Er dachte an die Soldaten, deren Stellungen er verraten hatte, und an einen Spruch seines Großvaters. »Wir sind nicht für den Krieg gemacht, Junge. Du nicht und ich auch nicht. Sieh zu, dass du ihn ohne größeren Schaden überstehst.« Dieser Bitte hatte er, Johann Göbbs, nicht nachkommen können, körperlich nicht und seelisch auch nicht.

Jetzt war er zwar hinter den kämpfenden Linien, wie es so schön hieß. Aber schon das Gespräch mit dem Captain, der ihm seinen Namen nicht genannt hatte, hatte Göbbs gezeigt, dass der Kampf noch lange nicht vorbei war.

Nein, das war jetzt nicht richtig gewesen. Nicht erst das Gespräch mit dem Captain, sondern schon Nadlers Andeutungen vom »sicheren Territorium« und »dem großen Luftholen« wiesen darauf hin, dass für Göbbs hier in der Nähe von Langensalza noch lange nicht alles zu Ende war.

Wieder überlegte er, ob es die Alpen-Festung gewesen war, die Nadler und Steinbauer gemeint hatten.

Und er stellte fest, dass er die Großvater-Stimme in seinem Kopf vermisst hatte. War das das endgültige Zeichen dafür, dass er durchdrehte: er vermisste eine Stimme in seinem Kopf, die zu ihm sprach?

›Aber jetzt bin ich ja wieder da.‹

Ja, war sie. Göbbs grinste schief.

Als ein Jeep am Tor vorfuhr und sowohl der stiernackige Sergeant als auch der namenlose Captain ausstiegen, wusste Göbbs sofort, dass sie seinetwegen gekommen waren. Er stand auf und näherte sich dem Tor.

»Haben Sie uns erwartet, Hauptmann?«

»Haben Sie sich informiert, Captain?«

»Zumindest gibt es ein paar Leute, die mit Ihnen reden wollen. Hier sind Sie erst einmal raus. Erweisen sich Ihre Aussagen als wahr, sehen Sie dieses Lager nie wieder.« Inzwischen hatten die Posten das Tor geöffnet und Göbbs verließ das Lager, nicht ohne zu bemerken, dass diese Art der Abholung Aufmerksamkeit unter den Kriegsgefangenen auslöste. Einige waren aufgestanden und hatten das Geschehen beobachtet. »Verräterschwein!« war zu hören, erst vereinzelt, dann mehrfach. Göbbs drehte sich um. Gefangene näherten sich dem Tor. Hass verzerrte ihre Gesichter, Hass und Wut. Die Posten schlossen das Tor hinter Göbbs wieder, nahmen ihre Gewehre von den Schultern, luden durch und richteten die Läufe auf die Deutschen.

Diejenigen, die langsam gegen das Tor vorgerückt waren, blieben stehen. »Drecksau!«, »Verräter!« und »Judensau!« waren Worte, die aus dem Hintergrund der Stehenden zu hören waren. Göbbs gewahrte aber auch Wentzlaff und einige andere, die abseits standen, nicht riefen und ihn mit einem völlig anderen Gesichtsausdruck ansahen. Zustimmung glaubte Göbbs dort zu sehen, Zustimmung und Verständnis. Vorsichtig hob Göbbs die Hand und ließ die Geste dann so aussehen, als striche er sich eine Strähne aus der Stirn. Wentzlaff nickte, drehte sich um und ging. Die um ihn Stehenden folgten. Irgendwie war das sehr wichtig für ihn, Johann Göbbs, dem ehemaligen Hauptmann der deutschen Luftwaffe.

»Werden die Gesprächspartner aber einschätzen, dass Sie uns verarschen wollen, Hauptmann Gebbs, dann sind Sie ganz schnell wieder hier im Lager. Alles andere werden dann Ihre Waffenkameraden für uns erledigen. Haben wir uns verstanden?« Der Captain stieg in den Wagen, forderte Göbbs auf, sich neben ihn nach hinten zu setzen, während der Sergeant sich neben den Fahrer platzierte. Der Jeep ruckte an und fuhr los.

Göbbs nickte zur Bestätigung der letzten Frage des Captains. »Wo geht es hin?« Draußen zogen die Häuser des kleinen Dorfes vorbei, dann bogen sie auf eine gepflasterte Landstraße ein, ließen zwei kleine Hügel hinter sich und sahen vor sich eine Senke, in deren Mitte eine Stadt thronte, deren Kontur von mehreren Kirchen und Türmen bestimmt war.

»Wir fahren nach Langensalza. Dort treffen Sie drei Leute, einen SIS-Offizier, einen OSS-Agenten und einen Offizier, der Sie eventuell nach Friedrichroda begleiten wird.«

»Sie haben Friedrichroda eingenommen?«

»Gestern. Und Ihre Informationen haben uns sehr geholfen dabei. Unser Artilleriefeuer war äußerst wirkungsvoll.«

Göbbs schwieg. Artillerie. Vernichtender Granathagel auf eine kleine Gemeinde, deren Fehler es war, in der Nähe einer Höhle zu liegen, die von der Regierung dazu auserkoren worden war, als geheime Produktionsstätte für Flugzeuge zu dienen. Und er hatte die Informationen für den amerikanischen Angriff geliefert.

Göbbs schwieg auch noch, als sie in Langensalza hineinfuhren. Genau wie in dem kleinen Ort mit dem Gefangenenlager schien auch hier der Krieg nicht allzu sehr gewütet zu haben. Im Zentrum sah er die Spuren eines Fliegerangriffes, aber mehr als ein oder zwei Bomben konnten nicht gefallen sein. Auch wenn einige Dächer und Fenster stark beschädigt waren.

»Wir sind seit dem 5. April in der Stadt, Erfurt haben wir am 12. erobert. Am Tag zuvor haben wir bei Weimar ein KZ befreit. Schon wieder eines. Wie viele habt ihr noch?«

»Wir?«

»Ihr Deutschen? Haben Sie schon einmal ein KZ von innen gesehen?«

»Ja. In Oranienburg.«

»Dann trösten Sie sich ein wenig. Vielleicht würden wir das nächste KZ ein paar Tage später erreichen, wenn Sie uns nicht bei der so wichtigen Eroberung Friedrichrodas unterstützt hätten.«

Göbbs schwieg. Er sagte auch kein Wort, als sie im Stadtzentrum vor dem Rathaus vorfuhren und ausstiegen. Ähnlich wie die Burganlage in dem Dorf, in dem sich das Lager befand, bestand das quaderförmige Gebäude aus demselben Travertinstein, der in dieser Gegend Thüringens so gerne für Kirchen, Burgen und andere wichtige Gebäude benutzt wurde. Ein Panzer sicherte das Rathaus, Wachposten standen am Eingang und rund um das Rathaus, Fahrzeuge fuhren vor und wieder weg, Amerikaner eilten durch die Tür, durch die Göbbs jetzt geführt wurde. Es herrschte Geschäftigkeit. Dem Captain folgend schritt Göbbs über eine breite Treppe in die zweite Etage, durch die Flure, um zum Schluss vor einer Tür stehen zu bleiben, den Sergeant stets hinter sich. Der Captain bedeutete dem Sergeant und Göbbs zu warten, während er nach einem Klopfen eintrat. Kurz darauf öffnete er von innen die Tür und signalisierte Göbbs, ihm zu folgen. Der Sergeant blieb draußen stehen. Im Raum wurden sie an einem klobigen, uralten Schreibtisch mit Löwenkopfschnitzereien von drei Uniformierten empfangen. Zwei von ihnen in amerikanischer Uniform, beide den Schulterklappen nach Major, standen links des Eichenholztisches. Der dritte hatte eine britische Uniform an und war ein Lieutenant Colonel, was einem deutschen Oberst entsprach. Der Brite war somit der Dienstgradhöchste im Raum. Er befand sich weiter rechts unterhalb eines mittelalterlichen Gemäldes, das einen Landsknecht aus der Zeit des dreißigjährigen Krieges darstellte. Die Amerikaner stellten sich mit »Major Coleman« und »Major Franklin« vor. Coleman war ein hagerer Typ, deutlich älter als Göbbs, mit einem dünnen, weißen Haarkranz und einer spitzen Hakennase. Franklin sah eher unscheinbar aus, war etwa in Göbbs' Alter, untersetzt, ohne fett oder kräftig zu wirken, und hatte ein Gesicht, das früher sicher einmal pausbäckig war und nach dem Krieg vielleicht auch wieder werden konnte. Colemans Aussprache war zischelnd, beinahe lispelnd, Franklin sprach mit einem deutlichen Südstaatenakzent, als hätte er den Mund voller Kartoffeln. Der britische Lieutenant Colonel hieß Walterson und machte auf Göbbs den Eindruck eines robusten, außergewöhnlich kräftigen Mannes, der sich den Vollbart hatte abnehmen müssen, weil er in den Krieg zog. Die roten Haare waren voll und quollen unter der Uniformmütze hervor. Mit Bart und eventuell Schottenrock hätte er durchaus als Chief eines schottischen Hochlandclans durchgehen können. Seine Stimme war tief und poltrig.

Alle drei musterten Göbbs aufmerksam. Ihre Blicke folgten der Narbe im Gesicht. Sie ließen sich die verstümmelte Hand zeigen. Er musste sogar den Verband etwas nach oben schieben, um ihnen das fehlende Ohr zu zeigen. Sie verglichen sein Äußeres wohl mit einer Beschreibung, die sie bekommen hatten, und schienen deutlich zufrieden mit dem Ergebnis. Wortlos nickte Walterson dem Captain zu, der salutierte und den Raum verließ. Eine Handbewegung Colemans wies auf einen Stuhl links neben dem Schreibtisch und Göbbs setzte sich. Die Offiziere nahmen im Halbrund vor ihm auf ähnlichen Stühlen Platz. Sie saßen so, dass sie problemlos Blickkontakt miteinander aufnehmen konnten. Walterson und Franklin hatten Kladden auf dem Schoß. Der Brite öffnete seine und begann darin zu blättern.

Von links schien die Sonne durch staubige Fenster in den Raum und beleuchtete den Landsknecht an der Wand. Hinter dem Schreibtisch wallten dunkelgrüne Vorhänge von der Decke, die in der Mitte einen größeren, rechteckigen hellen Fleck aufwiesen. Vielleicht der Platz, an dem die Hakenkreuzfahne in letzten Jahren gehangen hatte.

Walterson räusperte sich. »Entschuldigen Sie die Musterung, Herr Hauptmann, aber wir mussten sichergehen, dass Sie auch die Person sind, die uns vom SIS in London beschrieben worden ist.«

»Bin ich es?«

Walterson lächelte dünn. »Es ist für uns etwas schwierig, einem Deutschen zu vertrauen. Aber vielleicht kriegen wir das ja hin.« Er schien die Gesprächsführung übernommen zu haben. »Ihr Codename ist …?«

»Paul Joseph.«

»Und Ihr Führungsoffizier des SIS in Berlin war …?«

»Anna«, sagte er und dachte *Julia.* Wie es ihr jetzt ging?

»Ihre letzte Order?«

»Ich erhielt von Anna die Information, dass die Alliierten ein äußerst großes Interesse an den Plänen der Horten IX und an ihrem Konstrukteur Georg Steinbauer haben. Ich hatte Steinbauer in den Heinkel-Flugzeugwerken bei Oranienburg kennen gelernt und habe auch einen Prototyp der Horten IX dort fliegen sehen.«

»Sagen Sie uns etwas, dass nur der SIS und Sie wissen können.«

»Als ich für den norwegischen Geheimdienst gearbeitet habe, bevor Norwegen von den Deutschen besetzt wurde, war meine Kontaktperson Sander Nerhus. Er konnte sich rechtzeitig nach London absetzen. Nerhus stellte den Kontakt zwischen mir und meinem Londoner Führungsoffizier her, den ich unter dem Codenamen Shakespeare kennen gelernt habe. Der Kontakt lief am Ende ausschließlich über Anna in Berlin.«

Walterson nickte Coleman zu und dieser stand auf, ging zur Tür und öffnete sie. »Captain Phillips, Sie können zurückfahren. Wir brauchen Sie hier nicht mehr.« Ein bestätigendes »Sir!« war zu hören, bevor Coleman die Tür schloss und zu seinem Stuhl zurückkehrte. Nun wusste Göbbs wenigstens den Namen des Captains.

»Sie sind es, Hauptmann. Sie sind es.« Und er beantwortete damit die Frage, die Göbbs ihm vor ein paar Minuten gestellt hatte. »Ich bin Offizier beim SIS, Major Coleman ist OSS-Agent. Major Franklin hier ist für … nun sagen wir mal *diffizile militärische Operationen mit alliiertem Interesse* verantwortlich. Wobei wir ab und an aufpassen müssen, dass bei unseren amerikanischen Verbündeten das *alliierte Interesse* auch allen Alliierten und nicht nur den USA zu Gute kommt.« Ein kleiner Seitenhieb, den Göbbs sehr wohl mitbekam, der aber von Franklin weitestgehend ignoriert wurde, sah man von einem kleinen Zucken des linken Auges ab.

Als wäre ihm aber mit dieser Bemerkung ein Ball zugespielt worden, ergriff er das Wort: »Auf Grund Ihrer Informationen, die wir über Captain Phillips erhalten haben, sind wir etwas beunruhigt, Hauptmann Gebbs.« Auch Franklin hatte mit dem ö seine Probleme.

»Sir?«

»Wir hatten zuerst Ihre Aussagen zu den Stellungen der Wehrmacht in Friedrichroda mit den Informationen unserer Flugaufklärung verglichen. Das, was Sie uns da gesagt hatten, wussten wir schon.«

Er schwieg einen Moment. Göbbs nutzte die Pause für eine Zwischenfrage. »Für Ihren Angriff waren meine Informationen also völlig irrelevant?«

»Nicht ganz, Hauptmann. Aber unser Angriff wäre auch ohne Sie genau so abgelaufen.«

Irgendwie beruhigte das Göbbs.

»Wir vermuteten auf Grund verschiedener geheimdienstlicher Informationen«, fuhr Franklin fort, »dass es in dem Ort eine unterirdische Anlage zur Produktion von Flugzeugen gab. Von der dort stehenden Horten ahnten wir natürlich nichts. Als unsere Jungs dann diesen Prototyp fanden, wussten wir, dass Sie uns zumindest bis dahin die Wahrheit gesagt hatten.«

»Über die SIS-Zentrale haben wir erfahren, dass Sie an diesem neuen Flugzeug dran sind, Gebbs«, nahm Walterson wieder den Faden auf. »Wir wünschen, dass Sie uns nach Friedrichroda begleiten. Dort beschäftigen sich bereits Spezialisten mit dem Flugzeug. Sie haben es wirklich fliegen sehen?«

»In Oranienburg«, bestätigte Göbbs. »Ich habe mit Steinbauer und dem Testpiloten gesprochen und ich habe mehrere Testflüge beobachten können. Unter anderem einen Geschwindigkeitstestflug, bei dem Geschwindigkeiten von fast neunhundert Kilometern pro Stunde …«, er stockte kurz, rechnete im Kopf,

»… etwa fünfhundertsechzig Meilen pro Stunde erreicht wurden. Die geplante Reichweite liegt bei eintausend Kilometern, also etwa sechshundertzwanzig Meilen, mit einer Nutzlast von einer Tonne.«

Walterson, Franklin und Coleman wechselten Blicke. Alle drei mussten tief durchatmen.

»Und Sie sagen«, Coleman sprach langsam und kratze sich dabei seinen dünnen Haarkranz, »dass dieser Ingenieur von *vierzig* einsatzbereiten Flugzeugen gesprochen hat?«

»Definitiv. Und sie waren verschwunden, als wir dort ankamen«, bestätigte Göbbs. »Man sprach von einem sicheren Territorium für *das große Luftholen.* Ich sollte den Ingenieur dorthin begleiten. In diesem Zusammenhang ist der Begriff *Operation Romulus* gefallen.«

Wieder gingen Blicke zwischen den Amerikanern und dem Briten hin und her. Franklin zog die Augenbrauen nach oben, Coleman hob beinahe unmerklich die Schultern. Waltersons Gesicht blieb nahezu unbewegt.

»*Operation Romulus*?« Coleman schüttelte den Kopf. »Habe noch nie davon gehört.«

Walterson schluckte. »Wir werden uns erkundigen, ob in den Zentralen der Geheimdienste von einer Operation diesen Namens etwas bekannt ist.«

»Sie sagten *Romulus*?«, fragte Franklin nach.

Göbbs nickte. »Wie der Zwillingsbruder von Remus.«

Es herrschte ein Moment Schweigen, als müssten die drei alliierten Offiziere diese Information erst verdauen.

Schließlich ergriff Franklin wieder das Wort: »Und dieses *sichere Territorium*, wo soll es sich befinden?«

»Ich weiß es wirklich nicht sicher, vermute im Moment aber, dass es durchaus die Alpen-Festung sein könnte.«

Walterson schluckte. »Die Alpen-Festung?« Er nannte sie »the German redoubt area in the alps«. Sein Blick ruhte einen

Moment auf Coleman, ehe der an Göbbs gewandt fortfuhr: »Genau deshalb hat General Eisenhower den Weg nach Süden eingeschlagen.«

»Und überlässt dafür den Russen Berlin.« Der Ton Waltersons machte deutlich, dass die Briten das Vorgehen der Amerikaner in diesem Zusammenhang nicht billigten. »Die Sowjets haben vor wenigen Tagen bereits Wien genommen. Das, was dort noch an Kämpfen läuft, sind Rückzugsgefechte der Wehrmacht. Und jetzt überlassen Sie denen auch noch Berlin!«

»Und wir spalten Deutschland in zwei Teile«, hielt Coleman dagegen.

Waltersons Blick wanderte von den Amerikanern zu Göbbs und wieder zurück. Dann schien er sich wohl zu entscheiden, nicht weiter auf diesem Streitpunkt herumzureiten und sprach Göbbs direkt an. »Wie sah der aktuelle Auftrag aus, den Sie von Ihren deutschen Vorgesetzten bekommen hatten?«

»Wir sollten nach Augsburg«, er sah Franklin und Coleman an, »als Ihre Flieger uns abgeschossen haben. Unser Ziel war der Priester der Christus-Erlöser-Kirche. Durch den Abschuss wurden wir getrennt, bevor Steinbauer mir Genaueres sagen konnte. Ich glaube, ihm ist es ebenfalls gelungen, mit dem Schleudersitz abzuspringen. Aber ich habe meine Zielperson verloren. Keine Ahnung, wo er ist.«

Coleman zuckte mit den Schultern. »Woher sollten wir wissen, wer da drin sitzt?«, rechtfertigte er sich auf den subtilen Vorwurf des Hauptmanns hin und fuhr dann fort: »Unsere Jagdflieger sprachen von zwei Fallschirmen. Man hat den zweiten leeren Schleudersitz gefunden, mehrere Kilometer von der Stelle entfernt, an der Sie gefunden wurden. Aber während des Absprunges war diese Stelle noch hinter den feindlichen Linien, heißt: auf Seiten der Deutschen.« Coleman stand auf, in Gedanken versunken, ging um den Schreibtisch herum und griff in ein Fach desselben. »Es ist immer wieder erstaunlich, dass man in Deutschland, selbst in den Rathäusern kleiner, unbedeutender Städte ab und an einen Schatz findet.« Seine Hand kam mit einer Whiskyflasche wieder nach oben. »Darf ich Sie einladen, Lieutenant Colonel? Major Franklin? Hauptmann Gebbs? Jameson aus Irland. Wie auch immer der Bürgermeister daran gekommen ist.« Er hob die Flasche, als müsse er sie noch besonders anpreisen.

Die Angesprochenen nickten und Coleman holte vier Gläser aus dem Fach, schenkte ein und reichte die Gläser an Walterson, Göbbs und Franklin. Göbbs hob das Glas dem Briten und den Amerikanern in einem angedeuteten *›Prost‹* entgegen. Diese antworteten mit der gleichen Geste. Der Whiskey roch leicht nach Honig, schmeckte süßlich und nicht so torfig, wie Göbbs erwartet hatte. Alles in allem ein Genuss. Sein erster Whisky nach … wie vielen Jahren?

»Hitlers Niederlage ist in greifbare Nähe gerückt, dieser Krieg ist in einigen Wochen vorbei.« Coleman starrte in das Glas, als gäbe es nichts Wichtigeres als den Whiskey. »Eine andere Lösung ist nicht mehr möglich. Das merken auch die Deutschen und wir befürchten, dass sie sich irgendwo eine Tür offen halten. Unsere Dienste haben einige äußerst beunruhigende Beobachtungen gemacht. Von den Franzosen haben wir ähnliche Informationen erhalten. Deutsche Forschungsstützpunkte, die die Alliierten erobern, sind schlicht leer, die Forscher spurlos verschwunden, Nazi-Größen tauchen einfach nirgends mehr auf. Diese Beobachtungen decken sich jetzt mit Ihren Aussagen, Hauptmann. Deutsche Einheiten strömen südwärts in die Alpen. Können Sie sich vorstellen, was eine funktionierende Alpen-Festung für uns bedeutet?«

Göbbs nickte und spann Colemans Gedanken weiter: »Von Berchtesgaden aus könnte Hitler den gesamten Alpenraum kommandieren. Ich weiß nicht, wie es da aussieht, aber Gerüchte sprechen von riesigen Lebensmittellagern, von Verteidigungslinien, unterirdischen Fabriken, Waffenlagern und von gut ausgebildeten Elitetruppen für den Gebirgskrieg. Das Ganze könnte den Krieg bis Ende des Jahres ausdehnen. Und wenn jetzt noch die vierzig Horten hinzukommen …« Er ließ den Satz mit Absicht unvollendet.

»Ende des Jahres?« Coleman schüttelte den Kopf. »Viel zu gut geschätzt, Gebbs. Unsere Strategen gehen von zwei bis drei Jahren aus. Eine Eroberung des Alpenraumes unter diesen Bedingungen wäre nur mit riesigen Verlusten von Menschen und Material möglich.«

Coleman, Franklin und Walterson schwiegen. Göbbs ebenfalls. Sie nippten an ihren Gläsern. Walterson blätterte in seiner Kladde, Colemann schenkte sich Whiskey nach, ohne die anderen zu fragen, ob sie auch noch etwas wollten. Dann hüstelte Franklin und begann zu reden. Sie wollten zwei Dinge von ihm, stellte Johann Göbbs im Verlaufe des Gespräches nun fest. Zuerst sollte er Coleman und Franklin nach Friedrichroda begleiten und mit den dortigen Spezialisten über die Horten IX reden. Und zum Zweiten sollte er nach Augsburg, um dort eventuell die Spur von Steinbauer und der verschwundenen Horten wieder aufzunehmen und bis zum Ende zu verfolgen, notfalls und wenn es ihm möglich war, bis in den Kernbereich der Alpen. Sie vermuteten, dass der Weg, den die Horten und Steinbauer eingeschlagen hatten, wahrscheinlich auch von anderen Nazis und Wissenschaftlern genutzt worden war. Und sie vermuteten ungeheure Mengen an Waffen, Nahrung und Ausrüstung in den Alpen, unterirdische Produktionsstätten wie in Friedrichroda, nur deutlich mehr davon, und vor allem große Einheiten kampferprobter, fest zum Führer stehender Gebirgsjäger.

Es ging ihnen um die Flugzeuge, um Steinbauer und um andere Wissenschaftler. Aber es ging ihnen auch um die verschwundenen Nazi-Größen. Sie gaben ihm ein Losungswort, mit dem er ab jetzt bei Amerikanern und Briten Kontakt mit entsprechenden Geheimdienstmitarbeitern aufnehmen konnte. Ratline – Rattenlinie.

»Finden Sie diese verdammten Verbrecher!« Coleman starrte wütend an die Decke. »Es kann nicht sein, dass der Krieg zu Ende geht und diese Kerle ungeschoren davonkommen.«

Franklin hob beschwichtigend die Hand und Coleman atmete tief durch, um sich wieder zu beruhigen.

Erneut übernahm Franklin den Gesprächsfaden: »Das Problem, Hauptmann Gebbs, ist, dass Augsburg noch recht weit von unseren Linien entfernt ist. Hier in Thüringen kommen wir vorwärts, als würden wir eine Stadt nach der anderen bereisen. Wie sagt ihr Deutschen? *Wie ein warmes Messer durch ein Stück Butter* wandern wir durch Thüringen. In Bayern geht das leider nicht ganz so schnell. Die Army braucht noch mindestens vierzehn Tage, um Augsburg zu erreichen.

So viel Zeit haben wir aber nicht. Das heißt, Sie müssen wieder zurück, über die Linien. Und wir wissen nicht, wie es von Augsburg aus für Sie weitergeht. Finden Sie diese Hunde, Gebbs.«

Jetzt setzte Walterson ein. Göbbs kam es mittlerweile so vor, als sei diese sich abwechselnde Gesprächsführung eine streng einstudierte Zeremonie, an die sich die Offiziere hielten. »Wie wir informiert sind, lassen Sie sich Ihren Einsatz gut bezahlen, Hauptmann.« Das Gesicht des Briten hatte eine säuerliche Miene angenommen. »Ich bin befugt, Ihnen fünfzigtausend britische Pfund anzubieten. Zahlbar bei Abschluss der Operation auf Ihr Schweizer Konto.«

»Die Hälfte sofort«, entgegnete Göbbs. »Die andere Hälfte nach Abschluss der Operation.«

»Einverstanden.« Lieutenant Colonel Walterson griff in seine Jacke und holte ein Bündel Banknoten heraus. »Für Ihre Auslagen.« Er reichte das Bündel Göbbs. Justus Liebig sah ihn von den Scheinen aus an – Hunderter. Es mussten etwa dreitausend Mark sein. Ein kleines Vermögen in dieser Zeit.

Damit müssten sie alles miteinander geklärt haben, dachte Göbbs gerade.

›*Julia*‹, meldete sich plötzlich die Großvater-Stimme in seinem Kopf.

»Was?«, antwortete Göbbs überrascht und merkte erst hinterher, dass er laut und auf Deutsch geantwortet hatte.

»Was?«, fragten die beiden Amerikaner und der Brite zeitgleich auf Englisch, leicht irritiert.

›*Vergiss Julia nicht*‹, entgegnete die Großvater-Stimme. ›*Schlag ihnen einen Deal vor. Sie wollen die Horten, die Pläne, Steinbauer und die Nazis. Das ist ziemlich viel. Im Gegenzug sollen sie Julia aus Berlin rausholen, bevor die Russen da einmarschieren.*‹

Göbbs richtete sich auf und sah Coleman, Franklin und Walterson an. »Okay, ich helfe Ihnen, wenn Sie mir helfen.«

07

16. April 1945, Friedrichroda, Thüringen

Die Vereinbarung Julia betreffend hatte sich als schwieriger erwiesen, als der spontane Gedanke zuerst nahe gelegt hatte. Schwieriger sogar, als seine bisherigen … *Honorarverhandlungen*, wenn man das mal so nennen wollte. Einerseits war vor allem der Brite erstaunt darüber, dass Göbbs noch etwas anderes forderte als Geld, das hätte er seinen Informationen zufolge noch nie getan. Andererseits hatte Göbbs den Eindruck, dass der Geheimdienst sich schwer damit tat, einen Verbindungsoffizier aus Berlin abzuziehen, obwohl Göbbs vermutete, dass Julia nicht die einzige britische Agentin in der Reichshauptstadt war. Grundsätzlich war man natürlich bereit, seine Leute zu schützen, doch bitte wie sollte man eine britische Geheimagentin kurz vor Ende des Krieges aus der deutschen Hauptstadt extrahieren? Sie hatten wirklich ›extrahieren‹ gesagt und Göbbs war sich kurz vorgekommen, als unterhalte er sich mit einem Zahnarzt über die Entfernung eines Zahnes.

Zu allem Überfluss hatte die Großvater-Stimme, von der er sich weitere Anregungen bei der Diskussion erhofft hatte, erneut hartnäckig geschwiegen. Allmählich bekam Göbbs Angst und machte sich ernsthafte Sorgen um seinen eigenen Geisteszustand. Ihm schien es beinahe so, als würde er die Großvater-Stimme brauchen und er fragte sich, was schlimmer war: eine Stimme im Kopf oder die Tatsache, dass er diese benötigte, wenn sie ausblieb?

Im Endeffekt hatten sie sich darauf geeinigt, dass der SIS alles in seiner Macht Stehende tun würde, um Julias Tätigkeit in Berlin zu beenden und sie aus der umkämpften Stadt herauszuholen, so sie dies denn wolle. Wäre Göbbs eine weitere Kontaktaufnahme mit dem SIS oder dem OSS möglich, so solle er über die Fortschritte dieses Bestrebens unterrichtet werden.

Im Gegenzug dazu erklärte sich Göbbs bereit, die Operation so wie abgesprochen durchzuführen. Er würde also zurückkehren in den nicht von den Alliierten besetzten Teil Deutschlands und die Suche nach Steinbauer, den vierzig verschwundenen Flugzeugen und eventuell dem Ort aufnehmen, zu dem Wissenschaftler und Nazi-Größen flohen.

Die Horten IX stand noch genau da, wo Göbbs sie das letzte Mal gesehen hatte. Nur der Stollen sah anders aus. Kampfspuren waren zu erkennen. An der Seite lag ein Stapel Gewehre und die Landebahn war an mehreren Stellen wohl durch Granaten so zerstört worden, dass Start oder Landung eines Flugzeuges nicht mehr möglich gewesen wäre. Darüber hinaus war der Zugang zum unterirdischen Flugzeugwerk verschüttet. »Von den Deutschen gesprengt«, hatte einer der amerikanischen Soldaten berichtet. »Und dahinter scheint noch viel mehr kaputt gegangen zu sein.«

Offenbar hatten Back und Meuselhuber tatsächlich das ganze Werk sprengen lassen. Göbbs versuchte sich vorzustellen, was mit den KZ-Insassen geschehen war, die dort gearbeitet hatten.

›Denk lieber nicht daran, Junge. Nicht jetzt. Der Tag der Abrechnung für diese Leute mag kommen.‹ Die Großvater-Stimme klang beruhigend. *›Du musst dich jetzt um deine Aufgabe kümmern.‹*

Auch das Städtchen, wie er auf dem Weg hierher hatte sehen müssen, trug die Spuren des Angriffes deutlich zur Schau, Fliegerangriff und Artilleriefeuer hatten Friedrichroda gezeichnet.

Hinter kaputten Fenstern blickten die Bewohner auf die amerikanischen Soldaten. Heraushängende weiße Laken symbolisierten noch immer das Aufgeben, den Wunsch nach Beendigung der Kämpfe. Dächer waren abgedeckt, Trümmer lagen auf den Straßen, Fenster hatten keine Fensterscheiben mehr, Einschusslöcher im Putz. Auf dem Friedhof fanden Beerdigungen statt.

Um die Horten im Eisenbahntunnel wuselten Techniker, die maßen, fotografierten, schraubten und zeichneten. Göbbs wurde ihnen als deutscher Flieger vorgestellt, der die Maschine in Aktion gesehen hatte. Sie stürzten sich auf ihn wie ein Rudel hungriger Wölfe auf ein einzelnes, angepflocktes Schaf. Fragen prasselten auf ihn ein, als würden sie aus einem MG auf ihn abgeschossen. Wie beim Kampf Herakles' gegen die Hydra, deren Köpfe nachwuchsen, so zog hier jede beantwortete Frage zwei neue nach sich. Es dauerte Stunden, bis Göbbs die Ingenieure so weit zufrieden gestellt hatte, dass die Fragen versiegten.

Am nächsten Vormittag konnte Göbbs der Bergung der Maschine beiwohnen. Die Techniker hatten die Flügel abmontiert und verluden Rumpf und Tragflächen getrennt auf zwei große LKW.

»Warum so schnell?«

Coleman lächelte. »Das alles hier«, seine Geste umfasste viel mehr als den Eisenbahntunnel, in dem sie sich befanden, »geht in ein paar Wochen an die Russen. Ganz Thüringen wird von den Sowjets besetzt. Wenn wir etwas wollen, müssen wir es uns jetzt holen.«

Stunden später saß Göbbs ziemlich allein gelassen am Stolleneingang und betrachtete das hektische Gebaren der Amerikaner. Fast schien es, als würden sie befürchten, dass die Sowjets in den nächsten zehn Minuten mit ihren T 34 um die Häuserecken kommen und Ansprüche auf die Horten erheben würden.

Wenn wir etwas wollen ... Göbbs kaute noch immer an dieser Bemerkung. Die Mentalität der Sieger. Hieß das jetzt, dass so viel wie möglich aus Deutschland herausgeholt werden sollte?

›Hast du wirklich etwas anderes erwartet, Junge? Strahlende Sieger, die uns selbstlos die Hand reichen zum Wiederaufbau? Vergiss es. Keiner von denen hat ein Interesse an einem starken Deutschland. Auch nicht nach dem Krieg. Weder die Amis noch die Franzosen und Briten und schon gar nicht die Russen!‹ Die Stimme schwieg einen Moment, um dann nachzusetzen: *›Und du selbst, bist du etwa selbstlos?‹*

Dass die Russen so viel wie möglich aus Deutschland herausholen würden, war ihm klar gewesen. Die hatten ja schon damit angefangen. Und selbst wenn Göbbs die übertriebenen Berichte des Propagandaministeriums auf eine sachliche Ebene reduzierte, war offenkundig, dass es den Russen mittlerweile um mehr ging, als nur um den Sieg über Deutschland. Die Russen wollten ein Land zerstören, das sie bereits zweimal in diesem Jahrhundert mit Krieg überzogen hatte. Sie wollten nach Ende dieses Krieges keine Angst mehr vor einem Deutschland haben müssen. Nie wieder. Aber auch die Amerikaner, Franzosen und Briten? Irgendwie hatte er das nicht erwartet oder hatte jedenfalls gehofft, dass dem nicht so sei. Seit seiner Zeit im norwegischen Geheimdienst war es immer um den Kampf gegen das Regime gegangen, immer gegen die Nazis. Nie gegen Deutschland an sich. Andererseits, wenn er ganz tief in seinen Gedanken grub: Was hatte ihn bewogen, wirklich etwas anderes zu erwarten?

Wenn wir etwas wollen ...

»Die werden uns zertreten«, hatte sein Großvater damals gesagt. »Die werden uns unter ihren Absätzen zermalmen. Doch zuvor werden sie uns alles nehmen. Alles. Merke dir das, mein Junge. Und wenn sie das getan haben, werden sie uns ihre Verfassung überstülpen, ihr Demokratieverständnis, ihre Staatsform. Und niemand wird die Deutschen fragen, ob sie das auch so wollen. Wir haben der Welt zweimal ins Gesicht gespuckt. Beim letzten Mal sogar mit Anlauf. Was meinst du, was die Welt von uns erwartet?«

Göbbs hatte seinem Großvater nicht geglaubt, nicht glauben wollen. Wieso sollten die Kriegsgegner Deutschland plündern wollen? Es ging doch gegen die Nazis, gegen die Faschisten, gegen Hitler und nicht gegen das deutsche Volk. Oder?

Oder?

Niemand antwortete ihm je auf diese Frage. Wie blauäugig war er damals gewesen. Wieder einmal hatte sich der Instinkt seines Großvaters als richtig erwiesen. Wenn er jetzt ehrlich gegen sich selbst war, dann musste er zugeben, dass ihn diese Vorgehensweise nicht wirklich verwunderte. Versuchte er, sich in die Alliierten hineinzuversetzen und die Frage zu beantworten, was er mit Deutschland nach dem Krieg machen würde, so wäre er bei all dem, was er hier fand, nicht sehr zimperlich mit den Deutschen … mit allen Deutschen. Es ging hier anscheinend schon nicht mehr darum, Deutschland niederzuwerfen. Das in erster Linie, klar. Noch einmal würde sich die Welt von einem Deutschland nicht »ins Gesicht spucken lassen«. Dass das In-die-Knie-Zwingen passieren würde, daran zweifelte wohl weltweit niemand mehr. Außer vielleicht einige der verbohrtesten Nazi-Ideologen. In zweiter Linie – bei einigen vielleicht sogar schon in erster – kam dann natürlich die Jagd der Alliierten nach dem, was die Deutschen hatten und was sie konnten, um es nicht den Deutschen zu überlassen, sondern für sich selbst nutzbar zu machen. Jeder wollte ein Stück von dem Kuchen abhaben. Jeder, auch er, Hauptmann Johann Göbbs – und dabei dachte er an sein wohlgefülltes Konto in der Schweiz. War er selbst denn dann so anders?

Und schlussendlich: Hatten die Deutschen nicht überall in Europa und Afrika ganz genau so gehandelt? Wie viele Dinge waren passiert, von denen er nie etwas mitbekommen hatte.

Rechnete er das hoch, was er erfahren hatte, auf eine Dunkelziffer von … ja von wie viel Prozent? Ihm wurde ganz deutlich bewusst, dass er, obwohl er mit offeneren Augen durch das Dritte Reich gegangen war als viele seiner Mitbürger, nicht viel von dem wusste, was passiert war. Und jetzt schlitterte er in eines dieser Geheimnisse rein, ohne zu wissen, wie und wo es enden würde. Er ahnte nicht einmal, wie groß dieses Geheimnis werden würde. Aber eines wusste er sicher: Er würde die Nazis nicht davonkommen lassen. Das merkte er plötzlich. Nicht dass die Bezahlung für seine Tätigkeit zweitrangig geworden wäre. Im Gegenteil. Aber irgendwann hatte sich Hass in seinen Widerstand gegen das Regime eingeschlichen, ganz langsam und ganz leise. Nein, bestätigte er sich noch einmal: Er würde diese Nazis nicht davonkommen lassen.

Und zumindest damit fühlte er sich bei Coleman und Franklin gut aufgehoben. Bei Julia auch, aber die war weit entfernt, irgendwo im von den Sowjets bedrängten Berlin.

Ein paar Tage später, wieder zurück in Langensalza, kam es im Rathaus bei der deutlich leereren Flasche Whiskey zu einem letzten Gespräch zwischen Göbbs und den amerikanischen Offizieren. Walterson hatte bereits den Rückweg zu seinem Vorgesetzten angetreten, teilten sie Göbbs mit. Der Hauptmann hatte alle seine Dokumente von den Amerikanern zurückbekommen, seine Uniform und sogar seine Pistole, eine Sauer 38H inklusive Munition.

Franklin grinste. »Das ist das erste Mal in diesem verdammten Krieg, dass ich mich freue, einem deutschen Offizier eine geladene Pistole zu geben, ohne zu hoffen, dass er sich damit erschießt.« Göbbs zog die Augenbrauen nach oben und befestigte wortlos die Waffentasche an seinem Gürtel. Dann sah er auf. »Sie sagten, ich würde fliegen?«

»Wir haben einen Fieseler Storch flugbereit auf dem Langensalzaer Flugfeld stehen. Sie können starten, sobald wir dort sind.« Franklin gab sich zufrieden. Der Coup mit der eroberten Horten schien ihn sichtlich glücklich zu machen.

»Passen Sie auf sich auf, Herr Hauptmann«, ergänzte Coleman. »Und melden Sie sich bei uns, wenn Sie können.«

»Keine Angst«, beruhigte Göbbs den Amerikaner. »Ich habe neun Leben, wie eine Katze.«

»Neun?« Franklin hob die Augenbrauen. »Haben die Katzen in Deutschland neun Leben? In Amerika sind es wohl nur sieben, glaube ich.«

»Neun«, widersprach Coleman. »Die Redensart kommt aus Griechenland. Im antiken Griechenland gab es neun Musen, deshalb auch neun Leben für die Katze.«

»Diese Begründung kannte ich noch nicht«, gab Göbbs zu.

›Du kannst es nicht lassen, Junge. Oder?‹

Göbbs grinste, ohne der Großvater-Stimme zu antworten.

Am frühen Nachmittag startete Göbbs. Er zog noch eine Runde über Langensalza, um sich mit den Flugeigenschaften des Fieseler Storchs vertraut zu machen. Es war Jahre her, dass er zuletzt in so einer Maschine gesessen hatte. Dann drehte er das Flugzeug Richtung Erfurt. Irgendwo hinter der Stadt lag die Front, die es zu überqueren galt. Wie abgesprochen hefteten sich ihm kurz nach dem Start zwei einmotorige Mustangs an die Fersen. Er war sich nicht sicher, ob Coleman die »Eskorte« wirklich nur organisiert hatte, um den Deutschen eine Verfolgung vorzugaukeln. Oder war es vielleicht auch das Bestreben, sicherzugehen, dass Göbbs mit der Maschine auch wirklich genau das tat, was sie abgesprochen hatten? Göbbs zuckte mit den Schultern. Konnte er den Amerikanern trauen? Konnte er überhaupt jemandem trauen?

›Mir kannst du trauen.‹ Die Großvater-Stimme klang zuversichtlich.

Aber auch das bezweifelte Göbbs insgeheim. Sollte er wirklich einer Stimme in seinem Kopf trauen, die ihm Ratschläge gab? Er traute nicht einmal sich selbst. Wie auch: ein mehrfach verwundeter Flieger, Geheimagent des SIS auf einer hochwichtigen Mission, mit einem wachsenden Schweizer Konto und einer Stimme im Kopf?

Und trauten ihm die Amerikaner und Briten? Wahrscheinlich auch nicht vollständig. Dieser Krieg machte alle paranoid.

Gleichzeitig hoffte er, dass seine Landsleute ihm trauten und nicht kritisch hinterfragten, wie er denn mit einem Fieseler Storch zwei amerikanischen Mustangs entkommen konnte. Das war, als wolle man als Deserteur auf dem Fahrrad einer Motorradstreife der Kettenhunde davonfahren. Andererseits: So, wie es Möglichkeiten gab, mit dem Fahrrad Wege zu befahren, die für Motorräder nicht möglich waren, hatte der Storch Flugeigenschaften, die es möglich machten, sich schnell und überraschend zu verhalten. So könnte er zur Not bei der Frontquerung die Maschine in einer kleinen Waldschneise landen, sobald er für einen Moment aus dem Blickfeld der beiden amerikanischen Jäger wäre, sollte sich das als notwendig erweisen. Nun, man würde sehen, wie sich die getürkte Jagd entwickelte. Sie hatten sich nicht umsonst nur wenig abgesprochen. Die einzige Zusicherung, die er von den beiden Jagdfliegern erhalten hatte, war, dass sie nicht direkt auf ihn schießen würden.

»Wird mir schwer fallen, Kraut«, hatte einer der Flieger gesagt und verächtlich ausgespuckt. Daraufhin war er von Coleman zur Seite genommen worden. Der Major hatte ihn wohl ordentlich zusammengestaucht, wie Göbbs der Miene und dem gemurmelten »Sorry, Sir« entnehmen konnte, nachdem der Flieger zurückgekehrt war.

Er hoffte, der Flieger würde sich auch daran halten.

Laut seinen Informationen befand sich die Front, oder besser, die Bereiche, in denen gekämpft wurde, bereits auf Höhe Bayreuth. Göbbs hatte vor, sich in Richtung Prag abzusetzen und von dort nach Augsburg vorzustoßen. Er flog tief, weniger als hundert Meter über dem Erdboden. Die beiden Mustang gaben ihm Geleitschutz. Bei Ilmenau überquerte er den Thüringer Wald Richtung Südost, ließ Coburg hinter sich und nahm Kurs auf Bayreuth.

Der Frontabschnitt, den er überfliegen sollte, war relativ ruhig. Die Amerikaner hatten versichert, im fraglichen Gebiet alle Kämpfe für ein paar Stunden eingestellt zu haben. Göbbs konnte amerikanische Panzer sehen, die sich vorwärts bewegten, und eine Lastwagenkolonne auf einer Landstraße, flankiert von einer langgezogenen Reihe Soldaten rechts und links der Straße auf den Feldern. In einem kleinen Dorf stieg Rauch auf und er sah das Aufblitzen von Gewehrfeuer. Er ließ das Dorf links von sich liegen. Hinter den Ausläufern des Thüringer Waldes tauchte Bayreuth auf. Flugzeuge patrouillierten über der Stadt. Über einen Ort weiter westlich donnerten Geschütze und Flak-Feuer schlug amerikanischen Flugzeugen entgegen.

»So sehen also eingestellte Kampfhandlungen aus.« Göbbs schüttelte den Kopf. Er zog die Nase der Maschine noch etwas tiefer und korrigierte den Kurs ein wenig ostwärts. Im selben Moment schossen Leuchtspurgeschosse an ihm vorbei. Wie verabredet begannen die Amerikaner, die Jagd auf ihn vorzutäuschen. Er raste geradeaus und ließ sich auf Höhe der Baumwipfel eines nahe gelegenen Waldrandes absacken. Die erste Mustang donnerte über ihn hinweg. Ihre Geschosse schlugen auf dem Acker unter Göbbs ein. Sie drehte mehrere hundert Meter vor ihm und kam genau auf ihn zugerast. »Idiot«, murmelte Göbbs. Für einen unbeteiligten Beobachter sah es aus, als würden ihn die beiden Amerikaner in die Zange nehmen. Göbbs zog den Storch hoch und flog genau auf die Nase der Mustang zu. Er konnte sich jetzt förmlich das Gesicht des Amerikaners vorstellen. »Kein wirklicher Luftkampf«, hatte Coleman gesagt. »Wir tun nur so, als ob wir Sie jagen würden und schießen ein paar Mal auf Sie. Sie hauen ab, retten sich hinter die deutschen Linien und alles ist gut.«

Der Amerikaner schoss und die Leuchtspurgeschosse zogen beängstigend nahe an Göbbs' Maschine vorbei.

»Du willst spielen?«, knurrte Göbbs. Er schob den Schubhebel nach vorn und raste mit Höchstgeschwindigkeit auf die Mustang zu. Plötzlich sah er Uniformierte aus dem Wald springen und die Mustang mit Sperrfeuer belegen. Der Amerikaner riss die Maschine hoch und raste in größer werdender Höhe dahin. Auch die zweite Mustang hinter Göbbs drehte ab. Göbbs drosselte die Geschwindigkeit und sah, wie die Uniformierten ihre Gewehre hochrissen und ihm zujubelten. Er winkte mit den Tragflächen zurück, setzte die Nase der Maschine wieder Richtung Südost und nahm Kurs auf Prag. Dort würde er hoffentlich tanken und die zweite Etappe in Richtung Augsburg in Angriff nehmen können.

08

20. April 1945, Zentrale A der Operation Romulus, Coburg, Bayern

Die drei hochrangigen Militärs besprachen Einzelheiten der *Operation Romulus*. Sie saßen um einen Tisch, dessen Lackoberfläche die Lampen des Bunkers reflektierte. Hier, etwa fünfzig Meter unter der Erdoberfläche, war man sicher, wenn man von Sicherheit sprechen konnte in einer Situation, da die Stadt fünfzig Meter über ihnen vom Feind erobert worden war. Aber man hatte Vorkehrungen getroffen, seit Jahren. Das schließlich war die Aufgabe der *Operation Romulus*: Vorkehrungen für den schlimmsten Fall zu treffen und das Überleben Deutschlands zu sichern. Wo und in welcher Form auch immer.

Sicherheit war bisher nicht so schwer gewesen, schließlich hatte man sich Coburg nicht umsonst ausgesucht. Die britische Krone selbst hatte dafür gesorgt, dass sowohl die Stadt als auch der gesamte Umkreis von Fliegerbomben nahezu verschont geblieben war. Jedenfalls bis zur Eroberung der Stadt durch die Amerikaner neun Tage zuvor. Die enge verwandtschaftliche Nähe der Adelsfamilie von Coburg zum englischen Königshaus hatte ausgereicht, die Alliierten dazu zu bewegen, ihr Herzogtum nicht durch Fliegerbomben zu vernichten. Die Bunkerbesatzung hatte die Eroberung Coburgs einfach ausgesessen und die Amerikaner dort oben hatten keine Ahnung, was sich tief unter ihnen tat. Der Eingang dieses Bunkers war so perfekt getarnt, hier, mitten in der Stadt direkt unter dem Hofbräuhaus, dass ihn wirklich niemand finden würde, der nicht eine explizite Beschreibung dafür bekommen hatte. Und selbst dann hätte er die Bunkertür nicht durchschreiten können. Diese ließ sich nur von innen öffnen und das tat man nur, wenn man genau wusste, wer davor stand und wie die Umgebung aussah. Selbst wenn sie hier entdeckt worden wären, würde eine Verfolgung durch den dann gesprengten Zugang und den verschütteten Tunnel ihre Verfolger Tage lang aufhalten. Eine Flucht durch Verbindungsgänge bis in das Bergwerk hinein wäre noch immer möglich gewesen. Allerdings würden sie dann viel zurücklassen müssen. Hunderte von Kisten mit Schmuck, Kunst und Antiquitäten, hunderte von Gemälden und alle Unterlagen zur *Operation Romulus*. Und das Letztere wäre wirklich fatal gewesen, denn den Amerikanern wäre die Liste der Zwillinge in die Hände gefallen – die vollständige Liste.

Selbstverständlich aber hatte man vorgesorgt. Und während sich die Amerikaner oben tummelten und nichts von dem ahnten, was unter ihren Füßen vor sich ging, funktionierte hier unten in der Zentrale A alles wie seit Jahren. Auch eine möglicherweise notwendige Evakuierung war bereits geplant. Schließlich gab es nach der Zentrale A auch noch die Zentralen B und C. Aber das hatte Zeit. Im Moment galt es, ein dringenderes Problem zu lösen. Es bestand die Gefahr eines Lecks. Denn selbstverständlich funktionierten auch fast alle Informationskanäle noch.

»Der Flieger, der Steinbauer evakuieren sollte, hat sich als Spion der Engländer herausgestellt. Unsere Quellen bei den Briten haben uns informiert, dass er jetzt auf Steinbauer angesetzt ist und ihn verfolgen soll.«

Generaloberst Knopfler, ein langer, dünner Mann mit einem weißen Haarkranz knallte die flache Hand auf einen Ordner. Hinter ihm prangte ein Bild an der mit Decken behangenen Wand, ein van Gogh, das Selbstbildnis, das Vincent van Gogh »Maler auf der Straße zu Tarascon« genannt hatte.

»Wie konnte das passieren? Nadler hat uns aus Berlin mitgeteilt, dass dieser … wie heißt er doch gleich?«

Der neben ihm sitzende Oberst Scharfschwerdt schaute in seinen Unterlagen nach. »Hauptmann Göbbs, Herr Generaloberst.« Scharfschwerdt war ein kleiner untersetzter Mann, der sich den Kopf rasierte, was seine winzigen, zerknautscht wirkenden Ohren zur Geltung brachte.

»… dass dieser Göbbs nach Einschätzung der Gestapo völlig sauber sein soll. Ich denke, die haben ihn überprüft?«

»Vielleicht ist im vorigen Jahr Material der Abwehr, das ihn betrifft, von der Gestapo vernichtet worden.«

»Diese Judenfreunde von der Gestapo!«

Im Jahr zuvor war in Folge des Attentates auf Hitler die Abwehr zerschlagen worden. Ihren Leiter, Canaris, hatte Hitler bereits mehrere Monate zuvor verhaften lassen. Danach waren die Aufgaben der Abwehr an die Gestapo übergegangen. Bei diesem Übergang soll es, nach Gerüchten unter den Militärs, zu Aktenvernichtungen gekommen sein.

»Vielleicht haben aber auch die Verräter in den Reihen der Abwehr dafür gesorgt, dass dieser Göbbs bisher nicht enttarnt wurde.« Oberst Meyrich von der Luftwaffe pochte auf das offene Geheimnis, dass es innerhalb der Abwehr immer wieder Umsturzpläne und Unterstützung für verschiedene Regimegegner gegeben hatte. Nicht umsonst hatte sich die Gestapo am Ende offen gegen die Abwehr gewandt.

Scharfschwerdt wagte einen Vorstoß: »Herr Generaloberst, jeder Knoten entscheidet eigenverantwortlich über die Weitergabe der Reisenden innerhalb des Netzwerkes, somit können wir von hier bei der Lage außerhalb der Zentrale nicht vorausahnen, welche Route Göbbs nehmen wird. Ich denke, wir sollten das Göbbs-Problem den anderen südlicher gelegenen Knoten mitteilen, damit die gewappnet sind und eventuell …«

»Sie DENKEN, Scharfschwerdt?!«, donnerte Knopfler. »Sie denken? Wenn hier einer denkt, dann bin ich das! Wozu sollten wir das komplette Netzwerk und vor allem die Reisenden im Netzwerk wegen eines winzigen Sicherheitsproblems beunruhigen? Wissen Sie, was Nummer Eins mit uns machen würde?« Knopfler atmete tief durch und drehte sich zu seinem van Gogh.

»Halten Sie die Klappe, Scharfschwerdt, hören Sie auf zu denken und machen Sie Ihre Arbeit.« Danach schwieg er mehrere Minuten, den Blick starr auf das Bild gerichtet. Keiner der Anwesenden traute sich, ein Wort zu sagen, bis Knopfler einmal tief ausatmete und sich wieder den Männern am Tisch zuwandte.

»Wie auch immer.« Der Generaloberst sah in die kleine Runde. Seine Augen funkelten. »Dieses Problem muss gelöst werden. Haben wir jemanden?«

Scharfschwerdt, noch nervös von der eben eingehandelten Abfuhr, öffnete einen Ordner, sah eine Reihe von Blättern durch. Auf einem Blatt blieb er hängen, las kurz einen Text durch und sah dann auf. »Wegberg.«

»Wie schnell kann dieser Wegberg den Auftrag erledigen?«

»Wir müssten ihn aus einem amerikanischen Lager rausholen. Sollte kein Problem werden. Er könnte in fünf bis vielleicht sieben Tagen in Augsburg sein.«

»Wie gut ist er?«

»Wegberg ist einer unserer Besten.«

»Gut. Ich erwarte eine Vollzugsmeldung.« Knopfler lehnte sich zurück. »Und lassen Sie seine Kontakte überprüfen. Nicht, dass wir noch weitere Ratten im Nest haben. Und wenn ich sage seine Kontakte, dann meine ich *alle* Kontakte. Klar?«

Scharfschwerdt nickte.

Oberst Meyrich öffnete den vor ihm liegenden Ordner. »Wenden wir uns den Zwillingen zu. Wie viele sind bereits im Einsatz?«

»Zwölf, Herr Oberst.«

09

20. April 1945, Christus-Erlöser-Kirche, Augsburg, Bayern

Göbbs war auf der Suche nach Treibstoff in Prag aufgehalten worden. Selbst mit dem Schreiben Bormanns war es anfangs nicht möglich gewesen, den Storch wieder aufzutanken. Erst ein ramponiert aussehender Generaloberst, dessen Namen Göbbs kurz nach dem Start schon wieder vergessen hatte, sorgte für den nötigen Nachschub an Treibstoff. »Ich weiß nicht, was Sie wollen und wie Sie zu diesem Schreiben gekommen sind, Hauptmann, aber das ist verdammt nochmal Bormanns Unterschrift und noch ist das Deutsche Reich nicht verloren und noch gelten hier die Befehle des Reichsministers! Also besorgt diesem Mann hier seinen Treibstoff!«, waren seine laut und durchdringend gehaltenen Worte gewesen, die er vor dem Personal des Militärflughafens Prag-Kbely herausgepoltert hatte. Leise und nur für Göbbs bestimmt hatte er hinzugesetzt: »Und wenn Ihre Maschine vollgetankt ist, will ich, dass Sie sich hier verpissen. Die Royal Air Force sorgt schon für genug Unruhe und es würde mich nicht wundern, wenn die Prager sich in den nächsten Tagen dazu entschließen, die Deutschen aus der Stadt zu jagen. Da brauche ich keine weiteren durchgeknallten Flieger hier, die wegen ein paar Litern Treibstoff meine Leute von der Arbeit abhalten.«

So war er aus Prag entkommen und hatte den von den Briten permanent attackierten Flugplatz verlassen. Tief fliegend und mit einer Zwischenlandung auf einer unter Bäumen entlangführenden Landstraße, um einem gewaltigen Pulk wahrscheinlich amerikanischer Maschinen zu entgehen, die er am Himmel entdeckte, erreichte er schließlich in der Dämmerung Augsburg. Außerhalb des Ortes brachte er die Maschine in der Nähe eines Bauernhofes zu Boden. Wie schon einmal an diesem Tag, halfen ihm die bewundernswürdigen Flugeigenschaften des Storchs. Das war wirklich der große Vorteil dieses Flugzeugtyps. Zum Starten und Landen reichten kurze, gerade und einigermaßen ebene Bereiche aus. Mit Hilfe des Bauern verbarg er den Storch unter einem weiten Vordach, unter dem dieser im Spätsommer das trockene Heu für seine Kühe lagerte.

»Wenn die Amerikaner kommen, bevor ich zurück bin«, schärfte Göbbs dem Bauern ein, »gehen Sie ihnen mit einer weißen Fahne entgegen und führen sie als erstes zu dem Flugzeug. Ich will nicht, dass Sie Ärger bekommen, weil ich hier parke.« Der Bauer nickte, ohne vom Endsieg zu faseln. Er schien nicht zu denen zu gehören, die an die Wunderwaffe glaubten. Göbbs ließ sich von ihm den Weg zur Christus-Erlöser-Kirche in Augsburg beschreiben und hielt auf der nahe gelegenen Landstraße einen Wehrmachts-LKW an, um sich von dem verdutzten Feldwebel nach Augsburg mitnehmen zu lassen.

Nur zwei Stunden später klopfte Johann Göbbs an das große hölzerne Tor der Kirche, die in einem Viertel stand, das sehr stark unter Bombenangriffen gelitten hatte.

›Dass du alter Heide einmal freiwillig in eine Kirche gehen würdest, hätte ich nicht gedacht.‹

Göbbs schüttelte den Kopf. *Ich gehe nicht freiwillig.*

›Ach. Wer zwingt dich denn?‹

Das Geld der Briten.

›Nur?‹

Außerdem will ich nicht beten, beendete Göbbs die Unterhaltung mit der Großvater-Stimme.

In der einbrechenden Dunkelheit konnte er die Zerstörungen in der Stadt noch immer sehr genau erkennen. Nach Oranienburg und Friedrichroda war dies jetzt die dritte zerstörte Stadt innerhalb weniger Tage, die Göbbs betrat. Von Prag hatte er nicht so viel gesehen, aber alle größeren Städte, die er auf seinem Flug hierher gesehen hatte, hatten unter den Bombenangriffen der Alliierten gelitten. Und er hatte keine Veranlassung zu glauben, dass es im Rest Europas anders aussehen könnte.

»Der Krieg, mein Junge«, hatte sein Großvater bei Ausbruch des Krieges gesagt, »wird zu uns zurückkehren. Und er wird Deutschland vernichten.« Göbbs selbst hatte alles daran gesetzt, was er konnte, dass diese Prophezeiung wahr werden sollte. Er hatte den Staffelstab von seinem Großvater übernommen, der ihn mit dem Kontaktmann des norwegischen Geheimdienstes bekannt gemacht hatte. All sein Streben war darauf gerichtet gewesen, diese Nazi-Herrschaft zu beenden und dabei sein Schweizer Konto anwachsen zu lassen. Die Nationalsozialisten waren seine erklärten Feinde und in Zusammenarbeit mit dem norwegischen Geheimdienst hatte er sich dazu entschlossen, als Offizier bei der Luftwaffe seinen Teil dazu beizutragen, diesen Krieg zu verkürzen. Der Preis dafür war hoch gewesen, sehr hoch. Aber es hatte sich gelohnt, bisher jedenfalls. Das angesammelte Geld würde reichen, ihm nach dem Krieg zumindest einen problemlosen Neustart zu verschaffen. Und wenn er es clever anstellte und die Besitztümer seiner Eltern nicht zu sehr in Mitleidenschaft gezogen worden waren, dann würde er sein Auskommen für den Rest seines Lebens haben. Mit dem Geld könnte er das alte Familiengestüt wieder aufbauen und es würde genug abwerfen, um ihm ein gutes Leben zu ermöglichen. Und irgendwann würde auch die Nachfrage nach Reitpferden wieder steigen.

Er hatte gewusst, dass er sein Leben aufs Spiel setzen würde. Andererseits hätte er, egal ob Geheimagent oder nicht, sein

Leben sowieso riskieren müssen, da er auf jeden Fall eingezogen worden wäre.

Immer öfter aber stellte er sich die Frage, ob all die Zerstörung und das Leid ringsum wirklich notwendig gewesen waren. Göbbs sah mehr zerstörte als unbeschädigte Häuser, mehr abgedeckte Dächer als solche mit Dachziegeln drauf. Der Turm der Christus-Erlöser-Kirche selbst war auf die halbe Höhe eingestürzt, das Dach der Kirche zu zwei Dritteln zerstört, die Fenster mit Brettern vernagelt. Die umliegenden Häuser sahen nicht viel besser aus. Verhärmte Gestalten huschten umher. In einigen Fenstern brannten trübe Talgkerzen, Mütter riefen ihre Kinder, abgerissen und hungrig, nach Hause. Wenn man das, was hier noch stand, denn so bezeichnen konnte. Am westlichen Himmel war der Widerschein einer Bombardierung zu sehen. Irgendwo außerhalb von Augsburg, nicht mehr allzu weit entfernt, schienen Kämpfe im Gang zu sein, deren dumpfes Rumpeln bis in die Stadt zu hören war. Kriegsmüdigkeit atmete hinter jedem Trümmerhaufen hervor, Kriegsmüdigkeit und Angst vor der Zukunft. Beides sprach auch aus den Blicken, die Göbbs zugeworfen wurden, heimlich, aber zum Teil auch offen. Und da war noch etwas in den Blicken, etwas, das Göbbs bereits in Oranienburg nach dem Bombenangriff bemerkt hatte, aber noch nicht zu deuten wusste. Seit Friedrichroda jedoch hatte er eine Vermutung. Die Menschen dort waren froh gewesen, dass der Krieg für sie nun vorbei war. Und diese Erwartung – froh sein zu können, dass dieser elende Kampf, dieser elende *Krampf* endlich vorbei sein könnte, was auch immer für Schrecken dann kommen sollten – spürte Göbbs auch hier. *»Lasst es doch endlich Schluss sein!«*, schienen die Blicke der Augsburger zu sagen. Er selbst war dem eigentlichen Schrecken des Krieges bisher relativ fern gewesen, irgendwo oben in den Transportflugzeugen. Gut, Flak-Beschuss war auch Schrecken, aber sein eigener Schrecken. Von Norwegen war er direkt ins Krankenhaus gekommen, von dort zur Rehabilitation an die Nordsee, danach ins Reichsluftfahrtministerium. Mit Berlin hatte er seit vielen Monaten erstmals wieder eine deutsche Stadt betreten, die von anglo-amerikanischen Bomberverbänden angegriffen worden war. Was dieser Krieg aber für die deutsche Zivilbevölkerung bedeutete, den eigentlichen Schrecken, hatte er mit eigenen Augen am deutlichsten nach der Bombardierung Oranienburgs erlebt. Und was danach kam, die Demontage und den Abtransport an deutschem Wissen und deutscher Technik – das Ende nach dem Ende sozusagen – in Friedrichroda, diesem kleinen von amerikanischer Artillerie heimgesuchten Ort.

Wie hatte er so blind sein können für das Alles? Wieso hatte er so lange gebraucht für diese Erkenntnisse?

›Gräm dich nicht, mein Junge‹, flüsterte die Großvater-Stimme. *›Wahrscheinlich muss man durch manche Täler erstmal gehen, um die Berge zu sehen.‹*

Eine Anwohnerin hatte ihm erklärt, dass Pfarrer Schandorff trotz der Beschädigungen des Gotteshauses dort wohnte, in der kleinen Wohnung im Fuße des Turms, die man nur durch das Kirchenschiff hindurch betreten konnte.

Schandorff also. Es war gut, dass Göbbs den Namen auf diese Art erfahren hatte. Wie glaubwürdig wäre er rübergekommen, wenn er nicht einmal den Namen der Kontaktperson gewusst hätte?

Der Pfarrer war ein kleiner, glatzköpfiger Mann knapp unter sechzig, dessen Blick unstet umherhuschte, als er den Offizier der Luftwaffe vor seiner Tür sah. »Guten Abend«, grüßte er fragend.

»Heil Hitler«, antwortete Göbbs. Obwohl er versuchte, den Gruß wann immer möglich wegzulassen, schien er ihm jetzt angebracht.

»Heil Hitler«, sagte jetzt auch Schandorff. »Womit kann ich Ihnen helfen, Herr …«, er sah in der Dunkelheit auf die Schulterstücke, « …Hauptmann?«

Göbbs sah sich um, trat einen Schritt näher an den Pfarrer heran und senkte die Stimme. »Ich müsste mit Ihnen reden, Herr Pfarrer.«

»Die Beichte nehme ich Ihnen gern morgen Vormittag ab, Herr Hauptmann.«

»Es geht nicht um die Beichte, Herr Pfarrer. Ich bin direkt hierher geschickt worden, aus Berlin. Ich muss verschwinden.«

Das Gesicht des Pfarrers fror förmlich ein. »Ich wüsste nicht, was ich dazu beitragen könnte.«

»*Operation Romulus*«, flüsterte Göbbs ihm jetzt zu. Irgendwie musste er Zugang zu Schandorff finden.

Dessen Gesicht jedoch spiegelte jetzt absolutes Unwissen vor. Der Pfarrer wusste mit diesem Begriff nichts anzufangen. War es ein Fehler gewesen, die Worte zu sagen?

»Hören Sie, Herr Hauptmann. Ich weiß wirklich nicht, was Sie von mir wollen. Kommen Sie morgen wieder, am Tag, wenn die Kirche dann noch steht.« Schandorff wollte die Tür schließen. Göbbs schob seinen Stiefel dazwischen. Er musste jetzt alles auf eine Karte setzen. Wenn Schandorff die Tür schloss, würde er auch morgen keinen Zugang zu dem Pfarrer finden.

»Ich war mit Ingenieur Steinbauer hierher unterwegs. In einem Flugzeug. Wir haben einen Auftrag, einen kriegswichtigen Auftrag. Die Amerikaner haben uns über Thüringen abgeschossen und wir sind getrennt worden. Kurz vorher hat er mir gesagt, dass wir hierher müssen und von Ihnen weitergeleitet werden. Ich muss Steinbauer finden. War er hier?«

Schandorffs Gesicht, bleich in der Dunkelheit, schwebte einen Moment unbeweglich vor Göbbs in der halbgeschlossenen Tür. Dann sah er sich kurz auf der Straße um und öffnete die Tür. »Kommen Sie auf eine Tasse heißes Wasser herein, Hauptmann.«

Er hatte ein kleines Feuer auf dem steinernen Boden der Küchenecke entfacht. Der Herd sei ihm gestohlen worden, sagte er. Irgendwann, nach einer Predigt vor einer nicht einmal halbvollen Kirche, sei er in die kleine Wohnung des Türmers zurückgekehrt, die er bezogen hätte, nachdem das Pfarrhaus Opfer einer Fliegerbombe geworden sei, und hätte sie ziemlich ausgeräumt vorgefunden. Bett, Herd, Schrank, viele seiner Sachen, alles weg. Nur die Soutanen hätten sie ihm gelassen. Sowie ein paar Decken und zwei schwarze Hosen.

Die linke Seitenwand des Raumes wurde durch ein wackeliges Regal eingenommen, in dem sich zum Teil sehr alte Bücher, Niederschriften und Urkunden in teils erbärmlichem Zustand befanden.

»Der Herr hat uns sowieso Bescheidenheit gelehrt, nur um die Bücher ist es schade.« Schandorff hatte den Blick seines Gastes bemerkt und erzählte leise: Aus Teilen der Balken des Dachstuhles seiner Kirche mache er Feuer, koche ein paar armselige Kartoffeln oder erhitze sich einfach nur Wasser, um nichts Kaltes trinken zu müssen. Er reichte Göbbs einen Becher warmes Wasser und einen Kanten Brot.

»Ich verbrenne das Haus des Herren, um nicht selbst zu verhungern oder zu erfrieren.« Scheinbar demutsvoll senkte er den Kopf, nur um im nächsten Moment fortzufahren: »Steinbauer war vor vier Tagen hier.« Dann dauerte es, bevor Schandorff weitersprach. Der Ingenieur hätte ihm von dem Abschuss erzählt und von dem Flieger mit dem vernarbten Gesicht und der verletzten linken Hand.

»Die Rechte«, entgegnete Göbbs und hob seine Hand mit den fehlenden Fingern. Was für eine plumpe Überprüfung war das denn? Oder hatte Schandorff hier wirklich etwas verwechselt?

Der Pfarrer studierte das Schreiben Bormanns, das Göbbs ihm zeigte, gab es dem Hauptmann zurück und legte mehrere lange Holzstücke in das Feuer. Der Rauch zog über ein kaputtes Fenster ab, das der Pfarrer notdürftig mit Brettern vernagelt hatte.

»Wie ging es Steinbauer?«, fragte Göbbs vorsichtig.

»Den Umständen entsprechend. Er hat erzählt, dass er von Wehrmachtstruppen auf dem Rückzug eingesammelt worden war. Sie hatten den Abschuss beobachtet. Anschließend wurde er wohl … nun sagen wir mal *durchgereicht*, von Einheit zu Einheit sozusagen. Irgendwann und irgendwie ist er dann hier angekommen.«

»Und wo ist er jetzt?«

Schandorff schwieg, sah Göbbs an, starrte in das Feuer, knetete seine Finger.

Göbbs atmete tief durch. »Er ist allein, richtig?«

Der Pfarrer nickte.

»Er darf nicht allein sein. Schauen Sie sich um. Alles bricht zusammen. Steinbauer ist ein Mensch, der hinter einen Konstruktionstisch gehört, nicht auf die Straße in einer Zeit, da die Alliierten aus dem Westen und die Russen aus dem Osten um die Wette nach Deutschland hineinströmen, als gäbe es hier den heiligen Gral zu finden.«

»Gestern hatten wir wieder einen Luftangriff auf Augsburg. Ich habe mit den Nachbarn hier dreizehn Tote geborgen. Über vierzig wurden verletzt. Frauen, Kinder … Und das, obwohl fast die Hälfte der Augsburger seit dem Angriff im Februar des letzten Jahres die Stadt verlassen haben. Ich hatte über den Winter hinweg etwa fünfzig Menschen in der Kirche wohnen, bis sie im März von einer Bombe getroffen wurde. Die Menschen mussten gehen, sind irgendwohin auf die Dörfer verschwunden. Diese verdammten Briten und Amerikaner!« Er hängte einen völlig unchristlichen Fluch an den letzten Satz. »Wann können wir denen endlich richtig auf die Fresse hauen?«

»Umso wichtiger ist es, dass ich Steinbauer einhole.« Göbbs sprach drängend. »Bormann persönlich hat uns einen Auftrag gegeben, einen kriegsentscheidenden Auftrag.«

»Ich habe in den letzten drei Wochen zwölf Leute über das Netzwerk nach Süden geschickt. Wissenschaftler, Techniker und Parteifunktionäre. Alle gehen. Es fällt mir schwer zu glauben, dass sie sich irgendwo zu einem Gegenschlag sammeln. Eher sieht es wie Flucht aus.« Er sah Göbbs vorwurfsvoll an, als hätte er persönlich all diese Leute zu Schandorff geschickt, damit sie sich absetzen konnten.

Göbbs trank einen Schluck warmes Wasser. Er entschloss sich zu pokern, es schien ihm die letzte Chance, Zugang zu Schandorff zu bekommen. »Das Ziel ist die Alpen-Festung, Herr Pfarrer. Goebbels hat alles geplant. In den Alpen lagert Material, Waffen. Wir haben unterirdische Stützpunkte dort, Flugzeugwerke und Waffenfabriken. Und tausende Soldaten. OKW, OKH, OKL, alles wurde in die Alpen verlegt, alle Stäbe, die Verwaltung. Es ging mit allen über das Netzwerk geschleusten Personen in das Zielgebiet Alpen. Aber ich brauche den Ingenieur. Ich habe Angst, dass er es nicht allein dorthin schafft. Er hatte eine braune Ledertasche bei sich. Da sind Pläne für eine neuartige Waffe drin, ein Flugzeug. Diese Pläne dürfen auf keinen Fall in die Hände der Briten oder Amerikaner fallen. Wenn ich Steinbauer nicht helfe, besteht diese Gefahr aber. Er weiß, wo die sichere Basis ist. Er weiß, wo vierzig dieser Flugzeuge sind. Mit diesen Flugzeugen können wir unsere Gegner entscheidend schwächen. Und die brauchen ihn dort.« Göbbs staunte, wie sehr er selbst eine Überzeugung vom Endsieg in seine Stimme legen konnte, die er nie empfand. Wäre dieser Scheißkrieg nicht, dachte er einen Moment ironisch, hätte er möglicherweise über eine Karriere als Schauspieler nachdenken sollen, an der Seite Heinz Rühmanns vielleicht.

»Sie kennen die Gräuelgeschichten über die Methoden der Geheimdienste unserer Feinde. Soll ich Ihnen etwas sagen? Diese Geschichten sind alle untertrieben. Fällt Steinbauer den Amis in die Hände, werden diese ihn innerhalb von wenigen Stunden weichgekocht haben. Sie treiben ihm Keile unter die Fingernägel, brechen ihm die Finger, die Zehen, schlagen ihm die Zähne aus, arbeiten mit Feuer und Gift, stecken ihm Drähte in alle Körperöffnungen und erhitzen diese oder legen Strom an, bis Steinbauer redet. Ich muss ihn finden, um ihn und unsere Sache zu beschützen.«

Schandorff nickte langsam. »Morgen fährt ein SS-Mann in Richtung München. Sie können ihn begleiten. Die Gräfin zu Pilkristhal in Prien am Chiemsee wird Sie weiterleiten. Vielleicht können Sie ja Steinbauer einholen.«

»Ich würde gern sofort aufbrechen. Wenn Sie mir …«

»Nein. Erstens werden Sie kaum ungeschoren aus der Stadt kommen, bei der Menge an Kettenhunden, die durch die Straßen pilgern.« Erneut fluchte der Pfarrer. »Der Führer sollte sie alle an die Front schicken.« Er atmete tief durch. »Verzeihen Sie meine Entgleisung, Hauptmann. Aber manchmal ist es nicht einfach.« Er sah nach oben und bekreuzigte sich entschuldigend.

»Und zweitens?« Göbbs sah den Pfarrer fragend an.

»Zweitens?« Schandorff schien irritiert.

»Sie sagten *›Erstens‹*, also muss es auch ein *›Zweitens‹* geben.«

»Zweitens, Hauptmann Göbbs, stimmt die Beschreibung, die mir Steinbauer von Ihnen gegeben hat. Auch haben Sie ein Schreiben von Bormann und die Ereignisse, die Sie schildern, stimmen mit dem überein, was Steinbauer erzählt hat, aber …« Er stutzte kurz. Göbbs legte den Kopf schief. Was kam jetzt? »Sie kannten das Passwort nicht, Hauptmann Göbbs. Ich hätte gern eine Begleitung für Sie, auf die ich mich verlassen kann.«

»Das heißt, Sie trauen mir nicht?«

»Ich bin nur vorsichtig. Vorsicht ist die Mutter der Porzellankiste, pflegte meine Großmutter zu sagen. Und meine Auftraggeber halten das genauso. Deshalb schicke ich auch im Normalfall niemals zwei Leute hintereinander über dieselben Stationen des Netzes in den Süden. Bei Ihnen mache ich jetzt schon eine Ausnahme. Also gestatten Sie mir diese kleine Maßnahme der Achtsamkeit.«

Göbbs spürte, dass er hier an die Grenze dessen kam, was er erreichen konnte. Trotzdem probierte er ein letztes Argument.

»Ich hätte ein Flugzeug, einen Storch. Da ist Platz für den SS-Mann und mich. Wir könnten …«

»Das kann Ihr … *Reisebegleiter* entscheiden. Morgen.« Schandorff gähnte. »Und jetzt machen wir Schluss.« Er erhob sich. »Haben Sie eine Schlafgelegenheit? Ich hätte da noch ein paar Decken und Matratzen in der Kirche. Nicht unbedingt Luxus, aber bevor Sie irgendwo unter einer Brücke – so Sie denn eine unzerstörte in Augsburg finden – übernachten müssen, ist eine halbzerstörte Kirche doch besser als gar nichts. Oder?«

Spät in der Nacht wurde er wach. Bombeneinschläge waren in beunruhigender Nähe zu hören. Er wusste nicht, ob sein Traum – natürlich der von dem missglückten Anschlag – oder das bedrohliche Grollen ihn geweckt hatte. Dieses Mal aber hatte er im Traum versucht, die Bombe an einer Horten zu befestigen, die auf dem Marktplatz von Friedrichroda stand. Ringsum schlugen Artilleriegranaten der Amerikaner ein, die Häuser trafen, Straßen mit Schutt versperrten und Dächer abdeckten. Als eine Granate hinter ihm das Denkmal zerstörte, schlug er die Augen auf. Sein Herz hämmerte, wie immer nach diesen Träumen.

Der Widerschein von Feuer gloste am Himmel zwischen den Balken des zerstörten Daches hindurch. Schandorff schlich mit einer blakenden Talgkerze durch die Kirche, blieb vor Göbbs' Lager stehen, sah auf ihn herab. Halb erwartete Göbbs, erkannt worden zu sein, sah aber weder Pistole noch Messer in der Hand des Pfarrers.

Er schluckte. »Sollten wir nicht einen Luftschutzkeller aufsuchen?«

Nach einem unendlichen Moment, in dem Schandorff keine Reaktion zeigte, schüttelte er endlich den Kopf. »Ich habe an der Front gelernt«, flüsterte er dann, »dass zwei Bomben niemals auf dieselbe Stelle fallen. Die besten Überlebenschancen hatten wir in den Kratern der Bomben, die gerade gefallen waren.«

»Sie waren an der Front?« Göbbs war erstaunt, hatte aber die Lautstärke seiner Stimme unwillkürlich Schandorffs Flüstern angepasst.

»Nicht in diesem Krieg. In dem davor. In Verdun.« Die Stimme des Pastors wurde immer leiser, verlor sich fast zwischen den Überresten seiner Kirche. »Verkohlte Leichen in den Straßen. Keine Schützengräben ... Krater überall ... Wo soll ich mich verstecken? ... Rohre von Kanonen ... französische vor mir ... deutsche hinter mir ... keine Deckung ... Wo soll ich mich verstecken? ... Kein Baum steht mehr ... keine Deckung ... nur Angst in den Augen der Männer ... Angst!« Er schwieg eine Sekunde. »Angst!« schrie er dann plötzlich mit überschlagender Stimme, dass es in der Ruine widerhallte. Er hatte den Kopf hochgerissen und blickte zwischen den Überresten des Daches in den Nachthimmel, an dem fernes Geschützfeuer leuchtete. Es war einen Moment so, als würde auch Göbbs das Kanonenfeuer von Verdun sehen, von der Schlacht die dreihundert Tage währte und dreihundertfünfzigtausend Mann fraß.

Ohne ein weiteres Wort drehte Schandorff sich um und verschwand wieder in seiner kleinen Wohnung, während Göbbs in dem riesigen Kirchenschiff allein blieb, den Rest der Nacht wach lag und dem sich nähernden und entfernenden Grummeln des Bombenangriffes lauschte.

Der SS-Mann kam am späten Vormittag. Er trug keine Uniform und Göbbs wusste nur durch Schandorffs Verhalten, wen er vor sich hatte. Der Pfarrer bat den Fremden zu sich in die kleine Türmerwohnung und eröffnete das Gespräch mit der Mitteilung, dass es eine Planänderung gäbe. Erstens würden sie zu zweit reisen und zweitens nach Prien.

»Was denn?«, schnarrte der hagere Endvierziger mit fast kahl geschorenem Kopf. »Ich denke, Sie sollten mich über eine weiter westlich gelegene Station des Netzwerkes in den Süden schicken?«

»Sie reisen zu zweit und Sie reisen nach Prien zur Gräfin zu Pilkristhal. Frau zu Pilkristhal wird wissen, wie weiter zu verfahren ist.«

Der Hagere sah Göbbs an, musterte ihn von oben bis unten und zog die Oberlippe über die Zähne. Er kam Göbbs dabei wie ein Gaul vor, der die Zähne bleckte. »Das habe ich Ihnen zu verdanken, nicht wahr, Hauptmann?«

Göbbs nickte. »Es ist kriegswichtig, Herr ...?«

»Obersturmbannführer Köppe. Dr. Köppe.« Es sah für den Bruchteil einer Sekunde aus, als bedauere Köppe im selben Moment die Preisgabe der Information, dass er Doktor sei.

»Hauptmann Göbbs, Luftwaffe.«

Köppe nickte. «Ich denke, das ist genug. Mehr müssen wir nicht über einander wissen.«

»Ich habe ein Flugzeug«, sagte Göbbs. »Einen Fieseler Storch. Dort ist Platz für uns beide.«

Mit stahlblauen und eiskalten Augen musterte der Obersturmbannführer Göbbs. »Wo?«

»Südlich von Augsburg, in der Scheune eines Bauern.«

»Gut.« Köppes Stimme verlor den schnarrenden Ton nicht. Es klang beständig so, als gäbe er Befehle. »Und ich habe einen LKW. Damit sollten wir zu Ihrem Flugzeug kommen, Hauptmann.« Er musterte ihn abermals von oben bis unten. »Sie sollten versuchen, Zivilklamotten für sich zu besorgen.« Seine Sätze waren kurz und klangen abgehackt.

»Da kann ich helfen.« Schandorff ging in eine Ecke und zerrte einen Sack hinter ein paar senkrecht stehenden Brettern hervor. »Hier müssten Sachen drinnen sein, die Ihnen passen.«

Während Göbbs in dem Sack wühlte, ein Hemd, eine Hose und eine fadenscheinige Jacke heraussuchte, alles in der Farbe der Trümmer der Kirche, flüsterten Köppe und Schandorff miteinander. Göbbs vermutete, dass Schandorff den SS-Mann über die Zusammenhänge informierte und eventuell Verhaltensregeln oder nähere Informationen zu ihrem Kontakt mitteilte.

Als Göbbs sich umgezogen hatte und sich wieder zu ihnen umdrehte, sahen ihn beide an, als ahnten sie, dass er für den britischen Geheimdienst arbeitete. Sekundenlang breitete sich Stille zwischen ihnen aus, bis Köppe sich räusperte.

»Ich unterbreche nur ungern diesen Moment ergriffenen Schweigens, aber vielleicht könnten wir uns hier jetzt verpissen?«

Göbbs nickte und registrierte gleichzeitig, dass Köppe auch in der Lage war, längere Sätze von sich zu geben.

Köppe hatte den Wehrmachts-LKW in einer Seitenstraße stehen. Es war ein Ford und seine Ladefläche war ziemlich zerstört. Im Prinzip bestand der Wagen nur noch aus dem Vorderteil, der Antriebswelle, der Hinterachse und einem winzigen Teil der Ladefläche, auf der sich zwei Mann ausstrecken konnten. »Wo müssen wir hin?«, fragte der Obersturmbannführer, als er den Motor angelassen hatte.

»Richtung Süden. Ich bin eine Straße reingekommen, die in der Nähe eines Flusses entlangführte.«

»Es gibt zwei Flüsse, die aus dem Süden kommend nach Augsburg fließen. Ihre Informationen sind bisher wenig hilfreich, Hauptmann.«

»Wenn ich meine Karte richtig gelesen habe, dann war es die Wertach, Herr Obersturmbannführer.« Göbbs beschloss, die Rolle des vorgesetztentreuen, dienstgradmäßig Untergeordneten zu spielen. Es wäre *»wenig hilfreich«* im Sinne ihres Vorankommens, sich mit Köppe anzulegen. Gleichzeitig überlegte er, dass es eine gute Idee wäre, dem Obersturmbannführer bei Gelegenheit einen Zahn auszuschlagen.

›Vergiss es Junge. Du warst nie ein guter Boxer.‹

Danke, dass du mir immer gut zuredest, grummelte Göbbs in Gedanken der Großvater-Stimme zu.

›Gerne.‹

Wortlos setzte Köppe sich hinter das Steuer des Wagens und lenkte den Ford mit der zerstörten Ladefläche durch die nicht minder zerstörten Straßen der alten Reichsstadt. Nach einer Weile hatten sie die Stadt hinter sich gelassen und folgten einer Landstraße, die an der Wertach südwärts führte. Irgendwann überquerten sie den Fluss und Göbbs wies Köppe den Weg zu dem Bauernhof, bei dem er am Abend zuvor sein Flugzeug untergestellt hatte. Sie kamen über einen Hügel und Köppe bremste scharf.

»Das war nicht sehr intelligent, Hauptmann.«

Vor ihnen breitete sich die Senke aus, in der unter anderem der gesuchte Bauernhof lag. Im Gegensatz zu gestern jedoch wimmelte es heute von Fahrzeugen, Soldaten und sogar einigen Panzern der Wehrmacht. Es schien, als hätte irgendein General beschlossen, die letzten in dieser Gegend Bayerns aktiven Verbände der Wehrmacht ausgerechnet hier in der Senke und auf den umliegenden Hügeln zu versammeln. Noch war unklar, ob die Truppen zur Verteidigung Augsburgs zusammengezogen worden waren oder ob es sich hier um einen Sammelraum handelte, um den nächsten Schritt Richtung Alpen-Festung zu planen.

Ein Gefährt mit einer mobilen Flak kam auf sie zu. Köppe stieg aus, zauberte, woher auch immer, ein Fernglas hervor und betrachtete das Treiben. »Die haben Ihr Flugzeug herausgezogen und beschlagnahmt.«

Göbbs hatte es im selben Moment auch entdeckt. Er hoffte, dass der Bauer nicht zu viel Ärger deshalb bekommen hatte.

»Wir müssen gehen«, schnarrte Köppe. »Gut, dass wir zumindest meinen LKW haben, nachdem Sie Ihr Flugzeug so leichtsinnig aufs Spiel gesetzt haben.«

Ganz sicher würde er ihm mindestens einen Zahn ausschlagen, vielleicht auch zwei. Köppe war ein durch und durch unsympathischer Mensch.

Nachdem sie das Flugzeug nicht erreichen konnten, hatten sie Augsburg östlich umfahren und Stunden später München ebenfalls westlich liegen lassen. Sie mieden die großen Straßen und die größeren Gemeinden in der Hoffnung, auf Nebenstraßen unbehelligt voranzukommen. Das kostete Zeit, erschien ihnen aber sicherer, nachdem sie hinter Augsburg von einem britischen Jäger aus der Luft beschossen worden waren. Zu ihrem Glück hatte er sie aber weder getroffen, noch war er nach dem Angriff zurückgekehrt.

Ihre Unterhaltung verlief spärlich und reduzierte sich auf Bemerkungen über den Zustand der Straße – der natürlich unter den gegebenen Umständen denkbar schlecht war – und den Kursangaben des Kartenlesenden. Sie hatten nach Augsburg gewechselt, Göbbs fuhr, bis sie Hohenlinden erreicht hatten, eine kleine Ortschaft südöstlich von München. Dort stieg Köppe erneut hinter den Lenker. Göbbs hatte zweimal vorsichtig versucht, dem Obersturmbannführer das Passwort zu entlocken, mit dem sie sich bei der Gräfin zu Pilkristhal in Prien melden sollten. Aber Köppe hatte beide Male bloß schweigend den Kopf geschüttelt, ohne die Versuche Göbbs' auch nur mit einem Wort zu würdigen.

›Lass es‹, riet die Großvater-Stimme. *›Es fällt sonst auf. Vielleicht bekommst du deine Chance noch.‹*

Kurz nach dem Wechsel wurden sie in einem Dorf aufgehalten, weil die Straße mit Panzersperren gegen die anrückenden Amerikaner verbarrikadiert worden war. Der verantwortliche Unteroffizier für die drei Wehrmachtssoldaten und die sieben Volksstürmler, die für die Verteidigung des Dorfes abgestellt waren, hatte erst vor, sowohl den LKW einzuziehen, als auch die vermeintlichen Zivilisten Göbbs und Köppe seinem Kommando zu unterstellen. Erst das Brüllen des Obersturmbannführers in Verbindung mit dem Schreiben, das Göbbs hervorzog, machten ihnen den Weg frei. Wobei der Unteroffizier vor Schreck wahrscheinlich nur die Unterschrift Bormanns gelesen hatte. Die Quittung einer Wäscherei mit der entsprechenden Unterschrift hätte möglicherweise das Gleiche bewirkt. Nichtsdestotrotz kostete sie das über eine Stunde. Und als sich dann eine halbe Stunde später der rechte Vorderreifen verabschiedete, weil sie einen auf der Straße liegenden Granatsplitter übersehen hatten, beschlossen sie nach dem Radwechsel, in der zunehmenden Dämmerung einen Platz zu suchen, auf dem sie übernachten konnten. Auf gut Glück bog Köppe kurz hinter dem Wrack einer abgestürzten Maschine in einen Waldweg ein. Am Hang eines Berges fanden sie eine Lichtung, über die sich ein klarer Bach schlängelte. Sie genehmigten sich einige Happen aus ihrem spärlichen Vorrat und übernachteten auf der Pritsche des LKWs, in Decken gehüllt, die ihren Namen eher aus Tradition denn aus der Funktion, Wärme zu spenden, bezogen.

Auch am nächsten Tag wurden sie mehrfach aufgehalten. Zuerst gelang es ihnen nicht, eine unversehrte Brücke über den Inn zu finden und sie befürchteten schon, westlich bis Wasserburg oder gar Rosenheim fahren zu müssen. Schließlich aber fanden sie eine funktionierende Fähre, die sie über den Fluss brachte. Trotzdem war es schon später Nachmittag, als sie die Fahrt fortsetzen konnten. Und dann gerieten sie auch noch zwischen zwei Flüchtlingstrecks, die sich rettungslos verkeilt hatten. Die einen kamen mit PKWs und

LKWs aus München. Die anderen mit LKWs und Pferdekarren aus den deutschen Ostgebieten. Die Münchner strebten nach Osten, die Pommern nach Westen. Zu allem Überfluss hatte es an einer engen Stelle der Landstraße einen Unfall gegeben. Ein LKW war in ein Pferdefuhrwerk gefahren und die Anwesenden waren dabei, die Trümmer, die einmal Fahrzeuge gewesen waren, zu trennen. Gleichzeitig bearbeiteten mehrere Frauen die beiden toten Pferde mit Messern und trugen große Stücke Fleisch zu ihren eigenen Fahrzeugen und Fuhrwerken. Göbbs und Köppe steckten mit ihrem LKW mittendrin und hier half kein Schreiben mit kriegswichtiger Unterschrift und kein Gebrüll und Mit-den-Armen-Herumgefuchtele des Obersturmbannführers, sie saßen fest.

»Dass die überhaupt Pferde haben«, fluchte Köppe. »Ich dachte, die sind alle mit Ochsenkarren und von Polen gezogenen Handwagen unterwegs.«

Er verzog das Gesicht abfällig. »Und für sowas opfert sich die glorreiche deutsche Armee auf!«

›Sag jetzt nichts‹, murmelte die Großvater-Stimme.

Göbbs sagte nichts. Die Lust aber, dem Obersturmbannführer Zähne auszuschlagen, stieg. Er hatte ihre Anzahl auf mindestens vier erhöht.

Erst am späten Abend hatten sie sich aus der Umklammerung der Flüchtlinge befreien können. Göbbs und Köppe beschlossen, weiterzufahren, denn Prien mit der Gräfin zu Pilkristhal war nur noch knappe zwei Fahrstunden entfernt – wenn nichts dazwischen kam.

»Dann können wir morgen vielleicht im Schutz der Gräfin ein Glas auf das Wohl des Führers leeren«, merkte Köppe noch an. »Sein Geburtstag zwar schon ein paar Tage her, aber eine Flasche Wein sollte da noch drin sein für uns.«

Nach diesem unerwartet menschlichen Wunsch nach einer Flasche Wein war der Rest wieder Schweigen zwischen ihnen.

Die nächste halbe Stunde passierte nichts und nachdem sie ein Dorf durchquert hatten, von dem sie im abgeblendeten Scheinwerferlicht nur noch Ruinen sahen, weil es aus einem für sie nicht nachzuvollziehenden Grund Ziel eines Luftangriffes geworden war, merkte Göbbs, wie müde er war. Er hatte die Karten auf seinem Schoß, Köppe saß wieder einmal hinter dem Lenkrad – wo nahm dieser hagere Mann nur die Energie her? – und beide schwiegen … wie üblich. Göbbs fielen die Augen zu. In der letzten Nacht auf der LKW-Pritsche hatte er schlecht geschlafen und unter der dünnen Decke gefroren. Er lehnte den Kopf an die Scheibe. Das Glas kühlte seine Stirn, übertrug aber auch die Unebenheiten der Straße. Draußen ging der große Krieg seinem Ende entgegen.

Im Nachhinein konnte er nicht sagen, was er zuerst wahrgenommen hatte. Das »Scheiße!« von Köppe oder das *›Johann!‹* der Großvater-Stimme. Göbbs ruckte mit dem Kopf hoch. Automatisch ging sein Blick in den Nachthimmel, er konnte jedoch keine Anzeichen von Flugzeugen entdecken.

»Was ist?«

Köppe konzentrierte sich auf den Rückspiegel. »Es sind eben zwei Motorräder an uns vorbeigefahren. Kettenhunde.«

»Haben Sie das deutlich gesehen?«, murmelte Göbbs noch immer schlaftrunken.

»Was bilden Sie sich ein, Hauptmann?«, schnarrte der Obersturmbannführer. »Meinen Sie, ich bin blind?«

Vielleicht sogar fünf oder sechs Zähne, erhöhte Göbbs sein Vorhaben in Gedanken.

»Natürlich nicht, Herr Obersturmbannführer. Entschuldigen Sie.«

Da der LKW nur auf der linken Seite einen Rückspiegel hatte, konnte Göbbs nicht sehen, was hinter ihnen passierte. So beobachtete er die Miene des Obersturmbannführers, der seine Aufmerksamkeit zwischen der Straße und dem Rückspiegel teilte.

»Sie sind hinter der Kurve verschwunden«, gab er dann Entwarnung. Göbbs atmete auf. Gegen verbissene Feldjäger auf Heldenklau würde auch das Schreiben Bormanns nicht helfen. Wenn sie nicht auf der Stelle als Deserteure aufgehängt oder erschossen werden würden, würden die Feldjäger sie zu einem Sammelpunkt wehrfähiger Männer bringen und in eine Einheit des Volkssturmes oder der Wehrmacht eingliedern. Oder es würde Tage dauern, bis sie die Echtheit des Schreibens geklärt hätten.

›Mach dir nix vor, Junge. Die glauben euch nie, dass ihr keine Deserteure seid. Der nächste Baum ist euer.‹

Leider hatte die Großvater-Stimme wahrscheinlich schon wieder Recht.

»Scheiße!«, zerschnitt Köppes Stimme die Stille mit demselben Wort, mit dem er Göbbs kurz zuvor aus seinem Schlummer geweckt hatte.

»Sie kommen zurück?«

»Wenn nicht zufällig zwei Motorräder hinter uns auf der Straße gefahren sind, die uns jetzt einholen wollen, dann ja.« Köppes Stimme troff vor Sarkasmus.

Ganz sicher fünf Zähne, legte Göbbs fest.

»Sie werden uns anhalten.« Jetzt war Köppes Stimme sachlich, schnarrte befehlsgewohnt. »Ihren Zettel können Sie bei denen vergessen, Hauptmann. Die wischen sich den Arsch mit Bormanns Unterschrift ab und knüpfen uns an den nächsten Ast.« Er kniff die Augen zusammen und richtete den Blick auf die Straße. »Wir können es probieren mit dem Zettel. Aber auf keinen Fall dürfen wir den Wagen verlassen. Ist das klar, Hauptmann?«

Göbbs nickte.

Köppe griff hinter seinen Sitz und zog die lederne Aktentasche hervor, die er so behütete und in der letzten Nacht als Kopfkissen verwendet hatte. Er stellte sie neben den Sitz, öffnete sie, ohne die Geschwindigkeit des Wagens zu reduzieren und holte etwas hervor, das in ein Tuch gewickelt war. Göbbs erhaschte einen Blick auf den Inhalt der Tasche: Akten.

›Ja klar. Was soll sonst in einer Aktentasche sein?‹ Göbbs glaubte das Grinsen seines Großvaters bei diesem Satz förmlich zu sehen.

Währenddessen hatte Köppe die Tasche fast schon nachlässig wieder hinter den Sitz geschoben, wickelte das Paket aus, das auf seinem Schoß lag. Eine Mauser mit dem typischen, vor dem Abzug liegenden Magazin kam zum Vorschein. Köppe entsicherte die Waffe, legte sie sich auf den Oberschenkel und breitete das Tuch über der Waffe aus. Im selben Moment donnerten die Motorräder an ihnen vorbei. Beide Maschinen waren nur mit dem Fahrer besetzt, hatten aber Beiwagen. Köppe reduzierte die Geschwindigkeit ihres LKWs. Etwa zweihundert Meter vor ihnen drehten die Maschinen. Die erste blieb stehen, die andere näherte sich etwa zwanzig Meter und blieb ebenfalls stehen. Im abgeblendeten Scheinwerferlicht ihres Wagens konnten sie beim Näherkommen erkennen, dass die beiden Fahrer abgestiegen waren und die schweren Maschinen mitten auf der Straße stehen gelassen hatten. Während der vordere Fahrer breitbeinig neben seiner Maschine stand, auf deren Beiwagen ein Maschinengewehr montiert war, sicherte der weiter hinten Stehende seinen Partner mit vorgehaltener Maschinenpistole ab.

Köppe fluchte erneut, nahm noch mehr Gas weg und blieb mitten auf der Straße stehen, wenige Meter vor dem ersten Posten, der die linke Hand zur Stopp-Geste erhoben hatte. Göbbs sah in dessen rechter eine Pistole. Es handelte sich wirklich um Feldjäger, wie sie an der Metallplakette erkennen konnten, die zumindest der Vordere an einer Kette um den Hals trug. Der Mann brüllte etwas, was weder Göbbs noch Köppe verstanden. Er gestikulierte mit der Pistole und kam auf sie zu. Göbbs sah, wie Köppe die rechte Hand unter den Lappen wandern ließ, der auf seinem Schoß lag und die Mauser dort umfasste. Eher schmächtig wirkte der Kettenhund, jedoch durch die Motorradkombi seltsam aufgebläht. Deutlich sichtbar hielt er seine Pistole in Richtung Fahrer, als er schräg vor dem Führerhaus, noch im Lichtkegel der Scheinwerfer, stehen blieb. Göbbs konnte die Schulterstücke eines Stabsfeldwebels sehen.

»Motor und Scheinwerfer aus!«, bellte dieser und erstaunlicherweise klang seine Stimme kräftig. Göbbs hätte diesem Körper eine solche Stimme nicht zugetraut.

»Kann ich nicht«, antwortete Köppe laut. »Wenn ich den Motor ausmache, kriege ich ihn nicht wieder an.«

»Motor aus und aussteigen!« Der Stabsfeldwebel blieb schräg vor dem LKW stehen, hob die Pistole und zielte auf Köppes Kopf. Köppe blendete das Licht auf, so dass beide Feldjäger überrascht die Augen schlossen. Zeitgleich hob Köppe die Hand mit der Pistole und schoss. Der Stabsfeldwebel wurde in die Brust getroffen, stolperte nach hinten, fiel, blieb aber kurioserweise sitzen, während sein wahrscheinlich nicht richtig befestigter Stahlhelm hinter ihm auf die Straße knallte. Die Beine zuckten unkontrolliert. In der Brust hatte sich ein faustgroßes Loch aufgetan und Göbbs fragte sich in einem Gedankenblitz, der sein sonst leer erscheinendes Gehirn durchzuckte, welche Art von Munition Köppe verwendete, die solche Löcher riss. Obwohl er auf dem Beifahrersitz saß, konnte er alles genau verfolgen. Aus der Öffnung in der Brust sprudelte ein Strom dunklen Bluts. Das Ganze konnte nur Bruchteile einer Sekunde gedauert haben, denn noch bevor das Blut den Boden erreichte, hob der Verletzte die Hand, mit der er erstaunlicherweise noch immer die Pistole umklammerte, und richtete den Lauf auf die Windschutzscheibe. Köppe zielte erneut und schoss ein zweites Mal. Jetzt traf er den Kettenhund im Gesicht. Die Kugel riss dem Getroffenen das halbe Gesicht weg. Als würde die Zeit langsamer ablaufen, nahm Göbbs wahr, wie der Hinterkopf des Feldjägers in einer Fontäne aus Blut und Gehirnmasse explodierte. Noch während es diesem durch die Wucht des Schusses den Kopf nach hinten riss und der Körper in einer verzögerten Bewegung fast wellenförmig folgte, hämmerte Köppe den Gang rein und gab Gas. Aufheulend machte der LKW einen Satz nach vorn. Dann griffen die Räder auf der Straße und der Wagen raste auf den etwa zwanzig Meter vor ihnen stehenden Posten zu. Der war eine Schrecksekunde lang irritiert. Dann riss er seine Maschinenpistole hoch, verlor kostbare Zeit, weil er diese entsichern und durchladen musste. Erst dann jagte er einen Feuerstoß in Richtung des sich ihm nähernden Wagens. Erneut hatten Göbbs und Köppe Glück, denn der erste Feuerstoß verlor sich weit über ihnen in der Nacht. Göbbs rutschte vom Sitz und nahm die Arme über den Kopf, als würden die Unterarme seinen Kopf vor den Kugeln der Maschinenpistole schützen können. Die zweite Garbe aus der Maschinenpistole schlug durch die Windschutzscheibe des Wagens. Glassplitter regneten auf Göbbs und dann fühlte er, wie etwas Weiches gegen den Wagen schlug und unter die Räder geriet. Kurz darauf krachte es und Göbbs wurde nach vorn in den Fußraum geschleudert. Der Wagen war gegen ein schweres Hindernis gestoßen, hatte die Fahrt aber nur unwesentlich verlangsamt und das Hindernis – das Motorrad des überfahrenen zweiten Feldjägers? – aus dem Weg geschleudert. Köppe verringerte die Geschwindigkeit nicht. Und noch bevor Göbbs sich wieder aufrappeln konnte, merkte er, wie der Wagen nach rechts zog, von der Straße abkam, kurz über den unebenen Straßenrand holperte und dann mit einem entsetzlichen Poltern gegen ein nicht nachgebendes Hindernis stieß. Göbbs krachte gegen das Metall im Fußraum, der Sitz, auf dem er eben noch gesessen hatte, presste ihn zusammen und dann wurde es dunkel.

10

23. April 1945, Erfurt, Thüringen

In das Gebäude der alten kurmainzischen Statthalterei in Erfurt, wo bis 1940 die Gestapo residiert hatte, war seit dem 12. April die amerikanische Militärverwaltung eingezogen. Walterson traf Coleman und Franklin in einem der vielen Bürozimmer, die mit dem Umbau des barocken Gebäudes in den zwanziger Jahren entstanden waren.

»Haben Sie schon etwas von ihm gehört?« Lieutenant Colonel Walterson nahm seine britische Uniformmütze ab, strich sich durch sein volles, rotes Haar und setzte sich die Mütze wieder auf.

Die beiden Amerikaner schüttelten den Kopf. »Wie bereits mitgeteilt, Lieutenant Colonel, hat der Deutsche wohl Augsburg erreicht. Vielleicht erfahren wir etwas in der Kirche, die er uns genannt hat. Wir rechnen innerhalb der nächsten sechs bis acht Tage mit der Einnahme Augsburgs.« Jetzt strich sich Franklin durch das Haar, unbewusst die Geste des Briten nachahmend. »Haben Ihre Quellen etwas über die *Operation Romulus* herausgefunden?«

Walterson schüttelte den Kopf. »Nichts«, ergänzte er dann die Bewegung.

Als würde er ihm nicht glauben, setzte Coleman nach: »Auch nicht Ihre Verbindungen in dem … *Etablissement* in Berlin?«

Erneut verneinte Walterson mit einer Kopfbewegung, verzichtete aber auf eine verbale Ergänzung. »Und bei Ihnen?«, fragte er stattdessen eine halbe Sekunde später.

Unisono hoben die Amerikaner ihre Schultern. »Dasselbe. Keiner unserer Kanäle hat je etwas von einer *Operation Romulus* gehört«, sagte Coleman und Franklin ergänzte: »Bleibt zumindest die Rattenlinie, auf die wir Gebbs angesetzt haben.«

»Richtig«, sagte Walterson und wirkte nachdenklich. »Die zumindest bleibt uns.«

Franklin sah einige Dokumente durch. Wie nebenbei fragte er den Briten: »Haben Sie Ihren Verbindungsmann … die Verbindungs*frau* aus Berlin rausholen können?«

Walterson griff nach dem Wasserglas. »Nein. Ich glaube auch nicht, dass die Jungs in London eine Quelle, die so nah an wichtige militärische Personen herankommt, abziehen werden.«

»Aber die Russen werden Berlin einnehmen und nicht gerade sehr … fürsorglich mit Ihrer *Quelle* umgehen.«

»Unserer Quelle ist das Risiko durchaus bewusst. Und, meine Herren, wenn ich Sie darauf aufmerksam machen darf, es ist *unsere* Quelle und *unsere* Entscheidung.« Er zog die Augenbrauen hoch und trank einen Schluck Wasser.

»Außerdem wissen wir nicht genau, wie sich die Dinge in Berlin entwickeln werden, und vielleicht wird uns – und Ihnen – unsere Quelle auch nach dem Krieg noch sehr förderlich sein, wenn sie weiterarbeitet.« Die Zweideutigkeit dieser Bemerkung schien dem britischen Offizier durchaus bewusst zu sein.

Bevor sich Walterson verabschiedete, besprachen sie noch zwei weitere gemeinsame Operationen, bei denen es um die Sicherstellung deutscher Wissenschaftler für die amerikanische und britische Wirtschaft ging.

Beim Abschied auf der Straße blieb Walterson noch einmal stehen und sah sich das Haus an. »Ein schönes Gebäude. Es kotzt mich an, dass wir all das schon bald den Russen überlassen müssen!«

Nach diesem für den Briten beinahe untypischen Gefühlsausbruch stieg er in den Militärjeep und bedeutete dem Fahrer, loszufahren. Franklin und Coleman sahen ihm nach.

»Meinst du, er weiß etwas?« Coleman sah Franklin an. Der wog den Kopf.

»Und wenn, dann nicht mehr als wir. Und wir wissen so gut wie nichts.«

»Wir wissen zumindest, dass es bei der *Operation Romulus* um ein beabsichtigtes Extrahieren von deutschen Wissenschaftlern handelt. Wie aber und wohin die sollen, ist uns ein Rätsel. Vielleicht bringt Gebbs auf seiner Jagd nach den verschwundenen Flugzeugen und diesem Steinbauer ja doch ein Ergebnis.«

»Ja, vielleicht.« Franklin sah wieder in die von Trümmern gesäumte Straße der Stadt, in die der Brite mit seinem Jeep verschwunden war, und wirkte dabei fast so nachdenklich, wie Walterson vorhin gewirkt hatte. »Schon wieder ein *vielleicht*.«

Walterson, außer Sichtweite der Amerikaner in seinem Jeep sitzend, griff nach dem Mikrofon eines voluminösen Funkgerätes, das den gesamten Platz neben ihm auf der Rückbank einnahm und dessen Antenne mindestens zehn Fuß über das Dach des Fahrzeuges herausragte und wild wippte, als der Fahrer einige zügige Ausweichbewegungen mit dem Fahrzeug machen musste, um die Räder nicht an herumliegenden Trümmerteilen zu ruinieren. Der Schotte gab über die verschlüsselte Frequenz eine Reihe Codewörter durch, wurde von einer Station nach der anderen weitergeleitet, bis er am Ende mit dem gewünschten Gesprächspartner verbunden war.

»Ich bin mir sicher, dass die Amerikaner kaum mehr über die *Operation Romulus* wissen als wir«, sagte er schließlich.

»Wissen Sie, wo sich Paul Joseph im Moment befindet?«

»Sie vermuten ihn in der Nähe von Augsburg. Vielleicht hat er die Stadt auch schon verlassen.«

»Die Amerikaner werden Augsburg in den nächsten Tagen einnehmen.«

»Ich weiß. Das sagten sie mir.«

»Gut, Walterson. Wir bleiben in Verbindung.«

»Ja, Sir.«

11

23. April 1945, in der Nähe von Prien am Chiemsee, Bayern

Göbbs fühlte sich eingeengt. Nein, mehr als eingeengt, er fühlte sich zusammengepresst, in einen winzigen Würfel gesteckt oder gefaltet wie das Tuch eines Zauberers in einem winzigen Gefäß, das dann zum Ergötzen des Publikums herausgezogen wird und seine Größe entfaltet, dass alle denken *›Mensch, wo hat der dieses riesige Tuch nur die ganze Zeit versteckt?‹*

An diesem Punkt der Überlegung angekommen, beschloss er, dass es an der Zeit war, die Augen zu öffnen. Er sah nichts. Erst eine ganze Weile später bekam er mit, dass das daran liegen mochte, dass es Nacht war, und nicht, dass er möglicherweise erblindet war, denn an einigen Stellen der über ihm liegenden Dunkelheit war das schwarze Nichts heller als an anderen. *Nun gut*, dachte er. *Dann wird ja noch nicht so viel Zeit vergangen sein, seit Köppe die beiden Feldjäger getötet hat.* Denn dass dies geschehen war, daran zweifelte Göbbs nicht einen Moment. Zwar hatte er nur den Tod des einen, in der Nähe des LKWs stehenden Feldjägers wirklich gesehen. Sollte der andere aber die Attacke Köppes mit dem LKW überlebt haben, dann würde Göbbs jetzt eher sachte im Wind unter irgendeinem widerstandsfähigen Ast schaukeln, als sich in den zusammengeschobenen Überresten seines LKWs sehr beengt vorzukommen. Genau hier fiel ihm auf, dass ihm nichts wehtat. Es war eng, ja. Und ja, er war ordentlich zusammengestaucht worden. Zuvor hatte es mächtig gerumpelt. Auch brummte sein Kopf wie ein Bienenstock. Aber wirklich weh, wie es nach so einem Unfall wehtun konnte, wirklich weh tat ihm nichts. Und das war gut so. Denn da ihn bisher niemand hier rausgeholt hatte, sei es zum Aufknüpfen, zum Erschießen, zur Flucht oder auch einfach nur so, weil hier einer einen Unfall gehabt zu haben schien, musste er sich selbst befreien. Das wiederum ging einfacher als gedacht. Die gesamte rechte Seitenwand des Führerhauses war irgendwohin verschwunden und so faltete Göbbs sich förmlich mit den Füßen voran aus den Resten des Führerhauses. Schwankend stand er da, sah in die Nacht. Irgendwo an einem Horizont hinter einigen Bergen dämmerte es. Die Sonne? Oder vielleicht eine brennende Stadt?

Er taumelte ein paar Schritte nach vorn, hielt sich an einem Baumstamm fest und konnte hinter sich die Umrisse des LKWs sehen, dessen Front aussah, als wolle sie einen Baum umarmen. Zumindest den beiden Scheinwerfern schien das fast gelungen zu sein. Einer von ihnen glomm sogar noch schwach. Wollte er die bisherige Zählweise seiner neun Katzenleben beibehalten, dann hatte er hier schon wieder eines verwirkt. Das wurde allmählich zur Gewohnheit in den letzten Tagen dieses Krieges. Rechnete er den Start unter dem Oranienburger Bombenhagel und den Abschuss der Dornier mit jeweils einem Leben hinzu, dann verblieben nach dem Unfall nur noch fünf Leben. Und der Krieg war noch nicht zu Ende. Allmählich wurde es knapp. Göbbs schüttelte den Kopf, was das Brummen hinter seiner Stirn verstärkte. Die Gedanken an seine neun Katzen-Leben bewiesen ihm, dass er doch etwas bei dem Unfall abbekommen haben musste. Er sollte sich auf das Wesentliche konzentrieren. Aber was war jetzt gerade wesentlich?

Der Baum, an dem er stand, und der, um den sich die Front des LKWs gewickelt hatte, waren nur die ersten einer ganzen Reihe weiterer Bäume, die sich zu einem Wald neben der Straße verdichteten. Dunkelheit herrschte unter den Bäumen. Göbbs stand einige Momente wankend da, dann stolperte er auf die Straße. Der Wagen war etwa zehn Meter von der Straße abgekommen und hatte an einem Fels seinen rechten Kotflügel liegen gelassen, bevor seine Fahrt durch den Baum beendet worden war. Rechts neben sich konnte Göbbs die zerschmetterten Überreste des zweiten Motorrads erkennen. Der dazu gehörige Feldjäger lag als blutiges Bündel zwischen Straße und LKW. Köppe musste ihn mit dem Wagen voll erwischt und mehrere Meter mitgeschleift haben. Göbbs hatte keine Lust, sich den Kettenhund näher anzusehen. Aber da war noch etwas Anderes, um das er sich kümmern musste. Er stand mehrere Augenblicke bewegungslos auf der Straße und grübelte. Dabei war ihm, als würde er sich selbst beobachten, leicht amüsiert darüber, dass er nicht auf das Naheliegende kam.

Das Naheliegende? Göbbs sah wieder zu der Leiche des Feldjägers. Nein, der war nicht gemeint, obwohl er nahe bei ihm lag, so nah, dass Göbbs den Geruch des Blutes wahrnahm, das unter dem Posten im Waldboden versickerte. Aber es hatte damit zu tun. Immerhin war der Feldjäger von Köppe überfahren worden.

Köppe …

Göbbs presste die rechte Hand gegen die Stirn.

Köppe?

Langsam drehte er sich wieder zu dem LKW und schlurfte auf das Führerhaus zu. Die Fahrerseite war nicht so zusammengedrückt, wie die Beifahrerseite. Göbbs öffnete die Wagentür, den Widerstand des verzogenen Materials überwindend. Als er sie offen hatte, fiel sie herunter und hätte beinahe seinen Fuß zerschmettert, wäre er nicht reflexartig zurückgesprungen. Der Obersturmbannführer hing über dem Lenkrad, nach vorn gebeugt und bewegungslos. Göbbs fasste ihn an der Schulter und zog ihn zurück. Eine große Wunde an der Stirn blutete kaum noch. Sie sah aus wie ein Streifschuss. Köppe atmete flach und war blass. Vorsichtig fasste Göbbs unter seine Achseln und zog ihn hinter dem Lenkrad vor, um den Verletzten dann im flackernden Licht des noch schwach leuchtenden Scheinwerfers auf den Boden zu legen. Köppe stöhnte, hustete und öffnete die Augen.

»Da sind Sie ja endlich«, röchelte er. »Ich kann meine Beine nicht bewegen. Und ich glaube, ich verliere Blut.« Er schloss die Augen wieder. Göbbs überlegte, dass es eine gute Gelegenheit wäre, jetzt sein Vorhaben wahr zu machen und dem SS-Mann ein paar Zähne auszuschlagen. Wahrscheinlich würde er sich in seiner momentanen Verfassung aber eher am Gebiss des Obersturmbannführers verletzen, als dass es ihm gelingen würde, dort ein paar Zähne einzuschlagen.

Stattdessen sah er sich die Beine des Verletzten an, konnte aber im Dämmerlicht kaum etwas erkennen. Vorsichtig tastete er die Oberschenkel ab. Der rechte war eindeutig gebrochen. Am linken griff er in Blut. In viel Blut. Köppe musste schon eine Menge davon verloren haben. Göbbs würde die Wunde verbinden und den anderen Oberschenkel schienen müssen. Und er sollte sich eine Transportmöglichkeit für den Obersturmbannführer überlegen.

»Verbandszeug ist …«, wieder hustete Köppe und unterbrach damit Göbbs' Gedankengänge, »… ist in meiner Tasche. Unten.« Er öffnete die Augen. »Ich glaube nicht, dass es die Schlagader ist. Sonst wäre ich schon verblutet. Aber wir haben nicht mehr viel Zeit.« Seine Stimme klang schwach, war kaum zu verstehen. »Nun machen Sie schon.« Dann schloss er die Augen wieder, lag ruhig neben dem Baum, atmete flach. Göbbs wusste nicht, ob er in Ohnmacht gefallen war. Wortlos stand er auf und holte die Aktentasche des Obersturmbannführers aus dem Wrack. Sie war schwerer, als sie aussah. Und das, obwohl sie bis zum Rand mit Papier gefüllt war. Konnte Papier so schwer sein? Er sah sich um. Hinter den Bergen deutete sich jetzt deutlich an, dass es die Sonne war, die dort aufging und keine brennende Stadt, die ihren Widerschein an den Himmel warf. Vor dem Scheinwerfer legte er die Aktentasche in dessen funzeliges Licht, griff hinein und suchte das Verbandspäckchen. Mit diesem zog er ungewollt ein kleines Heft aus der Tasche. Bilder rutschten heraus. Göbbs nahm sie auf und hielt sie ins Scheinwerferlicht.

»Na, da schau her, das hätte ich ja dem alten Grantl-Bart gar nicht zugetraut.« Auf den Bildern war Köppe mit einer Frau und vier Kindern zu sehen, immer wieder, in verschiedenen Situationen. Fast erinnerten ihn die Bilder an die »In-Szene-Setzung« der Goebbels'schen Familie in den Wochenschauen. Aber die Fotos hier wirkten echter. Die waren nicht für Propagandazwecke gemacht worden, sondern für das Familienalbum. Köppe mit Kindern. Beim Ballspielen im Garten. Beim Picknick in den Bergen. Auf einem Familienbild, auf dessen Rückseite die Worte »In ewiger Treue und Kameradschaft, deine Hilde« standen. Beim Segeln. Und immer war Köppe in einer Art zu sehen, wie Göbbs es nie erwartet hatte. Offen, lächelnd, glücklich mit seiner Familie, den Kindern zugewandt, mit ihnen spielend. Und das Gesicht Köppes war verändert. Der schmallippige Mund lächelte in einer Art, die Göbbs ihm nie zugetraut hätte, die Augen blitzten, die Körperhaltung locker und entspannt.

Das Heft, aus dem die Bilder gerutscht waren, entpuppte sich als Schreibheft in dem Köppes Kinder seitenweise bunte, selbstgemalte Bilder und Texte »Für unseren Vati« hinterlassen hatten. »Klara«, »Michael«, »Hans« und »Getrud« stand in teils ungelenken Buchstaben unter den Bildern.

›Hat der alte Sack doch tatsächlich einen weichen Kern.‹ Göbbs lächelte zu der Bemerkung der Großvater-Stimme und legte die Bilder zurück in das Heft und dieses in die Aktentasche. Er würde ihm wohl doch keine Zähne ausschlagen.

»Göbbs«, krächzte die Stimme des Obersturmbannführers durch die Dämmerung. »Das Verbandszeug …«

Mit der linken Hand griff Göbbs nach dem Verbandspäckchen, mit der rechten schloss er die Tasche. Er kniete sich neben Köppe. Jetzt konnte er die Verletzung erkennen. Irgendetwas, wohl ein Metallsplitter, hatte den linken Oberschenkel des SS-Mannes aufgeschnitten, tief aber nicht sehr lang. In einem stetigen Strom floss Blut aus der Wunde, nicht viel, nicht pulsierend, aber beständig.

»Das ist nicht so schlimm, Herr Obersturmbannführer.« Er musste sich räuspern, um seiner Stimme Festigkeit zu geben. »Ich lege einen Pressverband an und verfrachte Sie anschließend in das Motorrad des Feldjägers, der uns angehalten hat. Falls Sie es mit dem LKW nicht zerstört haben. Damit sind wir in ein bis zwei Stunden in Prien und lassen uns von der Gräfin bewirten.«

In der allmählich heller werdenden Dämmerung konnte er die Verletzung jetzt genauer erkennen. Im Verbandspäckchen fand er eine Schere, mit der er das Hosenbein rund um die Wunde aufschnitt. Dann legte er zwei Druckkompressen auf die Verletzung, hob das Bein ein wenig an und umwickelte den Oberschenkel von *»unserem Vati«* in mehreren Lagen mit einer Mullbinde.

Klara, Michael, Hans und Getrud, ging ihm durch den Kopf.

Köppe stöhnte während der Behandlung mehrere Male, als Göbbs jedoch fertig war, öffnete er die Augen.

»Lavendel«, flüsterte Köppe.

»Sicher«, antwortete Göbbs. »Die Gräfin wird nach Lavendel riechen.«

»Quatsch, Göbbs.« Köppes Stimme klang schwach. »Das Passwort ist *›Ein Strauß Lavendel‹*, falls ich ohnmächtig werde durch den Blutverlust …«

Er hustete.

»Die Waffe«, murmelte er. »Sie liegt noch irgendwo unter meinem Sitz.«

»Ich hole sie gleich«, antwortete Göbbs und kontrollierte den Verband noch einmal vorsichtig. Die Druckkompressen färbten sich bereits rot, aber er war zuversichtlich, die Blutung vorrübergehend stillen zu können. Hoffentlich hatte Köppe noch nicht zu viel Blut verloren. Es kam jetzt darauf an, dass der Obersturmbannführer ruhig blieb. Wenn er die Waffe hatte, dann würde er das Motorrad des ersten Feldjägers überprüfen. Und dann mussten sie irgendwann hier weg. Damit sollten sie nicht zu lange warten. Dass bisher noch niemand weiter die Straße entlanggekommen war, konnte er als Glücksfall betrachten. Es hieß aber nicht, dass das auch so bleiben musste. Zufällige Passanten mochte es auch geben, Flüchtlinge konnten neugierig werden, Wehrmachtseinheiten oder Feldgendarmerie gar gefährlich.

Im Wrack des LKWs suchte Göbbs unter dem Sitz des Obersturmbannführers nach der Waffe. Sie hatte sich unter zusammengeschobenem Metall verklemmt und Göbbs gelang es nur mit Mühe, sie zu befreien, was ihm eine lange Schramme an der linken Hand einbrachte. Er öffnete erneut die Tasche des Obersturmbannführers und ließ die Waffe achtlos hineingleiten. Sie war ihm zu unhandlich, um sie in der Jackentasche oder im Hosenbund zu verstauen. Die Waffe rutschte in eine Akte und zerknitterte ein paar Blätter. Göbbs runzelte die Stirn, zog die Waffe wieder heraus, strich die Blätter glatt, ohne die Akte selbst aus der Tasche zu holen und packte die Pistole dann sorgsam vor die Akten. Er schloss die Tasche, legte sie an den Baum und stand auf, um sich das Motorrad anzusehen. Nach einem Schritt blieb er stehen und strich sich über die Stirn, zögerte einen Moment und sah zurück zu der Tasche. Was war das eben gewesen, was er da nur halb hatte erkennen können?

Er sah zum Obersturmbannführer. Köppe schien zu schlafen.

Wieder kniete er sich hin, öffnete die Tasche erneut, zog das Heft mit den Kinderbildern heraus und legte es zur Seite, packte die Pistole drauf. Dann nahm er die Akte mit den zerknitterten Blättern.

»Geheime Kommandosache« prangte auf dem Umschlag. Und: »Transplantationsversuche«. Er öffnete sie an der Stelle, die die Waffe zerknittert hatte. Ein Blatt mit einer aufgeklebten Schwarz-Weiß-Fotografie. Es war jetzt hell genug, dass er es genau erkennen konnte. Das Bild ließ ihn zurückprallen: Köppe mit weißem, aber wohl blutbeschmiertem Kittel zwischen zwei Liegen. Auf beiden waren nackte Männer festgeschnallt. Der linke Arm des rechts neben Köppe liegenden Mannes lag bis zum Ellenbogen auf der Liege. Der Unterarm hing im rechten Winkel herab. Er war von der Beuge bis zum Handgelenk geöffnet. Blut floss aus der offenen Wunde an der Hand herab und bildete unter der Liege auf den Fliesen eine Lache. Köppe hielt die herausoperierte Elle des Mannes in der Hand. Das Foto war so scharf, dass Göbbs die Enden der Sehnen am Knochen erkennen konnte. Ein Assistent öffnete gerade den linken Unterarm des anderen Mannes mit einem Skalpell.

Göbbs blätterte zum ersten Blatt vor. Erneut »Geheime Kommandosache« und dann »Transplantationsversuch No. 53 – Elle, Speiche, links«.

Transplantationsversuch Nummer 53!

Nummer 53?

Das Protokoll trug die Kennung des KZs Ravensbrück. Göbbs blätterte durch die Seiten. Akribisch war der Versuch dokumentiert worden. Köppe hatte einem tschechischen Geistlichen Elle und Speiche des linken Armes entnommen und beides einem holländischem Offizier eingesetzt. Beide waren vor dem Versuch gesund gewesen und hatten dieselben Blutgruppen gehabt. Die »Objekte«, wie die beiden Männer in der Akte genannt wurden, hatten Tage vor der Operation eine erhöhte Nahrungsmittelration bekommen, so dass sie »durchschnittlich leistungsfähig« gewesen waren. Der Geistliche – Objekt A – war nach der »Extrahierung« des Knochens verblutet, der Holländer – Objekt B – nach der Einsetzung der neuen Elle nur wenige Tage später an einer Blutvergiftung gestorben. Es folgten Tabellen mit Körpertemperatur, Fotos der Operation, der Narben und der Leichen.

Göbbs nahm die nächste Akte. Transplantation eines Oberschenkelknochens. Eine weitere Akte handelte von der Transplantation eines Oberarmknochens. Erneut ein Oberschenkel. Dann wieder Unterarmknochen. Einer. Beide. Elle. Speiche. Unterschenkelknochen. Schienbein, Wadenbein. Handknochen. Schulterblatt …

Männer. Frauen. Kinder.

Kinder!

Klara, Michael, Hans und Getrud.

Göbbs drehte sich zur Seite weg und übergab sich. Dann richtete er sich auf und sah zu Köppe. Wieder zu den Akten. Neben den Akten lag das Verbandspäckchen. Daneben die Aktentasche, die Pistole und das Heft mit den Kinderzeichnungen. Unwillkürlich nahm Göbbs die Fotos mit dem Familienvater Köppe zur Hand. Hier waren Frau und Kinder, dort Operierte, denen fremde Knochen eingesetzt worden waren. Diejenigen, deren Schicksal Göbbs in den Akten gelesen hatte, waren tot. Alle. Meist war Blutvergiftung die Ursache. Entzündungen oder Entkräftung. Oder Herzversagen während und nach der Operation. Kein Knochen war von den fremden Körpern angenommen worden. Die Spender starben alle am Blutverlust. Köppe hatte sie einfach verbluten lassen.

Kinderzeichnungen für *»unseren Vati«.*

Klara, Michael, Hans und Getrud.

»Unser Vati« hatte reihenweise Menschen aufgeschnitten und an ihnen herumexperimentiert!

»Unser Vati« schlief ruhig neben Göbbs mit dem von ihm verbundenen Oberschenkel.

Fassungslos blätterte Göbbs durch die Akten, überall dasselbe. Er zählte die Unterlagen. Achtzehn.

Die wichtigsten? Die, die er aus Ravensbrück hatte retten können?

Transplantationsversuch Nummer 53!

Was soll ich tun?, rief er innerlich der Großvater-Stimme zu, aber selbstverständlich antwortete diese nicht. Das tat sie nie, wenn Göbbs wirklich Rat und Hilfe brauchte.

Göbbs hatte sich seine Tätigkeit bisher immer gut bezahlen lassen. Ja, er wusste von Verbrechen und manchmal behauptete er sich selbst gegenüber, dass er dies alles tat, um ein unmenschliches System stürzen zu helfen. Aber er war nie, nicht ein einziges Mal direkt mit einem dieser Verbrechen in Berührung gekommen, sah man mal von den »normalen« Kriegshandlungen ab und verdrängte man den Fakt, dass er auf der Seite derer kämpfte, die den Krieg begonnen hatten, auch wenn er sich von der anderen Seite für die Agententätigkeit bezahlen ließ. Andererseits war ihm sein wachsendes Konto in der Schweiz sehr wichtig. Ausgesprochen wichtig! Er hatte mal einen Streit mit Julia deswegen gehabt, als sie ihm das vorwarf und gleichzeitig unter die Nase rieb, dass solch eine Vorgehensweise eher unüblich ist in Agentenkreisen.

»Willst du mir sagen, dass alle anderen Agenten unentgeltlich für die Amerikaner, Russen, Briten, Franzosen, Australier, Kanadier und weiß ich noch für wen spionieren? Hör mir doch mit diesem Gutmenschentum auf. Das sollten wir den Kommunisten und Christen überlassen. Aber die sind ja fast alle im KZ. Wen wollt ihr noch fragen, wenn nicht Leute, die sich das bezahlen lassen? Und glaubst du nicht auch, dass auch Agenten essen müssen? Trinken? Miete bezahlen? Klopapier kaufen? Bekommst du kein Geld für deine Tätigkeit?«

Julia hatte den Kopf geschüttelt, aber Göbbs hatte das nicht mehr gesehen, weil er bereits am Herausstürmen war. Auf diese Art der Diskussionen hatte er absolut keine Lust. Julia hatte später dieses Thema nie wieder angeschnitten.

Und jetzt hielt er diese Akten in der Hand und neben ihm lag Köppe, friedlich schlafend. *»Unser Vati«* …

Er sah den sauberen Verband an. Die Blutung unter den Kompressen schien nachzulassen.

Das Bild vor ihm wurde überlagert von herausgeschnittenen Knochen und Kinderzeichnungen. *»Unser Vati«*, KZ-Arzt Dr. Köppe. »Transplantationsversuch No. 53 – Elle, Speiche, links«. Schwimmen, wandern, mit den Kindern spielen, operieren …

Klara, Michael, Hans und Getrud.

Göbbs nahm die Pistole, sah die Bilder, die Akten, *»unser Vati«*, den operierenden Arzt …

… und legte die Waffe wieder hin. Wie viele Tote waren es gewesen, die unter Köppes Skalpell umgekommen waren? Achtzehn Akten, sechsunddreißig Tote.

Transplantationsversuch No. 53. Einhundertsechs Tote?

Noch mehr?

Er wusste nicht, was er tun sollte. Verdammt, er machte hier seine Arbeit und musste Flugzeuge finden. Wieso musste Köppe, dieser Idiot auch seine Akten hier rumliegen lassen? Es war alles so einfach gewesen, als Göbbs *das* noch nicht gewusst hatte – und meinte mit *»das«* den Inhalt der Akten.

Ohne über sein Tun nachzudenken, griff Göbbs nach der Tasche und begann, die Akten wieder einzusortieren, als würde diese Handlung ihn von einer zu treffenden Entscheidung befreien. Gleichzeitig wusste er aber, dass das Einräumen die Entscheidung maximal hinauszögerte, auf keinen Fall aber aufhob.

Dann stutzte er und räumte die Aktentasche wieder aus. Er hob sie hoch und wog sie in der Hand. Schwer. Viel zu schwer für eine leere Aktentasche. Hatte sie einen Boden aus Blei? Göbbs griff in die Tasche und fand relativ schnell das Fach in der Rückwand. Er zog einen Leinenbeutel heraus, öffnete die Kordel, die ihn verschloss und schüttelte sich den Inhalt auf die Hand. Gold: Zahnkronen, Münzen und Ringe mit wertvoll erscheinenden Steinen.

Göbbs starrte minutenlang auf den kleinen Schatz. Dafür würde man sich in einem anderen Land schon einen sicheren Start nach dem Krieg aufbauen können. Er fischte sich die Münzen und Ringe aus dem Beutel, steckte sie in seine Jackentasche und ließ die Zahnkronen angewidert wieder in den Beutel gleiten.

Natürlich musste sich genau in diesem Moment die Großvater-Stimme wieder melden. *›Worin besteht der Unterschied zwischen den Zahnkronen und den Ringen, Junge? Du weißt genau, wo diese Dinge herkommen. Von wem sie kommen.‹*

Göbbs antwortete nicht. Wie unter einem inneren Zwang griff er jetzt in das Verbandspäckchen, zog die Schere heraus, die er zuvor dort verstaut hatte.

Es war erstaunlich einfach, die Mullbinde wieder zu zerschneiden. Die Kompressen fielen allein vom Bein.

»Was machen Sie da, Göbbs?« Köppes Stimme klang noch immer schwach.

»Ich habe Ihren Verband entfernt. Ich glaube, den brauchen Sie nicht.« Göbbs sprach leise, flüsterte fast. Kinderbilder geisterten hinter seiner Stirn herum. Kinder. Einige der Toten waren genauso alt gewesen wie Köppes eigene Kinder.

»Sind Sie verrückt? Ich verblute!«

»So wie der tschechische Geistliche?«

»Wer?« Köppe hustete und ließ den Kopf zurücksinken. Seine Augen blieben aber auf Göbbs gerichtet. Der bemerkte, dass das Blut am Bein Köppes wieder zu fließen begann.

»Verbluten wie der tschechische Geistliche, dem Sie im Transplantationsversuch Nummer 53 die linke Elle entfernt haben?«

»Sie haben die Akte gelesen. Das ist Hochverrat. Die Akten sind Geheime Kommandosache.« Aus einem unerfindlichen Grund war die Stimme Köppes wieder kräftiger geworden. Er hob den Kopf und funkelte Göbbs an. »Was nehmen Sie sich heraus, Hauptmann?«

»Ich? Sie haben etwas herausgenommen. Oberarmknochen, Beinknochen, Handknochen …«

»Das waren wichtige medizinische Versuche.«

»Schulterblätter, Unterarmknochen …«, setzte Göbbs die makabre Aufzählung fort.

»Wenn uns das gelungen wäre, hätten wir sehr viele unserer Soldaten retten, ihre Kampfkraft wieder herstellen können, aus dem Material, das uns die Kriegsgefangenen geliefert hätten.«

»Material?« Göbbs richtete sich auf und ließ die Hände sinken. Die Schere entglitt seinen Händen. »Material?«, wiederholte er und sah die Kinderzeichnungen vor sich.

»Mit Knochen fängt es an, mit ganzen Gliedmaßen endet es.« Köppe hustete und ließ den Kopf wieder sinken. »Irgendwann musste jemand mit den Versuchen anfangen. Sollen wir ewig an Ratten und Hunden üben? Nur der Mensch bietet geeignetes Material! Wie vielen hätten wir helfen können. Nur noch ein bis zwei Jahre ungestörte Arbeit … wir stehen so kurz vor einem Durchbruch!«

Mit einer herrischen Geste wedelte seine Hand und wies auf das Bein. Er schloss die Augen.

»Verbinden Sie mich wieder.«

»Operieren Sie sich doch selbst.«

Es schien einen Moment, als würde ein allgegenwärtiges Schweigen ausbrechen, als würden all die Geräusche, die die Dämmerung erfüllt hatten, für einen winzigen Moment verstummen.

Dann hustete Köppe erneut und öffnete die Augen. »Was?«

»Operier dich doch selbst, du kranker Teufel.« Göbbs stand auf, blieb aber neben Köppe stehen.

»Ich gebe Ihnen den Befehl … mich zu verbinden!« Köppe keuchte. »Das waren Gefangene! Juden, Slawen, Russen. Wertloses Leben … die Operationen dienten einem höheren …« Göbbs Faust krachte auf den Unterkiefer des Liegenden und riss ihm den Kopf zurück.

Köppe stöhnte. Ein Blutfaden lief ihm aus dem Mundwinkel. »Dafür bringe ich dich vors Kriegsgericht. Verräterschwein.«

»Das haben vor ein paar Tagen schon einmal deutsche Soldaten zu mir gesagt. Und die sitzen immer noch hinter Gittern.«

Köppe bäumte sich auf, griff nach dem Verbandsmaterial, doch Göbbs stieß es mit dem Fuß zur Seite.

»Sieh es mal so: du bist wenigstens nicht gefesselt, während du verblutest. Du kannst dich hin und her werfen. Du hast eine echte Chance, mich zu überwältigen. Die hatten deine Opfer nicht.«

Ein Schrei in einer Mischung aus Wut und Frustration brach aus Köppes Lunge hervor, dann sackte er zusammen, als hätte dieser Schrei die letzten Kraftreserven aufgebraucht, über die der Obersturmbannführer noch verfügt hatte. Seine Hände fuhren über den Waldboden, auf dem er lag, griffen nach Erde und kleinen Steinen und schleuderten sie kraftlos in Richtung dessen, der ihm die Hilfe verwehrte. Dieser machte sich nicht einmal die Mühe, dem auszuweichen. Er beobachtete das Sterben des KZ-Arztes, hatte dabei aber seltsamerweise die Kinder- und Familienbilder vor Augen und nicht die Fotos von den Operationen. Köppes Atem wurde schwächer, flacher.

»Sie wollten mit mir fliehen. Warum machen Sie das? Der Krieg ist bald zu Ende.«

»Ja. Aber bis es soweit ist, müssen noch einige Rechnungen beglichen werden. Und deine ist eine davon.«

»Wer sind Sie?« Die Stimme war kaum noch zu verstehen.

»Kein Nazi. Ein deutscher Offizier, der kein Deutscher ist. Ein Norweger, der kein Norweger ist. Ein norwegischer Agent, der für die Briten arbeitet. Ein britischer Agent, der für die Amerikaner arbeitet. Einer, der für Bezahlung Geheimnisse verrät. Such dir was aus.«

»Meine Unterlagen ... meine wissenschaftlichen ... Forschungen ...«

»Das werde ich verbrennen, alles!«

»Die ... Bilder ... meiner ... Kind...«

»Die werde ich ebenfalls verbrennen.«

Köppe verlor das Bewusstsein. Göbbs war nicht klar, ob der Sterbende seine letzten Worte noch gehört hatte.

Die Bilder seiner Kinder. *»Unserem Vati«*. Kinder, deren Vater er hier sterben ließ.

»Schade eigentlich«, flüsterte er.

Als die Sonne den Horizont überschritt, zerrte Göbbs den Toten zum Führerhaus zurück. Es dauerte eine Weile, bis Köppes Leiche wieder hinter dem Lenkrad platziert war. Göbbs sah sich um. Zwei tote Feldgendarmen, der LKW mit dem zerschossenen und am Baum zerstörten Führerhaus, der Tote hinter dem Lenkrad, zwei Motorräder. Hier deutete nichts darauf hin, dass es eine weitere Person gab, die an den Ereignissen beteiligt gewesen war. Er steckte die Pistole des Obersturmbannführers, das Verbandsmaterial, gebrauchtes wie unbenutztes, die Schere und das Heft mit den Kinderbildern in die Aktentasche, hängte sie und den Beutel mit ihrem spärlichen Proviant um und verschwand im Wald. Nur weg von der Straße. Da seit Stunden niemand dort entlanggekommen war, erhöhte sich nur das Risiko, dass sie jetzt doch von jemandem benutzt werden würde. Und seien es weitere Feldjäger auf der Suche nach ihren vermissten Kameraden.

Eine Stunde später, mitten im Wald, weit ab von irgendwelchen Wegen, brannte ein kleines Feuer, in das der davor hockende Göbbs seitenweise die Akten hinein blätterte. Zum Schluss das gebrauchte Verbandsmaterial, die Familienbilder und das Malheft der Kinder.

›*Eine gute Idee*‹, stimmte die Großvater-Stimme zu. Göbbs freute sich, sie wieder zu hören, als hätte er einen alten Bekannten getroffen.

Den Beutel mit den Zahnkronen vergrub er in der Nähe eines Felsens. Sorgfältig platzierte er die Grasnarbe wieder über das kleine Loch. Es sollte nichts darauf hindeuten, dass hier jemand gegraben hatte. Er nahm einen faustgroßen Stein und setzte ihn auf die Grasnarbe. Nicht um den Platz wiederzufinden. Einfach nur so, redete er sich ein.

›*Lügner*‹, entgegnete die Großvater-Stimme. Der Platz sah jetzt beinahe wie ein Grab aus.

Am Abend desselben Tages hatte Göbbs mit Hilfe eines Bauern und dessen Fuhrwerk Prien erreicht. Es war, als hätte jemand beschlossen, den Tag, an dem Hauptmann Johann Göbbs das erste Mal in seinem Leben den Chiemsee sehen sollte, zu einem besonders schönen Tag zu machen. Während in den letzten Tagen beständig schlechtes Wetter, Regen und Windböen herrschten, erstreckte sich seit Sonnenaufgang ein blauer Himmel über einer Landschaft, die Göbbs aus einer Postkarte herausgeschnitten erschien. Der Chiemsee schimmerte fast genauso blau, als sie aus dem Wald kamen und sich Prien näherten.

Er erwartete, jetzt endlich die ersten Vorboten der Alpen-Festung zu finden. Aber keine Panzerkolonnen rollten durch Prien. Keine waffenstarrenden, kampfbereiten Streitkräfte. Er sah einen Trupp Soldaten, die eher aussahen, als wären sie nach einer äußerst unerfreulichen Begegnung mit amerikanischen Streitkräften froh, diesen vorerst entkommen zu sein. Irgendwo kreiste ein einsames deutsches Flugzeug. Der Rest schien Ruhe und Abwartung zu sein in dem kleinen Städtchen am Chiemsee.

Der Bauer wies ihm den Weg zur Villa der Gräfin und dort am Tor des Grundstückes wurde er von einem einbeinigen Bediensteten empfangen, der ihm nach einem unfreundlichen Wortwechsel abweisen wollte. Erst Göbbs' Worte »Ich habe einen Strauß Lavendel für die Gräfin« bewirkten, dass der Bedienstete ihn um die Villa herumführte. Das erste Mal in seinem Leben sah Göbbs jemanden, der trotz zweier Krücken stolz und steif wie ein englischer Butler vor ihm herlief. Es ging einen Kiesweg aufwärts, an zwei steinernen Sphinxen vorbei, deren Köpfe und Brüste in der Abendsonne glänzten, obwohl sie aus schwarzem Stein gefertigt waren. Das Tor der Villa war aus protzig aufgearbeitetem Eichenholz gefertigt, das trotz der scheinbaren Schwere lautlos aufschwang. In der Villa war es merklich wärmer als in der frischen Aprilluft draußen. Der namenlose Butler bedeutete Göbbs, in der Eingangshalle am unteren Ende einer breiten Treppe zu warten. Er selbst machte sich auf den langen Weg, die Treppe aufwärts und oben rund um die Empore herum, um fast genau über Göbbs hinter einer Tür zu verschwinden. Göbbs betrachtete das marmorne Treppengeländer, die Gobelins an den Wänden, die großen Portraits ehemaliger, wahrscheinlich nicht ganz so großer Vertreter des Hauses von und zu Pilkristhal. Ein Hausmädchen, schwarzes Kleid und weiße Schürze, huschte vorbei und hatte nicht mehr als einen ängstlichen Blick für ihn übrig.

Wahrscheinlich sehe ich zum Fürchten aus, dachte Göbbs.

›Ja, siehst du‹, antwortete die Großvater-Stimme.

Danke, knurrte Göbbs in Gedanken und betrachtete wieder die Portraits. Als er gerade versuchte, die Ahnen an der Wand nach ihrer Kleidung in verschiedene Jahrhunderte einzuordnen, öffnete sich oben eine Tür, er hörte eine Frauenstimme und zeitgleich Hundegebell. Eine dunkelbraune Bestie, bestehend aus riesigen Ohren und vor allem Zähnen, raste die Treppe herunter genau auf ihn zu. Erst als sie einen halben Meter vor ihm stoppte und bellte, als bekäme sie gleich einen Herzanfall, identifizierte Göbbs sie als Dobermann.

›*Weiteratmen*‹, murmelte die Großvater-Stimme.

Erst da merkte Göbbs, dass er die Luft angehalten hatte. Vorsichtig, als könne der sich hebende Brustkorb die Bestie zu einem Angriff verleiten, atmete Göbbs ein, ganz flach und nur ganz wenig Luft.

»Churchill! Aus!«, rief die Frauenstimme, die er eben schon vernommen hatte. Göbbs traute sich, den Blick von der Bestie zu heben und kurz zum oberen Ende der Treppe huschen zu lassen. Dort stand eine zirka dreißigjährige Frau in einem hochgeschlossenen Kleid und im Endstadium einer Schwangerschaft ihrem Leib zufolge. *Unzweifelhaft die Gräfin*, schlussfolgerte Göbbs aus Auftreten und Ausstrahlung und fokussierte seine Aufmerksamkeit wieder auf den Hund.

»Churchill!«, wiederholte die Frau in einem vergeblichen Versuch, noch strenger zu wirken. »Aus!« Die Bestie reagierte nicht.

»Ach verdammt«, rief die Gräfin jetzt ärgerlich. »Adolf! Aus!« Der Dobermann beendete seine Bell-Orgie, setze sich vor Göbbs auf den Boden und ließ keinen Blick von ihm. Irgendwo im Inneren seines Brustkorbes entstand ein tiefes Grollen, das nach oben stieg, aber scheinbar nicht die Kehle erreichte. Nur die Lefzen über dem linken Reißzahn hoben sich ein wenig.

Erst jetzt atmete Göbbs tief durch und wandte den Blick endgültig von Churchill-Adolf zu der Gräfin. Hoheitsvoll schritt sie die Treppe herab, blieb drei Stufen über Göbbs stehen und musterte ihn von oben bis unten.

»Walter, bringen Sie Churchill in seinen Zwinger.«

»Sehr wohl, gnädige Frau.«

Walter, der einbeinige Butler, war genau hinter der Gräfin gewesen und nun gezwungen, um sie herum die Treppe herabzusteigen. Er zog eine Leine aus seiner Hosentasche, befestigte sie am Halsband und zog den Hund zur Tür, dabei bewundernswert geschickt mit seinen Krücken hantierend. »Komm schon, alter Kläffer!«, knurrte er dabei.

›*Wenn der Einbeinige jetzt* »Bei Fuß!« *sagt, schmeiß ich mich weg*‹, meldete sich unpassender Weise die Großvater-Stimme.

Es fiel Göbbs ausgesprochen schwer, nicht loszuprusten. Die Tür schloss sich hinter den beiden. Die Gräfin hüstelte und legte ihre Hände auf den Bauch.

»Nun?« Sie hob die Augenbrauen und ihre linke Hand streichelte die Wölbung ihres Leibes, als wolle sie das Kind darin beruhigen. »Sie haben mir etwas mitgebracht?«

»Ich komme aus Augsburg. Der Pfarrer der Christus-Erlöser-Kirche hat mir einen Strauß Lavendel für Sie mitgegeben.«

»Pater Gerhardt. Wie nett von ihm.«

So einen primitiven Test hatte er in den letzten Tagen doch schon einmal über sich ergehen lassen müssen. Göbbs schüttelte innerlich den Kopf.

»Pater Schandorff, gnädige Frau.«

Sie sah ihn einen Moment an. »Gut. Sie müssen das Benehmen von Churchill entschuldigen, Herr …?«

»Göbbs, Hauptmann Göbbs.«

»… Herr Hauptmann«, ergänzte die Gräfin ihren letzten Satz. »Folgen's mir halt in den Salon, junger Mann.«

›*Junger Mann? Du bist älter als diese Dame.*‹

Bin ich nicht, protestierte Göbbs. *Ich bin dreißig, sie ist garantiert älter.*

»Churchill hat sich noch nicht an seinen neuen Namen gewöhnt, Herr Hauptmann.« Sie sprach ein bayerisch eingefärbtes Hochdeutsch, so dass Göbbs sich lange nicht so viel Mühe machen musste wie bei Meuselhuber, um sie zu verstehen. Nur ab und an rutschte ihr eine mundartlich eingefärbte Wendung in den Satz.

»Seinen neuen Namen?« Göbbs war irritiert.

»Er hieß Adolf, seit wir ihn haben. Das sind jetzt fast sechs Jahre.« Im Salon eingetroffen nahm sie eine Glocke vom Tisch und läutete. »Und angesichts der militärischen Lage schien es uns besser, ihn in Churchill umzubenennen.«

›Das ist jetzt nicht wahr!‹ Die Großvater-Stimme klang fassungslos.

Göbbs wusste nicht, was er dazu sagen sollte, wurde aber durch das Eintreffen des Hausmädchens einer Antwort enthoben.

»Anne. Der Hauptmann muss nach Berchtesgaden. Du kennst den Weg. Mach dich fertig und hole ihn hier ab, wenn du soweit bist.«

Das Hausmädchen nickte und verschwand wieder.

»Entschuldigung, gnädige Frau. Ich muss zum Ingenieur Steinbauer.«

Wieder wanderten die Augenbrauen der Gräfin nach oben. »Sie müssten wissen, dass wir keine zwei Personen hintereinander über dieselben Stationen des Netzwerkes schicken.«

Göbbs nickte. »Aber Pater Schandorff hat mich auch hierher geschickt.« Er holte das Schreiben Bormanns aus der Tasche und begann von den letzten Tagen zu berichten, wie er mit Steinbauer aus Berlin aufgebrochen war, sie in Friedrichroda noch Pläne aufgenommen hatten, über Langensalza abgeschossen wurden und wie er sich zwischen deutschen und amerikanischen Truppen ein Flugzeug stahl und damit nach Augsburg fliehen konnte. Auch von Köppe erzählte er, änderte den Zwischenfall mit den Feldjägern jedoch derart, dass diese Köppe erschossen, als der SS-Mann mit dem LKW durchbrach und beide getötet hatte.

Die Gräfin schwieg einen Moment. Dann drehte sie sich zur Anrichte. »Etwas zu trinken, Herr Hauptmann? Einen Cognac?«

»Gern, gnädige Frau.« Göbbs merkte, dass die Gräfin nachdachte und wollte ihr Zeit lassen.

»Sie müssen so schnell wie möglich weg hier.« Sie reichte ihm einen Cognacschwenker mit der bernsteinfarbenen Flüssigkeit darin.

»Ich muss zu Steinbauer.«

Die Gräfin nickte und nahm selbst einen winzigen Schluck Cognac.

»Der ist schon auf dem Weg in den Süden.«

»In die Alpen-Festung?«

Jetzt lachte sie laut auf. »Goebbels' Propaganda war so gut, dass alle glauben, hier beginne der befestigte Raum und kein Amerikaner werde je seine Füße in die Alpen setzen. Glauben's wirklich den Schmarrn? Hier ist nix mit Alpen-Festung. Die existiert nicht, hat nicht existiert und wird es auch nicht. Sie als Militär müssten doch die Rest-Wehrfähigkeit unseres tausendjährigen Reiches einschätzen können. Würde ich meinen Hund sonst Churchill nennen?

In Italien treiben Amerikaner, Brasilianer und Inder die Wehrmacht genau so vor sich her, wie es hier in Deutschland die Amis, Briten und Franzmänner machen. 's ist nur eine Frage der Zeit, bis General von Vietinghoff dort unten kapituliert – womöglich noch bevor die Russen Berlin eingenommen haben werden.«

Sie setzte sich an ein Pult neben der Anrichte und begann, einen Brief zu schreiben. »Dann machen wir das anders. Ein stummer Franziskanermönch, das ist es, was Sie sein werden. Ich lasse Sie von Anne in das Kloster unseres Heiligen Vaters bei Ruhpolding bringen. Anne bereitet den Wagen vor. Spätestens übermorgen können's von da aus nach Italien aufbrechen. Bruder Justitian wird Sie begleiten. Wenn's Glück haben, werden's

Steinbauer einholen, bevor Sie in der Abtei Maria Hilf in Schlanders in Südtirol eintreffen. Justitian wird einen weiten Bogen nach Westen machen müssen, damit's den Russen aus dem Weg gehen. Aber das ist seine Sache.« Sie stand auf, faltete den Brief, steckte ihn in einen Umschlag und klebte diesen zu. Dann sah sie Göbbs an. Im selben Moment betrat Anne den Raum. Sie hatte ihr Hauskleid gegen Hose und Lederjacke getauscht.

»Planänderung Anne. Es geht nicht nach Berchtesgaden, sondern ins Kloster nach Ruhpolding.«

Anne nickte und die Gräfin fuhr, an Göbbs gewandt, fort: »Man wird Sie nicht anhalten, hier. Man kennt meinen Wagen und lässt mich fahren.« Erneut schwieg sie einen Moment. »Sie haben gedacht, Ihre Reise endet hier in den Alpen?«

Göbbs nickte wortlos. Wohin sollte sich das noch alles entwickeln, wenn es hier in den Alpen nicht endete? Zwischen Russen und Amerikanern hindurch nach Südtirol? Und dort den aus Süden kommenden Truppen in die Arme? Das war so nicht geplant. Er hatte Steinbauer einkassieren, den Briten ausliefern, ihnen vielleicht noch einige Verteidigungsstellungen in den Alpen benennen und dann diesem Krieg den Rücken kehren wollen. Selbst nach dem Gespräch in Langensalza war er noch von einem Auftrag ausgegangen, der in einigen Tagen erledigt wäre. Und jetzt?

»Ihre Reise ist noch lange nicht zu Ende, Hauptmann Göbbs. Wenn's den Steinbauer begleiten, dann haben's noch mehrere tausend Kilometer vor sich.« Sie lächelte leicht, als sie Göbbs' verdutztes Gesicht sah. »Keine Angst. Sie schaffen's. Sie sind nicht der Erste und werden nicht der Letzte sein. Bischof Hudal wird seine Fühler ausstrecken und Ihnen von Schlanders aus weiterhelfen.«

»Bischof … der Heilige Stuhl hilft?« Er biss sich auf die Zunge.

›Wundert dich das wirklich, Junge? Dann musst du dich fragen, ob du bisher blind durch diese kaputte Welt gelaufen bist.‹

»Oh«, die Gräfin lächelte noch mehr und Göbbs kam nicht umhin, sie sehr sympathisch zu finden, »nicht der ganze Heilige Stuhl. Aber ein paar … nun gut, eine ganze Reihe hochgestellter Mitglieder der Kurie schon.« Ihre schönen Augen blitzten. »Unsere Verbindungen gehen weiter, als so manch einer zu denken wagt.«

»Das glaube ich«, sagte Göbbs.

›Das befürchte ich‹, flüsterte die Großvater-Stimme.

Sie zwinkerte ihm zu. »Ihr Kennwort wird *Götterdämmerung* sein.«

»Götterdämmerung«, antwortete er leise. Kleiner ging es wirklich nicht.

Wie betäubt folgte Göbbs Anne in den Wagen. Mehrere tausend Kilometer?

Ihm fielen Gerüchte von Nazi-Zufluchten in Afrika ein. Sollte es dahin gehen? Oder nach Südamerika?

12

23. April 1945, Führerhauptquartier, nordöstlich der Reichskanzlei, Berlin

»Wir gehen vor, wie wir es abgesprochen haben, mein lieber Goebbels.«

»Ja, mein Führer.«

»Ich habe hier mein politisches Testament. Dönitz wird mein Nachfolger werden. Noch ist aber nicht die Zeit, es weiterzureichen.« Hitler atmete tief durch und legte die Mappe mit den Papieren auf seinen Schreibtisch. »Haben Sie für sich, Magda und die Kinder alles vorbereitet?«

Joseph Goebbels nickte ohne Worte. Er wusste seine Frau und die Kinder hier unten in Sicherheit, noch.

»Dann verfahren Sie nach Plan. *Operation Romulus* muss gelingen!« Der Führer reichte dem Reichsminister für Volksaufklärung und Propaganda die Hand. Minutenlang sahen sich die beiden eng Vertrauten in die Augen.

»Wir haben gemeinsam viel durchgemacht, Joseph.« Hitlers Stimme war nur mehr ein Krächzen im Vergleich zu seinem weittragenden Organ aus der Anfangszeit der Bewegung. Wieder nickte Goebbels wortlos.

»Das Deutsche Reich wird auch nach meinem Tod weiter bestehen. *Operation Romulus* ist der Garant dafür.«

Sechs Tage später fuhr ein Wagen vor. Acht Menschen in Handschellen wurden aus dem Wagen geführt, ein Mann, eine Frau und sechs Kinder – fünf Mädchen und ein Junge – die Köpfe mit Säcken vermummt. Bewaffnete führten sie in den Führerbunker, nachdem zuvor der Weg zu Goebbels' Räumen von unliebsamen Zeugen frei geräumt wurde. Während drinnen den Gefangenen die Säcke von den Köpfen genommen wurden, fuhr der wieder voll besetzte Wagen davon, eines der letzten deutschen Flugzeuge erreichend, das Berlin verlassen konnte. Im Wagen saßen neben dem Fahrer ein Mann, eine Frau und sechs Kinder, fünf Mädchen und ein Junge … ohne dass ihre Köpfe vermummt gewesen wären: Joseph Goebbels verließ mit seiner Familie Berlin.

Am nächsten Tag erschoss sich Adolf Hitler. Wieder einen Tag später, als Göbbs in den Ötztaler Alpen bereits um sein Überleben kämpfte, wurden die Kinder, die das Zimmer der Goebbels seit ihrer Ankunft nicht verlassen hatten, durch Oberst Draeger vergiftet. Oberst Draeger war ein enger Vertrauter des Leiters der *Operation Romulus* und mit der Durchführung der beiden Aktionen in Berlin betraut worden. Anschließend verließ der Oberst mit zwei Erwachsenen das Zimmer und den Führerbunker. Die Begleiter Draegers wurden von verschiedenen Insassen des Bunkers gesehen und als Joseph und Magda Goebbels erkannt. Außerhalb des Bunkers ließ Draeger alle Soldaten im Umkreis wegtreten. Als er sicher war, von niemandem gesehen zu werden, gab er den beiden Personen je eine Zyankali-Kapsel. Ohne sich zu wehren, nahmen diese das Gift. Obwohl die Dosis gleich war, wirkte sie bei dem Mann und der Frau unterschiedlich schnell. Der wie Joseph Goebbels aussehende Mann stöhnte und fiel wie von einem Knüppel getroffen zu Boden. Er krümmte sich noch einmal, dann lag der Körper still. Die wie Magda Goebbels aussehende Frau hingegen quälte sich mehrere Minuten. Sie stürzte vornüber, schrie, schlug die Hände vor dem Bauch, ihre Augen wurden groß und sie riss, im Bestreben Luft zu holen, den Mund auf. Dann erbrach sie sich, drehte sich auf die Seite, zog den Körper zusammen, die Knie an die Brust, schrie erneut gepeinigt, röchelte. Draeger schüttelte schließlich den Kopf, hielt der Wimmernden seine Pistole an die Schläfe und schoss. Im selben Moment schüttelte aber ein weiterer Krampf die Sterbende, sie riss den Kopf zurück und so schmetterte die Kugel nur ein großes Stück Knochen aus ihrer Stirn, bevor sie in den Boden unter ihr einschlug. Draeger konnte das jetzt frei liegende Gehirn erkennen.

»Scheiße«, knurrte er. »So eine Schweinerei.« Er fixierte den Nacken der Frau mit seinem Stiefel, setzte die Pistole erneut an und drückte ab. Der Körper unter ihm zuckte noch einen Moment, bevor die letzte Bewegung erstarb. Draeger schoss auch dem Mann in den Kopf, legte ihm dann die Pistole in die Hand und ging die beiden Wachsoldaten holen, die hinter dem Bunkereingang standen. Weisungsgemäß würde er die Leichen verbrennen und sich dann südwärts absetzen. Alles war vorbereitet.

Drei Tage zuvor hatte er versucht, sich in den Nordosten Berlins, nach Reinickendorf durchzuschlagen, um den ersten Teil seines Auftrages zu erledigen. Auf Grund der Kämpfe in diesem Bereich war ihm das jedoch nicht gelungen. Dieser Teil seines Auftrages war unerledigt geblieben – vorerst. Mann musste abwarten. Der Arm, den die *Operation Romulus* ausstreckte, war lang und reichte weiter, als so manch einer glauben mochte.

13

23. April 1945, Zentrale A der Operation Romulus, Coburg, Bayern

»Sagen Sie mir einfach, dass Wegberg unterwegs ist, um diesen Göbbs auszuschalten!« Generaloberst Knopflers Stimme hallte durch den Raum, dass man fast befürchten konnte, die Amerikaner über ihnen in Coburg würden hören, was hier, viele Meter unter ihren Füßen, vonstattenging. Knopfler hatte dem Beratungstisch den Rücken zugekehrt und betrachtete den van Gogh an der Wand. Er liebte dieses Bild und egal, was in Zukunft passieren würde, dieses Bild würde er retten, dafür hatte er gesorgt. Und wenn man die deutsche Idee, das deutsche Wesen durch ein Vorhaben wie die *Operation Romulus* retten konnte, eine Operation, die seit über zehn Jahren vorbereitet worden war, dann sollte man doch auch in der Lage sein, einen einzigen van Gogh für sein Schlafzimmer zu retten.

So lange ihm nicht Leute wie dieser Göbbs in die Quere kamen. Auch wenn der wohl noch gar nicht ahnte, mit wem er sich anzulegen im Begriff war.

Er fuhr herum und starrte Oberst Scharfschwerdt an. »Nun? Scharfschwerdt? Ist Wegberg unterwegs, um unser Problem zu lösen?«

Der Oberst nickte. »Ja, Herr Generaloberst. Wegberg konnte mit Hilfe unserer Kontakte relativ problemlos aus der amerikanischen Kriegsgefangenschaft ausgelöst werden.«

»Relativ problemlos?«

»Die Amerikaner sind überfordert, was die Menge an Kriegsgefangenen angeht. Wir haben eine kleine Revolte im Lager organisiert. Ein Zaun wurde gestürmt und Wegberg konnte fliehen. Allerdings hat es Verluste gegeben. Die Amerikaner haben ihre Waffen eingesetzt, um die Lage wieder unter Kontrolle zu bringen.«

Knopfler winkte mit der Hand ab. »Uninteressant. Wegberg ist also unterwegs. Und wo genau?«

»Er könnte heute oder morgen in Augsburg eintreffen. Dann würden wir erfahren, über welche Knoten des Netzwerkes Göbbs in den Süden geschleust wird. Momentan haben wir leider nicht zu allen Knoten Kontakt. Südfrankreich zum Beispiel ist komplett ausgefallen. Einige Knoten in Italien sind nicht erreichbar. Zu den Knoten in Wien, Linz, Bratislava und St. Pölten fehlt seit Tagen eine Verbindung. Da werden die Russen ordentlich gewütet haben, Herr Generaloberst. Die Lage ist … nun etwas diffizil.«

»Diffizil? Sie nennen die Lage dort draußen«, Knopfler winkte mit der linken Hand nach oben, »diffizil? Ich will Ihnen mal was sagen, Scharfschwerdt. Die Lage ist nicht diffizil. Die Lage ist beschissen! Äußerst beschissen. Das ist ein riesiger, ein gewaltiger Haufen Judenscheiße, der gerade über Europa ausgekübelt wird.« Er schwieg einen Moment in dem verzweifelten Versuch, eine weitere Steigerungsform zu finden. Dann schüttelte er den Kopf. »Dort oben«, wieder diese Bewegung mit der linken Hand, »geht gerade alles den Bach runter, wofür wir seit ’33 und vorher gekämpft haben. Aber seit über zehn Jahren bereiten wir uns darauf vor, dass so etwas wie da oben passieren kann. Seit zehn Jahren! Also erzählen Sie mir nichts von diffizilen Lagen und abgebrochenen Kontakten, sondern besorgen Sie mir die entsprechenden Informationen. Ist das klar?«

14

24. April 1945, Christus-Erlöser-Kirche, Augsburg, Bayern

Als es am frühen Morgen an der Kirchentür klopfte und Pater Schandorff im Dämmerlicht zur Tür schlurfte, um diese zu öffnen, schmerzte seine Schusswunde aus dem Ersten Weltkrieg wieder. Er hob den rechten Arm, um die Schulter beweglicher zu machen, und rieb mit der linken Hand, die er unter das Hemd geschoben hatte, über die Narbe an der rechten Schulter.

»Ja doch«, rief er von innen dem ungeduldigen Klopfer an der Tür zu und zog den Riegel zurück, den er selbst vor einigen Wochen angebracht hatte, nachdem ihm das Schloss gestohlen worden war.

»Guten Morgen«, sagte er, als er die Tür ein kleines Stück öffnete und hinauslugte. Er erwartete, einen der vielen Bittsteller zu sehen, Strandgut des Krieges, das die Wirren der Kämpfe an seiner Kirche vorbeitrieb. Oder jemanden, den er mithilfe des Netzwerkes nach Süden schicken musste.

»Pater Schandorff?«

»Ja. Und …«

Der Fremde rammte seine Schulter gegen das Türblatt, das aufflog und Pater Schandorff gegen die Nase krachte.

Schandorff fühlte das Knacken seines Nasenbeines beim Brechen durch den ganzen Kopf hindurch. Er taumelte einen Schritt zurück und riss die Hände vor das Gesicht. Der Fremde trat durch die offene Tür, zog sie sacht hinter sich zu, schob den Riegel vor und drehte sich zu dem Pfarrer um, der beide

Hände an seine Nase presste. Blut trat zwischen den Fingern hervor.

Von der nächsten Aktion bekam Schandorff nur ein kurzes, metallisches Aufblitzen mit, dann bohrte sich ein silbernes Stilett in sein rechtes Schultergelenk. Der Arm wurde sofort bewegungsunfähig. Schandorffs Schrei wurde durch einen leichten Handkantenschlag seitwärts gegen den Kehlkopf abgebrochen. Der Fremde hielt das Stilett, dessen Klinge sich in der Schulter des Pfarrers befand, und drängte ihn durch den Kirchenraum nach hinten in die abgetrennte Wohnung. Schandorff keuchte, Blitze zuckten vor seinen Augen und grässliche Schmerzwellen rasten von der Schulter ausgehend durch seinen Körper. Die Frage, was der Fremde beabsichtigte, stellte sich ihm nicht. Er wollte, dass diese Schmerzen nachließen.

Der Eindringling drängte ihn auf den einzigen Stuhl, der vor dem Holztisch stand, zog mit einem Ruck das Stilett aus der Wunde und machte sich dann, ohne ein Wort zu verlieren, daran, die Unterkunft des Pfarrers zu durchsuchen. Besonderes Augenmerk schenkte er den Inhalten der Kirchenbücher, des Taufregisters, der persönlichen Aufzeichnungen und der anderen Bücher und Hefte, die Schandorff durch den Krieg hatte retten können. Jedes so durchsuchte Buch landete auf dem Fußboden vor dem Pfarrer, der nach vorn gebeugt mehr auf dem Stuhl kauerte als saß, die Hand vor die Schulter gepresst, das Blut aus der Nase auf den Boden tropfen lassend. Rund um die Einstichstelle rötete sich der Stoff des Hemdes. Der rechte Arm blieb bewegungslos. Irgendetwas musste der Fremde dort im Schultergelenk unwiederbringlich zerstört haben.

»Was …«, röchelte er. »Was woll'n Sie?«

Der Eindringling scherte sich nicht um den Verletzten, sondern durchsuchte weiter systematisch und gründlich die Bücher. Als das Regal leer war, wandte er sich dem Bett des Pfarrers zu, seinen wenigen Habseligkeiten. Er klopfte die Dielen um das Bett herum ab, als erwarte er, darunter versteckte Fächer zu finden. Schlug sogar mit der Rückseite des Stiletts auf die Steine, die den Fußboden der Küchenecke bildeten. In einem Topf fand er ein paar Kartoffeln, die sich Schandorff am Vortag gekocht hatte. Er begann sie zu essen, ohne seine Untersuchung der Wohnung zu unterbrechen. Erst als er sicher war, nichts übersehen zu haben, wandte er sich an den Verletzten. Dabei wischte er sich die Hände mit einem Lappen ab, den der Pater in der Küche liegen gehabt hatte.

»Keine Unterlagen also über das Netzwerk hier?«

»Welches Netzwerk?« Die Stimme Schandorffs klang schwach.

»Keine Spielchen!« Die Spitze des Stiletts blitzte vor dem Auge des Pfarrers auf, verharrte aber wenige Millimeter vor dem Augapfel, ohne zu zittern. Langsam beschrieb sie einen Kreis, gerade so groß wie der Augapfel.

»Was sich in ein Schultergelenk bohren kann, geht auch in ein Auge. Wo sind die Unterlagen über das Netzwerk?«

»Ich habe keine Unterlagen!« Die Laute klangen nasal auf Grund seiner gebrochenen Nase. Er stöhnte und sprach langsam. Gleichwohl spuckte er seinem Angreifer die Worte förmlich entgegen. »Es gibt keine Aufzeichnungen. Was meinen Sie denn? Dass wir hier alles lagern, bis die Amis oder Briten kommen und sich daran bedienen können?«

»Wo haben Sie Göbbs hingeschickt?«

»Welchen Göbbs?«

Wie an einem Scharnier befestigt, klappte die Klinge des Stiletts nach unten und wurde von dem Fremden in den Oberschenkel des Paters gerammt. Dabei hielt dieser den Griff der Waffe fest umklammert. Gleichzeitig presste er Schandorff den schmutzigen Lappen auf den Mund, den dieser aufriss, um seinen Schmerz herauszubrüllen. Mit der Linken versuchte der

Pater, die Hand mit der Waffe von sich wegzuschieben. Als der Fremde jedoch begann, das Stilett in der Wunde zu drehen, riss Schandorff die Hand zurück und versuchte, dem Angreifer mit den Augen verständlich zu machen, dass er sich nicht wehren würde. Der Fremde stoppte seine Bewegung, behielt aber sowohl Hand als auch Stilett da, wo sie waren.

»Wo ist Göbbs?« Er nahm den Lappen vom Mund des Paters und sah ihn an.

»Der … der Hauptmann«, Tränen des Schmerzes traten in die Augen des Geistlichen, »ist mit einem SS-Offizier unter …« Er hustete. Blut aus der gebrochenen Nase und Speichel liefen ihm am Kinn herunter.

»Wohin?« Der Fremde verstärkte den Druck auf die Klinge. Schandorff riss den Kopf hoch und keuchte.

»Ich weiß es nicht.«

Mit einem hässlichen Geräusch wurde die Klinge herausgerissen. Blut pulste aus der Wunde und Spritzer von der Klinge landeten sowohl in Schandorffs Gesicht als auch in dem seines Angreifers. Die Augen des Fremden glänzten, als er die Spitze des Stiletts auf den Solarplexus seines Opfers setzte und sie problemlos durch das Hemd bis unter die Haut drang.

»Ich werde die Klinge jetzt bis zum Griff in dir versenken. Ganz langsam. Bis du mir sagst, über welche Knoten des Netzwerkes du Göbbs und seine SS-Begleitung nach Süden geschickt hast.« Langsam drückte er die Klinge Millimeter für Millimeter in den Körper seines Opfers. Dieser, zu schwach, um sich zu wehren, schrie in den Lappen, den sein Peiniger ihm wieder auf den Mund gepresst hatte. Bis der Angreifer plötzlich Worte durch den Lappen zu vernehmen glaubte. Er stoppte die Bewegung des Stiletts und senkte den Lappen.

»Prien … Chiem… Chiemsee … Prien … Gräfin zu Pilli… Pilkristhal.«

»Na also.« Er drehte das Stilett ein wenig mit der Spitze nach unten und stieß es mit einer kräftigen Bewegung bis zum Schaft in den Körper. Ganz langsam, als genieße er es, zog er die Waffe aus dem zuckenden Leib, der danach zu Boden glitt und auf den Büchern zu seinen Füßen liegen blieb, stöhnend, zitternd, schwer atmend und blutend.

Der Fremde zog Streichhölzer aus der Tasche und zündete die Bücher auf dem Fußboden an.

»Endlich brennen wieder Bücher«, knurrte er. Als die Flammen um sich griffen, schmiss er die Decke vom Bett des Geistlichen auf das Feuer, zog Bett und Tisch näher an den Brandherd und legte den Stuhl vorsichtig auf den Pater, dessen Haare zu brennen begannen. Dann verließ er die kleine Wohnung, verfolgt von den spitzen Schreien des Schwerverletzten, der in den brennenden Büchern lag.

Hinter ihm griff das Feuer schnell um sich und als er ein paar Straßenzüge weit weg war, stand die Kirche in hellen Flammen.

15

26. April 1945, Zentrale A der Operation Romulus, Coburg, Bayern

»Er hat was?«

»Der Augsburger Knoten ist tot. Der Pfarrer ist nicht aufzutreiben und die Kirche ist abgebrannt.

»Das hat Göbbs getan?«

Scharfschwerdt schwieg und blätterte hektisch in den vor ihm liegenden Papieren.

»Nun, nach unseren Informationen war Göbbs um den 20. April zusammen mit einem Arzt aus dem Ravensbrücker Lager in der Kirche. Danach stand die Kirche noch. Jetzt ist sie verbrannt und der Pfarrer verschwunden. Der Netzwerkknoten ist tot.«

»Heißt das, dass Wegberg Göbbs dort erwischt hat? Nun mal Butter bei die Fische, Scharfschwerdt, und lassen Sie sich nicht jeden Fakt einzeln aus der Nase ziehen!«

»Eher nicht, Herr Generaloberst. Höchstwahrscheinlich nicht. Aber wir wissen es nicht genau. Wegberg müsste vor zwei oder drei Tagen in Augsburg gewesen sein.«

»Also hat Ihr Wegberg den Knoten ausgeschaltet? Ja Herrgott, wieso das denn?«

»Ich weiß es nicht, Herr Generaloberst.«

Knopfler sprang auf, drehte eine Runde um den Tisch und blieb wieder vor dem van Gogh stehen. Wie schön, dass es solche Kunstwerke auf der Welt gab, da konnte man glatt all den Müll da draußen vergessen.

»Und der Spion, Göbbs, wo ist der?«

»Auf Grund der Negativ-Meldung anderer Knoten können wir seinen Weg in etwa nachverfolgen. Er ist mit großer Wahrscheinlichkeit über München oder den Chiemsee in Richtung Südtirol unterwegs. Wo genau er aber ist, können wir im Moment nicht sagen.«

»Können Sie überhaupt etwas genau sagen, Scharfschwerdt? Irgendetwas?«

»Wegberg wird dranbleiben, Herr Generaloberst. Egal was passiert, Wegberg bleibt dran.«

»Ja, aber er soll es sich nicht zur Gewohnheit machen, unsere Knoten auszuschalten, wenn er es denn war und nicht vielleicht doch Göbbs.«

16

27. April 1945, Prien am Chiemsee

Gräfin Charlotte Henriette Alberta von und zu Pilkristhal schreckte hoch. Churchill hatte angefangen zu knurren. Der Hund lag im Bett zu ihren Füßen. Sie sah zum Fenster. Es dämmerte. Im Haus war kein Geräusch zu hören. Es musste nach sieben sein, also noch fast eine Stunde Zeit, bevor Anne mit dem Morgentee kommen würde.

Churchill hob den Kopf und sah zur Tür, die Ohren gespitzt, aufmerksamer Blick. Wieder entstand tief in seinem Brustkorb ein Grummeln, dessen Vibrationen über die Matratze bis zur Gräfin übertragen wurden. Dann hoben sich die Lefzen und Churchill sprang aus dem Bett, stellte sich vor die Tür und knurrte, deutlich und laut dieses Mal.

»Churchill? Ist da jemand?« Natürlich würde sie auf diese Frage keine Antwort bekommen, keine jedenfalls, die aus Worten und Sätzen bestand. Das Verhalten des Dobermanns jedoch war ihr Antwort genug.

»Sind die Amis schon da?« Dass würde sie wundern. Am Tag zuvor waren zwei Kompanien eines Gebirgsjäger-Ersatz-Regiments in Prien angelangt. Der Kommandant hatte sich bei ihr kurz vorgestellt und um Verpflegung für seine Leute gebeten. Er hatte von einem Chaos Wallensteinscher Prägung gesprochen, das zurzeit im hiesigen Bereich der Wehrmacht herrschte. Allein an diesem Tag hatte er fünf verschiedene Befehle von vier verschiedenen Stellen bekommen. Keiner von den Befehlen war auch nur ansatzweise ausführbar gewesen. Es schien ein Durcheinander von Kompetenzen zu geben, Dienstvorgesetzte setzten sich gegenseitig ab, standrechtliche Erschießungen waren an der Tagesordnung.

Er hatte jetzt vor, sich gemäß den ursprünglichen Befehlen seines Regimentskommandeurs nach Rosenheim und Bad Tölz abzusetzen, um den Zugang zur Kernfestung Alpen zu verteidigen. Über Nacht wollten sie aber in Prien bleiben und lagerten in der Schule. Wären die Amerikaner einmarschiert, hätte der »verteidigungswillige« Major, dessen Namen sie schon wieder vergessen hatte, seine Truppen garantiert nicht ohne einen einzigen Schuss in die Gefangenschaft geführt. Und das hätte sie gehört.

Das Baby reagierte auf die ungewohnte Störung mit einer heftigen Bewegung, die ihr fast die Luft nahm. Sie atmete tief durch und legte eine Hand auf den Bauch. »Ganz ruhig, Kleines.« Dann stand sie auf. »Mein Gott. Ich bewege mich wie ein Walfisch«, murmelte sie.

Es könnte auch jemand von den Soldaten in das Haus eingedrungen sein, auf der Suche nach Nahrungsmitteln, Gold oder anderweitigen Vergnügungen. Oder Landstreicher. Oder Deserteure. Sie nahm die Luger aus dem Fach ihres Nachtschrankes – eine »Versicherung für einsame Nächte«, wie ihr Mann, der Graf, meinte, bevor er an die Front ging und relativ schnell in französische Gefangenschaft geriet, wo er sich auch heute noch befand.

»Dann mal los, Churchill. Sehen wir nach den bösen Buben.« Sie öffnete die Tür und Churchill schoss bellend davon. Er verschwand in der Dämmerung des Hauses. Die Gräfin hörte, wie er die Treppe herabstürmte, unten stehen blieb und einen Radau wie eine ganze Jagdmeute machte. Sie lud die Luger, entsicherte sie und lief, die Waffe am ausgestreckten Arm vor sich haltend, um die Empore herum bis zur Treppe.

Unten sah sie Churchill, der vor einer bewegungslos auf dem Boden liegenden Gestalt einen wahren Tanz aufführte. Im Dämmerlicht konnte sie keine Einzelheiten erkennen und der Strom war abgestellt, so dass sie auch kein Licht machen konnte. Sie schritt langsam die Stufen herab, die Waffe sichernd nach links und rechts schwingend.

»Warst du das, Churchill?« Dann lauter: »Walter?! Anne!«

Niemand reagierte. Wo waren die, wenn man sie mal brauchte?

Auf der vorletzten Stufe blieb sie stehen und schnappte nach Luft. Jetzt erkannte sie, vor wem Churchill bellte.

»Walter!«

Der Butler, angetan mit nicht mehr als einem dünnen Nachthemd, starrte aus großen, toten Augen zur Decke. Quer über seine Kehle verlief ein Schnitt, aus dem noch immer Blut lief. Die Krücken lagen mehrere Meter von ihm entfernt direkt an der Tür. Sie keuchte und die Pistole entfiel beinahe ihren Händen.

»Adolf«, flüsterte sie mit zitternder Stimme. »Komm her.«

Aus der Dunkelheit über ihr krachte ein Schuss. Churchill-Adolf wurde herumgerissen, schlitterte jaulend einen Meter über den marmornen Boden, eine Blutspur hinterlassend, und blieb einen Moment liegen. Dann versuchte er, wieder hochzukommen, konnte aber nur die Vorderbeine bewegen. Die Kugel musste seine Wirbelsäule zerschmettert haben. Der Dobermann winselte und kratzte mit seinen beiden Vorderbeinen über den blutverschmierten Marmor, um zu seiner Herrin zu gelangen. Eine halbe Minute war nichts außer diesem Winseln und dem Kratzen der Krallen auf dem Stein zu hören. Der Hund erzeugte bei seiner Vorwärtsbewegung eine breite, rote Schleifspur mit seinem Hinterleib, den er wie ein unnützes, nicht zu ihm gehörendes Stück Fleisch hinter sich herzog. Ein zweiter Schuss riss den Kopf des Dobermanns nach hinten und jede Bewegung erstarb.

Jetzt erst fuhr die Gräfin herum und feuerte schnell hintereinander vier Schüsse in die Dunkelheit der Empore.

»Daneben, Frau Gräfin. Und jetzt zielt meine Waffe genau auf Ihren Nachwuchs. Unabhängig davon, ob Sie also sterben, wenn ich Sie treffe, Ihren Nachwuchs werde ich unter Garantie erwischen. Also lassen Sie die Waffe fallen und kommen Sie wieder hoch!«

Die Gräfin korrigierte den Lauf ihrer Waffe etwas nach links, dorthin, wo sie die Stimme vermutete, und wollte ein weiteres Mal feuern, als die Stimme aus der Dunkelheit erneut ertönte. »Und noch etwas. Schauen Sie sich Ihren Einbeinigen an. Ich verhandele nicht. Ich bitte nicht. Ich ordne an. Ihr Hausmädchen Anne und Pfarrer Schandorff in Augsburg würden Ihnen das auch bestätigen, wenn sie es noch könnten. Also lassen Sie die Waffe fallen und kommen Sie hoch! Sofort!«

Langsam senkte sich der Lauf der Luger. Charlotte Henriette Alberta von und zu Pilkristhal legte die Waffe auf die Stufe vor sich und stieg langsam die Treppe hoch, die sie gerade herabgekommen war. Es schien ihr, als würde jeder Schritt, den sie tat, schwerer als der vorhergegangene sein.

Aus der Dunkelheit kam ihr ein fast schon dürr zu nennender Mann entgegen. Er hatte die Pistole, mit der er den Dobermann erschossen hatte, gegen ein silbernes Stilett eingetauscht. Damit wies er lässig auf einen Lehnstuhl, der neben einem winzigen Teetisch an der Wand stand.

»Setzen Sie sich, gnädige Frau. In Ihrem Zustand wollen wir Sie doch etwas schonen.« Ein unausgesprochenes »noch« hing in der Luft.

Der Gräfin zitterten die Knie, als sie sich so nah neben diesen Fremden setzte, der Churchill, Walter, wahrscheinlich Anne und wohl auch den Augsburger Pfarrer auf dem Gewissen hatte. Ihr Herz klopfte schmerzhaft irgendwo weit oben im Hals und die Handflächen waren feucht.

»Also, gnädige Frau. Über welchen Knoten haben Sie Hauptmann Göbbs nach Süden geschickt?«

»Ich weiß nicht, von wem Sie reden.« Ihre Stimme zitterte vor Angst.

Der Fremde schüttelte den Kopf. »Vielleicht noch einmal, gnädige Frau. Genauso wenig, wie ich verhandele, wiederhole ich meine Fragen.« Das Stilett hob sich ganz langsam zu ihren Augen. Die Spitze verharrte einen Moment nur wenige Zentimeter vor ihrem rechten Augapfel. Dann wanderte sie abwärts, berührte die vor Angst schweißfeuchte Haut ihres Halses, senkte sich weiter und die Spitze blieb am obersten Knopf ihres Nachthemdes hängen. Eine schnelle Bewegung und der Knopf verabschiedete sich in die Dunkelheit des Treppenhauses. Das Nachthemd klaffte auseinander und entblößte viel helle Haut. Mit der Spitze der Waffe half er nach und schnalzte anerkennend mit der Zunge, als sein Blick tief in das Nachthemd fiel. Sie keuchte und hob in einer Geste der Verzweiflung die Arme vor ihre Brüste.

»Keine Angst, Frau Gräfin. Jetzt passiert nicht, was Sie denken. In dieser Beziehung habe ich mich schon ganz ausführlich mit Ihrem Hausmädchen beschäftigt.« Er schwieg eine halbe Sekunde, um die Worte in sie einsickern zu lassen, damit die Gräfin auch wirklich den Inhalt der Botschaft verstand. Dann fügte er belustigt hinzu: »Wussten Sie, dass Anne ein Muttermal unterhalb des Bauchnabels hatte? Ungefähr hier.« Die Stilettspitze zeigte auf eine Stelle mehrere Zentimeter unter dem Nabel des gewölbten Bauches der Gräfin. Ihr schauderte, als sie realisierte, dass der Eindringling von ihrem Hausmädchen in der Vergangenheitsform sprach. Die Spitze des Stiletts wanderte wieder nach oben und setzte kurz über dem Bauchnabel auf. Sie bemerkte sofort, dass der Stahl den Stoff des Nachthemdes durchdrang und ihre Haut verletzte.

»In Bezug auf Ihren Zustand, Frau Gräfin, mache ich, was das Wiederholen der Fragen angeht, erstmalig eine Ausnahme. Schließlich sind Sie quasi zwei Personen, also kann ich eine Frage auch einmal wiederholen. Bin ja kein Unmensch.« Die Stimme des Fremden klang ruhig, als würde er einer Sekretärin einen Brief diktieren. »Deshalb noch genau einmal: Wohin haben Sie den Hauptmann geschickt? Welchen Weg schlägt er ein, nachdem er das Kloster erreicht hat, zu dem Anne ihn brachte?«

»Wel…« Sie hustete. »Welchen Hauptmann?«

»Ts ts ts«, machte der Fremde. »Da hat mir Ihr Hausmädchen aber ganz andere Dinge erzählt.« Ganz langsam versenkte er die Klinge im gewölbten Leib der schreienden Gräfin.

17

02. Mai 1945, Zentrale A der Operation Romulus, Coburg, Bayern

»Wie jetzt?« Das Hirn Generaloberst Knopflers weigerte sich einen Moment, die Information, die er gerade eben von Oberst Scharfschwerdt erhalten hatte, zu verarbeiten.

»Die Villa dieser Gräfin in Prien am Chiemsee ist abgebrannt«, wiederholte der Oberst. Scharfschwerdts Stimme klang schuldbewusst. »Man hat drei Leichen darin gefunden.«

»Erzählen Sie mir jetzt gerade, dass wir ... dass *Sie* Wegberg nicht mehr unter Kontrolle haben?«

Der Oberst wagte nicht, den Blick zu heben, schwieg, wühlte in seinen Akten, sortierte Papiere von einem Stapel auf den anderen.

»Wie sicher ist es, dass die Gräfin umgekommen ist?«

»Man hat die Leiche identifiziert. Sie war hochschwanger. Die beiden anderen, eine Frau und ein einbeiniger Mann, werden wahrscheinlich Personal der Villa gewesen sein.«

»Abgebrannt, sagen Sie?« Knopflers Stimme war leise, jedoch nicht vor Entsetzen über die Toten oder Ehrfurcht vor ihnen. Es schwang eher eine unausgesprochene Drohung im Raum. »So wie die Kirche in Augsburg?«

Wieder schwieg Scharfschwerdt, nickte aber.

Wie magisch angezogen stand Knopfler auf, drehte dem Tisch mit Scharfschwerdt seinen Rücken zu und betrachtete das Selbstbildnis van Goghs, auf dem er sich mit einer Staffelei unterm

Arm 1888 dargestellt hatte, auf einer Straße laufend, den dunklen Schatten links neben sich, im Hintergrund die Felder. Ein Strohhut schützte den Maler vor der Sonne.

»Außerdem haben wir eine weitere Information.« Scharfschwerdt war kaum zu verstehen.

»Nämlich?«, durchbrach Knopflers leise Stimme die Stille nach den Worten des Obersts.

»Es hat einen Brand und zwei Tote im Kloster unseres Heiligen Vaters bei Ruhpolding gegeben.«

»Noch einen Brand?« Generaloberst Knopfler vertiefte sich in das Bild des Malers vor sich an der Wand, Scharfschwerdt hingegen traute sich nicht, noch ein Wort zu verlieren.

»Drei Knoten unseres Netzwerkes«, flüsterte Knopfler und schwieg dann erneut.

»JA, WAS FÜR EINEN PSYCHOPATHEN HABEN SIE DENN DA LOSGELASSEN? SIE VOLLIDIOT!«, brüllte er dann plötzlich los. Der Ausbruch kam so überraschend aus der Ruhe des Raumes heraus, dass Oberst Scharfschwerdt zusammenzuckte und einen Teil der losen Blätter aus der vor ihm liegenden Akte vom Tisch riss. Knopfler hatte sich bei seiner Brüll-Attacke über den Tisch zu Scharfschwerdt gelehnt und die Hände auf die Tischplatte gedonnert. Speicheltropfen des Generaloberst waren Scharfschwerdt ins Gesicht geflogen, der sich nicht traute, seine Hände zum Schutz zu heben. Noch bevor die von ihm heruntergerissenen Blätter den Boden erreicht hatten, brüllte Knopfler weiter: »Dieser Typ hinterlässt ein Blutbad, wo immer er auftaucht. Er sollte den Spion ausschalten, nicht das Netzwerk lahm legen. Begreifen Sie das?«

»Ich … ich befürchte«, stotterte der Oberst, »wir haben wirklich die Kontrolle über ihn verloren. Aber vielleicht war es ja auch Göbbs. Wir wissen es nicht genau und einige Fakten deuten eher auf ihn als auf Wegberg.« Da war mehr Hoffnung als Überzeugung in seiner Stimme.

»Ach?« Jetzt troffen die Worte Knopflers vor Sarkasmus. »Sagte ich das nicht schon?« Jetzt richtete sich Knopfler wieder auf. »Dass es Göbbs war, glauben Sie doch selbst nicht mehr, Scharfschwerdt. Und deshalb werde ich das jetzt persönlich in die Hand nehmen. Klar?«

Er setzte sich an den Tisch und schlug seine eigenen Unterlagen auf, blätterte einen Moment darin. Scharfschwerdt hüstelte und Knopfler sah ihn an.

»Was?«

»Ich denke, wir haben da noch ein paar Informationen zu beachten.«

»Wenn Sie mir jetzt mit einem weiteren ausgeschalteten Knoten kommen, werfe ich Sie persönlich den Russen zum Fraß vor.«

»Nein«, hektisch wedelte Scharfschwerdt mit den Händen. Rote Flecken breiteten sich auf seinem Hals aus, der aus der bis oben zugeknöpften Uniformjacke quoll. »Wir haben Kontakt zum Kloster unseres Heiligen Vaters. Der Knoten ist nicht komplett ausgeschaltet. Und wir wissen jetzt auch, dass Göbbs definitiv dort war. Er ist mit einem Kurier nach Schlanders unterwegs. Welche Route sie allerdings nehmen, ist nicht bekannt. Sie kennen die Situation dort unten, Herr Generaloberst.

Ihr Ziel soll die Abtei Maria Hilf in Schlanders sein.«

Knopfler ließ die Worte einen Moment auf sich wirken, dann sah er fragend auf seinen Untergebenen.

»Welche Aufgabe hat Oberst Draeger im Moment?«

Scharfschwerdts Stimme merkte man an, dass er froh war, aus der direkten Schusslinie entkommen zu sein. »Er war mit der Goebbels-Aktion in Berlin betraut und befindet sich jetzt auf dem Weg zur Basis der *Operation Romulus*. Wenn alles nach Plan gegangen ist ...«

»Wovon wir dieses Mal ausgehen, denn das war *mein* Plan«, murmelte Knopfler leise, aber laut genug, um Scharfschwerdt einen Moment stocken zu lassen. Der schluckte und leckte sich über die Lippen, bevor er fortfuhr: »Draeger konnte diese Aktion in Berlin erfolgreich abschließen.«

Knopfler gönnte sich ein zufriedenes Durchatmen.

«Was allerdings nicht geklappt hat, war wohl die geplante Eliminierung des Göbbs-Kontaktes in Berlin-Reinickendorf. Dort war kein Durchkommen mehr für Draeger, nur Kämpfe und alles voller Russen.«

»War ja klar. Warum sollte auch nur eine einzige Ihrer Aktionen komplett und wie geplant verlaufen, Scharfschwerdt?«

Der Oberst fuhr mit zitternder Stimme fort: »Draeger müsste sich jetzt in Prag befinden.«

»Heißes Pflaster. Draeger soll sich mit ein paar seiner Leute sofort in Richtung Tirol auf den Weg machen und sich um das Göbbs-Wegberg-Problem kümmern. Ich will, dass er in die Abtei Maria Hilf in Schlanders geht, diese als Basis nimmt und dort, oder wo auch immer, sowohl Göbbs als auch Wegberg ausschaltet. Und wenn er die kompletten Scheiß-Alpen nach diesen beiden Psychopaten durchsuchen muss. Unverzüglich. Er soll seine besten Männer mitnehmen, dass das klar ist!« Er sah seinen Untergebenen an. »Werden Sie es schaffen, diesen einfachen Befehl an Draeger nach Prag weiterzuleiten?«

Scharfschwerdt nickte.

»Gut, Herr Oberst. Und ich will keine andere Meldung mehr hören, als die, dass beide tot sind. Verstanden? Beide!«

Wieder nickte Scharfschwerdt wortlos. Er traute sich nicht, seinem Vorgesetzten noch einmal den Vorschlag zu machen, die südlich der Alpen gelegenen Knotenpunkte über das Göbbs-Problem zu informieren. Die letzte Abfuhr hatte ihm gereicht. *Der Generaloberst wird sich da schon was bei denken.*

»Das Berliner Ziel«, flüsterte Knopfler, jetzt wieder mit Blick auf seinen van Gogh, »überlassen wir jemand anderem. Ich habe da schon eine Idee.«

18

05. Mai 1945, irgendwo in den Ötztaler Alpen, Südtirol

Das Wetter hatte ihnen einen Strich durch die Rechnung gemacht. Wahrscheinlich aber nicht nur ihnen. Irgendwann in den letzten Tagen hatten sie erfahren, dass die deutschen Armeen in Italien am 2. Mai kapituliert hatten. Generaloberst von Vietinghoff hatte Geheimverhandlungen mit den Amerikanern geführt und eine Millionen deutsche Soldaten vom Grauen des Krieges in die Gefangenschaft befehligt. Das hieße aber auch, dass die Südflanke des Deutschen Reiches jetzt offen stand und die amerikanischen Streitkräfte mit ihren Verbündeten ungehinderten Zugang zu den Alpen hatten. Sie könnten den deutschen Streitkräften, die die Alpen nach Norden verteidigten, in den Rücken fallen. Zu diesem Vormarsch aber kam es nicht, wohl auch wegen des Wetters. Wie ein zweiter Wintereinbruch fegten Schneestürme durch die Alpen. Der Schnee machte Pässe unpassierbar, versperrte Straßen, schnitt Ortschaften von der Außenwelt ab und blockierte das Vordringen der Alliierten in die Alpen, aber auch das Zurückweichen der deutschen Truppen.

Und das Wetter blockierte Johann Göbbs und Bruder Justitian. Bereits vier Tage saßen sie hier in der Kaunergrathütte in über zweitausendachthundert Metern Höhe fest. Der Plan von Bruder Justitian war, dass sie sich auf einem ihm bekannten Schmugglerpfad nach Graun durchschlagen wollten, eine Tour, die von hier einen, maximal zwei Tage – bei Übernachtung in der Weißkugelhütte auf der anderen Seite – dauern würde. Von Graun aus, einem kleinen Ort unterhalb des Berges, am Reschensee gelegen, wäre es ein »Katzensprung« nach Schlanders, kaum vierzig Kilometer. Justitian kannte in Graun einen Bauern, der sie mit einem Gespann in das Kloster gebracht hätte. Aber, wie Bruder Justitian nicht müde wurde zu wiederholen, das Wetter hatte ihnen einen Strich durch die Rechnung gemacht. Jetzt saßen sie in dieser Berghütte fest, zusammen mit zwei Deserteuren der Wehrmacht, die ohne Waffen einen Tag nach ihnen hier angekommen waren.

Bruder Justitian und Göbbs hatten eine Odyssee hinter sich, von der Göbbs glaubte, dass sie ihm nie jemand abkaufen würde, sollte er die Abenteuer der letzten Wochen nach dem Krieg irgendwann einmal in einem Buch veröffentlichen wollen. Göbbs hatte einige Tage im Kloster verbringen müssen, bevor sie aufbrechen konnten. Justitian musste Pilgerpapiere für ihn herstellen, immerhin wollten sie, so die offizielle Variante, nach Rom pilgern und um Frieden beten. Sie hatten einen Eselskarren genommen, vom Kloster aus bis nach Piding, einem winzigen Ort westlich von Salzburg. Von dort hatten sie sich aufgrund der Überredungskünste Justitians von einem LKW der Wehrmacht bis nach Bad Tölz mitnehmen lassen.

Die Gräfin hatte es ihm gesagt und Bruder Justitian hatte es noch einmal ausdrücklich bestätigt: er, Göbbs, sollte den stummen Franziskanermönch mimen. Das fiel ihm auch nicht schwer, denn erstens sprach Justitian viel, nicht für zwei, sondern eher für fünf Leute.

›An dem sind glatt drei Waschweiber verloren gegangen‹, hatte die Großvater-Stimme irgendwann angemerkt.

Und zweitens meldete sich die Großvater-Stimme immer dann, wenn Göbbs eigentlich etwas sagen wollte, aber zum Schweigen verdammt war. Wie an dem Abend in Bad Tölz, an dem Bruder Justitian für fast eine Stunde mit der Bäuerin aus der Küche verschwand, in der diese ihnen ein rustikales Abendbrot zubereitet hatte. Als die beiden zurückkamen, errötet und mit zerzausten Haaren, hatte sie Justitian zugeflüstert: »Nun, weitersagen kann das dein Kumpel ja eh nicht.«

Sie hatte die beiden Mönche dann in der Scheune übernachten lassen.

Göbbs brauchte auch gar nichts zu sagen, nie. Justitian gelang es, immer wenn er mit Fremden redete, die Informationen zu bekommen, die er brauchte, oder gar, diese Leute dazu zu bringen, das zu tun, worum er sie bat: Nahrungsmittel, Unterkunft, Transportmöglichkeiten. Göbbs hatte sich Mönche immer schweigend vorgestellt, in ihrer Kutte langsam den Klostergarten entlang wandelnd, enthaltsam lebend und betend. Kutte und Gebete stimmten, zumindest was Justitian anging, der Rest nicht. Aber wenn alle Mönche schwiegen, dann brauchte es wohl auch einen, der die nicht gesprochenen Worte aller anderen Mönche benutzte. Wie viele Worte das sein konnten, bekam Göbbs zu hören, jeden Tag, jede Stunde und jede Minute. Göbbs hatte mitbekommen, dass Bruder Justitian sogar im Schlaf redete.

Und wenn alle Mönche enthaltsam lebten, dann brauchte es wohl auch einen, der das nicht tat und sich im Namen aller anderen Mönche vergnügte. Über das *Wo* und *Wie oft* wagte sich Göbbs in diesem Zusammenhang aber keine Gedanken zu machen.

Genau diesen einen Mönch schien Göbbs in Justitian gefunden zu haben. Göbbs konnte nur reden, wenn sie sicher waren, unter sich zu sein.

Dem 50-jährigen Bruder fehlte die linke Hand. »Weltkrieg« hatte er dazu gesagt und den Krieg gemeint, über den schon Pater Schandorff gesprochen hatte. Das war das einzige Thema, bei dem er in Schweigen verfiel, was aber nie länger als eine halbe Stunde anhielt.

Von Bad Tölz waren sie am nächsten Tag die fast sechzig Kilometer bis nach Mittenwald gelaufen. Dort waren sie in einem

Kloster untergekommen und hatten am Tag darauf den drei Tage währenden Marsch ins Kaunertal zur Kaunergrathütte begonnen. Bevor es aber soweit war, war ihnen auf einer Straße in Mittenwald ein grausiger Zug ausgemergelter Gestalten in Häftlingsuniform, flankiert von SS-Wachmannschaften, begegnet. Die Gefangenen glichen Greisen, die von peitschentragenden Schergen bewacht wurden, schmutziggraue Decken über den Schultern, in dünne Drillichanzüge gehüllte Elendsgestalten. Sackte einer von ihnen zusammen, schwangen die SS-Wachen die Peitschen. Angekündigt hatte es sich mit einem von Göbbs nie gehörtem Laut, wie ein Brausen von Stimmen und Schreien, vermischt mit blechernem Geklapper von Kochgeschirren und Waffen, garniert mit Stöhnen, Husten und Weinen. Dann waren sie um eine Ecke gegangen und unvermittelt auf diesen Zug gestoßen.

Göbbs hatte sofort auf Grund seiner Erfahrung in Oranienburg vermutet, dass es sich um einen Evakuierungsmarsch eines Konzentrationslagers handeln könnte. Justitian hatte ihn, der erstarrt am Straßenrand stehen geblieben war, sofort zur Seite gezogen und in eine Nebenstraße geführt. Dort waren sie in einer Toreinfahrt verschwunden.

»Es ist besser, hier nicht aufzufallen«, hatte er gemurmelt. Auch andere Mittenwalder Bürger hatte er davonhasten sehen, den Kopf gesenkt, die Augen auf das Pflaster gerichtet. *Nichts sehen, nichts sagen.* Göbbs waren die drei buddhistischen Affen in den Sinn gekommen.

Nur *nichts hören* war schwergefallen, als Schüsse das Husten und Schlurfen der Gefangenen übertönten. Aber Göbbs hatte auch andere Mittenwalder gesehen, betroffen und hilflos den Zug musternd. Und er hatte geballte Fäuste und Wut im Blick gesehen.

Im Kloster waren sie mit Schuhen und Kleidung für die Alpenquerung ausgerüstet worden. Am ersten Tag hatten sie damit zu tun, Wehrmachtstruppen aus dem Weg zu gehen. Bruder Justitian hatte etwas von einer Anlage in der Nähe des Ortes Haiming gemurmelt, den sie südlich umgingen. Als Göbbs danach gefragt und die Alpen-Festung ins Gespräch gebracht hatte, hatte Justitian nur gelacht.

Sie waren vor allem am letzten Tag froh gewesen, die Hütte überhaupt erreicht zu haben, was nur der Ortskundigkeit Bruder Justitians zu verdanken war. Dieser lebte schon über dreißig Jahre hier und hatte nach eigenen Aussagen die Alpen »von vorn bis hinten« durchwandert, obwohl er ursprünglich aus dem Rheinland kam, was man an seinem Dialekt auch noch immer feststellen konnte.

Als sie an der Kaunergrathütte angekommen waren, hatten sie eine Gruppe schweigsamer Bewaffneter angetroffen, von der sie zuerst dachten, dass es sich um italienische Partisanen handeln würde. Zumindest Justitian dachte das noch immer – hoffte Göbbs jedenfalls. Die sechs Männer waren im Aufbruch begriffen und hatten wohl einen oder zwei Tage hier zugebracht.

Göbbs hatte jedoch bei einem Latrinengang mitbekommen, wie sich zwei der Bewaffneten auf Englisch unterhielten, als sie sich unbeobachtet wähnten. Er hatte einen der beiden darauf hin draußen angesprochen, während sich Justitian in der Hütte um das Feuer kümmerte. Dass er ausgerechnet den Führer des Kommando-Unternehmens erwischt hatte, war Zufall gewesen, ein kleinerer Zufall allerdings, als überhaupt auf den Trupp gestoßen zu sein. Der Captain hatte ihm nichts über ihren Auftrag verraten, war sogar zu Beginn geneigt gewesen, ihn und Bruder Justitian zu erschießen, weil Göbbs sie enttarnt hatte. Es hatte Göbbs' gesamte, in drei Minuten zusammengepresste Überredungskunst gebraucht, den Captain von diesem Vorhaben abzubringen. Anschließend hatte er ihm alles mitgeteilt, von dem er dachte, dass es für Coleman, Franklin und Walterson wichtig war.

Jetzt konnte er nur hoffen, dass die Informationen auch an die Zielpersonen weitergegeben werden würden.

Sie waren einen Tag allein in der Hütte geblieben und am darauf folgenden Tag hatte der Schneesturm die beiden Deserteure zu ihnen geführt.

Heinz und Karl hatten ihre Waffen weggeschmissen und planten, sich nach Süden abzusetzen, um sich dort den Amerikanern zu ergeben und nicht in weitere Kampfhandlungen verstrickt zu werden. Justitian hatte ihnen angeboten, sie »gegen ein kleines Entgelt« mit über die Berge zu nehmen, da er und sein stummer Bruder als Pilgermönche die richtigen Wege kannten. Die beiden Soldaten hatten einige Scheine aus ihren Taschen geklaubt und Justitian hatte sie wortlos und ohne zu zählen eingesteckt.

Abends begründete er Göbbs gegenüber das Angebot:

»Ich bin voll am malochen, wenn ich bei dem Wetter übern Berg muss. Da kann ich gut vier zusätzliche Beine jebrauchen. Einige Stellen sind besser zu viert als zu zweit zu schaffen. Wir warten den Sturm ab und machen rüber. Bei den Amis wirken wir mit Deserteuren noch ungefährlicher und unauffälliger als so schon.«

Göbbs stimmte ihm zu. Was sonst blieb ihm auch übrig.

Der Sturm ließ am Abend nach, am nächsten Tag wehte noch heftiger Wind, der im Laufe des Tages abflaute.

»Morgen wagen wir's«, meinte Bruder Justitian. »Wenn wir noch länger warten, besteht die Gefahr, dass die Wehrmacht hier auftaucht. Und wir wissen nicht, was für eine fiese Möpp die Leute befehligt. Und dann wird es vor allem für Karl-Heinz unangenehm.« Er machte sich einen Spaß aus dem Wortspiel mit den Vornamen der beiden Deserteure. »Außerdem gehen unsere Vorräte zur Neige. Wir müssen spätestens morgen Abend wieder einen Brotkanten erbetteln können.«

›Der meint doch eher, jemanden zu finden, den er so lange vollquatschen kann, bis dieser ihm freiwillig ein ganzes Brot gibt, nur damit der aufhört zu reden.‹ Auf diese Bemerkung der Großvater-Stimme hin legte Göbbs die Hand vor den Mund, damit niemand sah, wie er grinste, und das eventuell falsch interpretierte.

Sie brachen früh am Morgen des nächsten Tages auf. Bruder Justitian hatte sie mit langen Seilen aneinandergebunden – »angeseilt«, wie er sagte – damit niemand »verschütt« ginge, also abhandenkam.

Die Gefahr, »verschütt« zu gehen, hatten sie zumindest in den ersten Stunden nicht. Sie waren in der Morgendämmerung vor der Hütte stehen geblieben und hatten in die Berge gesehen. Für Göbbs sahen sich alle Gipfel sehr ähnlich. Bruder Justitian zeigte auf verschiedene Spitzen dort am allmählich heller werdenden Himmel, ließ Worte wie »Watzespitze« und »Seekogel« fallen. Sie würden keinen dieser Berge besteigen müssen, sie aber alle irgendwie tangieren. Er redete davon, dass ihr erstes großes Ziel ein Hang an der »Weißseespitze« war, um von dort in Richtung »Weißkugel« weiterzugehen, die sie aber nicht betreten würden.

»Weiß zumindest ist alles, was ich hier sehe«, knurrte einer der Deserteure. Göbbs wusste nicht, ob es Karl oder Heinz war.

Dort kenne er, fuhr Bruder Justitian unbeirrt fort, einen alten Pfad, der sie in ein Gebiet bringen würde, das er »Langtauferer Ferner« nannte, einen Gletscher, über den sie »bequem« zur Weißkugelhütte und damit zu ihrem heutigen Ziel kommen sollten. Je nachdem, wie sie vorankämen, würden sie entscheiden, dort zu übernachten oder noch den Abstieg nach Graun in Angriff zu nehmen.

»Bequem über einen Gletscher« zu gehen, hielt Göbbs für übertrieben. Er selbst hatte nie viel übrig gehabt für Bergwanderungen, noch nicht einmal im Taunus. Seine Eltern und Großeltern hingegen hatte das nie abgehalten, ihn wann immer es ging mitzuschleifen, wenn sie ihre Wanderungen machten. Das hatte sich auch nicht geändert, als er die ersten Wettrennen in Kinderautomobilen machte. Selbst da hatten sie immer noch Zeit gefunden, in die Berge zu gehen. Wenn er den Taunus jedoch mit dem verglich, was sich hier vor ihm aufbäumte, dann geriet er glatt in Versuchung, sich in den Taunus zurückzuwünschen.

›*Es hat dir niemals jemand versprochen, dass es einfach werden würde!*‹, meldete sich natürlich genau in diesem Moment die Großvater-Stimme zu Wort.

Nein, knurrte Göbbs in Gedanken zurück. *Aber das hier?* Sein Blick wanderte über die schneebedeckten Hänge, die sich daraus erhebenden schroffen Felswände, Gipfel irgendwo weit oben, an denen Nebelfetzen hingen wie im Sturm zerrissene Kompaniefahnen. Kalter Wind fuhr ihnen in die Kleider. Göbbs war froh, dass sie zumindest für diese Tour die Mönchskutten gegen ausgediente Wehrmachtsuniformen hatten tauschen können, die das Kloster in Mittenwald ihnen hatte zukommen lassen.

Wir sind jetzt schon auf über zweitausendachthundert Metern Höhe und alle Wege vor uns – wenn man hier überhaupt von Wegen reden kann – führen bergauf!

›*Jawohl, jammere über dein Los. Dir geht es echt schlecht hier. Was meinst du, was Julia in Berlin gerade auszuhalten hat?*‹, hielt die Großvater-Stimme seinen Gedanken entgegen.

Die Briten haben versprochen, sie dort rauszuholen, entgegnete Göbbs.

›*Und die Gefangenen, die du in Mittenwald gesehen hast? Und die, die es gar nicht bis dahin geschafft haben?*‹

Genau nach dieser Bemerkung schwieg die Großvater-Stimme in seinem Kopf vieldeutig und ließ ihn mit seinen Gedanken und seiner Fantasie allein. Zuviel hatte er schon über das Verhalten der SS den Gefangenen gegenüber und der Russen den Deutschen gegenüber in den eroberten Gebieten gehört.

Natürlich war auch von Vergewaltigungen und Plünderungen bei den Alliierten zu hören. Aber, und das wunderte Göbbs, selbst in den Erzählungen der Klosterbrüder wurden dieselben Verbrechen unterschiedlich gewertet. Er hatte von Freudenstadt gehört, einer Stadt im Schwarzwald, die etwa zehn Tage zuvor drei Tage lang von der französischen Armee gebrandschatzt worden war, Massenvergewaltigungen und Plünderungen, drei Tage Gesetzlosigkeit. Auch von Pforzheim und Stuttgart hatte man Ähnliches gehört. Aber das, was die Russen taten, war ja alles viel schlimmer. Göbbs wagte keine Wertung. War es schlimmer? Was war schlimmer? Offene Aufrufe zur Vergewaltigung wie in den Flugblättern, die die Sowjets in ihren Reihen verteilten? Oder der laut vorgetragene Anspruch, Europa von der Nazibarbarei zu befreien und dann Städte zum Plündern und Vergewaltigen freizugeben? Ganz zu schweigen davon, sich zur Herrenrasse zu proklamieren und kraft der eigenen Wassersuppe die ganze Welt mit Blut zu überziehen.

Göbbs schüttelte den Kopf, als er durch den Schnee den Spuren Bruder Justitians folgte, wollte den Kopf frei bekommen von all den Gedanken, die hinter seiner Stirn tobten. Aber es gelang ihm nicht. Was machte dieser Krieg aus den Menschen? Oder war es eher so, dass im Krieg das aus den Menschen herausbrach, was sowieso in ihnen schlummerte? Er hatte in Frankreich, Norwegen, Berlin und Oranienburg auch selbstlose Akte gesehen. Menschen, die selbst viel oder alles verloren hatten und die trotzdem anderen Menschen die Hand zur Hilfe reichten. Und das ließ sich nicht auf Franzosen, Norweger oder Deutsche beschränken, oder auf Zivilisten oder Soldaten.

Wieso verdrehte dann Julia die Augen, wenn er offen zugab, hauptsächlich des Geldes wegen für die Briten zu spionieren? Mit welchem Recht hatten Walterson, Franklin und Coleman gegen sein Konto und seine Entlohnung gestichelt? Er war wenigstens ehrlich.

›Ehrlich? Bist du das? Auch dir selbst gegenüber?‹, meldete sich sofort die Großvater-Stimme.

War ja klar, murrte er, *dass du dich genau in diesem Moment meldest.*

Natürlich wäre er nie dazu gekommen, gegen die Nazis zu spionieren, wenn er diese Typen nicht vom Grunde seines Herzens aus hassen würde.

Genau an dieser Stelle wurde er das erste Mal an diesem Tag in seinen Gedanken unterbrochen. Und es sollte ihm nicht gelingen, diesen Gedanken an diesem oder einem der nächsten Tage wieder aufzunehmen. Und er wollte es auch nicht wirklich, schob diese unerfreuliche Kombination aus Schuld-und-Ursachen-Suche weit von sich weg.

Bruder Justitian war stehen geblieben. Sie hatten ein Feld vor sich, das scheinbar aus vielen Schneebuckeln bestand.

Göbbs und die beiden Deserteure rückten auf. »Weiter?«, fragte einer der beiden.

»Nein.« Bruder Justitian machte ein bekümmertes Gesicht. »Hier können wir nicht weiter. Im Sommer schon, jetzt nicht. Unter dem Schnee verbirgt sich ein Geröllfeld, riesige Felsen mit zum Teil mehreren Metern Größe. Im Sommer könnten wir locker von einem Felsen zum nächsten springen, müssten nur aufpassen, dass wir nicht in Felsspalten rutschen.

Jetzt würden wir die gefährlichen Stellen nicht einmal sehen. Karl springt und verschwindet zwischen zwei Felsen. Ehe er sich versieht, wird Heinz mitgerissen. Wir kappen das Seil und stehen ohne Karl-Heinz da.« Er schüttelte den Kopf und wies nach links. »Wir umgehen das Geröllfeld talabwärts.«

»Und was ist daran so schlimm?«, fragte der andere Deserteur.

»Schlimm? Weiß nicht. Aber unsere Tour ändert sich. Wir müssen über den Seekarlsferner und kommen nahe an den Seekogel heran. Das wollte ich nicht. Es verlängert unseren Weg.« Er sah zum Himmel. »Wenigstens das Wetter bleibt uns gewogen.« Und dann setzte er sich wieder in Bewegung.

›*Ich habe den Eindruck*‹, meldete sich die Großvater-Stimme eine halbe Stunde später, ›*dass unser Freund dort vorn sich die Wege aussucht, die nie ein Mensch zuvor gegangen ist.*‹

Göbbs schnaufte, als er in den Spuren Bruder Justitians durch den kniehohen, unberührten Schnee stapfte, konnte aber keine Energie auf eine Antwort verschwenden. Schon erstaunlich genug, dass diese Stimme in seinem Kopf überhaupt auftauchte. Karl und Heinz hinter ihm ließen sich immer mal wieder mitziehen, während Bruder Justitian, als wäre er mit jedem Millimeter Weg hier oben bestens vertraut, unermüdlich weiterstapfte. Er hatte in seiner Hand eine Stange, mit der er die Tiefe des Schnees testete, während er mit dem Stumpf seines anderen Armes wild in der Luft herumruderte, als würde er das Gleichgewicht halten müssen und drohe, jeden Moment umzufallen.

Ganz langsam ließen sie das kuppige Schneefeld zu ihrer Rechten hinter sich. Bruder Justitian führte sie in einem weiten Bogen auf einen Bereich zu, der nur etwa zehn Zentimeter mit Schnee bedeckt war, darunter befand sich körniges Eis. Göbbs vermutete, dass der Schnee hier durch den Wind davongetragen worden war. Obwohl das Laufen jetzt leichter fiel, wurde Justitian langsamer, testete intensiver, bog rechts oder links ab und ermahnte sie mehrmals, stets genau in seinen Spuren zu bleiben.

Wahrscheinlich befand sich unter ihnen ein Gletscher, überlegte Göbbs. Er glaubte gehört zu haben, dass die Österreicher das Wort »Ferner« als Bezeichnung für Gletscher benutzten, war sich aber nicht sicher. Andererseits hatte Bruder Justitian beim Start heute Morgen vom Langtauferer Ferner als Gletscher gesprochen, also schien der Gedanke nicht abwegig, dass sie sich bereits jetzt auf einem solchen befanden. Insofern würde also der Seekarlsferner eine Bezeichnung für einen Gletscher sein. Allerdings konnte er die Grenzen dieses Gletschers nicht wirklich erkennen, in all dem Schnee ringsumher. Ihm gingen Wörter wie *Gletscherspalte* und *Eiskavernen* durch den Kopf, nicht wissend, ob das Letztere zu einem Gletscher zwangsläufig dazu gehören würde. Aber *Gletscherspalte* war in seiner jetzigen Situation kein beruhigendes Wort. Er wünschte sich hinter den Steuerknüppel einer Junkers, irgendwo weit oben. Seinetwegen auch mit leichtem Abwehrfeuer einer Flak oder einem oder zwei feindlichen Flugzeugen am Seitenleitwerk. Das war alles irgendwie berechenbar, sah man mal von seinem Abschuss über Langensalza vor ein paar Tagen ab. Aber das hier? Es war ihm alles zu viel, dieses Rumgestapfe durch den Schnee, Bruder Justitians »Halt!« und »Stopp!« und »Richtungswechsel!« und »Bleibt in meinen Spuren!« und Blablabla. Er wollte hier raus aus diesem Schnee und … stolperte.

›Konzentriere dich!‹, schimpfte die Großvater-Stimme.

»Alles in Ordnung?«, fragte Bruder Justitian und Göbbs hätte beinahe vergessen, dass er stumm war und mit ›Ja‹ geantwortet. So nickte er nur, nachdem er sich aufgerappelt hatte. Wütend auf sich selbst klopfte er sich den Schnee ab.

Er glaubte, Julias Gesicht vor sich zu sehen, ihr Lächeln über ihn und vermeinte fast, ihre Stimme zu hören, die »Mehr Professionalität, Hauptmann Göbbs!« murmelte.

Das fehlte noch, dass sich zu der Großvater-Stimme in seinem Kopf jetzt auch noch Julia gesellen würde. Dann sollte er vielleicht überlegen, sich Richtung Westen abzusetzen, die Schweizer Grenze zu überqueren, um an sein Konto zu kommen und sich mit dem angehäuften Geld von einem Seelenklempner behandeln zu lassen.

Eine halbe Stunde später verordnete Bruder Justitian eine Pause. Göbbs und wohl auch Karl und Heinz hatten nur auf den Weg geachtet, Justitian aber auch auf die Umgebung, wie er ihnen bewies.

»Ich habe am Hang dort drüben eine Gruppe von mindestens zehn Menschen gesehen.« Er wies mit seinem Stab zu einem Berghang. *Dort drüben* war nach Göbbs' Einschätzung etwa zwei Kilometer entfernt.

»Sie haben sich Richtung Süden bewegt, tangieren also unsere Route nicht.« Er sah sich um. »Wir sind zwar einen großen Bogen gelaufen und müssen deshalb einen weiteren Weg gehen als geplant, sind auf diesem jedoch gut vorangekommen. Noch ist keiner von uns verschütt gegangen. Aber es liegt mehr Schnee, als ich erwartet habe und als üblich ist für diese Jahreszeit. Wir werden uns also beeilen müssen, um vor der Abenddämmerung die Weißkugelhütte zu erreichen.« Dann drehte er sich in die Richtung, aus der sie vier Stunden zuvor aufgebrochen waren. »Und hinter uns ist jemand an der Kaunergrathütte angekommen und weiter gewandert. Ich habe ihn das erste Mal vor etwas über zwei Stunden gesehen. Dann wieder vor einer Stunde. Viel näher. Eventuell ist er auf unseren Spuren unterwegs. Das kann ich noch nicht einschätzen.«

Wie auf Kommando drehten sich alle um und folgten ihren deutlichen Spuren im Schnee mit den Augen, bis sie sie nicht mehr erkennen konnten. Einen eventuellen Verfolger sahen sie allerdings nicht.

»Wir werden die Tour erneut ändern. Ja, Bruder Justitian ist flexibel.«

Die Flexibilität des Bruders bekamen sie auch sofort zu spüren. Er wechselte erneut die Richtung, in die sie wanderten. »Es gibt viele Wege, die uns zur Weißkugelhütte bringen. Wir werden jetzt entlang dieses Hanges gehen, dort unten einen Felsabhang überwinden und danach nach Süden abbiegen. Gut?«

»Gut«, antworteten Karl und Heinz wie aus einem Mund. Auch Göbbs nickte.

›Gut?‹, lästerte die Großvater-Stimme. *›Gar nichts ist gut. Ein kleiner Spaziergang in den Bergen und du keuchst wie ein Maultier, das dreißig Sack Korn zur Mühle schleppen muss. Du bist nicht in Form, mein Lieber. Wie willst du den Rest des Tages durchstehen?‹*

Das weiß ich auch nicht, dachte Göbbs und stierte in die endlose Bergwelt vor sich.

Irgendwann später hatten sie aus der Ferne einen Schusswechsel gehört. Kein Dauerfeuer, kein Maschinengewehr. Einzelne Schüsse mit Abstand von mehreren Sekunden.

»Gewehre«, sagte Karl oder Heinz hinter Göbbs.

»Wahrscheinlich deutsche«, ergänzte der andere. »Bin mir aber nicht sicher.«

»Idioten!«, knurrte Bruder Justitian und meinte augenscheinlich die Schießenden.

Weil?, dachte Göbbs und hatte es wohl auch im Blick.

Der Mönch wies schweigend auf eine der Bergwände. Oben am Kamm schoben sich gewaltige, überhängende Schneewechten über die steile, windabgewandte Seite des Grates.

»Lawinengefahr«, ergänzte Karl oder Heinz die wortlose Geste Justitians.

Göbbs verkniff sich im letzten Moment die Frage, was Lawinengefahr mit einer Schießerei zu tun hatte.

›Wenn du diese Frage gestellt hättest, hätte ich an deinem Intellekt gezweifelt und ein paar Monate nicht mehr mit dir geredet‹, meinte die Großvater-Stimme dazu.

Führe mich nicht in Versuchung, antwortete Göbbs still.

Sie blieben stehen, bis die Schüsse verhallten. Wer immer sich dort gegenseitig attackiert hatte, hatte es auch wieder beendet.

Etwas später kamen sie selbst das erste Mal in ernsthafte Gefahr. An einem Steilhang mit einer Neigung von vielleicht knapp dreißig Grad, den sie im rechten Winkel passierten, setzte sich das Schneebrett unter ihnen plötzlich in Bewegung. Es knirschte, links über ihnen bildete sich ein Riss und dann schien es Göbbs, als würde die ganze Welt langsam nach links oben wegdriften. Es knackte und rauschte unter ihnen, es knisterte und zischte, zweihundert Meter rechts von ihnen verschwand der Schräghang nahezu senkrecht in einem Tal. Wolken aus Schneestaub stiegen dort auf. Doch bevor es richtig gefährlich für sie wurde, stoppte die Bewegung des Schneefeldes wieder. Nur Bruder Justitian war blass geworden.

»Vorsichtig weiter.« Er flüsterte fast, als er ihnen das sagte. Und Göbbs sah das Messer in seiner Hand auftauchen, das er sich griffbereit in den Gürtel steckte. Wollte er damit die Leine kappen? Göbbs hatte die Situation gar nicht als so gefährlich eingeschätzt, der erfahrene Bergmönch wohl aber doch. Göbbs selbst hatte sowohl die Pistole des SS-Arztes als auch sein eigenes Messer im Rucksack, würde aber nicht so unauffällig da heran kommen, wie Bruder Justitian eben an seines gekommen war.

Vorsichtig, um das Schneebrett nicht wieder in Bewegung zu versetzen, schritten sie weiter. Justitian verzichtete sogar auf das Im-Schnee-Stochern mit seinem Stab. Zehn Minuten später hatten sie das gefährliche Gebiet ohne weitere Zwischenfälle hinter sich gelassen.

Endlich am Felsabhang »dort hinten« angekommen, fast zwei Stunden nach der Ankündigung, musste Bruder Justitian dann eingestehen, dass sie sogar Probleme bekommen würden, die Weißkugelhütte noch vor der Abenddämmerung zu erreichen. Der Felsabhang entpuppte sich als etwa fünf Meter hohe senkrechte Wand, die es zu überwinden galt. Erstaunlicherweise hatte Bruder Justitian keine Probleme. Obwohl ihm die linke Hand fehlte, kletterte er so behände die Felsen hinauf, dass Göbbs glaubte, eine Spinne vor sich zu haben. Eine Spinne mit dreieinhalb Beinen. Er selbst fluchte lautlos. Dass zu allem Überfluss jetzt auch noch eine Wandkletterei vor ihm lag, setzte der ganzen Tour die Krone auf. Gut, fünf Meter waren nicht mehr als ein Haus. Und außerdem hatte Bruder Justitian ein Seil mit hochgenommen, um sie von oben abzusichern. Aber schon bei der Grundausbildung in der Luftkriegsschule 3 in Werder hatte er jede Art von Kletterei verabscheut. Als Junge war er nie auf Bäume geklettert. Seine Autos konnten ihm nie schnell genug sein, die Flugzeuge nicht groß oder wendig genug. Aber klettern? Nein, danke.

›Willst du dann hier unten stehen bleiben, oder was?‹ Klar, dass die Großvater-Stimme dazu etwas sagen musste.

»Nun komm schon«, rief Bruder Justitian von oben. Göbbs zögerte noch immer.

»Dann lass mich vor«, knurrte Karl. Oder war es Heinz? Er nahm Göbbs das Ende des Seiles aus der Hand, das Bruder Justitian von oben heruntergelassen hatte. Lange nicht so elegant, aber furchtlos kletterte er die fünf Meter hohe Felswand hinauf. Kurz darauf folgte der zweite der Deserteure.

»Nun komm!«, rief Bruder Justitian von oben herunter. »Karl-Heinz ist oben, jetzt du. Wir haben noch einen weiten Weg vor uns heute.«

Göbbs stand unten und starrte zu seinen drei Gefährten hinauf. Dann drehte sich Justitian plötzlich um.

»Wer ist das?«, waren seine letzten Worte. Ein Schuss zerriss die Stille. Justitian riss die Arme hoch, wurde von den Füßen gerissen und krachte kurz darauf neben Göbbs auf den Boden. Das Loch in seiner Brust schien durch den ganzen Körper zu gehen, denn unter ihm färbte sich der Schnee blutrot. Die gebrochenen Augen starrten in den Himmel. Auf dem Gesicht hatte sich ein Ausdruck ungläubigen Staunens ausgebreitet und würde da wohl für immer bleiben.

Karl und Heinz hatten Bruder Justitians Flug ebenso ungläubig wie überrascht verfolgt und sekundenlang auf die Leiche ihres Bergführers gestarrt. Dann, zeitgleich, rissen sie sich aus ihrer Erstarrung und flohen vor dem Angreifer, den Göbbs nicht sehen konnte, der eine rechts am Grat entlang, der andere nach links. Der zweite Schuss traf den nach rechts Geflohenen ins Knie. Er schrie auf, stürzte die Felswand herab und krachte auf einen aus dem Schnee ragenden Fels. Mit gebrochenem Rückgrat blieb er darauf liegen. Selbst jetzt im Tod konnte Göbbs nicht unterscheiden, ob Karl oder Heinz vor ihm lag, schoss ihm blitzartig durch den Kopf. Der kurz darauf folgende dritte Schuss traf den zweiten Deserteur seitlich im Kopf. Die linke Kopfhälfte schien zu explodieren, als die Kugel dort wieder austrat. Knochensplitter, Blut und Hirnmasse wurden in einem feinen Sprühregen verteilt. Es riss den Flüchtenden in einer Art Pirouette herum, dann sackte er in sich zusammen und blieb am Felsabhang liegen, Kopf, Brust und ein Arm ragten über den Fels und Blut tropfte aus dem zerschmetterten Schädel fünf Meter tief in den Schnee.

Göbbs presste sich an die Felswand. Was zur Hölle ging auf dem Plateau über ihm vor? Er zerrte die Waffe Köppes aus seinem Rucksack, entsicherte sie und lud durch. Wer war da oben? Wie viele? Wussten sie von ihm?

»Göbbs!«, schallte eine Stimme vom Plateau zu ihm herunter. »Ich gehe davon aus, dass Sie unten an der Wand stehen und wahrscheinlich eine Pistole in der Hand halten.«

Womit zumindest die letzte Frage geklärt war. Aber wer zum Teufel war das? Die Stimme kam Göbbs vage bekannt vor. Und dann durchfuhr ihn die Erkenntnis wie ein Blitz. Konnte das wirklich …?

»Wentzlaff?« Der Sanitäter aus dem Kriegsgefangenenlager bei Langensalza. Wie war der hierhergekommen?

»Zumindest unter diesem Namen haben Sie mich kennen gelernt. Verräter!«

»Was zur Hölle tun Sie?« Göbbs laute Stimme hallte in der Lautlosigkeit des Tals.

»Meinen Auftrag ausführen und Verräter und undichte Stellen auslöschen.«

»Wentzlaff, was soll …«

»Ich heiße Wegberg, Verräterschwein.«

Göbbs schwieg. Was gab es in dieser Situation auch zu sagen? Er dachte nach, doch Wegberg störte seine Gedanken.

»Dank Ihnen, Göbbs, mussten wir zwei Knoten des Netzwerkes auslöschen. Den Pfaffen und die Gräfin.«

»Was heißt *auslöschen*? Haben Sie sie etwa …«

»Die haben gequiekt wie kleine Schweine, als ich mit Hilfe meines Messers die notwendigen Informationen aus ihnen herausgekitzelt habe, nur damit ich Sie finde. Und zum Schluss habe ich einfach Glück gehabt. Laufen Sie mir mit dem Krüppel hier über den Weg.«

»Sie Dreckschwein!« Göbbs atmete heftig, als der Zorn in ihm aufwallte. »Die Gräfin war schwanger!«

»Na und? Es ist Krieg. Wissen Sie, wie viele deutsche Schwangere im Bombenhagel Ihrer alliierten Freunde umgekommen sind?«

»Das können Sie nicht vergleichen!«

»Ach? Und warum nicht?«

Er musste weg von dieser Felswand, um einen besseren Überblick über den Grat über sich zu bekommen. Wenn Wentz… Wegberg irgendwo dort oben auftauchte, hatte er, Göbbs, kaum eine Chance, zu reagieren. Mit dem Rücken zur Felswand sah er sich um. Direkt vor ihm ragten einige Felsblöcke aus dem Schneemeer. Der erste war kaum fünf Meter entfernt, aber mit einer Leiche besetzt. Es widerstrebte Göbbs, sich hinter einem Toten zu verstecken.

›Hab dich nicht so‹, knurrte die Großvater-Stimme. *›Es geht um dein Leben.‹*

Göbbs hastete los und schmiss sich hinter den Felsen. Er spähte vorsichtig über den Toten hinweg zur Felskante hoch. Doch der Abstand zur Wand war zu gering, um wirklich einen Überblick zu bekommen. Göbbs konnte am Grat oben nicht erkennen, ob und wo Wegberg lauerte. Er sprang auf und rannte zum nächsten Felsen. Das heißt, er wollte rennen. Der tiefe Schnee ließ ihn deutlich langsamer vorankommen, als er vorhatte. Er schmiss sich im selben Moment hinter den Stein, als der nächste Schuss ertönte. Das Geschoss schlug in den Stein vor ihm ein und fast zugleich fühlte Göbbs ein Brennen am Oberschenkel. Er tastete nach seinem Bein, betrachtete das Blut an seiner Hand und hoffte auf einen Streifschuss. Bewegen konnte er das Bein noch. Versteckt jedenfalls war er jetzt nicht mehr.

Andererseits, er betrachtete die Spuren im Schnee, wäre Verstecken überhaupt nicht möglich gewesen. Deckung suchen schon eher. Dann nahm er aus den Augenwinkeln eine Bewegung auf dem Plateau über der Felswand wahr. Wegberg schob sich vorsichtig am Grat entlang, um in eine bessere Schussposition zu kommen. Göbbs rückte ein Stück nach links und brachte so wieder den Felsen zwischen sich und seinen Angreifer.

»Sie können nicht ewig dort im Schnee liegen, Göbbs!«

»Und Sie nicht ewig dort oben.«

»Aber ich kann mich zurückziehen, um einen anderen Weg zu suchen. Oder ich kann hier liegen bleiben und warten. Meine Geduld ist unendlich, Göbbs. Glauben Sie mir.«

In diesem Moment vernahm Göbbs ein fernes Grummeln, noch weit weg. Flugzeuge? Er sah sich um, doch der blaue Himmel war leer. Am Berghang über sich aber sah er aufwallende Wolken. Und Schnee, der in Bewegung gekommen war. Schneemengen, die schnell mehr wurden. Und sehr schnell Geschwindigkeit aufnahmen.

»Ich glaube nicht, dass Sie dort liegen bleiben werden, Wegberg.«

Wegberg schwieg, dann sah Göbbs, wie er sich vom Grat entfernte und weiter hinten aufstand. Das wäre der Moment, in dem er Wegberg hätte erschießen können. Aber dieser hatte seine Aufmerksamkeit der sich nähernden Lawine gewidmet und Göbbs begriff, dass dieses sich schnell nähernde Problem das dringendere war.

Er sah sich um, stand ebenfalls auf. Das Bein schmerzte, die Verletzung schränkte ihn aber nicht weiter ein. Die Lawine raste in breiter Front auf sie zu. Göbbs drehte sich von der Steilwand weg und begann in ihren eigenen Spuren den Weg zurückzurennen, den sie zu viert kurz zuvor gekommen waren. Als er sich im Rennen umdrehte, von der Sorge erfüllt, Wegberg könnte die Situation doch ausnutzen und auf ihn schießen, sah er zu seinem Erstaunen Wegberg hinter sich herrennen. Er musste die Felswand heruntergesprungen sein. Göbbs konzentrierte sich wieder auf sich selbst, versuchte beim Rennen die Fußspuren zu treffen, die sie auf dem Hinweg hinterlassen hatten. Der Lärm wurde größer, brandete auf, raste auf ihn zu, gefolgt von einer Wand aus Schnee und Eis, die hinter einer Schneestaubschicht zu Tal donnerte.

Unter ihm begann der Schnee zu fließen. Göbbs fiel und drehte sich dabei nach hinten. Das letzte, was er sah, war, wie einer der ersten heranrasenden Eisblöcke Wegberg traf und ihn förmlich in der Mitte zerknickte wie ein Stück trockenes Holz. Dann traf ihn selbst die Lawine wie ein Hammer und es wurde sofort dunkel um ihn.

19

06. Mai 1945, Hofbräuhaus, München, Bayern

Lieutenant Colonel Walterson betrat das als Kommandoposten des 157. Infanterieregimentes der 45. Division der US-Army genutzte Hofbräuhaus, sah sich um, wurde von einem GI angesprochen, dem er sein Anliegen nannte und der ihn in eine separate Ecke des riesigen Raumes in der unteren Etage brachte.

»Alles andere in diesem Haus ist so ziemlich zerstört«, begrüßte ihn Major Coleman und legte die Hand an die Mütze. Major Franklin folgte seinem Beispiel und lud Walterson ein, sich zu ihnen an den Tisch zu setzen. Walterson sah sich um. »Hier also hat alles seinen Anfang genommen? In diesen Räumen wurde die NSDAP gegründet?«

Coleman nickte. »Vielleicht hätten wir schon im ersten Krieg eine ordentliche Bombe auf dieses Haus werfen sollen.« »Dann hätten diese Nazis einen anderen Platz gefunden, um sich zusammenzurotten.« Walterson schüttelte den Kopf. »Nazis sind wie Ratten oder Kakerlaken. Die finden immer eine dunkle Ecke, in der sie überleben können. Und wenn sie denken, dass die Zeit reif ist, kommen sie wieder raus. Denken Sie an meine Worte. Wir dürfen nicht glauben, dass wir diese Brut vernichtet haben, nur weil wir diesen Krieg hier gewinnen.«

Franklin räusperte sich. »Wollen wir jetzt über die Nazis und die Weltgeschichte diskutieren oder über unser spezielles Problem?«

Walterson zog die Stirn kraus, sah den Amerikaner jedoch an. »Sie haben mir mitteilen lassen, dass es Neuigkeiten gibt?«

»Gebbs hat sich gemeldet. Er ist auf dem Weg nach Schlanders in Südtirol.«

»Südtirol?«

Franklin und Coleman nickten unisono. »Er konnte auf dem Weg dorthin, noch diesseits der Alpen, eine unserer im Hinterland der Deutschen operierenden Einheiten kontaktieren und über den Kommandeur eine Meldung absetzen. Der erste Teil deckt sich mit dem, was unsere Aufklärer auch schon herausbekommen haben: Es gibt keine Alpen-Festung.«

Walterson hieb auf den Tisch und ließ seiner Wut mit einem unchristlichen Fluch Luft. »Ich habe es doch gesagt! Dieser verfluchte Eisenhower hat sich für Süddeutschland entschieden. Und jetzt haben die Russen Berlin eingekesselt und werden es in einigen Tagen komplett erobert haben. Diese Entscheidung wird uns noch leidtun, habe ich damals Montgomery gesagt.«

»Aber wir werden uns Berlin mit den Russen teilen, das ist so vorgesehen«, warf Coleman ein.

»Die Russen werden den Eindruck haben, alles allein in diesem Krieg geleistet zu haben. Sie haben Wien genommen und jetzt nehmen sie Berlin …«

»Darum geht es jetzt aber nicht«, unterbrach Franklin erneut den Briten.

Der atmete tief durch, bemühte sich sichtlich, Ruhe zu bewahren.

»Wenn diese ominösen Flugzeuge also nicht in den Alpen sind, wenn sich Steinbauer und seine Kollegen nicht in den Alpen versteckt haben, wenn es dort keine unterirdischen Flugzeugwerke gibt, keine Depots, keine Unmengen an gut gerüsteten deutschen Soldaten, keine Festung, wo dann?«

»Gebbs gab uns die Information, dass er nach Schlanders in ein Kloster geschickt wird. Dort wird er dann wohl weitergeleitet. Einer der Kontakte, mit denen er unterwegs zu tun bekam, sprach von einer Strecke von mehreren tausend Kilometern, die er noch vor sich habe. Wir haben auch drei Adressen bekommen von ihm, Stationen des Netzwerkes, das flüchtige Nazis in den Süden schleust.«

»Haben Sie die Adressen überprüfen können?«

Coleman nickte. »Eine Kirche in Augsburg, abgebrannt. Eine Villa in Prien am Chiemsee. Ebenfalls abgebrannt. Und ein Kloster bei Ruhpolding. Gestern haben unsere Fallschirmjäger-Einheiten die Stadt genommen. Das Kloster existiert noch. Wir überwachen es diskret.«

»Die anderen beiden Adressen sind abgebrannt?«

»Wir haben Krieg.« Coleman zuckte mit der Schulter. »Da brennen Häuser und Kirchen nun mal.«

»Kann Zufall sein«, meinte Walterson. »Kann!«

»Oder Gebbs hat sie ausgeschaltet«, schlussfolgerte Franklin aus der unausgesprochenen Andeutung Waltersons.

Die beiden anderen Offiziere schwiegen einen Moment.

»Aber wieso sollte der Deutsche das tun?«, durchbrach Walterson schließlich das Schweigen. »Wenn er diese Kontakte ausschaltet, gefährdet er erstens sich selbst. Und zweitens wird das kaum Auswirkungen auf das gesamte Netzwerk haben, das diese Leute in den Süden schmuggelt.«

Jetzt zuckten die beiden Amerikaner gleichzeitig mit den Schultern.

»Er machte für mich zumindest nicht den Eindruck, als befände er sich auf einem Rachefeldzug. Ihm war sein gefülltes Bankkonto durchaus wichtiger.« Franklin strich sich durch die Haare.

»Und wo ist Gebbs jetzt?«, fragte Walterson.

»Wir haben keine Ahnung. Irgendwo in den Alpen vermutlich.«

»Was machen wir?« Walterson sah die beiden Amerikaner an, als erwarte er einen Vorschlag. Er vermutete, dass die Amerikaner bereits etwas unternommen hatten. Und er vermutete richtig.

»Wir haben einen Südtiroler, einen unserer Kontaktmänner, der uns bisher für diffizile Spezialaufträge zur Verfügung stand, beauftragt, sich in der Abtei Maria Hilf in Schlanders einzufinden und Göbbs zu kontaktieren, sobald er dort auftaucht.«

Das war eine gute Idee, fand Walterson. Vielleicht sollten die Briten das auch machen. Verbündete hin oder her, den Amerikanern ein wenig auf die Finger zu schauen, könnte nie schaden. Taten gerade so, als wollten sie sich zum Weltpolizisten aufschwingen und waren auf einigen »braunen« Augen durchaus blind in den besetzten deutschen Gebieten. Und irgendeinen Agenten würden auch die Briten in Südtirol haben, mindestens einen.

So sah er auch keinen Grund, ihnen mitzuteilen, dass der SIS mittlerweile eine Vermutung hatte, was die deutsche *Operation Romulus* anging.

»Haben Sie Ihren Kontakt aus Berlin herausholen können?«

Walterson sah Franklin an, der die Frage gestellt hatte. Nach einem kurzen Moment schüttelte er den Kopf. »Wir haben die Verbindung zu ihr verloren.« Er sagte das in einem Ton, der den beiden Amerikanern deutlich machte, dass er darüber nicht mehr reden wollte.

Nachdem sie sich verabschiedet hatten und Walterson in seinem Jeep mit der überdimensionalen Antenne zwischen amerikanischen Panzern, GIs und Trümmern davon gefahren war, wandte sich Coleman an Franklin. »Und ich bin immer noch der Meinung, dass es richtig ist, den Briten nicht alle Informationen zu geben, die wir über die *Operation Romulus* erhalten haben. Gebbs' Information zu den mehreren tausend Kilometern, die noch vor ihm liegen würden, deckt sich mit dem argentinischen Hinweis, den wir bekommen haben.«

»Argentinien also.« Franklin sah die Antenne des Walterson-schen Jeeps hinter Trümmern verschwinden, die mal ein Haus am Platzl gewesen waren. »Dann wird es also Argentinien sein.«

»Falls Gebbs aus den Alpen wieder auftaucht.«

Teil 2: Weltweit

20

10. Mai 1945, Berghof Neunzwinger, Südtirol

Die Holzbalken, aus denen die Decke über ihm bestand, waren dunkel, fast schwarz und garantiert mehrere Jahrhunderte alt. Göbbs schloss die Augen wieder. Wenn er sich recht erinnerte, waren er und ein Mann, der ihn umbringen wollte, zuletzt vor einer Lawine geflüchtet. Das Bild des durch den fliegenden Eisblock zerknickenden Wegbergs tauchte vor ihm auf. Gut soweit. Kein Eis und Schnee jetzt, sondern Holzbohlen und – er ließ seinen Blick nach unten gleiten – ein Fenster mit zugezogener Gardine sowie ein Bett mit Leinenbettwäsche. Was für ein Luxus. Soweit also auch gut.

›*Vergiss nicht*‹, meldete sich unpassenderweise die Großvater-Stimme, ›*dir auf deiner Katzenleben-Skala wieder ein Leben abzuziehen.*‹

Leben Nummer sechs. Blieben noch drei, wenn er seine eigene Rechnung beibehalten würde. Vorrangig würde er aber gerne erfahren, wie er gerettet worden war und wo er sich gerade befand.

Göbbs versuchte sich aufzusetzen und blieb sofort stöhnend liegen. Das fühlte sich nach ein oder zwei gebrochenen Rippen an. Er atmete tief ein und bereute es sofort. Auch das schmerzte. Ganz langsam versuchte er, die Beine anzuziehen, um sich seitwärts aus dem Bett zu schieben, musste jedoch erstaunt erkennen, dass die Bewegungsmöglichkeit seiner Beine eingeschränkt war. Als er mit den Händen die Decke hob und nachsah, stellte er zuerst fest, dass er ein weißes Nachthemd trug, dann, dass sein linker Oberschenkel verbunden und sein rechter Fuß mit einer Kette am eisernen Bettgestell befestigt war.

›Oho‹, bemerkte die Großvater-Stimme belustigt. *›Da will dich die hiesige Bäuerin wohl nicht gleich wieder gehen lassen.‹*

Woher willst du wissen, dass es eine Bäuerin ist?

Als hätte auf der anderen Seite der Tür jemand gestanden und dieses für Außenstehende nicht hörbare Gespräch belauscht, öffnete sich jetzt die Tür und eine Bäuerin trat ein.

›Wie lange willst du noch mit mir streiten?‹ Aus der Großvater-Stimme klang tiefste Selbstzufriedenheit.

Die Bäuerin trug eine Schüssel mit Wasser und verschiedene Tücher, die sie über der Schulter hatte. Als sie sah, dass Göbbs wach war, wanderten ihre Augenbrauen in die Höhe. Dann zog sie mit dem Fuß die Tür hinter sich wieder auf, die langsam zu geschwungen war.

»Tata! Er isch woch!«, rief sie und drehte sich dabei in den hinter der Tür liegenden Flur. Sie stellte die Schüssel auf einen kleinen Tisch neben der Tür. Göbbs schätzte sie auf Mitte dreißig. Sie hatte dunkle Haare, ein fein geschnittenes Gesicht mit schwarzen Augen, etwa seine Größe und war schlank. Mit unter der Brust verschränkten Armen blieb sie neben der Tür stehen und wartete auf ihren Vater, dessen Schritte draußen auf dem Holzfußboden zu hören waren. Er musste deutlich über sechzig sein, schätzte Göbbs, als der Mann in der Tür erschien. Graue Haare bis weit in die Stirn, ein sauber gestutzter grauer Vollbart und Haare, die ihm aus der Nase und den Ohren wuchsen. Ein faltenreiches Gesicht und eine kräftig untersetzte Figur. Die Augen waren dieselben wie bei seiner Tochter – falls *»Tata«* Papa hieß. Dieser Mann passte in dieses Haus wie nichts anderes auf der Welt. Dann blieb sein Blick an der Pistole hängen, die der Alte in der rechten Hand hielt und auf Göbbs gerichtet hatte.

»Woll? Woch epper?« Der Alte nickte seiner Tochter zu, die wortlos den Raum verließ und die Tür hinter sich schloss. Er zog einen Stuhl zu sich heran, setzte sich, griff mit der linken Hand in die Brusttasche seines Hemdes und zog zwei Papiere heraus, die er auf den Tisch legte.

»I hon di ausn Schnea zochn, weil i akrat zem in der Nechnt wor und enk gsechn hon.« Obwohl er langsam und gemessen sprach, verstand Göbbs nicht ein Wort. »I hon enk ban schiaßn zuagschaug und gsechn, wia du vor den Schlawiner mit der Pix ougezogglt bisch, und i hon di rettn kennen, weil du gebliatet hosch wia a Fackl und i in roatn Schnea gsechn hon. Du bisch net tiaf drunter glegn, lei sellawegn hon i di gfundn.«

Göbbs sah ihn irritiert an. Der Alte kratze sich seinen Vollbart am Kinn, legte den Kopf schief und wiederholte wahrscheinlich das, was er eben gesagt hatte in einer etwas verständlicheren Weise für Göbbs.

»I hob di aus dem Schnea gezogn, weil i zuafellig in der Nähe wor und euch gsehn hob. I hob eire Schiaßerei beobochtet und gsegn, wia du vor den Typ mit der Pistoln ausunter glaufn bisch. Und i hob di retten kennen, weil deine Wunde gebluatet hot und i den roatn Schnea gsegn hob. Du bisch net tiaf unter dem Schnea glegen, lei deswegn hob i di gfundn.

Den ondern hob i net gfunden. Deine toatn Kameraden a net. Du muasch an Schutzengel hobn.« Er sprach langsam, fast gelassen und bewegte sich auch so, gemächlich, mit genau bemessenen Bewegungen. Der Alte schwieg einen Moment und Göbbs, der noch nicht wusste, wie er die Situation einschätzen sollte, nutzte die Pause für seine übliche Bemerkung in solchen Situationen: »Ich habe neun Leben wie …«

»… a Kotz.« Der Alte nickte, sein Gesicht blieb aber ausdruckslos und verschlossen. »Nein Leben wie die nein Monat von a Schwongerschaft.«

Wieder schwieg er eine Weile und musterte Göbbs. »I woaß no net, ob des guat wor, dass i di grettet hob. I kannet di gsund pflegn und laufen lossn. Dauert lei ein paar Wochn. Zwoa vielleicht, bis du einigermoßn schmerzfrei bissch. Du worsch vier Tog ohne Bewusstsein und hosch zwoa gebrochene Rippen, glotter Bruch, koane Lungenverletzung. Du hosch an Streifschuss om Bein, a net schlimm. Und du hosch ordentlich wos gegen den Kopf gekriag. Olles in Ollem bisch du besser dron, als der, der deine Kumpels erschossn hot.

Du hosch sogar no deinen Rucksack aufghob. A Mönchskuttn wor drin. Und Wäsch.

Anstott di gsund zu pflegen kannet i di ober a do im Bett erschlogn wia an räudign Hund. Oder i schlepp di aussi in die Berg und schmeiß di in irgenda Schlucht. Koan Mensch werd das mitkriagn. Heitzutog verschwinden viele Menschen. Und neamand woaß, dass du do bisch.«

Er klopfte mit dem Pistolenlauf auf die Papiere. »Es häng gonz davon ob, wia du mir des do und des, wos da oben om Berg passiert isch, erklärsch.« Auf dem Tisch lagen das Schreiben Bormanns und der Pilgerpass, den Bruder Justitian für ihn ausgestellt hatte. Der Alte schwieg und sah Göbbs erwartungsvoll an. Erschlagen? Erschießen? In ein Tal schmeißen? Gesund pflegen? Welche seiner eigenen möglichen Antworten jedoch führte zu der für ihn günstigsten Alternative? Hatte er hier einen altgedienten Nazi vor sich? Oder jemand, der den ganzen Krieg über die in den Alpen operierenden Partisanen unterstützt hatte? Wollte dieser Mann ein unabhängiges Tirol? Einen Anschluss an Österreich oder Italien? Auch davon war es abhängig, wie er reagierte, denn je nach der Version der Geschichte, die Göbbs erzählen konnte, verfolgten die Protagonisten auch unterschiedliche Ziele, die den Süden Tirols betrafen.

Was sollte er ihm erzählen? Die Wahrheit? Oder welchen Teil davon? In welcher Version? Sollte er nur seine deutsche Mission erklären? Die allerdings schien ja aufgeflogen zu sein, wenn irgendjemand, wer auch immer, einen Agenten hinter ihm herschickte, um ihn auszuschalten.

Der Alte vor ihm hatte gesagt, er habe alles beobachtet. Hatte er auch gehört, was Wegberg gerufen hatte? Dann blieb ihm sowieso nicht viel Spielraum.

»Ich war mit Bruder Justitian unterwegs nach Schlanders. Dort soll es ein Kloster geben.« Er schwieg und spekulierte auf einen Einsatz des Alten.

Dieser nickte. »Die Nazi-Obtei, wia mir do sogn.« War da ein winziger Unterton zu hören gewesen? Göbbs hoffte, sich nicht verhört zu haben. Er strich sich mit der Hand durch die Haare. »Ich bin auf der Suche. Seit Monaten verschwinden hochrangige Politiker und Funktionäre der NSDAP.« Er würde es mit einem Teil der Wahrheit versuchen. »Es muss eine Route geben, auf der diese Leute dem Kriegsende und der drohenden Strafe durch die Alliierten zu entkommen versuchen. Wir befürchten, dass diese Nazis dort, wohin auch immer sie fliehen …«

»… gor nichts mehr onfongen kennen. Der Kriag isch zu End.«

»Der Krieg ist …« Göbbs schwieg. Der Krieg war also zu Ende. Das lang Erwartete kam so unerwartet, dass es Göbbs die Sprache verschlug. Und er hatte diesen Zeitpunkt verschlafen. Zu Ende. Zwei Worte. So einfach und so schnell auszusprechen. Was aber hatte die Bedeutung dieser Worte gekostet? Wie lange noch würden die Menschen an den Folgen dieses Krieges zu arbeiten haben?

Und vor allem kurzfristig gedacht: Was bedeutete das für ihn selbst und für seine Mission?

»Die deitschn Generale hobn am siebenten Mai in Berlin die bedingungslose Kapitulation unterzeichnet.« Noch immer war das Gesicht des Alten undeutbar. Göbbs konnte weder Erleichterung über das Kriegsende, noch Verbitterung über die deutsche Niederlage darin erkennen.

»Umso wichtiger ist es, dass ich den Fluchtweg der Nazis finde.«

Die Frage, ob die Gesamtmission noch bestand, stellte sich ihm gar nicht mehr. Diese Flugzeuge und die wahrscheinlich noch immer frei herumlaufenden Nazis und Wissenschaftler konnten auch nach Kriegsende eine Menge Unheil anrichten, eine ganze Menge sogar. Er setzte bei seinem Gegenüber alles auf eine Karte. Zur Not würde er um sein Leben kämpfen müssen.

»Wir hatten sie hier in den Alpen vermutet. Aber nun scheint es, dass sie sich noch weiter nach Süden abgesetzt haben.«

»Mir?«

Göbbs stockte nur einen winzigen Moment. »Die Organisation, für die ich arbeite. Sie hat mich bei den Deutschen eingeschleust, dieses Schreiben von Bormann nachgemacht und Bruder Justitian angeheuert, um mich durch die Alpen zu bringen.«

»Wohin?«

»Nach Schlanders. In diese Abtei.«

Der Alte nickte. »Maria Hilf.« Er spuckte den Namen des Klosters förmlich aus. »Wia gsog, i kenn sie. Und i kenn Bruder Justitian. Wos isch des für a Organisation, für de du orbeitesch?«

Göbbs schwieg, sah dem Alten in die Augen. Der starrte zurück. Dann griff er nach dem Schreiben von Bormann. »A Fälschung also?«

»Glauben Sie wirklich, dass jemand wie ich mit einem echten Schreiben von Bormann durch Deutschland rennt?«

»Warum sollet i dir de Gschicht glabn?«

»Ich hätte mich als Deserteur ausgeben können oder als Widerstandskämpfer, das hätten Sie nicht geglaubt. Ich hätte

Ihnen auch eine Geschichte von einem Ingenieur, den ich jage, und von vierzig oder mehr geheimen, neuartigen und gefährlichen deutschen Flugzeugen erzählen können. Flugzeuge, die ich suche, um den Deutschen einen letzten Endschlag zu ermöglichen oder um ihnen ihre letzte Waffe zu nehmen.«

»Widerstondskämpfer. Dovon hobn mir plötzlich gonz viele. Und in einign Monatn werd Südtirol von Widerstondskämpfern lei so wimmeln. Oll des hättesch du erzähln kennen.« Der Alte kratzte sich am Kopf, schon wieder.

»Hätte ich. Habe ich aber nicht. Ich habe es mit der Wahrheit versucht. Und ich habe Teile verschwiegen, weil ich zur Verschwiegenheit verpflichtet bin.«

Langsam legte der Alte das Papier wieder auf den Tisch. Dann stand er auf. Göbbs versteifte sich, nicht wissend, wie der Alte jetzt reagieren würde. Der jedoch drehte sich zur Tür, öffnete sie und rief seine Tochter.

»Du konnsch ihm jetzt as Wosser gebn und eppes zu essn mochen. I muass nochdenkn.«

Das war zweifelsohne positiv und Göbbs entspannte sich.

Maria, die Tochter des Alten, erwies sich als dienstbarer Geist. Routiniert und ohne Scheu half sie ihm beim Waschen, erklärte nebenbei, dass er sich auf dem Neunzwinger Berghof weit oberhalb von Graun befand, dass neben ihr und ihrem Vater noch ihr zwölfjähriger Sohn Simon und ihre Mutter Hanna auf dem Hof lebten und dass ihr Mann bereits im Juni 1940 in Frankreich gefallen war.

»Seit Hitler uns folln glossn hot, hosst Voter die Nazis.«

»Uns?«

»Die Südtiroler. Er hot unsre Eigenständigkeit in Bündnis mit Italien geopfert.«

Ja, dachte er. Genau das hat er getan. Und es sah nicht so aus, als ob die Amerikaner, Briten oder Franzosen auf das kleine

Südtirol Rücksicht nehmen würden, wenn es um die großen und neuen europäischen Grenzen ging.

Marias Vater kam am Abend zurück. Göbbs hatte zu essen bekommen, Brot, Käse, Wurst und zu trinken Wasser. Am Abend kam der Alte wortlos in das Zimmer und löste die Kette von Göbbs' Fuß.

»I vertrau in di Deitschn net, ober du bisch koan Deitscher.«

»Das ist richtig«, bestätigte Göbbs. »Ich bin Norweger.«

In den folgenden zwei Wochen konnte sich Göbbs von den Strapazen der hinter ihm liegenden Reise erholen. Seine Rippen und sein Streifschuss heilten problemlos. So, wie das Wetter besser wurde, sickerten auch Nachrichten aus dem Europa ein, in dem der große Krieg zu Ende gegangen war und jetzt das große Aufräumen beginnen sollte.

Göbbs hörte von Amerikanern in Italien, von dem wahrscheinlich weiteren Festhalten an der Teilung Tirols – etwas, was die Menschen hier mehr und mehr verärgerte – von Truppenbewegungen, Gefangenenlagern und Gefangenentransporten. Immer mehr Aufklärer der Alliierten flogen über die Berge, höher oder tiefer, Kreise ziehend oder weite Bögen beschreibend.

Der Alte war in Graun gewesen und dort hatte er die ersten Amerikaner getroffen. Er war nach deutschen Flüchtlingen in den Alpen befragt worden, vor allem nach größeren bewaffneten Einheiten, von denen er aber nichts wusste. Das zeigte ihm, dass die Amerikaner noch immer sehr viel Respekt vor den Bergen und dem, was sich darin verbergen konnte, hatten. Marias Vater sprach von Spezialeinheiten, die die Berge durchkämmen sollten und dass dies durchaus in der nächsten Zeit beginnen könne.

Irgendwann in diesen Tagen fragte Göbbs den alten Neunzwinger, was er denn so allein in den Bergen getan habe, als er zufällig die Schießerei und die Lawine beobachtet hatte.

Unterwegs sei er gewesen, Geld zu verdienen, antwortete der Bauer.

»Schmuggel also.« Göbbs grinste. »Was schmuggelt man denn zwischen Tirol und Südtirol hin und her, so kurz nach dem Krieg?«

Der Alte sah ihn bestimmt eine Minute wortlos an. Dann winkte er ihm, mitzukommen und führte ihn in die Scheune. Unter einer Schicht Stroh in einer Pferdebox öffnete er einen hölzernen Verschlag. Schnaps, Speck und Butter, Medizinpackungen und Verbandsmaterial, Nägel, Schrauben, Messer, sogar Wein und Kaffee waren zu sehen, Schmuggelgut, das von Nord nach Süd und umgedreht gebracht wurde.

Göbbs' Frage, ob er auch Menschen geschmuggelt habe, ließ Neunzwinger unbeantwortet.

Wenig später brachte Neunzwinger erneut Gerüchte von alliierten Spezialeinheiten auf der Suche nach versprengten Wehrmachtseinheiten aus dem Dorf mit.

»Du sollesch bis zem verschwunden sein von do«, sagte er dann.

Ab diesem Moment plante Göbbs seinen Aufbruch. Der Streifschuss war verheilt, die Rippen soweit wiederhergestellt, dass er sich ohne größere Schmerzen bewegen konnte. Der Alte hatte für den übernächsten Tag in Graun ein Gespann organisiert, welches Heu in die Abtei Maria Hilf in Schlanders bringen würde. Er sollte mitfahren.

»Der Bauer, Josef Hofer, woaß nichts von deiner Suach. Dobei sollets bleiben. Er wor derjenige, der von dein Justitian ollm aufgsuacht gwurdn isch, wenn der do mit Leit aus die Berg kemmen isch. I hob ihm erzählt, dass i di noch an Lawinenunglück geborgn hob, du von Bruder Justitian gefaselt hosch und i di desholb jetzt, wo du einigermoßn wieder auf den Beinen bisch, zu ihm bring, damit er di in das Kloster bringen konn.«

Der Alte schwieg einen Moment, dann kratzte er sich wieder einmal am Kopf. »Hofer isch … etwas speziell, um es mal so zu sogn. Du wersch es merkn. Und er isch a Nazi, durch und durch. Wia so viele do. Immer no und trotz olledem!« Zumindest aus dem letzten Satz hörte Göbbs Verbitterung heraus. Keine Verachtung, keine Wut, sondern Groll. Diesen Leuten hier ging es wirklich um das, was die Deutschen ihrem Land angetan hatten, nicht um die Idee, die die Nazis vertraten und in deren Namen so viele Menschen in den letzten Jahren gestorben waren.

»Und du solltesch ihn bezohln, natürlich.« Als Göbbs aufsah, grinste der Alte ihn erstmals an. »Es isch noch olles do, von deinem Gold moan i.«

Göbbs hatte es schon kontrolliert, in dem kleinen versteckten Fach in seinem Rucksack, war aber der Meinung gewesen, dass der Bauer das kleine Säckchen eventuell gar nicht gefunden hatte. So viel also dazu.

Völlig unerwartet bot sich ihm hingegen am Abend vor seiner Abreise eine andere Lösung an. Überraschend öffnete sich in der Dunkelheit die Tür zu seiner Kammer. Göbbs, der schon mit Hinüberdämmern in das Reich des Schlafes beschäftigt war, hatte Mühe, zurückzufinden. Erst als ein weicher und warmer Körper neben ihn ins Bett glitt, wurde er richtig wach. An dem, was da seine Haut berührte, erkannte er sofort Maria. Als er etwas sagen wollte, legte sie ihm die Hand auf den Mund. Dann wanderte diese nach unten, strich über sein Kinn, den Hals, die Brust, seinen Bauch, den Nabel, noch tiefer, verharrte und umfasste sachte das, was ihr da entgegenwuchs. Ihre vorsichtigen Handbewegungen führten zu dem entsprechenden Ergebnis. Leicht wie eine Feder glitt sie auf Göbbs, dessen Hände ebenfalls begannen, das zu erforschen, was sich ihm da so unerwartet anbot.

»Du kannesch hier bleibn«, flüsterte sie noch. »Du kannesch bleibn und do lebn. Plotz isch. Es hätt koaner wos dagegn.«

Göbbs blieb nicht. Maria nickte ihm mit einer leichten Traurigkeit in den Augen zu, als er sich verabschiedete, dem Neunzwinger Berghof den Rücken kehrte und dem Alten bergab folgte.

›*Wenn das Julia wüsste*‹, frotzelte die Großvater-Stimme und spielte dabei auf die letzte Nacht an.

Sie weiß es aber nicht, entgegnete Göbbs. *Und du wirst es ihr garantiert nicht sagen.* Er grinste, als sie den Weg nach Graun einschlugen.

Dem alten Neunzwinger drückte er bei einer Pause unterwegs vier goldene Münzen und zwei mit Steinen besetzte Ringe in die Hand. Ohne zu protestieren, ließ der Alte die Bezahlung mit einem leichten Nicken in der Innentasche seiner Jacke verschwinden.

›*War das nicht ein bisschen viel?*‹, fragte die Großvater-Stimme.

Für das, was er getan hat? Eher ein bisschen wenig. Göbbs sah in die Berggipfel. *Er hätte auch alles nehmen können.*

›*Hat er aber nicht.*‹

Eben, entgegnete Göbbs. *Hat er nicht.*

Josef Hofer war wirklich speziell, da hatte Marias Vater Recht. Ein grantiges »Morgen friah geat's los«, ließ er vernehmen, sonst nichts. Hofer war klein, drahtig und ständig in Bewegung. Allerdings ignorierte er Göbbs, nachdem er ihn auf eine Bank am Haus gewiesen hatte. Er selbst hatte den Rest des Tages damit zu tun, Pflastersteine vor dem Eingang seines Bauernhauses aufzunehmen und, nachdem er das Unterste zuoberst gekehrt hatte, wieder einzusetzen. Die quadratischen Steine hatten eine Kantenlänge von etwa sechs Zentimetern. Göbbs zweifelte sofort am Verstand des Bauern und sah sehnsüchtig Marias Vater hinterher, der sich verabschiedet hatte und wieder dem Berghang zustrebte, hinter dem sein Hof lag.

Auch die Großvater-Stimme ließ keine Zweifel an ihrer Vermutung, was den Geisteszustand Hofers anging. Erst nachdem sich Göbbs an die Hauswand gehockt und mit dem Gedanken abgefunden hatte, dass es heute nicht mehr weiterging, sah er, was Hofer wirklich tat. In einem Anflug von Patriotismus musste der Bauer vor Jahren wahrscheinlich dutzende dieser kleinen Pflastersteine mit Hilfe eines Hammers und eines Meißels mit Hakenkreuzen verziert haben. Diese verzierten Pflastersteine schmückten in Form eines großen Hakenkreuzes den Zuweg zu seinem Wohnhaus. Er war dabei, die kleinen Hakenkreuze nach unten zu drehen.

›Das ist jetzt echt nicht wahr, oder?‹ Göbbs konnte der Großvater-Stimme jedoch nichts entgegnen. Er war selbst sprachlos.

Nach einer in der Scheune verbrachten Nacht und einem eher kärglichen Frühstück, verglichen mit dem, was Göbbs auf dem Neunzwinger Hof angeboten bekommen hatte, spannte er mit dem schweigsamen Bauern die Pferde vor den großen, mit Heu beladenen Wagen. Als sie losfuhren, ratterten die Räder über das Pflaster, von dem alle kleinen verräterischen Hakenkreuze verschwunden waren. Wusste man aber, wonach man suchen musste, dann konnte man noch immer das Muster des großen Hakenkreuzes erkennen.

Erst als sie Graun hinter sich gelassen hatten, fragte Hofer nach Bruder Justitian. Göbbs erzählte von einer Lawine und wie er von Marias Vater gerettet worden war.

»Der olte Neinzwinger«, sagte Hofer nur und schwieg den Rest des Tages, bis sie in Schlanders ankamen und den Weg zum Kloster einschlugen. Drei Mal waren sie von GIs in Militärjeeps angehalten und kontrolliert worden. Göbbs, der seine Mönchskutte übergeworfen hatte, zeigte seinen Pilgerpass, Hofer seine Papiere und sie konnten ungehindert ziehen.

21

Ende Mai 1945, Abtei Maria Hilf, Schlanders, Südtirol

Etwas oberhalb von Schlanders, abseits der Straße, die zum Reschensee führte, lag die Abtei Maria Hilf. Der weiße Gebäudekomplex war mehr als fünfhundert Jahre alt. Er schmiegte sich in den Berg und war dadurch auf der der Straße zugewandten Seite deutlich tiefer gelegen als auf der Bergseite. Trotz seiner weißen Farbe schien er in den Fels hineinzuwachsen. Betrat man das Gelände von der Straße aus durch das große Tor, dessen Flügel momentan halb geöffnet waren, stieg der Hof von da aus steil an, bis zu den weit über dem Straßenniveau gelegenen Gebäuden des Klosters. Zentrum dieser war ein direkt dem Tor gegenüber gelegener Glockenturm, der weit über die Ziegeldächer der anderen Gebäude ragte. Direkt vor den Gebäuden hatte man terrassenartige Plätze geschaffen, die jetzt mit einfachen Bänken und Tischen besetzt waren. Der vom Eingangstor aus rechte Teil des Innenhofes war durch eine Mauer abgetrennt, in der ein braunes Holztor den Zugang verwehrte. Drei Bäume standen im Innenhof, weit links hinten zwei Flaumeichen und in der Mitte des Platzes eine riesige Buche, deren gewaltige Krone schattenspendend den Hof dominierte. Sie war etwa gleichweit vom Glockenturm, dem Straßentor und dem Holztor entfernt. Aus irgendeinem Grund waren alle Kriegswirren der letzten hundert Jahre am Kloster vorbeigegangen. Unversehrt boten die Gebäude Schutz und Unterkunft. Zumindest im letzten Jahr hatte das Kloster dies dem Verhandlungsgeschick des Abtes und seinen Verbindungen zu allen Kreisen der im Krieg handelnden Parteien zu verdanken. Im Normalfall wohnten dort bis zu vierzig Mönche, doch jetzt beherbergte man hier zusätzlich über zweihundert Obdachlose und Flüchtlinge.

»Nicht allen hier können wir vertrauen.« Draeger saß mit seinen vier Männern an einem Tisch rechts vom Glockenturm. Sie hatten von da aus einen optimalen Blick auf das Tor und die außerhalb des Klosters gelegene Straße. Rund um sie lagerten, liefen, standen oder saßen Menschen. Männer, Frauen und Kinder. Männer jedoch in der Überzahl. Mönche eilten geschäftig umher, um die Versorgung der Flüchtlinge zu organisieren. Draeger und seine Männer waren zur Tarnung in abgerissenen Zivilsachen hier aufgetaucht und hatten sich als ausgebombte Südtiroler vorgestellt, was ihnen nicht schwer gefallen war, denn Draegers Männer waren wirklich Südtiroler. Sie hatten problemlos Unterschlupf gefunden.

»Unser Kontaktmann hier ist der Abt Francesco Gamper. Er wird, wie ich eben erfahren habe, erst morgen oder übermorgen wieder hier eintreffen. Da ich nicht weiß, welchen seiner hiesigen Brüder er ins Vertrauen gezogen hat, machen wir uns klein. Pichler, Kofer«, er nickte zwei seiner Leute zu. »Sie werden die Gegend erkunden. Da dieser Verräter und der durchgeknallte Agent hierher unterwegs sind, können sie nur eine Handvoll Wege aus den Bergen hier herunter nehmen. Kontrollieren Sie die. Hören Sie sich um. Sie haben die Beschreibung von Göbbs gelesen. Der ist nicht so leicht zu übersehen. Klar?«

Die beiden nickten, erhoben sich und verschwanden wortlos Richtung Ausgang. Sie gehörten zu den handverlesenen Männern, die Draeger grundsätzlich für Aufgaben dieser Art nutzte. Genau wie Mair und Thaler, die zwei Männer, die Draeger bei sich behielt, um Göbbs und Wegberg im Kloster zu erwarten. Bisher schienen diese jedenfalls noch nicht hier gewesen zu sein. Meir hatte mit dem Prior unter dem Vorwand gesprochen, er suche einen guten Freund, von dem er auf der Flucht getrennt worden war. Sie hätten sich hier verabredet. Der Prior hatte daraufhin bei seinen Leuten nachgefragt. Niemand konnte sich jedoch an jemanden erinnern, der zumindest auf die Beschreibung passte, die sie von Göbbs hatten.

Andererseits, wenn diese durchgeknallte Tötungsmaschine Wegberg Göbbs bereits in den Bergen erledigt hatte, würden sie es hier im Kloster nie erfahren. Welchen Grund sollte Wegberg in diesem Fall haben, in das Kloster zu kommen? Sie würden dann wohl in den Alpen suchen müssen.

»Na schönen Dank auch«, murmelte Draeger und musterte das Massiv, das seine Gipfel in die Wolken streckte, als riefe es ihm höhnisch zu, er solle doch suchen kommen.

Johann Telser hatte sich zusammen mit Thomas Kaser in derAbtei Maria Hilf in Schlanders eingefunden. Sie hatten sich gleich am Eingangstor rechts gehalten und eine Nische in der Mauer zur Straße gefunden, von der aus sie scheinbar desinteressiert und gelangweilt das Treiben auf dem Innenhof des Klosters beobachteten. Offiziell, so wie sie es dem Prior mitgeteilt hatten, waren sie auf der Flucht vor den Russen aus Österreich in ihre alte Heimat Südtirol zurückgekehrt. Inoffiziell arbeiteten sie seit einigen Jahren für den amerikanischen Geheimdienst und sollten auf einen Deutschen warten, der sich hier einfinden würde. So hofften jedenfalls ihre Auftraggeber.

»Wenn der Job do vorbei isch, sig i zua, dass i in die Staaten komm«, ließ sich Telser vernehmen. Er war hoch aufgeschossen und trug über Hemd und Hose einen langen, weiten Mantel, unter dem er in seinem Gürtel vier Pistolen verbarg. Man wusste ja nie …

»Die Staaten sein a guate Idee«, entgegnete Kaser. Er war ähnlich gerüstet wie sein Kollege. »Warum, verdammt nochmal, solln mir nichts tean, wenn dieser Deitsche auftaucht?«

»Du sollsch net fluachn, hot Pater Georg immer gsogt. Erinnersch di?« Die Beiden waren zusammen in einem kleinen Dorf in der Nähe von Bozen aufgewachsen. »In die Staaten konnsch du olls mochn. Versteasch du? Olls!

Und außerdem solln mir do eppes tean. Mir solln nämlich vorsichtig versuchen, Kontakt aufzunemmen. So vorsichtig, dass neamend merkt, dass mir mit ihm redn. Des Gonze soll meglichst schnell über die Bühne gean. Er scheint sehr wichtig für die Amis zu sein.«

»So vorsichtig, dass er selber es net mol merkt?«

Sie grinsten sich an und sahen sich weiter um.

»Wirklich olls?«, fragte Kaser wenig später nochmal nach.

»Olls«, antwortete Telser im Brustton der Überzeugung. »Und du kimsch mit!«

Nicolo Gallo und Luca Galdino hatten die letzten Jahre bei einer Partisaneneinheit zugebracht, die darauf spezialisiert war, in den Alpen deutsche Transporte zu überfallen, indem sie an Steilhängen über den Wagen mit Sprengstoff Lawinen auslösten.

»Wenn ich überlege, dass von allen Anwesenden hier mindestens sechzig Prozent deutsche Nazis und fast der gesamte Rest italienische Faschisten sind, kommt mir das große Kotzen.« Gallo spuckte angewidert auf die Erde. Sie hielten sich bereits zwei Tage im Kloster auf und lungerten, an die Buche gelehnt, auf dem Innenhof herum. »Vor ein paar Monaten noch haben wir die gejagt.«

»Und sie uns«, entgegnete sein Kamerad.

»Ich würde am liebsten …«

»Lass bloß deine Knarre stecken«, knurrte Galdino und legte beruhigend seine Hand auf Gallos Unterarm. »Die Briten haben nur verlangt, dass wir auf diesen Deutschen mit der Narbe im Gesicht warten und beobachten, was er hier macht und mit wem er Kontakt aufnimmt. Mehr nicht. Nur beobachten und melden.«

Sie sprachen leise auf Italienisch miteinander, ein Unterschied zu einem Großteil der anderen, die sich hier im Kloster befanden. Und nicht alle benutzten den Südtiroler Dialekt. Ein weiterer Italiener gesellte sich zu ihnen und verteilte Brot und etwas Käse, was er vom Kellermeister organisiert hatte. Tasso Varga war der Dritte ihrer Einheit.

»Nix.« Seine Stimme kam tief aus dem Brustkasten und klang wie das Brummen eines gereizten Bären. »Ich habe mit dem Kellermeister gesprochen. Der weiß praktisch alles, was im Kloster vor sich geht. Kein Deutscher mit den beschriebenen Narben im Gesicht hier. Nur Nazis und Faschisten überall.«

»Ihr übertreibt.« Galdino rutschte am Baum herunter, streckte die Beine aus und schob sich seinen Hut über das Gesicht. »Weckt mich, wenn etwas passiert. Aber sachte, ich bin sensibel.«

»Mit welchem Recht schläfst du und wir müssen aufpassen?«, protestierte Gallo.

»Weil ich in diesem Krieg mehr Deutsche umgebracht habe als ihr beide zusammen«, murmelte Galdino schlaftrunken und schon kündeten lange Atemzüge von seinem Zustand tiefer Ruhe.

»Der kann wirklich immer und überall schlafen.« Varga schüttelte den Kopf und steckte sich das letzte Stück Brot in den Mund. Dann sah er begehrlich zu dem Käse, den der Schlafende noch in seiner Hand hielt.

»Vergiss es«, meinte Gallo. »Bevor du den Käse auch nur berührt hast, hat er deine Hand mit seinem Messer an die Erde genagelt.«

Über eine Stunde später, die Sonne war bereits halb hinter dem westlichen Massiv verschwunden, öffneten sich beide Flügel des Tores für einen Wagen, der hoch mit Heu beladen war und von zwei Pferden gemächlich in den Innenhof gezogen wurde. Der

Alte auf dem Kutschbock machte einiges Geschrei dabei und schwang eine lange Peitsche über den Köpfen der Menschen, um diese aus der Fahrtrichtung seines Gefährtes zu vertreiben. Das Ganze verursachte eine gewisse Aufregung und alle Blicke richteten sich auf das Gefährt, so dass der Mann, der nach dem Heuwagen den Innenhof des Klosters betrat, von den Meisten übersehen wurde, jedoch nicht von allen.

»Wer sagt's denn«, murmelte Draeger und wies mit dem Kinn auf den Mann, der hinter dem Heuwagen herlief. »Da ist er ja.«

Thaler und Mair fragten nicht. Es war klar, wen Draeger meinte.

»Thaler, Sie bleiben dran. Kriegen Sie raus, mit wem die beiden reden und wo sie untergebracht werden. Ich gehe davon aus, dass sie die Nacht hier im Kloster verbringen werden. Dann schlagen wir während der Dunkelheit zu. Und danach warten wir auf Wegberg.«

Thaler stand auf, schob sich unauffällig durch die Leute und bewegte sich auf Göbbs und den Heuwagen zu, die das zweite Tor innerhalb des Innenhofes ansteuerten. Der dahinter liegende Bereich wurde von Flüchtlingen frei gehalten und beherbergte den Wirtschaftshof, in dem sich neben dem Abteigarten auch die Ställe für einige Kühe und Pferde befanden, für die das Heu gedacht war.

Ein Mönch begleitete den Wagen durch das Holztor, Göbbs folgte und Thaler versuchte ebenfalls, das Tor zu passieren, wurde aber von zwei Mönchen aufgehalten, die das Tor schließen wollten. Das war der Moment, in dem Galdino auf den Südtiroler aufmerksam wurde. Die Italiener hatten natürlich das Gefährt ebenfalls beobachtet, bekamen aber jetzt erst mit, dass Göbbs von Thaler verfolgt worden war.

»Das ist doch …«, murmelte Galdino und wurde blass.

»Was?«, fragte Gallo. Vargas sah zwischen Galdino und dem Südtiroler am Tor hin und her, sagte jedoch nichts.

»Lana«, flüsterte Galdino und die Stimme drohte ihm zu versagen. »Das Massaker ... der Schlächter ...« Und da wusste Vargas, wieso sein Freund so blass geworden war. Im August 1944 war der SS eine Gruppe italienischer Partisanen in die Hände gefallen. Alle waren in Lana hingerichtet worden, einem kleinen Ort zwischen Meran und Bozen. Galdinos Brüder und sein Vater gehörten zu den Ermordeten. Er selbst hatte Glück gehabt und wegen einer Verletzung nicht an dem Einsatz teilgenommen, der zu der Gefangennahme der Partisanen geführt hatte. Später kursierte dann in Partisanenkreisen das Foto des SS-Scharführers Thaler bei der Erschießung der Gefangenen.

»Galdino«, Vargas legte seinem Freund die Hand auf die Schulter. »Wir dürfen jetzt nicht...« Aber es war zu spät. Galdino sprang nach vorn, riss seine Pistole aus dem Gürtel und eröffnete im Rennen das Feuer auf Thaler.

Der erste, der zu Boden ging, war einer der Mönche am Tor. Galdino feuerte sein ganzes Magazin leer. Leute schrien, rannten panisch umher, warfen sich auf den Boden. Ein Mann, der in die Schusslinie geriet, wurde an der Schulter getroffen. Es riss ihn förmlich zu einer Pirouette herum, bevor er zu Boden ging und sich schwach bewegend liegen blieb. Die anderen Geschosse des Italieners schlugen um das Tor herum in die Mauer ein. Auch der zweite Mönch, von den Schüssen überrascht, brachte sich nicht in Sicherheit und rutschte, von einer Kugel getroffen, an der Mauer herunter, eine blutige Spur hinterlassend. Der Einzige, der nicht getroffen wurde, war Thaler. Er hatte sich geduckt, eine Pistole aus dem Hosenbund gezogen und orientiert, woher die Schüsse kamen. In Bruchteilen von Sekunden hatte er Galdino ausgemacht und zurückgefeuert. Der Italiener ging zu Boden, von Thalers Kugel in die Brust, von einer weiteren gleichzeitig in den Rücken getroffen.

Draeger hatte irritiert den Angriff verfolgt, seine Waffe ebenfalls gezogen und dann Mair zugerufen: »Das muss der verrückte Agent sein, den sie auf Göbbs angesetzt haben!«

Er hatte sich hingekniet, gezielt und geschossen. Mair war hinter ihm stehen geblieben und hatte die Sicherung übernommen. Sie waren ein eingespieltes Team. Womit sie nicht rechneten, war, dass die beiden anderen Italiener sofort das Feuer auf sie eröffneten. Varga rannte zu seinem niedergeschossenen Kameraden, während Gallo aus der Deckung, die der Baumstamm bot, wechselseitig auf Draeger und Thaler feuerte. Thaler verschwand endgültig hinter dem Tor. Draeger konzentrierte sein Feuer auf den beim Verletzten knienden Varga, während Mair auf Gallo schoss, der weiterhin hinter dem Baumstamm hervor auf die beiden Deutschen feuerte. Varga hatte vorgehabt, seinen Kameraden in Deckung zu ziehen. Da Draeger aber in schneller Reihenfolge schoss, schmiss sich der Italiener auf die Erde neben ihn. Obwohl er ihn nicht als Schutz benutzte, bemerkte er, dass Galdino von mehreren Kugeln getroffen wurde.

»Luca!«, rief Varga, während er auf Draeger feuerte, das Magazin wechselte und weiterschoss. »Luca!« Er bekam keine Reaktion mehr.

»Cazzo! Nico, wer ist das?«

»Keine Ahnung!« Auch Gallo wechselte das Magazin. Noch immer rannten Menschen schreiend umher, warfen sich auf den Boden oder versuchten, hinter Bänken und Büschen Schutz zu suchen. Nicht alle hatten die Quelle der Schüsse ausmachen können und gerieten zwischen die Feuernden. Einem Mann wurde das halbe Gesicht weggeschossen, eine Frau schrie auf, weil sie eine Kugel in den Unterleib bekommen hatte. Beide gingen zu Boden. Dann war das Schussfeld frei. Varga rutschte ein Stück zur Seite und nahm jetzt doch seinen toten Kameraden als Schutzschild.

»Vielleicht sind das Deutsche!«, rief Gallo ihm zu. »Kameraden des Schlächters!«

Die beiden Südtiroler hatten Göbbs gleich erkannt, als er den Innenhof des Klosters betreten hatte, und gerade überlegt, ob sie versuchen sollten, ihm in den Wirtschaftshof zu folgen, als die Dinge eskalierten und die Schießerei begann. Völlig verdattert beobachteten sie die Entwicklung.

»Wos isch denn do lous?« Telser huschte in seine Mauernische und zog Kaser zu sich.

»Der am Tor hot gwellt hinter unserm Norbengsicht her«, antwortete Kaser, »und de dort am Bam hobn af ihn gfeiert und sein von de boadn dort hinten ongegriffen gwurdn. Vielleicht ghearn die Ongreifer zu den, der den Deitschn verfolg hot.« Kasers Blicke huschten zwischen den beiden aufeinander schießenden Parteien hin und her.

»Wo isch der Typ vom Tor?«, fragte Telser. Dort lagen nur die beiden angeschossenen Mönche, bewegungslos. Ob verletzt oder tot konnten sie von ihrer Position aus nicht erkennen. Die Südtiroler sahen sich an. »Zum Deitschn?«, fragte Telser kurz. Wortlos nickten sie sich zu. Beide zogen zwei Pistolen und rannten gebückt los, nach rechts, zuerst immer an der Mauer und dann an der Mauer zum Wirtschaftshof entlang näherten sie sich unbeachtet von den Schießenden dem zweiten Tor. Kaser sah, wie der Schütze mitten auf dem Hof, der sich hinter der Leiche seines Kameraden versteckt hatte, von einer Kugel getroffen wurde. Die rechte Stirnseite wurde weggerissen. Sein Kamerad hinter der Buche schrie auf und erwischte im Gegenzug den stehenden Angreifer mit einem Schuss in den Hals. Der Getroffene ging zu Boden und versuchte verzweifelt, den Blutfluss zu stoppen, aber der Lebenssaft sprudelte zwischen seinen Fingern hindurch, während er gurgelnd im Staub lag und seine Beine unkontrolliert zuckten.

Der bisher kniende Schütze sprang im Zickzack los, vergrößerte die Entfernung zwischen sich und dem Italiener und sprintete zum Gebäude hinter sich, wo er Schutz in einer Türlaibung suchte. Die beiden Frauen, die sich bereits dort befanden, wurden von ihm rücksichtslos ins Freie gestoßen, wo eine sofort von einer Kugel des Schützen am Baum getroffen wurde und schreiend zu Boden ging, während die andere die Arme über den Kopf legte und gebückt aus der Schusslinie rannte.

Telser und Kaser passierten ungehindert das Tor und ließen den Bereich der Schießerei hinter sich. Es war für einen winzigen Moment, als beträten sie das Paradies. Keine Schüsse, keine schreienden Menschen, keine Toten. Aufgeregt quiekten ein paar Schweine, die hinter einem Gatter frei herumliefen. Die Pferde vor dem Heuwagen wieherten nervös, vom Bauern am Zaumzeug gehalten, weil sie sonst wohl durchgegangen wären. Er war nicht weniger nervös als seine Tiere und sah ängstlich zu den beiden Südtirolern. Ansonsten waren Beete zu sehen, Eingänge zu Ställen, Hühner, Gänse und Enten an einem kleinen Teich, ein Hund bellte und zwei Mönche eilten an ihnen vorbei, Gewehre in den Händen. Gut, dieses Bild passte nicht ganz in das Paradies.

Die beiden Südtiroler hatten rechtzeitig ihre Pistolen in den Manteltaschen verschwinden lassen, die Hände aber um die Griffe der Waffen gehalten. Außer dem Bauern, der seine Pferde hielt, und den Mönchen, die jetzt am Tor Stellung bezogen und ihrerseits begannen, die Schützen auf dem ersten Innenhof unter Feuer zu nehmen, war niemand zu sehen.

»Wo isch das Norbengsicht?«, fragte Telser.

»Wo isch dr Verfolger?«, setzte Kaser nach.

Die Fragen wurden beantwortet, als in einem Gebäude vor ihnen Schüsse zu vernehmen waren.

Kühe begannen zu brüllen und ein Pferd wieherte panisch. Telser und Kaser rannten los und prallten rechts und links der großen, zweiflügligen Eingangstür außen gegen die Scheunenwand. Beide zogen ihre Pistolen. Kaser wagte einen schnellen Blick hinein, einen zweiten und sprang mit einem gewaltigen Hechtsprung vorwärts, rollte sich im Staub ab und kam hinter einem Trog zu liegen. Vorsichtig lugte sein Kopf über den Rand, um sich einen Überblick zu verschaffen. Im Gang vor ihm lag eine leblose Gestalt. Fast zeitgleich spürte er runden Stahl an seinem Hinterkopf, noch heiß von den letzten Schüssen. Sofort verharrte er in Bewegungslosigkeit.

»Wie viele sind noch draußen?«, flüsterte eine heisere Stimme hinter ihm, bemüht, Hochdeutsch zu reden.

»Wer sein Sie?«, antwortete Kaser genau so leise.

Die Mündung der Waffe wurde schmerzhaft gegen seinen Hinterkopf gestoßen. »Wie viele?«

Fieberhaft rasten die Gedanken durch Kasers Kopf. Was immer er dem Mann mit der Pistole auch sagen würde, es würde ihn selbst entlarven. Die Chancen, das hier zu überleben, waren rapide gesunken und Amerika gerade in ganz weite Ferne gerückt.

»Vier«, antwortete er leise.

»Warum sollet i dir no irgendoane ondere Frog stelln, wenn du mi schon bei der oinfachn Frog beliagsch?« sagte der Mann hinter ihm und drückte ab. Den Krach der Explosion des Pulvers in der Patrone nahm Kaser schon nicht mehr wahr, den Schmerz, als das Projektil in seinen Kopf eindrang schon.

»Thomas?«, rief Telser von draußen, aber der leblose Kaser antwortete nicht mehr.

»Thomas?!« Er blieb draußen, nicht wissend, was er machen sollte. Aus der Scheune drang der Lärm, der nach dem erneuten Schuss von den panischen Tieren ausgelöst wurde. Kurz darauf, als Telser noch hin und her schwankte zwischen Reinspringen-und-seinem-Freund-Helfen oder In-Sicherheit-hier-draußen-Warten, ertönte ein weiterer Schuss im Inneren der Scheune und dann war ihm, als würde er das Keuchen von Männern wahrnehmen, die miteinander kämpften.

Göbbs hatte sich mit einem Sprung in die Scheune in Sicherheit gebracht, als dieser Mann mit der Pistole auf das Tor gestürmt kam und sofort das Feuer auf ihn eröffnet hatte. Er war zwischen den Beinen der unruhig muhenden Kühe erst ein Stück nach hinten und dann nach rechts an die Wand gerobbt. Dort hatte er sich langsam aufgerichtet und zwischen zwei Balken hindurch zum Eingang gespäht. Er hatte gesehen, wie der Fremde durch die Tür gehuscht kam und sofort im Schatten verschwunden war. Von hinten war ein Mönch schimpfend angerannt gekommen. Die Kugeln des Fremden trafen ihn in die Brust. Er wurde von den Beinen gerissen und krachte in den Staub des Stalles. Durch diese Schüsse wurden die Tiere panisch. Pferde wieherten und schlugen mit den Hufen gegen die Holzwände ihrer Pferche, Kühe fingen an zu brüllen, als hätten sie Schmerzen in den Eutern, weil sie nicht gemolken worden waren, irgendwo weiter hinten im Stall begannen Schweine zu quieken und Göbbs glaubte sogar, einige aufgeregte Gänse in dieser Kakophonie von Tönen mitzubekommen.

›Das hört sich an wie eine Panik auf der Arche Noah‹, frotzelte die Großvater-Stimme und störte dabei nachhaltig Göbbs' Konzentration.

Kurz danach war eine weitere Person in den Stall gesprungen, die von dem ersten Eindringling regelrecht exekutiert worden war. Von draußen hatte jemand nach einem »Thomas« gerufen. Da sein Angreifer darauf nicht reagierte, vermutete Göbbs, dass es sich bei Thomas um den Toten handeln musste, der mit diesem verrückten Kopfsprung seinem Mörder vor die Füße gesprungen war.

Göbbs verfluchte im Stillen die Tatsache, dass er seine Pistole bei der Lawine verloren hatte und jetzt hier ohne Waffen einem eiskalten Jäger gegenüber stand. Wer hatte nur all die Typen mobilisiert, die ihn töten wollten? War er so eine große Bedrohung für einige Leute? Und welchem Geheimnis war er auf der Spur, dass sich so ein Aufwand lohnte?

Draußen mischten sich Gewehrschüsse in das Geknatter der Pistolen, das vom ersten Innenhof aus zu ihm in die Scheune drang.

Vorsichtig duckte er sich. Beide Schüsse seines Angreifers waren von derselben Stelle aus gekommen, gleich neben der Tür im Schatten. Das hieß aber nicht, dass sein Angreifer auch dort bleiben würde.

Neben sich konnte Göbbs im Dämmerlicht eine Gerätehalterung mit verschiedenen Werkzeugen erkennen. Vorsichtig reckte er den Arm aus und griff nach einer Mistgabel. Von all den Dingen, die dort hingen, erschien ihm diese als am tauglichsten, um sich zu wehren. Vorausgesetzt, der Angreifer ließ ihn nah genug herankommen.

›*Gute Idee*‹, ließ sich in diesem Moment die Großvater-Stimme vernehmen. ›*Jetzt brauchst du ihn nur noch zu fragen, ob du dich ihm aus Gründen der Fairness nähern darfst, ohne dass er schießt.*‹

Göbbs ignorierte die Stimme und zog sich mit der Mistgabel seinerseits in den Schatten zurück. Wenn er Glück hatte, würde der Angreifer aktiv werden. Sie waren hier mitten in einer Abtei, ewig warten würde er nicht können. Vielleicht lockte die Schießerei ja sogar die Amerikaner von außerhalb des Klosters an.

›*Wenn überhaupt welche in der Nähe sind.*‹ Die Großvater-Stimme schien schlecht gelaunt, warum auch immer.

Göbbs starrte in das Dämmerlicht und harrte der Dinge, die da kommen sollten. Auf seine Ohren konnte er sich sowieso nur schwerlich verlassen, da der Pfeifton, den er in seinem linken, verletzten Ohr beständig vernahm, leise Geräusche durchaus übertönte. Der hier im Stall herrschende Lärm durch die ängstlichen Tiere machte es ihm nahezu unmöglich, auf Geräusche zu reagieren. Und die Dinge, auf die er harrte, kamen schneller und überraschender als erwartet. Er hatte den Angreifer noch links von sich in der Nähe der Tür vermutet, als sich plötzlich von rechts kommend ein Schatten näherte. Göbbs riss den Stiel der Mistgabel hoch und rammte dem Schatten das Ende des Stieles in den Unterleib. Der schrie überrascht und schmerzgepeinigt. Ein Schuss löste sich aus der Pistole in der Hand seines Angreifers und überzeugte Göbbs davon, dass er keinen unschuldigen Mönch niederschlug. Mit Wucht zog Göbbs den Stiel herum und schlug dem Fremden die Waffe aus der Hand. Die Pistole landete zwischen den Beinen einer panisch trampelnden und brüllenden Kuh im angrenzenden Verschlag. Der Angreifer sprang zurück, vollführte eine Bewegung mit der anderen Hand und dort blitzte eine fast zwanzig Zentimeter lange Klinge auf. Er ging in die Hocke und sprang. Göbbs hatte die Mistgabel herumgerissen, taumelte nach hinten und hob das Gerät in einer Abwehrbewegung seinem Gegner entgegen. Der Angreifer hechtete gleichsam in die Gabel hinein. Es knirschte im Stiel, als sich die Zinken in den Leib des Mannes bohrten. Göbbs spürte dieses Knirschen in den Händen und noch mehr das Zucken des Körpers im Todeskrampf. Als wolle er bis zum Schluss seinen Auftrag ausführen, beugte sich der Angreifer trotz der Zinken in seiner Brust nach vorn und machte eine letzte kraftlose Bewegung mit dem Messer in seine Richtung. Dann kippte er zur Seite. Und weil Göbbs seine Hände nicht öffnen und den Gabelstiel loslassen konnte, glitten dabei die Zinken schmatzend aus dem Körper des Toten. Keuchend stand Göbbs da und hatte Mühe, seinen Atem unter Kontrolle zu bringen.

»Was für eine Scheiße«, flüsterte er dann und ließ die Mistgabel in den Staub zu seinen Füßen fallen. »Was für eine gottverdammte Scheiße!«

›Du sagst es‹, ergänzte die Großvater-Stimme.

Johann Telser, am Eingang der Scheune kniend, hatte noch seine Pistole in der Hand, als er von zwei Mönchen mit Gewehren im Anschlag angerufen wurde. Er hatte gar nicht mitbekommen, dass die Schießerei im großen Innenhof aufgehört hatte.

»Die Woffn oi!«, riefen die Mönche.

Telser, der sich mit all seinen Sinnen auf die Scheune konzentriert hatte, fuhr herum, sah die Mönche, die mit ihren Gewehren auf ihn zielten, und hob die Pistole. Beide Mönche feuerten zeitgleich. Ein Geschoss traf ihn direkt ins Herz, das andere zerschmetterte sein Gesicht zur Unkenntlichkeit.

»Nicht schießen!«, rief Göbbs aus dem Inneren der Scheune heraus. »Ich bin unbewaffnet!« Vorsichtig trat er mit erhobenen Händen hervor. Die Mönche entspannten sich sichtlich. Sie mussten mitbekommen haben, dass Göbbs am Ausbruch der Schießerei unbeteiligt gewesen war.

Bereits am Abend waren die »Aufräumarbeiten« nach der Schießerei beendet. Göbbs hörte irgendwo, dass es insgesamt fünfzehn Tote und mehr als zehn Verletzte gegeben haben soll. Die Verletzten hatte man in einem Seitenflügel untergebracht. Unter den Flüchtlingen fanden sich Ärzte, die den Verwundeten halfen. Amerikaner hatten sich nicht sehen lassen. In Schlanders schien die Schießerei nicht bemerkt worden zu sein.

Göbbs konnte an diesem Abend nichts mehr essen oder sich auf andere Dinge konzentrieren. Ein Italienisch sprechender Mönch brachte ihm einen Becher Wasser, den er mit beiden Händen umkrampfte, weil er befürchtete das Wasser zu verschütten, so wie seine Hände zitterten.

Im Gegensatz zu seinem eigenen Gemütszustand meldete sich die Großvater-Stimme eher abgeklärt: *›Was? Jetzt ist es passiert. Es ist Krieg, du bist auf einer Spezialmission und jetzt hast du das erste*

Mal in deinem Leben mit deinen eigenen Händen jemanden getötet. Und wenn du es nicht getan hättest? Was wäre dann passiert?‹

Und mit dieser Frage ließ die Stimme ihn für den Rest des Abends allein.

Bauer Hofer hingegen war noch kurz nach Sonnenuntergang wieder losgefahren. Nichts würde ihn hier halten und ob er je wieder Heu hierher liefern würde, sei fraglich, erklärte er in seinem unnachahmlichen Südtiroler Dialekt. Lieber in der Dunkelheit fahren, als hier bleiben und nicht wissen, wer ihm in der Nacht noch die Kehle durchschneiden würde.

Göbbs wurde am Morgen darauf zum Abt gebracht. Er hatte sich dem Prior gegenüber am Abend bereits mit dem Codewort *»Götterdämmerung«* vorgestellt.

Abt Francesco Gamper bot Göbbs Tee an.

»Schöne Schweinerei haben die gestern hier angerichtet.« Er sprach einen Dialekt, den Italiener sprechen, die Deutsch als Fremdsprache sehr gut beherrschten. Nur ab und an streute er einen kleinen Brocken Italienisch ein. «Wissen Sie, was das sollte?«

Göbbs schüttelte den Kopf.

›Na klar‹, krähte die Großvater-Stimme fröhlich. *›Du bist denen zu nahe gekommen. Denen geht der Arsch auf Grundeis. Und das wird nicht aufhören, mein Lieber. Das garantiere ich dir. Eher im Gegenteil.‹*

»Ich habe keine Ahnung«, bekräftigte Göbbs sein Kopfschütteln und musste gegen den Drang ankämpfen, die Worte der inneren Stimme zu wiederholen. Er würde sich hüten, dem Abt gegenüber seine Vermutung zu äußern.

Der schüttelte betrübt den Kopf und sagte, dass er gehofft hatte, dass der Krieg vorbei wäre. Aber solange die bedauernswerten Flüchtlinge nicht in Sicherheit vor der auf jeden Fall zu erwartenden Siegerjustiz seien, wäre an Ruhe und Frieden wohl nicht zu denken. Er setzte einen italienischen Fluch nach, der wohl nicht allzu christlich war, denn ein schneller Blick ging zur Decke und er zeichnete ein flüchtiges Kreuz vor seine Brust. Göbbs fühlte sich einen kurzen Moment an Pater Schandorff in Augsburg erinnert.

»Aber wem sage ich das? Genau deshalb sind Sie ja hier, nicht wahr?« Dabei rieb er sich die Hände und machte plötzlich den zufriedenen Eindruck eines Lehrers, dem es im Unterricht hervorragend gelungen war, von einem komplizierten Thema zum nächsten zu wechseln.

»Wie eilig ist Ihre Mission? Wie Sie sich sicherlich denken können, sind die Reiserouten … nun sagen wir mal *gut ausgelastet*. Aber da Sie einzeln sind, kann ich Sie vielleicht noch irgendwo einschieben oder Sie jemandem als Begleitung mitgeben, ich hätte da auch schon eine Idee …«

»Eilig!«, unterbrach Göbbs den Redefluss des Abtes. Er reichte ihm das Schreiben Bormanns. Der Abt studierte das Papier und nickte, als hätte er so etwas befürchtet und gehofft, es würde nicht eintreten.

»Gut. Oder auch nicht. Wie auch immer, in den nächsten Tagen gehen zwei Schiffe nach Buenos Aires. Damit hätten Sie dann zumindest die nächste Etappe hinter sich. Dort helfen Ihnen dann unsere Verbindungsmänner des *Weges* weiter.«

Obwohl Göbbs sich zusammenriss, um seine Überraschung über das Reiseziel Argentinien nicht allzu deutlich zu zeigen, musste er jetzt doch nachfragen: »Des *Weges*?«

»*El Sendero. Der Weg.* Eine Zeitung, die wir ins Leben rufen werden. Ein Büro existiert schon. Sie werden die Adresse noch bekommen. Aber zuerst brauchen Sie Papiere für die Ausreise.«

›*Na prima. Argentinien also. Ich hasse Südamerika!*‹, stöhnte die Großvater-Stimme. ›*Und das Einzige, was du hast, ist dieser komische Pilgerpass.*‹

Francesco Gamper schien Göbbs' Gesicht dessen missliche Lage anzusehen.

»Oh«, er lächelte und hob die Hände in einer beschwichtigenden Geste. »Kein Problem. Wir besorgen Ihnen einen Rot-Kreuz-Flüchtlingspass. Sie sind ab sofort Südtiroler Volksdeutscher, der sich bei der Option für Deutschland entschieden hat, aber nicht mehr auswandern konnte.«

»Option?«

»Eine Abstimmung. Die Südtiroler konnten sich vor dem Krieg für die deutsche Staatsbürgerschaft und eine Auswanderung nach Deutschland oder einen Verbleib und die italienische Staatsbürgerschaft entscheiden. Der Krieg stoppte dann die Auswanderung.«

Göbbs schüttelte den Kopf. »Ich denke nicht, dass mir das Rote Kreuz einen Pass ausstellen wird.«

Wieder machte der Abt einen unglaublich zufriedenen Eindruck. »Sie glauben gar nicht, was alles möglich ist und worauf wir uns vorbereitet haben.«

Der dickliche Abt griff in die Schublade seines Schreibtisches und holte einen Schlüssel hervor. Damit schloss er einen Safe auf, der sich hinter einem Landschaftsbild neben seinem Schreibtisch an der Wand befand. Dort heraus holte er eine kleine Stahlkassette, die er mit einem Schlüssel öffnete, den er an einer Kette um den Hals trug. Aus der Kassette zog er einen mehrbärtigen Schlüssel, ging an die linke Wand seines Zimmers, ließ nach Betätigen eines hinter einem Buch versteckten Hebels einen quadratmetergroßen Teil der Bücherwand zurückschwenken, öffnete mit dem Schlüssel einen weiteren sichtbar gewordenen Safe und entnahm diesem einen aktentaschengroßen Metallbehälter mit Nummernschloss, den er zum Tisch brachte.

›*Wenn er da jetzt noch einen Schlüssel rausholt, drehe ich durch*‹, lästerte die Großvater-Stimme.

Francesco Gamper aber entnahm dem Behälter mehrere Ordner und Mappen, die er fein säuberlich auf dem Tisch ausbreitete.

»Zuerst einmal bekommen Sie von mir eine von Bischof Hudal persönlich ausgestellte eidesstattliche Versicherung über Ihre Identität, einen Documento di riconoscimento, einen Identitätsnachweis. Für Deutsche ist es ein wenig schwierig im Moment, also verpassen wir Ihnen einen osteuropäischen Hintergrund und eine Adresse in Südtirol. Sie sind damit nämlich staatenlos, weil Sie ab sofort …«, er zögerte kurz und blickte auf ein Dokument, das er aus einem Ordner links neben sich gezogen hatte, »aus Klausenburg in Rumänien sind. Damit werden Sie volksdeutscher Rumäne mit einer Wohnadresse in Schlanders. Das Ganze ist einfacher als Sie denken. Die meisten Papiere sind dank der Zentrale schon vorbereitet.« Er las ein paar Zeilen auf dem Dokument, nickte und reichte es Göbbs. Dieser ließ seine Augen über den Text wandern.

»Radu Gasbar?«, sagte er dann.

»Das ist ab sofort Ihr Name, Herr Göbbs«, bestätigte der Abt, hüstelte dann künstlich und korrigierte sich mit hochgezogenen Augenbrauen und Künstlichkeit in der Stimme: »Herr Gasbar.«

»Aber mit diesem Identitätsnachweis kann ich doch Italien nicht verlassen?«

»Noch lange nicht. Die Bürokratie ist – wie die Juden – auch nach dem Krieg nicht ganz ausgestorben. Leider.« Er zog ein Dokument hervor, das er von beiden Seiten musterte. »Blanko«, sagte er dann und reichte es an Göbbs. Dieser verkrampfte gerade seine Schultern, um dem Bischof für diese kleine Zwischenbemerkung nicht über den Tisch hinweg an die Gurgel zu gehen.

›*Erfahrungen im Leuteumbringen hast du ja mittlerweile*‹, merkte die Großvater-Stimme an. ›*Auch wenn dich das wieder ein Leben auf deiner Katzen-Leben-Skala gekostet hat. Oder? Nummer sieben war das gestern, wenn ich mich nicht irre. Wird langsam inflationär bei dir, der Verbrauch deiner neun Leben!*‹

Die Stimme hatte zumindest den Zweck, dass sie Göbbs von der Bemerkung des Bischofs ablenkte. Er nahm trotzdem noch mit vor Wut zitternden Fingern das Dokument entgegen und versuchte, sich auf die italienischen Worte zu konzentrieren.

»Documento di riconoscimento «, las er. Angaben für einen Herrn Radu Gasbar, Name, Geburtsdatum – könnte in etwa passen. Ausgestellt von einem *österreichischen Bureau* in Genua.

»Österreichisches Büro?« Er atmete tief durch und hatte sich beinahe wieder im Griff.

»Eine Art Konsulat.«

»Das Passbild fehlt.«

Konnte irgendetwas den zufriedenen Gesichtsausdruck dieses Abtes von seinem Gesicht wischen? »Das holen wir nach. Bruder Lucretius wird Sie zu unserem Bruder Basil bringen. Der macht ein Foto, entwickelt es und in einer Stunde klebt da Ihr Bild.«

»Und dann? Komme ich damit nach Argentinien?«

»Ganz so einfach ist das dann doch nicht. Aber mit dieser Ausweiskarte bekommen Sie im Büro des Internationalen Komitees des Roten Kreuzes in Genua einen Reisepass des IKRK. Dann haben wir hier«, er zog einen weiteren Bogen Papier aus einer dritten Mappe, »ein Einladungsschreiben Ihrer Tante aus Buenos Aires. Damit und mit dem Pass des IKRK bekommen Sie bei der Delegacion Argentina de Inmigracion, der argentinischen Einwanderungskommission in Genua, problemlos ein Visum für Argentinien.« An dieser Stelle atmete der Abt tief durch und hob entschuldigend die Hände. »Hört sich alles sicherlich erstmal umständlich an, aber seit ein paar Tagen müssen wir diesen Weg gehen. Die üblichen Wege, die wir bisher gehen konnten, sind uns leider versperrt. Aber die Verantwortlichen haben vorgesorgt, so dass die *Operation Romulus* auch weiterhin problemlos ablaufen kann.«

Göbbs nickte, wusste nicht, was er sagen sollte, und starrte auf die ihm gereichten Unterlagen, als lese er sie.

»Wie gesagt, in ein paar Stunden haben wir Ihre Ausweiskarte fertig, morgen früh kommt Ihre Reisebegleitung hier an und dann geht es nach Genova, nach Genua.« Der Abt schwieg einen Moment, dachte nach und sagte dann, als habe er mit sich selbst im Geiste diskutiert: »Ja, genau so machen wir das. Sie werden nicht allein fahren, sondern Edoardo DiPietro bis nach Buenos Aires begleiten. Der kennt alle Kontakte und wird Ihnen helfen. Wir haben einen Wagen und Sie werden morgen in aller Frühe aufbrechen. Die knapp fünfhundert Kilometer bis Genua sollten Sie an einem Tag schaffen. DiPietro hat Erfahrung. Er hat in den letzten Monaten mehrere Kontaktpersonen der *Operation Romulus* nach Genua und bis auf die Schiffe nach Argentinien und Caracas gebracht.«

»Auch nach Venezuela?«

Der Abt nickte.

»Und Ingenieur Georg Steinbauer? Wohin ist der?«

Bevor Göbbs nachdenken konnte, war ihm diese Frage rausgeplatzt.

›Idiot!‹, knurrte die Großvater-Stimme.

Gamper stutzte und sein Blick nahm einen lauernden Ausdruck an.

»Warum wollen Sie das wissen?«

»Unsere Reise begann gemeinsam in Berlin. Über Thüringen sind wir abgeschossen und getrennt worden. Seitdem versuche ich, ihn einzuholen. Ich hoffe, ihm geht es gut. Er ist nicht der Mann für solche Touren.«

»Das ist wohl wahr.« Das Lächeln auf dem Gesicht des Abtes, das jetzt doch für einen winzigen Moment verschwunden war und Argwohn Platz gemacht hatte, kehrte zurück. »Aber mit dem Wiedersehen werden Sie sich noch eine Weile gedulden müssen. Steinbauer hat vor über einer Woche bereits ein Schiff nach Argentinien bestiegen. Wenn Sie Glück haben, treffen Sie ihn noch in Buenos Aires an.«

Göbbs atmete unauffällig durch. Insgeheim überlegte er bereits eine ganze Weile, wie lange es dauern würde, bis nicht jemand hinter ihm her war, sondern ihn bereits erwartete – erfolgreicher erwartete, als diese plumpe Schießerei hier im Kloster. Wie lange würde die Zentrale noch brauchen, jemanden auf ihn anzusetzen, der irgendwo *vor ihm*, an einem Ort, wo er hin wollte, im Dunkeln stand, mit einem Messer in der Hand und nur zu warten brauchte, bis ein ahnungsloser Johann Göbbs vorbeigeschlendert kam? Das Messer in den Rücken wäre dann nur noch eine Sache von Sekunden. Er konnte sich nicht vorstellen, was die Zentrale davon abhalten sollte.

›Manchmal machst du mir mit deinen Gedankengängen echt Angst‹, murmelte die Großvater-Stimme tonlos.

Ich dir?

Um das Thema zu wechseln, fragte er: »Und dieser Bischof, von dem Sie gesprochen haben? Hulda?«

»Bischof Hudal in Rom hält seine schützenden Hände über uns. Und der Herr natürlich.« Er sah ergeben nach oben, richtete danach den Blick jedoch sofort wieder auf Göbbs. »Trotzdem ist es nötig, dass wir uns in diesen Zeiten selbst schützen können. Sie sehen, gestern wurde hier geschossen und noch immer hat keiner der Amerikaner an unsere Tür geklopft.«

Göbbs dachte an die mit Gewehren bewaffneten Mönche und wusste, dass die Mauern dieses Klosters weit mehr verbargen, als ein paar betende Mönche, Flüchtlinge und einen Knotenpunkt der *Operation Romulus*.

›Du hast gehört, was er gesagt hat?‹, fragte die Großvater-Stimme. Göbbs nickte, als er Bruder Lucretius über die Flure des Klosters zu Bruder Basil folgte.

Er hat gesagt: wenn ich Glück habe, treffe ich ihn noch *in Buenos Aires an.*

›*Richtig*‹, bestätigte die Großvater-Stimme überflüssigerweise. ›*Er hat gesagt:* NOCH! *Das heißt, dass Buenos Aires noch immer nicht die Endstation ist.*‹

Hast du gedacht, die vierzig Horten stehen dort auf dem Flugplatz rum? Göbbs blaffte die Großvater-Stimme innerlich an. *Und mittlerweile vermute ich auch, dass sich hinter der Operation Romulus weitaus mehr verbirgt, als vierzig Flugzeuge, die die Nazis, weiß ich warum, ja schließlich doch nicht eingesetzt haben, um das Ende dieses Krieges hinauszuzögern.*

22

03. Juni 1945, Zentrale B der Operation Romulus, Santa Maria dell'Anima, Rom

Die Fäden, die sie in den letzten Wochen noch so straff in den Händen gehalten hatten, begannen zu zerfasern. Vor allem Kontakte brachen ab. Das Netz als solches existierte noch. Weiter wurden wichtige Persönlichkeiten aus Deutschland extrahiert. *Operation Romulus* funktionierte besser als erwartet, da die eingesetzten Zwillinge alles taten, nicht entdeckt zu werden. Selbst auf die Gefahr des eigenen Unterganges hin. Die entsprechenden Druckmittel waren auch sorgsam ausgewählt worden.

Fast alle, denen eine Teilnahme an der *Operation Romulus* gewährt worden war, befanden sich auf dem Weg zur Zentrale D, der letzten Zuflucht. Womit sie nicht gerechnet hatten, war, dass die Zustände im Nachkriegs-Italien derart chaotisch werden würden. Die Amerikaner machten sich keine große Mühe, Ordnung herzustellen. Zwar gingen sie hier und da auf Jagd nach Nazis, zum Teil sogar mit Unterstützung der italienischen Behörden. Andererseits munkelte man aber auch von einem baldigen Abzug, womöglich sogar noch in diesem Jahr. Truppenteile, die hier gekämpft hatten, wurden bereits in den Pazifik verlegt, da der Krieg dort noch nicht zu Ende war. Parallel dazu strömten auf der Flucht vor den Sowjets hunderttausende Osteuropäer in das Land, Vertriebene aus den Ostgebieten neben Kollaborateuren und Antikommunisten auf der Flucht vor der Roten Armee, die ihre Länder besetzt hatte. Aber auch Deserteure, Kriegsgefangene, Zwangsarbeiter, Verschleppte, Soldaten und Überlebende der deutschen Lager irrten durch Italien. Und tausende Deutsche sickerten durch die Alpen, um sich in Südtirol zu verstecken: Nationalsozialisten, SS-Mitglieder, Wehrmachtsangehörige und auch Glücksritter sowie einfache Kriminelle. Kurioserweise waren auf denselben Wegen wie die Kriegsverbrecher aber auch Juden anzutreffen, Überlebende des Holocausts, die illegal nach Palästina unterwegs waren. Die Verkehrslinien waren zerstört oder überlastet, die Nachrichtenkanäle spärlich vorhanden, die Netzwerkknoten der *Operation Romulus* hier in Italien überlastet, auch mit Menschen, die nichts von der *Operation Romulus* wussten und trotzdem fliehen wollten. Dass sich instinktiv verschiedene Gruppen und Organisationen bildeten, die ganz ähnliche oder die gleichen Fluchtrouten wählten, wie sie die Zentrale der *Operation Romulus* vorbereitet hatte, war nicht geplant gewesen. Die Kirchen, italienische Alt-Faschisten, deutsche Nationalsozialisten, die sich hier niederließen oder das schon lange vorbereitet hatten, hohe Offiziere der Wehrmacht, neuerdings auch noch die Argentinier, einfach jeder schien hier im großen »Rette-sich-wer-kann«-Geschäft mitzumachen, denn natürlich ließ man sich die Fluchthilfe gut bezahlen. Und das Geschäft begann erst.

Die Amerikaner schienen als Besatzungsmacht in dieser Hinsicht beide Augen zuzudrücken.

In der Via di Santa Maria dell'Anima 64 in Rom war die gleichnamige Kirche zu finden. Der charakteristische Renaissancebau hatte die letzten Jahre gut überstanden und war seit vielen hundert Jahren ein Zentrum für deutsche Pilger in Rom. Unter dem fast quadratischen Gemeinderaum im Inneren der Santa Maria dell'Anima befand sich ein Keller, dessen Zugang nur wenigen bekannt war. Nicht einmal jeder vom Personal der Kirche ahnte etwas davon. Hier hatte die *Operation Romulus* die Zentrale B eingerichtet.

»Ich hatte Ihnen gesagt, was ich hören will. Und was machen Sie? Sie erzählen mir ausführlich und in aller Ruhe eine ganze Reihe von Dingen, die ich *nicht* hören wollte! Nicht! Verstehen Sie? Ich will *nicht* hören, dass dies oder jenes nicht klappte. Ich will *nicht* hören, dass Sie die Verbindung zu diversen Knotenpunkten verloren haben! Und ich will *auf keinen Fall* hören, dass Sie nicht wissen, ob dieser verfluchte Göbbs endlich ausgeschaltet ist! Gottverdammt nochmal!«

Er machte sich nicht einmal die Mühe, entschuldigend zu den kirchlichen Würdenträgern neben sich zu sehen. Bischof Alois Hudal und der Sekretär der kroatischen Nationalkirche, Krunoslav Draganovic, saßen am Beratungstisch, an dem Generaloberst Knopfler gerade Oberst Scharfschwerdt zusammenstauchte. Allerdings wäre »Zur-Sau-Machen« der bessere Ausdruck dafür gewesen.

Knopfler hatte schlechte Laune. Hauptsächlich natürlich wegen der abgebrochenen Kontakte und der fehlenden Informationen. Aber zu einem nicht geringen Teil auch wegen der Feuchtigkeit in ihrer Unterkunft. Diese tat den mitgeführten Gemälden gar nicht gut. Er musste sehen, dass er mit seinen Gemälden schnellstmöglich nach Argentinien kam und dann weiter zur letzten Etappe der geplanten Reise.

»Die Meldungen sind widersprüchlich.« Scharfschwerdt wusste weder, wohin mit seinen Händen, noch wohin mit seinem Blick. »Es scheint, als wären Draeger und einige seiner Männer bei einer Schießerei ums Leben gekommen.«

Knopfler hob schicksalsergeben die Hände. »Es scheint?«

»Es ist ziemlich sicher.«

»Ziemlich. Aha. Arbeiten wir jetzt also mit *›ziemlich‹* und *›es scheint‹*, wo es um die Zukunft unserer Idee, unserer Bewegung, unserer Nation geht?«

Scharfschwerdt schwieg.

»Wer war es? Göbbs oder Wegberg?« Schicksalsergeben senkte Knopfler den Kopf in die Hände.

»Wir wissen es nicht, Herr Generaloberst. Wie gesagt, die Meldungen sind spärlich und widersprüchlich. Der direkte Kontakt ist abgerissen.«

»Dann stellen Sie ihn wieder her! Bei Gott, wir sind im selben Land wie die Knotenpunkte und bekommen weniger Informationen als in unserer Zentrale unter Coburg.«

»Wir sind ja auch in Italien, Herr Generaloberst«, mischte sich Bischof Hudal ein. »Auch wenn Sie die Stiefelsohlen der Amerikaner nicht mehr von unten betrachten müssen und den Alliierten sozusagen auf Augenhöhe begegnen, auch wenn diese scheinbar nicht so genau hinsehen, wer sich hier herumtreibt – womit natürlich nicht Sie gemeint sind – und wer das Land verlassen will, Sie müssen trotzdem mit italienischen Verhältnissen rechnen.«

»Das merke ich.«

23

03. Juni 1945, Sant'Agnese in Agone, Rom

In der Piazza Navona, direkt in Sichtweite des Vierströmebrunnens steht die der Agnes von Rom geweihte Barockkirche Sant'Agnese in Agone. Nur zwei Minuten zu Fuß würde man für die knapp einhundertsechzig Meter bis zur Santa Maria dell'Anima brauchen. Im selben Moment als Bischof Hudal Generaloberst Knopfler erklärte, dass er in Italien sei und deshalb mit den entsprechenden Gegebenheiten vorlieb nehmen musste, brüllte der amerikanische Major Coleman in der anderen Kirche auf den britischen Lieutenant Colonel Walterson ein.

»Ihre Leute haben dort ein verdammtes Massaker angerichtet!«

»Meine Leute?« Waltersons Stimme war nicht leiser als die seines amerikanischen Kollegen und es bestand die Gefahr, dass sie außerhalb des kleinen Nebengebäudes der Kirche zu hören war, in dem sich die drei Militärs getroffen hatten. »Wer sagt denn, dass das meine Leute waren? Ihre Informationen sind genauso spärlich wie meine. Vielleicht haben ja Ihre Leute das Massaker da oben in Maria Hilf angerichtet?«

»Unsere Leute«, mischte sich Franklin ein, »waren da, um Kontakt mit unserem Mann aufzunehmen. Wir hatten nicht gewusst, dass Sie ebenfalls Leute hinschicken würden. Wann hatten Sie vor, uns darüber zu unterrichten?«

»Was heißt hier *Ihr Mann*?« Der Brite antwortete nicht auf die letzte Frage des Amerikaners. »Gebbs ist noch immer *unser* Mann!«

»Wenn man es genau nimmt, ist er eigentlich ein Norweger, wenn ich das richtig verstanden habe. Und er ist ursprünglich auch norwegischer Agent gewesen.« Die Bemerkung kam von Tenente Colonnello Adriano Favelli, dem italienischen Oberst, der den anwesenden Alliierten beigeordnet war, um sie hier in Italien bei ihrem Vorgehen zu unterstützen. Es war unumgänglich gewesen, ihn einzuweihen, auch wenn das weder den Amerikanern noch dem Briten gefallen hatte. Favelli war klein und drahtig, der Kleinste der Anwesenden. Sein dünnes, graues Haar war gescheitelt und er trug einen gewaltigen Schnauzer, grau wie sein Haupthaar. Die Farbe der Haare passte sich scheinbar dem hellen Grau der italienischen Uniform mit dem steifen Stehkragen an. Er sah mit seinem milden Lächeln unter dem Schnauzer eher wie ein in einer italienischen Uniform steckender Priester aus. Auch sein Ton passte in dieses Bild. Tenente Colonnello Favellis Bemerkung hatte zumindest aber die Wirkung, dass sie die Spannung zwischen den amerikanischen und dem britischen Offizier milderte, denn alle drei starrten den Italiener einige Sekunden sprachlos an.

»Was?«, fragte Coleman dann fassungslos.

»Il tuo agente è norvegese. Ihr Agent ist Norweger, haben Sie mir erklärt. Corretto?« Die Unterhaltung wurde auf Englisch geführt. Favelli, der seit dem Waffenstillstand von Cassibile vom 8. September 1943 im amerikanischen Führungsstab des Italienfeldzuges als Verbindungsmann zur italienischen Regierung arbeitete, sprach ein gutes Englisch, auch wenn seine Sätze oft mit italienischen Worten gespickt waren. Walterson nickte, wollte etwas sagen, aber Favelli, um dessen Lippen in diesem Moment ein feines, kaum zu sehendes Lächeln spielte, ließ ihn nicht zu Wort kommen.

»Sehen Sie? Es ist vollkommen sinnlos, sich zu streiten, wem der Agent gehört. Tutto bene.« Er nickte, selbstzufrieden mit seiner eigenen Logik und dem Erfolg seiner verbalen Intervention.

Der Streit zwischen den alliierten Offizieren, der bereits eine geraume Weile angedauert hatte und bei dem keine der beiden Seiten in den letzten Minuten ein neues Argument hatte beisteuern können, war unterbrochen.

Coleman griff nach einem Wasserglas vor sich auf dem Tisch, trank und setzte sich. Walterson und Franklin folgten seinem Beispiel. Favelli setzte sich als Letzter, verschränkte die Arme und grinste jetzt breit, was sein so schon mit Falten durchzogenes Gesicht in eine Landschaft voller Schluchten und Täler verwandelte, aus der nur seine gewaltige Nase und der unter ihr thronende Bart herausragten.

Die Männer atmeten tief durch und sahen sich an.

»Weshalb also waren Ihre Leute im Kloster, Lieutenant Colonel Walterson?« Die förmliche Anrede und der noch immer kühle Ton von Major Franklin gaben der Frage einen offiziellen Anstrich. »Wir hatten Ihnen mitgeteilt, dass wir jemanden hinschicken werden. Wollten Sie unsere Aktion überwachen?«

Walterson antwortete ähnlich kühl. »Ich werde mich Ihnen gegenüber nicht rechtfertigen, Major. Dazu bin ich weder befugt noch verpflichtet und manchmal auch nicht in der Lage. Nicht alle Geheimoperationen unseres Dienstes unterliegen meiner Kenntnis.«

»Meinen Sie also, dass es zufällig passiert, dass sich zwei Operationen zusammenarbeitender Dienste zur selben Zeit in demselben Kloster in Südtirol treffen? Wie wahrscheinlich ist das denn, Lieutenant Colonel?«

Walterson verschränkte die Arme. »Mit welchem Recht behaupten Sie eigentlich, dass unsere Leute für den Zwischenfall im Kloster verantwortlich waren? Es können genauso gut Ihre Männer gewesen sein.«

»Per favore!« Favelli hob die Hände. »Prego Signori! Lassen Sie uns doch konstruktiv beraten, ja? So lange wir nicht genau wissen, was passiert ist und wer Ihre Männer ausgeschaltet hat, können wir hier keine Schuldzuweisungen geben. Bene?«

»Dann helfen Sie uns, herauszufinden, was dort oben in …«, Franklin schnipste mit den Fingern. »Wie heißt dieser Ort? Schland?«

»Schlanders«, half Walterson.

»Silandro«, bemerkte Favelli. Jetzt sahen die alliierten Offiziere den Italiener verständnislos an. »Silandro ist der italienische Name für den Ort. Ich …«, er hüstelte, »wir bevorzugen die italienische Ortsbezeichnung für Orte in Italien, nicht die deutsche.«

»Silandro also.« Walterson nickte ergeben. »Nutzen Sie Ihre italienischen Verbindungen, Tenente Colonnello. Wir müssen wissen, was passiert ist und wer unsere Leute ermordet hat.«

Favelli lächelte. »Eine Schießerei. Deutsche waren verwickelt, auch jemand mit Narben im Gesicht, heißt es. Einer von ihnen hat begonnen, auf Ihre Agenten zu schießen. Diese schossen zurück, die Mönche haben sich verteidigt. Bum. Viele Tote, viele Verletzte.«

Jetzt schwiegen die drei Offiziere verdutzt.

»Warum sagen Sie das erst jetzt?«, flüsterte Coleman dann.

»Sie haben bisher nicht gefragt, Signori.« Wieder lächelte Favelli. »Sehen Sie, es ist nicht einfach in Italien. Viele tausend Menschen sind in unserem Land, die nicht hierher gehören. Wir sind ein armes Land, waren es schon immer. Jetzt ist der Krieg über unser Land hinweggegangen. Und plötzlich müssen wir uns um diese Menschen kümmern und haben selbst nicht genug für unser eigenes Volk. Verstehen Sie, dass wir wollen, dass diese Menschen unser Land verlassen? Wir werden niemandem Steine in den Weg legen, der gehen will. Aber die, die ein Verbrechen in Italien begangen haben, die werden bleiben und sich verantworten müssen. Wir brauchen dazu die Hilfe der Alliierten. Sie aber wollen gehen. Was sollen wir tun?

Wir sammeln also Informationen und geben sie weiter. So wie eben. Ich habe Sie darüber informiert, was in Silandro passiert ist.«

»Gut.« Coleman machte ein finsteres Gesicht. »Was wissen Sie noch?«

»Nicht viel mehr.« Jetzt zuckte Favelli entschuldigend mit den Schultern und lächelte erneut, so dass sich sein Gesicht wieder in diese unergründliche Landschaft aus Falten verwandelte. »Unter den Toten oder Schwerverletzten ist niemand, auf den Ihre Beschreibung zutraf. Ihr Mann hat das Kloster wahrscheinlich wieder verlassen.«

»Ich verstehe das nicht«, murmelte Walterson. »Warum schaltet Gebbs alle Stellen aus, die ihm weiterhelfen?«

»Ist er ein Doppelagent?«, wagte Franklin eine Vermutung.

»Ob er für die Deutschen und für Sie arbeitet?«, nahm Favelli auf. »Bei Agenten ist alles möglich. Im Krieg sowieso.«

Als der Italiener eine Stunde voller fruchtloser Vermutungen später die alliierten Offiziere verließ, stand auch Walterson auf.

»Hier bilden sich Fluchthelferstrukturen heraus, die wir ganz genau beobachten sollten«, sagte er zum Abschied.

»Nur beobachten?«

»Vielleicht können wir sie später nutzen. Die Nazis hatten eine Menge fähige Leute. Der eine oder andere von ihnen mag irgendwann nützlich für uns sein, jetzt, wo wir uns auf unseren neuen Feind konzentrieren. Sie wissen doch: eine Revolution kann man nur mit den vorhandenen Menschen machen.«

»Ist das von Ihnen?« Franklin hob die Augenbrauen.

»Nein, soviel ich weiß von Lenin.«

»Ein Brite, der Lenin zitiert?«

»Meiner Meinung nach hat er nicht viel Gutes gesagt, aber zumindest der Spruch von ihm war gut.«

Eine Woche später saßen die Offiziere erneut in der Sant'Agnese in Agone zusammen.

Coleman legte wortlos einen Zettel auf den Tisch, auf dem einige Worte mit Schreibmaschine geschrieben waren. Er las ihn, atmete tief durch und reichte den Zettel an Favelli weiter. Dieser legte den Zettel, nachdem er ihn gelesen hatte, in die Mitte des Tisches, genau zwischen alle Anwesenden.

»Wie sicher ist das?«, fragte er die Amerikaner.

»Die Nachricht bekam unsere Zentrale hier in Rom heute Morgen aus Genua. Wir wissen noch nicht, warum die Information mehr als zwei Tage bis zu uns gebraucht hat. Das hängt vermutlich mit der Festnahme einer Reihe von Wehrmachtsoffizieren in Genua zusammen, die sich auf eben dieses Schiff begeben wollten. Man hat die Männer in das Lager nach Bozen gebracht.«

»Bolzano«, korrigierte Favelli und bestand auf den italienischen Namen der Stadt.

Die Alliierten übergingen den Einwurf. Das Interesse Italiens an Südtirol stand in ihrer Prioritätenliste nicht besonders weit oben.

Coleman beugte sich vor, wies mit dem rechten Zeigefinger auf das Blatt Papier, machte den Mund auf, als wolle er etwas sagen, schüttelte dann jedoch den Kopf.

»Also doch Argentinien!« Franklin knurrte. Er hatte keine Lust auf Südamerika. »Das macht doch alles keinen Sinn. Wenn er jetzt wieder Kontakt aufnimmt, dann kann er aber die Knotenpunkte nicht ausgeschaltet haben.«

»Losungswort RATLINE«, stand auf dem Zettel. »Kontaktperson befindet sich auf der *ARA Libertad*. Zielhafen Buenos Aires!«

»Also doch Argentinien«, bestätigte Coleman leise murmelnd Franklins Kommentar.

Walterson schüttelte den Kopf. »Ich begreife das nicht!«

Nur Tenente Colonnello Adriano Favelli gönnte sich einen kleinen Punkt Zufriedenheit. Argentinien hieße, dass diese Herren sich wohl bald dorthin auf den Weg machen würden. Das war gut so. Dann hätte er wieder etwas mehr Ruhe vor diesen Geheimdienstoperationen.

24

08. Juni 1945, Zentrale B der Operation Romulus, Santa Maria dell'Anima, Rom

Knopfler lachte laut auf. »Wissen Sie, was ich eben verstanden habe, Scharfschwerdt?« Er gluckste, ohne auf sein Gegenüber zu achten. Sie waren allein im Keller unter dem Gemeinderaum der Santa Maria dell'Anima. Sowohl der Bischof als auch der kroatische Pfarrer hatten anderweitige Verpflichtungen. So konnten Knopfler und Scharfschwerdt in aller Ruhe die Verlegung der Zentrale B nach Südamerika und die Inbetriebnahme der Zentrale C vorbereiten. Geplant war diese Verlegung, nachdem auch der letzte an der *Operation Romulus* Beteiligte Europa verlassen hatte. Und das sollte schon nächsten Monat passiert sein. Fast die gesamte Operation lief auf Grund der langjährigen Planung mittlerweile wie im Selbstlauf. Allerdings fühlte sich Knopfler gerade an seinen strengen Mathematiklehrer erinnert. Der hatte mal gesagt: »In jeder Gleichung mit mehreren Variablen gibt es meist eine große Unbekannte. Und die kann die ganze Gleichung aus dem Gleichgewicht bringen.« Sein Großvater hatte es etwas drastischer formuliert. »Immer wenn die Straße sauber ist, trittst du in einen Haufen Hundescheiße!« Genau das schien im Moment zu passieren, trotz der ungeheuren Anstrengung seit vielen Jahren, genau diese Situation zu vermeiden. Alle Eventualitäten waren vorhergesehen worden, alle Störungen berechnet, so hatte Knopfler geglaubt, seit er von Nummer Eins den Befehl über die *Operation Romulus* übertragen bekommen hatte.

Sein Lachen bekam einen leicht hysterischen Ton und verebbte in einem Husten.

Er sah Scharfschwerdt an. »Ich habe gerade verstanden, dass Sie gesagt haben, Göbbs befände sich auf der *ARA Libertad* mit Kurs auf Buenos Aires.«

Oberst Scharfschwerdt sah Knopfler mit großen Augen an und schwieg. Knopfler schluckte. »Göbbs befindet sich auf der nach Argentinien fahrenden *ARA Libertad*?«

Ein kaum wahrnehmbares Nicken Scharfschwerdts veranlasste Knopfler zu einem gewaltigen Husten. Dann sah er Scharfschwerdt so in die Augen, dass dieser dachte, Knopfler würde ihm auf die Nasenwurzel genau zwischen den Augen stieren. »Da ist noch etwas, oder, Scharfschwerdt?«

Wieder nickte der Oberst, schwieg auch weiterhin, als wäre er persönlich am Weltuntergang schuld.

»Was richtig Schlimmes. Ja?« Knopflers Stimme war zu einem Flüstern abgesunken. Wieder nickte Scharfschwerdt als wortlose Entgegnung.

»Was?«, fragte Knopfler heiser. Er zog einen Stuhl vor und setzte sich.

»Nun …«, Scharfschwerdt hustete, es schien, als suche er eine Möglichkeit, Knopfler etwas Unverfängliches über das Wetter zu berichten, versagte aber dabei.

»Nummer Eins ist ebenfalls auf der *ARA Libertad*«, stieß er dann hervor. Scharfschwerdts Stimme war leise und tonlos gewesen. Der Inhalt der Botschaft jedoch schien wie ein Gottesfluch durch den Raum zu hallen und brauchte lange, ehe er abebbte. Knopfler saß wie versteinert vor seinem Untergebenen, bewegungslos in der Mimik starrte er scheinbar durch Scharfschwerdts Augen hindurch bis auf dessen hintere Schädelinnenseite. Dann sprang er auf und sein Stuhl kippte polternd um. Er beugte sich nach vorn, stützte sich mit seiner rechten Hand auf dem Tisch ab und gestikulierte mit der linken vor Scharfschwerdts Gesicht. Dabei öffnete und schloss sich sein Mund, als wolle er etwas sagen, schien aber ob der Ungeheuerlichkeit der empfangenen Botschaft mit Sprachlosigkeit geschlagen zu sein. Knopfler richtete sich auf, drehte Scharfschwerdt den Rücken zu, verschränkte die Hände hinter dem Rücken, wippte auf den Zehenspitzen und starrte die Wand an, als würde da sein geliebter van Gogh hängen.

»Wollen Sie mir wirklich sagen, dass Sie es fertig bekommen haben, Nummer Eins und den Mann, der für die Ausschaltung mehrerer Netzwerkknoten und eines Teams unserer besten Agenten verantwortlich ist, auf ein und dasselbe Schiff nach Argentinien zu verfrachten?«

Obwohl die Formulierung seines Vorgesetzten aus Sicht Scharfschwerdts so nicht ganz den wahren Verlauf der Dinge wiedergab, antwortete er mit einem »Ja«, dessen Tonlosigkeit seine Aussage von vorhin noch übertraf.

»Ja, was?«, bellte Knopfler, ohne sich umzudrehen.

»Ja, Herr Generaloberst.«

»Scharfschwerdt, ich mache Sie persönlich für die körperliche Unversehrtheit von Nummer Eins verantwortlich. Haben Sie das verstanden?«

»Ja, Herr Generaloberst.«

Und dann, als wolle er den letzten Minuten die Schärfe nehmen und seinen Vorgesetzten etwas milder stimmen, platzte er mit einer weiteren Information heraus: »Draeger hat überlebt, Herr Generaloberst. Er war verletzt und konnte sich bisher nicht melden. Erst jetzt hat er sich mit dem Abt in Verbindung setzen können.«

»Wo ist Draeger jetzt?«

»Er liegt wohl noch immer im Hospital des Klosters, Herr Generaloberst, und …«

»Hören Sie doch mit dem blöden *Herr Generaloberst* auf, Scharfschwerdt! Ist Draeger einsatzbereit?«, fauchte Knopfler.

»Bedingt, Herr …« Den Rest verschluckte Scharfschwerdt in einem vorgetäuschten Husten, dem man die Künstlichkeit anmerkte.

»Was heißt *bedingt?*«

»Er wurde angeschossen, kann sich aber mittlerweile wieder selbstständig bewegen. Kampfeinsätze sind wohl noch nicht möglich.«

Generaloberst Knopfler rieb sich mit Daumen und Zeigefinger der rechten Hand die Nasenflügel, hatte die Augen geschlossen und dachte angestrengt nach.

»Wann geht der nächste Dampfer nach Argentinien?«, fragte er schließlich.

Scharfschwerdt begann hektisch in dem vor ihm liegenden Aktenordner zu blättern, blieb schließlich an einem eng beschriebenen Blatt hängen.

»Die *ARA Independencia*, Herr Generaloberst, am zwölften Juni.«

»Am Zwölften?« Die Frage war in den Raum gestellt und deshalb antwortete Scharfschwerdt auch nicht.

»Sorgen Sie dafür, dass Draeger auf diesem Schiff ist. Sein Ziel ist Göbbs, sollte dieser Argentinien erreichen. Draeger hat auf dem Schiff Zeit, seine Verletzungen auszukurieren. Und informieren Sie Nummer Eins über diese Ratte auf der *Libertad.* Es ist genug Zeit vergangen, in der wir dieser Judensau hinterhergelaufen sind. Warum haben Sie nicht eher die vor Göbbs liegenden Knoten informiert, Sie inkompetenter Wackes!«

Knopfler war mit jedem Satz lauter geworden und ließ seine Geringschätzung in einem Schimpfwort seiner alten Heimat Elsass ausklingen. Hätte Scharfschwerdt, der aus Berlin stammte, gewusst, dass *Wackes* für den Elsässer so viel bedeutet, wie *Sau-*

preuß für den Süddeutschen, vielleicht hätte er das Schimpfwort nicht wortlos über sich ergehen lassen. Viel mehr ärgerte ihn, dass Knopfler jetzt *ihm* den Vorwurf machte, die Knoten nicht über Göbbs informiert zu haben. Dabei hatte er selbst dem Generaloberst ganz am Anfang ihrer Probleme mit Göbbs genau diesen Vorschlag gemacht. Und Knopfler hatte abgelehnt.

Knopfler atmete mehrmals tief durch, bevor er weiterredete: »Und klären Sie, dass das Büro des *Weges* in ein Ausweichquartier verlegt wird.«

»Des Weges?« Das Gesicht Scharfschwerdts spiegelte einen Moment Unverständnis, bevor er begriff. »Ah, Sie meinen *El Sendero*, Herr Generaloberst. Das Kontaktbüro.«

»Ja, Scharfschwerdt, meine ich.«

Göbbs entwickelte sich wirklich zu einem Hundehaufen auf einer blitzblanken deutschen Straße. Zu dem größten Hundehaufen in der deutschen Geschichte. Knopfler drehte sich um und verließ den Raum. An der Tür jedoch blieb er stehen, hielt die Klinke in der Hand und drehte sich halb zu Scharfschwerdt um.

»Beten Sie zu Gott, Scharfschwerdt, von mir aus mit der Unterstützung Bischof Hudals, dass Nummer Eins unbeschadet südamerikanischen Boden betritt. Beten Sie, Scharfschwerdt. Ich meine es ernst.«

Mit dieser Drohung verließ er den Raum und ließ seinen Untergebenen am Tisch sitzen. Dem standen die Schweißperlen auf der Stirn.

25

12. Juni 1945, Waidmannsluster Damm, Berlin-Reinickendorf

Maxim Michajlowitsch Grigorjew, Major der Roten Armee, schloss die Hosenknöpfe seiner grauen Uniformhose und gönnte sich ein wenig des zufriedenen Gefühls, das ihn immer überkam, wenn er bei einer der hiesigen Damen geweilt hatte. Dieses Mal würde er dieses Gefühl aber nicht lange genießen können, dieses Mal hatte er einen Auftrag. Eine Instruktion, von der seine Vorgesetzten nichts wissen durften. Eigentlich durfte niemand in der ganzen Roten Armee davon wissen. Würde auch niemand, dafür hatte er alles zu geschickt eingefädelt.

»Ja, gehen Bad. Ich noch Wodka«, sagte er zu der Frau und wies auf die mitgebrachte Wodkaflasche auf der Anrichte an der Wand. Die Frau ging in das kleine Badezimmer, sich etwas frisch machen. Das tat sie immer hinterher, alle Frauen dieses Hauses taten das. Es war ein sehr sauberes Haus, das gefiel ihm. Die Chefin dieses Hauses hatte die »Geschäfte« relativ schnell nach dem Einmarsch der Roten Armee wieder aufgenommen. Irgendwie hatte sie Kontakt nach ganz oben in der Truppe – wie auch immer sie das angestellt hatte – und so wurden dieses Haus und die hier arbeitenden Damen von den lüstern durch Berlin streifenden Soldaten verschont.

Er sah der hübschen Gestalt nach, als sie hinter der Badezimmertür verschwand. Eigentlich tat es ihm leid um die Kleine. Sie war echt gut, ein richtiges Naturtalent im Bett. Verstand wirklich was von ihrem Handwerk … wobei sich das nicht nur auf die Hände beschränkte.

»Konzentration, Genosse Major«, flüsterte er sich selbst zu, nachdem sie die Tür hinter sich geschlossen hatte. Er stand auf und griff nach seiner Tasche, die unter dem Stuhl an der Anrichte stand. Den Ausweis des Soldaten, den er gestern erstochen hatte, legte er unter das Kopfkissen der Frau. Die Brieftasche mit dessen Geld versteckte er im Schrank zwischen ihren Negligees. Das Messer mit dem der Soldat von ihm erstochen worden war, hatte er in der Hand, um es in der Schublade der Anrichte verschwinden zu lassen, als er ihre erstaunte Stimme hörte. Sie war nochmal aus dem Bad zurückgekommen. Mist, so hatte es nicht laufen sollen. Er hätte nach seinem Besuch die Militärpolizei verständigt, die hätten das Zimmer durchsucht und sie wäre etwas später wegen Mordes an einem Sowjetsoldaten an die Wand gestellt worden. Nun würde es schmutzig werden. Er mochte das nicht. Ihm war es lieb, wenn andere die Drecksarbeit für ihn erledigten. Grigorjew nahm das Messer in die linke Hand. Dann schnellte er nach vorn und rammte die Waffe in Richtung Bauch der immer noch nur mit einem offenen Hemdchen bekleideten Frau. Erstaunlicherweise gelang es der Überraschten, sich wegzudrehen. Ihr Ellenbogen krachte in das Gesicht des Offiziers und das Knirschen verriet ein gebrochenes Nasenbein. Tränen schossen ihm in die Augen. Nur eine Winzigkeit später hämmerte sie ihren anderen Ellenbogen von hinten in seine rechte Niere. Wie auch immer sie das getan hatte. Er schrie auf und ging auf die Knie. Ihr Fuß schoss vor und knallte gegen seinen linken Ellenbogen. Schlagartig konnte er seine linke Hand nicht mehr kontrollieren und das Messer klapperte auf die Dielen. Das war der Moment, an dem er begriff, dass es hier nicht mehr um seinen Plan, sondern um sein Leben ging.

Sie trat einen Schritt nach vorn und kickte mit einer schnellen Bewegung das Messer aus seiner Reichweite. Es rutschte unter die Anrichte. Um aus seinem Aktionsradius zu kommen, machte sie einen Schritt nach hinten, hatte aber nicht beachtet, dass sie damit in die Reichweite seines angezogenen linken Beines geriet. Wie von einer Sprungfeder angetrieben, schnellte das Bein des Russen vor und sein Spann traf ihren Knöchel. Es knackte und ihr Fuß winkelte unnatürlich ab. Die Frau schrie auf und krachte neben ihn auf die Dielen. Trotz ihrer Verletzung hämmerte sie ihm die Faust ins Gesicht, wollte wohl erneut seine Nase treffen, verfehlte diese aber und traf seine Unterlippe. Im Gegenzug dazu griff er ihren Nacken und donnerte ihren Kopf auf die Holzdielen. Sie stöhnte auf. Er wuchtete sich hoch, wälzte sich auf ihren Rücken, stemmte der sich nur noch schwach Bewegenden das Knie in den Nacken, griff mit beiden Händen in ihre Haare und riss den Kopf ruckartig nach hinten. Es krachte, als ihr Genick brach, durch den Körper unter ihm ging ein kurzes, krampfartiges Zucken, dann war Ruhe. Endlich.

»Pizda«, fluchte er auf Russisch und wischte sich das Blut aus dem Mundwinkel. Vorsichtig fasste er sich an die Nase. »Glupaja Pizda«, wiederholte er und setzte dann die deutsche Übersetzung nach: »Blöde Fotze!«

Er stand auf, drehte sich um und ließ die Tote dort auf dem Teppich liegen.

Julia atmete nicht mehr.

26

12. Juni 1945, ARA Libertad, Atlantik

Göbbs schoss hoch, riss die Augen auf und stöhnte. Irgendetwas hatte ihn geweckt. Sein Herz raste, der Mund war trocken bis weit in die Kehle hinein und der Nacken schmerzte, als hätte sein Kopf beim Schlafen aus der Koje gehangen. Er atmete heftig und brauchte einen Moment, bis er seine Orientierung wieder hatte. Das Wummern der Antriebsmaschinen irgendwo im Rumpf des Schiffes brachte ihn zurück. Genua, das Schiff, DiPietro …

Aber etwas hatte sich verändert. Er wusste nicht was, aber es musste etwas Gravierendes sein. Sein Kopf dröhnte, als würde sich die Schiffsmaschine zwischen seinen Schläfen und nicht irgendwo im Rumpf des Schiffes befinden.

Lange konnte er nicht geschlafen haben, vermutete er. Göbbs quälte sich aus der Koje, zog die Schuhe an und richtete sich stöhnend auf. Vielleicht würde frische Luft ihm gut tun, überlegte er und beschloss, einen kleinen Spaziergang an Deck zu machen.

Oben empfing ihn ein kühler Wind und einmal mehr die Großvater-Stimme.

›Argentinien also!‹

Göbbs fragte sich, wie oft sie diese Worte noch wiederholen wollte. Es gab tausend Dinge, die Göbbs durch den Kopf gingen. Allein das, was ihn in Argentinien erwartete, könnte Bände füllen, wollte man es in Bücher schreiben. Er wusste nichts über Steinbauer, außer, dass er auch diesen Weg genommen hatte. Wo war er? Wo diese Flugzeuge? Wie viele Menschen waren in dieses mysteriöse Unternehmen verwickelt?

Wie hoch die *Operation Romulus* angebunden war, hatte er hingegen vor einigen Tagen erfahren dürfen, als er in Genua seinen Fuß auf das Deck der *ARA Libertad* gesetzt hatte. Edoardo DiPietro, der Italiener, der ihn vom Kloster bis nach Genua gebracht hatte, bestieg mit ihm zusammen das argentinische Schiff, so wie von Abt Francesco Gamper angekündigt. Sie hatten eine Zwei-Mann-Kabine bekommen und allmählich bekam Göbbs regelrecht Respekt vor dem Ausmaß der Planung dieser Operation und den finanziellen Mitteln, die hier eingesetzt wurden.

Göbbs schlenderte bereits geraume Zeit über das Oberdeck und genoss den kühlen Wind und die Sterne am nächtlichen Himmel über dem Atlantik. Der Wind wehte kontinuierlich über das Deck und obwohl sie südwestlichen Kurs hielten, seit sie Gibraltar passiert hatten, fröstelte ihm. Zum einen lag das sicherlich daran, dass der Wind ihn auskühlte. Zum anderen aber bestimmt auch an dem, was er vor allem in den letzten beiden Tagen erlebt und erfahren hatte.

Es wurde Zeit, in seine Kajüte zurückzukehren. Die Kopfschmerzen waren besser geworden und nichts zog ihn zu den drei Männern, die jeden Abend in der Nachbarkabine zusammenkamen, Unmengen an Whisky tranken und Skat spielten. Und bei denen er saß, sitzen musste, seit sie Genua verlassen hatten. Heute hatte Göbbs jedoch Kopfschmerzen vorgeschoben und war in seine Koje gegangen, bis er wach geworden war.

Nach der Aktion mit den drei Frauen in der vorletzten Nacht hatte er keine Lust auf eine Fortsetzung dieser *»Spiele«*. Andererseits hatte ihm das wiederum das endgültige Vertrauen der beiden Männer in der Nachbarkabine gebracht. Und nur deshalb – und vielleicht des Alkohols wegen – hatte einer der beiden gestern Abend angefangen zu reden.

Hauptmann Johann Göbbs, der als Radu Gasbar nach Genua gekommen war und die *ARA Libertad* bestiegen hatte, würde sich jetzt in seine Koje legen und schlafen. Endlich einmal hatte er Zeit ... Zeit zu schlafen und Zeit nachzudenken, über sich, seine Mission und über die beiden Personen, die in der Kajüte neben seiner irgendwann in dieser Nacht sicherlich auch den Schlaf der Un-Gerechten schliefen.

Eine der Personen war Vali Vuković, zumindest nannte er sich so. Ein kroatischer Ustascha-Faschist. Aber wahrscheinlich war das sein richtiger Name. Göbbs hatte unter Radu Gasbar eingecheckt, aber DiPietro hatte ihn zu seiner Überraschung den beiden Männern der Nachbarkabine mit seinem richtigen Namen vorgestellt.

Unter Garantie hatte Göbbs erwartet, auf Männer wie Vuković zu treffen.

Dass dieser Vuković aber in einer Kabine mit Martin Bormann reisen würde, hatte Göbbs nicht erwartet. Martin Bormann, der Reichsminister, Chef der Reichskanzlei und nach Hitler der zweitmächtigste Mann im Deutschen Reich. Martin Bormann, engster Vertrauter des Führers. Martin Bormann, der beim letzten Mal angefangen hatte zu erzählen. Zuerst, wie er aus dem umkämpften Berlin entkommen war. Bei der täglichen Skatrunde in seiner Kabine, zu der er seit dem zweiten Abend Göbbs und DiPietro lud, war wieder viel Whisky geflossen.

Göbbs blieb am Niedergang zum unteren Deck stehen. Er zog die Jacke enger um sich. Ihm fröstelte. Und das nicht nur, weil der kalte Wind über den Atlantik fegte. Nein, auch weil er wohl endlich erfahren hatte, was es mit der *Operation Romulus* auf sich hatte.

Bormann hatte erzählt, wie er sich mit Hitlers Begleitarzt, Standartenführer Ludwig Stumpfegger, am 1. Mai aus dem Führerhauptquartier abgesetzt hätte. Wie geplant hätten sie sich mit Bormanns Zwilling getroffen. Bormann hätte seinen Zwilling erschossen und anschließend den entsetzten Stumpfegger.

Die Leichen seien so drapiert worden, dass sie gefunden werden mussten. Es sei wichtig gewesen, seinen Tod öffentlich zu machen – für die Russen, für die Amis und für die Scheiß-Kommunisten, die sich schon überall in Deutschland rührten, als hätten sie persönlich den Krieg gewonnen.

Bormann hatte richtig stolz aufgelacht, als Göbbs mit Unverständnis auf seine Bemerkung reagiert hatte, er hätte seinen Zwilling erschossen. Dann hatte Bormann ihn gefragt, wie er zur *Operation Romulus* gekommen war, und Göbbs hatte die Geschichte von Steinbauer und den Horten erzählt und wie er von Nadler und Meuselhuber den Auftrag bekommen hätte, Steinbauer zu begleiten.

»In Friedrichroda wurde der Auftrag erweitert. Wir wurden abgeschossen und getrennt. Seitdem reise ich Steinbauer hinterher.«

Wieder hatte Bormann gelacht und Göbbs auf die Schulter geklopft. »Das nenne ich mal soldatisches Pflichtbewusstsein, Vuković. Sieh dir das an. Dieser verdammte Krieg ist erstmal zu Ende und es gibt immer noch deutsche Soldaten, die ihre Befehle ausführen.«

Er hatte zu der Whiskyflasche auf dem Tisch gegriffen, es war bereits die dritte an diesem Abend gewesen, und Göbbs das Glas randvoll geschenkt. Als der protestierend die Hand gehoben hatte, hatte Bormann abgewunken. »Lassen Sie mal, Göbbs. Sie treuer, pflichtbewusster, deutscher Soldat. Für das, was Sie jetzt erfahren werden, brauchen sie den. Vielleicht auch noch einen zweiten oder dritten.«

Er hatte mit Göbbs angestoßen, einen mächtigen Schluck genommen und erzählt.

Bormann hatte Recht behalten. Göbbs hatte mehr als dieses Glas Whisky gebraucht, um die Dimensionen zu verdauen, die die *Operation Romulus* annahm. Begonnen hätte angeblich alles mit einem guten Freund Bormanns, dem SS-Untersturmführer Tennstedt, der

1936 erster Schutzhaftlagerführer im KZ Sachsenhausen bei Oranienburg gewesen sei. Und mit einem Anruf Tennstedts bei Bormann. Sie hätten einen Juden hier, den sich Bormann unbedingt ansehen müsste. Bormann sei, weil Tennstedt es wirklich dringend gemacht hatte, bereits am nächsten Tag nach Oranienburg gekommen und hätte dort zuerst fassungslos, dann zunehmend fasziniert vor seinem Doppelgänger gestanden. Größe, Alter, Statur, sogar die Haarfarbe stimmten überein. Nur Bormanns typische Stirnnarben fehlten. Er hatte Bormann diesen frisch eingetroffenen Juden zeigen wollen, hätte Tennstedt gesagt, bevor er durch den Aufenthalt im Lager unansehnlich geworden sei.

Und dann hätte Tennstedt die Bemerkung von Romulus gemacht und dass dieser ja seinen Zwillingsbruder Remus erschlagen hätte. Diese Bemerkung hätte etwas ausgelöst in Bormann. Er hätte gebieterisch die Hand gehoben und den unaufhörlich schwatzenden Tennstedt zum Schweigen gebracht. Sie hätten bestimmt drei Minuten dagestanden, der gefangene, namenlose Jude, der stellvertretende Lagerkommandant und Martin Bormann, damals noch Stabsleiter bei Rudolf Heß.

Doch nach diesen drei Minuten hätte das, was später die *Operation Romulus* genannt werden würde, in deutlichen Zügen vor Bormanns innerem Auge gestanden.

Er hätte befohlen, dass diesem Gefangenen nichts geschehen dürfe. Im Gegenteil, er sei wie die Wachmannschaft zu verpflegen. Und seine gesamte Familie sei mit höchster Dringlichkeit ebenfalls nach Oranienburg zu bringen. Der Gefangene aber und seine Familie dürften sich nicht begegnen.

Tennstedt hätte nichts verstanden, aber alle Befehle zur vollsten Zufriedenheit Bormanns ausgeführt. Bereits eine Woche später hätten Bormann und der Gefangene in einem Raum gestanden, dessen eine Wand fast komplett durch eine Glasscheibe gebildet worden sei.

27

17. November 1936, Konzentrationslager Sachsenhausen, Oranienburg

»Ihre Familie kann Sie nicht sehen.« Bormann stand einen halben Meter hinter dem Gefangen und beobachtete dessen Körpersprache und im Spiegelbild der Glasscheibe auch sein Gesicht. Im angrenzenden Raum befanden sich acht Zivilisten – drei Frauen, drei Kinder und zwei Männer – die von vier Soldaten mit Gewehren bewacht wurden.

»Es ist mir ein Leichtes, den Befehl zu geben, sie zu töten. Sie sind Juden. Das Töten von Juden wird in Deutschland in den nächsten Jahren immer einfacher.«

»Was wollen Sie?«, fragte der Gefangene, dessen Namen Bormann nicht kannte und der ihn auch nicht interessierte.

»Ich kann aber auch für Ihre Sicherheit sorgen, und für die Ihrer Familie. Ich bin Ihr Schicksal Und Sie sind das Zünglein an der Waage. Ich mache nur das, was Sie wollen. Ich kann für Ihre Familie zur Fortuna werden oder zur schlimmsten Rachegöttin, die Sie sich in Ihren furchtbarsten Albträumen nicht vorstellen können.«

»Was wollen Sie?«, wiederholte der Gefangene und drehte sich zu Bormann um. Sein Gesicht war vor Qual verzerrt.

»Sie haben es in der Hand.« Bormanns Gesicht war nahezu unbeweglich, als er seinen Doppelgänger betrachtete.

»Was zum Teufel wollen Sie?«, fragte dieser ein drittes Mal.

»Die Frage ist«, entgegnete Bormann, »was sind Sie bereit, für Ihre Familie zu tun? Für ihre Sicherheit, für ihr Leben?«

Der Gefangene drehte sich wieder der Fensterscheibe zu. »Wozu ich bereit bin?«, flüsterte er. »Zu allem.«

»*Das* wollte ich hören.« Bormann rieb sich die Hände. »Ich garantiere Ihnen die körperliche und geistige Unversehrtheit Ihrer Familie und Sie werden mein Zwilling. Und irgendwann, wenn es notwendig ist, nehmen Sie meinen Platz ein.«

Bereits eine Woche später hatte Bormann einen Termin beim Führer. Wo es einen Doppelgänger für Bormann gab, bestand auch die Möglichkeit für weitere Doppelgänger, für Hitler und Goebbels, Himmler und Heydrich …

Für wen auch immer.

Mann musste nur das System der Konzentrationslager bedeutend ausbauen. Für die Finanzierung der Operation würden die Juden schon selbst sorgen. Und den Rest der Internierten würde man sicherlich gewinnbringend in der Industrie einsetzen können.

Nur die Geheimhaltung musste garantiert werden.

Operation Romulus war geboren. Der Führer selbst übertrug Bormann Befugnisse in diesem Zusammenhang, die weit über die Befugnisse eines einfachen Stabsleiters hinausgingen. Er wurde mit der Verwaltung des Privatvermögens des Führers beauftragt und nach dem Englandflug von Rudolf Heß bekam Bormann dessen Position. Er wurde Stellvertreter des Führers und Reichsminister. Zufrieden registrierte er, dass mit seinem wachsenden Einfluss beim Führer auch die Angst vor ihm bei Nazigrößen wie Himmler oder Speer wuchs. In seiner Position konnte er die Verfolgung der Juden in ganz Europa auf immer weitere Bereiche ausweiten und so wurde er zu einer der treibenden Kräfte der Judenverfolgung und der Vernichtung der Juden, die sich als wertlos für das Deutsche Reich und besonders für die *Operation Romulus* erwiesen.

28

12. Juni 1945, ARA Libertad, Atlantik

»Schlussendlich hat also mein Zwilling am 1. Mai seine Funktion übernommen und ist an meinen Platz getreten. Wie so viele andere Zwillinge auch in den letzten Wochen.«

Bormann hatte sich zufrieden zurückgelehnt und beobachtet, wie Göbbs genau das tat, was er, Bormann, vorhergesagt hatte: Göbbs hatte sich noch einen Whisky eingeschenkt – einen richtig großen – und ihn ausgetrunken. Dabei hatte er noch etwas von »… zweifelsohne die größte und bedeutendste Geheimoperation des Dritten Reiches …« gehört, aber das Rauschen in den Ohren, ausgelöst von den Dimensionen des Gehörten, hatte die letzten Worte des ehemaligen Reichsministers übertönt.

Selbst die Großvater-Stimme, die in den letzten Tagen permanent mit ironischen und sarkastischen Kommentaren nervte, hatte geschwiegen.

»Und die Familie?«

»Die hatte ihren Zweck erfüllt. Wir brauchten sie nicht mehr.«

Wir brauchten sie nicht mehr? Das sah nach einer für die Nazis typischen Lösung aus. Göbbs benötigte da nicht viel Phantasie.

Am Abend zuvor, als Bormann mit viel Geld über einen Schiffsoffizier drei Frauen geordert hatte, die eigentlich als technische Kräfte auf dem Schiff Dienst taten, hatte Göbbs gedacht, es könne nicht schlimmer kommen. DiPietro und Vuković hatten die beiden größeren Frauen gepackt und die sich Wehrenden in die Kojen gedrängt. Göbbs war entsetzt aufgesprungen, hatte dann kurz entschlossen die dritte, schmächtigere und einzige mit vollen, schwarzen Locken um den Kopf gegriffen und war mit den Worten »Ich mag bei sowas keine Zuschauer!« aus der Kabine gestürmt. Es hatte ihn Kraft gekostet, die etwa dreißigjährige Argentinierin in seine eigene Kabine zu schleifen. Dort hatte sie sich in die Ecke gekauert und erst geschrien, dann gewimmert, als aus der Nachbarkabine die Schreie der anderen beiden Frauen ertönt waren. Sie war erst verstummt, als sie bemerkt hatte, dass Göbbs unbeweglich am Tisch gestanden und sie gemustert hatte.

»Ich werde dir nichts tun«, hatte er ihr auf Englisch gesagt. »Ich stehe nicht auf sowas.«

Ihre großen, mit Angsttränen gefüllten Augen hatten ihn gemustert, dann hatte sie an die Wand der Kabine gestarrt, hinter der die Schreie ihrer Leidensgenossinnen langsam erstorben waren.

»Die wollen, dass du auch tust, Señor«, hatte sie dann im gebrochenen, spanisch gefärbten Englisch zu ihm gesagt. Göbbs hatte genickt und geschwiegen.

»Ich nicht verraten!« Sie war aufgestanden und hatte ihm die geöffnete Hand entgegengestreckt. »Du bezahlen, Señor!«

»Ich soll dich dafür bezahlen, dass ich dich nicht vergewaltige?«

Sie hatte genickt, mit einem schnellen Griff die Bluse über ihrer Brust zerrissen und sich das Haar zerzaust. Göbbs hatte über so viel plötzlich gezeigte Kaltblütigkeit den Kopf geschüttelt …und mit einem goldenen Ring aus dem »Schatz« bezahlt, den er Obersturmbannführer Köppe abgenommen hatte.

Wie gesagt, er hatte gedacht, schlimmer als an diesem Abend könne es nicht mehr kommen, und die Ankunft in Buenos Aires herbeigesehnt, ohne zu wissen, wie es dort weitergehen sollte. Bereits der folgende Abend hatte ihn eines Besseren belehrt. Jetzt wusste er, dass es immer noch schlimmer kommen konnte. Immer. Er fühlte sich aufgefressen, wieder hochgewürgt und auf die Planken gespuckt. Er fühlte sich richtig übel. Und genau als ihm das bewusst wurde, meldete sich die Großvater-Stimme mit der Bemerkung, es könne ja noch schlimmer kommen.

Schlimmer? Göbbs japste. *Wie soll* das *denn noch schlimmer werden?*

›Dann denk doch einfach mal über Folgendes nach: Wenn all diese Wahnsinnigen, die den größten Krieg in der Menschheitsgeschichte verbrochen haben, wenn all diese Typen gegen Zwillinge ausgetauscht worden sind und niemand bei den ach so schlauen Alliierten das mitbekommt, weil die Zwillinge dicht halten, weil sie erpresst werden, wenn darüber hinaus hunderte Wissenschaftler und Ingenieure wie Steinbauer in derselben Operation verschwinden …‹

Die Großvater-Stimme schwieg einen Moment, als wolle sie die Dramatik steigern.

Ja?, fragte Göbbs schließlich, weil er die Spannung nicht mehr aushielt.

Mit einem selbstzufriedenen Ton fuhr die Großvater-Stimme dann fort: *›In der Alpen-Festung waren sie nicht. In Italien waren sie nicht. Hier auf dem Schiff sind sie auch nicht. Wo sind sie dann jetzt? Wo sind sie hin? Und was, verflucht noch eins, machen sie dort?‹*

Das, fand Göbbs, war eine gute Frage, eine verdammt gute Frage. Und ganz langsam sickerte eine weitere Frage in sein Hirn, eine, die von keiner Stimme gestellt wurde, die einfach so entstand und bei der Göbbs sich wunderte, dass ihm eine solche Frage überhaupt in den Sinn kam.

Wenn es so viele Zwillinge gab, die die Rollen der berühmtesten und wichtigsten Nazis eingenommen hatten, dann gab es unter Garantie vier- bis fünfmal mehr Geiseln, die Familien der Zwillinge, mit der diese unter Druck gesetzt wurden. Wo waren die? Und welches Schicksal stand denen bevor?

29

14. Juni 1945, ARA Libertad, Atlantik

Die Dunkelheit lag wie zäher, klebriger Schleim über Göbbs. Von Weitem hörte er Stimmen, als würden sie durch Watte zu ihm dringen, oder … ja, durch diesen schwarzen, harzigen Schleim hindurch. Gerade so, als wären die Sprecher zu schwach, sich verständlich zu machen. Oder zu weit weg. In einem entfernten Winkel seines Gehirns kamen ihm die Stimmen bekannt vor. Aber all das wurde überlagert von einer Stelle, die sich irgendwo in seinem Hinterkopf befand und Wellen wabernden Schmerzes durch sein Gehirn ausstrahlte. Unablässig. Göbbs war soweit bei Bewusstsein, dass er nach dieser Stelle am Kopf fassen wollte, bekam aber seine Hände nicht hoch.

»Was …?«, lallte er. Im selben Moment traf ihn ein Schwall kalten Wassers mitten ins Gesicht. Er schnappte nach Luft, versuchte sich zu bewegen, hatte das Gefühl unterzutauchen. Irgendetwas legte sich über sein Gesicht, nass. Dann Wasser. In Sekundenbruchteilen stieg Angst in Göbbs auf. Er konnte sich nicht bewegen, die Augen nicht öffnen, fühlte beständig Wasser in seinem Gesicht, glaubte zu ertrinken, schnappte nach Luft, die er nicht bekam. Seine Lunge brannte, sog verzweifelt nach Luft. Keine da … keine Luft … nur Wasser … überall Wasser … Luft … Wasser …

Kurz bevor er das Bewusstsein verlor, hörte der Strom von Wasser auf und das nasse und luftundurchlässige Etwas über seinem Gesicht verschwand. »Argh…«, artikulierte er und schnappte nach Luft wie ein Ertrinkender …

Nein! Falsch! Nicht *wie*. Er war ein Ertrinkender gewesen mit dem sicheren Tod vor Augen.

Göbbs fühlte, wie jemand nach ihm griff und ihn hochhob. Er hatte gelegen, merkte er erst jetzt. Auf dem Boden gelegen, an einem Stuhl gefesselt. Alles um ihn schien zu schwanken. Eine Binde wurde von seinen Augen entfernt. Licht blendete. Zuerst sah er alles nur verschwommen, erfasste die Umrisse dreier Menschen … Männer. Dann erkannte er Bormann, DiPietro und Vuković. Und jetzt fiel ihm alles wieder ein. Sie hatten Whisky getrunken und Skat gespielt, wie immer in Bormanns Kabine. Dann war ein Stewart mit einem Zettel gekommen. Ein Funkspruch, hieß es. Vuković hatte sich hinter Göbbs in die Koje gesetzt, um den Funkspruch zu entschlüsseln. Bormann, DiPietro und er selbst hatten weitergespielt. Plötzlich hatte er eine Schmerzexplosion im Hinterkopf gespürt und es war dunkel geworden. Und jetzt standen die drei Männer dem gefesselten Göbbs gegenüber. Vuković hielt ein nasses Tuch in der Hand, DiPietro einen Eimer mit Wasser. Sie hatten ihm das Tuch über das Gesicht gelegt und Wasser darauf gegossen. Göbbs hatte von dieser Foltermethode gehört, aber nicht gedacht, dass sie so … *ergiebig*, so wirksam sein konnte.

Das Schwanken um ihn hörte nicht auf und Göbbs bekam mit, dass es das Schiff selbst war, das sich bewegte. Draußen schien mittlerweile schwere See zu herrschen.

Bormann zog sich einen Stuhl heran, drehte ihn mit der Lehne zu Göbbs, setzte sich und legte die Arme auf die Lehne. Er hielt den Zettel mit dem Funkspruch in der Hand, den Vuković entschlüsselt hatte, rieb ihn zwischen den Fingern, als wolle er seine Echtheit prüfen, sah dabei Göbbs an und las dann vor: »goebbs aka radu gasbar ist agent des sis und hat mehrere knoten des netzwerks ausgeschaltet – er muss eliminiert werden bevor er argentinischen boden betritt. knopfler generaloberst«.

Er rollte den Zettel wie eine Zigarette. Dann knickte er ihn, steckte ihn sich in den Mund, kaute und schluckte ihn hinunter. DiPietro und Vuković starrten Göbbs hasserfüllt an und schwiegen. Göbbs schwieg ebenfalls.

Nur die Großvater-Stimme schwieg nicht. *›Mach sie fertig, Junge!‹*

Göbbs sparte sich den Hinweis darauf, dass er alleine gefesselt drei Männern gegenüber saß.

»Das Problem ist, Göbbs, dass Sie mir sympathisch waren. Und nicht nur, weil wir beide Narben im Gesicht tragen. Mit Knopfler hingegen verbindet mich keinerlei Sympathie.«

Bormann nickte, als hätte er eine allumfassende Wahrheit gesagt. »Andererseits kenne ich Knopfler schon mein halbes Leben. Ich weiß, dass er, obwohl Militär, ein Bürokrat reinsten Wassers ist. Und er ist unserer Sache treu ergeben. Niemandem sonst hätte ich die Leitung der Zentrale überlassen. Was er sagt, ist Gesetz, wenn es nicht meiner Meinung widerspricht. Sagt Knopfler also, dass Sie ein Spion sind, dann sind Sie einer, verdammt nochmal. Und hätte Knopfler mich darüber informiert, dass der Führer ein Spion der Russen wäre, dann hätte ich ihm geglaubt und entsprechende Maßnahmen ergriffen.«

Er fasste nach hinten in seinen Hosenbund und zog eine Pistole hervor. Die Mündung zeigte augenblicklich auf Göbbs' Nasenwurzel. Mit dem Daumen legte er den Sicherungshebel um. »Ich frage mich, wie es kommt, dass immer wieder Leute wie Sie die Seite wechseln. Gute deutsche Soldaten, die an der Front gekämpft haben. Bezahlen die Briten so gut?«

»Vielleicht sind das Leute wie ihr, die Leute wie uns dazu bringen, das zu tun, was Leute wie wir halt so machen.« Göbbs hatte noch immer damit zu tun, Luft zu schnappen. Auch hatte ihn die Angst vor dem Tod unter Wasser noch nicht losgelassen. Und der auf ihn gerichtete Pistolenlauf trug nicht gerade zu seiner Beruhigung bei.

»Leute wie wir?«, fragte Bormann ironisch und ruhig. »Was sind denn Leute wie wir? Was tun Leute wie wir?«

»Sehen Sie sich doch das an, was von Deutschland geblieben ist. Millionen Tote, die Städte zerstört, die Herzen kaputt, die Seelen vergiftet.«

»Wir reinigten das deutsche Volk.«

Göbbs lachte auf, nervös und hustend. »Reinigen? Das Gift Ihrer Weltanschauung wird noch in siebzig Jahren in den Köpfen einfacher Menschen herumspuken.«

»Denken Sie, die Briten oder Amerikaner sind besser? Von den Russen ganz zu schweigen. Wissen Sie, wie viele Millionen Menschen Stalin ermordet hat? Und der lebt noch, sein System existiert. Sein Morden wird weitergehen. Denken Sie, Sie sind besser, nur weil Sie gegen uns sind?«

Göbbs flüchtete sich in einen Allgemeinplatz, den er von seinem Großvater immer wieder gehört hatte: »Wer besser ist, wird die Geschichte beweisen!«

Wasserfolter, Pistole und das Schwanken des Schiffes trugen nicht dazu bei, sich auf eine Diskussion mit Martin Bormann zu konzentrieren.

»Was redest du?«, rief Vuković wütend. »Niemand ist besser als der andere. In Bleiburg, weißt du, haben die sogenannten Partisanen im Mai tausende kroatische Flüchtlinge getötet. Tausende unbewaffnete Flüchtlinge! Ist das gerecht, oder fair, wie Amerikaner sagen würden? Was ist gerecht, was ungerecht? Hm? Bestimmt der Sieger, weißt du! Nicht Geschichte. Geschichte wird von Siegern gemacht! So ist das.« Er nahm ein Glas vom Tisch, das er die ganze Zeit mit einer Hand davor bewahrt hatte, vom Tisch zu rutschen und kippte den Whisky in einem Zug herunter. Dann sah er Bormann an. »Ach Scheiße. Bring ich um jetzt Verräter! Blödes Gequatsche von Flieger. Fliegt dort oben, schießt, wirft Bombe. Ist Krieg weit weg. Aber wir unten haben Krieg ganz nah. Nur Zentimeter. Was wagst du Urteil, he?«, fuhr er jetzt Göbbs an. Er zog ein langes Messer aus der Scheide an seinem Gürtel und fuchtelte Göbbs damit vor der Nase rum.

›*Hör jetzt einfach auf!*‹, riet die Großvater-Stimme.

Bormann hob die Pistole, deren Mündung in den letzten Minuten langsam gesunken war, wieder auf Augenhöhe des Gefesselten.

»Wir haben alle Eventualitäten bedacht, alle, Göbbs. Auch die einer Niederlage im Krieg. Und sie wird uns nicht unterkriegen. Nicht bei diesen Vorbereitungen. *Operation Romulus* ist das wichtigste, größte und großartigste Unternehmen des Deutschen Reiches. Dahinter kann sich alles verstecken, was sich anmaßt, auf das Kriegsende vorbereitet zu sein. Wir brauchen keine katholische Kirche, die ehemaligen Nazis hilft, nach Südamerika auszuwandern. *Wir* haben die Kirche darauf vorbereitet. Wir brauchen kein Internationales Rotes Kreuz, das Flüchtlinge für diese Reise rüstet, weil unsere Leute dort bereits sitzen, seit Jahren. Wir brauchen keine anderen Organisationen ehemaliger SS-Angehöriger. Das werden alles Stümper sein im Vergleich mit uns, unseren Mitteln und Möglichkeiten. Wir haben seit Jahren diesen Tag X geplant, haben Judengold in Nordafrika und Russland gesammelt, Kunstschätze in Frankreich und Holland, Geld in Griechenland und auf dem Balkan.

Wir sind die Erben des Dritten Reiches und werden das Vierte Reich auf den Trümmern dieser Welt aufbauen. Und glauben Sie nicht, Göbbs, dass wir allein sind. Wir haben Helfer und Geldgeber in der ganzen Welt. In Japan und Italien, in Griechenland und Schweden, in England und in den USA und sogar bei den Russen. Wir haben Waffen, von denen die Welt träumt – und sie wird Albträume davon bekommen – und wir haben einen Stützpunkt, wo ihn keiner vermutet.«

Göbbs sah die Machtbesessenheit in Bormanns Augen. *Er* war jetzt die Nummer Eins. Nicht nur die Nummer Eins der *Operation Romulus*, nein, die Nummer Eins der gesamten Bewegung. Er, Martin Bormann, oberster Kriegsherr der Nazis.

Der oberste Kriegsherr, die selbsternannte Nummer Eins, stand auf. »Das aber, dieses letzte Geheimnis, werde ich Ihnen nicht verraten, Göbbs. Sie sollen sterben mit der Frage im Hinterkopf, wo sich dieser Stützpunkt befindet.«

Im Moment hatte Göbbs jedoch für diese Frage keinen Platz in seinem Kopf. Während der Hinterkopf noch immer Schmerzwellen vom Schlag Vukovićs in das ganze Hirn sandte, beschäftigten sich dessen arbeitsfähigen Bereiche mit der Frage, wie er aus dieser Situation herauskommen könnte.

Bormann drehte sich zu Vuković. »Ich würde ihn ja erschießen, aber dann haben wir eine riesige Sauerei hier in der Kabine. Nein. Schafft mir dieses Verräterschwein aus den Augen. Bringt ihn ans Heck und werft ihn über Bord.« Er sah auf die Uhr. »Es ist mittlerweile kurz vor Mitternacht, ihr dürftet niemandem begegnen. Ich werde mir dann seine Kabine ansehen, vielleicht ist ja irgendetwas darin, das wir gebrauchen können.«

Vuković und DiPietro traten an den Stuhl, zerschnitten die Fesseln, mit denen Göbbs an das Möbelstück gebunden war. Ihre eisernen Griffe um seine Arme zwangen ihn nach vorn. Obwohl er versuchte, sich zu wehren, drückten sie seinen Oberkörper auf den Tisch, hebelten die Arme nach hinten und banden die Handgelenke auf dem Rücken zusammen. Göbbs versuchte, nach den beiden zu treten, aber Vuković und DiPietro standen außerhalb der Reichweite seiner Beine. Der Italiener beugte sich zu Göbbs' Ohr.

»Netter Versuch, Narbenfresse«, knurrte DiPietro und setzte ein »Stronzo!« an den Satz. Sicherlich ein italienisches Schimpfwort, von dem Göbbs im Moment gar nicht wissen wollte, was es hieß. Sie rissen ihn hoch und das Letzte, was Göbbs in der Kabine sah, war der grinsende Bormann, der sich mit einer Hand am Tisch festhielt und mit der anderen nach der Whiskyflasche griff.

Er wurde nach draußen gezerrt. Den beiden Kabinen von Göbbs und Bormann gegenüber lagen auf ihrem Gang zwei andere Kabinen, in denen Mitglieder der Mannschaft wohnten. Der Gang befand sich auf dem hinteren Deck in der Nähe der Frachtluken, relativ abgelegen von den übrigen Unterkünften auf dem Schiff. Bormann hatte sich meist hier aufgehalten, so dass die anderen nach Argentinien flüchtenden Deutschen auf dem Schiff keine Ahnung von seinem Aufenthalt hier hatten. Eventuelle Botengänge, wie das Besorgen des Whiskys, hatte stets Vuković übernommen.

Die Wahrscheinlichkeit, jemandem zu begegnen, der Göbbs helfen würde, war gering. Es war nach Mitternacht und der größte Teil der Mannschaft schlief. Der Rest tat seinen Dienst unten im Maschinenraum, von wo das dumpfe Röhren der Schiffsmaschinen zu ihnen hochdrang.

Sie führten ihn den Gang entlang. Am Ende des Ganges stießen sie ihn mit dem Gesicht zur Wand. Er fühlte Vukovićs Messer an seinem Nacken und hörte dessen Stimme. »Ganz ruhig, Šupak. Sonst Messer in Kopf!«

DiPietro huschte die Treppe hoch und öffnete oben das Schott. Regenschauer schlugen herein und das Rauschen des Meeres drang zu ihnen herunter. DiPietro spähte nach draußen und winkte dann zu Vuković. Die Luft schien rein zu sein für das, was sie vorhatten. Im selben Moment, als der Kroate Göbbs von der Wand wegzerrte und die Treppe hinaufstieß, war es Göbbs, als würde hinter ihnen eine Kabinentür schlagen. Kam Bormann jetzt doch noch mit? Es hatte vorhin den Eindruck gemacht, als würde er sich die Hände nicht schmutzig machen wollen.

Die kurze und steile Treppe mündete auf einem Zwischendeck. Bis zum Achterdeck und dem Heck des Schiffes waren es aber nur wenige Meter. Oben empfing sie eine steife Brise und Regen. Zusammen mit dem Wellengang machte das den Aufenthalt auf Deck äußerst unangenehm. Das Wetter war aber nicht so schlecht, dass es hier oben gefährlich gewesen wäre. DiPietro und Vuković zerrten Göbbs um einige Aufbauten herum, bis sie den Aufgang zum Achterdeck erreicht hatten. Auch hier stießen die beiden Bewacher ihr Opfer gnadenlos die Treppe hoch. Oben empfing sie der Wind deutlich heftiger als unten auf dem geschützt liegenden Zwischendeck. Fässer und mit Ölplanen bedeckte Kistenstapel waren hier festgezurrt. Göbbs wurde zwischen ihnen hindurch gezerrt, bis sie am Heck ankamen. Ein Positionslicht über ihnen verbreitete etwas Helligkeit, so dass Göbbs die Umgebung erkennen konnte. Vuković drückte ihn gegen die Reling. Der Wind peitsche den Regen von der Seite gegen sie. Göbbs war bis auf die Haut durchnässt und zitterte. Sein Kopf dröhnte. Unter ihnen rauschte in der nächtlichen Schwärze der Atlantik.

»So, Šupak«, knurrte er. »Kannst du gucken in Meer nochmal, bevor du gehst baden. Werde durchschneiden deine Fessel. Dann du kannst schwimmen. Dauert Ertrinken länger und du kannst hinterhergucken hinter Boot. Das gut!« Er drückte Göbbs so gegen die Reling, dass sich dessen Oberkörper weit über beugte und Göbbs unter sich den Ozean hörte und in der Dunkelheit mehr ahnte als sah.

›Das ist der Punkt, an dem du dir was einfallen lassen solltest‹, knurrte die Großvater-Stimme.

»Ihr müsst das nicht tun«, sagte Göbbs. »Bloß weil Bormann …«

»Schnauze, Šupak!«, flüsterte Vuković, riss ihn hoch und drehte sein Opfer zu sich um. Mit seinem Kopf kam er ganz nah, damit er ihm in der Dunkelheit in die Augen sehen konnte. »Bormann ist …«

Göbbs schnellte mit dem Kopf nach vorn und ließ seine Stirn genau auf die Nase des Kroaten krachen. Etwas knackte und Vuković ging wie ein gefällter Baum zu Boden. Gleichzeitig explodierte der Schmerz hinter Göbbs' Stirn.

›*Ganz blöde Idee*‹, ließ sich die Großvater-Stimme vernehmen. ›*Bringt dir gerade gar nichts.*‹

DiPietro schrie vor Wut auf, rammte Göbbs die Faust in den Magen. Göbbs krümmte sich nach Luft schnappend und lehnte sich gegen die Reling. Der Italiener beugte sich kurz zu seinem Kameraden, der die Hände gehoben hatte und sie sich auf das Gesicht legte. Vuković stöhnte. Der Italiener griff nach dem Messer des Kroaten.

›*Jetzt werden sie dir auch noch wehtun, bevor sie uns beide ins Meer schmeißen.*‹ Irgendwie hatte Göbbs gehofft, von der Großvater-Stimme in dieser Situation konstruktivere Beiträge zu hören.

»Bastardo!« DiPietro war ins Italienische verfallen. »Ich schneide dir deine Eier ab und stopfe sie dir in den Hals, bevor ich dich an die Fische verfüttere. Figlio di puttana!« Göbbs verstand nicht alles, konnte sich aber denken, dass DiPietro ihm gerade keine Liebeserklärung gemacht hatte. Der Italiener beugte sich nach vorn, hielt Göbbs das Messer an die Kehle und ließ die Klinge nach unten gleiten, bis deren Spitze sich im Schritt des Gefesselten befand. Vuković, neben DiPietro auf dem Boden, hielt sich noch immer stöhnend beide Hände vor das Gesicht. Blut trat zwischen den Fingern hervor. Göbbs schluckte. Dann war Göbbs, als sähe er hinter DiPietro eine huschende Bewegung in der Dunkelheit. Nur eine halbe Sekunde später ertönte eine Frauenstimme in der Nacht.

»Ola!« Irritiert drehte sich DiPietro um und noch in der Bewegung explodierte der Unterkiefer des Italieners in einem

Inferno aus Blut und Zähnen. DiPietro ging neben Vuković zu Boden und bewegte sich nicht mehr. Hinter ihm schälte sich die schlanke, hochgewachsene Gestalt einer Frau aus der Dunkelheit, eine der Frauen, die von den beiden vor Göbbs Liegenden vergewaltigt worden war. In ihrer Hand hielt sie eine Brechstange, deren Ende im matten Licht der Positionslichter rot vom Blut DiPietros schimmerte. Eine zweite und dritte Gestalt wurden sichtbar – die anderen beiden Frauen. Göbbs erkannte in einer von ihnen an der schmächtigen Statur und der Lockenmähne »seine« Argentinierin wieder, die er in seine Kabine gezerrt und vor der Vergewaltigung gerettet hatte.

»Du Schwierigkeiten, Señor?«, fragte sie ihn.

»Offensichtlich«, murmelte Göbbs. Ihm war schwindelig und der Kopf dröhnte.

»Noch Ring?«

»Was?« Göbbs verstand nicht, was die Argentinierin wollte.

»Du noch Goldring? Drei Ring, wir helfen.« Langsam klärte sich Göbbs' Blick und auch seine Gedanken.

»Ihr wollt drei Ringe für eure Hilfe?«

»Sí, Señor. Drei Goldring.« Die Frau nickte.

»Okay«, Göbbs atmete tief durch. »Hab ich. Kriegt ihr. Drei Goldringe. Ja.« Er nickte vorsichtig, in der Hoffnung, dass sein Gehirn nicht nach vorn schwappen würde.

Sie drehte sich um und sagte etwas auf Spanisch. Die Gesichter der Frauen leuchteten auf. Zwei der Frauen griffen nach DiPietro, der sich noch immer nicht rührte. Göbbs wusste nicht, ob der Italiener tot war. Den Frauen aber war es egal. Sie wuchteten den Körper hoch, legten ihn über die Reling und ließen ihn in den Ozean fallen.

›*Die lassen sich gerade für ihre Rache von dir bezahlen*‹, meldete sich die Großvater-Stimme. Göbbs war dem Schauspiel mit offenem Mund und weit aufgerissenen Augen gefolgt. Dann drehte er »seiner« Argentinierin den Rücken zu und hob die Arme. Ein Schnitt mit dem Messer des Kroaten befreite ihn von den Fesseln.

In der Zwischenzeit begann sich Vuković zu rühren. Er hatte sich auf den Bauch gedreht, stützte sich mit den Armen ab und zog die Beine an. Als er so vornübergebeugt auf den Knien stand, trat eine der Frauen hinter ihn, holte mit dem Fuß aus und trat mit aller Kraft zwischen seine Beine. War er vorhin nach dem Kopfstoß lautlos zu Boden gegangen, brüllte er jetzt auf und sackte zusammen, die Hände in den Unterleib gepresst. Die zweite Frau trat ihm mit derselben Wucht ins Gesicht und der Schrei erstarb mit einem Gurgeln und ging in ein blubberndes Röcheln über. Kurz darauf folgte der Körper des Kroaten dem seines italienischen Gefährten in die Dunkelheit des Meeres.

Die schmächtige Argentinierin nahm die auf dem Boden liegende Brechstange auf und hielt ihm die geöffnete Hand entgegen. »Du bezahlen«, sagte sie auf Englisch.

›*Was ist das nur für eine Welt geworden*‹, murmelte die Großvater-Stimme. ›*Die einen retten einen dem Tod Geweihten vor Nazis und lassen sich das bezahlen, die anderen spionieren für die Alliierten bei den Nazis und halten ebenfalls die Hand auf!*‹

Der Regen begann bereits, das Blut von den Planken zu waschen. Eine der Frauen klaubte etwas vom Boden auf, von dem Göbbs vermutete, dass es sich um Zähne DiPietros handeln könnte. Er wollte es gar nicht so genau wissen. Sie ließ die aufgesammelten Fundstücke über der Reling in die Dunkelheit verschwinden.

»Die Ringe sind in meiner Kabine.«

»Dort gerade anderer Señor, mit Pistola.« Göbbs bemerkte erst jetzt, dass sie einen Stoffbeutel an einer langen Kordel um die Schultern trug. Sie griff hinein und förderte eine Pistole zutage. »Ein Goldring!«

»Noch einen?« Allmählich fand Göbbs, dass die Damen seine Situation durchaus ausnutzten. Er nickte. »Aber ich muss erst in meine Kabine kommen. Schießt das Ding überhaupt?«

Ihre Locken wippten heftig, als sie nickte. »Schießen gut. De seis Cartucho … Patrone, sechs Patrone! Ein Goldring.« In der anderen Hand tauchten sechs Patronen auf. Nur gut, dass sie ihm die Patronen nicht einzeln verkauften.

»Okay.« Er griff nach Waffe und Patronen, lud die Pistole und drehte sich zum Zwischendeck.

Eine der Argentinierinnen sagte etwas auf Spanisch und die Schmächtige legte Göbbs ihre Hand auf den Unterarm. »Morena sagen, schießen wird hören andere.«

Genervt hob Göbbs die Hände. »Was verkaufst du mir eine Pistole, wenn ich damit nicht schießen kann?«

»Morena war in andere Kabine, bei Joaquín. Hören Lärm bei euch. Gucken Tür, sehen euch, holen uns. Joaquín in Kabine jetzt, hören disparos …« Sie grübelte einen Moment. »Hören schießen.« Ihre Augen wanderten zur Pistole. »Nicht gut, Señor!«

»Und was sollte ich deiner Meinung nach tun?«

»Nicht du. Morena gehen Joaquín, holen Joaquín in andere Kabine. Lenkt Joaquín ab. Er nicht hört schießen.«

Göbbs legte den Kopf schief. »Da fehlt doch noch was.«

»Ein Goldring!«

Ergeben seufzte Göbbs. »Ein weiterer Goldring für Morena. Das sind insgesamt?«

»Cinco … fünf Goldring, Señor.« Die Antwort kam sehr schnell und jetzt lächelte sie das erste Mal.

›Die lassen sich nicht nur ihre Rache von dir bezahlen, sondern auch noch ihr Schäferstündchen, das wegen dir unterbrochen wurde.‹ Die Großvater-Stimme klang deutlich amüsiert. *›Und du lässt dich ausnehmen wie eine Weihnachtsgans.‹*

»Fünf goldene Ringe. Ja. Habe ich. Dann schick mal Morena los, damit sie Joaquín bezirzen kann.«

Die Argentinierin sagte ein paar Worte zu ihren Freundinnen. Eine von beiden, wahrscheinlich Morena, drehte sich daraufhin um und verschwand.

»Noch Problem, Señor«, meldete sich die Schmächtige erneut.

»Was denn jetzt noch?«

»Passagier verschwinden. Nicht schlimm, nur Deutsche und schon bezahlt. Aber vielleicht jemand fragt.«

Göbbs, der bereits ahnte, was kommen würde, zog den Kopf zwischen die Schultern. »Und?«

Erneut lächelte sie ihn an. »Kein Problem, Señor. Wir kümmern. Du bezahlen.«

Genervt rammte Göbbs die Waffe in die Hosentasche. »Wieviel?«

Göbbs wartete an der Treppe, bis er das Schlagen der Tür, Morenas Kichern und eine aufgeregte Männerstimme – Joaquín – vernahm. Er zog die Pistole und ging zur Tür seiner Kabine. Wenn er es geschickt anstellte, dann würde er Bormann überwältigen können. Mit dem, was der alles wusste, wäre er das ideale Geschenk für die Briten und Amerikaner. Und er, Göbbs, wäre raus und könnte sich irgendwo zur Ruhe setzen. Mit Julia.

Im selben Moment öffnete sich die Tür und Bormann starrte fassungslos auf Göbbs und dessen auf ihn gerichtete Pistole. Göbbs starrte ebenso überrascht sein Gegenüber an. Bormann fasste sich einen Sekundenbruchteil vor Göbbs, griff nach der Waffe, riss sie hoch und drängte Göbbs gegen die gegenüberliegende Wand des Ganges. Ein Schuss löste sich, die Kugel prallte an einem Stahlträger ab und jaulte als Querschläger durch den Gang. Göbbs hielt die Waffe mit beiden Händen. Bormann ebenfalls. Im Gegensatz zu Göbbs hatte er keine Kopfschmerzen und war ausgeruht. Er hämmerte Göbbs' Hände gegen die Wand. Göbbs stöhnte, hielt die Waffe aber krampfhaft fest. Er riss sein Knie hoch und schmetterte es gegen Bormanns Oberschenkel. Bormanns Bein knickte ein und er ging zu Boden, Göbbs mit sich ziehend. Er fluchte und wälzte sich auf Göbbs. Der zog mit aller Kraft die Waffe nach unten und versuchte, den Lauf in Richtung Bormann zu drehen. Bormann hielt dagegen und rammte Göbbs seinen Ellenbogen ins Gesicht. Göbbs schmeckte Blut auf den Lippen, drehte sich nach links. Bormann stöhnte, weil Göbbs ihm dabei das Knie in den Unterleib drückte. Irgendwie geriet die Waffe zwischen die Kämpfenden, dann löste sich ein zweiter Schuss und jede Bewegung erstarb. Drei bis vier Sekunden tat sich gar nichts, dann stöhnte Göbbs und schob den bewegungslosen Körper des Reichsministers von sich runter. Der röchelte, auf seiner Kleidung breitete sich in Höhe des Magens ein roter Fleck aus.

»Sind Sie denn nicht …«, er keuchte. Ein Faden aus mit Speichel vermischtem Blut lief ihm aus dem Mundwinkel. »… nicht totzukriegen?«

»Ich habe neun Leben, wie eine Katze«, knurrte Göbbs und setzte sich auf.

»Neun? Nicht sieben …« Bormanns Stimme war kaum mehr zu verstehen.

»Ich bin Norweger.« Göbbs flüsterte fast, legte die Pistole neben sich und verschränkte die zitternden Finger. »Die Neun ist in Norwegen eine heilige Zahl, weil Odins Selbstopfer neun Tage und neun Nächte dauerte. Deshalb auch neun Leben für die Katze.« Er sah auf Bormann. Dessen gebrochene Augen waren auf die Decke des Ganges gerichtet. Ob er etwas von Göbbs' Antwort mitbekommen hatte, war fraglich. Nach mehreren Minuten, als er sicher war, dass ihn seine Knie tragen würden, stand Göbbs auf und zerrte sich die Leiche auf die Schulter. Er würde sie DiPietro und Vuković hinterherschicken. Mist! Ein lebender Bormann hätte die ganze Aktion für ihn beenden können.

»Dreckscheißmist, verdammter!«

Nachdem er Bormanns Leiche entsorgt hatte, war er zurückgekehrt und hatte den Blutfleck auf dem Gang beseitigt. In Bormanns Kabine sah er sich um. Die kleine Argentinierin, von der er mittlerweile wusste, dass sie Francesca hieß, hatte angeboten, mit ihren Freundinnen das Zimmer zu leeren und die Besitztümer Bormanns, Vukovićs und DiPietros zu entsorgen, als er bei ihr seine »Schulden« beglich – sieben Ringe und ein Dutzend goldener Münzen. Göbbs hatte angenommen, aber gesagt, dass er zuerst die Sachen der Männer untersuchen wollte. Vielleicht gab es ja etwas Brauchbares für ihn, etwas, was ihn bei der weiteren Suche behilflich sein würde. Dieses Vorgehen kostete ihn eine weitere goldene Münze. Sein Vorrat nahm in beängstigender Geschwindigkeit ab, wenn er mit der Argentinierin zu tun hatte.

Francesca hatte auch angeboten, ihn für einen weiteren Goldring mehrere Nächte zu besuchen, um ihn *»Zeit nicht langweilig werden lassen, Señor«*, bis sie Buenos Aires erreicht hatten, aber da hatte Göbbs abgelehnt.

»Ich glaube, ein wenig Ruhe tut mir jetzt erstmal ganz gut.« Manchmal wünschte er sich einfach etwas Langeweile.

Er fand weder in Bormanns, noch in Vukovićs oder in DiPietros Gepäck etwas, was den kleinsten Hinweis auf die *Operation Romulus* zugelassen hätte. Es wäre zu einfach gewesen und würde wohl auch dem Geheimhaltungsdrang der Beteiligten widersprechen, wenn Bormann mit einer Landkarte herumgelaufen wäre, auf der ein rotes Kreuz und das Wort »Hier!« auf die letzte Zuflucht der Nazis verwiesen hätte.

Göbbs fand Koffer mit Kleidung. Vukovićs waren ihm zu groß, DiPietros zu klein, Bormanns Sachen passten ihm und er begann, sich das auszusuchen, von dem er dachte, dass er sie brauchen würde. Sein eigener Kleiderbestand war recht übersichtlich und bestand hauptsächlich aus dem, was er am Leib trug.

Die Brieftasche des Kroaten glänzte mit einem ordentlichen Inhalt an US-Dollar und einem dicken Bündel Eintausend-Peso-Scheinen. In DiPietros Brieftasche fand sich ein ähnlicher Betrag. Das würde zumindest seinen Schwund an Goldringen und -münzen etwas kompensieren. Für weitere Hilfen könnte er Francesca jetzt in Peso oder Dollar entlohnen. Ewig jedoch würde der Vorrat auch in Argentinien nicht reichen, überlegte Göbbs. Bis er den zweiten Koffer Bormanns fand.

Er hatte schon in den Tagen zuvor mitbekommen, dass Bormann und nicht Vuković den Whisky und den Offizier bezahlte. Nach der ersten Durchsuchung der Kabine hatte er keine Brieftasche Bormanns gefunden. Bei der zweiten, genaueren Durchsuchung entdeckte er in einer Ecke eine lose Wandverkleidung und dahinter den Koffer. Für den Inhalt hätte er wahrscheinlich das ganze Schiff kaufen können und noch genügend für den Rest seines Lebens übrig behalten. Für drei dieser Leben. Mindestens.

Der Pass Bormanns lag oben auf. Der Rest des Koffers war mit US-Dollarnoten gefüllt, bündelweise. Göbbs erkannte Grover Cleveland auf den Bündeln, der war irgendwann Ende des letzten Jahrhunderts zweimal Präsident der Vereinigten Staaten gewesen. Man hatte ihn auf dem Tausend-Dollar-Schein verewigt. Neben den Bündeln mit Tausendern lagen Bündel mit Fünfhundert-Dollar-Noten. Ein schnelles Durchblättern des Koffers brachte keine kleineren Scheine zu Tage. Göbbs setzte sich auf die Koje und musste durchatmen. Das mussten mehrere Millionen sein. Er schüttelte den Kopf.

›*Damit kannst du dich zur Ruhe setzen*‹, sagte die Großvater-Stimme.

Göbbs nickte. Schwieg aber.

›Du kannst Coleman, Walterson und Franklin erzählen, was du willst, das Geld nehmen und den lieben Herrgott einen guten Mann sein lassen. Die können sich um den Rest kümmern.‹

Wieder nickte Göbbs, als säße ihm sein Gesprächspartner direkt gegenüber.

›Und du kannst einen ganzen Teil des Geldes darauf verwenden, deine Julia aus Berlin rauszuholen und bist dabei nicht auf den SIS angewiesen.‹

»Nur, ob sie das will?« Er hatte laut geantwortet und musste über sich selbst grinsen. Soweit war es also gekommen, er redete laut mit der Stimme in seinem Kopf.

Sein Blick fiel auf den Koffer. War das nicht genau das, was er immer gewollt hatte, genügend Geld, um dem ganzen Scheiß hier den Rücken zu kehren? Es war zumindest überlegenswert.

›Du hast mir noch immer nicht geantwortet.‹

»Du hast keine Frage gestellt.«

›Du weißt, was ich meine.‹ Die Großvater-Stimme klang nachdrücklich.

»Ja.« Ich sollte aufhören, mich mit der Stimme in meinem Kopf zu unterhalten.

›Und? Was wirst du tun?‹

Johann Göbbs antwortete nicht. Weder mit Worten, noch in Gedanken. Er schloss den Koffer, raffte die Kleidung zusammen und brachte alles in seine Kabine. Anschließend räumte er die Sachen des Italieners aus seiner Kabine in die Bormanns. Francesca würde dafür sorgen, dass alles verschwände. Er entschied sich auch dafür, die Brieftaschen DiPietros und Vukovićs in deren Sachen zu lassen. Zum einen konnte er sich den Frauen gegenüber jetzt großzügig zeigen, zum anderen wäre es ihnen vielleicht auch aufgefallen, wenn sie kein einziges Geldstück gefunden hätten.

Francesca kam eine halbe Stunde später und fragte, ob sie die Sachen der Männer nun »deseche … wegmachen« könnte.

Göbbs bat sie in seine Kabine und sagte ihr, dass er vom Nazi-Geheimdienst verfolgt werde und in Buenos Aires das Schiff unauffällig und außerhalb des Zolls verlassen müsse. Die Argentinierin nickte, als hätte sie so etwas erwartet. »Fünf Goldring, Señor.«

»Wären tausend Dollar auch okay?«

»Tausend amerikanische Dollar? ¿Mil dólares? Sí, Señor.« Jetzt grinste sie über das ganze Gesicht. Göbbs legte drei Fünfhundert-Dollar-Noten auf den Tisch, ließ seine Finger aber noch darauf ruhen. Er hatte das Geld aus dem Koffer genommen, bevor er diesen unter seiner Koje versteckt hatte.

»Und außerdem brauche ich eine Unterkunft, einen Ort, an dem ich sicher bin und wo mir keiner Fragen stellt.«

»¿Hotel?« Eine steile Falte erschien zwischen Francescas Augen, die sich nicht von den drei Geldscheinen abwenden konnte. »¿Albergue? Habe ein tío …« Sie kramte nach dem richtigen englischen Wort. »Onkel«, sagte sie dann. »Habe Onkel mit albergue … Herberge in Hafenviertel. Hat Zimmer für gute Gast. Bringe ich dich, Señor.« Sie zeigte mit ihrem schlanken Zeigefinger auf Göbbs und dann auf dessen Koje. »Du nicht außen. Du hier. Nicht gehen Schiff. Okay Señor?«

Göbbs setzte sich brav auf seine Koje. Dabei glitt seine Hand von den Geldscheinen. Francescas Hand schoss vor und das Geld verschwand wie von Zauberhand vom Tisch.

»Gracias, Señor.« Ihre Augen glänzten. »Wenn Problem auf Schiff, ich kommen.« Göbbs nickte.

»Wenn du Problem, Señor, gehen zu Joaquín. Wissen Bescheid. Helfen Señor.« Sie hatte einen Ton angeschlagen, den eine dicke, matronenhafte Lehrerin achtjährigen Kindern gegenüber anschlägt, wenn sie ihnen erklärt, dass man nicht mit dreckigen

Fingern an den Essenstisch zu kommen hat. Ihr linker Zeigefinger stach in die Luft und Göbbs erwartete fast, in ihrer rechten Hand die Bambusrute für die Schläge auftauchen zu sehen.

Ganz plötzlich jedoch veränderte sich Francescas Blick und sie erneuerte ihr Angebot, ihm bei der Gestaltung seiner nächtlichen Freizeit »zur Hand zu gehen«. Aber Göbbs lehnte auch dieses Mal ab.

›Dein wievieltes Katzenleben war das heute?‹ Die Großvater-Stimme klang ehrlich besorgt.

Göbbs lag mit der Whiskyflasche Bormanns im Bett, die nur noch einen kläglichen Schluck enthielt. Vorsichtig polkte er mit seinem Finger an der Wunde am Hinterkopf, befingerte kurz die Beule an der Stirn und rieb sich anschließend die Handgelenke, an denen Striemen von der Fesselung kündeten.

Wenn ich alles zusammenrechne? Der Unfall mit dem Kinderautomobil, das Attentat auf die Flugzeuge, der Start in Oranienburg im Bombenhagel, der Abschuss der Dornier in Thüringen, der Unfall mit dem KZ-Arzt, die Lawine in den Alpen, die Schießerei im Kloster. Und jetzt der Mist hier auf dem Schiff. Nummer acht.

›Bleibt noch eines, wenn die Katze wirklich neun Leben hat.‹

Ja, antwortete Göbbs. *Bleibt noch eines. Wird verdammt knapp.*

Die Großvater-Stimme schwieg. Was hätte sie auch sagen sollen?

30

21. Juni 1945, Zentrale B der Operation Romulus, Santa Maria dell'Anima, Rom

Generaloberst Knopfler war scheinbar ganz in das Bild van Goghs versunken, umso überraschender wirkte seine Frage auf den anwesenden Oberst: »Eröffnen wir unsere erste gemeinsame Beratung mit einer guten Nachricht?«

Oberst Kindervater, der Nachfolger Oberst Scharfschwerdts, schluckte. »Soll ich *Ihnen* eine gute Nachricht überbringen, Herr Generaloberst?«

Knopfler stieß einen unwirschen Ton aus. »*Sie* werden garantiert keine gute Nachricht von mir hören, Kindervater.«

»Gut. Ich habe die Information erhalten«, Kindervater hustete nervös, »dass unser Kontaktmann in Berlin das Problem in dem Bordell gelöst hat.«

»Na sehen Sie, Kindervater. Geht doch.« Ein leichtes Lächeln umspielte seine Lippen. Auf manche Leute war eben doch noch Verlass. Auch wenn es Russen waren.

… oder vielleicht gerade deshalb?

»Wissen Sie, Oberst Kindervater, Ihr Vorgänger, der selige Oberst Scharfschwerdt, hat einen Fehler gemacht. Vorgestern musste er mir mitteilen, dass Nummer Eins die *ARA Libertad* in Buenos Aires nicht verlassen hat und dass unsere Kontakte dort beim Betreten des Schiffes keine Spur von Nummer Eins gefunden haben. Und nicht nur das. Angeblich sind sie auf eine Mauer des Schweigens gestoßen, oder wahlweise auf Informationen, die darauf hinausliefen, dass eine Person wie Nummer Eins niemals die *ARA Libertad* betreten hätte. Scharfschwerdt hat doch tatsächlich versucht, die Schuld dieses Vorfalles von sich zu weisen. Er allein trug die Verantwortung und wenn ich etwas nicht leiden kann, dann Soldaten, die keine Verantwortung übernehmen.«

»Ja, Herr Generaloberst.« Kindervater, ein kleiner, drahtiger Mann mit einem spitzen Wieselgesicht, bei dem man erwartete, dass er jederzeit mit der Nase in der Luft nach Spuren von Schinken wittern würde, nickte, als gelte es, einen Wettbewerb im Kopfnicken zu gewinnen.

Generaloberst Knopfler schwieg einen Moment und starrte an die Holztür hinter Kindervater, als erwarte er, dass Martin Bormann dort auftauchen und ihm erklären würde, dass alles nur ein Test war und was jetzt als nächstes zu geschähen hätte. Dann schüttelte er den Kopf, wie um die Vision zu verscheuchen.

»Sie haben ja gestern gesehen, wie er bei der standrechtlichen Erschießung gewimmert hat. Wenn ich etwas nicht leiden kann, dann sind es deutsche Soldaten, die sich als Jammerlappen erweisen.

Einmal abgesehen davon, dass mit Nummer Eins auch zwei Millionen US-Dollar verschwunden sind – zwei Millionen! Haben Sie eine Ahnung, was es für die *Operation Romulus* bedeutet, dass wir Nummer Eins verloren haben?«

»Nein, Herr Generaloberst.« Jetzt schüttelte Oberst Kindervater ähnlich heftig den Kopf, wie er eben noch genickt hatte.

Knopfler sah Kindervater einen Moment irritiert an. Als er weiterreden wollte, wurde er von Kindervater unterbrochen.

»Ich denke, da Sie jetzt die Nummer Eins sind, Herr Generaloberst, werden Sie wissen, was zu tun ist.« Zufrieden mit seinen Worten, lehnte sich Kindervater zurück. Vor ihm auf dem Tisch lagen die Ordner, die der »selige« Oberst Scharfschwerdt hinterlassen und er jetzt durchzuarbeiten hatte. Eine Sisyphusarbeit.

»So? Ich weiß, was zu tun ist?« Knopfler rieb sich die Nase. »Was würden Sie denn an meiner Stelle tun?«

»Ich …« Kindervater begann zu stottern. »Ich würde … ich hätte … Draeger! Müsste der nicht bald in Buenos Aires ankommen?«

»Das sollten Sie mir sagen.«

»Ich?« Nervös begann Kindervater, in den Akten vor sich zu blättern. »Ich habe es noch nicht geschafft, mir in allen Einzelheiten einen Überblick zu verschaffen, Herr Generaloberst.«

»So?« Knopflers Stimme wurde dunkel und drohend. »Wenn ich etwas nicht leiden kann, dann Soldaten, die ihren Pflichten nicht nachkommen, Kindervater. Verstehen Sie?«

Der Oberst schluckte, sah Knopfler mit großen Augen an und nickte.

»Gut, dann verstehen wir uns ja. Sie haben drei Stunden. Dann kommen Sie hierher zur Besprechung. Mit der entsprechenden Sachkenntnis, den nötigen Informationen und dem einen oder anderen Vorschlag. Klar soweit?«

»Ja, Herr Generaloberst!« Zackig grüßte er seinen Vorgesetzten, raffte die Unterlagen zusammen, knallte mit den Hacken und verließ den Raum.

Knopfler starrte ihm hinterher.

»Wer hat den denn zur *Operation Romulus* geholt?«, murmelte er leise und schüttelte den Kopf.

31

23. Juni 1945, Bosch Palace, Botschaft der USA in Buenos Aires

Seit 1929 Sitz der Botschaft der Vereinigten Staaten von Amerika, lag der Bosch Palace an der Avenida Colombia etwa zehn Kilometer vom Hafen entfernt. Irgendwo in der obersten Etage des dreigeschossigen, steinernen Gebäudes schlug ein dicker Mann mit graumeliertem Haar die Tür hinter sich zu und sah die drei vor ihm stehenden Uniformierten wütend an. Einer dieser Offiziere erinnerte sich beim Anblick dieses Mannes an den amerikanischen Schauspieler Oliver Hardy. Spruille Braden jedoch, der Botschafter der Vereinigten Staaten in Argentinien, hatte im Moment allerdings nichts mit der väterlichen Figur gemein, die Oliver Hardy in den Filmen so gern mimte. Braden schäumte vor Wut.

»Wollen Sie mir damit sagen, Major Franklin«, fuhr er einen der Männer in amerikanischer Uniform an, »dass ich hier einen verrückt gewordenen englischen Agenten im Land habe, der für uns arbeitet und reihenweise Nazis killt? Einen Agenten, über den Sie die Kontrolle verloren haben?«

Der Angesprochene schluckte. »Sir, entschuldigen Sie bitte, ich bin Major Coleman.« Er zeigte mit dem Daumen auf den neben ihm Stehenden. »Das ist Major Franklin.«

»Das ist mir scheißegal!«, brüllte Braden. »Ganz Argentinien brodelt hier. Ihr beendet dort in Europa euren Krieg und die hiesigen Sympathisanten der deutschen Faschisten sind hier immer noch an der Macht. Was machen also die Nazis? Sie fangen an hierherzukommen. Und ihr Geheimdienstler habt nichts Besseres zu tun, als einen durchgeknallten Nazi-Killer nach Argentinien zu schicken!«

»Mit Verlaub, Sir«, meldete sich Lieutenant Colonel Walterson zu Wort.

»Was?«, fuhr Braden den Engländer an.

»Göbbs ist Deutscher und wir wissen nicht wirklich, ob er ein Nazi-Killer ist. Was wir wissen ist, dass in Folge der Operation, in die er involviert war, eine Reihe Nazis ihr Leben verloren haben, das ist richtig.«

Braden atmete tief durch und griff nach einem Glas Wasser, das vor ihm auf dem Tisch stand. »*Involviert war* … wie dämlich quatscht ihr Briten eigentlich? Ist dieser verrückte Killer Ihr Mann, Walterson, oder unser?«

»Eigentlich, Sir, ist er ein norwegischer Agent, der im Laufe der Kriegshandlungen für uns zu arbeiten begann. Zuletzt in Berlin, im Reichsluftfahrtministerium an einem Geheimprojekt.«

»Geheimprojekt?« Braden nahm einen Schluck aus dem Glas, das er die ganze Zeit in der Hand gehalten hatte, atmete tief durch, setzte sich in den für ihn bereitstehenden Sessel und winkte den drei Militärs, es ihm gleich zu tun. Erleichtert folgten Walterson, Franklin und Coleman der Aufforderung des Botschafters.

»Dann erzählen Sie mal, meine Herren. Was für einen Bockmist haben Sie da drüben in Europa angerichtet?«

Es dauerte eine Weile, bis Braden über alles informiert war, was seit dem denkwürdigen Gespräch zwischen den drei Offizieren und Göbbs im April in Langensalza geschehen war.

»Warum kommen Sie damit zu mir, Walterson, und gehen nicht zu Ihrem Botschafter?«

»Sir, Sie wissen, dass das Verhältnis zwischen Großbritannien und Argentinien in den letzten Jahren … nun sagen wir mal etwas kühler geworden ist. Argentinien hat erst im März Deutschland den Krieg erklärt. Wir hätten uns das schon viel eher gewünscht. Außerdem gibt es Personen in der argentinischen Regierung, die ein Auge auf die Falklandinseln geworfen haben und das neuerdings auch äußern. Seine Majestät King George und einige Kreise der Regierung reagieren darauf eher ungehalten.

Da es aber sein kann, dass wir im Rahmen dieser Operation auf die argentinische Unterstützung angewiesen sind, haben unsere Dienste sich entschlossen, die Leitung dem amerikanischen OSS zu übergeben.« Er hüstelte und warf einen Seitenblick auf seine beiden amerikanischen Kollegen. »Bei voller Gleichberechtigung des SIS natürlich.«

Braden schwieg. Er drehte das Wasserglas zwischen seinen dicken Fingern und leerte es plötzlich mit einem Zug. Dann wuchtete er seinen Körper hoch, trat an den Wandschrank, öffnete ihn und griff sich eine Flasche. »Starker Tobak, meine Herrn. Das verlangt nach mehr als Wasser. Ich trinke Sherry, Sie auch?«

Die Offiziere nickten. Nur kurz darauf hob Braden ihnen das Glas entgegen. Man trank schweigend.

»Sie vermuten diese Flugzeuge und den Fluchtpunkt der Nazis und ihrer Wissenschaftler also hier in Argentinien?«

Coleman und Walterson schüttelten unisono den Kopf.

»Vielleicht gibt es einen Stützpunkt hier«, begann der Brite, »und vielleicht werden sich Nazis hierher zurückziehen. Argentinien ist nicht nur deutschfreundlich, sondern auch Nazi-freundlich. Auch wenn es am Ende doch in den Krieg eingetreten ist. Das weiß die Welt. Und natürlich wissen es die Nazis. Egal, ob das Land wie momentan von Farell oder in Zukunft vielleicht von Peron regiert wird.«

»Aber«, nahm Coleman den Faden auf, »unsere Dienste denken nicht, dass die Flugzeuge sich hier in Argentinien befinden.«

»Und deshalb«, ergänzte Franklin, »wird die geplante Militäraktion auch nicht in Argentinien stattfinden.«

»Aber wohl von hier aus koordiniert werden«, schloss Walterson.

Die drei Geheimdienstoffiziere hatten sich gut vorbereitet und spielten sich gegenseitig die Bälle zu. Braden fiel förmlich in seinen Sessel zurück, das leere Sherry-Glas in der Hand.

»Milit…« Er hustete und klopfte sich mit der freien Hand auf die Brust. »Militäraktion?«, brachte er schließlich heraus. »Was verdammt nochmal für eine Militäraktion meinen Sie? Der Krieg ist aus!«

»Nur in Europa, Sir«, meinte Walterson ruhig. »Nur in Europa.«

32

29. Juni 1945, Herberge El Lagarto, Hafenviertel La Boca, Buenos Aires

La Boca, der Name des Stadtviertels in Buenos Aires, hieße »die Mündung« und beziehe sich auf den Rio Mantanza Riachuelo, der an dieser Stelle in den Rio de la Plata münde, hatte ihm der Onkel Francescas, Paavo García Fernández, auf Englisch erklärt. Auch würden hier ganz viele Italiener leben, aus der Besiedlungswelle, die vor etwa sechzig Jahren begonnen hatte. Dabei hätte sich das Spanisch der Argentinier mit dem Italienisch der Einwanderer vermischt und es sei eine Sprache entstanden, die ein wenig anders sei als das Spanische, was er vielleicht kenne. Göbbs' Einwand, dass er kein Spanisch könne, verhallte ungehört. Daraufhin sparte sich Göbbs den zweiten Einwand, dass ihn das alles im Moment gar nicht interessiere.

So solle er, Göbbs, fuhr Paavo García Fernández ungerührt fort, in den umliegenden Kneipen auch eher ein *»birra«* als ein *»cerveza«* bestellen.

Göbbs nickte und schaltete in der nächsten Viertelstunde ab. Der weitere Vortrag Paavos plätscherte an ihm vorüber. Er war froh, dass Francesca ihn hierher gebracht hatte, als Matrose verkleidet. Und er hatte tatsächlich all sein Hab und Gut vom Schiff schmuggeln können, ohne dass einer der Helfer lange Finger gemacht hatte. Auf Francesca war Verlass gewesen. Auf ihren Onkel hoffentlich auch. Er ähnelte Francesca von der Statur her, klein und drahtig war er. Und er ähnelte ihr auch, was seine Preise betraf. Für »mil dólares«, tausend Dollar, könne er problemlos drei Monate hier wohnen, ohne dass jemand eine Frage stellen würde, hatte Paavo ihm erklärt … nachdem Francesca mit ihm geredet hatte, leise und auf Spanisch. Paavos Englisch hingegen war bedeutend besser als das Francescas.

Die Erklärung schloss Paavo mit der Frage »Mate-Tee?«, die Göbbs bejahte. Sein Nicken hatte zur Folge, dass Paavo Garcia Fernández in die Küche eilte und kurz darauf mit einem bechergroßen Trinkgefäß wiederkam, das aus einem Flaschenkürbis hergestellt worden war. Das heiße Aufgussgetränk darin, den Mate-Tee, schlürfte Göbbs mit Hilfe eines Trinkrohres, welches am unteren Ende ein kleines Sieb hatte, um die im Tee schwimmenden Pflanzenteile nicht mit aufzusaugen. Göbbs wusste nicht, dass das Trinken aus der Kalebasse mit der Bombilla, dem Trinkrohr, recht strengen Regeln unterlag. Er hatte aber in den Folgewochen genügend Gelegenheiten, diese Regeln zu lernen, denn Francescas Onkel stellte die Frage »Mate-Tee?« zu jeder passenden Gelegenheit. Später war Göbbs ab und an versucht, diese Frage mit einem »Nein, danke, lieber ein Bier« zu beantworten. Aber da hatte er die Bedeutung des Mate-Tee-Trinkens bereits begriffen. Dieser Tee wurde auf diese Art und Weise nur in der Familie und mit guten Freunden und Bekannten getrunken. Einem Gast einen Mate-Tee anzubieten, war ein Zeichen der Gastfreundschaft. Und die wollte und durfte Göbbs in seiner Situation nicht strapazieren.

Göbbs hatte lange überlegt, ob er sich an die britische oder amerikanische Botschaft wenden sollte. Warum er sich schließlich für die amerikanische entschied, konnte er nicht logisch begründen. Es war eher ein Bauchgefühl.

Selbst dass er sich überhaupt an die Botschaft wandte, verursachte ihm schon ein ungutes Gefühl. Die amerikanische Botschaft erschien ihm da das kleinere Übel. Oder vielleicht die größere Chance, seine Informationen weit zu streuen. Coleman und Franklin waren seiner Meinung nach die Köpfe hinter dem Unternehmen gewesen. Walterson schien ihm bei den wenigen Begegnungen, damals dort drüben in Deutschland, immer eher der Informationsempfänger gewesen zu sein.

Damals? Dort drüben? Zwei Monate her und eine halbe Welt weit weg. Es kam Göbbs vor, als sei das bereits ein anderes Leben gewesen, vielleicht sogar in einem anderen Körper, in einem anderen Universum.

›Es war ein anderes Leben‹, hatte die Großvater-Stimme an diesem Punkt seiner Überlegungen eingeworfen. *›Und es war ein anderer Johann Göbbs, der in Berlin gestartet ist, falls du das noch nicht gemerkt hast.‹*

Göbbs war nicht auf diesen Punkt eingegangen. Er hatte nicht vor, darüber nachzudenken. Sein Kopf war voll mit Überlegungen über das, was er als nächstes zu unternehmen gedachte. Die ominöse Redaktion einer Zeitung, die es noch nicht gab – »El Sendero« – deren Adresse er von DiPietro noch in Italien gesagt bekommen hatte, existierte nicht. Besser: die Räume im ersten Stock eines Mietshauses, die er gefunden hatte, hatten sich als leer erwiesen. Geräumt nur wenige Tage vor seiner Ankunft in Argentinien, wie ihm der Gemüsehändler aus dem Erdgeschoss des Hauses mitgeteilt hatte. Schnell, überraschend und ohne eine Adresse zu hinterlassen.

Selbst Paavo hatte mit all seinen Kontakten in Buenos Aires, derer er sich rühmte, bisher nicht herausfinden können, wohin das Kontaktbüro verschwunden war.

Göbbs hatte keine Kontakte, außer Paavo und dessen Nichte Francesca. Er hatte auch keine weiteren Informationen. Widerwillig musste er zugeben, dass er, wenn ihm nicht der Zufall oder die Geheimdienste zu Hilfe kamen, in einer Sackgasse steckte.

Keine Informationen, kein Plan und nicht einmal den Ansatz einer Idee. Göbbs pilgerte durch Buenos Aires, schob den notwendigen Besuch der Botschaft jeden Tag auf den nächsten, setzte sich für ein oder zwei Bier oder ein Essen in diese oder jene Kneipe im Hafenviertel, hielt sich stundenlang an Biergläsern fest – auch um den gefühlten Hektolitern Mate-Tees seines Wirtes zu entkommen – beobachtete die Menschen und die Schiffe und hoffte auf einen Zufall, der ihn unterstützen würde. Er wusste aber auch, dass dieser Zufall sehr unwahrscheinlich sein und wohl auch nicht eintreffen würde. Seine Überlegungen drehten sich im Kreis und endeten zwangsläufig an einem Ort: der Botschaft. Die würden wissen, wie er mit Coleman, Franklin und Walterson Kontakt aufnehmen könnte. Und sie würden die Dienste darüber informieren, dass er Kontakt wünschte. Doch wie lange würde es dauern, bis die drei Offiziere hier waren? Oder würde man ihn an einen hiesigen Geheimdienstoffizier verweisen?

Wie auch immer, wollte er vorankommen, dann müsste er Kontakt aufnehmen. Auch wenn mehr als zwei Millionen Gründe dagegen sprachen.

›Zwei Millionen und vierhundertdreißigtausend Gründe, mein Junge.‹ Die Großvater-Stimme klang sehr glücklich, als sie diese Zahl nannte. Göbbs hatte das Geld gezählt und mehr als einen Tag dafür benötigt. Über zwei Millionen US-Dollar waren in diesem Koffer. Nazi-Geld. Eine unvorstellbare Summe. Woher auch immer die Nazis so viel amerikanisches Bargeld hatten.

›Woher schon? Geraubt. Zusammengerafft in all den Ländern, in denen sie gesessen haben wie eine Zecke im Fell eines Hundes. Und wohl auch gespendet bekommen von Unterstützern auf der ganzen Welt. Die Nazi-Ideen sind nicht allein auf Deutschland beschränkt. Wir sollten uns da nichts vormachen. Es gibt kein deutsches Patent auf den Faschismus.‹ Jetzt klang die Großvater-Stimme beinahe resignierend.

Es waren im Endeffekt zwei, nein eigentlich drei Ereignisse, die die Tage der Ruhe beendeten und die Dinge wieder ins Rollen brachten: der Walfänger, die U-Boote und der desertierte Soldat. Und sie sorgten genau in dieser Reihenfolge dafür, dass Göbbs schließlich den Entschluss fasste, sich in die amerikanische Botschaft zu begeben.

Das erste Ereignis trug sich etwa eine Woche, nachdem er bei Francescas Onkel Unterschlupf gefunden hatte, zu, als er in einer Hafenkneipe saß. Irgendein Fisch war auf dem Schild draußen an der Tür gemalt und darum rankten sich die Worte »la ballena jorobada« – »Zum Buckelwal«. Göbbs wusste nicht, wie ein Buckelwal aussah, aber bestimmt nicht wie der hechtähnliche Fisch auf dem Schild. Die Holztäfelung der Kaschemme war uralt und vom Tabakrauch aus Pfeifen und von Zigarren beinahe schwarz geräuchert. Göbbs nahm am Rande des Sichtfeldes stets kleine huschende Schatten in den zum Teil breiten Lücken zwischen den Brettern der Holzvertäfelung wahr, die er erst nach einer Weile als Kakerlaken identifizierte. Ein knappes Dutzend Tische mit drei bis vier einfachen Holzstühlen, vier Stehtische und der Tresen vervollständigten die spartanische Einrichtung. Ähnlich genügsam war die Dekoration an den Wänden, die sich auf einen Walknochen über dem Tresen und ein altes Steuerrad neben dem Eingang reduzierte. Sechs amerikanische Seeleute in Uniform saßen an zwei nebeneinanderstehenden Tischen. An einem der Stehtische standen drei Männer und stritten sich lautstark auf Spanisch, wohl Argentinier. In der halbdunklen Ecke nahe dem Eingang saß eine einsame Gestalt vor einem Bierglas, das Gesicht im Dämmerlicht kaum erkennbar, die Augen geschlossen. Und am Tresen standen drei Seemänner, die eher schweigend und vor allem trübsinnig in ihre Biergläser starrten. Dort polierte der Wirt auch Gläser und deshalb bestellte sich Göbbs bei ihm ein Bier, sagte dabei aber gedankenverloren nicht »Una birra por favor«, sondern »Ein Bier, bitte«. Erst der verständnislose Blick des Wirtes brachte ihn darauf, dass er Deutsch gesprochen und nicht seine wenigen Brocken Spanisch angewandt hatte. Er korrigierte sich, nahm sein Bier in Empfang, zahlte wie gewünscht sofort und setzte sich an einen leeren, etwas abseits stehenden Tisch. Dass die drei am Tresen stehenden Männer ihre kaum geführten, geflüsterten Unterhaltungen komplett eingestellt hatten und ihn wenig freundlich anstarrten, nahm er erst wahr, als einer der drei mit seinem Bier in der Hand wie aus dem Nichts vor Göbbs auftauchte. Göbbs stierte in das Glas vor sich. Seine Gedanken waren so trübe wie die Flüssigkeit, die der Wirt hier unter dem Namen Bier verkaufte.

Botschaft? Nicht Botschaft? Britisch? Amerikanisch?

Walterson, Franklin und Coleman?

Oder Paavo mit seinen Beziehungen, mit denen er so gern prahlte? Der Argentinier hatte sich als ausgesprochen Nazi-unfreundlich herausgestellt und damit Göbbs' Sympathie gewonnen.

»Ich habe Kontakt zu allen und jedem, nur nicht zur Polizei und den Faschisten. Wenn du was brauchst, dann sage Bescheid und ich nenne den Preis, mi amigo. Bueno?«, hatte er gesagt.

»Bueno!«, hatte Göbbs geantwortet.

Vielleicht sollte er sich mit den zwei Millionen lieber irgendwohin absetzen? Aber wohin? In die Schweiz? Nach Norwegen? Und wie sollte er Julia aus Berlin rausholen? Das würde Paavo nicht regeln können, trotz aller vollmundigen Versprechen. Er wagte sich gar nicht vorzustellen, was sie dort erlebt hatte und noch erleben würde.

Göbbs schaute auf, als ein Schatten seinen Tisch verdunkelte.

»Deutsche Narbenfresse!«, knurrte in diesem Moment der Seemann, der ihm das Licht nahm. Dabei hielt er das Glas, das er gerade vom Tresen geholt hatte, eher wie einen Baseballschläger, den er Göbbs jeden Moment über den Schädel schlagen sollte. »Euch Scheiß-Krauts haben wir die ganze Scheiße hier zu verdanken.« Er sprach Englisch mit deutlichem Akzent.

»Ich bin Norweger«, antwortete Göbbs missmutig und in Englisch. Er zog die Beine an und ließ sein Glas los. Angespannt musterte er den vor ihm Stehenden. Der Mann hatte eine wettergegerbte Haut und war kräftig. Seine Hände zeugten davon, dass er nicht nur zufassen konnte, sondern dies auch tat. Die Kleidung wirkte eher abgewetzt, sowohl die mit Flicken besetzte Tuchhose als auch der mehrfach gestopfte Pullover. Beides musste einmal eine Farbe gehabt haben, die nahe eines Grüntons gelegen hatte. Die freie Hand ballte sich zur Faust und auch die andere spannte sich um das Bierglas, sodass Göbbs die Knöchel weiß hervortreten sah.

›Na prima‹, sagte die Großvater-Stimme. *›Darauf habe ich jetzt echt keinen Bock.‹*

Ich auch nicht, dachte Göbbs.

Er hatte wirklich keine Lust, jetzt für Deutschland hier den Prügelknaben zu geben.

»Norweger? Das kann ja jeder behaupten.« Die Stimme des Seemanns grollte, als käme sie aus den tiefsten Regionen des Brustkorbes. Göbbs realisierte erst Sekunden nach den Worten, dass sein Gegenüber Norwegisch gesprochen hatte.

»Kannst mir ruhig glauben«, antwortete er dann schnell, ebenfalls auf Norwegisch. »Und mit den Deutschen habe ich nichts am Hut.«

»Und wie kommst du dann hierher? Es liegen keine anderen norwegischen Schiffe in diesem Scheiß-Hafen außer meinen. Und neuerdings kreuzen immer mehr von diesen Scheiß-Nazis hier auf.«

Göbbs sah, dass der Seemann, der hier das Wort *Scheiß* inflationär gebrauchte, noch immer nicht entspannt war. Er beschloss, den Spieß umzudrehen. »Was fragst du mich aus? Kann ich wissen, dass ein Norweger, der kurz nach dem Krieg in Südamerika ist, nicht was zu verbergen hat?«

Der Norweger stutzte. Seine Knöchel lockerten sich ein wenig. »Deinem Dialekt nach kommst du aus der Nähe von Trondheim?«

»Stjørdal«, entgegnete Göbbs und nannte damit die größere Stadt, die dem Gehöft seines Großvaters am nächsten gelegen hatte.

»Gut. Ich komme aus einem kleinen Fischerdorf bei Fauske. Das liegt nicht weit von …«

»Bodø«, unterbrach ihn Göbbs. »Also bist du weiter oben aus dem Norden.«

Ohne zu fragen, setzte sich der Norweger zu Göbbs an den Tisch. Er nickte seinen beiden Kumpanen am Tresen zu, die sich daraufhin erleichtert wieder ihren Biergläsern zuwandten.

»Deine Geschichte gegen meine Geschichte. Gut?«

Göbbs hatte keine Lust auf einen Geschichtentausch. Ganz abgesehen davon, dass er nicht wusste, welche Version seiner Geschichte und welche Einzelheiten davon er diesem Fremden hier erzählen sollte und konnte. Aber noch weniger Lust hatte er auf eine körperliche Auseinandersetzung mit den drei Seemännern. Also nickte er.

›Gute Einstellung‹, lobte die Großvater-Stimme. *›Immerhin hast du nur noch eines von deinen neun Katzenleben. Das solltest du nicht verramschen.‹*

Ach? Göbbs zog gedanklich seine Augenbrauen nach oben. *Hatte ich nicht vor.*

Der Seemann winkte zum Tresen und hob den Zeige- und den Mittelfinger. Kurz darauf brachte der Wirt zwei kleine, kurzstielige Gläser und eine Flasche. Auf deren Etikett prangte das Wort *Legui*, zwei Pferde mit Jockeys waren zu sehen.

»Legui«, sagte der Norweger. »Den machen die hier aus Rum, Karamell, Zucker, Wasser und Kräutern. Neben Kaffee, Bier und Whisky das wahrscheinlich einzige Gesöff, in das diese Argentinier keinen Mate-Tee mischen.«

Er goss die beiden Gläser voll, verkorkte die Flasche wieder und hob sein Glas Göbbs entgegen. »Ich bin Thore Fosens Tronfjell.«

Seine wasserklaren Augen blickten Göbbs erwartungsvoll an.

»Göbbs. Johann Göbbs.«

Das Glas sank wieder auf die Tischplatte und das Gesicht Tronfjells verfinsterte sich. »Das ist ein deutscher Name.«

Göbbs nickte. »Eingedeutscht. Mein Großvater hieß Grøt.« Er seufzte, als er sah, dass diese kurze Erklärung seinem Gegenüber nicht ausreichte. Also die ausführliche Version. »In Deutschland will niemand *Hafergrütze* heißen. Da er das auch meiner deutschen Großmutter nicht antun wollte, ließ er seinen Namen nicht übersetzen, sondern auf Wunsch der Behörden eindeutschen. Die Beamten wollten damals, 1880, Goebbels aus dem Namen machen. Meinem Großvater, Einar Grøt, war der Name aber zu lang. Man einigte sich auf Göbbs. Spätestens 1933 war er froh darüber und erklärte mir, dass er immer grinsen musste, wenn Goebbels im Radio zu hören war, weil mein Großvater bei jeder Rede des Reichspropagandaministers an die schleimige Hafergrütze seiner Mutter denken musste.«

Ein dröhnendes Lachen brach aus dem Brustkorb des Norwegers und es dauerte eine Weile, bis er sich wieder beruhigt hatte.

»Auf Einar Grøt«, er hob sein Glas, »deinen Großvater.«

»Auf meinen Großvater«, entgegnete Göbbs und stieß mit Tronfjell an. Kein Trinkspruch des letzten halben Jahres tat ihm so gut wie dieser.

›Das nenne ich mal einen Toast!‹, meldete sich natürlich die Großvater-Stimme.

Der Likör schmeckte süßlich. Nach all dem Whisky auf dem Schiff und den damit verbundenen Erinnerungen einmal eine Abwechslung.

»Wie kommt ein norwegischer Seemann nach Argentinien?«, bestimmte Göbbs die Richtung des Gespräches, nachdem er das Glas abgestellt hatte und bevor Tronfjell selbst eine Frage stellen konnte.

»Die Kurzfassung? Wir sind Walfänger. Ich besitze zwei Schiffe und uns ging es gut. Wir haben gut gefangen, wir haben gut verdient und ich habe meine Leute gut bezahlt. Dann überfällt Deutschland Norwegen, während wir im Südpazifik Wale jagen. Plötzlich haben wir kein Heimatland mehr und können nicht zurück. Andere Länder tun sich schwer, mit uns unabhängigen Norwegern zu handeln, deutsche U-Boote machen die Weltmeere unsicher und so bricht unser Geschäft ein. Irgendwann liegen wir in einem kleinen argentinischen Hafen, weil die Liegegebühren billig sind. Wir haben kein Geld mehr, um notwendige Reparaturen zu bezahlen. Dann fehlt uns sogar das Geld für die Liegegebühr und plötzlich werden wir von den Behörden nach Buenos Aires eskortiert und unsere Schiffe beschlagnahmt. Vor mir liegt am heutigen Tag ein Riesenberg an Schulden, zwei dringend überholungsbedürftige Schiffe, was noch mehr kosten würde als die Liegegebühren und zwei Mannschaften, die ich seit Monaten nicht bezahlen kann und die sich mit Aushilfsarbeiten hier im Hafen das Überleben sichern. Keiner von uns hat genug Geld, um nach Norwegen zurückzukehren, und die norwegische Botschaft schert sich einen Dreck um uns. Das sind unsere eigenen Leute! Und was sagen sie? Es gäbe wichtigere Dinge in dieser Zeit als mittellose norwegische Walfänger.

In spätestens zwei Monaten sollen meine Schiffe, die *Favorit* und die *Jente*, zwangsversteigert werden. Der Scheiß-Gewinn wird nicht reichen, die Schulden zu bezahlen. Das heißt, dass wenigstens mir argentinischer Knast droht. Der Krieg ist aus, zumindest in Europa. Unsere Heimat ist frei und wir können nicht mehr zurück. Was für ein Schwachsinn!« Er goss einen weiteren Legui für jeden ein und hob das Glas, bitter lächelnd. Sie tranken.

»Und nein«, er hob die Hände und sein Tonfall wurde sarkastisch. »Das hat gar nichts damit zu tun, dass Norwegen von Deutschland besetzt war, wir also Feinde Deutschlands sind und Argentinien selbst nach der Kriegserklärung an Deutschland und der Niederlage der Nazis so beschissen deutsch- und Nazi-freundlich ist.«

Mit einem dritten Likör prostet er Göbbs zu. Göbbs fand, dass sie eine ganz schöne Geschwindigkeit an den Tag legten, was die Vernichtung des Flascheninhaltes anging.

Tronfjells Augen bohrten sich in die von Göbbs. »Meine Geschichte. Jetzt deine. Was macht ein Norweger mit deutschem Namen am Ende dieses Scheiß-Krieges in Argentinien?«

Göbbs nahm einen Schluck Bier, um Zeit zu gewinnen. Die Geschichte, die er Tronfjell schließlich erzählte, beinhaltete Steinbauer und Göbbs' eigene Jagd nach den Flugzeugplänen sowie die Rattenlinie, in die Göbbs sich eingeschlichen hatte. Selbst »einen hochrangigen Nazi-Offizier«, der ihn an Bord des Schiffes umbringen wollte, war enthalten. »Die sind hinter mir her. Und ich hinter dem Ingenieur«, beendete Göbbs seine Erzählung. Tronfjell, der während der Geschichte einen vierten Likör eingeschenkt hatte, musterte Göbbs. Sein Blick war unergründlich, die Miene bewegungslos, die Augen ruhten auf Göbbs' Gesicht. Dann hob er sein Glas, ohne seinem Gegenüber zuzuprosten und leerte es mit einem Zug.

»Schade, Johann Grøt «, sagte er schließlich. »Das klingt mir zu sehr nach Geheimdienst, als dass ich es glauben könnte.« Er stand auf, nahm die Flasche und gesellte sich ohne ein weiteres Wort zu seinen Leuten am Tresen.

›Das hast du ja prima hingekriegt‹, maulte die Großvater-Stimme. *›Der einzige Norweger in Südamerika, der mir sympathisch ist, und du stümperst dich durch so eine dünne Story.‹*

Göbbs' Blick war Tronfjell gefolgt. Auch er fand es schade, dass Tronfjell gegangen war.

Und was hätte ich erzählen sollen, deiner Meinung nach? Aber auf diese Frage schwieg die Großvater-Stimme. Wie immer, wenn er eine konkrete Frage an sie hatte.

Göbbs trank das Bier aus, ließ das volle Glas Legui stehen und verließ die Kaschemme. Unter dem hechtähnlichen Buckelwalschild blieb er stehen. Über ihm wölbte sich der südliche Sternenhimmel. Göbbs hatte sich insoweit für Sternbilder interessiert, wie er sie zur Orientierung bei Nachtflügen brauchte. Doch selbst für ihn sah der Himmel hier anders aus als in Europa. Der Viertelmond lag mit seiner Rundung knapp über einem Dach auf der anderen Straßenseite. Beide Spitzen zeigten nach oben, er erschien weiter gedreht, als Göbbs das von Europa kannte. Ein ungewohnter Anblick für ihn.

Hinter Göbbs knarrte die Tür und er trat einen Schritt zur Seite, um dem Herauskommenden Platz zu machen, ohne den Blick vom Mond abzuwenden. Fataler Fehler. Ein spitzer Stahl drückte schmerzhaft in seinen Rücken.

»Da bist du ja noch«, sagte eine deutsche Stimme hinter ihm. Göbbs erstarrte zur Bewegungslosigkeit, jede Sekunde damit rechnend, dass sich der Stahl zwischen seine Rippen bohrte.

Er fühlte eine Hand zwischen den Schulterblättern. »Vorwärts!« Göbbs stolperte geradeaus und ließ sich notgedrungen von Hand und Messerspitze in Richtung Hafen lenken. Außer »Rechts!«, »Links!« und »Geradeaus!« hörte er nichts von dem Unbekannten hinter sich. Wer war das? War der Typ auf seine Brieftasche aus? Die hätte er gleich an der Kneipe haben können.

Wollte er ihn ermorden? Auch das hätte er einfach an der Kneipentür erledigen können. Doch wozu?

›Stell dich nicht blöder als du bist‹, nörgelte die Großvater-Stimme. *›Der Typ spricht Deutsch!‹*

Der Deutsche führte ihn in einen Teil des Hafens, den Göbbs zuvor noch nicht gesehen hatte, und blieb schlussendlich zwischen Paletten mit Kisten, Säcken und Fässern stehen. Es stank nach Urin. Ratten huschten im Mondschein zwischen den Stapeln umher.

Der Deutsche stieß Göbbs von sich und blieb am Eingang der kleinen Sackgasse stehen. Göbbs drehte sich um. Er sah, dass der Deutsche ein steifes Bein hatte, als dieser einen Schritt nach hinten machte und aus der Hosentasche eine Pistole zog.

»Wenn ich erzähle«, sagte der Deutsche mit leicht schwäbisch gefärbtem Akzent, »dass mich der Zufall ausgerechnet in die Kneipe geführt hat, in der der einzige Mensch, den ich in Argentinien gesucht habe, sich mit einem norwegischen Walfänger unterhält, glaubt mir das kein Mensch.«

»Gesucht?«, antwortete Göbbs. Er stand fünf Meter von seinem Entführer entfernt. Zu weit für einen Sprung, wenn der andere eine Pistole auf einen richtete.

»Wir sind uns schon einmal begegnet, auch wenn du es vielleicht nicht mitbekommen hast. Die Schießerei im Kloster in Schlanders. Das hier«, er klopfte auf sein steifes Bein, »habe ich dir zu verdanken.«

Göbbs hob die Schultern. »Ich habe nicht geschossen.« Kommunizieren erschien ihm besser als Schweigen.

»Nein, Verräterschwein!« Sein Gegenüber spuckte die Worte förmlich auf den schmierigen Boden zwischen ihnen.

Verräterschwein? Das hatte er doch schon gehört. Die Anspielung auf Schlanders hatte die Richtung vorgegeben. Mit dem Wort *Verräterschwein* war klar, woher sein Angreifer kam.

»Bin ich so eine Gefahr geworden? Bin ich so nah dran am Zentrum der *Operation Romulus*?«

»Schnauze, du Judensau!« Der Deutsche riss die Pistole hoch und zielte auf Göbbs' Gesicht. »Wo ist Nummer Eins?«

›Du solltest dir jetzt ganz genau überlegen, was du sagst.‹ Die Großvater-Stimme klang besorgt.

»Wer?«

»Nummer Eins! Martin Bormann!«

»Ich habe keine Ahnung, was du …«

Die Kugel traf Göbbs in den linken Oberarm, riss ihn herum und schleuderte ihn zu Boden, bevor er realisierte, dass der Knall, den er gehört hatte, der Schuss aus der Pistole gewesen war. Erst als er lag, breitete sich ein brennender Schmerz im Arm aus. Göbbs stöhnte und presste die rechte Hand auf die Wunde. Warm trat Blut zwischen den Fingern hervor.

»Ich habe noch genau sieben Schuss im Magazin. Das heißt, dass ich dir die Frage noch sieben Mal stellen werde. Und jedes Mal nach einer unbefriedigenden Antwort werde ich eine andere Stelle deines Körpers treffen. Und glaube mir, ich kenne die Stellen, die dich nicht umbringen. Erst nach der letzten Frage schieße ich in dein Gesicht.« Er kam näher, bis er knapp zwei Meter neben Göbbs anhielt und die Waffe auf dessen rechten Oberschenkel richtete. »Wo also ist Nummer Eins?«

Im selben Moment ertönte von weiter hinten eine Stimme aus der Dunkelheit. »Hallo? Können Sie mir bitte helfen?« Das war Englisch. Der Deutsche fuhr herum, die Waffe im Anschlag.

Ein Schaben ertönte aus der Dunkelheit und ein leichtes Klicken, als wenn ein Stab regelmäßig und vorsichtig auf den Boden getippt wird.

»Hauen Sie ab!«, krächzte Göbbs, ebenfalls auf Englisch. Im selben Moment trat eine Gestalt in das Dämmerlicht des Mondes aus dem Schatten hervor, einen langen, dünnen, weißen Stock in der

Hand, mit der sie den Boden vor sich nach Hindernissen absuchte, die Augen hinter einer überdimensionalen, schwarzen Brille verborgen. Ein Hut mit gewaltiger Krempe verdeckte große Teile des Gesichtes. Die freie Hand tastete an einem Kistenstapel entlang.

»Ich suche schon seit drei Stunden einen Ausweg aus diesem verfluchten Wirrwarr von Kistenstapeln, Haufen von Säcken und Fässern. Können Sie mich rausbringen?«

»Kann ich. Endgültig«, flüsterte der Deutsche und hob seine Pistole in Richtung des Blinden. Im selben Moment rotierte ein langer, dicker Gegenstand durch die Luft über Göbbs hinweg und traf den Deutschen am Hinterkopf. Etwas knackte. Ein Schuss löste sich. Der Blinde ging schreiend zu Boden. Wie ein gefällter Baum krachte der Deutsche auf die Erde, ohne den Sturz mit den Händen abzufangen.

»Verdammt, Olav!«, schrie der Blinde jetzt auf Norwegisch. »Ich habe gesagt: *›Wenn keine Gefahr für mich besteht!‹* Was an dem Scheiß-Satz hast du nicht verstanden?!« Er stand wieder auf und riss sich Brille und Hut herunter. Tronfjell! Hinter Göbbs ertönte ein Geräusch, als wenn jemand von größerer Höhe auf den Boden sprang, danach ein Stöhnen und ein unterdrückter Fluch.

»Scheiße, das tat weh.« Dann lauter: »Was sollte ich machen, Kapitän? Warten, bis er dich abgeknallt hat?« Der Mann humpelte zu Göbbs und beugte sich über ihn, griff kurz nach dessen Arm und rief Tronfjell dann zu: »Der hier braucht die Hilfe unseres guten Doktors.«

Thore Tronfjell war inzwischen zu dem Deutschen getreten und hatte sich hingehockt. Er hob die Waffe auf und fasste nach dem Hals des Liegenden. »Der hier nicht mehr«, sagte er und stand auf. Dann sah er Göbbs an. »Kannst du aufstehen, Johann Grøt?«

Göbbs nickte und zog sich mit der Hilfe des Olav genannten Mannes auf die Füße. »Danke«, murmelte er, den verletzten Arm an sich pressend.

»Der da«, Tronfjell wies auf den Deutschen. »Ist das einer von denen, die nicht wollen, dass du den Ingenieur und die Pläne findest?«

Ohne zu reagieren, sah Göbbs dem Norweger ins Gesicht. Beide schwiegen. Nach einer halben Minute sah Göbbs auf seine Wunde am Oberarm. »Ich brauche einen Arzt.«

»Den sollst du haben, Enkelsohn von Einar Grøt. Den sollst du haben. Aber erst müssen wir diesen Abschaum hier entsorgen. Und dann sollten wir uns ein paar Tage in dieser Gegend des Hafens nicht mehr sehen lassen.« Tronfjell und sein Kumpan griffen nach der Leiche des Deutschen. Der Kapitän nahm auch Brille und Stock seiner Verkleidung an sich, Olav den länglichen Gegenstand, den Göbbs jetzt als schweren Holzknüppel identifizierte. Wenig später und etliche Meter vom Ort des Zusammentreffens entfernt warfen sie den Toten ins Hafenbecken. Danach wurde Göbbs von Tronfjell gestützt, während Olav mit Stock und Brille davoneilte, kurz darauf aber ohne diese Utensilien schon wieder zurückkam.

»Unser beinahe freiwilliger Helfer wird uns zumindest nicht beschreiben können.« Tronfjell grinste. »Jetzt glaube ich dir, Enkelsohn von Einar Grøt.«

»Wie habt ihr …?«

»Der Kerl saß die ganze Zeit in der Kneipe, schon als wir kamen. Keiner hat ihn beachtet. Erst als du raus bist, hat er sich gerührt. Ist förmlich aufgesprungen und hinter dir her. Hat sein halbes Scheiß-Bier stehen lassen.«

»Niemand lässt sein Bier in dieser Art von Etablissements stehen, hier in Argentinien«, setzte Olav nach. »Ich hatte das Gefühl, dass da was nicht stimmt, habe den Kapitän geschnappt und wir sind hinter dir her.«

»Und endlich«, setzte Tronfjell nach und klopfte Göbbs auf die Schulter seines unverletzten Armes, dass dieser trotzdem vor Schmerz aufstöhnte, »habe ich den ersten Deutschen dieses verdammten Krieges umbringen können. Endlich. Und ich bin dir dankbar.«

»Äh, Kapitän«, Olav hob die Hand wie ein Schüler in der Schule. »Genau genommen habe ich ihn …«

»Halt den Mund, Olav. Du hast ihn nur mit meiner Hilfe umgebracht, Maat. Also habe eigentlich ich es getan. Willst du deinem Kapitän den ersten toten Deutschen streitig machen?«

Das war der Moment, in dem Göbbs die Knie weich wurden und er zwischen den beiden Walfängern nach unten sackte. Die Geräusche verschwanden in die Ferne, während die Dunkelheit der Nacht über ihn schwappte.

Göbbs würde nie erfahren, dass der Name seines Widersachers Oberst Draeger gewesen war und er als einer der fähigsten Geheimdienstoffiziere im Rahmen der *Operation Romulus* galt.

›Nummer Neun, würde ich mal sagen.‹ Fast schon mit einem provozierenden Unterton meldete sich die Großvater-Stimme. *›Oder zählst du anders? Du müsstest tot sein.‹*

Göbbs schluckte. *Ich habe immer noch mein eigenes Leben, jetzt wo die Katzenleben aufgebraucht sind.* Dann wurde ihm bewusst, dass er nicht tot war, sondern wach wurde.

Die Großvater-Stimme schwieg einen Moment, bevor sie, jetzt deutlich besorgt, sagte: *›Mit deinem letzten Leben solltest du aber eher sparsam umgehen, mein Lieber. Richtiggehend geizig!‹*

Er öffnete die Augen. Die Liege, auf der er lag, stand in einem kleinen Raum. Neben ihm saßen die drei Norweger aus dem »Buckelwal«, der Hafenkneipe, an einem Tisch und redeten leise miteinander.

Tronfjell sah auf, als Göbbs sich räusperte. »Da ist er ja wieder, unser deutscher Norweger mit Geheimdiensthintergrund. Guten Morgen, Johann Grøt.«

»Wasser, bitte.« Göbbs hatte das Gefühl, als hätte die Wüste von Nevada ihre Ausläufer in seinen Rachen geschickt. Der dritte Norweger neben Tronfjell und dem Maat Olav reichte Göbbs ein Wasserglas, stützte ihn beim Trinken und begutachtete dann den Verband am Arm.

»Glück gehabt«, murmelte er. »Eine reine Fleischwunde. Wird eine Weile wehtun und etwas brauchen, bis sie geheilt ist. Sollte aber keine größeren Probleme bereiten. Nur keine Liegestütze in den nächsten zwei Wochen.«

Dann sah er Göbbs ins Gesicht. »Verstehe gar nicht, wie du mit so einem kleinen Kratzer ohnmächtig werden konntest.« Dann reichte er ihm die Hand. »Willo Martinsen. Ich bin der Schiffsarzt … äh, Arzt. Schiffe haben wir ja keine mehr.« Ein Blick schoss zu Tronfjell. Dann half er Göbbs, sich zu setzen. »Langsam, junger Mann. Du hast viel Blut verloren.« Er sah auf die Narben in Göbbs' Gesicht und auf die fehlenden Finger. »Nicht nur heute, wie mir scheint.«

»Ich habe neun Leben, wie eine Katze.«

»Neun? Ich dachte bisher, Katzen haben sieben Leben«, mischte sich Tronfjell polternd ins Gespräch und zauberte irgendwoher eine Flasche Legui und vier Gläser hervor.

»Die Neun ist die einzige Zahl, deren Multiplikationsergebnisse immer die Quersumme Neun haben. Deshalb vielleicht.«

Olav schob die Gläser auf dem Tisch zusammen, so dass Tronfjell einschenken konnte. »Und wie viele davon hast du schon verbraucht?«

Göbbs griff mit dem gesunden Arm nach dem Schnapsglas, das der Doktor ihm reichte. »Wenn du die Aktion im Hafen mitzählst, neun.«

Ein winziger Moment Stille breitete sich aus. Dann räusperte sich Tronfjell. »Nun dann. Auf dein neuntes Leben, Enkelsohn von Einar Grøt.«

33

05. Juli 1945, Zentrale C der Operation Romulus, Tigre

»Immer noch keine Meldung von Draeger?« Nervös drehte Knopfler einen Bleistift zwischen den Fingern. Sein Blick hing wie festgesaugt an dem van Gogh, der hier wieder die Wand schmückte. Sie hatten sich einrichten wollen, hier in der Zentrale C in Buenos Aires, für längere Zeit. Aber allein, dass dieser verfluchte Geheimagent ihnen auf den Fersen war, warf jetzt endgültig alle Pläne durcheinander. Die Redaktion der beabsichtigten Zeitschrift wurde in aller Eile evakuiert und aus dem Zentrum der Stadt in einen kleinen Vorort ausgelagert. Hier, in den Büroräumen eines pleite gegangenen Handelsunternehmens in Tigre, versuchte Knopfler, die zerfaserten Enden des Unternehmens wieder zu einem festen Seil zu verknüpfen. Das Verschwinden Bormanns – sein wahrscheinlicher Tod – hatte eine große Lücke gerissen. Bormann hatte mehr Fäden in der Hand gehalten, einen besseren Gesamtüberblick und weitreichendere Kontakte, als Knopfler jemals auch nur in Ansätzen geahnt hatte. Bormanns Ermordung durch Göbbs war beinahe ein Enthauptungsschlag für die *Operation Romulus*. Seit dessen Verschwinden wurde Knopfler mit Anfragen in Größenordnungen konfrontiert, von denen er zuvor keine Ahnung gehabt hatte. Bormann hatte ihn an einer wahrlich kurzen Leine gehalten, das merkte er jetzt. Und das war ein Fehler gewesen. So hatte Knopfler erst hier von dem argentinischen Refugium erfahren, dort oben im Norden, an der brasilianischen Grenze. Nun gut, das würde sich vielleicht noch zu seinem Vorteil auswirken. Fakt war allerdings, dass dieser Göbbs noch immer frei herumlief und Draeger sich seit Tagen nicht gemeldet hatte. Was für einen Superagenten hatten die Amis da nur ausgegraben?

»Nein, Herr Generaloberst.« Oberst Kindervater sah entschuldigend zu seinem Vorgesetzten, auch wenn dieser ihm den Rücken zukehrte. »Oberst Draeger scheint seit Tagen wie vom Erdboden verschwunden zu sein. Seine letzte Information war, dass er wohl den Ansatz einer Spur hätte und dieser im Hafenviertel La Boca nachgehen wolle. Seit dem nichts mehr.«

»Wie viele Leute hatten Sie ihm zur Verfügung gestellt? Vier?«

»Zuletzt sieben, Herr Generaloberst. Alle durchkämmen La Boca.«

»Haben wir Meldungen von denen?«

»Bisher erfolglos. Alle suchen, keiner weiß von Draeger. Und keiner von ihnen wird vermisst.«

»Und niemand kennt Göbbs?«

»Nein. Keiner ist ihm zuvor begegnet. Nur Draeger, in Schlanders drüben. Aber Göbbs sieht nicht unbedingt unauffällig aus.« Er hielt ein Foto des Hauptmanns in der Hand. Göbbs in Uniform der Luftwaffe. »Ich habe Bilder von ihm an alle unsere Leute verteilt.«

Der Generaloberst starrte auf seinen van Gogh, konnte aber nicht die nötige Entspannung finden, die ihm das Bild sonst brachte.

»Wie sieht es mit unseren Transportmöglichkeiten aus, Kindervater?«

Der Oberst zog zielgerichtet ein Blatt aus dem Ordner. »U 530 sollte in den nächsten Tagen hier ankommen. U 977 ist unterwegs, braucht aber noch Zeit. Aus unseren argentinischen Beständen stehen uns die *Pernetta* und die *Petronike* sofort zur Verfügung. Sie liegen hier im Hafen. Die *Polyxania* ist auf Südkurs und die *Romina* wird in etwa fünf Tagen in La Plata zurück erwartet.«

»La Plata?«

»Ja.« Kindervater hob die Schultern. »Keine Ahnung wieso, aber der Kapitän hatte die Order, La Plata anzulaufen.«

»Ändern Sie das. Die *Romina* soll Buenos Aires anlaufen. Wir werden evakuieren. Jeder, den Sie erreichen können, soll sich auf eines der Schiffe begeben. Machen Sie Listen, ordnen Sie zu. Das gesamte Personal der *Operation Romulus* verlässt Buenos Aires.«

Plötzlich schrie Generaloberst Knopfler wütend auf und warf den Bleistift gegen die Wand. »Dieser verdammte Göbbs! Wenn ich den in die Finger kriege!«

Kindervater war, vom unerwarteten Wutausbruch seines Vorgesetzten erschrocken, zusammengezuckt. Erst als nichts mehr kam, hob er vorsichtig den Kopf. »Ich nehme an, Ziel der Evakuierung ist die Zentrale D?«

»Sicher«, knurrte Knopfler. »Wohin sonst?«

»Das Refugium vielleicht?«

»Das schauen wir uns an, wenn die Evakuierung läuft. Ich will sehen, was Bormann da hat aufbauen lassen. Erst danach begeben wir uns zur Zentrale D, vielleicht. Sie haben zwei Tage, alles zu organisieren. Verstanden?«

Kindervater salutierte. »Jawohl, Herr Generaloberst.«

34

13. Juli 1945, Puerto Madero, Hafen von Buenos Aires, Süddock

»Dort drüben, direkt am Dock kannst du es erkennen, Johann Grøt.« Tronfjell weigerte sich kategorisch, Göbbs mit seinem deutschen Namen anzureden. Er reichte Göbbs ein Fernglas. Auf dem Dock sah man mit dem Glas deutlich mehr als drei Dutzend amerikanische Soldaten, die den Zugang komplett abgeriegelt hatten. Mehrere Mannschaftstransportwagen und vier zivile Limousinen standen in der Nähe. Auf dem Wasser, relativ weit draußen, ankerte ein Zerstörer der Fletcher-Klasse, das Sternenbanner am Heck. Das Gewässer des alten Hafens war wahrscheinlich nicht tief genug für das Schiff der US-Marine. Zwei kleinere Kampfschiffe hatten das Objekt, für das sich Göbbs eigentlich interessierte, bis an den Anleger geleitet. Das dort liegende U-Boot der Wehrmacht hatte die Zahl 530 am Turm.

»Meine Männer haben mir heute Morgen mitgeteilt, dass die Amerikaner das Boot hierher eskortiert haben. Es geht das Gerücht, dass es vor ein paar Tagen im Hafen von Mar del Plata kapituliert habe. Was immer die Krauts vorhatten, irgendetwas hat ihnen einen Strich durch die Rechnung gemacht. Ich dachte, du solltest das mit eigenen Augen sehen.«

»Deshalb durfte ich raus?« Göbbs sah den Norweger an. Tronfjell hatte sich selbst nach dem Angriff auf Göbbs zu dessen Wächter aufgeschwungen und ihm verboten, die Herberge zu verlassen. Zuerst mit dem Hinweis auf dessen Verletzung, die ja ausheilen musste. Doch dann erzählte Paavo, dass Deutsche durch La Boca zogen und äußerst vorsichtig nach einem Deutschen mit fehlenden Fingern und Narben im Gesicht suchten. Daraus leitete Tronfjell für sich das Recht ab, Göbbs den Ausgang vorübergehend komplett zu verbieten, unterstützt von Paavo.

Dass sie jetzt hier standen, verdankte Göbbs dem deutschen U-Boot und zehn Mann der Besatzung des Walfängers, die dem Ruf ihres Kapitäns gefolgt waren, *»um den norwegischen Geheimagenten vor dem Zugriff der Nazis zu bewahren«*, sowie einem weiten Mantel und dem riesigen Hut, die Tronfjell ihm aufgenötigt hatte.

Göbbs beobachtete, wie mehrere Zivilisten und Militärs das U-Boot verließen. Zwei von ihnen trugen deutsche Uniformen, drei Amerikaner und ein dicker Zivilist, der wohl eine der wichtigsten Personen war, so wie die anderen um ihn herumwuselten.

›Dass der überhaupt in das Boot gekommen ist mit seiner Wampe‹, kicherte die Großvater-Stimme und schien sich diebisch bei der Vorstellung zu freuen, wie der Übergewichtige in einem der engen Schotts stecken blieb, während vorne gezogen und hinten geschoben wurde.

Mehrere Männer, wohl von der deutschen U-Boot-Besatzung, waren an Deck stehen geblieben.

»Das Deckgeschütz fehlt«, bemerkte Göbbs. Sie redeten Englisch miteinander, damit auch Paavo sie verstehen konnte.

Die Gruppe auf dem Dock begab sich zu den Limousinen. Der fette Zivilist, einer der Offiziere und ein Deutscher stiegen in den ersten Wagen. Die anderen uniformierten Amerikaner und ein zweiter deutscher Offizier gingen zu dem zweiten Auto. Kurz bevor sie einstiegen, nahm einer der Amerikaner seine Mütze ab und drehte sich zu dem U-Boot zurück.

»Boah!«, entfuhr es Göbbs.

›Na, da schau her!‹, murmelte die Großvater-Stimme.

Major Franklin. Göbbs hatte nicht damit gerechnet, dass Franklin sich hier befand, war aber auch nicht wirklich erstaunt. Immerhin hatte er den Offizieren die Botschaft übermitteln lassen, dass er sich nach Argentinien auf den Weg gemacht hatte.

Wo Franklin war, da waren mit hoher Wahrscheinlichkeit auch Coleman und vielleicht sogar Walterson nicht weit.

»Das sind Fahrzeuge der amerikanischen Botschaft«, meldete sich jetzt Paavo, der mit einem Feldstecher an den Augen neben Göbbs stand.

»Und genau da muss ich hin.« Göbbs nahm den Feldstecher von den Augen. Er hatte eine Entscheidung getroffen. Auch wenn das Auftauchen des U-Bootes ein Zufall sein könnte.

›Vielleicht auch nicht‹, meldete sich die Großvater-Stimme. *›Oder glaubst du noch an Zufälle bei diesem Spiel, mein Junge?‹*

An Zufälle? Nicht wirklich.

»Da will jemand abhauen«, ließ sich in diesem Moment Paavo vernehmen. Göbbs nahm den Feldstecher wieder hoch. Einer der auf dem U-Boot Stehenden schien die Fokussierung der Aufmerksamkeit aller Anwesenden auf die Abfahrt ihrer Offiziere auszunutzen und hatte sich vom Deck des Bootes gleiten lassen. Er war in der einbrechenden Dämmerung des frühen Abends kaum im Wasser zu erkennen. Mit kräftigen Zügen kämpfte er sich durch die Wellen und entfernte sich Schwimmzug um Schwimmzug von U 530.

Auch Tronfjell hatte sich ein Fernglas genommen und zu dritt beobachteten sie die Flucht des Deutschen. Keines der zwei kleinen amerikanischen Boote reagierte. Niemand auf Deck schien die Flucht bemerkt zu haben. Die Deutschen hatten sich komplett in das U-Boot zurückgezogen. Die Amerikaner auf dem Dock warteten die Abfahrt ihrer Wagen ab und verteilten sich dann so, dass ein Zugang zum Boot von Land aus nicht möglich war.

»Ziehen wir uns ein kleines Stück zurück«, sagte Tronfjell nach ein paar Minuten. »Der Deutsche schwimmt in unsere Richtung.«

Es war nur logisch. Ihr Standort befand sich auf der zum U-Boot am nächsten gelegenen Mole. Für einen Schwimmer trotzdem eine beachtliche Entfernung. Vor allem bei den Wassertemperaturen. Sie zogen sich zwischen zwei auf ihre Verladung wartende Baumstammstapel zurück, so dass sie selbst freien Blick auf das Meer hatten, von dort aus aber vor neugierigen Blicken größtenteils verdeckt waren.

Nach einigen Minuten nahm Tronfjell sein Glas herunter. »Der kommt wirklich genau hierher.«

»Ich brauche eine Jacke.« Göbbs redete, ohne das Glas vom Gesicht zu nehmen. »Und einen Platz, wohin ich mich mit dem Deutschen zurückziehen und an dem er sich aufwärmen kann.«

Tronfjell grummelte etwas, das keiner der Anwesenden verstand. »Was?«, fragten Olav und Göbbs gleichzeitig.

»Vielleicht auch noch ein Feuer, eine Decke und eine Tasse heiße Fleischbrühe?« Tronfjells Stimme klang wütend.

»Keine schlechte Idee«, murmelte Göbbs wie nebenbei, noch immer mit dem Glas auf den Schwimmer starrend.

»Das war Ironie!«, murrte Tronfjell jetzt deutlich. »Nicht so gemeint, keine ernsthafte Äußerung. Verstehst du?«

»Was immer du meinst.« Es war offensichtlich, dass Göbbs entweder nicht begreifen wollte, was Tronfjell gemeint hatte, oder dessen schlechte Laune einfach ignorierte.

»Die Baracke«, sagte Olav schließlich nach einigen Momenten des Schweigens. Er meinte ein leer stehendes Lagerhaus in der Nähe der Docks. Tronfjell war mit Göbbs und seinen Leuten auf dem Weg hierher dort vorbeigekommen und hatte dem Deutschen die Baracke gezeigt. Dort hatte sich ein Großteil der Norweger einquartiert, seit sie ihre Schiffe hatten verlassen müssen. Die Behörden wollten sichergehen, dass sich die Norweger nicht in einer Nacht- und Nebelaktion mit den Schiffen auf und davon machten und hatten ihnen diese Unterkunft zugeteilt, als sie sie von den Booten verwiesen.

»Was willst du dort?« Tronfjell war irritiert.

»Informationen von dem Matrosen. Vielleicht gelingt es mir, sein Vertrauen zu gewinnen.«

»Vertrauen?« Der Norweger knurrte. »Überlass ihn mir, Johann Grøt. Mir und meinen Leuten. In zehn Minuten haben wir sein Vertrauen und alle Scheiß-Informationen, die wir brauchen. Und dann können wir Nazi-Nester ausräuchern.«

Jetzt schnaubte Göbbs. »Klar. Und hinterher werft ihr ihn ins Wasser. Und wir haben wieder einen Bereich, den wir einige Tage lang meiden sollten.«

Er schüttelte den Kopf. »Lass es mich zuerst auf meine Art versuchen.«

›Deine Art?‹, fragte die Großvater-Stimme und die Ironie in den Worten war nicht zu überhören. *›Was ist deine Art? Schneelawinen? Mistgabeln? Pistolen? Spanierinnen mit Brechstangen?‹*

Es waren Argentinierinnen. Aber wie meist antwortete die Großvater-Stimme auf den Einwand nicht. Warum auch?

»Okay.« Es kostete Tronfjell sichtlich Überwindung, Göbbs' Plan zuzustimmen. »Wir gehen in die Baracke und bereiten alles vor. Du wirst ein Lager mit Decken und ein kleines Feuer hinten links finden. Das ist am weitesten von allen Ausgängen entfernt. Olav bleibt mit den Männern in der Nähe, falls der Nazi-Matrose dir abhauen will.« Er hob das Glas erneut an die Augen. »Wenn er es überhaupt bis hierher schafft.«

Allen Unkenrufen zum Trotz schaffte es der Deutsche aber trotzdem. Eine knappe Viertelstunde später ergriff der Schwimmer die unterste Sprosse der im Dämmerlicht des Abends kaum noch erkennbaren rostigen Leiter, die am Dock bis unter die Wasseroberfläche reichte. Göbbs kniete oben am Kai und wartete.

Der Schwimmer erklomm die drei Meter, die ihn von der Oberkante des Kais trennten. Langsam, als kostete es ihn seine letzten Kraftreserven, wuchtete er seinen Oberkörper über die Betonkante und blieb dort liegen, die Beine noch auf den Sprossen, den Kopf auf den Arm gelegt, mit nicht einmal mehr genügend Energie, um zu zittern.

Göbbs ging zu dem Deutschen. »Hallo, Kamerad.« Er legte ihm die Hand auf die Schulter. »Du bist ja eiskalt. Komm. Lass mich dir helfen.«

Unter die Arme greifend zog er den Erschöpften völlig über die Kante, setzte ihn auf, stützte ihn dabei mit dem Knie ab und zog ihm Tronfjells Jacke über.

Der Deutsche war zu schwach, um aufzustehen und so rief Göbbs dann doch die verborgenen Norweger zu Hilfe. Sie schleppten ihn in die mehrere hundert Meter entfernt liegende Baracke. Tronfjell hatte wie versprochen ein Feuer vorbereitet. Direkt daneben ein Lager. Der Deutsche wurde darauf gebettet und dann zogen sich die Norweger wieder zurück.

Göbbs flößte dem Deutschen warmen Tee ein. Dann zog er ihm seine Sachen aus, um ihn in trockene Decken einzuwickeln. Die Haut des Deutschen war wächsern bleich und eiskalt.

»Oh, Scheiße.« Am Oberschenkel hatte der Deutsche eine lange Schramme, die heftig blutete. Göbbs hatte es in der Dunkelheit und bei der schwarzen, nassen Hose nicht bemerkt. Er riss einen Streifen Stoff aus dem Uniformhemd des Deutschen und verband die Wunde notdürftig. »Das muss sich der Arzt nachher ansehen.«

»…deutsch…«, wisperte der Soldat, als er in Decken gewickelt neben Göbbs lag.

»Ich dachte schon, du sprichst nie, Kamerad.« Göbbs beugte sich über den Liegenden und flößte ihm noch etwas warmen

Tee zwischen die blau gefrorenen Lippen. »Du bist von dem U-Boot geflüchtet, das im Hafen liegt. Wie konntest du bei den Wassertemperaturen nur diese lange Strecke schwimmen wollen?«

»...du deutsch...?«

»Ja. Ich bin Deutscher.« Göbbs überlegte, welche Art von Deutscher er dem Matrosen gegenüber sein sollte. Solange er nicht wusste, warum dieser geflohen war, würde er vorsichtig sein müssen.

»Warum bist du abgehauen? Das ist Fahnenflucht!«

Der Matrose stierte an Göbbs vorbei. Jetzt begannen seine blauen Lippen zu zittern.

»Wermuth ... Verräter« Die Stimme war leise und schwach.

»Wermuth? Wer ist Wermuth?«

»... Komman ...dant ... Oberleutnant ...«

»Oberleutnant Wermuth, Kommandant von U 530?«

Der Blick signalisierte Zustimmung. Dann: »... will sich den Alliierten ergeben ...«

Jetzt wusste Göbbs wenigstens, wo er den Matrosen einordnen konnte.

»Dieses miese Verräterschwein!«

›*Schauspieler.*‹ Die Großvater-Stimme klang ungnädig.

Muss ja, entgegnete Göbbs.

»Warum will Oberleutnant Wermuth zu den Amerikanern?«

Der Matrose schwieg eine Weile, sein Atem ging mühsam. Dann schloss er die Augen und schlief ein.

Mist!, dachte Göbbs und blieb neben dem Erschöpften sitzen. Tronfjell kam nach einer Weile an ihr Lager. Er hatte scheinbar unbeteiligt an einem benachbarten Feuer gesessen.

»Und? Was macht unser Nazi? Schönheitsschlaf?«

Göbbs unterrichtete ihn in wenigen Worten von dem, was er erfahren hatte.

»Ist ja scheiß-wenig, was wir bis jetzt wissen«, kommentierte der Norweger. Später besorgte er Göbbs eine weitere Decke, damit auch dieser sich ein wenig zur Ruhe legen konnte, und so schlief Göbbs neben dem Matrosen auf der blanken Erde ein, zugedeckt mit etwas, das sich Decke nannte, aber auf keinen Fall die entsprechende Funktion ausfüllte.

Das Morgenlicht, das durch die fast blinden Fenster der Baracke fiel, weckte Göbbs. Er gähnte, reckte sich und setzte sich auf. Der Boden, auf dem er gelegen hatte, war kalt. Ihm war mindestens genauso kalt. Der Rücken schmerzte, die Schultern und die Schusswunde, die dieser Nazi vom Hafen ihm beigebracht hatte. Er sah sich nach dem Matrosen um. Im Gegensatz zu gestern hatte sein Gesicht jetzt eine rote Farbe. Schweiß stand ihm auf der Stirn, obwohl es kühl war und das Feuer nur noch aus ein paar kläglich qualmenden Holzstückchen bestand.

Göbbs rappelte sich auf und kniete sich neben den Matrosen. Die Hand auf dessen Stirn brachte Gewissheit. Der Matrose hatte Fieber.

»He!« Er schüttelte ihn sanft an der Schulter. »He, Kamerad. Wie geht es dir?«

»Durst!«, hauchte der Matrose, noch bevor er die Augen öffnete. Göbbs reichte ihm Wasser, das Tronfjell am Abend zuvor mitgebracht hatte.

»Wie heißt du?«

»Heinrich Grübener, Bootsmann.« Die Stimme des Matrosen war noch immer schwach, doch deutlich besser zu verstehen als gestern.

»Hauptman Johann Göbbs, Luftwaffe.«

Eine Hand des Bootsmannes kam unter der Decke vor und griff fahrig nach Göbbs. »Herr Hauptmann. Oberleutnant Wermuth will sich den Alliierten ergeben.«

»Damit reiht er sich würdig in eine ganze Reihe Verlierer und Aufgeber dieser Tage ein.« Göbbs gelang es, seiner Stimme einen bitteren Unterton zu geben. Er wunderte sich, wie leicht und glaubwürdig ihm die Worte über die Lippen kamen.

»Er weiß zu viel. Wir müssen …« Grübener hustete rau. »Wir müssen sie warnen. Die Amis werden den Stützpunkt angreifen.«

»Welchen Stützpunkt, Bootsmann?«

Eine halbe Stunde später erhob sich Göbbs. Grübener war erschöpft eingeschlafen. Aber Göbbs wusste jetzt Bescheid. Er winkte Tronfjell.

»Dein Doktor soll sich den Knaben hier mal ansehen. Er hat Fieber. Und eine Verletzung am Oberschenkel.«

»Und?« Tronfjell sah ungerührt auf den Deutschen zu seinen Füßen. »Wissen wir jetzt mehr?«

Göbbs nickte. »Ich glaube, jetzt weiß ich fast alles.«

»Zufrieden?«

Göbbs schüttelte den Kopf. »Ich werde immer unzufriedener.«

35

15. Juli 1945, Bosch Palace, Botschaft der USA in Buenos Aires

Der ganze Kontakt mit den beiden Offizieren hatte nur fünfzehn Minuten gedauert. Sie hatten ihn aus der Operation abgezogen, sein Rücktransport nach Großbritannien über die Staaten wäre beschlossen. Er solle hier warten und würde in wenigen Minuten von einem Offizier abgeholt, der ihn zu seiner Unterkunft brächte. Sein Schiff nach Europa ginge in ein paar Tagen.

Göbbs war fassungslos gewesen.

»Abgezogen? Was soll das heißen?«

Franklin hatte ihm daraufhin etwas von unerwarteten Wendungen der Operation erzählt, dass sie umfassende Informationen über den letzten Stützpunkt der Nazis erhalten hätten und die weiteren Entscheidungen und Maßnahmen deutlich außerhalb der Kompetenz und Gehaltsklasse von Göbbs lägen.

Was die Gehaltsklasse anginge, könne man das leicht ändern, kam Göbbs über die Lippen. Major Franklin, der verschlossener und selbstsicherer wirkte als damals in Europa, sagte daraufhin, dass die Bemerkung mit der Gehaltsklasse symbolisch gemeint gewesen sei und dass er, Göbbs, schon ganz ordentlich an ihnen verdient hätte. An der Entscheidung, Göbbs zurück nach Europa zu beordern, ließe sich nicht rütteln.

Franklin ließ etwas von einer bevorstehenden Operation anklingen, die diesen Stützpunkt von der Landkarte tilgen würde. In dem Zusammenhang war ihm sogar eine Bemerkung herausgerutscht, die Göbbs am Anfang gar nicht richtig registriert hatte. »Vier Wochen nach Weihnachten ist der ganze Spuk beendet.«

Göbbs war wütend gewesen. Abgezogen! Zurück nach Europa! Die Aufgabe war doch noch lange nicht beendet.

Und er war verstimmt gewesen. Gehaltsklasse!

»Ihr Job ist beendet, Gebbs. Finden Sie sich damit ab!«

Mit dieser Bemerkung war Schluss gewesen. Franklin hatte den Raum verlassen und Göbbs keine Gelegenheit gegeben, von der *Operation Romulus*, von Bormann und den ausgetauschten Nazi-Größen zu berichten. Der Amerikaner hatte auch gar nicht danach gefragt. Scheinbar war der Kapitän des deutschen U-Bootes mindestens so ergiebig gewesen, was die Informationen zum letzten Stützpunkt der Nazis anging, wie dessen desertierter Matrose. Göbbs selbst hätte den Amerikanern mit seinen Hintergründen zur *Operation Romulus* eher nur noch Randinformationen liefern können.

Gut. Sie wollten ihn nicht mehr. Aber einfach so nach Europa abschieben?

›Eher nicht. Oder?‹

Eher nicht, bestätigte Göbbs der Großvater-Stimme.

Göbbs sah sich um. Der Marine, den Franklin an der Tür zurückgelassen hatte, ein Corporal, machte einen uninteressierten Eindruck. Er schien Göbbs nicht wirklich als Gegner wahrzunehmen. Aber einfach so durch die Tür würde er ihn auch nicht spazieren lassen. Göbbs griff sich an den Magen, stöhnte auf, beugte sich nach vorn und stützte sich auf dem Tisch ab.

»Sir?« Der Corporal machte einen unsicheren Schritt auf Göbbs zu. »Alles okay mit Ihnen?«

»Meine Schusswunde …«, stöhnte Göbbs, sackte kurz mit den Knien durch und hielt sich auch mit der zweiten Hand an der Tischkante fest.

»Sir!« Mit zwei schnellen Schritten eilte der Corporal zu Göbbs, wollte ihn stützen und fasste von hinten zu. In diesem Moment riss Göbbs den Kopf hoch und knallte ihm seinen Hinterkopf in das Gesicht. Mit einem »Umpf« brach der Corporal zusammen. Blut strömte aus der Nase, sein Brustkorb hob sich flach.

»Verdammte Scheiße«, fluchte Göbbs und hielt sich den schmerzenden Hinterkopf. »Warum tut das nur immer so weh?«

Er riss das Hemd des Wachhabenden in Streifen, fesselte und knebelte ihn und klemmte den Bewusstlosen zum Schluss hinter einen schweren Ledersessel.

›Das bringt dir höchstens Sekunden‹, lästerte die Großvater-Stimme.

Ich finde deine konstruktiven Beiträge in solchen Situationen echt erbaulich.

Keine Antwort. Warum auch?

Göbbs huschte aus dem Raum und den Flur entlang. Sie waren von links gekommen, eine breite Treppe hoch. Von dort aber kamen Stimmen. Sollte er es wagen? Besser nicht. Der Rückweg führte ihn wieder an dem eben verlassenen Zimmer vorbei zu einer offenen Tür, hinter der er eine nach oben und unten führende Wendeltreppe sah. Unten war gut. Im Erdgeschoss öffnete er eine Tür und landete in der Küche. Hier war ein Trupp chinesischer Köche dabei, das Dinner vorzubereiten. Offenbar wurden die Menge und die Qualität des Essens betreffend noch Gäste in der Botschaft erwartet. Der gewichtigste Chinese, der die deutlich erkennbare Oberhoheit über die anderen hatte, erstarrte mitten in der Bewegung und gaffte Göbbs verblüfft an.

Schnurstracks ging Göbbs auf ihn zu und blieb direkt vor ihm stehen. »Der Botschafter lässt fragen, ob alles nach Plan geht.«

Wie ein mechanisches Männlein begann der Dicke zu nicken. »Alles Plan. Yes, Sir. Alles Plan!«

»Gut!« Göbbs klopfte ihm auf die Schulter. »Wo ist der Ausgang hier? Ich kenne mich in dem Bereich der Botschaft noch nicht so aus.«

»Gehen dort!« Der Chinese wies auf eine Tür hinter zwei Herden.

»Danke. Wenn jemand fragt, ich bin schnell einen guten Whiskey holen, den der Botschafter wünscht.«

»Jack Daniels? Old Number seven? Aber haben noch in Schrank!« Jetzt wurde der Koch misstrauisch.

›Da hast du's. Und nun?‹ Die Großvater-Stimme war in solch brenzligen Situationen wirklich nicht hilfreich.

»Nein. Mister Braden wünscht keinen Tennessee-Whiskey heute. Ihm verlangt nach einem guten Kentucky Bourbon. Vielleicht Baker's. Ich werde sehen, was ich tun kann.«

Wieder nickte der Chinese perplex mit fast runden, erstaunten Augen.

Nur wenige Minuten später bog Göbbs mehrere Querstraßen entfernt um eine Hausecke und verschwand aus dem Sichtbereich der Botschaft.

36

15. Juli 1945, Herberge El Lagarto, Hafenviertel La Boca, Buenos Aires

»Oh, Señor«, Paavo sah mit großen Augen seinen Gast an. »So abgehetzt, Señor?« Er schüttelte den Kopf, als Göbbs sich in den kleinen Schankraum der Pension setzte. »Mate-Tee?«

Obwohl Göbbs nicht nickte, verschwand Paavo hinter einer Tür, um kurz danach mit dem Getränk zurückzukommen. Göbbs nahm es schweigend entgegen, stierte auf die Tischplatte und schlürfte den Tee. Es schien, als merke Paavo, dass sich hinter Göbbs' Stirn wichtige Dinge abspielten, denn im Gegensatz zu seiner sonstigen Geschwätzigkeit, schwieg er und überließ Göbbs seinen Gedanken. Erst als dieser tief aufseufzte, sich zurücklehnte und seinen Blick von der Tischplatte löste, wagte er eine Frage.

»In der Botschaft war es nicht so gut?«

»Nein, Paavo. Gar nicht.« Göbbs atmete noch einmal durch. »Du hast mir neulich von deinem Bruder erzählt …«

»Ja, der ist Farmer, weit oben in der Nähe des Lago Esteros del Iberia.«

»Nein, ich meine Francescas Vater.«

»Luis. Der hat Werft, drüben in La Plata.«

»Genau. Der hat eine Werft. Wie sehr vertraust du ihm?«

»Señor?« Das klang eher entrüstend. »Luis ist mein Bruder. Wir sind ein Herz, eine Familie!« Er kreuzte Zeige- und Mittelfinger seiner rechten Hand.

»Ich meine, hat er dieselbe Einstellung, den Nazis gegenüber wie du?«

Paavo sagte nichts, nickte nur. Erst als Göbbs ebenfalls schwieg, fragte er: »Du brauchst seine Hilfe?«

»Wie schnell kann er hier sein?«

»So schnell, wie du ihn brauchst. Kommt er morgen Abend, wenn ich will.«

Jetzt stand Göbbs auf. Schwer stützte er sich dabei auf die Tischplatte. »Dann bitte ihn hierher. Ich werde auch ein paar Freunde mitbringen. Kannst du etwas zu essen vorbereiten und ein paar Getränke?«

»Wird es wichtig?«

Göbbs strich sich mit seiner versehrten Hand durch das Haar. »Du glaubst gar nicht, wie wichtig, Paavo.« Mit der anderen zog er einen Zwanzig-Dollar-Schein aus der Hosentasche.

»Mache ich eine kleine Feier, Señor. Du, ich, deine Freunde, mein Bruder. Mal sehen.« Paavo nickte, erhob sich ebenfalls und griff nach dem Geld.

Bin ich stark genug dafür?

Er spürte förmlich, wie die Großvater-Stimme lächelte. *›Das fragst du mich jetzt? Nach all den Monaten? Mein Junge, du musst nicht stark sein, nur entschlossen genug. Und bei Gott, das bist du!‹*

Mit diesen Worten im Kopf verließ Göbbs die Herberge. Das erste Mal, seit er hier in Argentinien war, nahm er selbst das Heft in die Hand, bestimmte den Lauf der Dinge. Sie wollten nicht auf ihn hören, dort in der Botschaft. Sie wollten *ihn* nicht hören. Von dem Deutschen, mit dem man zwingend hatte zusammenarbeiten müssen, war er zu einem notwendigen Übel und schließlich wohl zu einem Störfaktor geworden. Zu jemandem, der dem Ganzen eine andere Richtung geben wollte. Und bei Gott, das wollte er. Er hatte nicht den Eindruck, dass die Amerikaner und

Briten an *all* den Informationen, die er besaß, Interesse hatten. War er denn der Einzige, der den Gesamtüberblick besaß, jetzt, nach seinen Gesprächen mit Bormann und Grübener?

Göbbs eilte die Straße entlang und schüttelte in selbst gegebener Antwort auf diese Frage den Kopf. Ihn interessierten die irritierten Blicke der Passanten nicht. Die Deutschen jagten ihn mit Killern, selbst hier in Argentinien. Das hieße, er war ihnen mit seiner Sachkenntnis so nah gekommen, so gefährlich geworden, dass sich jedes Risiko lohnte, ihn aus dem Weg zu schaffen. Und die entsprechenden Befehle waren schon gegeben worden, bevor er mit Bormann geredet hatte … dieser mit ihm. Die Zentrale hatte noch keine Information über den Verbleib ihrer Nummer Eins. Was sollte erst werden, wenn sie wüssten, dass er, Göbbs, jetzt auch die genaue Lage der letzten Zuflucht der Nazis kannte? Und mehr als das. Grübener, der desertierte Bootsmann, hatte ihm so gut wie alles erzählt. Zumindest im Überblick. Er zweifelte nicht daran, dass er von Grübener alle Einzelheiten erfahren würde, mit etwas Geduld, ein wenig Fingerspitzengefühl und ein klein wenig …

›Gewalt, wenn es notwendig ist‹, kicherte die Großvater-Stimme.

Göbbs schwieg dazu. Er hatte vor, die Pläne der Großen zu durchkreuzen. Die Pläne der Amis und Briten bestimmt, die Pläne der Nazis garantiert. Und er würde dafür tun, was notwendig war. Das Kuriose daran war, dass die Nazis ihm die Mittel dazu selbst in die Hand gegeben hatten.

Vor seinem inneren Auge sah er den riesigen Haufen an Geld liegen, in Paavos Herberge auf dem Tisch, nachdem er ihn gezählt hatte.

Aber jetzt, er verscheuchte das Bild, hieß es, zuerst mit Tronfjell zu reden, danach noch einmal mit Grübener, und dann auf den kommenden Abend zu warten.

Am nächsten Abend atmete Göbbs zuerst tief durch, mehrmals, bevor er den kleinen Raum betrat, in dem sich alle versammelt hatten. Paavo hatte eine gewaltige Menge an Empanadas vorbereitet, goldbraun gebackene Teigtaschen mit in Würfeln geschnittenem Rindfleisch und Zwiebeln gefüllt. Dazu eine Schüssel mit Salat, aus der locker zwanzig Mann hätten essen können. Wasser, Bier, Rotwein, Whisky und natürlich Legui rundeten das Essen ab.

Die Anwesenden langten bereits kräftig zu und unterhielten sich lautstark. Neben Paavo saß sein Bruder Luis und dessen Tochter Francesca. Göbbs hatte die beiden am Nachmittag bei ihrer Ankunft kurz getroffen. Als er Luis begrüßte und dieser ihm über Paavo mitteilen ließ, dass er froh sei, den Deutschen kennen gelernt zu haben, der Francesca vor den anderen Deutschen gerettet hatte, blinzelte diese ihm zu. Göbbs fragte sich, wieso sie mitgekommen war. Am Tisch sah er noch eine weitere Frau in Francescas Alter. Paavo stellte sie ihm als Leonora vor, die Tochter seines anderen Bruders, die bei Francesca zu Besuch gewesen und jetzt mitgekommen sei.

»Na prima.« Göbbs verdrehte die Augen. »Machen wir jetzt ein Familientreffen?«

»Nicht übellaunig sein, Señor.« Leonoras Augen blitzten ihn an, als er ihr die Hand schüttelte. Sie sprach mit einem leichten Dialekt ein deutlich besseres Englisch als ihre Cousine. »Nicht immer müssen Männer alles alleine erledigen.« Während Francesca klein und schmächtig war, überragte ihre Cousine sie um einen Kopf. Und nicht nur in der Höhe hatte sie mehr vorzuweisen als ihre Cousine. Beide trugen ihre schwarzen Locken bis auf die Schultern.

Göbbs schüttelte auch Tronfjell, dem Maat Olav und dem Arzt Willo Martinsen die Hand. Dann rutschten alle um den Tisch zusammen und machten Göbbs Platz, der zwischen Francesca und Leonora zum Sitzen kam.

Sie aßen, schwatzten über das Wetter. Leonora sprach ein gutes Englisch, Luis kein Wort, nur Spanisch. Ständig flüsterte Francesca ihm die entsprechenden Übersetzungen zu, da sich alle anderen meist auf Englisch unterhielten. Als der Berg Empanadas vertilgt war und sie alle einen Legui für »den guten Bauch«, wie Paavo sagte, getrunken hatten, kehrte nach und nach Ruhe ein und einer nach dem anderen richtete seinen Blick auf Göbbs.

»Nun, Johann Grøt«, sagte Tronfjell schließlich. »Du hast uns hierhergebeten. Willst du uns nicht sagen, weshalb?«

Göbbs strich sich mit beiden Händen durch die Haare. Er hatte den ganzen Nachmittag überlegt, wie er anfangen sollte, hatte geplant, verworfen und wieder neu geplant. Jetzt, spontan, entschied er sich, die ganze Geschichte zu erzählen, von Anfang an.

»Es wird etwas länger dauern, euch das alles zu erklären. Paavo, wenn du mir zuerst ein Bier geben könntest … danke. Also«, er atmete tief durch, nahm die Bierflasche in die Hand und lehnte sich zurück, »Anfang Februar dieses Jahres wurde ich nach einer Verletzung und dem anschließenden Krankenhausaufenthalt zuerst in das Reichsluftfahrtministerium nach Berlin und anschließend nach Oranienburg versetzt. Ich habe da bereits seit mehreren Jahren zuerst für den norwegischen Geheimdienst und später für den britischen die Deutschen ausspioniert. In Oranienburg …«

Es dauerte länger als eine Stunde und drei Bier, bis Göbbs bei den Ereignissen am Kai im Hafen von Buenos Aires angekommen war. Nur den winzigen Fakt mit Bormanns Geldkoffer hatte er vorerst ausgelassen.

»Der deutsche Matrose stellte sich als Nazi reinsten Wassers heraus.« Er wandte sich an Willo Martinsen. »Wie geht es unserem Patienten?«

»Besser. Er hat sich heute hingesetzt.« Das waren die ersten Worte der Anwesenden seit über einer Stunde, sah man von Francescas Übersetzungen ab.

»Wir müssen auf ihn aufpassen. Er kennt das letzte Versteck der Nazis. Und jetzt kommt ihr alle ins Spiel. Die Amerikaner und Briten verfolgen nämlich ihre eigenen Ziele.«

»Und wo ist nun dieses allerletzte Versteck, Johann Grøt, wenn es nicht in den Alpen, nicht in Italien und nicht hier in Argentinien ist?«

Göbbs zog einen Zettel aus der Tasche, auf der eine Reihe Zahlen zu erkennen waren: 71° 2' S – 10° 55' W.

»Hast du die Karten dabei, um die ich dich gebeten habe?«, fragte er Tronfjell. Der nickte und sah seinen Maat an. Olav stand auf und holte eine Kartenrolle, die bisher unbeachtet von Göbbs an der Wand gestanden hatte. Göbbs entrollte den Kartenstapel, suchte kurz, bis er die richtige Seekarte fand, zog sie aus dem Stapel und legte sie oben auf.

»Zehn Grad und fünfundfünfzig Minuten westlicher Länge.« Göbbs suchte den entsprechenden Längengrad und fuhr mit dem Zeigefinger nach unten.

»Einundsiebzig Grad und zwei Minuten Süd.« Der Zeigefinger blieb an einer bestimmten Position stehen. »Hier. Die definitiv letzte Basis der Nazis. Ihr seit vielen Jahren vorbereitetes Rückzugsgebiet und gleichzeitig die Zentrale der *Operation Romulus.*«

»Aber«, Olav beugte sich nach vorn, »das ist am Südpol. Diese Nazis sitzen am verdammten Südpol!« Er wurde mit jedem Wort lauter.

»Klappe, Maat!«, fuhr ihn Tronfjell an. »Diese Scheiß-Nazis sitzen nicht am Südpol. Siehst du das nicht? Das ist gerade mal die Küste der Antarktis. Nicht viel weiter nördlich von diesen Breitengraden haben wir schon Wale gejagt, Blödmann.«

Er sah Göbbs an. »Viel interessanter ist die Frage, warum du uns das alles erzählst, Johann Grøt?«

»Ich will da hin. Und dazu brauche ich eure Hilfe, deine Schiffe.«

Tronfjell lachte laut auf. »Mit der *Favorit* und der *Jente*, meinen beiden Walfängern, die mir nicht mehr gehören? Es ist ja nicht so, dass wir nicht in diesen Gegenden fahren könnten, doch …« Dann stutzte er und sein Blick wanderte von Göbbs über Paavo zu Luis. »Warte mal.« Sein Zeigefinger streckte sich wie der Lauf einer Pistole auf den Argentinier zu. »Du hast eine Werft?«

Paavo nickte an Stelle seines Bruders. Jetzt wanderte der Zeigefinger, wie der Blick Tronfjells eben gewandert war, nur in entgegengesetzte Richtung, und blieb auf Göbbs' Nase gerichtet stehen. »Hast du den Nazis ihr Gold geklaut?«

›Da hast du dir ja einen Schnellmerker an Land gezogen‹, meldete sich jetzt zum ersten Mal an diesem Abend die Großvater-Stimme.

Göbbs griff in seine Hosentasche und zog einen Bündel Tausender heraus, das er auf den Tisch legte, als wäre es eine filigrane Glaskonstruktion und könnte kaputt gehen. »Gold nicht.«

Stille breitete sich aus und alle starrten auf das Geld.

»Das müssen …«, Olav hustete, »… bestimmt dreißigtausend …« Seine Stimme versagte.

»Vierzigtausend Dollar. Echt. Keine Blüten. Ich war auf einer Bank und habe einen Schein wechseln lassen. Sie haben den Schein getestet.«

»Aber …« Selbst dem hartgesottenen Tronfjell stockte der Atem und er musste ein zweites Mal ansetzen, um seinen Satz zu vollenden. »Aber das wird nicht reichen, um …« Und er verstummte, als Göbbs ein zweites und drittes Bündel auf den Tisch legte.

»Und falls das nicht reicht, habe ich noch mehr. Bormann hatte einen Koffer dabei, mit ausreichend Geld für uns alle. Aber …«, er schwieg einen Moment, hob die Hand und ließ den Finger wie eine Rakete auf die Antarktis niedersausen, »… ich will da hin. Ich will zu dieser verdammten Nazi-Station!«

»Aber was willst du da, Johann? Nazis in Arsch treten? Die Flugzeugpläne?« Leonora legte den Kopf schief.

»Den Nazis in den Arsch treten? Auch.« Wieder atmete Göbbs tief ein und tippte mit dem Zeigefinger auf die Stelle in der Arktis. »Die Flugzeugpläne sind mir egal. Ingenieur Steinbauer ist mir egal.

Habt ihr mir zugehört? Die Amis und Briten wollen die Wissenschaftler. Und vielleicht wollen sie sogar den Nazis auf die Füße treten. Vielleicht. Die Nazis haben dort aber noch etwas anderes … noch jemand anderes. All diese Doppelgänger, die die Nazis in den letzten Monaten eingesetzt haben, um ihre eigenen Ärsche zu retten, werden unter Druck gesetzt, werden erpresst mit ihren Familien. Diese armen Schweine machen alles, so lange sie wissen, dass die Deutschen ihre Familien schonen. Grübener sagt, dass es dort«, erneut tippte der Finger auf die Landkarte, »eine Sektion in der Station gibt, die nur für Gefangene da ist. Das sind sie, die Familien der in der *Operation Romulus* eingesetzten Doppelgänger. Niemand von den Alliierten denkt an sie, niemand interessiert sich für sie. Keiner will hören, was ich zu erzählen habe.«

Er sah auf, jedem einzelnen in die Augen. »Ich will die Geiseln dort rausholen.«

»Wie viele das sind, Señor?« Francesca legte ihm bei dieser Frage unterhalb der Tischplatte ihre Hand auf den Schenkel. Göbbs schob die Hand vorsichtig wieder von seinem Bein. »Etwa einhundertfünfzig.«

»Was ist das für ein beschissener Plan, Johann Grøt?« Tronfjell schüttelte den Kopf. »Zwei abgehalfterte Walfänger, die keine Passagierschiffe sind, mit einer Handvoll Norweger als Besatzung sollen einhundertfünfzig jüdische Gefangene aus einer Nazi-Station am Südpol befreien?« Er nahm einen Schluck Legui aus seinem Glas, schenkte nach und gönnte sich einen weiteren Schluck. »Ich bin dabei.«

»Wir bräuchten jemanden, der sich vor Ort auskennt, der uns begleitet«, sagte der Arzt und griff ebenfalls nach seinem Glas.

»Den haben wir. Er weiß es nur noch nicht.«

»Du meinst unseren Patienten? Den Schwimmer?«

Göbbs nickte wortlos.

»Das heißt, wir haben jetzt einen gefangenen Nazi?«, mischte sich Olav ins Gespräch und klang begeistert dabei. Seine Augen leuchteten und die Augenbrauen wanderten nach oben.

»Wir haben einen gefangenen Nazi mit Ortskenntnis!« Das war der Punkt, an dem Göbbs auch Leonoras Hand unter der Tischplatte stoppen musste, weil diese auf dem Weg war, die höheren Bereiche seines Oberschenkels zu erforschen. Er rückte ein winziges Stück von ihr weg. Im Gegenzug presste Francesca ihr Bein gegen seines. Sein Versuch, diesem Druck auszuweichen, brachte ihn wieder in Leonoras Reichweite. Verdammt, was war mit diesen Frauen los? Und wie sollte man sich dabei auf wichtige Dinge konzentrieren? Er fühlte sich an Berlin und Julia erinnert, der er zutraute, durchaus ähnlich zu reagieren, und hatte dabei Paavos Frage verpasst.

»Luis fragt, welche Zeit du denkst«, wiederholte Paavo auf seine Bitte.

»Grübener hat erzählt, dass es im Januar und Februar eisfreie Bereiche bis zum Land hin gibt. Wir sollten also im November fertig sein mit den Schiffen und im Laufe des Monats auslaufen können.«

Luis nahm sich einen Zettel vor, begann zu rechnen, stellte mit Paavos Hilfe Tronfjell einige Fragen zu den Schiffen und hob zum Schluss den Kopf.

»¿Noviembre? Yo puedo hacerlo.«

»Er sagt, er schafft das.« Paavo klopfte seinem Bruder auf die Schultern. »Mein Bruder!«

Willo Martinsen stopfte seine Pfeife. »Und was ist der Plan?«

»Nach Aussage von Grübener gibt es westlich der Station eine Bucht, die am Ende gespalten wie ein Fischschwanz ist. Östlich und südlich sind eine Reihe Berge. Dort auf den Hochebenen soll es im Sommer sogar eisfreie Seen geben. Wir könnten uns im Schutz der Bucht bis auf etwa fünfzehn Kilometer an die Station annähern. Der eigentliche Zugang zur Station liegt direkt am Meer, die Bucht wird nur sehr oberflächlich überprüft. Die Nazis richten ihr Hauptaugenmerk auf das Meer. Von der Bucht aus müssen wir den Rest des Weges über Land zurücklegen. Wir nähern uns der Station aus einer Richtung, aus der keine Angriffe erwartet werden. Sowieso nicht aus der Luft. Die Deutschen sind gegen Luftangriffe und Attacken vom Wasser her gewappnet, nicht gegen Bodentruppen …«

»›Bodentruppen‹ würde ich uns jetzt nicht gerade nennen«, raunte der Arzt.

»Die Bereiche der Häftlinge sind ebenfalls wenig abgesichert. Wohin sollen die schon fliehen in der Antarktis?«

»Und wie lange wird das sein?« Leonora achtete auf das, was er sagte, obwohl ihre Hand immer wieder den Weg zu Göbbs suchte.

»Genau das ist das Problem. Sowie die Zwillinge ausfallen, werden die Familien der Zwillinge für die Deutschen wertlos, sind unnötige Proviantverbraucher. Der Nachschub ist schwierig dort unten, hat Grübener gesagt, und die Vorräte in der Station sind begrenzt. Im Winter ist der Zugang zur Station äußerst kompliziert. Die Belieferung mit notwendigen Dingen wie Treibstoff und Lebensmitteln kommt nur schwer den Bedürfnissen hinterher. Selbst die Deutschen müssen sich einschränken.«

Es folgte eine Minute des Schweigens, bevor der Doktor sprach. »Das ist also unser Plan? Wir fahren mit Walfängern da runter, marschieren übers Eis, befreien die jüdischen Gefangenen, treten dabei ein paar Deutschen in den Arsch und hauen ab? Und die Deutschen lassen das zu?« Der Doktor sah seinen Kapitän an. »Hört sich wirklich nach einem beschissenen Plan an«, stimmte er seinem Kapitän zu. »Ich bin ebenfalls dabei. Besser als in Argentinien zu sitzen und nichts tun können.«

»Ich denke, die Jungs auch.« Olav griff nach der Whiskyflasche. »Vielleicht haben wir ja hier und da etwas Hilfe vom Wettergott. Aber allein die Aussicht, sich bei den Deutschen für die letzten Jahre zu revanchieren ...« Er nickte zufrieden.

»Was meinst du, Paavo«, Göbbs sah seinen Wirt an. »Kannst du uns zuverlässige Argentinier besorgen, im Umgang mit Waffen geübt, die sich beteiligen würden, ohne dass gleich ihre ganze Familie erfährt, was los ist?« Ein leicht missbilligender Blick rutschte zu den beiden anwesenden Frauen.

»Leute für Boot? Für Südpol? Für gutes Geld? No hay problema. Kein Problem!«

»Und wir brauchen Waffen. Gewehre, Pistolen, vielleicht auch ein Maschinengewehr oder eine Panzerfaust. Funkgeräte ...«

Paavo grinste. »No hay problema.«

Luis begann mit Paavos Hilfe Tronfjell zum Zustand der Schiffe Fragen zu stellen, Olav spekulierte mit dem Arzt darüber, wie sie die Schiffe herrichten mussten, um einhundertfünfzig Leuten die Überfahrt von der Antarktis nach Südamerika zu gewährleisten und was man mit ihnen dort machen sollte. Paavo schaltete sich ein und versprach, dass es für ihn kein Problem wäre, Pässe zu besorgen, wenn das Geld stimmte und man die Leute an der Küstenwache vorbei an Land bringen könnte. Er hatte auch dazu schon eine Idee. Tronfjell überlegte mit Paavo und Olav, welche Waffen und wieviele sie bräuchten. Luis rechnete wie wild auf seinen Zetteln hoch und runter. Tronfjell sagte, er wisse, wie sie die Schiffe auslösen könnten, ohne großes Aufsehen zu erregen. Sie sprachen über Proviant und Matrosen, über Lagerhäuser und Termine, über Routen, Wetter und Nazis, über die argentinische Küstenwache und Bereiche des Südatlantiks, die zu meiden wären.

Göbbs lehnte sich zurück und atmete tief durch.

›*Zufrieden?*‹, fragte die Großvater-Stimme.

Göbbs nickte gedanklich, ohne den Kopf zu bewegen.

›*Ich auch.*‹ Göbbs konnte die Zufriedenheit in der Großvater-Stimme hören. ›*Zufrieden mit dir, mein Junge. Es war ein weiter Weg hierher. Nicht nur geographisch. Aber er hat sich gelohnt.*‹

Die Pläne wurden im Laufe des Abends mit leerer werdenden Flaschen immer ungenauer, die Worte undeutlicher, die Sätze unvollständiger, die Blicke trüber. Dann, später am Abend – eher in der Nacht – verabschiedete sich Tronfjell und schwankte aus dem Raum. Paavo hatte den Norwegern Zimmer zur Verfügung gestellt. Danach zogen sich Luis und Leonora zurück. Francesca verschwand ebenfalls. Beide Frauen hatten bis zuletzt an Göbbs herumgekrabbelt, ihre Beine und Hüften und immer wieder auch ihre Brüste – besonders Leonora hatte da so einiges zu bieten – gegen ihn gepresst, hatten ihre Hände unter den Tisch wandern lassen und Göbbs verzweifelte Abwehrversuche gnadenlos gegenseitig unterlaufen. Als sie endlich gegangen waren, entspannte sich Göbbs sichtlich und konnte sich derselben Tätigkeit widmen, wie die Anderen: volle Flaschen in leere verwandeln. Willo und Olav harrten am längsten neben Göbbs aus. Jedes Mal, wenn er aufstehen wollte, zogen sie ihn wieder herunter, gossen einen weiteren Whisky ein und nötigten ihn zum Weitertrinken. Bis irgendwann, als Paavo verschwunden war, Olav vom Stuhl rutschte und der Doktor seine Stirn nicht mehr von der Tischplatte lösen konnte.

Bei Gott, wie konnte er nur nach all diesem Alkohol noch stehen, geschweige denn laufen? Er konnte es. Er kam sogar die Treppe zu seinem Zimmer hinauf, ohne zu fallen. Obwohl die Treppe ihr Möglichstes tat, ihn stürzen zu lassen. Wand und wackliges Treppengeländer hingegen unterstützten ihn und verhinderten, dass er fiel. Die Tür seines Zimmers schlug krachend auf. Er riss sich das Hemd vom Oberkörper und wusch sich das Gesicht in der Blechschüssel, die genau dafür jeden Morgen von Paavo neu befüllt wurde. Seine Hose glitt zu Boden, er bekam die Füße nicht frei von ihr, stolperte jetzt doch auf dem Weg zum Bett und knallte auf die Knie, sich mit den Armen im Bett abstützend. Wie ein weiterer Einschuss in den Arm fühlte sich bei diesem Sturz seine Schusswunde an und Göbbs befürchtete, dass sie wieder aufbrechen würde. Der Schmerz im Arm und in den Knien sorgte dafür, dass er das, was seine Hände da im Bett zu fassen bekommen hatten, erst gar nicht einordnen konnte. Sein alkoholumnebeltes Gehirn funktionierte nach Wasser und Kniesturz etwas besser als noch eben auf der Treppe, trotzdem brauchte er einen Moment, bis er bemerkte, dass er keine Zudecke, sondern Haut unter seinen Fingern spürte.

»Was …«, lallte er und ließ, bevor er wirklich begriff, was er da anfasste, seine Hände an dem warmen und weichen Körper auf und ab wandern.

»Julia?«, fragte er, als er eine Brust unter seiner rechten Hand spürte, groß, warm und weich. Das löste ein Kichern seines in der Dunkelheit des Zimmers unsichtbaren Gegenübers aus. Finger griffen nach seiner anderen Hand, zogen diese weit über das Bett und legten sie auf eine zweite Brust. Und das irritierte ihn jetzt völlig, war diese doch deutlich kleiner und fester als die in seiner rechten Hand. Hände fassten jetzt seine Arme, zwei, drei, vier Hände und zogen ihn ins Bett, auf und zwischen zwei nackte Frauenkörper. Klein, zierlich und beweglich der eine, größer, weicher und anschmiegsamer der andere. Die Hände der Frauen waren überall an ihm, entsorgten die letzten Teile seiner Kleidung, streichelten hier, umfassten da … Mal war eine der Frauen auf ihm, mal eine unter ihm. Er lag zwischen ihnen und auf beiden gleichzeitig. Sein Mund, seine Hände fühlten Wärme, zarte

Haut, Feuchtigkeit. Er küsste Augen, Finger, Brüste, Bauchnabel, Körperöffnungen, knabberte an Ohren und Nasen, ließ seine Hände kräftig an Rückenmuskeln entlang nach unten bis zum Po wandern, hielt diesen mit beiden Händen, bis andere Hände seine eigenen dort wegnahmen, um sie dem anderen Körper zuzuführen. Er küsste ein Paar Lippen, während ein anderes Paar sich seiner Erektion widmete.

Und er merkte, dass er trotz des Alkohols noch zu bedeutend mehr als nur Stehen und Laufen im Stande war.

In einem Durcheinander aus Armen, Beinen und Brüsten schlief er schließlich viel später ein – zufrieden wie seine beiden Besucherinnen – und erwachte am nächsten Morgen in demselben Durcheinander wieder.

›Willkommen in einem neuen Abschnitt deines Abenteuers‹, ließ sich die Großvater-Stimme vernehmen.

Im letzten Abschnitt, entgegnete Göbbs und versuchte verzweifelt, seine Augen auf das Tapetenmuster der Wand zu fokussieren, während er seine Gliedmaßen aus dem verschlungenen Wirrwarr löste, das die Arme und Beine von Francesca und Leonora bildeten.

»Haben die Nazis dieser Station eigentlich einen Namen gegeben?«, fragte Tronfjell am Frühstückstisch, als er trübe in seinen Kaffee blickte und das Brot nicht anrührte.

Göbbs saß in einer ähnlichen Pose am Tisch, darüber grübelnd, ob die Anderen dasselbe Gefühl hinter der Stirn hatten wie er: zwei gewaltige Hämmer, die von innen gegen die Schläfen schlugen.

»Haben sie. Grübener sprach von *Neuschwabenland.*«

Teil 3: Operation Romulus

37

18. Januar 1946 an Bord der Jente, Antarktis, südlich des 71. Breitengrades

Die Antarktis empfing sie völlig anders, als sie erwartet hatten. So weit südlich war bisher noch keiner von ihnen gewesen. Der milde Sommer in diesem Jahr sorgte für weite, eisfreie Wasserflächen. Auch die Strände präsentierten sich felsig und das Weiß hatte sich auf die weit hinter der Küste aufragenden Berge zurückgezogen. Pinguine tummelten sich am Strand. Sie hatten eine riesige Robbenkolonie etwa drei Kilometer weiter südlich ausgemacht. Unterwegs waren sie Orcas begegnet und noch vor der argentinischen Küste hatten sie Südkaper gesehen, eine bis zu achtzehn Meter lange Walart, von der Göbbs bisher nicht wusste, dass sie existierte. Tronfjell hatte etwas von »achtzig Tonnen« gemurmelt und mit glänzenden Augen die Tiere verfolgt.

In der Nähe der Antarktis verlangten dann schwimmende Eisberge ihre Aufmerksamkeit, die Bucht aber, in der sie ankerten, blieb größtenteils eisfrei.

Die Bucht war riesig. Wie die hintere Hälfte eines Fisches war sie geformt und etwa dreißig Kilometer weit im Landesinneren gabelte sie sich zu zwei gigantischen Schwanzflossen. Die Ufer waren flach und steinig, Seevogelkolonien fand man am Strand und auf den felsigen Inseln innerhalb der Bucht. Ein einzelner Eisberg, irgendwo weit im Inneren der Bucht, abgebrochen von einem Gletscher, dümpelte durch das Wasser und konnte sich nicht entscheiden, ob er den Weg in das offene Meer antreten oder sich hier niederlassen sollte.

Waren die Männer ehrlich zu sich selbst, dann hatten sie diese Tour schon sehr blauäugig begonnen. Wie sich herausstellte, hatte einer der Norweger auf der *Favorit* bereits seinen Fuß auf das Eis der Antarktis gesetzt. Odd Einarson war 1931 Teilnehmer an der zweiten Antarktisexpedition des Norwegers Carsten Egeberg Borchgrevink gewesen, bevor er als Walfänger auf verschiedenen Schiffen anheuerte, um schlussendlich auf Tronfjells *Favorit* zu landen.

»Die Expedition war lange nicht so bedeutend wie seine berühmte Southern-Cross-Expedition von 1898 bis 1900, deshalb weiß auch kaum noch einer was von ihr. Leider!« Odd hatte beinahe zahnlos gegrinst, als er das erzählte. »Aber für die Southern-Cross-Expedition bin ich ja wirklich ein bisschen zu jung, oder?«

Göbbs hatte darauf nichts erwidern können. Der Matrose schien irgendetwas zwischen dreißig und fünfzig zu sein. Sein Alter war auf keinen Fall zu schätzen. Tronfjell hatte Odd als anfällig für Alkohol beschrieben. Göbbs hatte daraufhin gefragt, ob das nicht alle Männer der Mannschaft wären, den Kapitän eingeschlossen. Tronfjell hatte sich am Kopf gekratzt und gemeint, dass ihnen ja dann die Kälte da unten nichts ausmachen würde. Bevor Alkohol gefriert, müsste es schon richtig kalt werden. Und sie hätten ja nicht vor, zu überwintern.

»Wenn du willst, dann also nicht *anfällig für Alkohol*. Ist dir vielleicht *versoffenes Arschloch* lieber?« Tronfjell hatte gegrinst, als er das sagte. »Aber immerhin ein versoffenes Arschloch mit Antarktiserfahrung. Wenn wir keinen Argentinier finden, der in der Antarktis war, dann bleibt uns nur Odd Einarson.«

Sie fanden keinen Argentinier mit Antarktiserfahrung. Wo auch? Die Argentinier interessierten sich nicht für die Antarktis oder hatten kein Geld für dieses Interesse. So blieb es bei Odd Einarson. Immerhin brachte er die Frage auf, wie sie denn einhundertfünfzig Gefangene etwa fünfundzwanzig Kilometer über das Eis zu ihrem Schiff transportieren wollten? Und wie sie gedächten, den Nazis zu entkommen, nachdem sie ihnen die Gefangenen gestohlen hatten? Abgesehen davon hatte er tatsächlich eine ganze Menge Tipps und Ratschläge, was die Ausrüstung und Ausgestaltung der Schiffe anging.

Und trotzdem, trotz Odd Einarson und dessen Ratschlägen, trotz Paavos Bruder Luis und dessen Werft, trotz Paavo und all seiner Kontakte, wurde Göbbs das Gefühl nicht los, dass die ganze Aktion nichts anderes als heller Wahnsinn war, jetzt, wo er aus dem Bullauge heraus das Grau des Ufers und das Weiß des antarktischen Eises sah.

Die Männer draußen am Schiff achteten jeden Tag darauf, das Schiff eisfrei zu halten, wobei ihnen das Wetter zumindest im Moment gelegen kam. Nur Eispickel und lange Stangen kamen zum Einsatz. Der Gebrauch von Sprengstoff verbot sich von selbst. Da hätten sie gleich in der deutschen Station an die Tür klopfen und nach einer Tasse Mehl fragen können.

Grübener, ihr Gefangener, hatte mit ihrer Hilfe und unter ihrer Kontrolle Kurs und Entfernung zur deutschen Station berechnet. Ein erster Erkundungstrupp, bestehend aus Olav und drei weiteren Matrosen, hatte dessen Angaben bestätigt. Es existierte jetzt eine von ihrem Gefangenen gefertigte und von Olav konkretisierte Skizze mit den oberirdischen Anlagen der Station Neuschwabenland und eine mit den unterirdischen. Die zweite, die ebenfalls ihr Gefangener angefertigt hatte, hatten sie selbstverständlich noch nicht auf ihren Wahrheitsgehalt hin überprüfen können. Ein Zufahrtskanal für U-Boote war genauso eingezeichnet wie das, was Göbbs bedeutend mehr Kopfzerbrechen bereitete: der Hangar mit den einunddreißig Horten IX und die dazugehörige Startbahn.

»Einunddreißig?« Göbbs hatte die Stirn gerunzelt. »Nach meinen Informationen …«

»Es hat Verluste gegeben auf dem Weg hier runter«, hatte Grübener erwidert. »Abstürze. Zwei Maschinen mussten gesprengt werden, weil sie auf Grund von Maschinenschäden flugunfähig geworden waren.«

»Ist auch egal.« Tronfjell war wie immer pragmatisch gewesen. »Einunddreißig, vierzig, fünfundvierzig Flugzeuge. Völlig egal. Wir können selbst einem einzigen Scheiß-Flugzeug nicht davon fliegen. Und das muss nicht mal so ein neumodisches Horten-Ding sein.«

›Da hat er Recht. Die werden uns sowas von den Arsch versohlen …‹ War ja klar, dass die Großvater-Stimme in diese Kerbe hauen musste.

Je weiter sie in den Süden gekommen waren, desto lauter waren die Fragen der Mannschaft nach den Deutschen und ihrer Reaktion geworden, wenn sie merkten, dass ihnen jemand die Pfänder der *Operation Romulus* aus den Händen nehmen wollte. Sie waren mit mehr Enthusiasmus hier heruntergefahren, als sie jetzt, da sie in der Bucht vor der eisigen Küste ankerten, noch verspürten. Deutschen, die in der Antarktis saßen, in den Arsch zu treten, sah in Argentinien bedeutend einfacher aus, als wenn man nur noch fünfundzwanzig Kilometer zwischen sich und diesen Deutschen hatte. Da half ihnen auch die Temperatur von etwa null Grad nichts. Ein Dunstschleier aus Nebelschwaden hatte sich in etwa dreißig Metern Höhe über der Bucht gebildet und verbarg sie sogar vor eventueller Luftaufklärung.

Göbbs spürte die Unruhe in der Mannschaft. Und er spürte auch, dass die Männer kurz davor standen, den Bug der Schiffe wieder Richtung Norden zu drehen, bevor auch der Wettergott sich gegen sie wandte.

Sie hatten zwei große Hundeschlitten, die abschnittsweise den Weg zwischen ihrem Ankerplatz und der Station Neuschwabenland erkundet hatten. Sie besaßen drei kettengetriebene Motorfahrzeuge mit Schlittenanhängern, erbaut in der Werft von Luis, mit der sie über einhundert Mann transportieren könnten, sie waren bis an die Zähne bewaffnet und eigentlich entschlossen, loszuschlagen. Eigentlich.

Göbbs schnaubte. »Eigentlich ist ein Wort, das es eigentlich nicht gibt«, zitierte er halblaut seinen alten Deutschlehrer.

Rundherum passte alles. Aber sie mussten warten. Sie würden nicht ewig warten können. Irgendwann würde das Wetter sich drehen, ein Sturm würde aufziehen. Oder Wolken, die unendlichen Schneefall produzierten. Oder keine Wolken und blauer Himmel und sie würden sichtbar sein wie ein Frühstücksei auf einem leeren Tisch. Oder die Deutschen würden kommen. Irgendetwas würde passieren, das ihnen ihren rudimentären Plan ruinieren würde.

Irgendetwas. Nur das, auf das Göbbs wartete, das, was man ihm förmlich versprochen hatte, passierte nicht.

»Worauf warten wir, Johann Grøt? Worauf wartest du? Lass uns zuschlagen! Die Männer werden unruhig.«

Göbbs schüttelte den Kopf. »Weißt du, was mein Großvater mir über Schafe, Hunde und Wölfe beigebracht hat?«

Die Augen Tronfjells wurden riesengroß. »Johann Grøt, du machst mir jetzt ernstlich Sorgen.« Man sah ihm an, dass er am Geisteszustand seines Freundes zweifelte.

»Hütehunde bewachen Schafe, damit Wölfe keine Schafe reißen. Klar soweit?«

Benommen nickte Tronfjell. Göbbs sah aus dem Bullauge auf das Eis. Er verschränkte die Finger, knetete sie.

»Wölfe aber, wenn sie in genügender Zahl angreifen, können vorn die Hunde ablenken, während hinten ein einzelner Wolf ein Schaf reißt.«

»Heißt das, wir warten auf eine Ablenkung, auf andere Wölfe, die die Deutschen beschäftigen, damit wir ihnen hinten die Gefangenen stehlen können?«

»Wir warten auf eine Ablenkung.«

Lange dauerte das Schweigen zwischen Tronfjell und Göbbs. Dann polterte der Norweger los. »Denkst du etwa daran, eines der Schiffe zu opfern und den Wolf spielen zu lassen? Hast du uns hier heruntergelockt, um dann die Hälfte von uns den Nazis zum Fraß vorzuwerfen?«

Göbbs schüttelte den Kopf. »Traust du mir das wirklich zu? Dann hätten wir doch gar nicht zu warten brauchen. Hätten schon vor Tagen losschlagen können. Dabei sitzen wir hier und warten auf Hilfe, die nicht weiß, dass sie uns helfen wird.«

Tronfjell riss die Arme hoch. »Das ist nicht der Norweger, der aus dir spricht, das ist dein deutsches Blut in dir. Hör auf in Rätseln zu sprechen und sag deutlich, was du planst, denkst und willst!«

Göbbs kratzte sich an der Nase und drehte sich wieder Tronfjell zu. »Wir warten auf eine Ablenkung«, wiederholte er ganz deutlich, seinem Freund zugewandt.

»Und was berechtigt dich zu der Annahme, hier könnte jemand kommen und die Deutschen ablenken?«

»Eine Bemerkung Franklins in der Botschaft. Er sprach davon, dass die Deutschen Ende des Monats kein Problem mehr wären.«

Jetzt wurde Tronfjells Stimme ganz leise. »Haben wir deshalb die Funkgeräte besorgt? Und sitzen deshalb meine Männer vierundzwanzig Stunden pro Tag an den Geräten?«

Als hätte Göbbs es geplant, wurde plötzlich nach einem kurzen Klopfen die Tür aufgerissen. Ein Matrose steckte den Kopf herein, hochrot im Gesicht und mit vor Aufregung vibrierender Stimme.

»Kapitän, Funkverkehr. Unverständlicher Kauderwelsch, aber Funkverkehr auf einer der Frequenzen, die wir von ihm«, er nickte zu Göbbs, »erhalten haben.«

Sprachlos wanderte der Blick des Kapitäns zwischen Göbbs und seinem Matrosen hin und her.

»Welche Sprache?« Auch Göbbs' Stimme zitterte etwas. Noch immer stand er mit dem Gesicht zum Bullauge.

»Englisch«, antwortete der Matrose.

Ein tiefer Atemzug hob Göbbs' Brust. Seine Hände wanderten hinter den Rücken. »Na endlich!« Er drehte sich zu Tronfjell, wirkte plötzlich um Jahre jünger und erleichtert.

»Komm. Das hören wir uns an. Die Wölfe sind gekommen.«

Der Funker hatte den Kopfhörer zur Seite gelegt und das Eingangssignal auf einen angeschlossenen Lautsprecher gelegt. So konnten alle, die sich in der Kabine drängelten, lauschen. Göbbs hatte in Buenos Aires drei Funkgeräte besorgt und seit sie sich in den Gewässern der Arktis befanden, saßen ununterbrochen zwei Mann vor den Funkgeräten und lauschten in den Äther.

Die Stimmen klangen verzerrt und ungenau aus dem Lautsprecher. Man konnte nur wenige Worte verstehen und sie ergaben keinen Sinn. Aber sie waren auf Englisch. Deutsche würden niemals auf Englisch funken.

»Wir haben abwechselnd die Frequenzen abgehört, die du uns gegeben hast«, sagte einer der Funker zu Göbbs. »Vor zehn Minuten hatten wir das erste Mal Empfang. Es sind mehrere Quellen, die Informationen austauschen, unterschiedliche Stimmen. Spärlich und dem Inhalt nach nicht zu entschlüsseln.«

»Müssen wir auch nicht« Göbbs beugte sich nach vorn und nahm zusätzlich zum Lautsprecher den Kopfhörer ans Ohr. »Amerikaner«, bestätigte er.

Tronfjell sah ihn an. »Du hast diese teuren Teile besorgt, um herauszubekommen, wann wir Besuch kriegen? Du wusstest, dass die Amerikaner kommen und hier Stress machen wollen?«

Göbbs nickte. »Es war abzusehen. Die Amis wollen einige Leute hier von der Basis. Und sie wollen keine Nazi-Basis mit militärischem Potenzial irgendwo in ihrem Rücken. Also müssen sie hierher kommen und die Basis zerstören. Wann, wenn nicht im Sommer ... also jetzt? Oder meinst du, die werden ewig warten? Womöglich, bis die Nazis sich hier so richtig erholt und eingenistet haben?

Und außerdem hat mir Franklin in Buenos Aires gesagt, dass der Spuk hier vier Wochen nach Weihnachten beendet wäre. Franklin, von dem man mir in Deutschland gesagt hat, dass er für *diffizile militärische Operationen mit nationalem Interesse* verantwortlich sei.

Eins plus eins ist zwei. Immer und überall. Außer vielleicht für den Wolf und die sieben Geißlein. Oder für andere Märchenfiguren.«

Tronfjell sah Göbbs an. Sein Mund stand offen. Er blickte auf das Funkgerät mit den Stimmen, wieder zu Göbbs und erneut auf das Funkgerät. Dann schloss er den Mund. Wies mit dem Zeigefinger abwechselnd auf Göbbs und sich und brachte schließlich nur ein paar Worte heraus, bevor er die Kabine verließ.

»Ich habe den Eindruck, wir sollten unsere Gesprächsinhalte überarbeiten, Johann Grøt!«

Ein leichtes Lächeln umspielte die Lippen des Deutschen.

Tronfjell raufte sich die Haare. »Ich weiß nicht, was mir mehr Sorgen machen sollte. Dass du uns immer wieder einen Teil des Planes enthüllst, den wir noch nicht kannten und der zufälligerweise genau dann auch passt, oder die Überlegung, dass du überhaupt keinen Plan hattest, um dann, wenn es notwendig ist zu improvisieren und uns das als Plan zu verkaufen!«

Göbbs wandte sich an den zweiten Funker. »Was ist mit der anderen Frequenzgruppe?« Es waren die Frequenzen, die die Deutschen im Krieg genutzt hatten.

Der Mann schüttelte den Kopf. »Da ist Ruhe.«

Von diesem Moment an bereiteten sich die Norweger auf ihren Angriff auf die Deutschen vor. Zwischen ihrer Bucht und Neuschwabenland lag nahe an der deutschen Station eine Hügelkette. Unwirtliche Felsen ragten empor, durch Wind und Temperatur an einigen Stellen schneefrei. Sie würden die Hügelkette nicht mit ihren Schlitten und den Traktoren überqueren, aber sie bot ihnen einen guten Sichtschutz und die Möglichkeit, sich bis auf knapp einen Kilometer ungesehen an Neuschwabenland anzunähern. Der oberirdische Teil Neuschwabenlandes bestand aus den vier Häusern, in denen die Gefangenen lebten, dem Flugzeughangar und der direkt anschließenden Startbahn. Grübener, ihr deutscher Gefangener, hatte erwähnt, dass Start und Landung der Maschinen aus dem Hangar heraus und in ihn hinein erfolgten.

»Wie in Friedrichroda«, erinnerte sich Göbbs.

Die Maschinen sollten, wenn möglich, nicht dem antarktischen Wetter ausgesetzt werden. Sie hatten so schon genug Probleme, die nicht für diese Temperaturen konstruierten Maschinen flugbereit zu halten. Laut Grübener gelang das den Deutschen nur bedingt. Er konnte jedoch keine Aussagen zu der Anzahl der flugfähigen Maschinen machen, da genau diese Ziffer sich zum Leidwesen der Deutschen beständig änderte. Selbstverständlich hielt die Führung von Neuschwabenland diese Sache geheim, aber Gerüchte drangen bis zu den U-Boot-Besatzungen. Gerüchte und natürlich die eigene Lage, die von Treibstoffknappheit, fehlenden Ersatzteilen und Personalmangel geprägt war. Wieso also sollte das bei den Fliegern anders sein?

Dann gab es noch ein größeres Gebäude, welches den Eingang zum unterirdischen Teil der Station darstellte. Soldaten, Wissenschaftler und Offiziere würden sich die Katakomben teilen, die man in den Fels eines kleinen Berges gehauen hätte, der von ihrer Hügelkette aus gesehen auf der anderen Seite der Station lag. Die Deutschen würden den Berg Adolf-Hitler-Massiv nennen, ein Name, der deutlich übertrieben für den etwas größeren Hügel war, wie Olav ihnen nach dem ersten Erkundungsgang versicherte.

Im Inneren des Berges würde beständig am Ausbau der Station gearbeitet. Wichtigstes Vorhaben in dem Zusammenhang sei die Fertigstellung eines unterirdischen Hangars und einer direkt im Berg liegenden Flugbahn. Nach außen sollte das Ganze durch ein gewaltiges Stahltor abgesichert werden. Die Deutschen würden aber ihrem Zeitplan gnadenlos hinterherhinken. Zwar befände sich an der Stelle bereits eine große, frei gelegte Kaverne, aber der Umbau zu Hangar und Startbahn ginge nur schleppend voran. Es würde an Arbeitskräften, Material und Treibstoff fehlen. Sie würden Geiseln und Soldaten parallel an dem Stollen bauen lassen, aber die Ergebnisse wären unbefriedigend. Als Grübener das letzte Mal hier geweilt hätte, hätte es noch nicht einmal eine Verbindung zwischen der Baustelle und dem unterirdischen Teil von Neuschwabenland gegeben. Ihr Gefangener bezweifelte, dass das mittlerweile geschafft worden war.

Auf Nachfrage Tronfjells erklärte er, dass die Geiseln im Alarmfall in ihre Unterkünfte gebracht würden, damit die Wachmannschaft zur Verteidigung der Gesamtanlage eingesetzt werden konnte.

Kurz unterhalb des Gipfels ragten die Antennen einer kleinen Funkstation in den Himmel. Bei gutem Wetter waren zwei Flak-Türme besetzt. Einer am Hang des Berges, ein zweiter im Süden der Hügelkette. Diese auszuschalten, wäre die Aufgabe von Olav und zwölf weiteren Männern.

Ihr Plan sah vor, den Zugang zum unterirdischen Teil der Anlage mit Sprengstoff zu zerstören und somit die dort stationierten Soldaten einzuschließen. Außerdem würden sie den Flugzeughangar stürmen müssen. Auch dort gab es einen Zugang zu den unter dem Eis liegenden Bereichen Neuschwabenlandes.

Der Unterwasserhafen war nach Grübeners Angaben dagegen im Juni des letzten Jahres bereits durch eine Explosion während notwendiger Wartungsarbeiten und einem nachfolgenden Eisrutsch zerstört worden, so dass die verfügbaren U-Boote die Station nicht mehr anlaufen konnten. Man vermutete eine Treibstoffexplosion, eventuell nach unsachgemäßem Umgang, konnte aber die Ursache nie wirklich herausfinden.

Gelang es den Norwegern, die Zugänge zum unterirdischen Bereich zu verschließen, so war die Chance groß, die Gefangenen erfolgreich bis zu den Schiffen zu bringen.

Und vielleicht hielt der Nebel ja noch ein wenig.

Am nächsten Tag machten sie sich auf den Weg. Bei strahlendem Sonnenschein.

38

19. Januar 1946 an Bord der USS Saratoga, südlich des 71. Breitengrades

Die Flotte, die Franklin über den Kapitän des Flugzeugträgers *USS Saratoga* befehligte, war schon recht erheblich und schlagkräftig.

Neben dem Flugzeugträger gehörten zwei Zerstörer, ein Tanker, zwei Eisbrecher, ein Unterstützungsschiff und ein Kommunikationsschiff zu dem Verband. Aus der Luft konnte die kleine Flotte durch achtzig auf der *Saratoga* befindliche Flugzeuge unterstützt werden.

Franklin und Captain Bruce Donnegan, der Kapitän der *USS Saratoga*, standen nebeneinander auf der Brücke.

»Dass die letzte Tour unserer alten Sara nochmal gegen die Deutschen geht, hätte ich nie gedacht, Sir.« Donnegan klopfte auf das Armaturenpult vor sich. Das Schiff hatte zuletzt US-Soldaten aus dem Pazifik-Krieg in die Staaten befördert. Für den kommenden Sommer war ihre endgültige Außerdienststellung geplant.

Direkt neben Donnegan und Franklin stand ein Matrose mit einem Fernglas vor den Augen und suchte den Himmel nach Unregelmäßigkeiten und das Meer nach Eisbergen ab. Er unterstützte mit seinen Augen das beständig arbeitende Radar.

»Ich denke, wir können uns vorbereiten, Captain.« Franklin nahm seinen eigenen Feldstecher herunter und kniff die Augen auf Grund des Sonnenlichtes zusammen. »Bis zur Küste ist es nicht mehr weit und unsere Flugzeuge sollten, wie besprochen, einen Überraschungsangriff starten.«

Donnegan kontrollierte selbst mit dem Fernglas die See, dann winkte er seinen ersten Offizier heran und gab Befehl, eine erste Staffel von zwanzig Flugzeugen zum Start vorzubereiten. »Und gehen Sie auf Alarmstufe drei für den gesamten Konvoi!«

»Flugzeuge, Sir!« Die Alarmmeldungen kamen nur wenige Minuten später von dem Matrosen mit dem Fernglas und seinem Pendant am Radarschirm, als hätten sie sich abgesprochen.

»Alarmstufe 1!«, rief Donnegan. Zeitgleich riss er das Fernglas hoch.

»Sie nähern sich aus Südost mit … verdammt, mit unglaublicher Geschwindigkeit«, rief der Matrose aufgeregt. Im selben Moment gellten die Alarmsirenen durch den Flugzeugträger.

Die Funker gaben die Meldung an die anderen Schiffe der Einheit weiter. Das Alarmsignal ertönte auf allen Decks der *USS Saratoga* und zweitausendneunhundert Mann Besatzung brachen in hektische, aber durchorganisierte Betriebsamkeit aus.

»Warum haben Sie die Flugzeuge nicht eher gemeldet?«, schnauzte Donnegan den Matrosen am Radar an.

»Sie waren nicht zu erkennen, Sir! Als wenn sie unsichtbar gewesen wären …«

»Sehr gut«, flüsterte Franklin so leise, dass es niemand hörte.

»Unsichtbar?« Donnegan schnaubte. »Blödsinn! Wie sollten die verdammten Fritzen ihre Flugzeuge unsichtbar machen können?«

Nur Sekunden später donnerten vier Flugzeuge, wie sie Donnegan noch nie gesehen hatte, über ihre Flotte. Flach, dunkel und unglaublich schnell. Ohne Heck.

»Was zum Teufel …?« Der Captain reckte in dem vergeblichen Versuch, den Flugzeugen mit den Augen zu folgen, den Kopf. Er sah Franklin an. »Was war das, zur Hölle nochmal?«

»Das war genau das, weswegen wir hier sind, Captain. Die Wunderwaffe der Deutschen. Die will ich haben. Und ihren Konstrukteur, um ihn nach Amerika zu bringen. Koste es, was es wolle.«

Irgendwo draußen über dem Atlantik zogen die Flugzeuge eine riesige Schleife und kehrten zurück. Dieses Mal würden sie den Verband nicht ungeschoren lassen, das war allen klar.

»Wie weit ist die Abwehr? Sind die Flak-Geschütze einsatzbereit? Ich will jeden möglichen Flieger in der Luft haben!«

Donnegan starrte auf das sich nähernde Verhängnis. »Koste es, was es wolle?«, flüsterte er, im Gegensatz zu Franklin aber so laut, dass es jeder hören konnte. »Das wird uns eine ganze Menge kosten!«

39

19. Januar 1946, Neuschwabenland

Die Flugzeuge waren gestartet, kurz nachdem die Norweger ihre Beobachtungsposition in den Hügeln eingenommen hatten. Weiße Overalls, aus Bettlaken genäht, bedeckte ihre Winterkleidung, damit sie so spät wie möglich von den Deutschen gesehen wurden.

»Scheiße!« Göbbs starrte den vier Horten hinterher, die aus dem Hangar hervorgedonnert kamen und innerhalb weniger Augenblicke in Richtung Norden verschwunden waren. »Jetzt werden sie richtig aufmerksam sein.«

»Was willst du überhaupt, Johann Grøt? Jetzt sind die Wölfe da und lenken unsere Hütehunde von den Schafen ab. Nun können wir uns die Schafe holen.«

»Ich hatte eher gehofft, dass amerikanische Flugzeuge die Basis angreifen, als deutsche Flugzeuge die amerikanischen Schiffe. Wenn die Deutschen die Amis unvorbereitet treffen, dann werden die Horten von den Schiffen nur Stahl auf dem antarktischen Meeresgrund hinterlassen. Und so eine Situation kennen die Amerikaner noch von Pearl Harbor.«

Angestrengt durch das Fernglas auf Neuschwabenland spähend, knurrte Tronfjell mit zusammengebissenen Zähnen etwas von »Amis hätten im Äther nicht wie Waschweiber am Brunnen tratschen dürfen«. Er kniete sich hin, hinter einem Felsen verborgen, und sah Richtung Süden. »Wie weit ist Olav mit seinem Angriff auf den Flak-Turm?«

»Bleib ganz ruhig, Thore.« Göbbs legte seinem Freund die Hand auf den Arm. »Es läuft fast alles nach Plan.«

»Ach, eben noch beruhige ich dich und jetzt du mich? Na hoffentlich decken wir uns auch gegenseitig in dieser Art den Rücken da unten.« Er zog seine Pistole und wies mit dem Lauf auf die Station.

»Vorwärts!«, brüllte er seinen Männern zu. Dann grinste er Göbbs an. »Das wollte ich schon lange mal machen.«

Mühsam richteten sich die Norweger auf und stapften mit ihren Schneeschuhen los. Es war kein Sturmangriff auf die Station, es war ein mühsames Mit-Schneeschuhen-durch-weichen-Schnee-Stapfen. Sie hielten sich entlang einer Bodenrinne, die sie bis nahe an die Station bringen würde. Lange Zeit bewegten sie sich schweigend vorwärts. Die vorderen drei Läufer liefen nebeneinander, die hinteren folgten, indem sie mit ihren Schneeschuhen in die Spuren ihrer Vordermänner traten. Nach einer Weile ließ sich die erste Reihe zurückfallen und die nächsten übernahmen das Spurenlegen. Die Zurückgefallenen reihten sich am Ende der Schlange wieder ein. Die jeweils zweite, dritte und vierte Reihe hielt die Gewehre schussbereit, um ihre Vordermänner im Überraschungsfall verteidigen zu können.

»Wenn alles nach Plan geht, dann müsste Olav jetzt den Flak-Turm angreifen.« Tronfjell hatte die Pistole wieder weggesteckt und umklammerte mit beiden Händen den Riemen des Gewehrs, das ihm quer über dem Rücken hing. Auch Göbbs blickte besorgt.

Schüsse aus der Ferne enthoben ihn einer Antwort.

Neben Pistolen, Gewehren und einem Maschinengewehr gehörten zur Ausrüstung von Olavs Trupp auch drei deutsche Panzerfäuste – wie auch immer diese Waffen nach Argentinien und damit irgendwann in die Hände des Waffenhändlers gekommen waren, von dem die Norweger sich ihre Ausrüstung besorgt hatten. Natürlich hatten sie nicht vor, damit gegen deutsche Panzer zu kämpfen. Unabhängig davon, dass nach Grübeners Versicherung die Deutschen in Neuschwabenland nicht über nennenswerte Panzertechnik verfügten. Der Waffenhändler hatte davon gesprochen, dass eine amerikanische Bazooka oder der deutsche »Panzerschreck« deutlich besser gewesen wären. Mit solchen Waffen hatte der Händler aber nicht dienen können. Im »Angebot« waren drei deutsche Waffen der Kategorie »Panzerfaust 30« gewesen. Er hatte zugegeben, dass die Waffen schon älteren Datums waren, und ausdrücklich auf die maximale Reichweite der Panzerfaust von dreißig Metern hingewiesen. Besser wäre, wenn der Schütze näher an das Ziel herankäme. Viel besser. Bei dann auch deutlich höherer Zielgenauigkeit. Olav hatte versucht, sich vorzustellen, wie deutsche Volksstürmler, ganz alte und ganz junge, sich mit dieser einfachen Waffe in den letzten Monaten des Krieges den russischen und amerikanischen Panzern stellten, ließ es dann aber bleiben. Hier reichte sein Vorstellungsvermögen bei weitem nicht aus.

Olav und sein Trupp, zu dem fünf der angeheuerten Argentinier und sieben Norweger gehörten, konnten sich bis auf fünfzig Meter an den Flak-Turm annähern, bevor sie bemerkt wurden. Überrascht über den Besuch zu Fuß, wurden sie von den Deutschen angerufen, bevor diese zu schießen begannen. Nach Grübeners Aussage bestand die Besatzung im Normalfall aus zehn Mann, neun Flak-Helfern und einem kommandierenden Unteroffizier. Das Problem war, dass es keinen Angriff der amerikanischen Flugzeuge gab, der die Aufmerksamkeit der Flak-Besatzung auf den Himmel gelenkt hätte. Die »Acht-Achter«-Flak besaß nämlich die Fähigkeit, auch Bodenziele zu beschießen. Keine Flugzeuge als Ziel hieße demnach Norweger als Ziel. *Ungünstig*, befand Olav. Bevor die Deutschen also mit ihrer Flak schussbereit waren, musste er mit seinen Leuten die Besatzung ausgeschaltet haben. Ein eroberter Flak-Turm war das Hauptziel. Aber ein zerstörter Flak-Turm war immer noch besser, als ein auf Norweger schießender Flak-Turm. Nur musste er, Olav, dazu mit mindestens einer der Panzerfäuste bis auf dreißig Meter an den Turm herankommen – bevor die Deutschen ihre »Acht-Achter« auf sie ausgerichtet hatten.

Als der Beschuss durch die Deutschen begann, schmiss Olav sich in den Schnee hinter einem Wall aus Steinen und Eis. Matías, einer der Argentinier, die sie in Buenos Aires angeheuert hatten, warf sich neben ihn. Er sprach ein leidliches, stark spanisch gefärbtes Englisch und schleppte zwei der drei Panzerfäuste. Olav trug die dritte. Sie beide waren die Einzigen, die während ihrer Armeezeit bereits mit solchen oder ähnlichen Waffen geschossen hatten. Auf der Herfahrt hatten sie geübt: Scharfmachen der Waffe, Zielen. Nur Feuern nicht. Die Waffen waren nur zum einmaligen Gebrauch bestimmt. Sie hatten also nur drei Schuss. Besonders amüsant fand Olav, der auch ein gutes Deutsch sprach, die Sprüche in dem Begleitheft für die Panzerfaust, das sie vom Waffenhändler bekommen hatten.

»Wie du sie hältst ist einerlei,
die Panzerfaust schießt rückstoßfrei,
doch merke stets: Rohrende frei!«

Olav hätte gern gewusst, ob die Wehrmacht in all ihren für die Soldaten gedachten Anleitungen solche Sprüche benutzt hatte. Im norwegischen Militär hatte er so etwas nicht kennen gelernt.

Matías lag neben ihm. »Du eine, ich eine«, rief Olav ihm über den Lärm des Schusswechsels hinweg zu. Der Argentinier nickte. Olav schraubte den Kopf der Granate ab, setzte Zündladung und Zünder ein, schraubte den Kopf wieder auf das Rohr, zog den Vorstecker heraus, klappte das Visier hoch und schob das Schloss nach vorn, bis er hörte, dass der Schlagbolzen einrastete. Der rote Auslöseknopf trat vor. Die Waffe war scharf und gesichert. Jetzt mussten sie nur noch zwanzig Meter näher an den Flak-Turm herankommen, mindestens. Ein Blick zu Matías, er hatte seine Panzerfaust ebenfalls scharfgemacht. Wohl mehr als einhundert Mal hatten sie dies geübt. Olav spähte vorsichtig über den Wall. Die Deutschen konzentrierten ihr Feuer auf die Norweger, die etwas links von ihnen hinter dem Wall hockten und zurückschossen. Olav zog den Kopf wieder ein. »Rechts von uns ist eine Reihe Felsen, die uns näher an den Flak-Turm heranbringen würden. Wir müssten dort hinten«, er hob die Hand und wies auf einen Einschnitt im Wall, »rüber und dann von Fels zu Fels. Es scheint glatt zu sein dort, kein Schnee, nur Steine und Eis.«

Matías sah nach rechts. »¡Ya!« Dann begann er, sich die Schneeschuhe abzuschnallen. *Gute Idee*, fand Olav und tat es ihm nach.

Als die Schneeschuhe neben ihm lagen, rief er den Argentinier, der von der ganzen Gruppe am nächsten zu ihm lag. »Santiago!« Der Gerufene sah auf. »Sag den anderen, sie sollen feuern, was das Zeug hält. Matías und ich werden den Turm von rechts umgehen.«

»¡Ya!«

Das ist das Schöne an den Argentiniern, dachte Olav mit ein wenig Sarkasmus. *Ihre Gesprächigkeit hält sich in Grenzen.*

Während Santiago die Information nach links weitergab, setzten sich Olav und Matías nach rechts ab. Sie huschten bis zu dem besagten Einschnitt. Hinter ihnen wurde das Gewehrfeuer intensiver. Die Deutschen hatten hoffentlich den Eindruck, dass die Norweger einen Angriff vorbereiteten. Ein Schrei auf dem Flak-Turm kündete von einem Treffer. Olav lugte vorsichtig über den Rand des Walles. Er konnte nicht erkennen, ob jemand von dort oben in ihre Richtung spähte. Wenn ja, böten sie für bestimmt fünf Meter ein gutes Ziel. Erst da könnten sie sich hinter einem Felsen ducken.

»Wer bauen Flak auf Turm?«, knurrte Matías. »¡Idiotas! Flak ist Stellung auf Erde.«

»Grübener hat erzählt, die Deutschen hätten das der Schneefälle wegen gemacht, damit die Flak nicht so einfach eingeschneit würde.«

»¡Idiotas!«, wiederholte Matías. »Schneien auch auf Turm.«

Es war unnütz, sich jetzt den Kopf darüber zu zerbrechen. Das Feuer der Angreifer steigerte sich noch einmal und Olav gab Matías ein Zeichen. Sie sprinteten gleichzeitig los und erreichten den Fels, ohne beschossen zu werden.

Vorsichtig spähte Olav in Richtung Turm. »Was meinst du. Sind das dreißig Meter?«

»Possible. Ist möglich. Besser nächster Fels.«

Noch einmal sprinteten sie. Wieder warfen sie sich hinter einen Stein, ohne entdeckt worden zu sein.

»So viel Glück kann man gar nicht haben«, keuchte Olav. Dann sah er Matías an. »Jetzt aber. Du rechts, ich links.«

Matías nickte. Er war blass. Wahrscheinlich sah er nicht viel besser aus, dachte Olav. Um schießen zu können, mussten sie sich zumindest hinknien, die Waffe unter den Arm klemmen oder auf die Schulter legen und über Visier und Oberkante des Geschosskopfes das Ziel anvisieren. Dazu brauchten sie einen Moment und waren somit dem Gewehrfeuer der Deutschen ausgeliefert. Ein Himmelfahrtskommando. Sie nickten sich zu, entsicherten die Waffen, klappten die Visiere hoch, klemmten sich die Panzerfäuste unter den Arm und richteten sich auf, um zu zielen. Olav drückte als erster ab. Rauschend flog die Granate los, dichtauf gefolgt von der des Argentiniers. Bei den Deutschen schrie jemand alarmiert auf. Olav folgte dem Flug wie hypnotisiert, anstatt sich wieder in Deckung zu werfen. Er sah, wie sein Gefechtskopf gegen die Betonbrüstung des Flak-Turms krachte und herunterfiel. Noch während er »Scheiße! Blindgänger!« flüsterte, krachte die zweite Granate in die Mauer und explodierte mit lautem Schlag und einer schwarzen Qualmwolke. Auf dem Turm schrien Soldaten schmerzgepeinigt auf. Eine zweite Explosion erschütterte den Turm. Vielleicht ein Teil der Flak-Munition. Einige der Schreie erstarben. Dann wurden zwei Gewehre über die jetzt zum Teil zertrümmerte Balustrade geworfen. Hände reckten sich nach oben. Ohne auf einen Befehl zu warten, stürmte Olavs Trupp los und eroberte die Reste des Flak-Turms. Er selbst folgte wie benommen. Als er auf der Turmruine stand, die zerstörte Acht-Achter Flak vor sich, offenbarte sich ihm ein neues Problem, an das wirklich niemand gedacht hatte. Sie waren hierhergekommen, um die Geiseln zu befreien und den Deutschen in den Arsch zu treten, das hatten sie jedenfalls auf der langen Herfahrt jeden Abend gern, oft und laut wiederholt. Dass es dabei Tote geben würde, war klar. Vor ihnen lagen jetzt Tote, Deutsche. Sie selbst waren verlustfrei geblieben, zum Glück. Aber hier saßen jetzt auch sechs verletzte und damit lebende Deutsche. Gefangene, die versorgt werden mussten. Verdammt. Was jetzt?

Jesse, der das Funkgerät trug, kam zu Olav. »Der Beobachtungsposten hat gemeldet, dass sich uns ein Kettenfahrzeug mit mehreren Deutschen nähert.«

Na prima. Olav verdrehte die Augen.

In der Station Neuschwabenland ertönte eine Sirene.

»Spätestens jetzt müssten die Geiseln zu ihren Unterkünften gebracht werden.« Tronfjell und Göbbs hatten weder bei den Unterkünften noch an der Hangar-Baustelle irgendwelche Aktivitäten bemerkt, als sie die Station von den Hügeln aus beobachtet hatten.

Aus dem Funkgerät, das einer der Norweger trug, knisterte es. »Mehrere Soldaten sind mit einem Kettenfahrzeug vom Hangar aus zum Flak-Turm aufgebrochen«, meldete sich ihr Beobachtungsposten und schwieg dann wieder wie verabredet. Sie wussten nicht, ob die Deutschen den Funkverkehr überwachten. Eine Explosion in der Ferne kündete vom wahrscheinlichen Erfolg Olavs.

»Flak-Turm zerstört«, meldete gleich darauf das Funkgerät.

Irgendwo vor ihnen begann eine Alarmsirene zu heulen.

»Sie haben Alarm gegeben«, ertönte es überflüssigerweise aus den Reihen vor ihnen. Trotz dieser Bemerkung legten die Walfänger eine erstaunliche Disziplin an den Tag, über die Göbbs sich wunderte. Bis gestern eher noch bereit, unverrichteter Dinge abzufahren, und jetzt hochkonzentriert auf einer Tour, von der nicht alle zurückkehren würden.

»Etwa zwanzig Soldaten haben am Eingang zum Hangar Position bezogen.« Die Funkgerät-Stimme war trotz des Knisterns gut zu verstehen.

Stimme? Göbbs stutzte gedanklich. Wo war eigentlich die Großvater-Stimme? Seit Beginn ihres »Ausfluges« heute Morgen hatte er sie nicht mehr gehört.

›*Und warum sollte ich auch?*‹, meldete sie sich, als hätte sie auf diesen Gedanken gewartet. ›*Es läuft ja alles noch nach Plan. Was soll ich da sagen?*‹

Auch wieder wahr. Sie würde schon kommentieren, wenn etwas schieflief. Also, folgerte er fatalistisch, würde er sie auf jeden Fall heute noch hören.

›*Wirst du!*‹ Und erneut schwang das bekannte Großvater-Grinsen in der Stimme mit.

Wüssten seine Freunde von der Stimme in seinem Kopf, die ihn, wie sie neulich behauptet hatte, von Berlin über Oranienburg und Italien bis in die Antarktis geführt hätte, keiner der Norweger wäre mitgekommen. Und da hätten auch die zwei Millionen Nazi-Dollar nichts geändert.

Sie erreichten das Ende der Eisrinne und verließen sie hinter den Gebäuden für die Geiseln. Ein Teil der Norweger sollte hier bleiben und versuchen, mit den Gefangenen Kontakt aufzunehmen. Göbbs und Tronfjell führten den weitaus größeren Teil hinter den Gebäuden entlang zum Hangar. Waren die Soldaten am Eingang, wie der Beobachtungsposten ihnen mitgeteilt hatte, könnten sie sich von hinten anschleichen. Sie beide wollten sich den Hangar vornehmen. Ein zweiter Teil der Mannschaft sollte das Gebäude mit dem Zugang zum unterirdischen Teil der Station angreifen und ein dritter, weitaus kleinerer Teil, die Baustelle. Sicherheitshalber.

Hinter dem Hangar trennten sie sich. Göbbs führte seinen Trupp rechts um den Hangar herum, Tronfjell links. Sie alle hatten jetzt ihre Gewehre schussbereit. Keine dreißig Meter trennten Göbbs noch von der Vorderseite, da kam vor ihm ein Soldat um die Ecke, das Gewehr über der Schulter, beide Hände damit beschäftigt, sich den Hosenstall zu öffnen, die Knie zusammengepresst. Er erstarrte, stierte Göbbs an wie eine Erscheinung und versuchte dann hastig, sein Gewehr von der Schulter zu reißen. Der Schuss aus Göbbs' Waffe traf ihn in die Brust. Es riss ihn hoch, er wurde einen Meter nach hinten geschleudert und landete im aufstiebenden Schnee. Aufgeregte Rufe wurden laut und zwei weitere Soldaten stürmten um die Ecke. Einer wurde von den Norwegern sofort niedergeschossen, der zweite erwiderte das Feuer und zog sich hinter die Ecke zurück. Dort wurden Befehle gebrüllt und dann kehrte Ruhe ein.

»Jetzt?«, fragte einer der Norweger neben Göbbs. Er hatte den Mann unter dem Namen Floki kennen gelernt und wusste nicht, ob das sein Spitzname oder sein echter Name war, denn der struppige Haarschopf des Matrosen spiegelte genau die Bedeutung des Wortes *Floki* in Norwegen wieder. Göbbs schüttelte den Kopf und gebot seinen Leuten, die bisher in Reihe hinter ihm gelaufen waren, sich in einem Bogen zu formieren und von der Hangarwand als Deckung zu lösen. Er wollte die Deutschen im geeigneten Moment mit einer Linie angreifen.

Ihr Trupp nahm die entsprechende Formation ein und Floki fragte erneut: »Jetzt?«

Doch wieder schüttelte Göbbs den Kopf. Er hob die Hand in einer Geste, die Stopp bedeuten sollte, und wartete. Kaum eine Minute später ertönten Schüsse vor dem Hangar. Tronfjell war den wartenden Deutschen in den Rücken gefallen.

»Jetzt?« Flokis Augen leuchteten.

»Jetzt!«, bestätigte Göbbs. Die Norweger rissen ihre Waffen hoch und stürmten vorwärts … so, wie man mit Schneeschuhen »stürmen« kann: mit weit ausgreifenden Schritten, breitbeinig und langsam im weichen Schnee.

»Passt auf, dass ihr nicht auf unsere eigenen Leute schießt!«, rief Göbbs noch, dann waren sie um die Ecke. Die Deutschen, solcher Art in die Zange genommen, zogen sich schnell in den Hangar zurück, wo sie nach etlichen Metern hinter Kistenstapeln und Fässern Deckung suchten. Doch nur etwa die Hälfte von ihnen erreichte ihr Ziel. Die anderen blieben trotz Gegenwehr erschossen oder verwundet auf dem Beton des Eingangsbereiches liegen.

Mittlerweile waren auch vom anderen Gebäude und der Baustelle her Schüsse zu hören. Keiner von ihnen aber hatte die Zeit, sich danach zu orientieren. Die Norweger gingen beiderseits des Hangartores in Stellung und belegten die Deutschen mit Kreuzfeuer. Dabei gelang es Tronfjells Gruppe, die die Schneeschuhe vor dem Angriff abgelegt hatten, auf ihrer Seite weiter in den Hangar einzudringen. Göbbs konnte im Hintergrund die schwarzen Buckel der Flugzeuge sehen. Alles Nurflügler, alles Horten. Er nickte Floki zu. Sie schnallten ihre Schneeschuhe ab, sprinteten los, schlugen einen Deutschen mit ihren Gewehrkolben nieder, der hinter einer Kiste mit der Ladehemmung seines Gewehres kämpfte, und hechteten in den Schutz eines großen Stapels zusammengerollter Tarnnetze, der bei den linksseitigen

Torflügeln des Hangars aufgebaut war. Nur Sekundenbruchteile später schlugen Kugeln in die Netze ein. Göbbs robbte an die andere Seite des Stapels, Floki im Schlepptau, und spähte vorsichtig in die Halle. Die Deutschen hockten etwa zwanzig Meter entfernt hinter einer Front aus Kisten, als wäre diese genau zu dem Zweck dort aufgebaut worden. Ein Hauptmann hatte das Kommando und befahl, permanent zu feuern, während er zeitgleich in ein Funkgerät sprach.

Plötzlich war von draußen Maschinengewehrfeuer zu hören. Mehrere der Norweger schrien auf. Auf Tronfjells Seite fiel jemand. Gleichzeitig strömten aus dem hinteren Teil des Hangars weitere Soldaten ihren in Bedrängnis geratenen Kameraden zu Hilfe, bereits im Rennen schießend. Schlagartig wendete sich das Blatt. Göbbs sah, wie Tronfjell und seine Männer sich zurückzogen, jetzt selbst in die Zange genommen. Zwei weitere von Tronfjells Männern fielen und blieben bewegungslos liegen. Dem Rest gelang der Rückzug hinter die Eishaufen, die am Rande der Startbahn angehäuft waren.

»Wir müssen hier wieder raus, Floki!«

»Jetzt?«

Konnte der Kerl auch irgendetwas anderes sagen?

»Klar, jetzt! Ich lenke sie auf dieser Seite ab, du spurtest zurück und nimmst unsere Leute mit. Ich komme nach.«

›Ist das jetzt die Stelle, an der der Plan schiefgeht?‹ Die Großvater-Stimme klang sachlich analysierend. Ja klar, wann, wenn nicht wirklich genau jetzt musste sich die Stimme melden?

»Sicher?«, fragte Floki.

»Nein«, bellte Göbbs wütend. »Hast du eine bessere Idee?«

»Ich lenke sie ab und du gehst?«

Göbbs verdrehte die Augen. »Das war eine rhetorische Frage. Darauf musst du nicht antworten. Mach, was ich sage. Ich zähle bis fünf. Dann fange ich an zu schießen und du läufst!«

Er wusste genau, dass sie es nicht beide schaffen würden. Göbbs zählte, legte das Gewehr an und begann zu feuern. Floki verschwand hinter ihm und auch seine Leute zogen sich permanent feuernd zurück. *Zeit zum Absetzen, Herr Hauptmann*, dachte er, richtete sich halb auf und wollte Floki folgen, als es direkt hinter ihm metallisch polterte. Er drehte sich um und sah, wie eine geworfene Handgranate über den Boden genau auf ihn zugerollt kam. Göbbs ließ das Gewehr fallen, hechtete von den Tarnnetzen weg in die Nische hinter den Torflügeln und presste sich dort an die Wand, die Torflügel als Schutz nutzend. Der Hammer der Granatenexplosion presste ihm die Luft aus den Lungen, aber die Torflügel, in die krachend die Splitter der Handgranate einschlugen, schützten ihn. Die Geräusche der Welt da draußen rückten ein Stück von ihm weg und wurden durch Pfeifen ersetzt. Das kannte er schon.

Hinter ihm bewegte sich die Wand – eine Tür. Göbbs drückte sie auf, glitt hinein und schloss sie von drinnen wieder. Dann drückte er sich die Finger in die Ohren. Vielleicht half das ja ein wenig. Tatsächlich ging das Pfeifen etwas zurück.

Er sah auf. Vor ihm lag ein langer Gang aus nacktem Beton, der in der Ferne von einer einzelnen Glühbirne erhellt wurde. An der Decke führten Kabel entlang. Eiskristalle glitzerten an den Wänden.

Was bleibt mir anderes übrig. Zurück geht nicht.

Ganz langsam ließen das Pfeifen und der Druck auf die Brust wieder nach. Er eilte den Gang entlang, sich mit einer Hand an der Wand abstützend, die geladene und entsicherte Pistole in der anderen. Etwa zwanzig Meter hinter der Glühbirne endete der Gang mit drei Türen, eine rechts, eine links und eine Falltür im Boden. Die Falltür und die rechtsseitige waren offen. Die Tür rechts führte wieder in den Hangar zurück. Noch immer knallten Schüsse. Uniformierte machten sich an einer Horten zu schaffen.

Wollten die weitere Flugzeuge startklar machen? Dann konnten die Amis ganz einpacken.

›Und wir auch.‹ Optimistisch wie immer, die Großvater-Stimme.

Würde Göbbs jetzt durch diese Tür die Halle betreten, könnten ihn die Deutschen erschießen. Nach unten ging es wohl in die unterirdischen Bereiche der Station. Was sollte er da? Noch mehr Deutsche. Besser nach links.

Vorsichtig, die Pistole im Anschlag, drückte er die Tür auf und spähte hinein. Leer, bis auf zwei Bänke und ein paar Spinde. Zwei dieser schmalen Blechschränke standen offen. Uniformen hingen darin.

Das ist die Idee, dachte Göbbs, legte die Waffe auf eine Bank und begann, sich umzuziehen. In deutscher Uniform würde er hier leichter herumlaufen und vielleicht den Hangar verlassen können.

›Und vorher eventuell noch das eine oder andere Feuerchen legen‹, kicherte die Großvater-Stimme. *›Im übertragenen Sinn natürlich.‹*

Ja, vielleicht.

Er stand in Unterwäsche da, zitternd vor Kälte und versuchte, sich in eine viel zu enge Hose zu zwängen. Gerade fasste er den Entschluss, das nicht weiter zu probieren, weil es zwecklos schien, da ertönte hinter ihm eine Stimme.

»Wer sind Sie denn?«, fragte jemand auf Deutsch, Erstaunen im Tonfall, als ob er mit überhaupt niemandem hier gerechnet hätte, am allerwenigsten mit einem Unbekannten in Unterwäsche, der bis zu den Knien in einer zu engen Uniformhose steckte.

Göbbs drehte sich erschrocken um. »Der Neue«, rutschte ihm heraus.

In der Tür stand ein Mann in Fliegerkombi, die Türklinke in der Hand, und starrte ihn fassungslos an.

»Was ist denn los?«, kam von hinten eine zweite Stimme und ein weiterer Uniformierter schob den Flieger in den Raum. »Nun gehen Sie schon rein, Schröter, ich will hier keine Kugel abbekommen.« Noch immer wurde im Hangar geschossen, wenn auch in einiger Entfernung.

»Seit wann haben wir einen neuen Flieger?«, fragte der erste, ein Major, noch immer fassungslos und machte ein paar Schritte in den Raum, abgelenkt nach hinten sehend. Göbbs nutzte diese Gelegenheit und griff nach der Waffe. Da er aber noch immer nur zur Hälfte in der viel zu kleinen Hose steckte, verlor er beim Bücken das Gleichgewicht. Er schlug auf die Bank, prellte sich den Ellenbogen und rutschte, in seiner Bewegungsfreiheit behindert, auf den Betonboden.

»Was zum Teufel …« Die zweite Person verstärkte ihren befehlsgewohnten Ton und betrat den Raum.

»Tür zu!«, herrschte Göbbs die beiden an und hob die Pistole.

Verständnislos starrten die zwei auf den in Unterwäsche vor ihnen auf dem Boden Sitzenden.

»Wer …«, schnarrte der Befehlsgewohnte, doch Göbbs, hoffend, dass die Waffe seinen ansonsten wahrscheinlich eher lächerlichen Eindruck wettmachte, rief erneut: »Tür zu!«

Der Pilot hob die Hände und trat einen Schritt zur Seite, damit der hinter ihm Stehende den Raum betreten und die Tür schließen konnte. Göbbs richtete seine Waffe auf den Offizier und wollte sich gerade aufrappeln, da schoss von links der Pilot auf ihn zu, stürzte sich über ihn und versuchte, Göbbs die Waffe zu entringen. Göbbs, mit dem Knie vor die Brust getroffen, ging endgültig zu Boden. Er umklammerte die Waffe und wie in einem Déjà-vu kam er sich vor, als sich im Gerangel ein Schuss löste. Der Pilot schrie auf und der Druck auf Göbbs ließ nach. Entsetzt starrte der Pilot auf seine Hand, an der ihm Göbbs drei Finger weggeschossen hatte. Blut floss über die Hand und der Pilot hockte sich hin. Er umfasste das Gelenk seiner verletzten Hand. Mit dem Rücken gegen einen der Blechspinde gelehnt, sackte er zusammen.

»Ich sollte fliegen …«, flüsterte er.

»Wem sagst du das«, knurrte Göbbs. »Sieh mich an!« Und er hob seine verstümmelte Hand.

Eine Bewegung an der Wand ließ ihn den Blick heben. Der Befehlsgewohnte hatte seine Hände auf die Brust gepresst. Auch hier quoll Blut zwischen den Fingern hervor.

›Wer sagt's denn‹, die Großvater-Stimme klang zufrieden. *›Zwei Deutsche mit einem Schuss. Nicht schlecht, mein Junge.‹*

Der Blick des Piloten hob sich zu seinem Vorgesetzten und weitete sich vor Entsetzen. »Nein!«, hauchte er. »Er wollte sich doch nur einen Überblick über die Lage verschaffen.«

Der Verletzte rutschte an der Wand herunter, eine breite Blutspur hinterlassend, sein Kopf sackte auf die Brust, der letzte Atemzug erstarb, dann war Ruhe.

»Wissen Sie, was Sie Idiot getan haben?«, brüllte der Pilot. »Sie haben gerade Generalfeldmarschall Keitel erschossen!«

Tronfjell hatte sich mit seinen Leuten aus dem Hangar wieder zurückziehen müssen, weil die Gefahr bestand, in die Zange genommen zu werden. Sowohl aus dem Hangar heraus hatten die Deutschen Verstärkung erhalten, als auch aus der Baustelle, dem neuen unterirdischen Hangar. Im Gegensatz zu der Information von Grübener, ihrem Gefangenen, schienen die Deutschen also mittlerweile doch dort einen Zugang zu ihrer unterirdischen Basis zu haben. Eine Gruppe von über dreißig Deutschen war überraschend aus dem Hangar hervorgebrochen und ihr eigener Trupp, der die Baustelle angreifen sollte, war unter Verlusten zurückgedrängt worden. Inzwischen tummelten sich wohl beinahe einhundert Wehrmachtssoldaten hier oben, das waren doppelt so viele wie Norweger. Aus seinem Trupp waren drei Mann beim Rückzug aus dem Hangar gefallen, Johann Grøts Truppe hatte mindestens vier verloren, wenn er den Überblick behalten hatte.

Scheiß-Nazis! Mit *»rein, Geiseln befreien, raus«* schien hier nicht viel zu laufen. Und die »Wölfe«, die für Ablenkung sorgen sollten, ließen sich auch nicht blicken. *Scheiß-Amis!*

Tronfjell überlegte schnell. Wenn sie hier lebend raus wollten und sich auch nur den Hauch einer Chance bewahren wollten, die Geiseln zu befreien, musste jetzt etwas geschehen, mit dem die Deutschen nicht rechneten. Jetzt!

Als hätte Gott – oder wer auch immer, Tronfjell glaubte nicht an den Herrn dort oben – ein Einsehen mit den in Bedrängnis geratenen Norwegern, flog das gesamte Gebäude in die Luft, das den Hauptzugang zum unterirdischen Teil Neuschwabenlands bildete. Mit ihm verschwand ein Trupp von zirka dreißig Deutschen, die das Gebäude gerade durch den Haupteingang im Sturmschritt verlassen wollten, in den Trümmern und der Wolke aus Stahl, Schnee und Steinen.

Na also. Geht doch.

Gleichzeitig ertönten Schüsse aus dem Bereich der Geisel-Baracken. Entweder griff Olav mit seinen Leuten in den Kampf ein, was verwunderlich wäre, denn so schnell konnte er vom zerstörten Flak-Turm nicht hier sein. Oder die Gruppe, die Kontakt zu den Geiseln herstellen sollte, hatte sich entgegen ihrer Befehle entschlossen, die Wehrmachtssoldaten zu attackieren. Wie auch immer. Das war Hilfe zur rechten Zeit. Tronfjell sah, wie sich jetzt ihrerseits die aus dem unterirdischen Hangar anrückenden Deutschen in den Schnee warfen und zumindest nicht weiter vorrücken konnten. »Gut so, Jungs«, brüllte er. Dann gab er den Befehl an seine Truppe, sich langsam rückwärts abzusetzen, damit sie aus der Zange zwischen den Soldaten im Hangar und der jetzt im Schnee festgenagelten Einheit herauskamen. Er wollte verhindern, dass ihr Trupp von den Deutschen umzingelt wurde. *Johann Grøt sollte da auch besser aufpassen. Wo war der Typ bloß?* Tronfjell hatte gesehen, wie er mit Floki in die Halle stürmte.

Waren sie wieder raus? Tronfjell reckte den Kopf etwas nach oben, um die Linie der anderen Truppe abzusuchen. Flokis charakteristischen Haarschopf konnte er entdecken. *Aber Johann Grøt? Wo verflucht nochmal war er?*

»Du solltest den Kopf nicht so weit nach oben strecken, Kapitän.« Der Funker neben ihm klebte förmlich auf dem Boden. »Nicht, dass die Deutschen dich erwischen. Weit herausgestreckte Köpfe sind ein gutes Ziel, hat mein Großvater selig immer gesagt.«

»Ach?«, knurrte Tronfjell nur, hob sein Gewehr, gab ein paar Schüsse ab und duckte sich danach etwas.

»Die doch nicht. Nicht mich!« Im selben Moment traf ihn eine Kugel in den Rücken. Das letzte, was er sah, bevor es schwarz wurde, war, wie der Kopf seines auf dem Boden liegenden Funkers explodierte und seine gesamte Hirnmasse auf dem Eisblock neben sich verteilte. Sie waren von hinten gekommen. *Scheiß-Nazis!*

Die Steinreihe, über die sich Olav und Matías dem Flak-Turm genähert hatte, verdichtete sich in Richtung Basis zu einem Wall. Olav verteilte seine Männer im weiten Rund hinter diesem, einen am Fuß des Turms und zwei auf der zerstörten Plattform. Die Gefangenen wurden in aller Eile weit nach hinten gebracht und gefesselt, jedoch ohne Wache im Schnee liegen gelassen. Sie hatten nicht genügend Leute, um noch jemanden für die Bewachung der Deutschen abzustellen. Mit Matías vereinbarte er, die verbliebene Panzerfaust aufzusparen. Wer weiß, wozu sie diese noch benötigen würden. Und das Kettenfahrzeug hingegen, das die Deutschen ihnen brachten, konnten sie sehr gut gebrauchen. Man musste es nicht unbedingt mit einer Panzerfaust zerstören. Ganz unabhängig davon, dass sie wohl dieses Mal nicht unbehelligt auf zwanzig bis dreißig Meter an das Fahrzeug herankämen.

Er hob den Fernstecher an die Augen und sah, wie das Kettenfahrzeug stoppte. Es sah einem LKW ähnlich, nur dass der

Antrieb über Panzerketten erfolgte, die sich durch den Schnee pflügten. Auf der Ladefläche saßen fünfzehn Soldaten. Im Dach der Fahrerkabine öffnete sich eine Luke und ein Offizier reckte den Kopf heraus, ein Fernglas vor den Augen. Olav sackte soweit zusammen wie möglich. Die anderen blieben wie verabredet in Deckung und verließen sich darauf, dass er den Befehl zum Angriff im richtigen Moment gab. Sie nutzten die Zeit, um ihre Magazine wieder aufzumunitionieren, die Waffen zu überprüfen und – vor allem die Argentinier – um zu beten.

Der Offizier der Deutschen schien einen Entschluss gefasst zu haben. Olav sah, wie er einen Befehl zu seinen Leuten nach hinten gab, worauf die absprangen und sich zu einer weiten Schützenkette auseinanderzogen. Langsam setzte sich diese in Bewegung auf sie zu. Der Offizier etwa zehn Meter hinter seinen Leuten, den Fahrer neben sich, der jetzt auch das Funkgerät trug. Das Kettenfahrzeug hatten sie etwa fünfhundert Meter vom Turm entfernt stehen gelassen. Permanent hob der Offizier sein Fernglas an die Augen, musterte den Bereich um den zerstörten Flak-Turm. Seine Leute kämpften sich langsam durch den Schnee. Nur zwei von ihnen liefen auf der festgefahrenen Piste zwischen der Station und dem Flak-Turm.

»Kommt näher«, flüsterte Olav. Er zog sein Gewehr zu sich heran, überprüfte das gefüllte Magazin, entsicherte die Waffe und spähte erneut durch seinen Feldstecher. Die Deutschen hatten etwa dreihundert Meter vor ihnen angehalten, da wo der Schnee in felsigen Untergrund überging. Der Offizier schien unsicher. Intensiv musterte er durch sein Fernglas den Turm und vor allem den Wall. Vielleicht vermutete er die Angreifer hinter dem Wall. Vielleicht irritierte es ihn, dass sie bis auf fast dreihundert Meter hatten herankommen können und noch kein einziger Schuss gefallen war.

Er rief seinen Leuten etwas zu und der Trupp trennte sich. Die eine Hälfte wandte sich nach rechts, die andere nach links.

Er wollte den Wall umgehen! Dann jetzt. Olav legte seinen Fernstecher zur Seite, überprüfte kurz die Visiereinstellung seines Gewehres, schob es zwischen die kleine Lücke im Fels, durch die er die ganze Zeit beobachtet hatte, und zielte auf den Offizier. *Langsam atmen, Ziel erfassen, ausatmen, abdrücken.* Er betete das wie ein Mantra gedanklich immer wieder durch ... und schoss. Im selben Moment machte der Offizier eine Bewegung und der Fahrer hinter ihm brach getroffen zusammen. Überall entstand jetzt Bewegung. Die Deutschen warfen sich in den Schnee. Über dem Wall tauchten die Köpfe und Gewehre seiner Leute auf. Die Männer auf dem Turm schossen bereits, dann folgten die anderen. Die Deutschen erwiderten das Feuer, hatten aber eine deutlich ungünstigere Position. Einige lagen ohne Deckung im Schnee oder auf Steinen und wurden dementsprechend schnell getroffen. Einem großen Teil war es gelungen, mit wagehalsigen Sprüngen hinter Steinen Deckung zu finden. Da aber der Wall, hinter dem die Norweger und Argentinier Deckung gesucht hatten, in einem lang gezogenen Halbkreis um den zerstörten Flak-Turm herum lag und auch auf diesem einer ihrer Leute in Stellung lag, hatten die Deutschen trotz ihrer zahlenmäßigen Überlegenheit keine Chance. Als sie sich schließlich ergaben, lebten noch fünf. Aber auch ein Norweger und ein Argentinier hatten ihr Leben gelassen.

Olav sah sich die Gefangenen und Toten an. Dann wanderte sein Blick nach Neuschwabenland. Schüsse waren dort zu hören. Mit seinem Feldstecher konnte er deutsche Soldaten sehen. Viele deutsche Soldaten!

Er ließ den Feldstecher sinken, blickte zu dem Kettenfahrzeug, zu den toten Soldaten, sah seine Leute an, von denen drei angeschossen waren.

»Ihr beide«, er wies auf die zwei, deren Schussverletzungen im Schulterbereich ein Weiterkämpfen unmöglich machte, »werdet die Gefangenen bewachen. Geht mit ihnen zum Treffpunkt zurück. Der Rest fesselt die Fritzen und zieht sich die Uniformjacken der Toten über. Wir fahren zur Station.«

Göbbs blickte den Piloten an. »Was greifst du mich auch an, du Idiot?« Dann schlug er mit dem Pistolenknauf zu und der Pilot brach lautlos zusammen. Wütend strampelte sich Göbbs aus der Hose.

»Verdammte Scheiße! Verdammte Scheiße auch!« Hoffentlich hatte niemand die Schüsse gehört.

Er zerrte den Befehlsgewohnten von der Tür weg. Generalfeldmarschall Keitel? Er sah ihm ins Gesicht. Keitel? Wilhelm Bodewin Johann Gustav Keitel? Chef des Oberkommandos der Wehrmacht? Könnte schon sein. Der Schnurrbart? Die Augenbrauen? Die charakteristische Stirnfalte? Möglich.

Er schüttelte den Kopf. Und wenn schon. Keitel? Bormann? Wo war da der Unterschied? Er hätte auch Hitler oder Goebbels erschossen, wenn man ihm die Gelegenheit dazu gegeben hätte. Völlig egal. Von diesen Typen konnte es nicht wenig genug auf der Welt geben.

›Oha! So blutrünstig neuerdings?‹ Die Großvater-Stimme klang sarkastisch. *›Wo ist der Agent, der seine eigenen Finger einbüßt, weil er das Leben deutscher Soldaten bei einem Anschlag, den er selbst ausführt, rettet?‹*

»Es gibt einen eklatanten Unterschied zwischen Generalfeldmarschall Keitel und dem einfachen Soldaten an der Front!«, knurrte Göbbs vor Wut laut. Dabei begann er, dem ohnmächtigen Piloten die Fliegerkombi auszuziehen. In ihm reifte ein Plan.

›Ach?‹ Die Großvater-Stimme ließ nicht locker. *›Der da wäre? Die einen geben die Befehle, die anderen führen sie nur aus, oder?‹*

Göbbs schwieg.

›Was? Ist jetzt das große Schweigen angesagt? Du hast auch nur die Befehle ausgeführt, die du mit deinem eigenen Gewissen vereinbaren konntest.

Oder mit der Angst, wegen Befehlsverweigerung zum Tode durch Erschießen verurteilt zu werden. Für alles andere hast du immer eine Lösung gefunden.‹

»Vielleicht ist das aber für andere nicht immer so einfach in diesem verfluchten Scheiß-Krieg. Und jetzt lass mich in Ruhe! Ich habe einen Plan!«

Ich sollte aufhören, mich laut mit der Stimme in meinem Kopf zu unterhalten, wenn ich da jetzt gleich rausgehe. Sonst fällt das auf, dachte Göbbs.

›Du hast eben geschossen, Junge. Wenn das nicht auffällt, was soll dann noch auffallen?‹

Göbbs wünschte sich, die Großvater-Stimme manchmal abstellen zu können, so wie sein Vater zuhause den Volksempfänger abgestellt hatte, der von ihm abfällig als »Goebbels-Schnauze« bezeichnet wurde.

Er versuchte, sich auf die momentane Situation zu konzentrieren. Um hier herauszukommen, gab es nur einen einzigen für ihn gangbaren Weg: durch den Flugzeughangar. Er musste versuchen, in der Kombi des Piloten, die ihm bedeutend besser passte als die zusammengeknüllt auf dem Beton liegende Uniformhose, durch die Halle nach draußen zu seinen Leuten zu kommen. In der Hoffnung, dass sie ihn nicht erschießen würden, weil sie ihn für einen Deutschen hielten.

Mit den herumliegenden Kleidungsstücken fesselte und knebelte er den Piloten. Dann steckte er sich seine Pistole in die Hosentasche, nahm die Tasche des Fliegers und verließ die Kammer. Mit wenigen Schritten überquerte er den Gang, schlug wie nebenbei die Luke im Boden zu und verriegelte sie mit dem an ihr angebrachten Verschluss. So blieb er wenigstens vor unliebsamen Überraschungen aus dieser Richtung verschont. Vorsichtig um sich schauend betrat er den Hangar. Vorn am Hallentor wurde noch immer geschossen, aber die Gefechte hatten sich von der Halle weg in das Eis verzogen. Die Norweger wurden zurückgedrängt. Der Eingang und die dahinter liegende Startbahn waren frei.

»Da sind Sie ja endlich!« Eine Stimme hinter ihm ließ ihn herumfahren.

»Wo bleiben …« Der Sprecher, ein in einem ölverschmierten Drillich steckender Hauptmann, sah ihn mit großen Augen an. »Wer sind Sie denn?«

»Der Neue. Ha…«, Göbbs hüstelte. »Major Göbbs. Bin mit dem letzten Schiff gekommen.« Gerade noch rechtzeitig hatte er an die Schulterstücke auf der Jacke des Fliegers gedacht. Wäre sicherlich irritierend gewesen, wenn er sich als Hauptmann bezeichnet und auf seinen Schultern die Rangabzeichen eines Majors geglänzt hätten.

»Und wer hat bestimmt, dass Sie fliegen sollen?«

Fliegen? Er wollte nur hier raus!

»Generalfeldmarschall Keitel. Wer denn sonst? Major Schröter hat ein Verdauungsproblem.«

»Können Sie die Horten denn überhaupt fliegen?«

»Ob ich das kann, Mann? Ich habe im letzten Jahr mit Ziller in Oranienburg am Prototyp trainiert und wir haben Hand in Hand mit Ingenieur Steinbauer gearbeitet.«

Göbbs drehte sich zu der Horten, die mit vibrierenden Triebwerken etwas abseits der anderen Maschinen stand.

Der Hauptmann vor ihm schüttelte den Kopf. »Steinbauer hat gar nichts von einem weiteren Flieger gesagt.« Dann sah er auf. »Egal.«

»Die?«, fragte Göbbs.

»Ja, die 7F.«

Am Bug und unter den Tragflächen erkannte Göbbs weiße Zahlen und Buchstaben. 7F. Sollte er wirklich …?

»Sie haben die Karten?«

Wie in Trance nickte Göbbs und hob die Tasche des Fliegers.

»Dann los, kommen Sie, Herr Major.« Sein Gegenüber packte Göbbs am Ärmel. »Die Jungs draußen haben die Bahn freigeräumt. Wissen Sie, woher die Fußtruppen plötzlich aufgetaucht sind? Es hieß doch, dass die Amis noch weit vor der Küste sind.«

»Keine Ahnung.« Göbbs sah sich um. Vorn in der Halle hockten noch immer einige Soldaten, die nach draußen schossen. Er konnte leblose Körper auf dem Beton sehen. Im Halbdunkel hinter ihm wurden hektisch ein paar Fässer hin und her gerollt. Soldaten im Drillich liefen umher und irgendein Unteroffizier bellte Befehle.

»Werden keine weiteren Maschinen flugbereit gemacht?«

»Haben Sie in der Witzekiste geschlafen?« Der Hauptmann blickte ihn verwundert an. »Sie sind wirklich neu hier, oder? Neben allem anderen sind auch Ersatzteile und Treibstoff knapp. Besonders bei den Schluckspechten hier!« Er wies auf die Horten. »Wir sind froh, dass wir fünf flugfähige Maschinen haben. Und fünf …«, er sah Göbbs an, »sechs Flieger. Jetzt kommen Sie und treten Sie den Amerikanern in den Arsch, bevor Keitel es sich anders überlegt und die Maschine doch in der Reserve behält.«

›Der überlegt gerade, ob er mit der rechten oder der linken Hand an das Höllentor klopft‹, kicherte die Großvater-Stimme.

Sie traten an die Leiter, die ihn zum Cockpit bringen sollte.

›Bist du verrückt?‹ Mit einem Schlag klang die Großvater-Stimme panisch. *›Du hast mit Ziller GESPROCHEN, du bist nicht mit ihm geflogen. Er hat dir vielleicht erzählt, wie sich das Ding fliegt. Und wahrscheinlich erinnerst du dich daran. Aber das heißt doch nicht, dass du das KANNST.‹*

Göbbs musste sich jetzt ein Grinsen verkneifen. *Vielleicht liegt es einfach daran, dass ich das will.*

Es war tatsächlich so, dass die Großvater-Stimme einige Momente sprachlos war. Sie schwieg nicht wie sonst, weil sie schweigen wollte, sondern aus Fassungslosigkeit.

›Weil du das WILLST?‹, meldete sie sich schließlich. Göbbs fühlte das Kopfschütteln, das in dieser Frage mitschwang. *›Wo sind wir denn hier? Auf einem Spielplatz mit Mutti und den Kleinen? Oder im Krieg mitten in der Antarktis? Ich bin hier nicht durch dick und dünn mit dir gegangen, damit du am Ende deiner Flugbegierde nachgibst.‹*

Göbbs legte die Hand auf die Tragfläche. Direkt vor ihm ragte das schwarze Rohr einer Bordkanone aus der Tragfläche. Ein Techniker schlug eine Klappe zu, hinter der Göbbs den Patronengurt erkannt hatte. 30 Millimeter-Kaliber. In der anderen Tragfläche ahnte er eine zweite Bordkanone.

»Keine Leuchtspurmunition«, sagte der Techniker im Weggehen. »So wie Major Schröter sich das gewünscht hat. Ich hoffe, Herr Major, für Sie ist das auch in Ordnung?«

Göbbs nickte abwesend und ließ seine Hand über die Tragfläche gleiten. Holz, wie die abgestürzte Maschine damals von Ziller. Aber deutlich glatter und nicht so rau. Nicht so glatt wie Metall, aber lange nicht so wie die mit Leim und Kohlenstaub überzogene Maschine in Oranienburg. Das würde den Luftwiderstand erheblich verringern. Welche Beschichtung Steinbauer aber dazu benutzt hatte, blieb ihm verborgen.

Er schwang sich in das Cockpit und schnallte sich an den Sitz, in dem der Fallschirm integriert war, was Göbbs mit einem beruhigenden Aufatmen registrierte. Ein kurzer Blick auf die Instrumente beruhigte ihn noch mehr. Kompass und Wendehorizont in der Mitte. Rechts unter anderem Drehzahlmesser, Höhenmesser, Kraftstoffanzeige der beiden Tanks, Abgastemperaturanzeige separat für jedes Triebwerk und die Feuerlöschanlage. Links am Schusszähler und den anderen Anzeigen erkannte er, dass die Maschine nicht mit Bomben, sondern nur mit einer Bordkanone ausgerüstet war. Ganz links die Zündung und die Schalter für die Landeklappen und das Fahrwerk, ordentlich mit weißer Farbe beschriftet.

Na also, dachte er. Alles so, wie er es aus verschiedenen Flugzeugen her kannte.

Direkt zwischen seinen Beinen der Steuerknüppel. Oben auf dem Steuerknüppel sah er einen umlegbaren Sicherungsschalter mit einem darunter liegenden Knopf, der Auslöser für die Bordkanonen. Aus der Tasche des Fliegers zog er eine Karte. Die Position des amerikanischen Verbandes war darauf eingezeichnet und die Küstenlinie mit der Station Neuschwabenland. In fahriger Handschrift hatte der Flieger noch eine Notiz in Bezug auf Entfernung und Geschwindigkeit hinzugefügt.

Und jetzt wusste Göbbs, was er hier sollte, was er zu tun hatte. Sogleich lauschte er auf eine sarkastische Bemerkung der Großvater-Stimme, aber die blieb still dieses Mal. Zwei Techniker befestigten die Plexiglashaube am Rumpf. Göbbs setzte die Fliegermütze mit den Kopfhörern auf.

»Der Traktor kommt gleich und zieht Sie vor zum Ausgang. Lassen Sie die Turbinen solange im Leerlauf«, hörte er die Stimme des Hauptmanns über Funk.

Göbbs nickte, hob den Daumen und griff nach dem Steuerknüppel.

»Leerlauf im Arsch!«, sagte er leise. Dann gab er Gas und die Maschine setzte sich in Bewegung.

Die Deutschen konnten die Angreifer bis zur Eisrinne zurückdrängen, aus der sie gekommen waren. Sie hatten zwei Maschinengewehre positionieren können und beharkten die Stellungen derer, die als Angreifer gekommen und plötzlich zu Verteidigern geworden waren. Grübener hatte Recht gehabt, in Neuschwabenland rechnete niemand mit einem Angriff von Land aus. Das hieß aber nicht, dass die Deutschen wehr- und tatenlos zusahen, wie ihre Station überrannt wurde. Die Truppen waren geschult und erfahren im Kampf. Das und ihre Zahl machte sie den

Norwegern und Argentiniern überlegen. Andererseits war eine zunehmende Verbissenheit der Angreifer zu spüren, fast so etwas wie *»Wir sind nicht bis an den Südpol gefahren, um uns dann hier sang- und klanglos verprügeln zu lassen.«*

Das erste, was Tronfjell hörte, als er langsam wieder zu sich kam, waren also Schüsse, die vom polternden Bass seines Schiffsdoktors begleitet wurden.

»Da bist du ja wieder«, knurrte er. Er lag neben Tronfjell, im Gegensatz zu ihm aber nicht auf dem Rücken, sondern auf dem Bauch, ein Gewehr im Anschlag, auf die Angreifer schießend und gleichzeitig Anweisungen an seine Leute rufend. »Ich hoffe, du kannst laufen. Wir werden nämlich nicht genug Hände haben, dich zu tragen, wenn wir wie die Schneehasen zu unseren Schiffen zurückhoppeln werden.«

»Niemand wird zurückhoppeln.« Tronfjells Stimme klang krächzend. Er hätte sie sich gern kräftiger und zuversichtlicher gewünscht. »Gebt mir ein Gewehr!«

»Was willst du damit, Kapitän?« Der Arzt schoss zweimal, beim dritten Mal klickte das Gewehr nur. Willo wechselte das Magazin seines Karabiners und sah dann zu Tronfjell. »Als Krücke benutzen?«

Tronfjell schwieg und starrte in den Himmel. *Scheiß-Verletzung!*

Olav und sein Trupp hatten sich auf den Weg vom zerstörten Flak-Turm nach Neuschwabenland gemacht. Mit dem Feldstecher beobachtete Olav vom Führerhaus des Kettenfahrzeuges aus das Vordringen der Deutschen. Der Fahrer des Fahrzeugs steuerte genau in Richtung Eisrinne.

»Wir können ihnen zumindest in den Rücken fallen und unseren Leuten dadurch Entlastung schaffen.«

Olav nickte. »Ja, aber zu welchem Preis?« Der Plan erschien ihm zu einfach und so wirklich konnte er sich damit nicht anfreunden. Auch waren die Erfolgsaussichten für seinen eigenen Trupp dabei nicht berauschend. Zwei Verletzte nur bisher, keine schlechte Bilanz. Und er hatte nicht vor, diese Gleichung deutlich zu verschlechtern. Mit einem frontalen Angriff würde das anders aussehen. Ganz anders.

»Olav!« Jesse, der sich mit seinem Funkgerät neben ihn ins Führerhaus gezwängt hatte, zupfte an Olavs Jacke.

»Was?« Olav beugte sich nach unten.

»Ich habe gerade einen Funkspruch empfangen. Das wirst du jetzt nicht glauben.«

Die Horten IX mit der Kennzeichnung 7F fuhr langsam vom rechten Rand der Halle zur Mitte, die durch einen durchgehend weißen Strich auf dem Beton gekennzeichnet war, der vom hinteren Ende der Halle bis zum großen Tor führte.

Ich werde garantiert nicht erst draußen starten.

Der Hauptmann, der Göbbs förmlich in das Cockpit genötigt hatte, schrie und rannte gestikulierend hinter der Maschine her. Göbbs bemerkte, dass man in der Halle aufmerksam auf ihn wurde. War ja auch klar, bei dem Lärm, den die Triebwerke machten.

Als das vordere Rad der Maschine knirschend den weißen Strich überfuhr, drehte Göbbs den Bug Richtung Hangartor. Von links näherte sich eines der Raupenfahrzeuge, das die Flugzeuge innerhalb des Hangars an ihre Plätze oder nach draußen transportierte. Es schien fast so, als wolle der Fahrer dem Flugzeug den Weg nach draußen verlegen.

›Hoffentlich schießen jetzt deine eigenen Leute nicht auf uns.‹ Der Großvater-Stimme gelang es immer wieder, auf die Schwachpunkte seines Planes aufmerksam zu machen.

Die Deutschen da draußen zumindest würden das wahrscheinlich nicht tun. Vielleicht aber die hier in der Halle, wenn er noch lange zögerte. Göbbs stellte am Funkgerät die Wellenlänge ein, die die Norweger nutzten, und brach die vereinbarte Funkstille.

»Göbbs hier. Nicht auf die startende Maschine mit der Nummer 7F schießen! Ich wiederhole, nicht auf die startende Maschine 7F schießen! Da sitze ich drin!« Er wiederholte den Spruch noch einmal, während er schon Gas gab.

›Na, das wiederum könnte die Deutschen Gewehre auf den Plan rufen.‹

Konnte die Großvater-Stimme in unpassenden Momenten nicht einfach die Klappe halten? Erneut wünschte er sich einen Schalter, um diese innere Stimme abzuschalten.

Das Tor erschien ihm fern. Die Halle war so lang, dass er wie in Friedrichroda mit der Dornier bereits in der Halle starten würde. Der bessere Auftrieb des Nurflüglers im Vergleich zu herkömmlichen Maschinen würde das noch unterstützen.

›Ich sag nur: Kopf einziehen, Junge‹, meldete sich die Großvater-Stimme.

Ganz kurz ging ihm durch den Kopf, dass Nadler im Frühjahr seinen Flugzeugführerschein nur bis zum 31. Dezember des letzten Jahres verlängert hatte. Er würde jetzt also ohne gültigen Flugzeugführerschein fliegen.

»Wen interessiert's!?« murmelte er. Die Horten setzte sich brüllend in Bewegung. Hinter ihm brach Chaos aus. Einige der geparkten Maschinen wurden durch den Triebwerksstrahl des startenden Flugzeuges regelrecht angehoben und auf andere Maschinen geschleudert. Es gab Explosionen. Feuer brach aus. Brennende Fässer rasten wie Raketen zur Decke, um dort oben zu explodieren. Die Druckwellen und der entflammte Treibstoff beschädigten weitere Flugzeuge. Das Feuer griff um sich. Menschen rannten umher, einige brannten und brachen nach wenigen Metern zusammen. Andere schrien. Ein paar rissen Gewehre hoch und feuerten auf die sich entfernende Maschine. Die Horten jedoch nahm rasch Fahrt auf, so rasch, dass sie bereits in der Halle abhob und Göbbs sie nur mit Mühe durch das Tor steuern konnte, ohne oben gegen die Decke zu krachen. Er riss den Steuerknüppel zu sich, die Maschine hob den Bug in die Luft und brauste davon. Hätte irgendjemand schießen wollen dort unten, sie hätten die Maschine mit ihren Gewehren nie getroffen. Etwa vierhundert Meter über dem Boden stabilisierte Göbbs die Flughöhe und gab vorsichtig Gas. Ziller hatte ihm damals erzählt, dass die Maschine im Gegensatz zu herkömmlichen Flugzeugen bei hohen Geschwindigkeiten zunehmend kopflastiger würde. Alle Flugzeuge, die er kannte, wurden hingegen bei großen Geschwindigkeiten hecklastig. Hier galt es gegenzusteuern. Mitteneffekt hatte Ziller dazu gesagt. Göbbs spürte es ganz leicht, hatte aber noch nicht Vollgas gegeben. Er kontrollierte die Anzeigen, sah nach draußen, fühlte die Vibrationen des Steuerknüppels, spürte die Reaktionen der Maschine über den Sitz mit dem ganzen Körper.

Ein weitaus größeres Problem als die Buglastigkeit allerdings war das Fehlen der Seitenleitwerke. Die Stabilisierung der Maschine erfolgte in diesem Fall durch horizontale Klappen an den Tragflächen. Ziller hatte Göbbs die Steuerung der Tragflächen erklärt und der Hauptmann hatte das Wissen wie ein Schwamm aufgesogen, nicht ahnend, dass er es ein knappes Jahr später und eine halbe Welt weit weg benötigen würde.

Göbbs *fühlte* die Maschine. Sein Fluglehrer hatte mal von einer »natürlichen Begabung« gesprochen, die Göbbs hatte, was Flugzeuge betraf. Er konnte sich egal in welches Flugzeug setzen, innerhalb weniger Minuten hatte er ein Gespür für die Maschine und flog sie. Er war kein Kunstflieger. Das nicht. Aber er konnte fliegen. Und wie er das konnte. Die Horten war ein etwas anderes Flugzeug, aber sie war ein Flugzeug.

Vorsichtig probierte Göbbs ein paar Flugmanöver aus: Steigflug und Sinkflug mit verschiedenen Geschwindigkeiten. Kursänderungen, am Ende einen Sturzflug. Es ging besser, als er dachte. Dann schrie er vor Freude auf. FLIEGEN! Richtig fliegen. Einfach nur durch die Luft sausen, das Blau des Himmels oben und das Weiß der Antarktis unten.

›*Genau. Und da unten sterben deine Freunde!*‹ Diese Bemerkung der Großvater-Stimme holte ihn zurück.

Er entsicherte die Waffen und nahm Kurs auf Neuschwabenland. Das Dach des Flugzeughangars hob sich unter einer Reihe von Explosionen und Feuerzungen leckten darunter hervor. Da musste es wohl die Treibstoffreserven erwischt haben. Vereinzelt flüchteten noch Menschen aus der Halle. Seinen Kurs jedoch setzte er in Richtung Adolf-Hitler-Massiv. Irgendwo dort war ein Kettenfahrzeug unterwegs. Egal. Der Flak-Turm am Hang des Berges war wichtig. Am Aufblitzen des Mündungsfeuers konnte er erkennen, dass die Flak ihn unter Feuer nahm. Über das Visier nahm er genauen Kurs auf den Turm, feuerte und rauschte darüber hinweg. Verdammt ging das schnell. Das musste er nochmal machen. Die Gefahr, wenn er langsamer flog, bestand darin, dass die Flak ihn erwischen würde.

Er wendete und flog einen zweiten Angriff. Erst der dritte brachte den gewünschten Erfolg. Göbbs war noch nie ein guter Schütze gewesen. Bisher war das so gewollt. Er hatte sich darin gefallen, schlecht zu schießen. Es störte ihn nicht, von vielen deswegen verspottet zu werden. Aber fliegen konnte in seinen Einheiten keiner besser als er. Jetzt allerdings kam es auch auf das Schießen an. Der Turm verging in einer Explosion aus schwarzem Rauch. Wahrscheinlich hatte er die Munition der Flak erwischt.

Seine Männer jubelten hinter ihm, als die Panzerfaust den zweiten Flak-Turm in die Luft gesprengt hatte. Unbehelligt waren sie nah an den Turm herangekommen. Die Besatzung war ganz darin vertieft gewesen, die überraschenden Angriffe der über sie hinweg rasenden Horten mit dem Feuer ihrer Flak zu erwidern. Da störte auch nicht der Donner des explodierenden Flugzeughangars. Das scheinbar eigene Fahrzeug mit den Männern darin, die zumindest deutsche Uniformjacken und Stahlhelme trugen, wurde dabei nicht beachtet. Olav freute sich, mit der letzten Granate einen Treffer gelandet zu haben und gleichzeitig nicht vom Feuer der Horten erwischt zu werden. Es war die bei weitem bessere Entscheidung gewesen, nach dem Funkspruch von Göbbs diesen hier am zweiten Flak-Turm zu unterstützen, anstatt den Trupp in einen fast aussichtslosen Kampf gegen die deutschen Fußtruppen zu führen.

Was für ein Teufelskerl, dieser Göbbs. Entführte einfach eine dieser wahnsinnigen Maschinen der Deutschen, legte, wie auch immer, ihren gesamten Flugzeughangar mit der darin befindlichen Flotte in Schutt und Asche und flog dann selbst Angriffe gegen die Station. Nur schießen musste er noch lernen. Wenn Olav den Turm nicht mit seiner Panzerfaust in die Luft gejagt hätte, wäre Göbbs wohl noch drei- bis viermal gegen die Flak angeflogen, bis er einen Treffer gelandet hätte.

Aber Mut hatte er, das musste man ihm schon lassen.

Die Maschine flog eine Schleife und hielt auf die Linien der Deutschen zu.

Olav sah sich um, dann pfiff er auf zwei Fingern. Seine Leute blickten zu ihm. Ohne ein Wort wies er mit der Hand zu dem Gebäude mit den Antennen, weiter oben am Berg. *Das da*, sagte sein Blick, *muss weg*.

»Was für ein Teufelskerl, dieser Johann Grøt!« Tronfjell hustete nach diesem Satz. Blut landete auf der Erde, als er neben den Felsen spuckte, auf den er sich stützte, um das Flugmanöver der Horten zu beobachten. Sie donnerte über die Reihen der Deutschen und ihre Bordkanonen feuerten ununterbrochen. Es war nicht wichtig, dass die Geschosse drei bis fünf Meter neben den Deutschen die Erde aufrissen. Es war wichtig, dass ein großer Teil von ihnen die Waffen wegwarf und davonstürmte, als die Maschine ein zweites Mal zurückkehrte. Norweger und Argentinier rissen ihre Waffen hoch und jubelten Göbbs zu, der viel zu schnell vorbei war, als dass man ihn erkennen konnte. Das dritte Mal flog die Horten an, jetzt auf der anderen Seite der Eingeschlossenen. Hier allerdings trafen die Geschosse die Reihen der Deutschen ziemlich genau.

»Unser Freund schießt sich allmählich ein«, knurrte Willo, der Schiffsarzt.

»Zeit wird's« Tronfjell stützte sich auf die Schulter seines Freundes und sackte wieder nach unten. »Macht den Rest mal ohne mich, ich bleib noch einen Moment hier sitzen.« Wieder hustete er und erneut landete Blut auf der Erde, hell und viel. *Viel zu viel*, dachte Tronfjell. *Scheiß-Blut.*

Über ihnen drehte die Horten ab in Richtung Norden, auf das Meer hinaus.

Göbbs zog die Maschine auf über tausend Meter hoch und lehnte sich einen Moment zurück. Es lief deutlich besser, als er gedacht hatte. Nach dem zweiten Angriff auf den Flak-Turm und einem Blick auf die Treibstoffanzeige hatte er bereits an sich gezweifelt und überlegt, ob er den Norwegern unten helfen oder lieber gleich in Richtung Meer abdrehen und den amerikanischen Flottenverband unterstützen sollte. Einen Versuch hatte er noch unternehmen wollen und …

›Bumm, hast du den Turm weggeknallt!‹ Die Großvater-Stimme klang sichtlich zufrieden.

Göbbs zog mit der linken Hand die Karten vor, während die rechte den Steuerknüppel umfasst hielt. Ja, dort war der Flottenverband mit seinem wahrscheinlichen Kurs eingezeichnet. Nach einem Blick auf den Kompass korrigierte Göbbs seinen eigenen Kurs noch etwas und zog die Maschine weiter hoch. Er kontrollierte Treibstoffanzeige und Abgastemperatur, erhöhte die Geschwindigkeit und spähte über das Meer.

»Komm schon!« Wo war der Verband? Er griff nach dem Funkgerät und begann den Äther zu durchsuchen. Irgendwann erwischte er die Wellenlänge der deutschen Flugzeuge, die sich darüber absprachen, welches der Schiffe sie angreifen wollten. Zwei konzentrierten sich wohl auf den Flugzeugträger, die anderen beiden jeweils auf eines der kleineren Schiffe. Zeitgleich mussten sie aber auch auf amerikanische Flugzeuge aufpassen, denn den Amis war es wohl gelungen, trotz des Angriffes einige Maschinen in die Luft zu bekommen.

Göbbs zog die Horten noch höher. Wo verdammt waren die? Er drehte weiter an der Einstellung des Funkgerätes und erwischte kurz darauf die Amerikaner. Hektische, fast schon panische Befehle wurden von Schiff zu Schiff gegeben, Order an die Flugzeuge, Hilferufe … kurz: es herrschte Chaos.

Göbbs schaltete sich ein. »An den amerikanischen Flottenverband. Hier spricht Johann Göbbs …«

»Wir haben diesen Maschinen nichts entgegenzusetzen, Sir!« Donnegan sah entsetzt zu, wie das Unterstützungsschiff sank und die Mannschaft verzweifelt versuchte, sich in die Boote zu retten. Unaufhörlich bellten auf allen Schiffen die Flugzeugabwehrkanonen. Die sechs Flugzeuge, die sie selbst bisher in die Luft bekommen hatten, waren von den Deutschen problemlos auf zwei reduziert worden. Diese Monster-Maschinen hatten die amerikanischen Flugzeuge förmlich vom Himmel gepflückt. Die restlichen beiden hatten nicht den Hauch einer Chance, eine dieser deutschen Maschinen auch nur andeutungsweise vor die Visiere zu bekommen. Und diese Deutschen ignorierten die hinter ihnen her schießenden Flieger einfach. Die Angreifer konzentrierten ihr Feuer auf die Schiffe. Ein Zerstörer war schwer beschädigt. Qualm stieg vom Vordeck auf. Das Unterstützungsschiff *USS Merrick* sank, die beiden Eisbrecher ließen sich zurückfallen, um nicht ebenfalls in das Feuer zu geraten. Eine trügerische Hoffnung, dachte Donnegan. Wären die Deutschen mit den wehrhaften Schiffen fertig, würden sie die Eisbrecher garantiert nicht entkommen lassen.

Sie hatten nur Glück, dass diese Maschinen weder Torpedos, noch Bomben einsetzten. Sie schossen ausschließlich mit ihren Bordkanonen. Ansonsten hätte es für die Flotte schon bedeutend schlechter ausgesehen. Zwei Maschinen beharkten die auf der *USS Saratoga* stehenden Flugzeuge und hinderten sie durch ihr Feuer am Aufstieg.

»Mein Gott«, knurrte Donnegan. »Ich komme mir vor wie 1941 in Pearl Harbor. Wir werden einfach in Grund und Boden geschossen.«

»Treffer!«, brüllte der Matrose mit dem Fernglas. Die Köpfe von Franklin und Donnegan schossen unisono herum. »Wo?«, bellte der Kapitän.

Die ausgestreckte Hand des Matrosen wies auf eines der deutschen Flugzeuge. Die Maschine taumelte, schraubte sich in die Höhe, schien dann förmlich in der Luft zu zerbrechen und fiel in mehreren Einzelteilen vom Himmel.

»Der Flieger ist voll in das Sperrfeuer der *USS Lusitania* reingeflogen, Sir. Mindestens eine Granate der Flak hat eine Tragfläche durchschlagen. Auch wenn sie erst weiter oben explodiert ist, hat das die Maschine scheinbar so beschädigt, dass sie jetzt abschmiert.«

»Abschmiert?« Donnegans Rücken versteifte sich.

»Verzeihung, Sir.« Der Matrose, eben noch sichtbar euphorisiert über den Zufallserfolg, schluckte. »Abstürzt, Sir.«

»Sir«, der Funker meldete sich. Franklin und Donnegan sahen zu ihm. »Das sollten Sie sich anhören, Sir.« Ratlos hielt er dem Kapitän den Kopfhörer hin, ohne daran zu denken, dass er das empfangene Signal auf den Lautsprecher schalten konnte.

›Das sieht glatt so aus, als würden deine amerikanischen Freunde gerade so richtig eins auf die Fresse kriegen von den Deutschen. Aber so richtig!‹ In der Großvater-Stimme schwang etwas wie Panik, aber auch ein kleiner Hauch Faszination mit.

Göbbs besah sich das Massaker, das die Deutschen unter den amerikanischen Schiffen anrichteten. Eines sank, Rettungsboote wurden auch von zwei anderen Schiffen heruntergelassen, Rauchfahnen stiegen auf und dazwischen die zornigen, schwarzen Hornissen – die Horten. Drei an der Zahl. Wahrscheinlich war es den Amerikanern irgendwie gelungen, eine der Maschinen abzuschießen.

»An den amerikanischen Flottenverband«, begann Göbbs zum dritten Mal. »Hier spricht …« Plötzlich folgte eine Stimme, die Ruhe auf allen Kanälen befahl. Dann: »Verdammt Gebbs, wo kommen Sie denn her? Ich denke, Sie sind in Argentinien?«

»Franklin. Das hätte ich mir denken können. Aber schön, dass Sie dabei sind, wenn Ihre Jungs die Kohlen aus dem Feuer holen sollen.«

»Sind Sie wirklich in der Maschine, die dort oben kreist?«

»Ja! Aber das Gespräch darüber sollten wir abkürzen. Sie stecken ein wenig in der Klemme, wenn ich das so sagen darf.«

»Um Gottes Willen, Gebbs, helfen Sie uns. Die schießen uns hier in Klump.«

»Das sehe ich, Major. Und deshalb bin ich hier. Meine Männer übernehmen Neuschwabenland und ich helfe Ihnen hier. Okay? Geben Sie Ihrer Flak und Ihren Flugzeugen den Befehl, nicht auf mich zu schießen. Meine Maschine hat die Kennung 7F. Habe ich den Eindruck, dass außer den Deutschen jemand Jagd auf mich macht, dann drehe ich ab und überlasse Sie Ihrem Schicksal. Meine Männer haben inzwischen den Stützpunkt erobert. Ich habe also einen sicheren Zufluchtsort.«

»Gebbs, ich weiß nicht, ob die Schützen bei der Geschwindigkeit, die diese Maschinen an den Tag legen, hier einzelne Flugzeuge unterscheiden können …«

»Je länger Sie diskutieren, Franklin, desto mehr Ihrer Leute sterben gerade.«

»Ich …«

»Geben Sie einfach diesen verdammten Befehl! Ich möchte nicht von denselben Leuten gejagt werden, denen ich helfen will.«

Es herrschte einen Moment Funkstille, dann meldete sich eine andere Stimme auf dem Kanal. »Sir, hier ist Captain Cunningham, Kapitän der *USS Lusitania.* Ich habe meiner Flak den Befehl gegeben, auf Ihre Maschine zu achten und sie nicht unter Feuer zu nehmen. Bitte helfen Sie uns.«

»Was fällt Ihnen ein …«, brüllte Franklin los, wurde aber durch einen anderen Sprecher unterbrochen. »Sir. Captain Havering hier, *USS Jenkins.* Ich habe meinen Männern denselben Befehl gegeben.«

Es herrschte einen Moment Ruhe auf der Frequenz. Dann meldete sich Franklin wieder. »Sie verdammter Hund, Gebbs. Wenn wir das alles hinter uns haben, dann müssen Sie mir erklären, wie Sie es bis hierher geschafft haben. Ich übergebe an Captain Donnegan.«

»Donnegan hier.« Das war wieder eine andere Stimme. »Befehl an alle Schiffe. Schießen Sie auf keinen Fall, ich wiederhole, auf keinen Fall auf das deutsche Flugzeug mit der Kennung 7F. Darin sitzt einer unserer Männer.«

Die Bestätigung kam schnell von allen Schiffen und während Göbbs schon mit jaulenden Triebwerken abwärts schoss, setzte der ursprüngliche Funkverkehr aus Meldungen, Befehlen und Bestätigungen wieder ein.

Göbbs stellte die Wellenlänge der deutschen Flieger ein und ließ die Horten dann im steilen Sinkflug nach unten fallen. »Dann zeig mal, was du so drauf hast, Mädchen.« Die Flugzeuge der Deutschen hatten nicht auf den Funkverkehr bei den Amerikanern reagiert. Sie flogen unbeirrt ihre Angriffe auf die Schiffe, zwei auf den Flugzeugträger, eines auf einen der Zerstörer. Er hörte Meldungen vom Angriff, aber keine Warnung vor einer feindlichen Horten. Auch Neuschwabenland meldete sich nicht. Eigentlich hatte er damit gerechnet, dass die Station ihre Flieger warnte oder zumindest einen von ihnen zur Unterstützung zurückbeorderte. Dass sie das nicht taten, war ihm unverständlich. Er wusste nicht, dass Olav und seine Männer die Funkantennen auf dem Adolf-Hitler-Massiv gesprengt hatten.

Eines der deutschen Flugzeuge, das gerade den Flugzeugträger angegriffen hatte und sich entfernte, um in einer weiten Schleife zurückzukehren, wählte er sich als erstes Ziel aus. Er wäre gern aus der Sonne gekommen, was aber nicht möglich war. Seine Geschwindigkeit war höher als die seines Gegners. Eine Kurve fliegend setzte sich Göbbs weit über den feindlichen Flieger auf dessen Kurs. Dann drückte er den Steuerknüppel nach vorn und ging auf steilen Sinkflug.

Keine Leuchtspurmunition hieße, dass er nicht sehen würde, wie genau er schoss. Andererseits gab es Meinungen unter den Fliegern, die sagten, die Leuchtspurgeschosse würden eine andere Flugbahn haben als die normale Munition. Man solle sich nicht an ihnen orientieren. Außerdem würde das effektive Schussfenster bei diesen Geschwindigkeiten so klein sein, dass er kaum Gelegenheit haben würde, den Leuchtspurgeschossen mit den Augen zu folgen.

Als er die Maschine in etwa vierhundert Metern Entfernung vor sich im Visier hatte, begann er zu feuern. Zwei Feuerstöße, dann tauchte er unter die Flughöhe der gegnerischen Maschine, zog seine Horten wieder hoch, nahm Geschwindigkeit aus seinem Flug, »parkte« hinter der gegnerischen Maschine und attackierte das Flugzeug von unten. Diese Salve zerfetzte das Flugzeug förmlich in der Mitte. Göbbs drehte seitwärts weg, um nicht mit den Trümmern der abgeschossenen Maschine zu kollidieren und sah sich nach den anderen beiden Flugzeugen um.

»Kramp, hast du gesehen, was mit Tebbenhoff passiert ist?«, tönte es aus dem Funkgerät. Der Fragende war völlig perplex.

»Wer zum Teufel ist das?« antwortete der zweite Flieger.

»Damit bin ich enttarnt«, flüsterte Göbbs und hielt frontal auf die Maschine zu, die ihren Angriff auf den Flugzeugträger abbrach und Kurs auf Göbbs nahm.

»Das muss Schröters Maschine sein!« Das war wieder der erste Flieger.

»Pass auf, Lindner! Wer weiß, was für ein Typ da drin ist. Ich komme dir zu Hilfe.« Dann: »Schröter? Sitzt du da drin? Was zum Teufel ist hier los? Schröter?«

Göbbs feuerte schon in fünfhundert Metern Entfernung, lange, bevor er in die optimale Schussentfernung kam. Vom gegnerischen Flugzeug jagten Leuchtspurgeschosse auf ihn zu. Er ließ seine Maschine über die rechte Tragfläche abkippen und sauste an der permanent feuernden Maschine vorbei. Im selben Moment zog er seine Horten zum Looping hoch, zu einem sehr engen Looping, hoffend, dass die Maschine dieses Manöver mitmachte. Es presste ihn in den Sitz, die Triebwerke jaulten und es knackte bedrohlich in der Konstruktion der Horten. Göbbs befürchtete schon, die Maschine überlastet zu haben. Auf dem Höhepunkt des Loopings, in Rückenlage fliegend, brach Göbbs das Manöver ab und drehte die Horten mit vollem Querruderausschlag um die Längsachse. So befand er sich jetzt hinter und über seinem Gegner.

»Der gute alte Immelmann«, flüsterte Göbbs und meinte damit den deutschen Jagdflieger aus dem Ersten Weltkrieg, nach dem dieses Manöver benannt worden war.

Göbbs gab vollen Schub und feuerte von oben auf die andere Maschine. Der andere Pilot ließ seine Maschine nach links abkippen und kam so aus der Feuerlinie. Göbbs zog hinterher. Die verfolgte Maschine ging vielleicht vierhundert Meter vor Göbbs in steilen Sinkflug über und begann zu trudeln. Wahrscheinlich wollte der Flieger weiter unten wieder in Steigflug übergehen. Das Trudeln des Gegners machte es Göbbs unmöglich zu zielen. Jeder Schuss wäre vergeudete Munition. Etwa zweitausend Meter über dem Meer stoppte der Flieger den Sinkflug und zog die Maschine weich in den Horizontalflug, dabei pendelnd, beinahe wie das Trudeln eben beim Sinkflug. Göbbs folgte. Das Manöver des Gegners nötigte Göbbs Respekt ab. Um Trudeln abzufangen, musste man mit dem Seitenruder dagegen halten. Die Horten hatte als Nurflügler aber kein Heckleitwerk und damit keine Seitenruder wie andere Maschinen, sondern ausfahrbare Klappen an den Flügelenden. Göbbs selbst hätte sich dieses Manöver nicht getraut, weil er nicht wusste, wie die Maschine beim Versuch des Abfangens reagiert hätte.

Seine Augen klebten förmlich an seinem Gegner.

»Was hast du vor?« Dann, als ahnte Göbbs, was der andere wollte, nahm er Geschwindigkeit raus. Im selben Moment führte das Flugzeug vor ihm eine halbe Drehung nach rechts aus, flog also einen Moment »hochkant«. *Halbe Rolle*, dachte Göbbs und senkte die Nase seiner Maschine eine Winzigkeit, bevor sein Gegner mit einem Abwärtsschwung versuchte, ihm zu entkommen. Er wollte die zweite Hälfte des Loopings ausführen, den Göbbs vorhin abgebrochen hatte, flog aber genau in den Feuerstoß hinein, den Göbbs in diesem Moment abgab. Es war, als ob jemand die rechte Tragfläche der Maschine abrasieren würde. Göbbs sah noch, wie die Plexiglashaube abgesprengt und der Schleudersitz herauskatapultiert wurde, dann war er vorbei.

Wo war die dritte Maschine? Er sah sich um, konnte sie aber nicht sehen.

»Komm schon, wo bist du?«

Panisch drehte er sich nach hinten und oben, befürchtete den Gegner genau da, wo er selbst eben noch seinem Gegner gesessen hatte, im Nacken. Aber da war niemand, der im Sturzflug auf ihn zukam. In einem großen Bogen gewann er an Höhe und kehrte zum Flottenverband zurück. Wo war diese Maschine?

»Suchst du mich?«, krächzte es aus dem Funkgerät.

Er war also noch da, nicht nach Neuschwabenland geflüchtet, um dort die Norweger anzugreifen.

Göbbs zog einen Kreis, reagierte nicht auf den Satz aus dem Funkgerät?

»Wer bist du? Schröter würde nie seine eigenen Leute abschießen.«

Langsam zog Göbbs die Maschine höher, ließ den Blick über den Flottenverband schweifen. Hier konnte sich die Horten nicht verstecken. Die Amerikaner dort unten leckten sich ihre Wunden und retteten ihre Leute aus dem Wasser. Es würde noch eine Weile dauern, bis sie den ganzen Schrott vom Flugzeugträger so weggeräumt hatten, dass ihre eigenen Maschinen wieder starten konnten. Nur die beiden in der Luft befindlichen Flugzeuge patrouillierten in weiten Kreisen um den Verband. Wo war diese verdammte Horten? Über dem Meer war nichts zu erkennen.

»Habt ihr Neuschwabenland eingenommen?«

»Komm schon«, knurrte Göbbs, ohne auf Sendung zu gehen. »Zeig dich. Wo, verdammt, bist du?«

Wo konnte man sich hier in der Luft verstecken? In großer Höhe?

Göbbs schraubte sich noch höher, drehte den Kopf hin und her. Sah nach oben, hinter sich, suchte. Keine Wolke am Himmel, in der man sich verbergen konnte.

›Wo würdest du dich verstecken?‹, flüsterte die Großvater-Stimme.

»Verdammt!«, fluchte Göbbs. Er riss den Steuerknüppel rum und raste auf die tiefstehende Sonne zu. Dabei wandte er die Taktik an, die er eben bei seinem Gegner gesehen hatte, er ließ das Flugzeug leicht taumeln. Das erschwerte seinem Gegner das Zielen, verringerte aber auch seine eigene Geschwindigkeit. Und da war er, kam mit voller Geschwindigkeit aus der Sonne auf ihn zugeflogen. Göbbs feuerte, versuchte den Leuchtspurgeschossen auszuweichen, die ihm schneller als das Flugzeug entgegenkamen, und ließ sich nach links über die Tragfläche abkippen.

Er ging in Horizontalflug über und sah sich um. Wo war der Flieger? Hinter ihm. Und weit höher als er selbst. Er nahm Geschwindigkeit auf und jagte im Sturzflug auf Göbbs zu. Der legte den Steuerknüppel ganz leicht nach links, kaum zu erkennen, aber weit genug, dass der mit hoher Energie herabsausende Gegner hinter ihm vorbeijagte und seine Munition wirkungslos an Göbbs vorbeiflog. Sofort zog der Angreifer wieder hoch um sich irgendwo über Göbbs zu positionieren.

»Ja, schieß du nur.«

Göbbs, dessen Maschine bei dem Manöver deutlich langsamer geworden war als die seines Gegenübers, zog kurz auf der Spur des anderen Fliegers hinterher. Er war jetzt etwa siebenhundert Meter hinter der anderen Maschine und weit unter ihr. Sein Gegner zog in einer weiten Kurve nach rechts, wollte sich wohl erneut hinter Göbbs setzen.

»Schade«, flüsterte Göbbs. »Du hattest so gut angefangen.«

Er zog die Maschine in einer engen Rechtskurve hoch, gab im Scheitelpunkt Vollgas und kam nach einer leichten Kurskorrektur nach links im spitzen Winkel zum Kurs der anderen Maschine. Als sein Gegner dieses Manöver bemerkte, war es für ihn zu spät. Er flog in knapp dreihundert Metern Entfernung direkt vor Göbbs vorbei und voll hinein in dessen Geschossgarbe. Das

Flugzeug wurde in der Luft zerfetzt und verging in einem Feuerball. Göbbs musste einen der Treibstofftanks getroffen haben.

Erst jetzt merkte er, wie verkrampft er war. Mit zitternden Fingern stellte er die Wellenlänge der Amerikaner am Funkgerät ein und vernahm Franklins fast schon hysterische Rufe.

»Gebbs? Gebbs? Waren Sie das? Gebbs, melden Sie sich, verdammt!«

»Ganz ruhig, Franklin.« Göbbs atmete mehrmals tief durch, bevor er weiter sprechen konnte. »Sie können in aller Ruhe Ihren Schrott wegräumen. Wir sehen uns in Neuschwabenland.«

»Gebbs, verdammt, Sie Himmelhund.«

Dann wechselte die Stimme wieder. »Sir, Captain Donnegan hier. Ich bin der Kommandant des Flottenverbandes und erlaube mir, mich im Namen der Männer auf allen Schiffen bei Ihnen zu bedanken. Sie haben verdammt viele Leben gerettet heute und wir werden Ihnen das nicht vergessen. Major Franklin sagte, dass Sie ein Agent in der Wehrmacht waren. Ein deutscher Flieger. Ich bin froh, dass Sie auf unserer Seite stehen, so wie Sie geflogen sind. Glauben Sie mir, ich habe schon so manch einen Teufelskerl von uns fliegen sehen, aber Sie haben allem die Krone aufgesetzt. Gut, dass Sie nie gegen uns gekämpft haben.«

»Danke, Captain.« Göbbs fühlte sich plötzlich unendlich müde, jetzt, wo die Anspannung nachließ.

»Gebbs?« Das war wieder Franklin. »Bringen Sie mein Baby wieder zurück. Ich will mir dieses Meisterstück in aller Ruhe ansehen können.«

»Ihr Baby, Major Franklin?« Göbbs begriff im ersten Moment nicht, was der Major meinte.

»Mein Flugzeug, Gebbs. Fliegen Sie es zurück nach Neuschwabenland.«

»Ihr Flugzeug?«

›Spinnt der?‹ Die Großvater-Stimme klang echt verblüfft.

»Bringen Sie es zurück. Wir sehen uns morgen. Ich hoffe, Ihre Männer haben dort alles im Griff?«

»Das hoffe ich auch.«

Göbbs schaltete das Funkgerät aus und drehte die Nase der Horten Richtung Neuschwabenland. Sein Baby? Er schnaubte.

Sehr langsam überflog er die Station, hatte Funkkontakt mit seinen Leuten. Sie hatten Geiseln befreit, Gefangene gemacht. Aber die Deutschen hatten sich im unterirdischen Teil der Station verschanzt.

»Lasst die mal da sitzen«, hatte Göbbs gesagt. »Das können die Amerikaner morgen erledigen.« Dann zog er im Landesinneren die Maschine hoch und nahm Kurs aufs Meer. Wie zum Abschied streichelte er über das Armaturenbrett. »Hast du gut gemacht, Mädchen.« Vor ihm tauchte die Küstenlinie auf. Direkt über Neuschwabenland sprengte er die Plexiglashaube ab und betätigte den Schleudersitz. Als sich der Fallschirm öffnete und seinen Sturz ruckartig abfing, sah er, wie die Maschine über dem Meer ins Trudeln kam, abschmierte und kurz darauf auf der Wasseroberfläche aufschlug.

›Dein wievieltes Leben war das jetzt?‹ Der Spaß in der Großvater-Stimme war nicht zu überhören.

Göbbs grinste, obwohl der eiskalte Wind hier oben ihm fast den Atem nahm. Er griff in die Seile des Fallschirms und steuerte auf eine ebene Fläche nördlich der Station zu.

Mein zehntes. Der Wind ließ die Tränen in seinen Augen gefrieren.

›Ich denke Katzen haben neun Leben?‹

Jetzt musste er laut auflachen. *Wer wird denn so kleinlich sein?*

40

21. Januar 1946, Neuschwabenland

Die überlebenden Geiseln waren problemlos auf den Walfängern angekommen, der größere Teil jedenfalls, etwa dreißig. Die restlichen fünfundzwanzig wollten in die Vereinigten Staaten und begaben sich zu den Amerikanern auf die Schiffe. Es hatte sich herausgestellt, dass die Deutschen den Geiseln rigoros die Verpflegung zusammengestrichen hatten, als die Nahrungsmittel in Neuschwabenland knapp geworden waren. Wozu Geiseln ernähren, deren Hauptaufgabe sowieso zum größten Teil bereits erledigt war oder in wenigen Wochen erledigt sein würde? Den Winter hatten nur fünfundfünfzig Geiseln überlebt.

Die von den Norwegern gefangen genommenen Deutschen hatten sie an die Amerikaner weitergereicht. Was sollten sie mit Gefangenen? Auch Grübener wurde dort eingereiht.

Die Leichen der Gefallenen hatten sie auf das Eis an ihrem Landeplatz gelegt. Zweiundzwanzig Mann lagen dort. Sie würden sie auf See bestatten, so wie sie das vor ihrer Landung an der Küste der Antarktis abgesprochen hatten.

Göbbs ging zu den in Doppelreihe Liegenden. Man hatte sie in Segeltuch eingeschlagen. Langsam durchschritt er die Reihe. Irgendwo schrie eine Möwe, doch selbst die unweit stehenden, ständig schnatternden Pinguine waren ruhig und sahen neugierig zu dem Mann, der vor der letzten Leiche stehen blieb. Göbbs nahm die Mütze vom Kopf, stopfte sie in die Jackentasche und hockte sich hin. Vorsichtig griff er nach dem Segeltuch, zog es auseinander und strich dem darunter erscheinenden Gesicht die Haare aus der Stirn.

»Da liegst du nun.« Er schluckte. »Ich hätte dich gern in deinem Fischerdorf bei Fauske besucht, dort oben in Norwegen.«

Irgendjemand hatte Tronfjell die Augen geschlossen. Sein Gesicht wirkte wächsern.

»Ich glaube«, flüsterte Göbbs heiser, »wir hätten gute Freunde werden können.« Eine Träne wanderte aus dem Augenwinkel die Nase herab und blieb an der Nasenspitze hängen.

»Nein«, langsam schüttelte Göbbs den Kopf. »Du warst mein Freund …« Dann brach seine Stimme. Der einen folgten weitere Tränen und das erste Mal seit Beginn dieses Abenteuers weinte Göbbs. Er weinte um Tronfjell, aber auch um all das, was kaputt gegangen war, was er verloren und was er getan hatte. Er fiel förmlich nach vorn auf die Knie, sackte mit dem Oberkörper auf seine Oberschenkel und wimmerte, bis ihm der Hals wehtat und die Augen brannten.

Norweger und Argentinier, die ihn von weitem beobachteten, ließen ihn da hocken. Fast eine halbe Stunde blieb Göbbs neben Tronfjell, dann hatte er seine Tränen getrocknet. Der Schmerz aber würde bleiben.

Göbbs und Franklin standen am Ufer an den Stellen, an denen die Landungsboote angelegt hatten. Erneut wurden Deutsche zum Flottenverband gebracht. Zivilisten wurden an ihnen vorbeigeführt. Gefangene aus den unterirdischen Bereichen der Station, bevor diese, wie Franklin ihm versichert hatte, zerstört würde. Amerikanische Soldaten schleppten Koffer, Kisten mit Dokumenten, Wäschekörbe mit Papieren. Alles, von dem die Amerikaner dachten, dass es ihnen nützlich sein könnte. Das Plündern der Station würde noch Tage dauern.

»Zu schade, Gebbs, dass Sie all die schönen Flugzeuge hier kaputt gemacht haben. Ein paar davon hätten wir schon gern mitgenommen.«

Göbbs erkannte unter den Gefangenen Steinbauer. Der Ingenieur sah nicht zu ihnen rüber, unterhielt sich angeregt mit einem amerikanischen Offizier, der neben ihm lief, und machte überhaupt nicht den Eindruck, als würde ihn die Gefangennahme bekümmern. Eher im Gegenteil. Die meisten der Zivilisten schienen froh, diesem eisigen Gefängnis entkommen zu sein.

Nur wenige Schritte hinter Steinbauer lief ein Mann, kleiner als die meisten anderen, leicht hinkend, als hätte er ein Problem mit einem seiner Füße, schmalgesichtig und tiefliegende, große Ohren. Hinter ihm lief eine blonde Frau mit sechs Kindern, fünf Mädchen und einem Jungen im Alter von vielleicht sechs bis etwa vierzehn oder fünfzehn Jahren. Göbbs sah ihnen hinterher.

»Das …«, er räusperte sich. »Das war doch Goebbels eben. Joseph Goebbels mit seiner Familie.«

Franklin sah ihn an. »Mag sein. Wir werden das überprüfen.« Viel Interesse klang nicht aus der Stimme.

»Es ist Ihnen nie nur um die Nazis gegangen, nicht wahr?«

Franklin sah Göbbs an. »Es ist nie um die Nazis gegangen«, bestätigte er. Dann sah er wieder über die Station. »In einigen Tagen werden unsere Bomber das hier alles in Grund und Boden bomben. Vorher sprengen wir die unterirdischen Bereiche, wenn wir sie leer geräumt haben. Dann ist hier Schluss. Nichts wird übrig bleiben, keine Spur, kein Stein auf dem anderen. Und irgendwann hat das Eis der Antarktis auch die letzte Spur von Neuschwabenland getilgt.

Sie können sich mit Ihren Schiffen gern unserem Konvoi anschließen, Gebbs, bis wir dauerhaft eisfreies Wasser erreicht haben. Danach wünsche ich Ihnen eine gute Reise, wo auch immer Ihre Reise hingeht.«

Erst Sekunden später realisierte Göbbs, dass der Amerikaner im ersten Satz seiner Antwort ein wichtiges Wörtchen weggelassen hatte.

›Das war doch sowas von klar‹, murrte die Großvater-Stimme.

»Was wird jetzt hier passieren?« Göbbs musste gegen den inneren Drang ankämpfen, seine geballten Fäuste auf Franklin loszulassen.

»Wie ich gesagt habe, wir werden das hier in Schutt und Asche legen. Keine Spur soll von Neuschwabenland bleiben.«

»Die wird in den Köpfen bleiben, die Spur.«

Franklin lachte auf. »Ha, das befürchte ich. Gerüchte über einen Rückzugsort der Nazis werden sich ausbreiten. Vermischt mit der Fantasie der Ewiggestrigen wird es die Geschichte hier aufblähen. Vielleicht verfrachten sie die Nazis sogar auf den Mond oder unter die Erde hier am Südpol. Dabei hätten die Deutschen schwerlich einen weiteren Winter überstanden. Ich habe mir das hier alles angesehen. Desolate Heizungen, geringe Vorräte, aufgebrauchte Medikamente. Die hätten nicht einmal den zweiten Hangar fertig stellen können. Schon jetzt konnten sie gerade mal fünf Flugzeuge startbereit machen, weil ihnen der Treibstoff und Ersatzteile fehlten. Ihre Munition ging zur Neige. Glauben Sie mir, Gebbs, die meisten von denen«, er wies auf die zu den Booten Strömenden, »sind froh, hier wegzukommen. Was glauben Sie denn, warum Ihre Leute gegen die Deutschen gewonnen haben? Weil Sie auf der richtigen Seite waren?«

Jetzt schnaubte Göbbs. »Die richtige Seite? Wo ist die bitte?«

Franklin strich sich über die Stirn. »Lassen Sie uns keine Haarspalterei betreiben. Sie haben, was Sie wollten. Ich habe, was ich wollte. Auch wenn Sie unbedingt die Flugzeuge kaputt machen mussten. Das hätte mir schon gefallen, ein paar von den Maschinen mit nach Hause zu nehmen.«

»Tut mir leid, Ihre Souvenirs verbrannt zu haben.« Im Gegensatz zu den Worten schwang aber keinerlei Mitleid in Göbbs' Stimme mit. In dem Ton hätte er auch sagen können: »Ups, ich habe ein wenig Kaffee auf der Tischdecke verschüttet. Na, macht nichts. Die musste sowieso gewaschen werden.«

41

28. Februar 1946, Refugio del alemán, San Ignacio, Provinz Misiones, Argentinien

»Neuschwabenland ist verstummt, Herr Generaloberst.« Kindervater sah auf den Rücken seines Vorgesetzten. Knopfler hatte sich der Uniform endgültig entledigt. Ein khakifarbenes Hemd spannte sich um die Schultern, eine halblange Hose und schwarze Lederschuhe vervollständigten das ungewohnte Aussehen des Wehrmachtsgenerals. Das einzige, was sich nicht geändert hatte, war der jetzt wieder an der Wand des Raumes hängende van Gogh. Knopfler würde dieses Bild niemals mehr herausrücken, das hatte er vor einigen Wochen zu Kindervater gesagt. Es ging das Gerücht, in seinem Testament hätte er verfügt, das Gemälde nach seinem Tod mit ihm zusammen zu beerdigen.

»Dieser verdammte Göbbs.« Der Generaloberst tobte nicht mehr. Er hatte sich mit den Realitäten abgefunden. »Wissen wir mittlerweile, was passiert ist?«

»Unser Kontakt im amerikanischen Geheimdienst hat uns entsprechende Informationen zukommen lassen. Der Kapitän von U 530, Oberleutnant zur See Wermuth, hat sich den Amerikanern ergeben, weil das Boot in so einem schlechten Zustand war, dass es keine Antarktisfahrt mehr hätte machen können. Außerdem wäre der Zugang zum Unterseehafen Neuschwabenlands durch eine Eisverschiebung zerstört worden.«

»Dann hat ein deutscher Offizier sein Boot im Atlantik zu versenken! Mitsamt seiner Mannschaft und sich selbst!«, knurrte Knopfler.

»Oberleutnant zur See Schaeffer, Kapitän von U 977, hat sein Boot wie schon zuvor Wermuth in ähnlich beschädigtem Zustand in Mar del Plata dem Feind übergeben. Wir haben erfahren, dass beide Kapitäne dem amerikanischen Geheimdienst gegenüber Informationen zur Lage, Größe, Bewaffnung und Besetzung von Neuschwabenland gemacht haben. Zeitgleich mit dem Angriff einer amerikanischen Einheit ist Göbbs mit norwegischen Guerillas in Neuschwabenland eingefallen. Hätte Göbbs nicht eine der Horten gekapert, wäre es unseren Fliegern gelungen, den Angriff der Amerikaner abzuwehren. So hat Göbbs den Hangar mit den Flugzeugen zerstört und ist anschließend den Amerikanern zu Hilfe geeilt und unseren Männern in den Rücken gefallen.«

Knopfler flüsterte etwas.

Kindervater legte den Kopf schief. »Wie bitte, Herr Generaloberst?«

»Ich werde nicht eher ruhen«, wiederholte Knopfler nur wenig lauter und Kindervater musste sich sehr anstrengen, ihn zu verstehen, »bis Göbbs erledigt ist. Und wenn er sich in das von den Bolschewisten besetzte Berlin verzieht und dort versucht, zwischen Kommunisten und Russen unterzutauchen.« Er atmete tief durch. »Neuschwabenland?«

»Zerstört, Herr Generaloberst. Keine Überlebenden. Alle Geiseln befreit, die Besatzung erschossen oder in Gefangenschaft.«

»Die Flugzeuge?«

»Zerstört, Herr Generaloberst. Wie alles dort«, wiederholte Kindervater.

»Wir haben also nur noch das Refugio del alemán hier in San Ignacio.« Er atmete tief durch. Sein Blick wanderte über die von van Gogh gezeichnete Landschaft. »Na warte, Göbbs, dich kriege ich! Und wenn es das Letzte ist, was ich tue!«

42

05. Mai 1947, New York, an Bord der Birmingham, kurz vor deren Auslaufen nach Hamburg

Julia, irgendwo in Berlin würde sie sein. Er war fest davon überzeugt, dass er sie wiederfinden würde. Und dann würden sie gemeinsam das Gestüt seiner Eltern wieder aufbauen. Irgendwie würde er sie finden, er war sich so sicher. Um nichts anderes waren seine Gedanken in den letzten Wochen so sehr gekreist, wie um das bevorstehende Wiedersehen. Er spürte einen immer stärker werdenden Zug in der Brust, der ihn geradewegs nach Berlin zog, und er wusste, er war sich einhundertprozentig sicher, dass sie das Chaos der letzten Kriegstage dort überlebt hatte. Sie war eine Überlebenskünstlerin. War es schon immer gewesen.

»Das sind alte Zeitschriften, Sir, aus London, noch von der Herfahrt.« Der Stewart lächelte unverbindlich, als Göbbs im Salon nach einer der Zeitungen griff, die auf dem Ablagetisch lagen. Er schien sich dafür entschuldigen zu wollen, dass es ihm noch nicht gelungen war, neue New Yorker Zeitungen für die Passagiere bereitzulegen.

»Wenn Sie wollen, besorge ich Ihnen neue, Sir.«

»Schon gut«, murmelte Göbbs. Ihn hatte das Titelbild einer zerlesenen Illustrierten gefesselt. »THE SECOND PROCESS« stand dort über einem Foto von Generalfeldmarschall Erhard Milch, dem Staatssekretär des Reichsluftfahrtministeriums, Göbbs' ehemaligem Vorsitzenden. Der dazugehörige Bericht handelte vom sogenannten Milch-Prozess, dem zweiten abgeschlossenen Nachfolgeprozess der Nürnberger Kriegsverbrecherprozesse. Andere Prozesse liefen noch, gegen Ärzte, Juristen, den Flick-Konzern …

Der also jetzt auch, dachte Göbbs, als er las, dass Milch zu lebenslanger Haft verurteilt worden war. *Freigekauft von der Todesstrafe mit Aussagen gegen Speer, Göring und Saukel. Wie einfach das doch ist.* Dann fesselte ihn das Geschriebene. Im Laufe des Artikels über den Milch-Prozess wurde in einer Rückblende auf den Hauptkriegsverbrecherprozess zurückgeblickt. Auf einem Foto war die Anklagebank in Nürnberg zu sehen, mit acht der vierundzwanzig Angeklagten. Neben Göring, Heß und von Ribbentrop saß Keitel, dahinter Dönitz, Raeder, von Schirach und Saukel.

Keitel!

Generalfeldmarschall Wilhelm Bodewin Johann Gustav Keitel. Verurteilt im Prozess gegen die Hauptkriegsverbrecher am 1. Oktober 1946 und hingerichtet durch den Strang am 16. Oktober 1946 in Nürnberg.

›Sie haben gerade Generalfeldmarschall Keitel erschossen!‹

… und erschossen ein dreiviertel Jahr vor seiner öffentlichen Hinrichtung am 19. Januar 1946 im Flugzeughangar Neuschwabenlands in der Antarktis durch Johann Göbbs, ehemaliger Hauptmann im Reichsluftfahrtministerium, Agent des norwegischen Geheimdienstes und des britischen SIS.

›Sie haben gerade Generalfeldmarschall Keitel erschossen!‹

Göbbs hatte gestanden, als er sich die Zeitung genommen hatte. Jetzt setzte er sich auf einen Sessel im Salon, ohne sich den Mantel auszuziehen.

Er hörte Schröters Stimme immer wieder: *›Sie haben gerade Generalfeldmarschall Keitel erschossen!‹*

Wen hatte er erschossen? Und wer war hingerichtet worden?

Wenn Göbbs den Doppelgänger erschossen hatte, war der echte Keitel hingerichtet worden. Dann hatte er, Göbbs, eventuell einen Unschuldigen ermordet, einen, der in die *Operation Romulus* gepresst worden war. Einen Unschuldigen, der eine Kugel abbekommen hatte, weil ein anderer ihn, Göbbs, angegriffen hatte.

Hatte er aber den echten Keitel erschossen, dann hatte sein Doppelgänger in Nürnberg das Todesurteil über sich ergehen lassen.

Er blickte wieder auf das Bild der Angeklagten auf der Bank.

Wenn Keitel ein Doppelgänger war, wer dann noch?

Ein kalter Schauer lief ihm den Rücken herab. Wer von denen war echt, wer ein Doppelgänger?

Und wenn dort Doppelgänger gesessen hatten, wo waren all die anderen, die *»Echten«*?

Göbbs hatte das Gefühl, als wälze sich ein Eisberg auf seine Brust, als er an die möglichen Konsequenzen dachte, ein Eisberg kalt wie das Eis der Antarktis, das sich der Ruinen von Neuschwabenland bemächtigen würde.

Diese Frage machte ihm Angst.

Ende

Ein paar Worte zum Schluss

Okay, es werden ein paar Worte mehr. Schließlich hat mich der Roman deutlich mehr Arbeit gekostet als alle meine anderen Romane zusammen. Und außerdem haben mir dieses Mal viel mehr Menschen bei diesem einen Buch geholfen, als bei all meinen anderen Büchern zusammen.

Mir geht es wie den meisten Menschen meiner Generation hier in Deutschland: Ich habe das große Glück, keinen Krieg persönlich erlebt zu haben. Ich möchte es auch nicht. Trotzdem sind es immer wieder Kriege, Filme über Kriege, Bücher über Kriege, die einen fesseln. Deshalb sind mir drei Dinge in diesem Nachwort wichtig.

Erstens: Das vorliegende Buch ist ein Roman, keine Dokumentation. Somit unterliegt es den »Gesetzen« der Romanschreiberei und nicht denen einer Dokumentation.

Zweitens: Ich habe weitgehend versucht, mich an historischen Gegebenheiten zu orientieren, reale Personen und reale Ereignisse in das Romangeschehen zu integrieren. Das war jedoch nicht einfach, denn nicht alle dieser Ereignisse passten so in die Romanhandlung, wie es nötig war. Also musste ich »anpassen« und – sagen wir mal – *kleinere kreative Korrekturen* vornehmen. Mit anderen Worten: ich schreibe über etwas, das so hätte passieren können, nicht aber notwendigerweise so auch passiert ist.

Die Flucht der Nazis und Kriegsverbrecher aus Europa könnte zum Beispiel genauso abgelaufen sein. Ich habe mich dabei hauptsächlich an den Büchern »Persilscheine und falsche Pässe« von Ernst Klee und »Nazis auf der Flucht« von Gerald Steinacher gehalten. Literatur, die ich jedem empfehlen kann, der sich für diese Dinge interessiert. Auch wenn beide übereinstimmend feststellen, dass die Hauptwelle der Flucht erst 1946 begann.

Der Flotteneinsatz der USA in der Antarktis wiederum ist in einer ähnlichen Art als »Operation Highjump« erst 1947 erfolgt. Ich habe ihn romanbedingt einfach ein Jahr vorgezogen. Romanautoren dürfen das. Keines der von mir beschriebenen Schiffe hatte an der »Operation Highjump« teilgenommen. Die *USS Saratoga* existierte wirklich, wurde aber im Frühjahr 1946 außer Dienst gestellt und fiel einem Atombombentest zum Opfer. Die beiden deutschen U-Boote, die sich in Argentinien stellten, gab es ebenfalls.

Auch Bischof Hudal, Beate Uhse, Obersturmbannführer Rauff und andere Personen existierten an den angegebenen Orten wirklich. Der im ersten Kapitel angesprochene Schatz wurde von Rauff zusammengeraubt. Nach Korsika verlor sich seine Spur. Das van Gogh-Bild, in das sich Generaloberst Knopfler verliebt hat, existierte wirklich. Seit dem Zweiten Weltkrieg ist es verschwunden. Jetzt wissen zumindest Sie, wohin. Verraten Sie es bitte nicht weiter.

Knopfler ist eine von mir geschaffene Person, so wie Göbbs, Steinbauer und viele andere. Sollte sich jemand dafür interessieren, wer aus meinem Roman wirklich gelebt hat, wie z. B. auch der amerikanische Botschafter oder der Captain der *USS Saratoga*, dann hilft das Internet sicherlich bei der Befriedigung der Neugierde. Und versprochen: Es hält so manch überraschende Information bereit. Wie zum Beispiel diese, dass Hermann Julius Walther Rauff, der in der Sowjetunion Gaswagen zur Vergasung Gefangener eingesetzt hat, nach dem Krieg half, den syrischen

Geheimdienst aufzubauen. Der Gipfel ist, dass Rauff in den Fünfziger und Sechziger Jahren für den BND arbeitete und sich mehrfach zu Weiterbildungen in der Bundesrepublik aufhielt, obwohl er offiziell als Kriegsverbrecher mit Haftbefehl gesucht wurde.

Diese und andere Fakten, auf die ich bei meinen Recherchen stieß, sorgten dafür, dass ich so manches Mal mit dem Ausruf »So eine verdammte Scheiße!« wütend die entsprechende Literatur auf den Tisch warf. Meine Frau fragte in dieser Zeit ehrlich besorgt, warum ich mir das alles permanent antue und wie lange ich das noch aushalten würde.

Bis heute halten sich Gerüchte über Nazi-Rückzugsorte auf Inseln, in der Antarktis, in Argentinien, auf dem Mond …

Wer weiß wirklich, was an diesen Gerüchten wahr ist und was eine fiktive Verschwörungstheorie?

Drittens: Keine Seite der am Zweiten Weltkrieg beteiligten Staaten soll hier verherrlicht werden, keine Handlung der kriegsführenden Parteien entschuldigt oder beschönigt werden. Meines Erachtens haben alle am Krieg beteiligten Nationen Verbrechen begangen. Alle.

Und an der Jagd nach den klügsten deutschen Köpfen haben sich ebenfalls alle beteiligt, die US-Amerikaner genauso wie die Sowjets.

Und das *Vierte* der oben erwähnten drei Dinge: Der Roman konnte nur entstehen, weil mir, wie ich bereits zu Anfang erwähnte, viele Leute geholfen haben. Stellvertretend für alle seien hier die wichtigsten genannt:

Herr Karl-Heinz »Winnetou« Wincenty, der mit der Schilderung seiner Erlebnisse in und um die Heinkel-Werke während der letzten Kriegswochen viel getan hat, um dem Geschehen in *Operation Romulus* Wahrhaftigkeit zu verleihen. Mit dem fast dreistündigen Interview begann meine aktive Recherche. Danke dafür.

Herr Dr. Norbert Rhode mit seinem Buch zu den Heinkel-Werken, der mehrfach für ein Gespräch gut war, wenn es darum ging, meine Kapitel zu den Heinkel-Werken zu zerpflücken.

Jenny Kuba, die mir mit ihren Erzählungen über ihr ausgebombtes Zuhause in Berlin und ihre Kriegserlebnisse als Kind in Oranienburg-Eden ebenfalls einen Eindruck von der Zeit des Zweiten Weltkrieges vermittelte, wie ich ihn dichter bisher noch nicht bekommen hatte.

Meinen beiden Großvätern, deren Erzählungen von der Ostfront und vom Obersalzberg und der Gefangenschaft in Italien ich leider als Jugendlicher nur mit »halbem Ohr« gelauscht hatte, da damals andere Sachen für mich wichtiger waren. Als ich mich später mehr dafür interessierte, war es zu spät.

Meinem Großonkel Paul, der bei so manchem Schnäpschen nie müde wurde, mir wieder und wieder von seinen Kriegserlebnissen in Jugoslawien zu erzählen und diese Kriegserlebnisse bei jeder Erzählung länger und ausschweifender werden ließ.

Die AG Fliegerschicksale Oberhavel half mir bei den Luftangriffen … wenn man das so formulieren darf. Besonderer Dank gilt dabei Rüdiger Kaddatz als Spezialist für die Horten IX und die Auswirkungen der Luftangriffe auf dem Boden sowie die Luftkämpfe.

Erwin Wiedmer, der mir mit seiner Homepage zur deutschen Luftwaffe und in Emails viele technische Fragen zu klären half.

Frau Dr. Fink-Wagner, die mir freundlicherweise aus dem Nachlass ihres Mannes Rudi Wagner dessen Buch »Übergänge« überlassen hat, in dem er unter anderem beschreibt, wie er als Schmuggler in den Jahren 1945/46 zwischen Tirol und Südtirol unterwegs war. Die Lektüre dieses Buches führte dazu, dass ich die »Alpenkapitel« komplett überarbeiten musste.

Oberstleutnant Daniel Blankschän, der Jetpilot bei der Luftwaffe ist und mir bei den Flugszenen vor allem am Ende des Buches half.

Meinem äußerst kritischen Testleser Frank Vetter (Gerne wieder beim Griechen, Frank?), der das Projekt von Anfang an begleitet und kritisch hinterfragt hat, sowie erneut mit nicht nachlassendem Interesse meiner Frau und meiner Tochter. Beiden an dieser Stelle ein Extra-Dankeschön, da sie während des Lektorats noch das Schicksal Julias besiegelten.

Nicht zuletzt seien hier Björn Bedey, Daniela Sechtig und das ganze Team des acabus Verlages genannt, die viele Jahre lang geduldig auf das Manuskript gewartet haben, und meine Lektorin Eva-Maria Bergerbusch, die mich wie kaum jemand zuvor in die Tiefen meines eigenen Manuskriptes führte und den Finger auf Punkte legte, von denen ich gar nicht wusste, dass es wunde Punkte waren. Danke dafür.

Und all denen, die mir bei Dialekten und Sprachbarrieren halfen, als da wären: für die bayerische Hilfe Katja Hirschel aus München, Autorin des acabus Verlages, für die Südtiroler Hilfe Hubert Jaitner, meinem Kollegen Vincenco Navarra für die italienische Hilfe und meiner Kollegin Angelika Schulz für die spanische Hilfe sowie meinem Schwiegersohn Pablo Cota Pacheco für die Kleinigkeiten, die die argentinischen Kapitel echter machten.

Natürlich bin ich auch den Menschen zu Dank verpflichtet, die mir so viel von ihrer Zeit opferten, wie meiner lieben Frau, meinem Sohn und (obwohl sie zeitweise 10.000 Kilometer weit weg wohnte, als ich schrieb und sie kontrollierte) meiner Tochter.

Ihnen und allen anderen, die mir halfen, gilt mein herzlichster Dank.

Bei allem, was man liest, darf man nie vergessen: Dies hier ist ein Roman. Selbstverständlich habe ich viel gelesen, viel studiert, viele Quellen zu Rate gezogen, viel Hilfe in Anspruch genommen, bin mit sehr vielen Menschen in schriftlichen und mündlichen Austausch getreten und habe mich mit noch mehr Menschen unterhalten – mehr, als ich zu Beginn der Arbeit an diesem Buch gedacht hatte. Sollte mir im Verlaufe des Romans ein Fehler unterlaufen sein, sei es bei Bewaffnung, Ausrüstung, Uniformen oder historischen Details, ist irgendetwas nicht so geschildert, wie es wirklich gewesen ist (wenn es ganz genau lesende Leser bemerken sollten), dann ist das nicht die Schuld der Menschen, die mir geholfen haben, sondern ganz allein meine Schuld.

… oder es war mein Wille. ☺

Carsten Zehm
Oranienburg-Eden
2013-2017

Quellen

Alfred-Wegener-Institut für Polar- und Meeresforschung; www.awi.de; 02.01.2016; 22:12 Uhr.

Beevor, Antony (2002): Berlin 1945. Das Ende; Bertelsmann Verlag; München.

Blaumermel, Ralf (2011): Vom Forschungsstandort zum Gelegenheitsziel. Auf den Spuren der bewegten Vergangenheit Oranienburgs; Edition Berliner Unterwelten; Berlin.

Dabrowski, Hans-Peter (1990): Nurflügel. Die Ho 229. Vorläufer der heutigen B 2; Waffen-Arsenal Sonderheft 1990; Podzun-Pallas Verlag, Friedberg (Dorheim).

El Sendero – Der Weg, Heft 10/1954; Dürer-Verlag; Buenos Aires.

El Sendero – Der Weg, Heft 6/1955; Dürer-Verlag; Buenos Aires.

Faensen, Hubert (2001): Hightech für Hitler: die Hakeburg – vom Forschungszentrum zur Kaderschmiede; CH. Links Verlag; Berlin.

Fest, Joachim (2002): Der Untergang. Hitler und der Untergang des Dritten Reiches; Rowohlt Taschenbuch Verlag; Berlin.

Griehl, Manfred (2004): Luftwaffe Over America: The Secret Plans to Bomb the United States in World War II; Greenhill Books; London.

Hartmann, Bert: Das Archiv über den Einsatz von Mensch und Material bei der Deutschen Luftwaffe im Zweiten Weltkrieg; http://www.luftarchiv.de/; 2013-2014.

Heuer, Uwe: Horten IX V3 Meßflug mit Bruch (Videoquelle); https://vimeo.com/15924314; 13.09.2014; 13:22 Uhr.

Heusler, Andreas und Spoerer, Mark und Trischler, Helmuth (Hrsg.) (2010): Rüstung, Kriegswirtschaft und Zwangsarbeit im »Dritten Reich«; Oldenbourg Wissenschaftsverlag; München.

Hitlers Tarnkappenbomber; Dokumentation des History Channel; Jorgensen, Michael und Gour, Carrie; MYTH Merchant Films; 2009.

Jack, Uwe W. (2017): Horten Nurflügel-Jets; FliegerRevue kompakt 1; PPV Medien; Bergkirchen.

Jaeger, Ulrich: Hitlers Traum vom Tarnbomber; Spiegel vom 11.05.2009; http://www.spiegel.de/einestages/nurflueg-ler-a-948272.html; 21.12.2013; 13:44 Uhr.

Junge, Traudl (2002): Bis zur letzten Stunde. Hitlers Sekretärin erzählt ihr Leben; Bechtermütz; Augsburg.

Kaddatz, Rüdiger (2010): Heinkel-Werke GmbH Oranienburg; Geschichtswerkstatt Oranienburg.

Kaddatz, Rüdiger: Vor 70 Jahren im Fadenkreuz der Amerikaner; Märkische Allgemeine Zeitung vom 10.04.2015; http://www.maz-online.de/Lokales/Oberhavel/Oranienburg-US-Bomber-greifen-am-10.-April-1945-Flugplatz-an; 13.09.2015; 22:44 Uhr.

Kaltenegger, Roland (2005): Operation »Alpenfestung«. Das letzte Geheimnis des »Dritten Reiches«; F. A. Herbig Verlagsbuchhandlung; München.

Kellerhoff, Sven Felix: Die Panzerfaust – Der letzte Irrtum der Wehrmacht; Die Welt vom 23.04.2015; http://www.welt.de/geschichte/zweiter-weltkrieg/article139959752/Die-Panzerfaust-der-letzte-Irrtum-der-Wehrmacht.html; 23.01.2016; 11:26 Uhr.

Klee, Ernst (1991): Persilscheine und falsche Pässe; Fischer; Frankfurt.

Lerche, Hans-Werner (1976): Dornier Do 335 – Mein letzter Flug mit der Do 335; FLUG REVUE 05/1976; http://www.klassiker-der-luftfahrt.de/geschichte/flugzeuge/dornier-do-335-mein-letzter-flug-mit-der-do-335/488239; 04.01.2014; 19:00 Uhr.

Luftkrieg Oberhavel; http://www.luftkrieg-oberhavel.de/; 15.05.2014; 22:58 Uhr.

Mitcham, Jr., Samuel W. (2008): Rommel's Desert Commanders: The Men Who Served the Desert Fox, North Africa, 1941-42; Stackpole Books; Mechanicsburg, PA, USA.

Mitcham, Jr., Samuel W. (2007): Eagles of the Third Reich: Men of the Luftwaffe in WWII; Stackpole Books; Mechanicsburg, PA, USA.

o. V. (1944): Die Panzerfaust 30 D 560/2; Merkblatt für die Handhabung der Panzerfaust 30.

Reinboth, Christian (2010): Neuschwabenland: Hitlers Basis in der Antarktis als Beispiel für moderne Mythenbildung; http://scienceblogs.de/frischer-wind/2010/04/12/neuschwabenland-hitlers-basis-in-der-antarktis-als-beispiel-fur-moderne-mythenbildung/; 05.07.2013; 22:38 Uhr.

Rohde, Norbert (2006): Das Heinkel-Flugzeugwerk in Oranienburg; Velten Verlag; Velten.

Rohde, Norbert (2010): Die fliegenden Augen des Oberst Rowehl; Velten Verlag; Velten.

Schabel, Ralf (1994): Die Illusion der Wunderwaffen: Die Rolle der Düsenflugzeuge und Flugabwehrraketen in der Rüstungsindustrie des Dritten Reiches; Oldenbourg Verlag, München.

Schmitt, Stefan: Mythos um antarktische Nazi-Zuflucht: Die Mär von Hitlers Festung im ewigen Eis; Spiegel vom 05.04.2007; http://www.spiegel.de/wissenschaft/mensch/mythos-um-antarktische-nazi-zuflucht-die-maer-von-hitlers-festung-im-ewigen-eis-a-475772.html; 24.11.2014; 01:38 Uhr.

Steinacher, Gerald (2008): Argentinien als NS-Fluchtziel. Die Emigration von Kriegsverbrechern und Nationalsozialisten durch Italien an den Rio de la Plata 1946-1955. Mythos und

Wirklichkeit; University of Nebraska-Lincoln, Department of History.

Steinacher, Gerald (2010): Nazis auf der Flucht: Wie Kriegsverbrecher über Italien nach Übersee entkamen; Fischer; Frankfurt.

Stockhorst, Erich (1967): 5000 Köpfe. Wer war was im Dritten Reich; blick u. bild Verlag; Kettwig.

Swobodan, Maik: Horten Ho 229 V-2 (Ho IX V 2) der Absturz; http://www.deutscheluftwaffe.de/Flugzeuge/Projekte/Ho%20 IX-V2/Flugunfall.htm; 16.07.2013; 00:22 Uhr.

Szigeti, Marton: Typenbereinigung des RLM-Fertigungsprogramms – Göring verteilt Ohrfeigen an die Industrie; Klassiker der Luftfahrt vom 01.12.2016; http://www.klassiker-der-luftfahrt.de/geschichte/flugzeuge/1944-forderungen-von-hermann-goering-an-die-deutsche-luftfahrtindustrie/550122; 26.12.2016; 15:04 Uhr.

Ueberschär, Gerd R. (2008): Hitlers militärische Elite 2: Von Kriegsbeginn bis zum Weltkriegsende; WBG (Wissenschaftliche Buchgesellschaft); Darmstadt.

van der Kraats, Marion: Die ganze Stadt sitzt auf 300 Langzeitbomben; Die Welt am 15.03.2015; http://www.welt.de/geschichte/zweiter-weltkrieg/article138384696/Die-ganze-Stadt-sitzt-auf-300-Langzeitbomben.html; 25.12.2016; 14:19 Uhr.

Vogt, Dieter: Hatte Hitler einen Tarnkappenbomber?; Frankfurter Allgemeine Zeitung vom 14.01.2011; http://www.faz.

net/aktuell/feuilleton/fernsehen/history-channel-hatte-hitler-einen-tarnkappenbomber-1582121.html; 26.09.2015; 19:27 Uhr.

von Schramm, Wilhelm Ritter (2002): Geheimdienste im Zweiten Weltkrieg; Herbig; München.

Wagner, Rudi (1996): Übergänge – Aus dem Tiroler Tagebuch eines Bergvagabunden, Schmugglers und Suppenfechters – 1945/46; Frasnelli-Keitsch Verlag; Bozen.

Waligorski, Martin und Hethcoat, Gary (2006): Horten IX (Gotha Go 229) in detail; http://www.ipmsstockholm.org/magazine/1999/02/stuff_eng_detail_hoix.htm; 02.01.2013; 02:58 Uhr.

Wiener, Peter (1998): Schlachtet alle Serben!; http://www.trend.infopartisan.net/trd7899/t227899.html; 05.06.2015; 22:55 Uhr.

Wincenty, Karl-Heinz: Meine Zeit in den Oranienburger Heinkel-Flugzeugwerken 1945; Interview vom 24. Oktober 2012.

Wunderlich, Dieter (2010): Alois Hudal; http://www.dieterwunderlich.de/Alois-Hudal.htm; 07.01.2015; 17:59 Uhr.

Ziegler, Mano (2014): Hitler's Jet Plane: The ME 262 Story; Pen & Sword Books; Barnsley, South Yorkshire.

Der Autor

Foto: Emma Das Foto Studio Oranienburg

Carsten Zehm, geboren 1962 in Erfurt, studierte Lehramt in Halle und arbeitet als Berufsschullehrer in Oranienburg. Er ist verheiratet und hat zwei Kinder. Der Schwerpunkt seines Schreibens galt immer wieder der Fantasy, auch wenn ihn Ausflüge in den Bereich der Märchen, des Krimis und der Horrorgeschichten führten. Seit 2004 erfolgte die Veröffentlichung vieler Kurzgeschichten in Anthologien und der Tagespresse. 2009 erschien sein erstes Kinderbuch »Die Zauberblumenwiesen«. »Die Chroniken der Reisenden. Staub-Kristall« (2010) ist der erste Fantasy-Roman des Autors. Danach folgte die »Bandath, der Zwergling-Trilogie«. »Operation Romulus« ist der erste Thriller des Autors. Die Inspiration dazu stammt teilweise von den Heinkel-Flugzeugwerken seiner Heimatstadt Oranienburg bei Berlin.

Weitere Titel in der Bedey Media GmbH

Klaus-Jürgen Wrede

Das Geheimnis des Genter Altars
Thriller

ISBN: 978-3-86282-367-3
BuchVP: 14,90 EUR
444 Seiten, Paperback

Ein toter Freund. – Ein gestohlenes Meisterwerk. – Verschlüsselte Botschaften im berühmten Genter Altar – Und eine ominöse Organisation …

Als Daniel seinen Freund ermordet auffindet, wird er unweigerlich in die rätselhaften Geschehnisse rund um einen Kunstraub von 1934 hineingezogen. Mit Hilfe von Mara stößt er auf mysteriöse Botschaften in der bis heute verschollenen Tafel des Genter Altars und entdeckt ein unfassbares Geheimnis.
Basierend auf historischen Ereignissen rund um einen der spektakulärsten Kunstdiebstähle aller Zeiten entwickelt sich ein spannungsreicher Thriller, der von Köln über Gent quer durch Europa und tief in das immer noch ungelöste Rätsel des bekannten Genter Altars der Brüder van Eyck führt …

„Ein großartiger Roman des Spieleautors Klaus-Jürgen Wrede („Carcassonne“). Spannend bis zur letzten Seite.“

Danise Juno

Winterloh.
Bragolins düstere Legende
Thriller

ISBN: 978-3-86282-599-8
BuchVP: 17,00 EUR
484 Seiten, Paperback

1938: Von seiner letzten Seereise bringt Kapitän Konrad Ockenfels aus Venedig zwei Gemälde des Künstlers Bragolin mit. Nichts ahnend, dass es Dinge gibt, die man nicht malen darf …

2008: Auf der Flucht aus einer unglücklichen Ehe tritt Hannah Abel eine Stelle bei der wohlhabenden Familie Ockenfels in Remagen an. Sie ist sehr beeindruckt von der alten Rhein-Villa, doch hat sie Schwierigkeiten mit Helene Ockenfels. Die alte Dame glaubt, Hannah sei Teil einer Verschwörung und wolle sie bestehlen.
Hannah gibt nicht auf und kann schließlich ihr Vertrauen gewinnen. Bald erzählt Helene ihr von ihrer Ehe mit Konrad Ockenfels, der scheinbar getrieben von Dämonen versucht habe, sie umzubringen. Doch alle Hinweise aus früheren Zeiten, die Hannah in der Villa findet, erzählen eine andere Geschichte.
Leidet Frau Ockenfels an beginnender Demenz oder verbirgt sich mehr dahinter? Als das verstörende Gemälde eines weinenden Kindes auftaucht, häufen sich ungewöhnliche Vorfälle und Hannah beginnt, um ihr Leben zu fürchten …

Bernhard Stäber

Raubtierstadt
Thriller

ISBN: 978-3-86282-650-6
BuchVP: 16,00 EUR
372 Seiten, Paperback

Sara Elin Persen aus dem indigenen Volk der Samen kommt vom Polarkreis nach Oslo, um mehr über den Tod ihres Bruders herauszufinden. Sie glaubt nicht, dass der Umweltaktivist bei einer zufälligen Kneipenschlägerei erstochen wurde.
Sara kommt in einer Künstler-WG im Bezirk Grünerløkka unter. Als einer ihrer Mitbewohner bei einem Einbruch getötet wird, gerät die junge Samin ins Visier eines Mannes, der vor nichts zurückschreckt, um ein antikes Wikinger-Artefakt in seinen Besitz zu bringen. Abgeschnitten von ihrer Familie in der Arktis und heimgesucht von den Erinnerungen an ihren toten Bruder bleibt Sara nur eines, um in Oslos Großstadtdschungel zu bestehen: Sie wird selbst zum Raubtier und jagt ihre Verfolger.

Heinz-Joachim Simon

Der Mann aus Hamburg

Verschwörungsthriller

ISBN: 978-3-946734-67-3

BuchVP: 14,00 EUR

416 Seiten, Paperback

Als Johannes Paul I. Papst wird, hofft die Welt auf eine Reformation der Kirche. Er stirbt jedoch nach nur 33 Tagen im Amt unter mysteriösen Umständen. Die Drahtzieher hinter den Kulissen haben gewonnen. Serge Christiansen, Ermittler aus Hamburg, wird von deren Gegenspielern beauftragt, einen verschwundenen Priester in Rom zu suchen. Was er zunächst für einen einfachen Auftrag hält, entpuppt sich als düsteres Geheimnis der katholischen Kirche. Denn der Priester war einer Verschwörung eines faschistischen Geheimbundes, der Mafia und reaktionärer Kurienkardinäle auf der Spur, hinter der nicht zuletzt die Vatikanbank steht. Schnell wird es für Christiansen gefährlich.

Heinz-Joachim Simon

Die Tränen des Kardinals
Verschwörungsthriller

ISBN: 978-3-946734-80-2
BuchVP: 13,00 EUR
300 Seiten, Paperback

Die Welt ist im Umbruch. Vor allem die Weltpolitik und die Ereignisse in seinem Heimatland bewegen Papst Johannes Paul II. Er ist noch nicht lange im Amt, als aus dem Vatikanischen Archiv geheime Verträge gestohlen werden.

Auf der Suche nach den gestohlenen Dokumenten stößt der Hamburger Ermittler Christiansen auf rivalisierende Gruppen, die offensichtlich alle großes Interesse haben, in den Besitz der Verträge zu gelangen. Äußerst brisant wird die Situation für den Privatdetektiv, als er bei seinen Recherchen auf eine Verschwörung gegen den Papst stößt. Gelingt es Christiansen, die Machenschaften aufzudecken, bevor seine Gegner ihn oder den Papst zum Schweigen bringen?